Dietrich, Franz Eduard Chr

Altnordisches Lesebuch aus der skandinavischen Poesie und Prosa

Bis zum XIV. Jahrhundert zusammengestellt und mit literarischer

Uebersicht, Grammatik und Glossar versehen

Dietrich, Franz Eduard Christoph

Altnordisches Lesebuch aus der skandinavischen Poesie und Prosa

Bis zum XIV. Jahrhundert zusammengestellt und mit literarischer Uebersicht, Grammatik und Glossar versehen

Inktank publishing, 2018

www.inktank-publishing.com

ISBN/EAN: 9783747782033

which is marked with an invisible watermark.

Altnordisches Lesebuch.

Aus der

skandinavischen Poesie und Prosa

bis zum XIV. Jahrhundert

zusammengestellt und mit

literarischer Uebersicht, Grammatik und Glossar

versehen,

von

Franz Eduard Christoph Dietrich,

Dr. der Philos. u. Theol., ord. Prof. in Marburg.

Zweite, durchaus umgearbeitete Auflage.

Leipzig:

F. A. Brockhaus.

1864.

Victor Aimé Huber

aufs neue gewidmet.

Vorwort zur zweiten Auflage.

Für Literatur und Geschichte chronologisch angelegt, und auf das Bedeutendste darin gerichtet, hatte sich diese Sammlung von Anfang an zu einem Hauptziel gemacht, zugleich das altgermanische Leben, das sich im Norden am längsten rein erhielt, in seinen hervortretendsten Erscheinungen darzustellen, daher auch viele kleine Stücke aufgenommen wurden, um der Alterthumskunde so völlig als möglich zu dienen.

Nach diesen Rücksichten ist die Auswahl fast ganz dieselbe geblieben, obwohl auch neben dem Einfachen viel Schwieriges vorkommt, sofern es für Skandinavien charakteristisch ist. Dafür ist bei der erneuerten, kritischen und auslegenden, Bearbeitung der Texte mehr als früher zu ihrem Verständnis nachgeholfen; zum Theil schon in den Noten, soviel sich, ohne den Umfang auszudehnen, thun liess, vorzugsweise aber in dem Glossar, welches statt aller theoretischen die einzig practische, eine streng alphabetische Ordnung befolgt, wie sie der deutsche Leser erwarten muss, und welches jetzt beträchtlich erweitert ist.

Zu Gunsten derjenigen, welche sich ohne Lehrer in die herrliche Literatur und Sprache des Nordens einarbeiten wollen, bemerkt der Verfasser, gestützt auf nun zwanzigjährigen Gebrauch dieses Buchs bei der Einführung Andrer in diesen Zweig der Literatur, dass man wohl thun wird, nicht mit seinem Anfang anzufangen, sondern sich zuerst in die Prosa einzulesen, und dann erst, wie anziehend auch die gewaltige Dichtung der Edda ist, zur Poesie überzugehen.

Vorzugsweise leicht lesen sich die an kurzen Gesprächen reichen Stücke der Geschichte Gunnlaugs, die sein ganzes tragisches Schicksal umspannen. Ebenso einfach ist die hier ganz mitgetheilte, durch ihre Bilder aus dem Heidenthum merkwürdige, alte Fridthiofssaga, worin auch die eingelegten Verse leicht gebaut sind. Zum Weitergehen würden die mythologischen und die historischen Erzählungen des Snorri, dieses Meisters der Prosa, zu nennen sein, sowie die erzählenden Abschnitte von Sigfrids Jugend, und die von Ragnar Lodbrôkr und Aslaug. Eine etwas schwierigere Prosa, aber für die Zustände des Alterthums wichtigere Gegenstände geben die ausgehobenen Stellen der Gesetze.

Hat man sich in der Prosa befestigt, so kann man mit Erfolg der Poesie nachgehn. Am geeignetsten zum Anfang ist die eddische, und zwar das Lied von Sigurds und Brynhilds Tod, dann etwa das von Thors Hammer oder das von Thors Streit mit dem Riesen Hŷmir um die grösste Stärke; nur wenig schwieriges hat auch das treffliche Spruchlied, das Hávamál, wovon hier das ursprünglich fremde Runenlied ausgeschlossen ist; nicht so einfach ist das an sich fragmentarische, den Ursprung und das Ende der Welt schildernde Gedicht: die Voluspa. Mit diesen Liedern der Edda stehen sich wenigstens an Leichtigkeit des Gefüges ungefähr gleich: das Hákonarmál, das kleine Gedicht auf die Schlacht im Hafursfiörð, die Hervararkviða, das Walkyrienlied und Asbiörns Todesgesang.

Eine zweite Stufe im Kreis des Poetischen, wo schon ungewöhnlichere Umschreibungen und Constructionen vorkommen, bilden das Biarkamál, die Sprüche Thorarins, die zwei sehr schönen Gesänge des Egill, und das dem Ragnar Lodbrók in den Mund gelegte Schlachtenlied, das Kråkumál. Für Geübtere giebt es noch eine dritte Reihe von schwierigeren Skaldenpoesien mit zweibis dreifacher Umschreibung, mit mannigfacher Verschiebung der Sätze und manchen Wortversprengungen; dazu gehören die Ragnarsdräpa, das Haustlöng, die Vellekla, sowie die eingelegten Strophen der jüngeren Edda, der Geschichte der Orkaden und der Olafssaga. Um hier einzudringen, beachte man, dass je der Anfang und das Ende der Halbstrophe den Grundstock des Satzes zu enthalten pflegen; zur Erkenntniss der eingeschobenen Sätze sind, wie auch sonst schon üblich war, Klammern angewendet, schwierigere Umschreibungen und Constructionen sind, wo unter dem Texte nicht mehr Raum war, im Glossar erklärt, eine völlige Analyse des Satzbaues findet man von Sp. 593 an. Die Mühe, die es gleichwohl kostet, diese Skaldenstrophen zu verstehen, ist keineswegs so undankbar, als man zu urtheilen pflegt; bewundernswürdig ist jedenfalls ihre Meisterschaft in der Sprache und Handhabung poetischer und rhythmischer Formen.

Wer sich, ohne mündliche Anweisung zu haben, zuerst in der Sprache einheimisch machen will, findet nach der literarischen Übersicht einen Abriss der Grammatik, und wird sich am besten den anfangs vielleicht nicht anziehenden Stoff theilen; man kann zuerst nur den Anfang vornehmen über den Stand der Laute im Nordischen, was im Buche mit A bezeichnet ist, und dann sogleich die Paradigmen der Declination durchgehen. Verbindet man damit das Lesen der vorhin empfohlenen Prosastücke, so entsteht bald das Bedürfnis, sich die weiteren grammatischen Gesetze anzueignen, bei deren Aufführung sich der Verfasser auch jetzt auf das nöthigste der Formenlehre beschränkt, jetzt aber eine etwas grössere Vollständigkeit angestrebt hat.

So ist hoffentlich das Buch in allen seinen Theilen ein brauchbareres geworden. Möge es auch ferner dazu dienen, zu gewinnen für eine reiche, unser eigenes Alterthum nahe angehende Literatur, und den Zugang dazu zu erleichtern.

Marburg, den 26. Febr. 1864.

Der Verfasser.

Inhalt.

Grundriss der altnordischen Literatur.

Die altnordische Literatur, welche ihre Grenze mit der reichlichen Ausbildung des Volksliedes und dem Hervortreten der Balladen aus dem alten Epos im 14. Jahrh. hat, zuerst behandelt in Halfdan Einarsons Sciagraphia hist. lit. Islandicæ (Havn. 1777), und was die hauptsächlichste Prosa betrifft, in der vorzüglichen Sagabibliothek von Peter Erasmus Müller (Kiöbenh. 1817—20, deutsch von Lachmann, Berl. 1816), dargestellt auch von Rosselet in der Hallischen Encyclopädie (II. Sect., Bd. 31, S. 241—314) 1855, in alphabetischer Ordnung von Th. Möbius im Catalogus librorum Islandicorum et Norvegicorum (Lips. 1856) — diese an bedeutenden schriftlichen Quellen aller Gattung überaus reiche skandinavische Literatur, die vorzugsweise von Isländern gepflegt worden ist, muss nach Geist und Form ihrer Gestaltung in zwei Abschnitte getheilt werden. Der erste von den Eddaliedern an bis zu Ende des 11. Jahrh. ist durch die Alleinherrschaft der Poesie gegeben, mit dem 12. Jahrh., dem Durchdringen römischer Bildung und der Aufzeichnung der alten Sagen und Lieder beginnt die Zeit der überwiegenden Prosa, der Erzählung und der Betrachtung des Alten.

Erste Periode.

Auffallend und nirgends vielleicht so stark als im Norden scheidet sich in früher Zeit ein einfacher zum Lob der Götter und Volkshelden ertönender Gesang von einer künstlichen, die Könige und Thaten der historischen Gegenwart preisenden Dichtung. Von den unbekannten Dichtern der erstern Art scheidet man die letztern, meist an Höfen lebende Dichter, durch den wenn auch allgemeinen Namen der Skalden, die bereits seit dem 9. Jahrh. sehr künstliche Dichtungsformen, und infolge davon ziemlich fernliegende Umschreibungen und Wortstellungen gebrauchen.

Der grossartige dichterische Schwung und die körnige Einfachheit der meisten Lieder der ältern Edda liefert den Hauptbeweis, dass sie einer

a *

14

Blütezeit des Epos angehören, welche der künstlichen Skaldenpoesie des
9. Jahrh. vorherging, und zusammenfällt mit der Zeit der Unabhängigkeit
jener vielen kleinern Reiche und Gerichtsbezirke vor Harald Harfagr in
Norwegen und noch vor Harald Hildetand in Schweden. Für den Anfang
des 8. Jahrh. ist das Vorhandensein von Schlachtliedern und von Dichtungen
auf alte Könige, sowie der epische Trieb überhaupt bezeugt durch die Nach-
richt von den neun Dichtern, welche in der Bravallaschlacht mitfochten
(Fornaldar sögur I, 379), sowie durch die Berufung auf die Aussagen eines
derselben, Starkaðs des alten aus Hördaland in Norwegen, wie schwierig
auch dessen Person historisch festzustellen ist (vgl. P. E. Müller, Sagab.
II, 584 fg.), und da schon der Norweger Thiodolf, der älteste wie es scheint
unter Harald's Skalden, sich mehrmals auf alte Sage, vielleicht auch auf
frühere Lieder stützt über die Inglinger. Dieser gesangreichen Zeit gehören
daher wol auch die auf noch älterer Volksüberlieferung beruhenden Lieder
der Edda grossentheils an, deren Sammlung dem Sæmund († 1133) herr-
schend zugeschrieben wird, da ihr einfaches Versmass, der Fornyrðalag, bei
den Hofskalden schon ausser Gebrauch ist, ihre Sprache aber nicht wohl
höher hinauf gerückt werden kann. Eine selbständige Lyrik hat sich von
diesem Epos noch nicht abgelöst, Empfindung kommt fast einzig nur in der
That zum Ausdruck, und diese wird in kurzen Zügen vorgeführt, sodass
von der Sage oft mehr vorausgesetzt als geschildert wird. Aber nach Ge-
halt und Anlage sondern sich schon unter den ältesten Liedern zwei Weisen
des Gesanges, eine reinepische für erzählende Darstellung in der gemein-
epischen vierzeiligen Strophe von acht Hemistichen, und eine liedmässige,
dem Spruchartigen zukommende, mit Anfängen lyrischer Ausbildung, welche
in der aus sechs Hemistichen bestehenden Strophe, dem Lioðaháttr, auftritt,
über welche Versart ausführlich von mir gehandelt ist in Haupt's Zeitschr.
III, 94 fg. Stärker unterschieden sind nur die auf historisches, gleichzeitiges,
von isländischen Skalden gedichteten Lieder, die meist in dem längern
Dróttkvædi (Herrenvers) abgefasst wurden, einer Strophe, welche zwar
noch vierzeilig ist, aber in jeder Langzeile entweder sechs oder acht Hebun-
gen enthält und Assonanz mit Alliteration verbindet, und sich immer künst-
licher seit dem 9. Jahrh. gestaltete, doch nicht gerade infolge davon, dass
man das Lob der grossen Herren (dróttnir) in diesem feierlichen prächtigen
Rhythmus vorzugsweise vortrug, denn er zeigt sich schon vor dem Besuch
von Königen, und für völlig unabhängige Stoffe (wie in den Glúm'schen
Liedern) und ist daher wol allmählich aus dem epischen Fornyrðalag
entstanden.

Das reine Epos dieser Periode hat auch in der Zeit der Skalden

noch Göttersage, seltener schou Heldensage neben historischen Persouen
zum Gegenstande; am vollkommensten aber tritt es in der alten Edda auf,
jener wichtigen Sammlung von mythologischen heldensaglichen und spruch-
artigen Liedern, unter deren Gesammtausgaben (Hafniæ, 1787—1828, in 4.,
von Rask, Holmiæ 1818; Munch, Christ. 1847 und hiernach Lüning, Zürich
1859; Möbius, Lpz. 1860) sich die letzte durch Zugaben auszeichnet, beson-
ders durch genauen Abdruck zweier Lieder nach dem Codex Regius, dessen
völlige Veröffentlichung bevorsteht in einer neuen Kopenhagener Ausgabe.

1. Unter den mythologischen Liedern der Edda, soweit sie Erzählungen
von Thaten und Schicksalen der Götter geben, sind vielleicht die über ein-
zelne Listen und Heldenstücke der Asen gegen die Riesen, Hŷmiskviða,
Þrymskviða, Harbarðslioð, welche Scenen aus Thor's Leben, letzteres
schon mehrere vorführen, und die Vegtamskviða (das Lied vom Wandrer,
Oðin, der sich über Baldr's Geschick befragt) älter als die grössern Zu-
sammenfassungen vom Leben und Schicksal der Götter in ihrer Verflechtung
in das Schicksal der Welt, was der Inhalt der Völuspâ ist, und des
Hyndlulioðs, welches mit den Geschlechtern der Götter die der Helden
verbindet. In den mythologischen Kreis gehört seinem Inhalt nach auch das
im Lioðahattr abgefasste Fiölsvinnsmâl, von dem eine ansprechende Ueber-
setzung und Deutung von F. Justi gegeben wurde (in Benfey's Orient und
Occ., Gött. 1862). Jünger mag der vielleicht absichtlich in Dunkel gehüllte
Hrafnagaldr Oðin's, Rabenruf über den unheildrohenden Tod Baldr's
sein, das schwierigste aller Eddalieder, gut behandelt von dem isl. Gelehr-
ten Scheving (Viðeyar Klaustri, 1837). Zu der die Völuspâ betreffenden
Literatur (Möbius, Cat. p. 160 fg.) ist eine neue Recension des Textes hin-
zugekommen von Ettmüller (Altn. Lesebuch, Zürich 1861, 4. p. 1—5). —
Diesen im sogenannten Starkaðarlag von acht kurzen Zeilen abgefassten Edda-
liedern schliessen sich folgende spätere an, zunächst der noch gleichförmige
in Snorri's Edda erhaltene Grottasöngr von der Zaubermühle der Riesen-
jungfrauen Fenja und Menja; sodann schon im Dröttkvaeði mit seiner schwie-
rigen Verschränkung der Sätze und der Worte abgefasst, das Haustlöng
von Thiodolfr von Hvin im 9. Jahrh., erhalten in zwei Bruchstücken: Thor's
Kampf mit dem Riesen Rungnir und seine Händel mit dem Riesen Thiazi
über Idunn, welche unten, Sp. 51—55, mitgetheilt sind. Solchen Stoffen
durfte man sich auch im 10. Jahrh. noch einmal öffentlich zuwenden, als
unter dem abtrünnigen Jarl Hakon († 996) die alten Tempel wieder herge-
stellt wurden; an seinem Hofe dichtete Eilifr Guðrunarson seine Þórsdrapa,
wovon ein ansehnliches Bruchstück von 19 Strophen über Thor's Aufenthalt
bei Geirröðr und seinen Töchtern in der jüngern Edda erhalten ist. Mehr

von Zügen der Göttersage mag auf Island unter dessen angesehenen Skalden und in den Zauberformeln des Volks fortgedauert haben. Während die ersten Versuche das Christenthum da einzuführen seit 981 gemacht wurden, sang Vetrliði die Thaten Thor's zum Hohn des Priesters Thangbrand, von dem er 998 erschlagen wurde. Ungestört blieben bildliche Darstellungen aus der Mythologie ein Hauptschmuck der Häuser. Auf eine solche sehr umfassende Sagenabbildung in oder auf hölzernem Getäfel bezog sich die Hùsdrapa des Ulfr Uggason, gedichtet um 997, deren bei Snorri zerstreuten Reste von F. Magnusen (im Anhang zur Laxdœlasaga, Kopenh. 1824) so zusammengestellt worden sind, dass sich wenigstens drei Scenen erkennen lassen. Noch im 11. Jahrh. halten es einzelne Skalden mehr mit den alten Göttern als mit der christlichen Religion, wozu sie das Leben am Hofe besonders verpflichtete (Fornm. 2, 52 f.), aber seit dieser Zeit wurde das Mythologische, fern davon ein Hauptstoff zu sein, zur Einkleidung herabgesetzt.

2. Die eddischen Heldenlieder, betreffen zum grössten Theil die allgemein deutschen Helden, zumal die Nibelungen, womit auch die vielleicht eigenthümlich nordischen Lieder von Helgi dadurch in Verbindung gesetzt sind, dass er in die Reihe der Volsungen gestellt wird. Ähnlich ist auch sein Verhältniss zur Valkyrie Svava mit dem zwischen Sigurd und der Valkyrie Brynhild, die ihn verliert. Die Liebe des edeln, frühgefallenen Helgi zu der ihm verlobten Svava verherrlichte aber die nordische Sage als über alles mächtig dadurch, dass sie beide unter andern Namen zweimal wieder ins Leben treten, und noch nach dem dritten vorzeitigen Tode auf Svava's Forderung mit seinen Männern über die rothglühenden Wege wieder heraufreiten lässt zur Zusammenkunft vor dem Hügel, in den nun auch sie bald folgte. Darüber die besonders schönen, von F. von Norden gut behandelten Eddalieder frâ Hiörvarði oder Helgakviða Haddingiaskata, und frâ Völsûngum oder Helgakviða Hundingsbana hin fyrsta und hin önnur, alle drei dem 8. Jahrh. angehörig, wenn nicht älter. — Unter den einzelnen hier noch nicht zu einem Ganzen vereinigten Gesängen, welche näher die grosse Nationalsage der Nibelungen angehen, und die deutsche Heimat des Stoffs nicht verleugnen — da Sigfried der südliche, hunische heisst, der Sitz Gudrun's und der übrigen Giukungen am Rhein ist — zeichnet sich ein älterer Stamm durch die noch ursprünglichern Züge der Sage, besonders durch ihre Bindung an jene ältesten Örtlichkeiten aus vor einigen spätern, in denen Hunenland und nicht mehr Valland (Italien) als Atli's Reich erscheint, die Giukungen aber schon bestimmt Niflungen und Burgundisch heissen, Lieder, auf deren Darstellung schon mehr epische Kunst

und die Persönlichkeit des Dichters Einfluss gehabt hat (vgl. W. Grimm, Heldens., S. 10. 367); einer dritten Sagenperiode, wo Sigfried nach Frankenland gerückt ist infolge neuen deutschen Einflusses, vorliegend in den prosaischen Zusätzen zu den Eddaliedern aus dem 12. Jahrh., müssen auch noch einige der oft nur stückweis und nicht ohne Verlust von Mittelgliedern erhaltenen Dichtungen zugewiesen werden. Ins 7. oder 8. Jahrh. fallen danach: Sigurðarkviða I. oder Grîpisspâ, Verkündigung des allgemeinen Schicksals Sigfrid's; Sigurðarkv. II. oder frâ Sigurði ok Regin mit dem nicht rein epischen Fafnismâl; Brynhildarkv. I. oder nach ihrem Namen als Valkyrie Sigurdrîfumâl, über die Vorgänge auf der Schildburg, ein Lied vorherrschend gnomischen Inhalts und Rhythmus; dann das Hauptlied Sigurðarkv. III. (vorgelegt unten Sp. 17—26), umfassend die Verbindung mit den Giukungen, Brynhild's Vermählung mit Gunnar, den von ihr veranlassten Fall Sigurd's durch Guttorm, und ihr eigenes Ende, vor dem sie das weitere Schicksal der beiden Königsgeschlechter verkündigt; dem Bruchstück der Brynhildarkv. II., Klage über Sigurd, schliesst sich endlich an Brynhildar helreið (Sp. 27 fg.), auf dem Wege zur Unterwelt von einer Riesin gescholten, führt sie ihr die im Leben erlittene Kränkung und Täuschung vor. (Diese Lieder und das von Wieland umfasste die mit trefflicher Übersetzung begleitete Ausgabe der Br. Grimm, Berl. 1815.) — Gleiches Alter gilt sicher von Oddrûnargrâtr; obwol es nur ein Klagegesang ist; unter den Liedern von Gudrun's (Krimhild's) und ihrer Kinder Schicksal nur etwa für Hamdismâl, Rache wegen Suanhild's qualvoller Ermordung, und Guðrûnar hvöt; endlich für das unabhängige, des Königs Wieland Leben erzählende in der Sammlung vorangestellte Lied frâ Völundi. — Aus dem 9. Jahrh. sind die nach Brynhild's Bruder Atli benannten ziemlich umfangreichen beiden Gesänge, die der südnorwegischen Provinz Groenland zugeschrieben wurden, Atlakviða und Atlamâl, seine an Gunnar ausgeführte Rächung der Schwester betreffend, und die dagegen unternommene Rache Gudrun's, zwei Lieder mit eigenthümlichem Versbau, wonach sie von Munch und Unger dem Thiodolfr von Hvin, oder Thorbiörn hornklofi, die am groenländischen Hofe in derselben Weise dichteten, zugesprochen wurden. — Ins 11. oder 12. Jahrh. gehört entschieden die dritte Gudrunarkviða, sie wird dem Saemund selbst zugeschrieben; vielleicht aber auch die zweite, da hier nicht nur, wie in den Liedern von Atli, sein Reich schon auch Hunaland umfasst, sondern auch Anknüpfung mit Dänemark (Half, Hakon, Str. 12. 13) vollbracht ist, wie in den Prosazusätzen und Vols. c. 41, nach späterer Verrückung aller Örtlichkeiten mehr nach Norden zu, während Hialprek in der Sigurdk. II, 14 noch am Rhein ist.

Schon die erste tritt in die Situation der Atlilieder über. Dieselbe herrscht auch in dem Gunnarslagr, der nur in wenigen Codd. spät gefunden, in der Vorrede zur Kph. Ausgabe ziemlich sicher als ein Kunststück des Isländers Gunnar Paulsson aus der Mitte des vorigen Jahrhunderts dargestellt wird, und wenn er dies nicht sein sollte, wenigstens da er die Poetik der Skalden des 13. Jahrh. verräth, der späteste Nachklang dieser Dichtung immer zu nennen ist. Das Vorhandensein eines sobenannten Liedes in dieser Zeit ist durch Nornagestsaga cap. 2 bezeugt. — Über die Gudrun der Nordseesage hat sich im Isl. kein altes Lied erhalten; das einzige auf die Geschichte ihrer Ahnen bezügliche kleine Stück von Hildr, Högni's Tochter und Heðin's Kampf um sie auf der Insel, welches in der dràpa auf Ragnar Lodbrok vorkommt, aus der jüngern Edda unten Sp. 49 mitgetheilt, ist keineswegs ein volksmässiges zu nennen, kann aber auf einem Volksliede beruhen. Die dràpa wird von Snorri dem alten Sk. Bragi beigelegt. Diesen Namen für erdichtet zu halten, ist unstatthaft, bei dem Zeugniss des Landnamaboks (2, 19), dass er unter Hiörr, König von Hörðaland in Norw. lebte, dessen Sohn von Harald Harfagr verdrängt nach Island zieht (vgl. auch Geijer, Gesch. Schwedens I, 113). Der Dichter gehört, wie der schwed. König Biörn at haugi, den er gleichfalls besuchte, in die erste Hälfte des 9. Jahrh.

3. Die noch unvollständig vom Epos gelöste gnomische Dichtung, welcher, der ihr eigenen Form nach, gedichtet im Lioðahattr (vgl. oben S. XII) eine Reihe von Eddaliedern angehört, hat ihr vollendetstes Muster, wie ihre älteste Spruchsammlung in dem eddischen Hávamál, worin die alte Erfahrung spricht, die ihre Regeln auf heidnischem Grunde bald durch Grundsätze, bald durch alte mythische Geschichten bewährt, wodurch es in der That zu einer Rede des Hohen (hàva, d. h. des Odhin) wird. Angefügt sind die Rathschläge des Loddfafnir (mit der besondern Überschrift Loddfafnismàl). Sie klingen wieder in den langen Reden der Valkyrie Brynhild an Sigurð, der sie vom Schlaf erlöst in der Schildburg, womit die Brynhildarkvíða anknüpft im epischen Zusammenhang mit Fafnismál. Gleich unverdächtigen hohen Alterthums ist Rigsmál, das Lied über den mythischen Ursprung der Stände. An den Schluss des Havamáls, der Rune capitule betitelt ist, schliesst sich das Runenlied an. Andere im Lioðahattr abgefasste Eddalieder tragen das mythologische Wissen in dialektischer, halb räthselartiger Form vor. Dahin gehören Förskirnismál, Grimnismál, Vafþrudnismál und das schon erwähnte Fiölsvinnsmál. Die Form des Wettstreits nahm der Dialog in Oegisdrecka an. Damit knüpft sich an diese Gruppe der eddischen Lieder zunächst der Räthselwettstreit in der

Hervararsaga, die Getspeki Heiðreks konungs. Im 10. Jahrh. war man auf dem Wege, die darin herrschende Form des Lioðahattr sich wieder anzueignen, aber Eyvinds Hakonarmâl scheint keine Nachfolge erregt zu haben. Eine jüngere Nachahmung des Hâvamâls ist das eddische Sôlarlioð, ein Spruchlied, welches Einige dem Sæmund zuschreiben, so sehr verräth es den christlichen Standpunkt, und der Grôugaldr, ein gnomisches Seitenstück zu Loddfafnismâl. Die gleiche Versart herrscht in dem ältern Eddaliede, dem Alvismâl, einer Sammlung von Synonymen, die der historischen Zeit zum grossen Theil erloschen sind. Bald aber scheint diese Form für das Spruchartige untergegangen zu sein.

4. Die auf historisches gerichtete Dichtung fand in dieser Periode reiche Nahrung und von vielen Seiten her Aufforderung. Ersteres theils in den einheimischen Stamm- und Heldengeschichten, deren Kenntniss mit der zunehmenden Schifffahrt und Handelsverbindung allgemeiner wurde, theils in den Kämpfen, die aus der allmählichen Bildung der drei grossen Reiche hervorgingen, und in den Stammfehden auf Island. Was dann weiter für das Talent die Anregung zu dichterischer Thätigkeit gab, war nicht einzig der gute Lohn, den die wandernden oder über See fahrenden Sänger gegen ihre Unabhängigkeit an den Höfen eintauschten. Die allgemeine Neigung und Achtung für das Dichten, die häufigern Gelegenheiten, wo das Volk, wie zu dem Thing, zusammenkam, die sonstige Abgeschiedenheit in einer durch die Natur mit grossartiger Umgebung ausgestatteten Heimat, der Einfluss der alten Überlieferüngen mit dem Phantastischen ihrer Form und dem Verständigen ihres Inhalts, dies alles musste auf ein des innigsten Gemüthlebens fähiges Volk die Anregung zu dichterischer Auffassung auch des Gegenwärtigen wirken. Viele Skalden stehen ganz unabhängig von auswärtiger Aufmunterung da, die meisten hatten schon heimatlichen Ruhm, wenn sie Island verliessen, wie Gunnlaugr, der sich noch ziemlich trotzig an fremden Höfen benahm, bereits wegen seiner bissigen Lieder den Namen Schlangenzunge bekommen hatte, als er nach 996 nach Norwegen ging. Glûmr (geb. 926, gest. 1003), genannt Vîgaglûmr (der Todtschlag-Glûmr, dessen Verse auch Snorri der Anführung werth achtete (vgl. Sp. 188, 23), war wol in Norwegen bei seiner Freundschaft, aber nie an Höfen gewesen; er sprach viele kurze Gedichte, so oft ein bewegender Vorfall kam (vgl. Sp. 115 fg.); wie gleich bei seiner Rückkehr als ihm das Gehege seines Erblandes verengert worden war, die Klage an Mendöll, die Schützerin der Triften, und ein Jubellied, so oft ihm eine Rache an seinen Feinden, ein Mord versteht sich, nahe oder gelungen war. Seine Gesänge wurden von den Nachbarn verbreitet. Als einst bei den Bädern von Hrafnagil nach

neuer Unterhaltung gefragt wurde, erklärte Þorvarðr᷊ er wisse eben keine bessere Lust als Glúm's Verse zu singen (Sp. 109, 37). Egill, der das Ziehen der Skalden an fremde Höfe besonders soll aufgebracht haben, fuhr noch als Víkinger aus, und war so jung schon Dichter, dass es hiess, er habe im dritten Jahre schon in Versen gesprochen. Seit Erik Blôdöx aber erst scheinen sich fremde Dichter länger am norwegischen Hofe aufgehalten zu haben, Glûmr Geirason ist der erste Isländer, von dem eine Königsdrâpa erwähnt wird auf Harald grâfeld († 977), neben Kormakr Ögmundarson, dessen Leben in einer eigenen Saga erzählt ist und von dessen Gesang auf Jarl Sigurð († 965) ein Vers von Snorri angeführt wird (vgl. unten Sp. 197, 37); er erscheint mit seinem Nebenbuhler, dem Skalden Thorvaldr Tinteinn, ebenfalls eine kurze Zeit bei jenem Harald. In Schweden ist der erste isl. Dichter Þorvarðr Hialtason bei Erik Sigrsaell (Fornm. 5, 250). Am meisten volksmässig wurden aber, ausser den auf dieser Insel so beliebten·wie gesetzlich verbotenen mansöng und niðlioð (Sp. 128, 17—34), dergleichen an Vetrliði, an Stefnir u. a. mit Ermordung gerächt wurde, die Kampfgesänge, die nicht blos zum Lob der Sieger, dem Volke unverständlich, verfasst wurden. Das Heer Knut's des Grossen konnte Verse, die einer aus seiner Mitte gedichtet hatte (Knytlingasaga c. 14). Fast in allen Sagen begegnen Strophen; und dann sichtlich einfacherer Anlage, die von Kriegern, Bonden u. a. improvisirt waren; auch Frauen gab es mit dem Ehrentitel skaldmaer, skaldkona, wie die Norwegerin Jorun, die Isländerinnen Steinunn, Þorfinna u. a. Man lernte auch schwierigere und längere Gedichte auswendig, was selbst von angesehenen Skalden geschah. Der blinde Dichter Stûfr sang König Harald Hardrâði in Norwegen eines Abends 60 Lieder vor, und behauptete noch zweimal soviel flokkir und viermal soviel drâpur zu können (Gunnlaugss. p. 163), was nicht unglaublich ist für eine Zeit, wo es zu schriftlichen Aufzeichnungen überhaupt noch nicht gekommen war. Dass die meisten dieser längern Werke nur in kleinen Stücken erhalten sind, ist für Geschichte des Übergangs zu künstlicherer Darstellung in diesem Zweige der Dichtung ein nicht geringer Verlust.

Zwischen dem Biarkamâl, dem Kampfliede des Biarki, wovon die erhaltenen zwei Bruchstücke Sp. 47 fg. gegeben sind, und welches vor der Schlacht bei Stiklestad 1030 als ein altes Lied gesungen wurde (Sp. 332, 38), sodass man es wenigstens in den Anfang des 9. Jahrh. zurücksetzen muss, und der spätern Skaldenpoesie dieses Jahrhunderts ist ein grosser Unterschied, ein unverkennbarer Sprung, den Thiodolfr von Hvin nicht ausgleicht, wenn Haustlöng (Sp. 51 fg.) von ihm ist. Bödvar Biarki spricht seinen Aufruf an Hrolf Kraki und die übrigen Genossen (mit denen er 552

fiel) noch in demselben Fornyrðalag, in dem die Heldenlieder der Edda
gedichtet sind, mit mythologischen Beziehungen, die auch in letzterer nicht
mehr erhalten sind, sonst aber ist alles klar; auch diese Bilder sind einfach,
wie auch in dem Liede über die Inglingen von Þiodolfr (eine Probe davon
Sp. 54, 30 fg.), während im Haustlöng der völlige Klingklang des Drottkvaeði
mit seinen Wortversprengungen und den gesuchtesten Umschreibungen ent-
wickelt ist. Diese Wendung müsste man schon ans Ende des 8. Jahrh.
setzen, wenn irgend eine der Bragi dem alten zugeschriebenen Strophen echt
wäre; allem Anschein nach bildete sie sich erst seit der Mitte des 9. Jahrh.
allmählich aus, wurde erst in noch einfachern Formen durch die norwegi-
schen Hofdichter angegeben, und erlangte auf Island bei aller Künstlichkeit
eine Art von Nationalität, sofern in diesem Versbau die Schwierigkeit der
Wortstellung nur Mittelglieder, welche parenthetisch meist vor den beiden
Strophenenden eintraten, betraf, und der verlassene einfache Anfang mit je
den letzten Worten der Hälften wieder aufgenommen wurde. Darin aber
gleicht die Hofpoesie der Drâpur den mittelhochdeutschen höfischen Dich-
tungen, dass ihr Stoff wie ihr vornehmerer Ausdruck fast jede Anschliessung
an die volksmässige Sagendichtung vernichtet hat. Die alten Götter hatte
schon jener Þiodolfr, der aus königlichem Geschlecht war, gemäss der
Aufklärung, die am Hofe herrschen mochte, zu Königen herabgesetzt. Neben
ihm finden wir als ständige Umgebung (hirð) Harald's des schönhaarigen
(863 —936) in höchstem Ansehen die Norweger: Ölver hnûfa, ferner Au-
ðun illskaelda, von dem eine Strophe Sn. E. 309 getadelt wird, dessen
Freund Ulfr Sebason gleichfalls eine drâpa auf den König gemacht hatte,
und Thorbiörn hornklofi, berühmt durch seine Kampflieder, zur Ver-
herrlichung des Königs Harald, namentlich auf die Schlacht im Hafursfiörð.
Der Theil seines grossen, von Munch und Unger (Læseb. 111 fg.) zusammen-
gestellten Haraldsgedichts, welcher jene Schlacht betrifft, ist Sp. 49 aus-
gehoben.

Noch im 10. Jahrh., der Blütezeit des historischen Skaldengesangs,
stehen darin die Norweger den Isländern ruhmvoll zur Seite. Guthormr
Sindri, der schon Harald und Halfdan den Schwarzen auf Kriegszügen als
Freund begleitet und besungen hatte, zeichnete sich durch eine drâpa auf
Hakon den Guten aus, die zuletzt für das Jahr 957 angeführt wird. Unter
die Regierung dieses Hakon gehören zwei vorzügliche, im Eddaton gehaltene
Dichtungen: das Eiriksmâl (Möb. Edda, S. 231), von einem unbekannten
Verf. auf Erik Blutaxt's († 952) Ankunft in Walhalla gedichtet, und das
unten Sp. 61 aus der Heimskringla vollständig mitgetheilte Hâkonarmâl
von dem Norweger Eyvindr Skaldaspillir Finnsson, einem Urenkel

Harald's, der sehr angesehen bei Hakon dem Guten war, verfasst auf dessen Fall in der Schlacht von Storð 963, worin er selbst zugegen war. Eyvindr lebte noch unter Jarl Hakon, dem zu Ehren er das Haleyjatal schrieb auf seine Ahnen bis hinauf zu Odinn, und hatte in hohem Alter auch Island besungen, worauf ihm dessen Bewohner einen goldenen Schmuck von 50 Mark an Werth übersendeten. Den musste er aber in der Hungersnoth von 975 verwenden, um zur Erhaltung seines Hauses Fische zu kaufen. Sein Sohn Harekr indess kam in den Besitz der ganzen Landschaft Halogaland im nördlichen Norwegen, die auch seine Heimat war (vgl. Fornm. 1, 9. 40. 45; 4, 3. 231). Auch Thorðr Siareksson muss Ansehen unter den Norwegern gehabt haben, es sind aber nur einige Strophen einer drápa auf Thorálfr Skumsson den Starken, der in der Schlacht von Storð auf Seite des Königs war, von ihm übrig, und aus einem andern Gedicht einfachern Versmasses eine Strophe mit durchgeführten innern Reimen (Fornm. 1, 43. 45; Sn. E. 103. 166). Durch den Gebrauch des Reims ist auch der gleichzeitige Dichter Þorkell Gislason merkwürdig, dessen Búadrápa in Munch's und Unger's Læseb., p. 123 zu finden ist. Schon unter Hakon gráfeld hatten sich Isländer wie Glûmr Geirason, Kormakr eingefunden, ihr erster Maecenas wurde der kühne, streng am Heidenthum haltende Jarl Hakon (978—996), zu dem sich ausser jenem Glûmr der oben erwähnte Eilifr Gudrunarson gesellte, und aus Island: Tindr Hallkelsson, Thorolfr munnr, der berühmtere Einarr Skálaglam, Sohn Helgi's und einer schottischen Königstochter, die Helgi erbeutet hatte; sein Lied auf die Thaten des Jarl's, die Vellekla (unten Sp. 63—66), wofür er mit einem vergoldeten Schilde beschenkt wurde, gehört nach den davon übrigen Stücken zu den besten Skaldendichtungen; ein anderer Isländer, Thorleifr iarlaskald († 994), dichtete ein Spottlied auf diesen Jarl, der einst sein Schiff überfallen und geplündert hatte, das iarlsnið oder die konuvîsur, begab sich dann zu König Svên nach Dänemark, der ihm eine fertuga drápa wohl belohnte, brach aber bald wieder auf, um dem Jarl das Hohnlied verkleidet selbst vorzutragen und mit Hieben einzuprägen, wofür ihn dieser einige Zeit darauf durch einen Meuchelmörder in Island umbringen liess. Von ihm wird erzählt Fm. 3, 89—104. — Den grössten Namen erwarb sich unter den Isländern Egill Skallagrimsson († 990), der fast 90 Jahre alt wurde, und bis in die Zeiten des genannten Jarl's hinein immer in Händeln mit dem norwegischen Hofe lebte. Drei grössere Gedichte, das unten Sp. 55 mitgetheilte gereimte, höfuðlausn, womit er sein Haupt aus einer Lebensgefahr bei Erik Blutaxt 938 auslöste, ferner Sonartorrek, des Sohnes Verlust (Sp. 57 fg.), ein Trauerlied auf den Tod eines ertrunkenen Sohnes, und die Arinbiarnardrápa auf den Tod seines mächtigen Freundes Arinbiörn in Norwegen, auch letzteres vollständig in seiner Saga erhalten, sichern ihm seinen Dichterruhm. Auszüge aus seiner Lebensbeschreibung findet man Sp. 133—152. — Auch zu dem Sohne des thatenreichen Jarl Sigurd, dem Jarl Eirikr, wandten sich mehrere Isländer: Gunnlaugr ormstûnga hielt nicht lange bei ihm aus, da er ihn gereizt hatte, er ging 1006 nach England, dessen Könige Ethelred er eine drâpa überreichte, später auch nach Irland und zu Olaf Skautkonung nach Schweden, wo er mit seinem Landsmann Skald Rafn in tödtliche Feindschaft gerieth, von dem er 1012 hinterlistig ermordet wurde. Aus seiner Lebensgeschichte sind einzelne Züge Sp. 91—98 nebst Strophen von ihm ausgehoben. Jarl Erik wurde besungen von Thordr Kolbeinson, von dem nächst der Eiriksdrâpa auch eine Belgskakadrâpa und Kölluvisur angeführt werden, ferner von Eyolfr Dâðaskald in der Bandadrâpa, von Halldor ûkristni, von dem in die Schlacht bei Svoldr als Schiffsvorkämpfer (Stafnbûi) mitgegangenen Skuli Thorsteinsson (Fm. 2, 310), endlich von Hallfreðr oder Hallfreyðr vandraedaskald († 1014), Sohn Ottar's, im Vatzdal, dem gefeiertsten Skalden aus dem Ende dieses Jahrhunderts, der indess von ihm entlassen wurde, weil er auf Seiten Olaf's Tryggvasons war, in dessen Saga auch seine Geschichte aufgenommen ist, und mancher Vers aus seinen Liedern. Das älteste war auf Jarl Hakon um 988 gedichtet, seine Spottverse, die Grîsvîsur, in einem Streite mit Grîs, wurden ihm gefährlich, eine Olafsdrâpa dichtete er 996, ein anderes Gedicht auf den Tod eben dieses Ol. Tryggv. im Jahre 1001, in demselben Jahre ein kvæði auf Jarl Erich, schon im nächsten Sommer aber, auf einer Fahrt von Island nach Schweden begriffen, starb er getroffen von einer Segelstange. Auch den schwedischen König Olaf hatte er besungen, bei seinem zweijährigen Aufenthalte in Gautland, aber infolge einer Vermählung mit einer Heidin neuen Verdacht gegen sein Christenthum erregt; als er dann zu Olaf zurückkehrte, veranlasste ihn dieser, eine uppreistardrâpa, ein Gedicht auf die Auferstehung Christi zu dichten, welches vielen Beifall fand, jetzt aber verloren ist. Seine Lebensgeschichte, die Hallfreðarsaga in kürzerer Fassung, ist gedruckt, und alles was Poetisches von ihm erhalten ist, zusammengestellt in: Vigfùsson und Möb. Fornsögur (Leipz. 1860) S. 83 fg.; 205 fg. Olaf Tryggv. liebte die Isländer, zu seiner hirð gehörten auch die Skalden Stefnir Þorgilsson, den er einst nach Island zurücksendete, den neuen Glauben da zu verkündigen, und der bald nach des Königs Tode sein Ende in Dänemark durch sein Dichten fand, und Hallarsteinn, der sein Lied auf den König Rekstefia nannte. Sicher entstanden noch gegen Ende dieses Jahrhunderts die Lieder auf den Kampf des Jarl Hakon gegen die Jomsburg, deren muthigster Vertheidiger Bûi aus Borgundarholm besungen wurde in der volksmässig lautenden, gereimten Bûadrâpa (vgl. Fm. I, 161 fg.), wogegen Bischof Biarni seine Jomsvîkîngadrâpa (Fm. XI, 163—174) in dem gewöhnlichen Drottkvaeði dichtete. Je allgemeiner das Dichten auf die Zeitbegebenheiten, je gewöhnlicher das Versesprechen aus dem Stegreif unter Jedermann im 11. Jahrh. wurde, desto mehr verschwand zwar die Härte und Künstlichkeit der Skaldengesänge, in demselben Grade aber wird der Inhalt prosaisch. Skald Sighvatr, der besten einer, konnte schon besser in Versen sprechen als in Prosa. Die Dichter müssen genau historisch erzählen, weshalb ausdrücklich Olaf der Heilige seine Hauptskalden Þôrmôðr kolbrûnarskald (so genannt, weil er auf die Isländerin Kolbrûn dichtete, Isl. I, 104), Gizur gullbrâr und Þorfinn munnr vor der Schlacht bei Stiklestad, damit sie Augenzeugen wären, in seine Schildburg stellte (vgl. Sp. 329, 24 fg.), und schon gegen Ende des vorigen Jahrhunderts wurden in den drâpur verschiedene Berichte abgewogen, wie von Hallfred. In diese Zeit mag auch das vielgefeierte Krâkumâl (Sp. 73—80) gehören, ein dem Ragnar Lodbrôkr (vgl. Sp. 153—164) in den Mund gelegtes, angeblich von seiner Gemahlin Krâka bestelltes Siegeslied, worin der Held die von ihm besiegten Könige aufzählt, ein langgestreckter, immer noch anmuthiger Katalog von Kämpfen in den üblichen epischen Formeln. So nähert sich die Dichtung, oftmals eine in Verse gebrachte Saga, der Auflösung in Prosa, welche seit dem nächsten Jahrhundert absichtlich mit dem alten Epos vorgenommen wurde. An Olaf's d. H. Hofe finden wir ausser den obengenannten Skalden, die sämmtlich in oder nach der Schlacht von 1030 mit ihrem Könige fielen, — über Þormôð's Ende s. Sp. 335 fg. — auch Bersi Skaldtorfuson, der auch von Knut angezogen und reichlich beschenkt wurde (Sp. 220, 10), und die engbefreundeten Dichter Sighvatr und Ottar der Schwarze. Sighvatr Skald Þôrðarson († 1047) machte ausser der Erfidrâpa u. a. Liedern auf Olaf, den er sehr liebte, auch eine Knûtsdrâpa, richtete freie Worte an Magnus den Guten (1036—47) Bersöglisvisur genannt (unten Sp. 71 fg.), und hielt sich mit Ottar auch dazwischen am Hofe des schwedischen Olaf auf, den letzterer mit einer als höfudlausn gedichteten drâpa kaum von dem Todesbefehl abbrachte, den er wegen Ottar's Gedicht auf seine Tochter Astrîd verhängt hatte (Fm. V, 26. 64. 210). In der Leichtigkeit der Sprachbehandlung auch bei einem assonirenden und alliterirenden Fornyrðalag (dem Toglag) zeichnete sich Þorarinn Loftûnga aus, von dem man auch eine höfudlausn benannte drâpa auf König Knut (Sp. 219, 29) hatte, in der Tögdrâpa auf eben denselben (Sp. 67), und in der Glaelognskviða auf Sven, deren noch übriges Bruchstück ein Wunder Olaf's d. H. erzählt (Sp. 67—70). Unter den Skalden Haralds harðráða († 1066), der selbst Dichter war (Heimskr. III, 71. 88. 101), lebten: Bölverkr nebst seinem Bruder Þiodolfr Arnason (Fm. V, 88), Stúfr der Blinde, Þórarinn skeggsson, Steinn Herdísarson, Arnorr iarlaskald (Fm. IV, 214. 272; V, 89), dieser der berühmteste, der auf König Magnus und seinen Nachfolger dichtete, sich auch bei dem Jarl der Orkaden Þorfinn aufhielt und dessen Kämpfen z. B. 1046 bei Rauðabiörg beiwohnte. Die Entartung der historischen Dichtung dieser Periode verräth sich auch darin, dass zur Würde eines Königsgesangs nicht nur die schwere in beständigen Anklängen sich fortziehende Form, sondern auch eine bestimmte Länge gerechnet, und auf Befehl (Sp. 219, 16—30) der Umfang eines Liedes erweitert wurde.

Zweite Periode.

Die Pflege der Nationalliteratur des Nordens und die Entwickelung der geistigen Bildung überhaupt beschränkte sich immer ausschliesslicher auf Island. Hier stellten sich der Entfaltung des Volksmässigen am wenigsten Hindernisse entgegen, vielmehr musste sie die freie Verfassung der Isländer, jene Selbstregierung durch das allgemeine Volksthing unter dem aus Wahl hervorgegangenen Lagmaðr, und die damit verbundene Nothwendigkeit des öffentlichen Sprechens, sicher befördern. Vorzüglich günstig war für den schon regen historischen Sinn, sowie für Erhaltung der einheimischen Tradition, dass die kirchlichen Einrichtungen, mit denen Island im 11. Jahrh. auch die Wohlthat der Schulen erhielt, bei der Entfernung von Rom sich in grösserer Unabhängigkeit und mit engerer Anschliessung an das Volksleben als anderwärts gestalteten. Die Bischöfe wurden vom Allthing gewählt, die Schulen, nicht einzig bei den Klöstern, sondern auch auf den Höfen angesehener Privatleute errichtet, gingen, nachdem Isleifr, der in Herfort in Westphalen gebildete Bischof von Skalholt, 1057 das Schreiben eingeführt, mit Aufzeichnung der Sagen voran, und kehrten auch bald, wie es die Geistlichen thaten, zum Gebrauch der Landessprache dabei zurück. Sæmundr hinn froði, Sigfusson (geb. 1056, gest. 1133) dem die Sammlung der Eddalieder und daher die Prosa, womit diese in der Sammlung eingeleitet und begleitet sind, wohl mit Recht zugeschrieben wird, hatte in Paris und Köln studirt, und in der Schule auf seinem Gute Odd wurde auch der Verfasser des norwegischen Königsbuchs und der prosaischen Edda, Snorri Sturluson (geb. 1179, gest. 1241) erzogen und für das Vaterländische begeistert. Das Reisen und Streben nach classischer Bildung wurde auch von andern als Geistlichen unternommen und trieb zu eigener Thätigkeit. Von Gizur, der 1181 Lagmann von Island war, wurde ein geographisches Werk als Flos peregrinationis geschrieben. Selbst grammatische und rhetorische Studien nach dem Muster der Alten sind aus dem 13. Jahrh. bezeugt durch die der jüngern Edda angefügten Abhandlungen. Unter solchen Beschäftigungen und Richtungen blieb es zwar für die Dichtung bei dem Alten, die historische dauert ohne bedeutendes Leben fort, das alte Epos löst sich auf, aber desto mehr musste die geschichtliche Prosa gedeihen.

I. In der Dichtung, welche nun zur gelehrten Beschäftigung auch der Priester und Mönche wird, tritt neben der fortgesetzten historisch-panegyrischen Weise jetzt auch eine geistliche hervor, und gegen Ende des Zeitraums, infolge gereimter Sagenpoesie und der zahlreichen auf Befehl Hakon's VI. veranstalteten isl. Übersetzungen, das gereimte Volkslied. Der Reim selbst aber ist nicht erst von Einar Skúlason im 12. Jahrh. aufgebracht worden, sondern ist neben der Alliteration schon im 10. Jahrh. zwar nicht nothwendig, aber entschieden gewesen (vgl. oben S. XX).

1) Der historische Skaldengesang, mit wenigen Ausnahmen nur ein matter Nachklang der alten Dichtung,·oder mit Schmuck überladene Erzählung gleichzeitiger Ereignisse, erhält sich an den Höfen bis wenig über die Mitte des 13. Jahrh., die Brüder Olaf hvîtaskald und Sturla hinn frôði (der gelehrte) sind die letzten, welche Fürsten besingen, und mit Hakon VI. hört die Beschützung und Förderung der Kunst durch die Könige auf. Bis dahin hatte aber noch jeder seine Sänger. Unter denen des 12. Jahrh. sind die berühmtesten: Markus Skeggson, ein Lagmann, unter Ingi Stenkilsson († 1112), von ihm auch eine drâpa auf Erik den Guten, der bis 1103 über Dänemark regierte (Heimskr. II, 295 fg.), Ivar Ingemundson am norw. Hofe von Magnus berfœtti († 1103) bis unter Sigurð Slember († 1139), auf den er den Sigurðarbalkr dichtete; Biörn krepphendi, Verfasser einer Magnusdrâpa (Heimskr. III, 194); von diesem M. berfœtti selbst findet sich ein kleines liebliches Gedicht auf eine Kaisertochter in derselben Heimskringla (III, 221 fg.); Halldor Skvaldri bei Sigurð Jorsalafara in Norwegen († 1130), den beiden Erik in Dänemark und bei Sverker Kolson (1138—1155) in Schweden; Thorarinn, dessen Stuttfeldar drâpa auf Sigurð den Jerusalemfahrer nach dem Zunamen, den ihm einst dieser König wegen seines kurzen Rocks gegeben hatte, benannt wurde (Heimskr. III, 270); Kolli unter Ingi († 1161), mit dem Beinamen der Stolze; der angesehenste aber war der Priester Einarr Skulason, Hofdichter seit 1114 bei eben jenem Sigurð; er dichtete auf Svên, König von Dänemark, zu dem er 1151 kam; berühmt wurde er durch sein mit allen 68 Strophen erhaltenes Gedicht auf

Olaf den Heiligen vom Jahre 1161, welches Olafsdrâpa, Vattardrâpa oder Geisli (Strahl) benannt wurde, und an den spätern Meistergesang erinnert (Heimskr. III, 461—480). Gegen Ende des Jahrhunderts tritt noch eine starke Zahl von Skalden auf; unter den dreizehn zur Zeit des Königs Sverrer (1177—1202) werden Hallr Snorrason, Mâni, Blackr, Thorbiörn skackaskald am meisten erwähnt, auch der junge Snorri Sturluson (geb. 1179, gest. 1241) wurde unter die Skalden gezählt. Noch war das Dichten allgemein wenigstens verbreitet und beliebt. Auf den Orkaden, deren Jarl Rögnvald bei jeder Gelegenheit in Versen sprach (vgl. Sp. 213 fg.), lebten zu seiner Zeit die isländischen Dichter Hallr Þorarinsson, dem eine orkadische Frau durch eine witzige Strophe den Zutritt beim Jarl verschaffte, und Botolf Begla (Orkn. s., p. 242. 355); es fehlte nicht an einheimischen Skalden, und die beiden hialtländischen Armôðr und Oddr der Kleine, die den Grafen auch auf seiner Fahrt nach Jerusalem begleiteten, wurden oft zum Wettsingen mit ihm aufgefordert (vgl. Sp. 215 fg.). In der ersten Hälfte des 13. Jahrh. waren angesehen Liotr, Höskuldr der Blinde, Jatgeir, Snorri und der Jarl Gizur, noch mehr Olafr hvîta skald Þorðarson († 1259), der Verfasser der Knytlingasaga und der grammatischen Abhandlungen der Skalda, bekannt durch Gedichte auf König Waldemar von Dänemark, auf Hakon VI. von Norwegen, auf Jarl Skuli und Thorlak den Heiligen (Heimskr. V, 33. 106. 180 fg.). Sein Leben wird in der Sturlungasaga erzählt. Ebenda wird berichtet von seinem Bruder Sturla hinn frôði († 1284), der ausser andern Geschichten die Hakon's VI. und Magnus' VII. schrieb, er fügte darin auch viele Strophen aus seinen in einfachstem Versbau recht fliessend geschriebenen Gedichten auf diese Könige ein, neben denen er auch den schwedischen Jarl Birger besang.

2) Eine geistliche Dichtung in isländischer Sprache scheint sich erst im 14. Jahrh. ausgebreitet zu haben, obwol einzelne Mönche und Geistliche als Dichter schon früher, seit Anfang des 13. Jahrh. erschienen. Die geistlichen Dichter gebrauchen die feierliche Drottkvæðistrophe, streben aber nach einer weniger künstlichen Handhabung des Verses und der Sprache, als sie der sonstigen Skaldenpoesie eigen war. Arnas, Mönch von Thingeyri dichtete noch lateinisch, der eben daselbst gebildete berühmte Mönch Eystein Asgrimsson († 1361) verfasste auch isländische Lieder dieser Art, auf den heil. Christophorus, auf die heil. Cecilia, und 1358 das allgemein hochgeachtete Gedicht Lilja, mit lat. Titel Lilium, was sprichwörtlich jeder gemacht zu haben wünschte, enthaltend in 100 Drottmælstrophen einen Hymnus auf die Trinität und Maria (herausgeg. v. Finn Johannson in s. hist. eccl. Isl. II, 398 fg. und besonders von dems. Hafn. 1773). Von einigen

wird auch das Gimmstein benannte Leben Christi, welches der Gegen-
stand auch von Blômarôs, Kristsbalkr u. a. ist, auf ihn zurückgeführt.
Vier geistliche Gedichte, Harmsôl (Sonne der Busse), Liknarbraut (Gnaden-
weg), Leiðarvîsan (Anweisung zur Heiligung des Sonntags) und heilags
anda visar, setzt ihr Herausgeber, Egilsson (Viðeyar klaustri 1844) wegen
ihrer noch grössern Künstlichkeit ans Ende des 13. oder Anfang des
14. Jahrh. Eine Nikolâsdrâpa „gedichtet zu Ehren der göttlichen Drei-
einigkeit, worin das Lob Johannis des Täufers hingeleitet wird, um zuletzt
das Lob des heil. Nicolaus zu mehren", ist wol aus dem 14. Jahrh., da die
Snorraedda dem wormischen Cod. nach, der aus dem 15. Jahrh. ist, daraus
citirt p. 340 fg. Von Arni Jônsson, Abt von Thvera (1371—79), gibt es
ein Gedicht über das Leben des Bischofs Gudmund des Guten. Diese Rich-
tung ward noch allgemeiner im 15. Jahrh. bis zur Einführung der Refor-
mation, ein Hauptantheil an den 52 erhaltenen Marienliedern wird Lopter
Gottormsson († c. 1432) beigemessen, in Prosa waren aber schon seit Ende
des 13. Jahrh. Bearbeitungen heiliger Geschichten vorhanden.

3) Spuren von Volksliedern finden sich einzeln schon seit dem
12. Jahrh. in isländischen und norwegischen Sagen, worin Verse oder ihre
Anfänge mehrmals mit der Bemerkung angeführt werden: Da kam diese
Weise aus, davon ist dies gesungen worden. Solche Strophen zeichnen sich
durch Einfachheit aus (Fm. 4, 36), hie und da durch den Reim, wie Sturl.
I, 17; II, 9. 17, oder durch Wiederholungen (Sturl. II, 214 fg.). Vollständig
erhalten ist aber aus der ganzen Zeit bis gegen Ende der Periode nur
äusserst wenig, was volksmässig gewesen sein kann. Erst im 14. Jahrh.,
wo die Gesetzgebung für das Meisterdichten sich vollendete, der Hofgesang
aber zuletzt mit der bisherigen Skaldenweise verstummt, aber durch das
sorgfältig und umfassend betriebene Übersetzen mit den Sagenstoffen fast
des ganzen Abendlandes eine neue Anregung gekommen war, wodurch das
beschränkt nationale historische Interesse überwunden wurde, kurz erst als
das südliche romantische Element anfing durchzudringen, trat eine allge-
meine erzählende Volksdichtung in Reimen (rîmur, wonach das Gedicht
selbst Rîma genannt wurde) hervor, die unter manchem Breiten doch weit
Vorzüglicheres, Ansprechenderes zum Vorschein brachte, als im historischen
Skaldengesang war. Über die Versarten, das Alter und die Literatur der
wichtigsten isl. Rîmur findet man eine treffliche Ausführung in Möbius'
Vorwort zu seiner Ausgabe der ältern Edda, p. IX fg. Die berühmtesten
und ältesten sind: die Olafsrîma von Einarr Gilsson um 1350, eine Er-
zählung von Olaf, herausgeg. in Munch Oldn. Læseb. p. 124 fg. und im
Flateyarbôk, Christiania 1859; die Skiðarîma, worin mythologische Stoffe

zu einer komischen Erzählung verwendet sind, von Einarr Þorlaksson um
1360, und die Skaldhelga rîmur, die Geschichte des isländischen, um
1010 nach Norwegen gekommenen Dichters Skald Helgi Þorðarson, und
seiner unglücklichen Liebe zu Thorkatla, von unbekanntem Verf. des
14. Jahrh., gedruckt in Grönlands hist. Mindesmærker II, 419 fg. Vgl.
Rafn in d. Antiqu. Americanae, p. 273 fg. — Halfdan Einarson nennt in
seiner Sciagr. p. 113 auch einen Priester Indridi Kopur (c. 1360), der die
Sage von Hialmter und Ölfer in Verse gebracht habe. Zwei sehr merkwür-
dige, weil an die alte Volkssage angeschlossene Reimgedichte sind die
Rimur über Thrym oder den mythischen Hammerraub, und die 279 Stro-
phen umfassenden Rimur über Völsungr „den nichtgeborenen", welche
beide zuerst von Möbius im Anhang zur Edda S. 235 fg. und 240 fg. ver-
öffentlicht wurden. Von den dänischen Volksliedern, gewöhnlich Kæm-
paviser genannt (herausgeg. von Söfreson Vedel, Kop. 1591, vermehrt von
P. Syv, 1695; von Grundtvig, 1835; deutsch von W. Grimm, Heidelb. 1811),
unter denen sich die über die Nibelungen auszeichnen, wird Verbreitung
schon im 14. Jahrh. angenommen, obwol der jetzigen Gestalt ihrer Sprache
nach die meisten ins 15. und 16. Jahrh. gehören, ebenso wahrscheinlich ist die
Annahme, dass solche auch gleichzeitig über Norwegen und Schweden sich
erstreckten, da die Liedersammlungen aus diesen Ländern, wie die Färöi-
schen, gleiche Gegenstände aus der gemeinschaftlichen Sage aufweisen
(herausgeg. die schwedischen von Afzelius und Geijer, Stockh. 1814 fg. 16.
3 Bde.; von Arwidson, Stockh. 1834—42. Norwegische von Landstad,
Christ. 1853; die Färöischen über Sigurð von Lyngbye, Randers, 1822; an-
dere von Hammershaimb, Kiöb. 1851 u. 1855. Isländische von Grundtvig
und Sigurðsson, Kop. 1854). Das norwegische Tristramlied Sp. 389 fg.,
welches in seiner Sprache bei aller mundartlichen Eigenthümlichkeit viel
alte Formen hat, wie sie in der öffentlichen Sprache des 14. Jahrh. nicht
mehr vorkommen, kann doch wenigstens diesem angehören, da die Bretasögur
schon ein Jahrhundert früher durch Hakon Hakonsson eingeführt waren.

II. Die Prosa gewann seit der eifrigen Aneignung christlicher Bildung
in Island sogleich mit dem 12. Jahrh. grosse Ausbreitung durch den Trieb
Landesgeschichte aufzuschreiben, und sie erhielt, obwol noch eine Zeit lang
in der äussern Form ungelenk und eintönig, doch in der Anlage schon an-
fänglich eine gewisse künstlerische Ausbildung, soweit sie entweder unmittel-
bar aus dem Munde eines geschickten Erzählers (Þulr, sagnamaðr, Sturl.
I, 9; II, 107) aufgezeichnet ist, oder auf dem Boden des Epos steht, und
dessen epische Ausdrucksformen in engangeschlossenem Gange der Erzäh-
lung beibehält. Sie fügt noch oft alte Strophen als Zeugnisse ein, weil sie

b *

Wahrheit geben will, und erst im 14. Jahrh., nachdem diese poetische Form allbeliebt geworden war, lässt der Verfasser einer Sage seinen Helden Strophen sprechen, die er selbst gemacht hat (Sturl. I, 23). Die Geschichtschreibung, die in dem Isländer Ari (12. Jahrh.) ihren Vater hat, gewinnt bereits im 13. Jahrh. durch Snorri, den Meister der Prosa, eine völlig durchgebildete Darstellung, der sich zunächst seine Neffen Olaf und Sturla als Prosaiker anschliessen, und die nun auch in der spätern Unterhaltungsliteratur herrschend bleibt. Die Menge der Prosadenkmäler, die besonders durch den Fleiss der Isländer auf uns gekommen sind, ist so gross, dass hier nur eine Übersicht des Bedeutendsten gegeben werden kann.

1) Heldensage war einer der ersten Gegenstände der Erzählung in Prosa. Die allgemein germanische ist enthalten zunächst in der Volsungasaga von Sigfrid's Vorfahren und seinen Jugendthaten, daher auch Sigurð Fafnisbanasaga genannt, woraus der Abschnitt über Sigmund und Sinfiötli Sp. 115—120 ausgehoben ist, sie hat den eigenthümlichen Zusatz von der uneddischen Tochter Sigurð's Aslaug; daran schliesst die Ragnarlodbrókssaga an, nach welcher der dänische König Ragnar lodbrókr, nachdem seine erste Gemahlin Thora gestorben, sich mit jener in Armuth aufgezogenen schönen Tochter Sigfrid's, Aslaug, in ihrer Jugend Kráka genannt, vermählte, ihre Söhne aber grosse Eroberer wurden. Einen Auszug daraus findet man Sp. 153—164. Beide Sagen sind aus dem 12. oder Anfang des 13. Jahrh. Kürzer sind dieselben Sagen erzählt in der Nornagestsaga, der Einkleidung nach unter Olaf Tryggvason, von einem Greise Gest, der dem fragenden Könige die Thaten Sigurð's berichtet, als dabeigewesener durch Geschenk der Nornen 300jährig gewordener Zeuge. Der Schluss dieser Sage ist Sp. 317—322 mitgetheilt. Die Entstehungszeit setzt v. d. Hagen ins 12., P. E. Müller und W. Grimm, weil hier schon Berufung auf deutsche Sagen ist, wol richtiger in den Anfang des 14. Jahrh. Völlig nach der Erzählung deutscher Männer ist die umfassendste Bearbeitung der Heldensage aufgestellt in der sogenannten Vilkina- oder Niflungasaga, die, weil das Leben Dietrichs von Bern ihr Rahmen ist, genauer die Sage Þiðriks konungs af Bern heisst. Sie ist in doppelter Recension vorhanden; die isländische, ungenau von Peringskiöld (Hafn. 1715, Fol.), am besten von Unger (Christ. 1853) herausgegeben, wurde von W. Grimm und Unger dem 13., von P. E. Müller dem 14. Jahrh. zugewiesen, für das letztere scheint die Art der Erzählung und der Sprache mehr zu sprechen; die schwedische aus dem 15. Jahrh. veröffentlichte Hyltén-Cavallius, Stockh. 1850—54. Zwei Abschnitte aus der isländischen sind Sp. 305—317 gegeben. Nur genealogisch angeschlossen an diesen Kreis ist die Blomsturvallasaga (herausg.

von Möbius, Leipz. 1855) von den Abenteuern der Söhne Aki's, eines Stiefbruders des Ermanarich.

Sehr viele Sagen gab es über einzelne nur nordische Helden, die aus historischen mehr oder weniger zu mythischen wurden, oder deren Geschichte doch durch eine längere Überlieferung die Färbung eines Romans erhielt. Unter diesen wegen Verrückung aus historischen Verhältnissen meist in die jüngste Zeit herabgesetzten Erzählungen ist vielleicht mehr von echt dichterischer Schöpfung, als dem 14. Jahrh. zugetraut werden kann. Am nächsten der Gudrunsage steht die von Hedin oc Högni, eine kurze, nur Sagenstück (þáttr) genannte Erzählung von Hedin, König von Serkland, der des Dänenkönigs Högni Tochter, Hildr, entführt, um welche mit zauberhafter Wiedererweckung der Erschlagenen gekämpft wird, bis Olaf Tryggvason, der christliche König, allen die Wohlthat des Todes gibt. Högni kam zu seiner Macht durch Besiegung und Freundschaft Sörli's des Starken aus Norwegen, von dem das sehr poetische Stück auch Sörlaþáttr (Fornald. sög. I, 391—407) benannt wurde. Über des letztern Thaten handelt besonders die Sörla saga sterka (Fa. 3, 408 fg.) bis zum Kampf und Bund mit Högni, der hier aber König von Schweden ist, und die Sage weiss nicht, ob er Kinder hatte. Als eine der bemerkenswerthesten gilt die Saga af Halfi ok Halfsrekkum in Norwegen, unter deren Helden besonders Hrôkr der Schwarze gefeiert wird, geschrieben nach dem angeführten Urtheil im 13. Jahrh., entstanden nach P. E. Müller aus Liedern des 9. bis 11. Jahrh., aus denen manche Strophen im Fornyrðalag in die Sage (Fa. 2, 23—60) eingefügt sind. Um je ein Jahrhundert später setzt derselbe die Gesänge und Prosa der Hervararsaga ok Heidreks konungs, die sich allerdings schon einmal auf alte Bücher beruft, aber mehrere Jahrhunderte älter sein mag als ihre gegenwärtige Recension. Sie gibt die Erfüllungen eines seit den Zeiten Odin's mit einem Schwerte Tyrfing vererbten Fluchs. Die Kraft des Schwerts, so oft es geschwungen wurde, einen Todesschlag zu geben, reizt die kriegerische Hervör, es von ihrem Vater, der es mit ins Grab gefordert hatte, aus seinem umflammten Hügel wiederzufordern, obwol es der Untergang der von ihr ausgehenden Königsgeschlechter werden sollte. Svafrlami, der das Schwert als Lebensauslösung von den Zwergen machen liess, der Urgrossvater Hervör's, war König von Gardariki. (Herausgegeben ist die Hervararsaga von Verelius, Ups. 1672; Björnson, Hafn. 1785; in den Fa. sög. 1829, I, 409—512, und in kürzerer Recension ebend. 513 fg.; letztere auch von Petersen 1847 unter den Nord. Oldskrifter.) Auszüge daraus unten Sp. 347—358. — König Harald blâtönn und die Bravallaschlacht ist der Hauptgegenstand des Sögubrot af nokkrum fornkonungum (Fa.

1, 363 fg.). Unter den norwegischen Helden in dieser Schlacht wird auch Oddr viðförli genannt, der mit seinen Vorfahren in besondern Sagen gepriesen wird; die von Ketil Hængr, seinem Grossvater, wird fortgesetzt in der von Grîmr Lodinkinna, dessen Sohn Örvar Oddr, an keine Götter glaubend, in seiner Jugend eine Vala durch Übermuth zu dem verhängnissvollen Spruche reizt, er solle durch einen Pferdekopf sterben. Durch das Vertrauen auf seine Kraft und durch ein Zauberkleid, das er in Island empfangen, erhält er sich zweihundert Jahre in allen Gefahren, bis er keck die heimatliche Stelle, wo er den Pferdekopf vergraben hat, wieder aufsucht und ebenda durch eine aus dem indess hervorgewühlten Kopfe kommende Schlange seinen Tod findet. Alle drei Sagen finden sich Fa. 2, 110 — 322; die letzte mit einem Liede von 71 Strophen im Fornyrðalag. Aus der Orvarodds saga ist der Anfang unten Sp. 359 fg. vorgeführt. In die Geschichte des alten Dänenkönigs Hrolfr kraki waren viele dänische und schwedische Helden verflochten, auch Biarki unter den erstern, die in furchtbaren Kämpfen alle untergehen. Die Sage über sie wird nach ihrer jetzigen Abfassung ebenfalls ins 14. Jahrh. gesetzt. Überlieferungen über isländische hervorragende Männer, wie Finnbog und Gretter die starken, sind meist historischer und älter; mehr mit Fabeln verwebt schon die des Isländers Ormr Storolfsson, woraus der berühmte Todesgesang seines Freundes Âsbiörn Prûdi nebst der Erzählung seines Endes unten Sp. 343 fg. eingelegt ist, und die Erzählungen der Fornaldarsögur von Helden der übrigen Länder: von den dänischen Vikingern Hialmter und Ölver, Hrômund, Hrói, von den schwedischen Herraud und Bosi (Sp. 377), Egill dem einhändigen, Styrbiörn dem Schwedenkämpfen (Fm. V, 245 fg.), von Gautrek, König von Westgothland (Sp. 375), und von seinem Sohne Hrolf, endlich die Sagen von den norwegischen An dem Bogenschwinger (Sp. 365—374), Sturlaug dem Arbeitsvollen, Thorstein, dem Sohne Vikings (Sp. 375), von dem Gänger Rolf, Rögnvald's Sohn u. a. Die Sage Thorstein's ist offenbar jünger als die von seinem Sohne Friðþiofr hinn frœkni (vollständig Sp. 231— 260 mitgetheilt), deren Schauplatz der Sognmeerbusen und das südlichere Norwegen ist, und deren Situation weit in die vorchristliche Zeit zurückgeht. Von P. E. Müller wurde ihre Aufzeichnung ins 13. oder Anf. 14. Jahrh. gesetzt; dass dazu die Schilderung nicht nöthige, zeigt Mohnike. Der Hauptumstand, welcher darauf führt, ihr Alter höher zu rücken, ist die einfache und kurz epische Art der Behandlung, die jener romantisch verschönernden Zeit nicht mehr anstand, und doch, wie die allgemein beliebte Tegnér'sche Bearbeitung an den Tag gebracht hat, viel Gelegenheit zu rührenden und ergreifenden Ausführungen darbot. Die Sage wurde viel geschrieben, leider aber nur in sehr späten Handschriften erhalten, die älteste, einen jüngern nicht ganz unselbständigen Auszug enthaltend, ist aus dem 15. Jahrh., die einzige Membrane [1].

Fremde Heldensage, sowol antike als die neuere der Nachbarschaft, beide in der Weise wie sie für die Ritterzeit war gestaltet worden, kam durch Übersetzungen schon seit Anfang des 13. Jahrh. meist aus Norwegen nach Island, und zwar auf Anregung des norweg. Hofes. Der erste bekannte Übersetzer eines fremden Romans war ein gekröntes Haupt, König Hâkon V. Sverrisson (1202—4) übertrug 1200 die Erzählung von Barlaam und Josaphat (udgivet af Keyser og Unger, Christ. 1851) in seine Muttersprache, ein Werk, das auch in Island viel gelesen wurde. Besonders thätig für Einführung dieser Stoffe war König Hakon Hakonarson (1217—1263) und isländische Geistliche gegen Ende des 13. und Anfang des 14. Jahrh., namentlich Jôn Halltôr, Bischof von Skalholt 1322—39, der selbst grössere Sagen übersetzte und von kürzern eine Sammlung veranstaltete; auch Euphemia, Königin von Norwegen, liess um 1300 viele südliche Ritterdichtungen übertragen. Am frühesten wurden die altbritischen Stoffe aufgenommen; die Übersetzung der Bretasögur wird dem Mönch Gunnlaugr Leifson in Thingeyre († 1218 oder 1219) zugeschrieben; auf Befehl Hakon's VI entstanden die Bèarbeitungen der Weissagung Merlin's durch einen andern Mönch Gunnlaug, der Artursaga, der Möttulssaga (vom Mantel), und durch einen Mönch Robert der Tristram ok Isoddusaga (gedruckt wurden die Trojumanna saga, und die Breta sögur nebst der Merlinus spâ durch Jon Sigurðsson in den Annaler for nordisk Oldkyndighed, 1848 und 1849, ebenda 1860 von Snorrason Flores saga ok Blankiflur, und eb. 1851 von Bryniulfsson die Tristram ok Isoddusaga); gleichfalls noch im 13. Jahrh. erschienen die Alexandrasaga nach Gualterus Insulensis (herausgeg. von Unger, Christ. 1848), und die Geschichte von König Tyrus und von Pilatus, beide durch Brandr Jônsson, der 1238 und 47—50 Verwalter des Bisthums von Skalholt war und als Bischof von Holum 1264 starb. Unbestimmt aus welcher Zeit die Geschichten von Pontus, Kaiser in Italien, und den sieben weisen Meistern, die fränkischen von Karlmagnus und seinen Helden Roland, Oddgeir und Holger von Dänen, unter den schottischen eine von Duggal Leidsli schon auf Hakon's Veranlassung, viele endlich über berühmte deutsche Kaiser und englische und französische Könige

---

[1] Diese im Leseb., wo sie verglichen ist, mit M bezeichnete Recension findet sich Fornald. 2, 488—503, die ausführlichere 2, 65—100; in der Textvergleichung ist B die Ausgabe Biörner's von 1737, die Hds. A aus dem 16. Jahrh., C u. D aus dem 17. Jahrh.

der historischen Zeit. Aus altfranzösischer Prosabearbeitung wurden bretagnische Lais eingeführt; unter dem Titel strengleikar (Saitenspiele) ist die altnordische, von Hakon VI veranstaltete Übersetzung jener Prosa, herausgegeben von Keyser und Unger, Christ. 1850. Eine isländische Bearbeitung der faustartigen Sage von Theophilus gab neben vielen in andern Sprachen, Dasent, Lond. 1845. Vier Rittersagen wurden isländ. herausgeg. von Erlendsson und Þorðarson, Reykjavik 1852. Viele Sagen dieser Gattung wurden später in Reime übertragen, aber auch schon ihre Prosa war bearbeitet nach den herrschenden Fabeln zum Zwecke der Unterhaltung.

2) Die historischen Denkmäler, ebenfalls unter dem Titel sögur verfasst, geben zwar in der ganzen Zeit vor Halfdan dem Schwarzen († 863) auch noch Mythisches, beabsichtigen aber Erhaltung der Geschichte und beruhen auf Geschlechtsregistern und einheimischen Überlieferungen, die je näher sie der Zeit der Aufzeichner stehen, desto zuverlässiger sind. Die umfassendsten Werke über die Geschichte der Inseln, überall noch von Familiengeschichte ausgehend, sind für Island die Schedae oder das Islendîngabok (1110) von Ari hinn frôði († 1148), eine gedrängte Übersicht seiner Anbauung und Begebenheiten bis zum Anfang des 12. Jahrh., welche die Personen nennt, aus deren Erzählung das meiste genommen ist (vgl. Sp. 83—86), und das ausführlichere, auch von Ari angefangene, Landnâmabôk, welches nach mehreren Fortsetzungen von Stûrla Þordarson († 1284) vollendet wurde, Zusätze indess noch erhielt durch den gelehrten Haukr Erlendsson (geb. 1268, gest. 1334), der verschiedene frühere Handschriften des Werks redigirte in dem von ihm selbst geschriebenen und nach ihm Hauksbôk genannten Sammelcodex. Auszüge daraus s. Sp. 225—230. Die trefflich darstellende Foereyingasaga, am ausführlichsten über die Geschichte Sigmund's, der das Christenthum auf den färöischen Inseln einzuführen suchte, wird von ihren Herausgebern (Rafn und Mohnike, Kopenh. 1833) ins 12. Jahrh. gesetzt; die Orkneyingasaga (Sp. 211 fg.) aus der Mitte des folgenden Jahrhunderts erzählt von der Besitznahme der Orkaden durch die Norweger an die Thaten der Jarle bis zu Ende des 12. Jahrh. (herausgeg. von Jon Jonson, Havn. 1780. 4.). Einzelne Stammgeschichten und andere grössere Zusammenfassungen haben sich nur über Island viele erhalten, darunter sind die bedeutendsten: die Niala, Geschichte Nial's und seines Geschlechts aus dem Anfange des 12. Jahrh. vielleicht von Saemund (der Text davon erschien Kopenh. 1772. 8., die lat. Übers. Havn. 1809. 4) Der Abschnitt, welcher den berühmten alten Valkyriengesang enthält, ist Sp. 103—108 aufgenommen; die gleichzeitige Heiðarvigasaga (Viga-Styrs saga ok Heiðarviga, Isl. I, 261 fg.; vgl. II, 277 fg.) über die Schlacht auf der

Heide, zwischen 1013 und 1015, die erste von ganzen Stämmen gegeneinander gekämpfte, nur in Bruchstücken erhalten, die Vatnsdoelasaga, Geschichte des Vatnsdalischen Stammes (Kiöb. 1812. 4., und in den Fornsögur von Vigfusson und Möbius, Leipzig 1860. 8., worin auch die Flôamanna saga und die Geschichte des Dichters Hallfreðr), die Kristnisaga von der Einführung des Christenthums in Island aus dem 14. Jahrh. (Hafn. 1773), und die Hungurvaka über die fünf ersten Bischöfe zu Skalholt, aus dem Ende des 12. Jahrh. (Hafn. 1778); die Eyrbyggjasaga (Hafn. 1787) von der Besitznahme des östlichen Islands; die Laxdoelasaga (Hafn. 1824. 4., woraus Sp. 224), sie berichtet die Schicksale einer mit ihrem Vater erst nach Schottland, dann nach Island vor Harald harf. geflüchteten sehr reichen Norwegerin Auda, dann von ihren Nachkommen bis über die Zeiten Olaf's des Heil. hinaus, unter denen zuletzt Kiartan mit seiner Liebe zu Gudrun, und noch mehr die Leidenschaft der letztern in den Vordergrund tritt. Diese ausführliche Sage gehört wie die vorige in die erste Hälfte des 13. Jahrh. Ein Jahrhundert später aufgeschrieben ist die Svarfdoela saga, Geschichte der Bewohner des Svarfdals, woraus Sp. 289—298 Mittheilungen gemacht sind. Die umfangreichste, noch ans Ende des 13. Jahrh. gehörig, ist die völlig historische Sturlungasaga, auch vorzugsweise Islendingasaga genannt (Kopenh. 1817 — 20, 2 Bde. 4), welche nach einigen Anknüpfungen an die erste Zeit Islands die Geschichte mit 1110 anfängt, besonders umständlich aber die Schicksale Sturla's, des Vaters Snorri's beschreibt, und dann die Kämpfe dieses Geschlechts mit andern Häuptlingen, welche die freiwillige Unterwerfung unter Norwegen 1261 herbeiführten; der Verfasser Sturla Thordarson schrieb bis zu seiner Reise nach Norwegen 1264, sein Werk erhielt indess am Ende und sonst einige Zusätze.

Unter den Sagen einzelner historischer Personen sind die merkwürdigsten: die Vîgastyrssaga, von einem angesehenen Isländer Styr, der Mordkämpfer genannt, dessen Erschlagung 1007 die berühmte Schlacht auf der Heide herbeiführte; Vîga Glûmssaga (Hafn. 1786, u. in den Isl. sögur 1829, II, 323 fg.), die Lebensgeschichte jenes durch die Erlegung so vieler Feinde wie durch die Gewandtheit in seinen Processen bekannten Glûmr, dessen Lieder auch viel gesungen wurden, gestorben 1003 in hohem Alter. Beide Sagen aus dem Anfange des 12. Jahrh. sind von grosser Wichtigkeit als Gemälde der heidnischen Zeit dieser Insel (Auszüge aus der Glûmssaga findet man Sp. 107 — 116); die Gretla oder Grettissaga ens starka aus dem 13. Jahrh. von einem Manne, zur Zeit Olaf's des Heil., den ebenso sehr seine Frevel und sein Umherirren in Verbannung als seine Stärke und Dichtungen in Ruf brachten (Holum 1756. 4.); die Liotsvetninga oder Reyk-

doelasaga (Isl. II, 1—112), von dem reichen Gudmund dem Mächtigen
(† 1025), und seinen Söhnen, schildert die Anfänge der Aristokratie auf Is-
land, geschrieben noch im 12. Jahrh. Sehr interessant sind die Geschichten
über das meist vielbewegte Leben isländischer Skalden. Die älteste im
Anfang des 12. Jahrh. entstandene Gunnlaugs Ormstungu ok Skald Rafn's
saga (Havn. 1775..4.) ist eine der schönsten in dieser Literatur. Die Grund-
züge des Lebens beider Dichter sind daraus Sp. 87—98 zusammengestellt.
Merkwürdig, aber schon nicht ohne Ausschmückungen und Übertreibungen
die Eigla oder Egils saga Skallagrimssonar, vom Ende des 12. Jahrh. mit
vielen kleinen und grossen Gedichten dieses weit als Kämpfer umhergezoge-
nen Skalden, dessen Enkelin die Geliebte Gunnlaug's war. Mehrere Ab-
schnitte daraus sind Sp. 132—148 gegeben (nach der Ausg. von Gudm.
Magnusson, Havn. 1809. 4., da eine neuere von Jôn Thorkelsson, Reykjavik
1856 dem Verf. nicht zugänglich war). Gleichzeitig verfasst ist die Sage
zweier Skalden, deren Verbrüderung und Tapferkeit berühmt war, die
Fôstbroedrasaga, nämlich des Dichters Thormod, der in der Schlacht
bei Stiklestad mitkämpfend seine Todeswunde erhielt, und seines Jugend-
freundes Thorgeir Håvarsson, der nach vielen Kämpfen in Island, Irland,
England und Norwegen, wo er eine Zeit lang Olaf's des Heil. Gefolgsmann
war, auf Island erschlagen wurde. „Er trug die schwersten Waffen", heisst
es hier p. 12, „er wurde weder roth noch jemals bleich, sein Herz war wie
von dem grössten Hauptschmied gehärtet, selten lachte er, noch bekümmerte
er sich um Frauen." Herausgegeben wurde die schöne Erzählung Kopenh.
1822 und in den Nord. Oldskr. 1852. In letzterer Sammlung erschien 1847
auch die Sage von Biörn Hitdoela kappi, aus demselben Jahrhundert,
sie betrifft dieselbe Zeit, die Schicksale dieses Dichters waren in Bezug auf
seine Liebe zu Oddnŷ ähnlich denen, die Gunnlaug infolge seines Aus-
bleibens auf Reisen betrafen. Die Kormakssaga (Havn. 1828) gehört
gleichfalls zu den eigenthümlichsten Kampf- und Liebesgeschichten, dieser
Hauptskalde unter Harald gråfelld erscheint noch ganz als Vikinger.
Andere Dichtersagen, wie von Hallfred vandraedaskald, Thorleif iarla skald
u. a. sind auszugsweise in die grossen Königssagen aufgenommen.

Die norwegische Geschichte hat eben jener isländische Gelehrte Ari zu
schreiben angefangen, der auch in der einheimischen der erste war. Aber
seine Lebensbeschreibungen der norwegischen Könige, die noch Snorri u. a.
kannten und benutzten, sind verloren gegangen. Die kleinen Stücke Um
Forniot oder wie Norwegen angebaut wurde, und Funndinn Noregr,
das gefundene Norwegen, die beide in Rasks Sn. Edda und von Rafn in
den Fornald. sög. II, 3—21 gedruckt wurden, sind mythisch, aber von

hohem Alter; ebenso das Königsverzeichniss Fm. X, 377 fg. Die norwegische
Königsgeschichte ist vor ihrer ausführlichsten Bearbeitung in der Heims-
kringla besonders behandelt worden in vier andern Schriften, welche je nach
der sie enthaltenden Membran (skinnbók, skinna) benannt sind: die Fagr-
skinna, nach den Herausgebern ihres Textes (Munch und Unger, Christ.
1847) bald nach 1177 in Norwegen geschrieben; die Morkinskinna von
ungefähr 1200 (Proben in Munch Old. Læs. p. 21 fg.); die Hrockinskinna,
eine Hds. des 14. Jahrh. in Kopenhagen, und nebst andern im Flateyjar-
bók (herausgeg. Christiania 1859 u. 60). Von Snorri Sturluson stammt das
Hauptwerk, die Heimskringla, d. i. Weltkreis, es umfasst, soweit es Samm-
lung Snorri's war, 16 Saga's, deren erste die ganze mythische Zeit vor
Halfdan dem Schwarzen nach dem Gedicht Thiodolf's von Hvin, dem Ynglin-
gatal behandelt, dann folgen die Geschichten aller Könige bis auf Magnus
Erlingsson (1162—1184). Verbunden damit sind drei Fortsetzungen zuerst
von Karl Jônsson, Abt zu Thingeyri († 1213) die ausführliche Geschichte
des Königs Sverrer, dann von unbek. Verf. die über Hakon Sverrersson,
Guttorm Siguröarson und Ingi Bardarson, endlich von Sturla, dem letzten
Skalden, das Leben Hakon's VI., und ein Fragment von dem seines Nach-
folgers Magnus VII. Snorri erklärt, dass er ausser den Gedichten der
Skalden auch schon geschriebene Königssagen benutzt habe, auf seinen
Reisen seit 1218 konnte er ebenfalls Nachrichten sammeln, die Vollendung
der ganzen Arbeit, bald Auszug, bald wörtliche Befolgung seiner Quellen,
setzt man wenig vor das Jahr 1230, wo eine Abschrift davon auf Snorri's
Gute Reikholt angefertigt wurde. Am besten herausgegeben und mit einer
lateinischen Übersetzung begleitet wurde die Heimskringla von Schöning,
und nach dessen Tode von Skûli Þôröarson Thorlacius u. a. unter dem Titel
Historia Regum Norv., conscr. a Snorrio Sturlae filio u. s. w., Havn. 1777—
1820, 6 Bde., Fol. Eine vollständige deutsche Übersetzung gab Wachter, Lpz.
1835 u. 36. Das Leben Olaf Tryggvason's hat ausser der in die Heims-
kringla aufgenommenen noch zwei grössere Darstellungen gefunden, die im
Tone merklich abweichen, da die Begebenheiten mit dem Licht des Christen-
thums beleuchtet zu werden pflegen. Die ältere derselben war von Oddr
Snorrason, einem Mönch von Thingeyri, gegen Ende des 12. Jahrh. lateinisch
abgefasst, die isländische Übersetzung davon, gefunden in einer Upsaler
Membran, wurde von Munch (Christ. 1853) herausgegeben (aus einer andern
schlechtern Hds. war die Ausgabe von Reenhjelm, Ups. 1691, hervorgegangen,
aus einem Abdruck des Arnamagn. Codex, die von Rafn im 10. Bde. der
Fornm. sögur); die jüngere und grössere wurde von dem Thingeyrer Mönch
Gunnlaugr Leifsson († 1219) lateinisch geschrieben, von dem Abt Bergr aber

um 1325 ins Isl. übersetzt und sehr vermehrt; diese Recension gab nach dem Flateyer Codex die Skalholter Ausgabe von 1689 und nach einem Arnamagn. Codex die Rafnische in den drei ersten Bänden der Fornmanna-sögur. —

Auch von der Geschichte Olaf's des Heiligen hat man drei Recensionen. Ausser der Snorrischen in der Heimskringla gibt es eine kürzere Bearbeitung von der zweiten Hälfte des 12. Jahrh., die aus einem Upsaler Cod. herausgegeben wurde von Keyser und Unger (Christ. 1849), und eine ausführlichere, die sogen. grosse, welche wieder in doppelter Gestalt vorliegt, erweitert durch sehr viel Wundergeschichten im vierten und fünften Bande der Fornmannasögur (aus Cod. Arn. Magn. 61), diese Fassung wird von Rafn ins 14. Jahrh. gesetzt, und sodann mit geringern Erweiterungen in der Ausgabe von Munch und Unger (Christ. 1853, aus einem Stockh. Codex), nach denen diese Bearbeitung zwischen 1225—1230 geschrieben und von Snorri selbst verfasst, eine zweite vermehrte Ausgabe der in sein grosses Geschichtswerk aufgenommenen Olafssaga war.

Schwedische Königsgeschichte ist, nach der poetischen Behandlung in dem oben erwähnten Ynglingatal, nicht selbständig von Isländern behandelt worden. Die schon erwähnte Sage von Hrolfr Gautreksson, und die von Ingvar viðförli (Stockh. 1762, von Brocman) sind zu jung, als dass sie ganz historisch sein könnten, und was von Styrbiörn's des Schwedenkämpen Aufstand gegen Erik sigrsæll übrig ist (Fm. V, 245—51), ist ein geringes Bruchstück.

Dänische Geschichte frühester Zeit betreffen das oben angeführte Sögubrot, die Ragnarssaga, woneben auch ein Þáttr af Ragnars sonum (Fa. I, 345 fg.), historische treue Berichte aber sind die wenigstens bald nach Anfang des 13. Jahrh. aufgezeichnete Jomsvíkingasaga über Jarl Hakon's Eroberung und Zerstörung der Jomsburg, und die Knytlingasaga, ausführliche Geschichte Knut's des Heiligen (1080—86) und seiner Nachfolger (der Knytlingen) bis 1186, welcher eine Übersicht der Geschichte von Harald Gormsson an vorausgestellt ist, von dem oft genannten Neffen Snorri's Olaf hvitaskald, win P. E. Müller nachgewiesen hat. Beide sind mit den früher in Langebeks script. I. II. gedruckten Stücken herausgegeben von Rafn im elften Bande der Fornmannasögur.

Alles was sich auf Grönlands Entdeckung und Geschichte bezieht, das Sagenstück von Erik dem Rothen, mit seiner Fortsetzung dem Grœnlendingaþáttr, und die Saga von Þorfinn Karlsefni, deren ersteres auch in die Heimskringla (I, 303 fg.) aufgenommen ist, dann viele Auszüge aus andern Schriften, die Grönlands gedenken, findet man zusammengestellt in den Antiquitates Americanae (Hafn. 1837. 4.), woraus die Haupterzählungen unten Sp. 279—290 ausgehoben sind). Die genannten Sagen waren nach den Herausgebern im 12. Jahrh. entstanden, die letztere im 14. Jahrh. mit Zusätzen versehen.

Nächst diesen im Ganzen historischen Sagen bildeten sich auch in Island Behandlungen der biblischen und der Weltgeschichte, ferner Bearbeitungen der alten Legenden und des Lebens ausgezeichneter einheimischer Geistlicher, die mehr oder weniger durchgängig 'mit den Fabeln der Tradition versetzt sind. Das älteste ist Stiorn, eine zum Erweis der göttlichen Regierung (stiorn) veranstaltete Bearbeitung der biblischen und weitern Geschichte. Von einer bis auf die Babylonische Gefangenschaft gehenden Behandlung der alttestamentlichen Geschichte, die auf Veranlassung des Königs Hakon Magnusson (1299—1319) entstanden sein soll, wurde der Anfang herausgegeben von Unger (Christ. 1853). Legenden von Aposteln und Märtyrern erschienen zu Viðeyarklaustri 1836. Halfdan Einarson hatte 61 Heiligengeschichten handschr. gesehen, darunter ein Leben Johannis des Täufers, von Priester Grimer vor 1307 verfasst, die Geschichte Dunstan's, Erzbischof von Canterbyri, von Arni, einem Mönch in Thingeyri um 1316, die des heil. Nicolaus von Bergr Sokkason, Abt von Thverâ (1325—34), der als Übersetzer vieler Legenden gerühmt wird. Mehr historisch wenn auch mit Wundererzählungen geschmückt sind die Geschichten nordischer Heiliger, die Saga vom heil. Jôn Ögmundson († 1121), vom heil. Thorlak († 1193), von Jarl Magnus dem Heil. († 1110), letztere im Anhang zur Orkneyingasaga herausgegeben Hafn. 1780, woraus der Schluss Sp. 521 fg. mitgetheilt ist; sämmtlich aus dem 14. Jahrh., sowie die gleichzeitigen Bischofssagen von Arni, Bischof von Skalholt († 1298), und Laurentius, Bischof von Holum († 1330). Das Leben eines frühern dasigen Bischofs Gudmund's des Guten hatte schon Sturla hinn froði geschrieben. Über den heil. Erik gibt es eine isländische und eine schwedische Geschichte aus dem 14. Jahrh. (die letztere Sp. 297—302 gegeben), welcher Zeit auch die in sprachlicher Hinsicht merkwürdige altschwedische Ansgari vita Remberti angehört, welche Fant in s. scriptores rerum Suec. aufnahm (erschienen Holm. 1677. 4.).

3) Alte Gesetzbücher hat jedes der nordischen Reiche in eigenem Dialekt aufzuweisen, sodass sie für Sprachgeschichte von hohem Werth sind. Das älteste ist das der Isländer, Grâgâs, welchen Namen (Graugans) sein letzter Bearbeiter, der Lagmann Gudmund Thorgeirsson (1123—1135) ihm beigelegt haben soll. Auszüge daraus, nach Schlegel's Ausgabe (Havn. 1829. 4.) sind Sp. 121—134 zu finden. Eine Handausgabe besorgte Finnsen in den Nord. Oldskr. 1850. Entstanden war es seit 1117 auf Grund der

Gesetze Ulfliot's im 10. Jahrh., galt aber nur bis auf die Unterwerfung unter Norwegen, seit welcher das 1273 eingeführte Hakonarbók herrschend wurde, welches nach einer neuen Umarbeitung durch Jón, einen isländischen Lagmann (1280) Jónsbók heisst (herausgeg. Kiöb. 1763. 8.). Das isländische Kirchenrecht Kristinrettr ist ein doppeltes, das alte von 1123 (Thorkelin, Havn. 1775), das neue von 1275 (Thorkelin, Havn. 1777). — Dem Alter nach am nächsten stehen die schwedischen Gesetzbücher, welche vollständig und in kritischen Ausgaben zusammengestellt sind von Schlyter in dem Corpus juris Sueo-Goth., Stockh. 1827—1844. Das alterthümlichste ist das auf der Insel Gothland entstandene Recht, das Gotalagh, welches auch einen besondern diphthongenreichen Dialekt darstellt (vgl. Sp. 165 fg.), neu behandelt von Säve (Gutniska urkunder, Stockh. 1859), wird seiner Entstehung nach zwischen das 11. und 12. Jahrh. gesetzt. Die übrigen sind mehrmals umgestaltet. Das Ostgöthalagh erhielt 1168 schon Zusätze, seine letzte Gestalt 1260; das Uplandslagh, welches unter den rein schwedischen die älteste Sprachgestalt hat (Vorwort und einzelne Gesetze daraus s. Sp. 269—278), wurde 1296 zuletzt überarbeitet; das Wästgöþalaghbook allmählich seit dem 9. Jahrh. entstanden, ist erst 1347 vollendet öffentlich angenommen worden. — Das erste der dänischen Gesetze ist das Viðerlagsrétt (vollständig mitgetheilt Sp. 169 fg.), ein altdänischer Auszug des von Knut nach 1018 gegebenen Kriegsrechts, veranstaltet in der zweiten Hälfte des 12. Jahrh., und kürzer als ein gleichzeitiger lateinischer Auszug desselben von Sven Aggason, dem ersten dänischen Chronisten. Die dänische Bearbeitung kommt in mehreren Handschriften zusammen vor mit dem schonischen Gesetze, neben dem auch ein jütländisches von 1240 und ein seeländisches bestand. — Von der grössten Wichtigkeit für Bestimmung der Bussen und Wergelder sind die in diesem Punkte sehr ausführlichen, in der vollen Frische hohen Alterthums glänzenden, auch sprachlich bemerkenswerthen, ältesten Rechte der Norweger: die des Gulaþing, und des Frostoþing, die zuerst Hakon der Gute zusammenfasste, das Biarkeyjar-Recht, das des Borgarþing und des Eidsivaþing sind zugleich mit dem Stadtrecht von Bergen von 1276 herausgegeben von Keyser und Munch in Noregs gamle Love (Christ. 1846. Fol.). Sie wurden wieder aufgenommen in das 1267 verbesserte und vermehrte Gulaþingslög von Magnus lagbœtir (herausgeg. Havn. 1817). Derselbe Magnus besorgte auch die Hirðskrá, das umfängliche Recht der norwegischen Hofmänner oder der Gefolgschaft (hirð) in ihrem Verhältniss zum König, welche Rechtsacte am besten in jenen Noregs Love II, 387 fg. gedruckt ist. Einzelne Bestimmungen daraus sind Sp. 259—266 vorgelegt.

4) Auch an Denkmälern eigentlich gelehrter Beschäftigung mit den Wissenschaften in Island und Dänemark fehlt es nicht, seit mit dem Christenthum auch einige Gelehrsamkeit eingeführt und viel auswärtig studirt wurde. Wenigstens Grammatik und Rhetorik, Astronomie und Chronologie, Physik und Geographie eignete sich die ausserordentliche Selbstthätigkeit der Isländer so an, dass sie sich selbst schriftstellerisch darin versuchten. Besonders blühte das Studium der Grammatik und der eigenen Sprache, worin Thorodd so berühmt war, dass er den Beinamen Runameistari (Grammaticus) erhielt; selbst eine Jungfrau Ingunn soll Grammatik gelehrt haben. Zusammenstellungen alter einheimischer Versarten gab es schon im 12. Jahrh. mehrere, das merkwürdigste Denkmal der Thätigkeit für Hülfsmittel und Theorie der Dichtung, für Grammatik und Rhetorik ist die jüngere Edda, namentlich dem Theile nach, der auch den besondern Titel Skalda führt, und, weil mehrmals überarbeitet, in verschiedenen Gestalten auf uns gekommen ist. Das Ganze enthält zunächst eine prosaische Aufzeichnung des alten Sagenstoffs, woraus die Dichtung der Skalden ihre Einkleidung zu entnehmen hatte, und zwar die Götter- und Heldensage nach Liedern der ältern Edda, welche hier in Prosa aufgelöst sind. Dieser Theil umfasst in denjenigen Handschriften, welche der unvollständigen, nur auf Snorri's Schrift gerichteten Ausgabe von Resenius (Hafn. 1665. 4.) zu Grunde lagen, 78 Doemisögur, erst die mythologischen dann die Sigurðsaga und von andern Helden. Diese letztern sind aber in der ausführlichern Recension, welche Rask kritisch herausgab (Stockh. 1818), und die nunmehr die herrschende ist, gelegentlich eingelegt, und den ersten Haupttheil machen nur die 58 mythologischen Stücke in derselben Gesprächsform eingekleidet aus (Gylfaginning und Bragarœður, vgl. die Auszüge Sp. 175 fg.; 181 fg.). Der zweite Theil, auf welchen der Name Skaldskaparmâl (über die Mittel und Formen der Dichtkunst) zu beschränken ist, in der ältern Ausgabe nur Kenningar (poetische Umschreibungen, wovon Proben Sp. 184— 188 gegeben sind) enthaltend, ist in der vollständigern vermehrt mit abgesonderten úkend heiti (nicht Umschreibungen, sondern poetische Synonyme; s. die Beispiele Sp. 188 unten bis 190), die zuletzt in einem alliterirenden Gedicht zusammengestellt sind, woraus die Kampfnamen Sp. 190 ausgehoben wurden, und dazu kam das Hâttatal oder die hœttir skaldskapar (die Versarten der Dichtkunst, auch bragar hœttir genannt, woraus der Anfang Sp. 191 fg. mitgetheilt ist), eine mit Beispielen versehene Verslehre. So weit geht Snorri's eigenes, Edda und Skalda umfassendes Werk. Skalda im engern Sinne gilt nur von den drei Stücken dieses zweiten Haupttheils, wird aber gewöhnlich auch auf den dritten später hinzugekommenen ausgedehnt,

welcher grammatische und rhetorische Abhandlungen enthält. Dieser dritte bei Resenius ganz fehlende Theil besteht aus drei meist nach Priscian und Donatus gemachten Reihen von Aufsätzen: um strafrofit, über das Alphabet oder die lateinischen und isländischen Buchstaben und Laute, welche noch besondere Bezeichnungen erhalten mussten, diese Stücke schreibt man der zweiten Hälfte des 12. Jahrh. zu; dann, und zwar verfasst von Olafr hvíta skald († 1259): málfrœðinnar grundvöllr, der Redekunst Grundlage, eine kurze, auch von den Runenzeichen handelnde Lautlehre, endlich figurur í roeðunni oder málskrúðsfroeði über die rhetorischen Figuren, Schönheiten und Misbräuche, nachgewiesen in den Werken der Skalden. Die zweite Hälfte dieser letzten auch von Olafr begonnenen Abhandlung ist ein Zusatz des 14. Jahrh., welche von Egilsson dem Abt Bergr Sokkason († 1350) mit Wahrscheinlichkeit beigelegt wird. — In der trefflichen Handausgabe von Sveinbiörn Egilsson (Reykjavík 1848) sind unter verschiedenen Anhängen mit Nachträgen aus besondern Handschriften auch die heiti (Synonyme) der Laufâs Edda (der von Magnus Olafsson in Laufâs 1636 gebildeten Edda) angefügt, und die Verslehre von Jarl Rögnvald. Die vorigen Zusätze finden sich auch in der grössten, mit lateinischer Übersetzung und kritischem Apparat versehenen, auf Kosten des Arna-Magnäischen Instituts besorgten Ausgabe in bis jetzt zwei Bänden, Hafniae 1848—50.

Einzelne astronomische Abhandlungen sind zusammengestellt in der Blanda zum Behuf der Chronologie, z. B. über die Länge der Monate nach isländischer Rechnung und nach der Bewegung des Mondes, über den cyclus paschalis u. a., eine ansehnliche Sammlung, die von H. Einarson, der die 24 Abhandlungen ihren Überschriften nach angibt, vor 1263 gesetzt wird. Die Rimbeigla (herausgeg. von Björnsen, Havn. 1780. 4.) gab eine Unterweisung zur kirchlichen Zeitrechnung. Über astrologische Vorzeichen handelt die Jôlaskrâ aus dem 14. Jahrh. — Geographische Nachrichten der Isländer haben Werlauff in seinen Symbolae (Hafn. 1821. 4.) und Rafn in den Antiqu. Am. p. 283—318 ausgezogen zum Theil aus andern Schriften mitgetheilt. — Zwei alte naturhistorische Werkchen hat man von Harpestreng († 1244) im Danske Lægebog (herausgeg. von Molbech, Kiöb. 1826). Eine merkwürdige Sammlung von Naturkenntnissen und Lebenserfahrungen und Regeln, geschrieben gegen Ende des 12. Jahrh. in Norwegen, ist der Konungsskuggsiâ, Königsspiegel (herausgeg. von H. Einarson, Soröe 1768. 4., und von Munch u. Unger, Christ. 1848. 8.), enthaltend zuerst allerlei Gesetze der Weisheit für das öffentliche Leben, worauf Berichte von physischen und geographischen Merkwürdigkeiten folgen; dann aber im zweiten Theile besondere Lebensregeln für den höfischen Umgang und für den König selbst, nebst einigen Hauptstücken der biblischen Geschichte und der Lehren des Christenthums. — Auch von altnordischen Predigten sind Bruchstücke handschriftlich vorhanden aus dem 12. Jahrh., in G. Stephens Tvende oldengl. Digte, p. 123 fg.; Möbius Anal., p. 291. — Ein als Sammlung von theologischen Sätzen und Naturlehre beliebtes dialogisches Volksbuch, das Elucidarium, wurde in allen nordischen Ländern in der Volkssprache bearbeitet, ein dänischer Lucidarius des 14. Jahrh. ist herausgegeben von Brandt, Kiöb. 1849.

Dem gelehrigen Fleiss und dem Talent der Isländer verdankt man auch in den folgenden Jahrhunderten bis auf die Gegenwart 'schätzenswerthe Werke besonders historischer und archäologischer Art. In der Dichtung geht die geistliche und eine volksmässige fortwährend neben der gelehrten her, welche die Alliteration mit und zuweilen ohne den herrschenden Reim fortsetzt in neuen und alten Versformen. Noch vom 15. Jahrh. hat man von Loptr Gothormsson einen Lioðalykill, eine clavis metrica in der Form eines Liebesliedes, um alle Versarten darin anzubringen (herausgeg. von Schröder, Ups. 1816). In der Art der Rímur verfasste noch der beliebte Dichter Sigurðr Petersson († 1803) ein grosses erzählendes Gedicht, die Stellu rímur, neben Gelegenheitsgedichten und Übertragungen aus Horaz (Reykjavík 1844, S. 1—136). — Aber an die Stelle der alten classischen Geschichtschreibung in Sagaform trat seit dem 14. Jahrh. (vgl. Langeb. script. II, 1 fg.; 177 fg.) die schlichte Annalenform. Das grösste Werk der Art, die Islendskir Annálar von 803—1430 (Hafn. 1847. 4.) wurde fortgesetzt von Biörn von Skarðsá vom Jahre 1400—1645 (Hrappsey 1774 fg. 2 Bde. 4.), im 18. Jahrh. von Bryniulfr Svensson. Eine Sammlung aller isländischen Jahrbücher von 1263—1832 wurde veranstaltet von Espôlin, Kopenh. 1821—55, in zwölf Bänden. 4. Sonstige wissenschaftliche Werke wurden seit der Zeit der Reformation in Island herrschend lateinisch, und erst in neuerer Zeit wieder in der Volkssprache geschrieben, die sich sehr wenig vom Altnordischen entfernt hat, und von dem mit diesem Vertrauten noch leichter als das neuere Schwedisch und Dänisch zu verstehen ist.

Neuisländische Verse.

1. Aus einem poetischen Sendbriefe von Sigurðr Pétersson († 1803).
Ljôdmæli, Reykjavík 1844, I, 236.

Ecki tjáir ad yðrast mer,
eg ligg hérna bundinn;
héðan glaður frá eg fer,
framm þá líður stundin.

Stundir, dagar, ár og öld
á enda meiga líða,
eptir vetrar veðrin köld
væntist sumar blíða.

Hekla eitt sinn eldi spjó,
aptur mátti linna;
ecki spennir Apollo
ætíð bogan stinna.

Eitt er þat sem angrar mig
opt um hyggju slóðir:
at fæ eg ecki ad faðma þig,
fremsti vin og bróðir!

2. Ein Epigramm.
Eb. II, 170.

Af eldi logar Ísaland,
eyða þýðskum vötnin há;
hvórutveggju hreppa grand,
hvar er betst að vera þá?

Übersicht der Grammatik.

Die altnordische Sprache, welche auch wol die isländische heisst, weil sie auf Island besonders geschrieben wurde und dort noch heute sich fast ganz mit dem alten Reichthum der Flexionsendungen erhalten hat, war einst über alle skandinavische Länder und Inseln gleichmässig verbreitet, und wurde im Norden selbst dönsk tunga, dänische Sprache genannt (z. B. von Snorri s. Sp. 193, 7) oder norrœna, norwegische (Sp. 286, 30). Bis zum XIV Jahrh. erhielt sich in Norwegen, von wo ja das Isländische ausgegangen war, die alte gemeinsame Sprache ziemlich ungetrübt.

Früher sonderte sich das Dänische und Schwedische dialectisch ab, zumeist durch Abschleifung der Diphthonge (ei zu ê, au zu œ). Diese war, wie die ältesten dän. u. schwedischen Runeninschriften mit ihrem reinen ai und au beweisen, im X Jahrh. noch nicht eingetreten, seit dem XI in mannigfachen Schwankungen vorhanden, im XII Jahrh. aber nach den Schriftdenkmälern entschieden, ausgenommen die Insel Gothland, auf der sich die alten Diphthonge fortsetzten und über ihre bisherigen Gränzen ausdehnten. Die Schwächung und Kürzung der Endungen zeigt sich am stärksten und am frühesten in Dänemark, geringer im altschwedischen, nur dass die Vernachlässigung aller Umlaute auch hier früh vorhanden ist.

Die Hauptunterschiede des Altnordischen von den ältern' deutschen Dialekten bestehen, was den Vocalismus betrifft, in einer grösseren Ausdehnung des Umlauts, namentlich einem zweiten Umlaut des A zu Ö, wenn u in der Endung ist, wonach z. B. von land der Dat. pl. löndum lautet; Schweden hat zur Zeit seiner schriftlichen Gesetze nur geringe Spuren davon, aber wie seine Runensteine beweisen, früher gehabt. Von andern lautlichen Unterschieden wird nachher gehandelt, das Auffallendste ist die Abwerfung des N in den einsylbigen Partikeln â (an), î (in), û (un-) und in den Infinitiven aller Verba. In den Endungen der Declination und Conjugation ist die ausgedehnte Herrschaft des R eigenthümlich. Von den Substantiven und Adjectiven haben es die Nominative des Masculins in beiden Numeri zur Endung, es heisst ko nu ngr mil dr ein milder König, im Plur.: ko-nu ngar mildir; die Feminina wenigstens im Plur.: konur mildar milde Frauen, giafar mild ar milde Gaben. Im ganzen Verbum aber endigt sich die 2 und 3 Pers. Sg. auf R, denn es wird von binda, binden, conjugirt: ek bind, þu bindr, hann bindr, von mæla sprechen: mæli, mælir, mælir, von lofa loben: lofa, lofar, lofar, wozu noch kommt, dass alle comparativischen Adverbia auf blosses R auslauten. [1]) Gleichwohl ist der Reichthum an reinvocalischen Endungen nicht gering, alle Grundvocale a, i, u kommen darin vor, doch hat ein auffallendes Übergewicht das I gewonnen, da alle ursprünglich auf a auslautenden Masculina der sogen. schwachen Declination diese Verdünnung erfahren haben: arfi der Erbe, bogi Bogen, bôndi der anbauende, Landmann, hinn mildi der milde; da in der starken Decl. viele Subst. diese Dativendung haben, konungi, manni, landi und da die 3 sg. des schwachen Praeteritum ebenfalls statt des alten a diese Endung bekommen haben: hann mælti, vildi, lofaði er sprach, wollte, lobte, u. die Participien wie bundinn gebunden.

Während nun die neueren isländischen Schriftsteller dieses I (sowie die alten A und U) der Endungen streng aufrecht erhalten, zeigt das Altnordische in guten alten Handschriften öfter E dafür, und noch gewöhnlicher in allen möglichen Endungen OM für um, O für u z. B. löndom neben löndum, mælto, vildo neben mæltu, vildu sie sprachen, wollten. Die meisten Ausgaben altnordischer Werke haben diese Abwechselung nicht aufgehoben, und da sich das Auge des Lesers doch daran zu gewöhnen hat, so ist auch hier in den Quellen des Lesebuchs namentlich jenes O für u nicht heraus corrigirt worden; und so braucht in der folgenden Grammatik jener Wechsel nicht wiederholt angemerkt zu werden. Wir wenden uns zunächst zur

Lautlehre.

A. Übersicht des Lautbestandes.

Was den Lautbestand betrifft, so verhalten sich die Consonanten im allgemeinen wie in den niederdeutschen Dialekten, im Altsächsischen und Angels. und wie im Gothischen.

---

[1]) Im Altschwedischen verliert sich öfter solches R, so in der Praep. epte st. epter, eptir Sp. 271, 8; in dem Comp. opta st. optar 383, 12. Im Subst. zwar nicht leicht im Sg. des Masculins, wo es heisst gôðer konunger; wohl aber zeigt sich im pl. A und E statt AR und IR 273, 16; 271, 11; besonders im Adj. 273, 6.

Eigenthümliche Laute sind nur th, wofür þ, und dh, wofür ð geschrieben wird, letzteres nur in Mitte und Ende der Wörter. Ihre Aussprache ist gegenwärtig wie die des stark und des leise gelispelten th der Engländer, wenn auch nicht in denselben Fällen. Das erste zeigt sich z. B. in þá da, þû du, þín dein, beide in þioð Volk, alts. thiuda, þriði der dritte. Nicht vorhanden ist im nord. unser V wie in viel, Volk, wofür dort durchweg f bleibt, das altn. V ist überall w zu sprechen, wie in ver wir, var er war, vaxa wachsen, vilja wollen, víg kampf, víða weit (Adv.), víðr weit (Adj.).

Auch nicht vorhanden ist unser Z und ß, wofür durchaus t geblieben ist: tamr zahm, tíð Zeit, tunga Zunge, heita heißen. Das im altn. vorkommende Z ist nur ein orthographischer Stellvertreter des S, gebraucht wird es dafür nach und vor den T-lauten z. B. in heldzt am meisten, síðzt am wenigsten, ýtzt am äussersten, besonders wenn diese Laute vor dem s verdrängt sind: helzt, sízt, ýzt; Skozkr st. Skotskr, der Schottische Sp. 135, 21; doch auch sonst: hêstz 131, 7; st. hêsts, Gen. von hêstr Pferd, eig. Hengst, hannz Gen. von hann, er, Sn. E. p. 80.

Ausserdem und zwar am häufigsten steht Z an alle Verbalformen angehängt für die Bezeichnung des Mediums, wie in bindaz sich binden, haldaz sich halten, hêldz oder hêlz er hielt sich, wofür ursprünglich sk, im Schwedischen aber bloss s gesagt und geschrieben wurde, während sich im neueren Isländisch ein t daran angehängt hat, und diess zt, st tritt auch in den jüngeren altn. Schriften auf.

Welche Consonanten bei uns den altnordischen dialectisch entsprechen, das ergiebt das Gesetz der sog. Lautverschiebung, am sichersten für den Anlaut. Die altn. Aspirata ist bei uns Media, wie in þá, þû, þín, þriði, bei f gilts nur im Inlaut: gefa geben, hafa haben; die altn. Media ist bei uns Tenuis: dagr Tag, daufr, taub, dauði Tod, dýpi Tiefe, die altn. Tenuis ist bei uns Aspirata oder ein assibilirter Laut, wie in den obigen tamr, tíð, tunga, heita, reine Aspirata in ríki Reich, dûkr Tuch, bôk Buch; in gripa greifen, dropi Tropfen, skapt Schaft, skip Schiff.

Nur bleiben sich, da das neuere Deutsch nicht mit dem älteren gleich streng fortgeschritten ist, im Nordischen und Deutschen gleich für den Anlaut: B, G, F, K, P wie in bað, bein, binda; ganga, gefa, gegn und hier auch im Inlaut: dagr, bogi, fliuga (fliegen); falla fallen, fara fahren, fullr voll, fylla füllen; kaupa kaufen, knê Knie, kveða sprechen, kvöl Qual; penningr, pína, prófa erproben. Im In- und Auslaut sind sich ND, NG gleich: binda, band (das Band) sandr, vindr, vinda, senda, fang, fanga, hringr Ring, tunga. Dass unser nd, wo es aus nþ hervorgeht, einem nord. nn entspricht, ist später unter den Assimilationen aufzuführen. In allen Stellen des Wortes gleichen sich im wesentlichen SK (unser sch), SP, ST, SV wie in skip, Skotiskr, spinna, stål Stahl, svartr schwarz, sverð Schwert. Das altn. H, welches in Mitte u. Ende der Wörter ganz verschwunden, im Anlaut aber auch in den Verbindungen HL, HN, HR, HV sich erhalten hat, ist dem in unsrer heutigen u. alten Sprache gleich, wie in h la u pa laufen, springen, ahd. hloufan, h not Nuss, ahd. hnuz, h rafn Rabe, ahd. hraban, h verfa sich wenden ahd. huerban.

Das V ist im altn. der unständigste Consonant, es ist vor r, l und u, o verloren gegangen, oft auch zu u und weiter zu o oder y vocalisirt worden, davon unter den Lautveränderungen.

Ueberblicken wir vorher noch den Vocalstand, so zeigt sich darin grössere Mannigfaltigkeit als bei uns, indem zu den einfachen Lauten und zu den reinen Diphthongen noch Längen und Kürzen in mehrfachen Schattirungen hinzugetreten sind.

Die kurzen Vocale sind ausser a, i, u, die sich noch öfter kurz und rein erhalten haben, wie in dagr, fiðr Feder, fugl Vogel, fullr voll, ferner folgende:

o meist aus u entstanden, und als beider Umlaut y, wie sich darstellt in sunr, gewöhnl. sonr (Sohn), pl. synir, in hollr (hold) u. hylli Huld. In der Partikel ok (und) ist o aus au verkürzt, die alten Runensteine geben herrschend auk für und.

e theils aus i hervorgegangen, wie in gefa (Goth. giban), mer, þer, ser (mir, dir, sich), theils als Umlaut aus a wie in eldri (älter) von aldr, telja zählen, fella fällen, gestir Gäste, misbräuchl. aber auch in gestr Gast, was nachher unter den übrigen Erscheinungen des Umlauts seine Erklärung findet.

ö ist Umlaut nur von a bei folgendem oder folgend gewesenem u, wie in mönnum, löndum und im Neutrum die Nom. pl. lönd, föt Fässer, weil sie aus landu, fatu hervorgegangen sind. Niemals entsteht ö aus o, wohl aber wechselt es damit; man findet auch monnum, und öfters honum geschrieben neben hönum (ihm) Dat. von hann (er).

Häufig aber misbräuchlich zeigt sich ö auch bloss als verdunkelte Aussprache des e, besonders wenn v vorhergeht oder folgt, wie im Thüringischen wönig, wölch, Wörk gehört, im Northumbrischen vœg (Weg), vœnda (wenden), vœre (Werk) geschrieben wird. — So ist im altn. überaus gewöhnlich: kvöld neben kveld (Abend), kömr (du kommst, er kommt, goth. qvimis, qvimith) neben kemr, auch in der mit Snorri gleichzeitig geschriebenen Hd. der Olafssaga (Christ. 1853) p. 23. 30. 75. 94. 108 u. o. ferner auch hvörr (welcher, goth. hvarjis) unten Sp. 292, 15; 348, 24 neben hver, und hvörsu (wie) 295, 8; 296, 26. Völlig allgemein aber ist rökkr (goth. riqvis Finsternis), sökkva (g. sigqvan, sinken), stökkva (g. stigqvan) anstatt rekkr, sekkva, stekkva. Ohne ersichtlichen Grund in: gögn neben gegn, ahd. gagan, gegin; öngr, öngi neben engr, eingi (keiner), ör st. ur (aus).

ia ein kurzer Diphthong, entsteht durch Brechung aus i bei folgendem oder folgend gewesenem a, jedoch nur vor gewissen Consonanten, wie in dem Gen. skialda (der Schilde), giafa (der Gaben), in fiarr (fern, Adv. goth. fairra), hiarta (Herz, goth. hairtô, ags. heorte).

iö entsteht aus dem vorigen Diphthong bei folgendem u. In diesem Falle wird im Pl. des Neutrum, wie land zu lönd, so hiarta zu hiörtu, giafa zu giöfum (den Gaben), fiall zu fiöll (die Berge).

Viele Nominative sind so umgelautet, und zwar skiöldr, hönd, weil goth. skildus, handus. Früher scheint im Nord. u die Endung des starken Fem. gewesen zu sein, hier ist iö durchaus vorhanden, wie in giöf obwohl g. giba, hiörð (Heerde), iörð Erde g. hairda, airtha. Misbräuchlich entsteht aus mikill das Adv. miök viel, sehr, und aus görva (ahd. garawan) giörva. Umgekehrt findet sich neben tigr (Zich, goth. tigus) auch tögr (280, 22) und selbst tugr.

Die langen Vocale zeigen neben den gewöhnlichen Dehnlauten einen Reichthum an Diphthongen, von dem die niederdeutschen Sprachen sich weit entfernt haben. Der Stand der Längen ist im wesentlichen wie im Althochdeutschen (in den sog. unstrengen Dialecten die au für ou, und ô für uo haben), nur haben die Diphthonge noch eine viel grössere Herrschaft, fast wie im Gothischen, daneben aber sind zugleich die Umlaute von einem Umfang, wie ihn erst das mhd. kennt.

Die Dehnlaute â, î, û verhalten sich wie in unsern älteren deutschen Dialecten; wie in mâl Rede, râð Rath, stâl Stahl, vân Hoffnung, vâpn Waffe, blâsa blasen, âtu sie assen, gâfu gaben, vâru waren; in grîpa, vîg, viðr, mîn, þîn, sîn; brûðr, hûs, ût, ûtan (ausser). — Selten, fast nur wo es am Ende bloss geworden ist, entsteht A aus ai und au. Ersteres z. B. in ek â, þu âtt (ich habe, du hast) aus aih, aiht, Inf. altn. eiga; und in bâðir beide, in râ Reh, tâ Zehe u. vâ Wehe (goth. vai), letztres in nâ-r (der Todte) goth. nau-s und einigen anderen Fällen.

ô hat eine doppelte Stellung: 1) gewöhnl. das alte auch im Fränkischen vorhandene ô, was ahd. uo, im heutigen Deutsch zu langem u geworden ist: wie in blôð, bôk, brôðir, môðir, in fôr, er fuhr, gôl sang, grôf grub, skôp schuf. 2) verdunkelte Aussprache des â, besonders nach V, wie in vô für vah er bewegte, vôn Hoffnung, vôpn Waffe, vôr Frühling, hvôrt (utrum), vôru, vôro sie waren, kvôn Weib, kvômu sie kamen Sp. 138, 14 neben kvâmu 97, 16, ersteres gew. mit ausgestossenem v: kômu 138, 30; 140, 22 (über dessen Länge vgl. die Anm.) nôtt Nacht neben nâtt; ambôtt Magd st. ambâtt, beides Sp. 17, 3. 5 (Edda).

L

Die unter 2 genannte Verdunkelung als Wirkung eines mit vorgeschlagenem u gesprochenen w entspricht der englischen Aussprache des ā nach w, wie in water und der oben bemerkten des ë nach w mit ö. Wie von jener andre gangbare Wörter mit fortgerissen werden, so auch von dieser. Noch weiter gieng das Südnorwegische, da findet sich auch mòl st. mâl, sòl (Seele) st. sâl, sòr (Wunde) st. sàr, mungòt st. mungât (Süssbier), wie die Gesetze des Borgarthing beweisen. So erklärt sich auch das allgemein nord. bòn Bitte, durch bâ-n aus der Wurzel bad in biðja, sowie siòn Gesicht, aus siâ.

Um so willkürlicher war die Annahme, dass in Fällen wie kvómu, wenn das V ausfalle, ein kurzes o entstehe; der Grund, dass der Umlaut im Conj. nicht eintrete, indem es kein kœmi gäbe, wohl aber komi, wird unter dem œ als nichtig erwiesen. — Selten, u. nur im Auslaut erscheint ò für au, wie in flô, smò.

ei, hervorgegangen aus ai, was die Inschriften zeigen und spurenweis alte Schriften (das Islend. bôk in Raikjarvik Sp. 86, 2) ist theils unser ei wie in eiðr Eid, leiða leiten, breiðr breit, sveiti Blut, eig. Schweiss, beið er wartete, hielt aus, greip er griff, reið ritt, mhd. beit, greif, reit — theils unser ê, wie in meira mehr, goth. maiza. — Im nord. selbst verdichtet sich ei leicht zu ê, bes. wenn aus einer offenen Sylbe eine geschlossene wird, wie aus meiri der Sup. mêstr der grösste, meiste; aus fleiri flêstr (πλεῖστος), aus heilagr: hêlgum, hêlgir; doch in sehr gewöhnl. Wörtern auch sonst, wie neben eiga (haben) auch êga.

au ist theils unser au wie in auga Auge, hlaupa, laufen, springen, kaup Kauf, lauf Laub, laukr Lauch, saumr Saum, theils unser ô, zu welchem sich der alte Diphthong schon im ahd. zusammenzog (vor den T-lauten, vor L, N u. Spiranten) wie in brauð Brot, nauð Noth, nautr Genoss, bauð er bot, flaug er flog (ahd. floug), naut er genoss; laun Lohn, laus los, kaus er erkor.

iu (rein erhalten vor G, K, vor F, eig. B, und P) meist zu iö herabgesetzt, entspricht, wie unser altes iu, unserm heutigen ie: biugr gekrümmt, der sich biegt, fliuga fliegen, liufr lieb, driufa tropfen, kriupa kriechen; bioða bieten, kiosa kiesen, niota geniessen, hlioð Lied, þiofr Dieb.

Der sogenannte Triphthong iâ entsteht selten, entweder aus dem kurzen Diphthon ia + a wie in siâ sehen, aus sia(h)a, urspr. sihvan, goth. mit andrer Brechung saihvan, und so in liâ, tiâ, þiâ — oder durch misbräuchl. eingeschobenes i wie in siâ (der) st. sâ, riâfri neben râfr (Dach). So erklärt sich auch siâ-r (See), sniâr (Schnee), denn das goth. saiv-s konnte zu sâ-r zusammengezogen werden (vgl. oben), obwohl diese Form nicht mehr vorkommt.

æ ist 1) gewöhnl. der Umlaut von â, wie in ætr essbar, bæði (beides), blæs, blase, færi weniger, von fâ (paucus), gæfi ich gäbe, bæði ich bäte, næmi ich nähme; mæla reden, sæl gut, glücklich, sæti Sitz; 2) vor schliessendem V ist es die Contraction von ai; so in æ, æva immer, sæ-r, See snæ-r (Schnee), hræ Leib, goth. aiv, saivs, snaivs, hraiv, wo im ahd. zu ê contrahirt wurde; læra lernen entspricht gothischem laisan, klæði unserem Kleid.

Das seltene ê hat seine Hauptstelle in den Perfectis der früher reduplicirenden Verba; fêll fiel, blês blies, lêt liess von falla, blâsa, lâta; hêt hiess, lêk spielte von heita, leika. Sodann kommt es als Abschleifung von ei vor, wie unter diesem Diphthong bemerkt ist, neben demselben, regelmässig wenn ein Schlusscons. abgeworfen ist: stê aus stei(g) er stieg. Ausserdem als Zusammenziehung von iu (eo) im Auslaut knê Knie, trê Baum, fê Vieh.

œ ist der Umlaut von ô wie in bœta büssen, brœðr Brüder, fœra führen, gœði Vortheil eig. Güte, mœta begegnen, sœtr süss, und so auch von dem aus â getrübten ô: nœttr Nächte, aus kvân und dann kvôn zeigt sich ofkvœni n., ein massloses Weib (Ol. h. p. 145), aus kômu sie kamen, der Conj. kœmi ich käme.

In den meisten Hdss. und allen Drucken ist œ gar nicht vorhanden, sondern dafür æ nach schlechter Aussprache gesetzt. Grimm's Grammatik hat die oft schwierigen Unterschiede zu machen gelehrt, neuere Herausgeber bezeichnen sie wieder. Es gibt auch alte genaue Codices die es thun, wie der Stockholmer nach der Munch-Ungerschen Ausg. der Saga Olafs des heiligen. Hier ist æ durch das geschwänzte e, dagegen œ (wie in brœðr, dœma, fœri) durch das durchstrichene o ausgedrückt. Danach entscheidet sich die Frage über den Conj. Praet. von koma durch den einfachen Thatbestand: im XIII Jahrh. herrscht 'als Ind. pl. kômu, unter sechzehn Fällen, die den Conj. enthalten, giebt es einmal kvæmi, aber funfzehnmal kœmi d. h. kœmi, wodurch man über die Länge des o in kômu sicher wird. Einen Ind. kâmu hat diese Quelle nicht, ein Conj. kœmi wäre also gegen die Erwartung. Gleichwohl kann er in andern Zeiten durch ungenaue Aussprache von kœmi entstanden sein, und so ist er im Lesebuch nicht heraus corrigirt worden. Der sog. Conj. Praet. komi, scheinbar Sp. 311, 23 im XIV. Jh. vorhanden, kann die nicht seltene Vernachlässigung des Umlauts enthalten, oder auch einen ungenauen Gebrauch des Conj. Praesentis.

ey ist der Umlaut von au, der je nach der Auffassung dieses Diphthongs bei uns, entweder unserem äu entspricht, wie in hleypr er läuft, eineygr einäugig, deyfa eig. betäuben, beygja beugen, oder unserem œ, wie in neyða nöthigen, leysa lösen, u. eyði Oede von auðr leer. Oft haben wir da keinen Umlaut, wie in ey f. Insel, unserm Aue, in eyra n. Ohr, reykr Rauch u. reyr Rohr. Da aber das einfache y in gangbaren Wörtern schlechter wie i gesprochen und so geschrieben wird, so findet sich ey auch in solchen Stücken, denen ei gebührt (s. feykn st. feikn Wuth) und umgekehrt dreiri st. dreyri Blut.

Misbräuchlich steht ey auch für andere Umlaute, z. B. in Hdss. für y von u. Sehr gew. ist eyrindi Botschaft neben erindi für arindi, erstres auch örendi, was sich aus dem altsächs. arundi erklärt.

ỷ endlich ist der Umlaut 1) von û, wie in ỷtri (der äussere), ỷtztr von ût, in rỷma räumen, skrỷða schmücken von rûm, skrûð; in den pl. brỷn Brauen, kỷr st. kỷir Kühe, mỷs Mäuse v. brûn, kû, mûs; in bỷr er wohnt, baut, lỷkr schliesst, lỷtr bückt sich v. bûa, lûka, lûta. 2) von iô, iu, welches sich leicht zu û zusammenzieht, in: dỷpi Tiefe st. diupi, dỷr theuer ahd. tiuri, in: bỷðr er bietet, flỷgr fliegt, kỷss st. kỷsr wählt, nỷtr geniesst. 3) im Auslaut zeigt es sich als Umgestaltung von iva in hỷ-bỷli ags. hiva, nỷ-r ags. niva, skỷ Wolke ags. skuva, statt skiva, σκιά.

B. Übersicht der Lautveränderungen unter den Consonanten.

Umgestaltungen, Wegfall und Anlehnung, das Schicksal der schwächeren Consonanten in allen Sprachen, erfahren im altn. nicht nur die sog. Halbvocale j und v, sondern auch die liqu. l, n, r, die aspir. f, ð, namentlich h, und in gewissen Fällen auch die mediæ.

Voran sei der **Auflösung** in Vocale gedacht, welche die schwächsten Laute j und v häufig, selten andere erleiden. Die Umsetzung des j in i wie in der Flexion: segjum wir sagen, segið ihr sagt, legjum, legið ihr legt (goth. lagjith) von legja, segja kann man ebenso im Nomen verfolgen. Viel weiter greifend ist die Vocalisirnng des v zu u, welches durch ein a der folgenden Sylbe zu o herabgezogen wird. Sie liegt vor in kona Frau, aus kuna, goth. quinô, was altn. zunächst kvina zu lauten hatte. So auch in koma kommen und sofa schlafen für kvema, svefa, wie die Praet. kvam, svaf noch aufzeigen. So verhält sich auch tolf zwölf, und hotvetna st. hvatvetna (Gråg. 1, 62). In zweiten Sylben bleibt u: das alte nakkvat (so noch Fm. 1, 9 entst. aus nac-hvat) irgend etwas, wird gew. nökkut, nokkut, das þannug (so) geht hervor aus þann veg diesen Weg (Glums. s. c. 1), dögurðr aus dagverðr (Mahl des Tagens, Frühstück), tuttugu zwanzig aus tvitugu. Gewöhnlicher geht vi in y über, wie in systir Schwester, tỷ-svar zweimal, þỷ für þvî (daher, dem).

Umgekehrt entsteht auch zuweilen j aus i, v aus u. Im heutigen Isländisch sind alle alten iö, iu, iô zu jö, ju, jô geworden, aber die alten Membranen verrathen wenigstens nichts von einem hljoð oder gjöra, sondern haben hlioð, giöra.

Übergänge unter den verwandten Consonanten desselben Organs werden bald durch vorhergehende Vocale, bald durch folgende stärkere Consonanten hervorgerufen. Auch das Wortende pflegt anderwärts einige Laute stärker tönend zu machen, hiervon sind im altn. nur geringe Spuren im Praet. einiger Verba wie halda, hêlt ich hielt, binda, batt st. bant. Dieser verhärtende Einfluss des Auslauts zeigt sich nur ausnahmsweise bei d und ng, z. B. ganga, gêkk st. gênk. Die regelmässigen Erscheinungen sind folgende:

1. Nach Vocalen und nach R werden die mediae b und d zu den gehauchten Lauten f und ð, welche hier bh und dh vertreten, indem der Hauch, mit dem die Vocale und R gesprochen werden, auf sie übergeht, wie in af, gefa, hafa, in blôð, brûðr, leiða, rîða, tîð, viðr, þioð, in arfi, hverfa, harðr hart, sverð Schwert, alts. sverd. Von dieser Aspiration ist dann weiter auch lb ergriffen: halfr, sialfr (aber nicht mb), und ferner, jedoch nicht durchgängig fd, gd wie in hafði, bregða (schwingen) ags. bregdan.

Auch nach Vocalen und r zeigen alte Hdss. zuweilen noch d. Doch steht das Gesetz fest, und seine volle Consequenz, dass auch g nach Vocalen und r, l zu gh wird, tritt im Altschwedischen auf, vgl. lagh, valdugher, byrghir Sp. 269 ff. Ebenda ist die·regelmässige Aspiration des d durchaus vorhanden, welche gleichwohl in den norwegischen Urkunden (s. Sp. 173 ff. 267 ff.) durchweg unterblieben ist. Solche Ausnahmen zeigen sich vereinzelt selbst bei b im Isländischen z. B. abl, tabl, gabl Isl. sög. I, 276. 284. 289, gialbr st. gialfr Brandung, im Haustlöng s. 51, 31.

2. Nach Vocalen und r neigt das v zum Übergang in f bereits in alten Quellen: statt giörva zeigt sich giörfa Sp. 220, 21 giörfum Hym. 6; statt sævar, siôvar auch sæfar 308, 16; siôfar 285, 18; statt tîvar in der Vol. tîfar.

Seltner und später geht f in fv über, sodass aus hafa hafva entsteht, auch blosses v zeigt sich für f wie in sevi st. sefi, hevir st. hefir.

3. Nach den harten Lauten p, t, k und s wird das d, oft auch þ verhärtet zu t, das g zu k. So in den Praet. hleypti (setzte in Lauf), neytti von neyta, vakti (wachte) von vaka, lŷsti v. lŷsa; so taktu (nimm du) st. tak þu; gaktu (geh du) 253, 11 st. gakk (gang) þu, und kanntu, skaltu, muntu, viltu für kannt, skalt, munt, vilt þu. Ebenso verhält sich manskis (des Mannes nicht) Hâv. 147, einskis st. eins-gis, und dieselbe Negation gi in hitki, hvartki, ekki (Nichts) st. êt-ki eigentl. eitt-gi. Von mâttugr (mächtig) bildet die Edda: mâttkan, mâttkir. So entsteht auch hverki (weder) für hvartki aus hvârt-gi.

Auf eigentliche Composition leidet dies keine Anwendung, doch in der norweg. Volkssprache zeigt sich die Verhärtung hûspreyja, hûsprey 267, 10 für hûs-freyja Hausfrau, im Schwed. sogar hustru aus hûsfrû.

4. Vor dem derivativen t, oft auch vor anderm t, pflegen in alter Zeit sämmtliche Consonanten in ihre Spiranten überzugehen: die Lippenlaute in f, die Gaumenlaute in h, die Zahnlaute in s. Dies Gesetz kommt indessen im Nord. nur bei den Zahnlauten völlig zur Erscheinung. So in bas-t von

band (binda), veist oder veizt (du weisst) st. veit-t; þu hêlz (hieltest) 63, 1 st. hêld-t, vars-tu 253, 16 st. vart-þu (warst du), fôrstu 160, 39 st. fôrt-tu für fôrt þu. Neben baustu (du botest) auch bauðstu 307, 17 und ungenau bauðþu 187, 39, sonst aber im schw. Verbum bleibt tt: veitti von veita, oder dd: gladdi v. gleðja.

Bei den Lippenlauten aber verhärtet sich leicht jedes ft zu pt. So wird von tolf gebildet tylft und tylpt (Zwölfzahl), von þurfa das Praet. þurfti und þurpti Hâv. 21, und heisst es alftr und alptr (Schwan), viel öfter aber aptr eptir (nach), aptan (Abend), gipta ausgeben, kraptr Kraft, Kunst, loptr Luft, lê-rept Linnen, als eftir, aftan, gifta u. s. w.

Bei den Hauchlauten endlich ist gar kein ht mehr übrig, sondern tt daraus entstanden mit verlängertem Vocal, das alte maht, naht, þohti ist zu mâtt, nâtt, þôhti geworden, wovon nachher.

Seltner kommt auch bei Zahnlauten eine Assimilation vor, und zwar so, dass jenes hinzutretende t sich mit dem voran entstandenen s zu ss bindet: von vita sollte das Praet. vis-ti lauten, heisst aber vissi, von hlaðan (laenn) das Abstractum hlast (Last), es heisst aber vielmehr hlass.

5. Vor dem Nasal geht f sehr gewöhnlich in m über, namentlich wird iafn (eben, gleich) oft zu iamn und bloss iam. So wird efni, hrafni, stafni, stefna zu emni, hramni, stamni, stemna. Umgekehrt sind nafn Name und safna sammeln aus namn und samna ahd. samanôn entstanden. — Die Verbindung -nnr geht in dem Worte für Mann in -ðr über, welches wenn das nominativische r folgt, stets maðr heisst, aber nicht in der Composition.

Dies häufige Wort ist fortgerissen worden von der Behandlung desjenigen -nnr, welches aus -nþr entstanden, die Nebenform -þr, d. h. die Ausstossung des n zulässt, wie in fiðr u. finnr, er findet.

Wegfall trifft viele schwache Consonanten.

1. In der Mitte ausgestossen wird: jedes h, wie in fiörvi (dem Leben) st. fiörhvi, hâir (hohe), hærri (höher) târ Zähre — manches v, wie in göra, giöra (thun) neben görva, giörva (ahd. garawan), in gelr (gelb), svala (Schwalbe) ahd. swalawa — andere Consonanten nur in gewisser Stellung, nämlich die Zahnlaute vor s (z), wie in Skozkr st. Skotskr, in dem oben angeführten helzt, sizt, ŷzt, in grœzla Heilung von grœða, veizla (Mahl) v. veitan, so zuweilen auch r vor s: hoskr klug st. horskr, fyst st. fyrst — herrschend aber schwindet n vor ð, t und s, wie in aðir (andre), statt anðrir, sviðr (prudens), kûðr (notus), gûðr st. gunðr (Kampf), vetr (Winter), brattr (steil) ags. brant; âs Ase, gâs Gans, fûs willig eig. feurig ahd. funs; die Verbindung nk wird kk, wie in gakk st. gank gang (geh), gêkk st. genk; neben þykkja (dünken) zeigt sich auch þykja; das neutrale -nt wird in vielgebrauch-

ten einsylbigen Wörtern tt, eitt ist eins, mitt meines, nicht in allen, doch bilden alle Part. fallinn, gefinn, im Neutrum fallit, gefit. Daran schliesst sich litit und mikit st. litilt, mikilt.

2. Am Ende abgeworfen wird erstlich n, und zwar überall in der schwachen Declination, durchweg am Infinitiv: falla, gefa und in den Partikeln in, an, un-, nord. î, â, ô- (oder û-) sowie in siö (sieben), nîu (neun), nû (nun), ferner das v an den Wurzeln, wie in ör (Pfeil), hiör (Schwert), wo es dann in der Flexion vor Vocalen wieder hervortritt, oft freilich als f, wie in sæ gen. sævar u. sæfar, gar nicht aber, wo zugleich h geschwunden ist, wie in â (Fluss) iôr (Pferd) = g. ahva l. aqua, und equus; sodann H und im Verbum G; unser nahe, Reh, sah, Zehe, lag, mag, zwage, geschehe heisst n. nâ, râ, sâ, tâ, lâ, mâ, þvâ, skê. Endlich unterbleibt auch das nominat. r nach r und s. Es findet sich freilich auch annarr, hauss, âss.

3. Im Anfang der Wörter verschwindet erstlich jedes j vor allen Vocalen, wie in âr, ok, ûngr Jahr, Joch, jung; ausg. jâ (so), und wohl auch jôl (das Fest); sodann das v, jedoch nur vor u und den daraus entstandenen y, o, vor ô und œ und vor l u. r. Beispiele: ulf (Wolf), ylfa (Wölfin), orð (Wort), ôsk (Wunsch); verða, varð, urðum, orðinn; vella, vall, ullum, ollinn; vaða, öð; œði (Wuth); lit (Gesicht) goth. vlit; reiðr (zornig) ags. vrâð. Auch die Verbindung sv verliert in den angegebenen Fällen ihr v; svella bildet svall, sullum, sollinn; und das vâ- sobald es, wie oft geschieht, in vô übertritt z. B. in ôn = vân Hoffnung, ôro sie waren, st. vâro, vâru; ôro unserm, Sp. 13, 4 (Hŷm. 33) und 121, 6, Dat. des neutr. von vâr unser; kômu sie kamen, kvôðu, kôðu sie sagten, neben kvâmu, kvâðu, wie auch sô neben svâ, sôr und sœri statt svôr er schwur u. seinen Conj. svœri.

Ausnahmen von dem Abfall des einfachen v zeigen sich nur selten im Verbum z. B. vorðinn geworden 95, 13, vôðu sie gingen 293, 37.

Assimilationen erfahren am meisten die flüssigen Laute r, n und die gehauchten h, f, ð vor und nach stärkern oder sehr nahe stehenden Consonanten. So wird verschmolzen

r nach l, zuweilen auch vor ihm; ersteres in einsylbigen Wörtern nur nach langem Vocal: heill (gesund), während es völr (Stab) heisst, stöll (Stuhl), gamall (alt), lítill klein, wenig; letzteres seltner wie in kall, kelling, valla neben dem ältern karl (vir) kerling (vetula) varla (vix); iall Egils. 52 st. iarl. Stets bleibt r aber nach ll, wie es auch entstanden sei, z. B. völlr Wall, villr wild. — Es assimilirt sich ferner nach n in Adjj. hreinn (purus) minn (meus) gegen hrein (pura) mín (mea), minni st. mínri (meæ) und oft vor und nach s, ersteres schwankend: foss Wasserfall, þuss Riese stehen neben fors und þurs, letzteres wechselnd mit Abwerfung des r, bald wird lauss (frei) und hauss (Schädel), bald laus, haus geschrieben. — Wo r dem goth. z entsprach, geht rn in nn auf, wie in rann Haus goth. razna, und so auch vor ð, mit dem es zu dd wird in: odd Spitze, rödd Sprache, broddr Stachel, woneben kein orð, rörð, broröor mehr erscheint.

n vor t in sehr gebrauchten Wörtern immer: eitt, hitt, mitt, þitt, sitt = eins, jenes, meines, deines, seines; auch in möttul Mantel; durchgängiger vor d (nicht vor ð, welches sich zu nn fügt) im Auslaut, mit dem es zu tt wird: binda, hrinda, vinda bilden das Praet. batt, hratt, vatt Imp. bittu = bind þû. — Mit folgendem k u. g entsteht kk, ersteres nach kurzen, letzteres nach langen Vocalen und nur im Auslaut der Verba; unser Bank, danken, trinken, ich sprang, fieng, gieng lauten nord. beckr, þacka, drecka, sprack, fêck, gêck, aber pl. sprûngo, fêngo, gêngo.

h, auch das aus k entspringende geht regelmässig auf vor t, und dann wird der vorhergehende Vocal verlängert: hâttr (Sitte) mâttr (Macht) nâtt (Nacht) lêttr (leicht) frêtt (Antwort) rêttr (Recht) ôtta (Mette, Uchte) sôtt (Sucht) die Pr. sôtti (er suchte) þôtti (es däuchte), und in der Endung -ôtt f. -oht: fiöllôttr (bergicht).

f vor m in fimm fünf und vor t in þôtta (Ruderbank).

ð vor t sehr gewöhnlich: gôtt, rautt, glatt, gutes, rothes, fröhliches, von gôðr, rauðr, glaðr, selten erhalten, wie in tiðt neben tîtt (gebräuchlich) — stets auch in der häufigen Stellung nach l, wie in gull (Gold) ballr (kühn vgl. bald) hylli (Huld) villr wild; zuweilen auch nachlässig vor l, in: brâlla, brûllaup, frilla st. brâðla (schnell), brûðhlaup (Hochzeit), friðla (Friedel), daran schliessen sich misbräuchl. auch einige ld, wie in elli Alter, olli waltete, zuw. auch halla st. halda u. a. — Kommt es endlich nach n zu stehen, so giebt es auslautend und vor Vocalen stets nn, wie in annar (d. andere) gunn (Kampf) kunna (ich konnte) finna (finden) unna (ich liebte) sinn (Zeitpunkt) für anðar, gunð, kunða, finða, unða, sinð, wie diese Wörter forderten, wogegen in der Verbindung nnr neben kunnr (bekannt) munnr (Mund) svinnr (klug) finnr (er findet) auch kuðr, muðr, sviðr, fiðr vorkommt, und von annar immer öðrum, aðrar, öðru, aðrir, aðra. Von dieser Analogie der nð sind auch einige nd zuw. mit fortgerissen, wie lann st. land.

Misbräuchliche Geminationen treten auffallend oft hervor. So in einsylbigen Wörtern nach Dehnvocalen, z. B. vêss *Gen.* von vê, nâss von nâ-rr; fârr, fâtt wenig. Die in gewissen Texten häufigen lld u. llt wie in hallda (halten) halltr (lahm) sind im Leseb. nicht statt ld, lt eingeführt.

Dissimilationen entspringen zuweilen aus der Vorliebe für R. So neigt die Verbindung ss zu rs, hversa st. hvessa schärfen, selbst nærstr st. næstr, auch nn geht später in rn auseinander, man liest eirn st. einn, seirna st. seinna, selbst tt wird zu rt, wie eirt st. eitt.

C. Vocalveränderungen.

Dehnung trifft erstlich alle einfachen Vocale, sobald sie die Wurzel schliessen, mögen sie blosse gewesen oder geworden sein, so dass nur noch in Flexionsendungen auslautende Kürzen vorkommen. So die Partikeln â, î, û-, ô-, frâ (von), svâ, þâ, þô (obwol) nû, Subst.: bî (Biene) brâ (Braue), Praeterita: lâ lag, frâ erfuhr, þâ empfing.

Ferner entspringt eine grosse Menge neuer Dehnlaute durch den Einfluss gewisser nachfolgender Consonantenverbindungen, der sich bald gleichmässig auf alle einfachen Vocale erstreckt, diess bei ht d. i. tt, ng, nk — nur mit Ausnahme von eng und enk, welche kurz bleiben —, bald nur auf einzelne wirkt: nämlich a und o dehnen sich durch folgendes lm, lp, lf, ls, lk, lg, a und u durch folg. lf, ns, sobald davon n schwindet. Beispiele für tt sind bei den Assimilationen unter h angegeben, für ng, nk: hânga, krânkr, lângr (aber nicht lengi, lengr, lengð), hrîngr, dróttning, sînkr sparsam, kôngr aus konûngr, þûngr schwer, mûnkr Mönch, dŷngja Frauengemach, þŷngð Schwere. Für a, o: hâlmr Halm, hôlmr Insel, skâlpr Scheide, stôlpi Säule, hâlfr halb, gôlf Estricht, hâls, blôstr, fâlki, fôlk, tâlga glätten, beschneiden, kôlga Welle. Für u: ûlfr Wolf, fûs willig, mit den Ableitungen.

Berechtigt sind von all diesen Dehnungen der zweiten Art nur die durch Ausstossung eines n entstandnen, solche wie in langr schon deshalb nicht, weil die Formen mit Umlaut (löng) kurz bleiben. In den Quellen des Lesebuchs sind sie nicht durchaus bezeichnet worden. Bei den Sylben auf eng zeigt sich zwar ein Ansatz zu Dehnung zuweilen in der Schreibung Späterer mit ei, die in viele Drucke übergegangen ist: leingr, leingra, leingu länger, lange (Sp. 286, 27, 31), dreingr, eingi, streingi, teingðer Verwandtschaften Orkn. p. 66. Allein diese Schreibung hat auch vor einfachen Conss. das e betroffen.

Andre Dehnlaute sind durch Verengerung der Wurzel bei schwindendem h, oder durch Contraction entstanden, ersteres in slâtr geschlachtetes, târ, ahd. zahar, durch Contraction in den 3 sonst reduplicirten Conjugationen, wo nord. ê herrscht: fêll, hêlt, grêt, svêp.

In jüngerer Zeit sind Dehnungen des e auch durch Vorschiebung eines i entstanden, welches auch vor langem ê und vor æ (œ) hervorbricht besonders nach g, k und h als deren Verwandter. So zeigt sich statt mer, þer, ser, ver in der Vilkina oder

d

þidrekssaga und in der vom h. Magnus (XIV Jahrh.) überaus gewöhnlich: mier, þier, sier, vier, wie andrerseits: giēkk (ging), kiær lieb, skiæðr schädlich, hiēld hielt, hiēt hiess; und ferner: fiē, liēt liess, Magn. c. 23, riett recht, eb. Die Verbindung mier til skiemtunnar eb. c. 24 lautet in der Parallelstelle der Orkn. p. 100 einfach: mer til skemtunnar.

Brechung in zwei Laute erleidet im Nord. nur das i wie in hiarta Herz, goth. hairto, ags. heorte. Wie im Gothischen wenigstens vor r das i zu ai wird, und im Ags. vor noch mehr Conss. zu ĕo, so geht es im N. nur nicht an ganz gleicher Stelle in ia über, welches bei folgendem u zu iö, bei folg. Flexions-i wieder zu i wird. Denn als Grund der Brechung in ia ist von Grimm I, (3) 452 folgendes a aufgewiesen, welches, ähnlich wie die Umlaut bewirkenden Vocale, auch nach seinem Abfall die Wirkung zurückliess. Sie tritt ein vor ll, rr, vor l u. r mit mutis regelmässig, schwankend auch vor mm, nn u. andern gemin., sowie vor einfachen liquidis mehr als vor mutis. Mit den bemerkten Modificationen heisst es also: fiall Berg, fialli dem Berge, sniallr tapfer (unser schnell), fiarri fern, skiarr flüchtig, giald Geld, skiöldr Schild (aber skildi dem Schilde), hiálmr Helm, hiálpa helfen, iörð Erde, iarðar der Erde, diarfr kühn, kianni Kinnbacke, hiappa wiederholen, miöl Mehl, hiör Schwert, iaðar Küste, giöf Gabe, iökull Eisberg, fiötur Fessel. Zuweilen lautet die Brechung alterthümlich ea vgl. sealfr 214, 31. Sn. E. p. 280.

Die Wiederkehr des i im Stamme tritt nicht vor dem aus a entstandnen i der Endung ein (diarfi, ehedem diarfa, fialli aus fialla) sondern nur vor dem ursprünglichen i, welches einzig auch den Umlaut bewirkt.

Umlaut ist doppelt aber von sehr ungleicher Mächtigkeit. 1) Der durch das i der nächsten Sylbe in der Wurzel verursachte trifft alle urspr. einfachen und alle Dehnlaute nebst dem Diphth. au, mit Ausnahme natürlich des i und des gebrochenen ia und iá, wovon letzteres bleibt, ersteres zu i zurückkehrt. In der Gestalt dieses Umlauts ist nichts besonderes, als dass o, u, û zu y, ŷ wird. Die Reihe ist also: a—e, u—y, o—y; á—æ, ó—œ (gew. æ gedruckt), û—ŷ, au—ey. Solchen Umlaut wirkt allemal das i der damit abgeleiteten schwachen Verba (wie telja, fella füllen), das r, ir der 2. 3. Sg. im Verbo, wovon die 1 Sg. mitfortgerissen ist (ek fell, þu fellr, hann fellr von falla, wie felli, fellir von fella), das i der Conj. Præt. (ek fœri von för); ferner das i im Dat. der III. Decl. (syni v. sunr) so wie der Nom. pl. derselben (synir), und die meisten Derivationen, die fem. auf i (hylli), die neutr. auf i (erfi, eyði, skeyti), die masc. auf -il, -ir (ketill, lykill, eyrir, Unze. mælir Scheffel), auf -ingr, -ingi (helmingr, hyrningr, erfingi), und überhaupt alle urspr. Flexions-i, nicht die für a eingedrungenen i, wie das der schw. Declin. hani (g. hana) und im Part. des st. Verb. fallinn (ahd. fallaner). Das

Nähere weist die Formenlehre auf. — Beisp.: vaka wachen, vekja wecken; und die fem. auf -ð (aus ið, erfð Erbschaft, dygð Tüchtigkeit, dŷrð Ruhm, hæð Höhe); dazu kommen die vocallos in ihrer Endung gewordnen Subst. und Adj. verbalia (ætr essbar, bær zu ertragen, fœrr zu fahren, auð-sær leicht zu sehen). Keinen Umlaut bewirken die aus a entstandenen i; im Verbum das -inn der Part. (ganginn, farinn), das -i der Conj. Praes. (gangi, fari, aus ê), der 3 sg. im schw. Praet. (taldi, hŷldi von telja, hylja), die meisten Dative der st. Decl. auf i manni, sali, landi, der Adjectivplural auf -ir, ferner das masc. -i der schw. Decl. (arfi, hani, bogi, gumi) und die Derivationen auf -ig (auðigr, goth. authags), und -lig (hagligr, vandligr, varligr), -indi, ausser wo sie von umgelauteten Wörtern abstammen.

Während aber der im nord. überaus weithin gedrungene Umlaut in vielen Formen fest wird, wo er nicht hin gehörte, indem er aus den cass. obliqui in die Nominative gelangt ist (bekkr Bank, gestr Gast, ferð Fahrt), und aus den dritten Personen in die erste (ek fell, fer, geng, bŷð) — zeigt sich doch auch nicht selten Unterlassung des Umlauts, namentlich im Conj. Pract. der Verba, wie mundi st. myndi, skuldi st. skyldi, þótti st. þætti, kômi st. kœmi.

2) Der andere durch ableitendes u erregte Umlaut trifft nur das a und ia, welche dadurch zu ö und iö werden. Dies wirkt jede Casusendung auf -um, -u, jede Personalendung auf -um, uð, u im Verbum, wenn sie auch zu om, o herabgesunken sind, und in der Derviation jedes -ull, -ur, -uþr und selbst -óttr (aus uhtr), aber nicht -úð. Ebenso fordern diesen Umlauf alle Casus, die u verloren haben, und zwar der Nom. sg. des gesammten starken Feminins und der n. pl. aller Neutra. Endlich pflegt ihn auch jedes folgende v alter Derivation zu bewirken. Beisp.: dögum den Tagen, köldum den kalten, bardögum Kriegen 293, 8, öllu mit allem, töldum wir erzählten, vökoðo sie wachten, ör Pfeil gen. örvar, hönd f. goth. handus, giöf Gabe, heilög die heilige, iörð Erde, lönd Länder; giöfull gabenmild, fiötur Fessel, hvötuðr Anreizer, hvörmöttr von starken Augenliedern; endlich für v: fölr pl. falvir, fölskvi Asche, nöckvi Nachen, höggva (auf alten Inschriften haggva) hauen. Beiderlei Umlaut steht nebeneinander in der III. Decl., wie in magr Sohn, Dat. sg. megi, Acc. pl. mögu, noch näher in dem vielformigen Verbum göra thun. Berechtigt ist görva (ahd. garawan) und mit dem eingeschobenen i erwächst giörva, aber auch gerva, gera (aus garvjan, ags. gervan) nach der Wirkung des folgenden i; im Adj. scheint nur görr das rechte.

Die Schreibung dieses nur aus a entstehenden Umlauts in den Hdschrr. und Drucken schwankt zwischen au, av, o, ö, und geschwänztem oder durchstrichenem o. In den norw. Diplomen aus der 1. Hälfte des XIII. Jahrh. ist nach Thork. Ausg. ö für œ in Beschlag genommen, und für den Umlaut des a steht o; iorð, hofðu p. 12; landzlogh

d *

honom 19; doch auch lögh, mönnom 18, giöf 63. Stehen geblieben ist diese Orthogr. gew. in honom. Gleichwohl scheint die berechtigtste Schreibung die durch ö, und liegt dessen Ursprung unverkennbar in dem kurzen Diphthong au, den auch die ältesten Runeninschriften ausdrücken z. B. durch haugva.

Ausnahmsweise unterbleibt auch dieser Umlaut zuw. in sehr gangbaren Wörtern. In dem Diplom von 1202 steht adrum, und 4 Mal allum; S. 230 mannum, hafum. Auch sonst ist wenigstens eben so häufig hanom als honom geschrieben, aber deswegen keineswegs langvocalig, wenn auch von halfr, sialfr der Dativ halfum sialfum lautet, weil hier Dehnung wegen des lf eintrat.

Rückumlaut hat hier wie im Ahd. Mhd. statt, wenn das ableitende i elidirt wird; nicht, wenn die Wurzel langvocalig ist. Es heisst also telja, erzählen, talda; ketill Kessel, pl. katlar; reginn g. pl. ragna (deorum); aber brenna, brenda; mæla, mælta, læknir pl. læknar. Eine Ausnahme macht eyrir Unze, pl. aurar, und andrerseits setja, setti.

Andere Veränderungen welche mit den kurzen Ableitungs- und Flexionsvocalen vorgehen, sind sehr schwankend und zum Theil, wie namentlich die nur auf Ableitungsvocale treffende Assimilation. So zeigt sich in Derivationssylben u (o) statt a, wenn u folgt (vökuðu st. vakaðu; sumor pl. v. sumar, eig.: sumoru) im Nomen gestört durch die Neigung der Späteren zu ug, ur. Die wichtigsten werden in der Formenlehre angeführt, abgehandelt bei Grimm I (3) 484 f.

Zusammenziehungen von Sylben sind häufig und kühn. Leicht wird þótt (obgleich) aus þó at, bóndi aus búandi, frænd (aus fríand, was nicht daneben vorkommt, fiand bleibt 2sylbig), så aus såo sie sahen; sê aus sêu sie scien Gråg. I, 1. lítt u. lítit, stärker ist ênsk a. englisk, þýrskr a. þýdverskr (im Grœnl. þáttr.); drótt a. drogit (gezogen), ansa antworten aus andsvara, kongr König aus konungr, harla, varla aus harðlega, varlega. — Leichter wird von 3 zusammenstossenden Consonanten einer ausgestossen: mart st. margt, morni st. morgni, apni st. aptni.

Formenlehre.

Die Flexion der Nomina und Verba hat hier im wesentlichen dieselbe Einrichtung als in den älteren deutschen Dialecten. Auch im Nordischen ist starke und schwache Declination, und starke und schwache Conjugation ähnlich unterschieden, als sie es bei uns war. Nur lassen sich im Nordischen, was die Endungen betrifft, nicht mehr lange Vocale von kurzen unterscheiden.

Starke Declination des Substantivs.

Während die schwache Decl. nur vocalisch ausgeht (masc. -i, fem. -a neutr. -a) endigen die stark, durch Consonanten und Vocale aller Art, flectirten Substantiva vorherrschend in ihrem Nominativ auf Consonanten. Alle Masculina auf r, welches aus älterem s entstanden ist, und sich nach den Lautgesetzen assimiliert: fisk-r Fisch, ketil-l Kessel, hirði-r Hirt; gest-r Gast, belg-r Balg, salr Saal; keine Nominativendung haben die meisten Feminina und die Neutra, wo ein i vorkommt, gehört es, wie in hirði-r, der Derivation an, es weicht jeder vocalisch beginnenden Casusendung. — Alle Feminina müssen aber einmal, wenn auch gegen die älteste Einrichtung u zur Endung gehabt haben, wie ihr Umlaut beweist: för Fahrt, höll Halle, rönd Schild eig. Rand, brûð-r Braut, tönn Zahn. — Alle Neutra endigen auf den blossen Stamm: land Land, ríki Reich, doch dass sie einst a im sg. zur Endung hatten, beweist die Brechung, wie in fiall Berg, spiall Rede.

Obwohl die Flexion wesentlich eine gewesen ist, so lassen sich doch drei durch alle Geschlechter hin einst gleichförmige Declinationen unterscheiden, nach den drei ursprünglichen Themavocalen A, I, U, welche noch in dem Acc. pl. der Masculina fiska, gesti, sonu hervortreten, sowie in den Nom. und Acc. pl. der Feminina farAr, randIr, tenn(U)r, letzteres für tenniur.

Innerhalb der Wurzelvocale treten die Erscheinungen des Umlauts hervor, nach den oben beschriebenen Gesetzen. Unwirksam geworden ist nur das I der zweiten Declination; dass es da gewesen sei, zeigen die im Nom. umgelauteten Formen gestr, belgr. — Im Neutrum giebt es nur die A-Declination, und nur Spuren von der dritten in fê Vieh, goth. faihu, und einigen andern. — Die einzelnen Endungen selbst erkennt man leicht in der folgenden Übersicht, worin die Casus Nom. Gen. Dat. Acc. nebeneinander gesetzt sind.

Masc.									
I.	fiskr	fisks	fiski	fisk	Plur.	fiskar	fiska	fiskum	fiska
	ketill	ketils	katli	ketil		katlar	katla	kötlum	katla
	hirði-r	hirðis	hirði	hirði		hirðar	hirða	hirðum	hirða
II.	gestr	gests	gesti	gest		gestir	gesta	gestum	gesti
	belgr	belgjar	belg	belg		belgir	belgja	belgjum	belgi
	salr	salar	sal	sal		salir	sala	sölum	sali
III.	sonr	sonar	syni	son		synir	sona	sonum	sonu
	skiöldr	skialdar	skildi	skiöld		skildir	skialda	skiöldum	skiöldu

Fem. I. för	farar	för(u)	för	Plur.	farar	fara	förum	farar
fylli	fyllar	fylli	fylli		fyllar	fylla	fyllum	fyllar
II. âst	âstar	âst(u)	âst		âstir	âsta	âstum	âstir
brûðr	brûðar	brûði	brûði		brûðir	brûða	brûðum	brûðir
III. tönn	tannar	tönn(u)	tönn		tennr	tanna	tönnum	tennr
Neutr. I. land	lauds	landi	land		lönd	landa	löndum	lönd
rîki	rîkis	rîki	rîki		rîki	rîkja	rîkjum	rîki
III. fê	fiâr	fêi	fê		fê	fiâ	fiâm	fê

In dem letzten Worte, fê für feho, urspr. fihu, entsteht der Gen. fiâr durch Brechung aus fiahar, mit der Endung von sonar, tannar. Hier entspricht die Endung ar, früher wohl âr, der gothischen Endung -aus.

Welche Wörter den einzelnen Decl. zugehören, ist bei den einfachen nur aus dem Gebrauch zu erkennen; abgeleitete haben das Kennzeichen an ihren Endungen.

Zu I. des Mascul. gehören viele einf. Nomina, es sind diejenigen, deren Vocal an sich oder durch Position lang ist, und keinen Umlaut hat; z. B. armr Arm, baugr Ring, brunnr, draumr, dvërgr Zwerg, eldr Feuer, garðr, hals, hêstr, îs, karl, lax, skôgr (Wald, aber G. skôgar) steinn, stôll, þræll Sklave. Dazu kommen die meisten Ableitungen, nämlich die mit al, il, ul; (wonach r sich assimilirt) l, mit an, in, un, n, ar, ur, r nach welchen r unterbleibt, und mit ungr; wie iökull, fugl, iarl Graf, aptan Abend, iötun Riese, hamar, sigur, hafr Bock, graðungr Stier, niðjungr Abkömmling. — Syncope tritt ein, sobald die Flexion eine Sylbe ausmacht, hamar Dat. Plur.: hömrum. Wegfall des i im Dat. Singul. oft in einsylbigen Wörtern langen Vocals îs st. îsi. Umlautend ist es in dem einzigen dagr, degi. Bemerkenswerthes Schwanken zwischen mehreren Decl. ist in den Wörtern für See und Schnee; im Nom. gelten die Formen: sær, siâr, siôr; snær, sniâr, sniôr; G.: siôs, siôar, siâvar oder siafar; sniôs, sniôar, sniafar. D.: siô, siâ; sniô, sniôvi.

Nach hirðir gehen die Ableitungen auf ir: fylkir Häuptling, hersir Anführer, læknir Arzt, stillir König, œgir Meer, mækir Schwert. In der jüngeren Zeit bleibt das -ir aus dem Nom. auch im Dat. u. Acc. sg.

II. war früher mit umlautenden i gebildet, wie gestr, belgr, beckr Bank, byr Fahrwind, beweisen, aber die umlautende Kraft ist erloschen, und im Gen. u. Dat. sg. viel Schwankung eingetreten. Wie gestr gehen dalr Thal, feldr Rock (im pl. zu I schwankend), gramr König, hamr Kleid, hvalr Wallfisch, drengr tapfrer Mann (mit Gen. pl. drengja), stafr Stab, valr Wahlplatz, alle diese haben den Gen. auf -s, aber den D. öfter ohne i als mit demselben; dagegen zeigt sich stets Dat. auf -i, aber Gen. auf -ar in: friðr Friede,

fundr Fund, Zusammenkunft, kostr Wahl, rêttr Recht und in allen Deriv.
auf -aðr, wie fagnaðr Freude, hernaðr Krieg, kostnaðr Aufwand, mânaðr
Monat. Sie decliniren: friðr, friðar, friði, frið pl. friðir. Nach belgr mit
dem als j hervortretendem i flectiren sich die meisten auf g und k ausgehen-
den wie fengr, hryggr, leggr, bekkr, drykkr, reykr, aber auch beðr Bett, bœr
Hof, G. bœjar, D. bœ, A. bœ, A. pl. bœi 107, 33, byr Fahrwind, hyr Feuer.
Doch giebt es auch hier Schwankungen, neben dem Gen. belgjar 249, 14
steht auch belgs Isl. 1, 161, neben belg im Dat. auch belgi Isl. 1, 63. —
Nach salr gehn die meisten kurzvocaligen: bragr Dichter, Dichtung, gripr
Kostbarkeit, halr Mann, hlutr Loos, Theil, Sache, matr Speise, munr Sinn,
Art, slagr Schlag, staðr Stelle, vinr Freund, und alle Comp. mit -skapr,
wie drengskapr, fiandskapr, skaldskapr, vinskapr Freundschaft.

III. Der alte Themavocal u, der bei sonr (goth. sunus) nicht sichtbar
ist, tritt hervor in: örn Adler, börkr Rinde, höttr Hut, köttr Katze, lögr
Wasser, löstr Vorwurf, mögr Sohn, völlr Feld, völtr Frucht, Wachsthum
(goth. vahstus), wo die Flexion ist: örn, arnar, erni, örn, pl. ernir, arna, örnum,
örnu und so völtr, vaxtar, vexti, völt, pl. vextir, vaxta, völtum, völtu. —
Wie skiöldr gestalten sich: fiörðr Meerbusen, fiarðar, firði, fiörð, pl. firðir,
fiarða, fiörðum, fiörðu, ferner biörn Bär, kiölr Schiff (pl. kilir, und mit Über-
gang in I kiolar) miöðr Meth. Daneben auch langsylbige: âs der Ase, D.
æsi pl. æsir, âsa, âsum, âsu; so dráttr das Ziehen, hâttr Weise, mâttr Macht,
spânn od. spônn Spahn, teigr Wiese. — Ohne allen Umlaut kviðr Spruch,
limr, liðr Glied, siðr Sitte, viðr Holz, Wald.

Zu I. des Femin.: 1) viele einfache: â Fluss pl. âr, âr Ruder pl. ârar,
giöf Gabe pl. giafar, giörd Gürtel, höll Halle, iörð Erde, nös Nase, rödd
Stimme, seil Seil, sôl Sonne, sök Handel, Sache pl. sakar. 2) Bildungen mit
ul, l; ur, r; ûng, îng. So öxl Achsel, nâl Nadel, fiöður Feder, sigling
Schiffung, ûthelling Ausgiessung, virðing Schätzung. Oft giebt es Dative auf
-u wie iörðu, moldu, röddu, besonders bei denen auf -ung, ing: siglingu
283, 23 fylkingu, ûthellingu. — Abgefallenes j und v tritt wieder hervor:
ben Wunde, egg Schärfe, ey Insel haben: benjar, eggjar, eyjar; böð Kampf,
dögg Thau, ör Pfeil: Gen. sg. u. N. pl. böðvar, döggvar, örvar (örfar). —
Schwankungen zu II hinüber, mit dem pl. auf -ir: farir, giafir, nasir, sakir
statt des älteren: farar, giafar, nasar, sakar. — Wenige Feminina giebt es
auf -i wie fylli, so: fiski das Fischen G. fiskjar.

II mit unwirksam gewordnem Themavocal -i 1) wie âst: brâð Beute,
braut Strasse, hiörð Heerde pl. hiarðir, hrönn Welle, pl. hraunir, kvöð pl.
kvaðir, nâð Gnade pl. nâðir, nauð Fessel, Noth, pl. nauðir, tîð Zeit, tîðir;
vâð Kleid pl. vâðir, und Wunde pl. undir — ferner die Ableitungen auf -n:

auðn Verödung, eign Eigenthum, höfn pl. hafnir Habe, die zahlreichen auf -an: ârnan Fürbitte, fiölgan Vermehrung; und die noch häufigeren auf -ð, t, tt: ferð Fahrt, bygð Bauland, trygð Treue; sekt Strafe, spekt Weisheit, lykt Schluss; ætt Geschlecht (ahd. ahta), ambâtt Magd, sôtt Krankheit, Sucht. 2) wie brûðr: dîs Schicksalsgöttinn, gŷgr, Riesin; gûðr Kampf, G. gunnar, D. A. gunni; griðr Riesin, hildr Kampf eig. Valkyrie, flœðr Fluth; vættr Wicht, und folgende mit dem pl. auf -ar, nach I: byrðr, A. byrði Bürde, pl. byrðar; heiðr Heide 138, 21, G. heiðar, D. A. heiði 138, 5. 6, pl. heiðar; rŷgr Frau pl. rŷgjar; veiðr Jagd, D. A. veiði pl. veiðar. — Danach auch die Frauennamen auf -gerðr, -gûðr, -hildr, -þrûðr.

III mit Themavocal -u, wie hönd Hand, goth. handus, nicht aber alle, die ö in der Wurzel haben, was auch die zu I. II. gehörigen bekamen. Es sind aber nur einfache Wörter, wie bôk, bôt Busse, eik Eiche, kinn Wange, hnöt Nuss, nâtt Nacht, rôt Wurzel, stöng Stange, strönd Strand, vik Meeresbucht. — Eine Syncope des a im Gen. Singul. tritt nach g, k ein: bôkr neben bôkar des Buchs, vik, G. vikr und anomaler Umlaut in nâtt, G. nættr, mörk Mark, Wald, G. merkr, wie im pl. merkr. Ein umgelauteter Dativ zeigt sich bei hönd, D. hendi und in öx, D. exi Isl. I, 119, zuweilen auf -u wie nâttu, ströndu, mörku vgl. Danmörku 194, 13. — Manche schwanken im pl. zu II wie rönd, pl. rendr u. randir, strönd pl. strendr u. strandir.

Zu I. des Neutr.: viele einfache, z. B. barn Kind, fiall, glas, gras, und die Ableitung mit al, l, n, ar, r, ð z. B. ôðal, Plur. (wegen des ursprüngl im Umlaut sichtbaren u assimilirt) ôðul, sumar Plur. sumur; höfuð Haupt.

Nach riki die zahlreichen auf i: dœmi Beispiel, erfi Erbmahl, erfiði Arbeit, und viele durch verschwundenes j umgelautete: skegg Bart, sker Klippeninsel. Statt ja, jum haben a, um diejenigen N. auf i, deren Schlusscons. nicht g, k ist: dœma, dœmum.

III. Mit Ausnahme des Gen., den nur fê auf ar bildet, gleichen sonst: knê Knie, trê Baum, Gen. knês, três, G. pl. kniâ, triâ.

Schwache Substantivflexion.

Durchaus vocalisch ist der Sing. und muss sich mit 2 Endungen behelfen, wie hani Hahn, cass. obll. hana, der Plur. ist stark, ausser dass der Gen. n einsetzt. Das Mascul. hat 2 Formen, je nachdem das i einfach ist, wie sicher in den Bildungen li, ni, ari, oder Ableitung durch i einschliesst, was in wenigen Wörtern übrig ist, sich aber auf die häufige Ableitung ingi erstreckt; in letzterm Falle tritt vor alle'Endungen j: vili, vilja Plur. viljar etc.

Das Femin. bedarf weniger Umsicht in demselben Falle, da hier schon der Nom. ja hat: kirkja, kirkju.

Mascul. hani G. D. Acc. hana; Plur.: hanar, hana, hönum, hana
Femin. tûnga,   tûngu tûngur, tungna, tungum, tûngur
  mildî   mildî
Neutr. hiarta   hiarta hiörtu, hiartna, hiörtum, hiörtu.

Für den gewöhnl. Gen. Plur. hana findet sich früher nach Analogie der übrigen hanna, so oft von gumi Mann, G. Plur. gumna; statt des i ist a im Nomin. in den Fremdwörter herra Herr und sîra (Herr, bei Geistlichen). Auch der Nom. pl. lässt oft n hervortreten, wie in gumnar Männer, skatnar die Edlen, flotnar Seeleute 185, 17. G. gumna, D. gumnum.

Wie hani z. B. bani Tödter und Tod, bogi Bogen, dropi Tropfen, fari Fahrender, kappi Kämpfer, geisli Strahl, dômari Richter; höfðingi Häuptling g. höfðingja, Plur. höfðingjar etc. — Wie tûnga: bâra Woge, bylgja dass., Plur. bylgjur; reckja Bett, gen. Plur. aber bylgna, reckna ohne j. — Wie mildi (milde) die meisten Abstracta auf -i: elli Alter, gleði Fröhlichkeit, hreysti Tapferkeit, reiði Zorn, snilli Schnelligkeit; breytni, Veränderung, heiðni Heidenthum, kristni Christenthum vgl. 196, 24. — Wie hiarta nur auga, eyra, lûnga.

Anomalische Substantivflexion.

Anomalie 1) der Verwandtschaftsnamen: faðir, bróðir, móðir, dóttir, systir haben G. D. Acc. föður, bróður, móður, dóttur, systur. Plur. N. u. A: feðr oder feður 88, 8, brœðr, mœðr, dœtr, systr. G. D. mit bleibendem Umlaut: feðra, feðrum; brœðra, brœðrum. Schwankungen bei faðir, Gen. und Dat. auch feðr 89, 11; 92, 27, im Gen. auch föðurs Vol. 42.

2) Der syncopirenden. Dies geschieht ausser im Gen. Plur. bei allen vocalisch auslautenden einsylbigen durchgängig. Z. B. skôr (Schuh) G. skôs D. skô, A. skô Plur. skôr, skôa, skôm, skô. â f. (Fluss), G. âr D. A. â; Plur. âr, âa, âm, âr. — Nach III tâ (Zehe) G. târ; Plur. tœr, tâa, tâm, tær; klô (Klaue), G. klôar; Plur. klœr, klôa, klôm, klœr. — Ferner vetr, vetur (Winter), G. vetrar, D. vetri, A. vetr, Plur. vetr, vetra. So auch fingr Finger, G. fingrs; Plur. Nom. und Acc. fingr (213, 17), statt fingrar u. fingra. So syncopirt das Masc. fôtr Fuss, welches im Sg. gew. regelmässig nach III geht, G. fôtar D. fœti (neben fôti nach I), seinen N. pl. fœtr, welche Form auch im Acc. pl. bleibt (294, 18)), und später auch als fem. construirt wird, Gen. pl. fôta, D. fôtum. — Nur in syncopirtem Plur. kommt das fem. dyr dyrr (st. dyrir) Thür vor, im G. D. dura, durum, doch auch anomal dyra, dyrum.

3) maðr (Mann) G. manns D. manni A. mann; Plur. menn, manna, mönnum; daneben giebt es keine schwache Form wie in andern Dialecten. Der plur. meðr Atlaqu. 5 weist auf die Pluralform mennr aus mennir nach III. 4) mær Jungfrau, bildet G. meyjar, D. meyju, mey A. mey; pl. meyjar G. meyja, D. meyjum, A. meyjar, ungenau auch ohne j meyar. Hierzu giebt es nicht zwei verschiedene Singulare. Vielmehr ist mær (goth. mavi, A. mauja) umgelautet aus mâr, worin â aus au entstand, wie in nâr der Todte. Der in zwei Stellen von Egilsson nachgewiesene Nom. mey ist eine jüngere Verirrung.

Declination der Eigennamen.

Die **Personennamen** sind je nach den Stämmen die sie enthalten entweder starker Declination, wie Biörn, Egill, Oddr, Ulfr, und die Frauennamen Frigg, Brynhildr, Guðrun, oder schwach: die masc. auf -i wie Biarni, Oddi, Snorri, die fem. auf -a, wie Freyja; Svâva, Þôrkatla. Die Flexion der schwachen Eigennamen ist ganz wie die der appellativen Substantiva.

Eigenthümlich ist nur, dass es Mannsnamen auf -a giebt, wie Sturla, Skúta, die nach dem schw. Fem. flectiren, daher Snorri Sturluson, und Viga-Skútu saga; und umgekehrt Frauennamen mit der Form des schw. Masc. wie Skaði, G. D. A. Skaðu. Ähnlich wird arfi Erbe auch für Erbin gebraucht.

Die **Mannsnamen** starker Flexion gehen a) zumeist nach der I Decl. mit Gen. -s, Dat -i. So die mehrsten einfachen wie Glûmr, Grîmr, Oddr, die derivierten wie Ôðinn, Ôðins, Ôðni, Ôðin; Hêðinn, Hêðins, Hêðni, Hêðin; und die meisten Compp. namentl. die auf -ald: Ingialdr, Haraldr, auf -alfr, -ar (har, hari): Einarr, Ottar, Sigarr, auf -brandr, -geirr, -gils, -grîmr, -laugr, leifr, daher auch Ôlafr, Ôlafs, auf -leikr, Þorleikr u. Þorlakr, Aslakr; -laugr, -liotr, -mar, -rîkr u. rekr, -ulfr u. -olfr, -valdr, -þiofr, -þôrr. Angeschlossen hat sich Gestr, Gests, Gesti, Gest, mit seinen Comp., wie Þôrgestr, D. Þôrgesti 279, 19.

Nicht selten fällt das -i des Dat. fort, von Baldr, G. Baldurs, Baldrs ist der D. gew. Baldri, aber auch Baldr 230, 15, neben dem gew. Friðþiofi auch Friðþiof 258, 27; 258, 34, neben Semingi auch Seming 355, 22.

Mit Rückumlaut, nach ketill, gehen dessen Compp. wie Ulfketill, Ulfketils Ulfkatli; Þôrketill, Þôrkatli, während die Kürzungen Ulfkell, Þorkell im D. Ulfkeli, Þôrkeli haben; ähnlich Egill, Egils, Agli, Egil.

Die auf -ir gehen nach hirðir, wie Fafnir, Gripir, Þôrir, Mimir. Sie haben Gen. Fafnis, D. Fafni, A. Fafni.

b) mit Gen. -ar, D. -i diejenigen, welche der II u. III Decl. angehören, die sich im Sg. nicht immer unterscheiden lässt. Selten unterbleibt im D. das i, wie bei Freyr, G. Freys, D. Frey; Ân, G. Ânar 230, 1, D. Ân, neben Âns 365, 23, Âni 365, 22. — Gizur bildet Gizurar, Gizuri; Hâkon, Hâkonar, Hâkoni; Halfdan, Halfdanar zuw. Halfdans, Halfdani; Sigurðr, Sigurðar, Sigurði, Þórðr, Þórðar, Þórði. — So die Compp. mit -aðr, -brôk, -freðr, -freyðr (Hallfreyðr, Vêfreyðr), -mundr, röðr (rauðr?), -undr, -ur, varðr (aus vörðr), -viðr.

Entschieden zu III zu ziehen sind: Örn, Arnar, Erni, Öru; Biörn, Biarnar, Birni, Biörn nebst seinen Compp. wie Arinbörn, Asbiörn, Ketilbiörn und Niörðr, Niarðar, Nirði.

Die **Frauennamen** starker Flexion haben zum Theil a) Gen. -ar, D. -u, A. -u. wovon schon seltner das u jm D. u. A. unterbleibt, wie bei Frigg, Friggjar, Frigg: herrschend haben es die Compp. mit -biörg, wie Ingibiörgu, Þórbiörgu, mit -ey, G. eyjar, eyju; mit -laug, -leif u. daher auch -löf (aus -laf), -löð, Gunnlöð, Gunnlaðar, Gunnlöðu, Gunnlöðu; mit -ný, G. nýjar, D. nýju; mit -rûn, -veig, -vör, -yn, G. ynjar, D. A. ynju wie Fiörgyn, Hlôðyn, Sigyn. b) Gen. -ar, D. -i, A. -i haben die Frauennamen, deren Nom. auf -r ausgeht, wie brûðr, Heiðr, Hildr, D. A. Hildi. So die Compp. mit -dis, -friðr, -gerðr, -gûðr wie Hlaðgûðr, Môðgûðr 178, 26; Hildigûðr, G. Hildigunnar, D. A. Hildigunni; mit -heiðr u. -eiðr wie Ragnheiðr, Alfeiðr, -hildr u. -ildr wie Geirhildr, Böðvildr, -riðr wie Guðríðr, Sigríðr, -uðr, u. unnr wie Inguðr, Jôruðr, Iðuðr oder Iðunn, D. A. Ingunni, Jôrunni, Iðunni, und mit -þrûðr wie Âsþrûðr, Arnþrûðr.

Von den **Volksnamen** gehen a) nach der I Decl. auf -ar im Plur. die mit -ing abgeleiteten, wie Fœreyingar, Orkneyingar, Espehœlingar, sowie die alten Völkernamen schwacher Flexion: Gautar, Sviar, Frisar, Frakkar, Saxar. — b) mit dem Pl. auf -ir und mit Umlaut die Bewohner einzelner Landschaften: Innþrændir u. Útþrændir von Þrándheim; Raumdœlir v. Ramdal, Sygnir von Sogn; ähnl. Danir (Dänen), A. pl. Dani, und Vanir.

Die **Ortsnamen** richten sich herrschend nach dem Appellativum, womit sie componirt sind, nach den Wörtern für Strand, Fluss, Thal, Feld, Berg, Vorgebirg (nes) u. s. w. Die Namen von Höfen, Dörfern, Städten treten sehr oft im Dat. auf mit der Præp. â, i. Zum Beispiel â Sýrströnd, â Framnesi, î Baldrshaga. Nach S. ist til Sýrstrendr. Viele Namen von Orten und Gegenden treten dabei im Plur. auf; wie Agðir, Hlaðir; î Dröngum, î Görðum 282, 4; â Meðalhûsum; besonders gewöhnlich: -salir, -staðir, -vellir: â Fýrisvöllum, â Möðruvöllum, â Sævöllum.

Starke Adjectivflexion.

Im ganzen der hochd. sehr ähnlich, das Mascul. hat wie im Subst. r für den Nomin., das Femin. die blosse Wurzel, aber, wie das Subst., ursprüngl. u zur Endung, daher den Umlaut ö wo a im Stamme ist. · Die Endung des Neutrums für den Sg. ist t. Daher heisst es liufr, liuf, liuft lieber, liebe, liebes; illr, ill, illt, übel; hreinn, hrein, hreint, rein; blindr, blind, blint (st. blindt) blind, und wo a in der Wurzel ist: allr, öll, allt, all; hvatr, hvöt, hvatt tapfer, kaldr, köld, kalt.

Masc.	liufr	liufs	liufum	liufan	Plur.	liufir	liufra	liufum	liufa
Fem.	liuf	liufrar	liufri	liufa '		liufar	liufra	liufum	liufar
Neutr.	liuft	liufs	liufu	liuft		liuf	liufra	liufum	liuf

Umlaut wirken von diesen Endungen nur um, und u, auch wo es abgefallen ist, wie im F. Singul. und im Neutr. Plur. N. und A., nicht aber das i, so oft es vorkommt, wie sich in hvatr zeigt:

Masc.	hvatr	hvats	hvötum	hvatan	Plur.:	hvatir	hvatra	hvötum	hvata
Fem.	hvöt	hvatrar	hvatri	hvata		hvatar	hvatra	hvötum	hvatar
Neutr.	hvatt	hvats	hvötu	hvatt		hvöt	hvatra	hvötum	hvöt.

Statt des neutr. t zeigt sich misbräuchlich auch ð: skald mikið 218, 32; statt des u, um, auch hier o, om.

Stämme, die ursprüngl. auf v auslauteten, es aber im ganzen Nom. verloren, lassen es so oft wiederkehren, als die Endung vocalisch anfängt z. B. döckr (dunkel) döcks, döckvum döckvan etc. Dahin gehören nebst hryggr, myrkr (dunkel) tryggr u. e. a auch die vocalisch ausgehenden hår (hoch) frör ruhig, miör sanft, G. hås, D. hávum A. hávan.

Wo blosser Vocal auslautet, treten unorganische Geminationen ein im Neutr. und Femin.: blår (blau), blått st. blåt; Fem. G. blårrar, D. blårri. So nýr, ný, nýtt (neu). Ist die Ableitungssylbe in hinzugetreten, z. B. steinin, so heisst es steininn, steinin, steinit, im Acc. Sing. des Masc. aber steininn (nicht steininan). So bildet tiginn vornehm, G. tigins, D. tignum, A. tiginn. Ähnlich von mikill gross, lítill klein n: mikit, lítit; m. Acc. mikinn, lítinn. Übrigens mit Syncope wie im Subst. Danach heisst es m. mikill, mikils, miklum, mikinn, pl. miklir, mikla, miklum, mikla; f. mikil, mikillar, mikilli, mikla pl. miklar u. s. w.; n. mikit, mikils, miklu, mikit pl. mikil, mikla, miklum, mikil. Ebenso geht lítill mit Syncope. Die sonstigen Gesetze der Vocal- und Cons.-Veränderungen spielen besonders in dem Adj. annar (der andere) f. önnur n. annat. Das Mascul. flectirt, annar (annarr) annars, öðrum, annan Plur. aðrir, annarra, öðrum, aðra Fem. önnur, annarrár, annarri, aðra Plur. aðrar etc. Neutr. annat, annars, öðru, annat Plur. önnur annarra, öðrum, önnur.

Schwache Adjectivflexion.

Durchaus vocalisch, lässt Umlaut aber wieder nur vor u, nicht vor i erscheinen:

Masc. liufi, liufa, liufa, liufa ⎫
Fem. liufa, liufu, liufu, liufu ⎬ pl. liufu für alle Casus.
Neutr. liufa, liufa, liufa, liufa ⎭

Von hvatr ist demnach die schwache Form: hvati, Plur. hvötu; von döckr nach dem vorigen, döckvi, döckva Plur. döckvu.

Über den Unterschied starker und schwacher Form im Gebrauch handelt Grimm IV, 509—887: für das nordische Adj. besonders 549 ff., 505 f., 564, 576. Auch hier gilt die allgemeine Regel, wonach starke Form herrscht für alle Pronomina u. für alle Cardinalzahlen, ausserdem für einn, all, miðr, halfr, full, báðir, annar gewöhnl. auch sialfr und für alle übrigen Adjectiva ohne vorherigen Artikel, seien sie attributiv oder Praedicat, und so werden alle Part. Praet. nach hafa betrachtet. Es heisst also hann er mer liufr er ist mir lieb, einn gamall maðr ein alter Mann, aber mit schwacher Form nach dem Artikel: hinn liufi, hinn gamli, und mit unterdrücktem Artikel Hakon gamli, H. der alte, meyna fegurstu die schönste der Jungfrauen. Beispiele des Plurals: hinir ungu, die jungen 316, 13; hinna vöskustu drengja 352, 15; af hinum beztu hundum 315, 8; með vildustu manna ráði 261, 4. Selten wird im Dat. starke Flexion eingemischt: á hinum smærrum skipunum 217, 10. Schwache Form ausschliesslich für Part. Praes. und alle Ordinalia, wozu ausser dem auch schon stark gebildeten sami hier noch hinzukommen: faxi gemähnt, andvani todt, fulltíði erwachsen u. a., welche nie stark, öfter ganz einförmig mit a flectiren. Alle Adj. nach Pron. pers. und nach dem Artikel, der im Nordischen häufig doppelt davortritt: þann inn aldna iötun.

Flexionslos werden leicht solche schwache Adj., welche componirt sind, sie haben dann das neutrale -a durchaus im sg. u. pl. So fullelda, samflota, sammála 100, 20; 131, 5; samráða, sialfráða, varhluta. .

Declination der Zahlwörter.

Da alle Ordinalia ausser dem oben aufgeführten annar schwach sind, so sind nur die Cardinalia zu erwähnen. Nebeneinander stehen die Ordinalia: fyrstr, annarr, þriði u. s. w. bis zum zwölften 175, 17-21. Regelmässig ist einn, ein, eitt; zu bemerken aber: tveir, tvær, tvö oder tvau; G. tveggja, D. tveim (= tveimr), A. tvá (tvó), tvær, tvö (tvau). — 3.

þrîr, þriar, þriu G. þriggja, D. þrim (þrimr), A. þriâ, þriar, þriu. — 4. fio-
rir, fiorar, fiögur, G. fiögra, D. fiorum, A. fiora, fiorar, fiögur. — Unverän-
dert die folgg.: fimm, sex, siö, âtta, nîu, tîu, ellifu, tôlf, þrêtân oder þrêt-
tân, fiortân, fimtân.

Steigerungsbildung und Declination.

Die Steigerung der nord. Adj. ist Gr. III, 579—81 ausgeführt. Die En-
dungen sind 1) iri und istr 2) ari u. Sup. astr, wovon in ersterer äusser-
lich nicht zu unterscheidenden Classe der Vocal i immer syncopirt wird,
wodurch für r und s Assimilation und Wegfall der Wurzelconss. Raum ge-
winnt. Nur diese Classe gewährt auch Umlaut durch das i z. B. framr
(tüchtig) fremri, fremstr; diupr (tief) dŷpri, dŷpstr; stôr gross, stœrri, stœrstr;
vænn (schön) vænni, vænstr. — Zweite Classe ohne allen Umlaut: liufr, liu-
fari, liufastr; frôôr (klug) frôôari, frôôastr; hvatr, hvatari, hvatastr.

Die Declination des Superlat. ist nach den oben genannten Fällen stark
oder schwach wie die des Adjectivs dŷpstr f. dŷpst n. dŷpst, liufastr, liufust,
liufast.

Die bloss schwache des Comparativ bildet das Fem. auf î nach mildî,
den Plur. durchaus einförmig auf î ohne allen Umlaut.

Masc.	liufari	G. D. A. liufara	
Fem.	liufarî	G. D. A. liufarî	Plur.: liufarî für alle Casus.
Neutr.	liufara	G. D. A. liufara	

Ebenso hvatari, î, a; deckri (dunkler); hærri (höher); meirri (mehr) minni
(weniger); konungligari; öflgari v. öflugr stark, mâtkari v. mâttugr mächtig
103, 42, ôgurlegri, ôgurligastr v. ôgurligr furchtbar.

Gesteigerte Adverbia lauten auf r aus: heldr (potius) betr, meir,
minnr, skemr in kürzerer Zeit, siôr minus, fyrr prius, ôgurligarr furchtbarer,
sterkligarr stärker 256, 4.

Participialdeclination.

Das Part. Præs. tritt mit seiner Endung andi in die schwache Flexion,
abweichend ist das Femin. und der Plur. wie beim Comp. Der Plural aber
bildet sich auch, doch nur im Mascul., stark auf r, später ur.

Masc.	gefandi c. obll. gefanda	Plur.: gefandi (fürs Mascul. neben
Fem.	gefandi durchaus bleibend	gefendr).
Neutr.	gefanda durchaus bleibend	

So der Plur.: drâpu af þeim alla þâ er dugandi vôro Orkn. p. 56, með standandi eyrum 339, 37. ·Daneben in gleicher Geltung der Plur. nach III stark auf r mit Umlaut (also für ir, so dass die spät. häufige Schreibung ur unrichtig ist): vôru flytjendr þessa mâls brôðir hans ok vinir, frændr konunnar d. i. Vortragende in dieser Sache waren sein Bruder und seine Freunde, die Verwandten der Frau. Vigagl. c. 10. Dat.: sitjöndom. Brynh. 3. Nach letzterer Weise bilden auch die aus Part. entstandenen Subst. ihren Singul. schwach, den Plur. nach III stark: bôndi G. D. A. bônda Plur. bœndr; frændi, frænda, Plur. frændr später bœndur, frændur; dômandi, dômendr.

Das Part. Praet. der st. Conj. hat regelmässig fallinn, fallin, fallit — wonach das masc. seinen Acc. wieder fallinn bildet, nach steininn, tiginn — das der schwachen taldr, töld, talit, neben taldr auch taliðr. Aber viele schwache Part. lassen auch für die weitere Flexion eine starke Nebenform zu. Gr. I, 307. 1012. 1018, die Wahl bestimmt der Wohllaut so, dass vor vocalischer Endung d (schwache Fl.), vor Conson. n nach starker vorgezogen wird; z. B. Plur. taldir (numerati), aber talinna f. taldra (numeratorum). Doch auch barnir (percussi) st. barðir, poet. 58, 23. — Dat. sg. at âkveðinni stundu 183, 18.

Das schwache Part. taldr lässt sich in folgenden Formen belegen: Gen. talins, D. töldum, A. talinn u. taldan pl. taldir. Das fem. talið, töld, talin, G. talinnar, D. talinni, A. talda pl. taldar. Das neutr. herrschend talit.

Pronominalbildungen und Declination.

Personalpronomen.

Das die Geschlechter nicht unterscheidende hat wie anderwärts noch seinen Dual und die sonst bekannte Einrichtung, für das geschlechtige er sie, es fehlt dieser Stamm ganz und steht dafür hann, hun ohne Neutrum, welches aus dem Demonstr. inn, in, it entlehnt wird, und ohne Plural.

Singular.	Dual.	Plural.
ek mîn mer mik	'við ockar ockur ockur	ver vâr (vôr) oss oss
þû þîn þer þik	þið yckar yckur yckur	er (þër) yðar yðr yðr
- sîn ser sîk	ohne Plural.	

Sing. M. hann   hans   honum   hann   Plur. fehlt.

     F. hun (hon)   hennar henni   hana   —

Die der Form ek entsprechenden Accusative mek, þek, sek begegnen häufig z. B. in Munchs Olafssaga: at ec lâta þek p. 29.

Die Dualformen við wir beide, þið ihr beide lauten oft richtiger vit, þit, das t ist der Rest einer Anfügung des Zahlworts. Für þit zeigt sich auch it, ihr beide, wie im Plur. þer und er, ihr. — Neben yðar auch yðvar euer als Gen. 88, 7. Von hann lautet der Dat. mit Umlaut honum oder hönum und mit Vernachlässigung desselben hanum. Statt des Plur. dient þeir, þær, þau s. das Demonstr.

Possessivpronomen.

Wie überall aus den Genitiven der persönlichen gebildet; ein ihr ihre ihr (ejus, eorum) giebt es nicht, dafür die entspr. Genitive des Dem., also hennar und þeirra. Das sîn ist auch hier reflexiv:

     minn, mîn, mitt; ockar, ockur, ockart; vârr, vâr, vârt.
     þinn, þîn, þitt; yckar, yckur, yckart; yðar, yður, yðart.
     sinn,   sîn,   sitt;

Für vârr gilt auch vôr und ôr; alterthümlich flectirt es vor Vocalen nach oss: ossom unserem, ossa unsere. Neben yðarr auch yðvarr (euer) 334, 5. Gen. pl. yðvarra 212, 10.

Das u in ockur, yckur, yður rührt von der Assimilation an die abgefallene Femininalendung u her.

Demonstrativa.

Das älteste sâ, sû, þat (der, die, das) wird immer mehr als Artikel verwendet. Für den Dat. des neutr. þeim hat sich ein alter Instrumentalis þvî herrschend erhalten.

				Plur.:		
Masc.	sâ	þess	þeim	þann	þeir	þâ
Fem.	sû	þeirrar	þeirri	þâ	þær þeirra, þeim	þær
Neutr.	þat	þess	þvî	þat	þau	þau

Statt sâ findet sich oft ungehörig siâ, dasselbe sogar für sû 113, 17. — Neben dem Dat. þeim auch die ältere Form þeima für den Sing. 192, 39; 204, 5; 262, 10 für den Plur. laghum þemma, schwed. 260, 31.

Das zweite Dem. þessi (dieser) greift im Singul. in die schwache Flexion über. Nebenformen, für þessi auch þersi, für Dat. Neutr. þvîsa z. B. î þvisa biscopsriki Norv. Dipl. II, 12 i þvise skipti ebenda.

Masc. þessi þessa   þessum þenna Plur. þessir   þessa
Fem. þessi þessarar þessari þessa   þessar þessara þessum þessar
Neutr. þetta þessa   þessu   þetta   þessi   þessi.

Statt þessari heissts auch kürzer þessi z. B. 188, 18; 193, 4, u. G. þessar 311, 10.

> Ältere Formen finden sich auf den Runensteinen, woraus auf ursprüngliches sâ-si, sû-si, þat-si zu schliessen ist, nämlich: sarsi, Dat. þaimsi, Acc. þanasi, þansi pl. þairsi Acc. þâsi. Im Neutr. þatsi, pl. þausi.

Das dritte Dem. inn (jener) dasselbe mit dem altd. ener, lautet (in der Prosa) gewöhnlich hinn, hin, hit; sobald das h unterbleibt, zeigt sich auch e: enom, ena, et. Gr. I, 797. IV, 374.

Masc. inn ins inum inn Plur. inir   ina
Fem. in   innar innui ina   inar inna inum inar
Neutr. itt (it) ins inu   itt (it) in   in.

> Für itt gewöhnlich it, hit, oder unorganisch ið. Dies Pron. wird gleichfalls als Artikel verwendet, in der ältern Poesie fast immer unabhängig dem Substantiv nachgesetzt, in der Prosa dagegen demselben suffigirt, vgl. S. LXXIV.

Interrogativa.

Die ursprüngliche Einrichtung der 5 Fragformen ist unzerstört, nur giebt es in der Flexion einige Abgänge: hvar wer; hverr wer von mehrern, hvârr wer von zweien; hvîlîkr welcher.

1) [hvar] kommt nur im G. hvess D. hveim für Mascul. und Fem. vor, das Neutrum: hvat, hvess, hvî, hvat (hot). Statt hvar u. A. hvarn wird aus Nr. 2. hver, hvern gebraucht. Kein Plural.

2) hver, gothisch hvarjis (quis), daher:

Masc. hverr hvers hverjum hvern Plur. hverir   hverja
Fem. hver hverrar hverri hverja   hverjar hverra, hverjar
Neutr. hvert hvers hverju hvert   hver hverjum hver.

Statt hvern alterthüml. hverjan Vol. 29; hverri 181, 16 für hverji.

3) hvârr, gothisch hvaþar (uter).

Masc. hvârr hvârs hvârum hvârn
Fem. hvâr hvârar hvâri hvâra   ohne Plural.
Neutr. hvârt hvârs hvâru hvârt.

> Dafür häufig hvôrr, hvôr, hvôrt, im G. D. fem. gew. hvârrar, hvârri oder hvôrrar, hvôrri. — In der alten Dichtung begegnet zuweilen für hvârr noch die volle un-

ALTNORDISCHES LESEBUCH.   e

contrahirte Form hvaðar, so in der Comp. hvaðartveggi (für hvártveggi), was Sn.
E. (Sv.) p. 182 verkehrt genug einen Barbarismus heisst.

4) hvilíkr ganz wie das st. Adj.

Relativa.

Werden wie in allen Diall. zusammengesetzt oder entlehnt. Im Nordischen giebt es dafür folgende Weisen 1) das blosse Dem. sâ, sû, þat, 2) dieses mit der Anfügung von s z. B. þeims welchem (nur in der alten Poesie), 3) dass. mit folgendem er: þeim er, sâ er (das herrschende), 4) er allein für alle Cas. und Gen., 5) sem ebenso, oder mit demselben Demonstrativ.

Vom suffigirten Artikel.

Die Flexion des dem Substantiv angehängten Pronomens inn, in, it ist oben angegeben. Das Gesetz der Anfügung ist, die Casusendung des Substantivs bleibt vor dem suff. Pron., nur wird jedesmal m zu n, aber das i des Pronomens verschwindet oft, und jedesmal nach Vocalen der Substantivflexion; nirgends auch wirkt es einen Umlaut. So wird dagr Tag, dagrinn der Tag, konungr-inn der König, konungar-nir die Könige; Dat. degi zu deginum; dagegen tûnga Zunge, tûngan (nicht tûngain oder tûngin) die Zunge.

Singular.				Plural.			
dagr	dagsins	deginum	daginn	dagarnir	daganna	dögunum	dagana
giöfin	giafarinnar	giöfinni	giöfina	giafarnar	giafanna	giöfunum	giafarnar
fatit	fatsins	fatinu	fatit	fötin	fatanna	fötunum	fötin

Für die schwache Declination

Singular.				Plural.			
hàninn	hanans	hananum	hanann	hanarnir	hananna	hönnunum	hanana
tûngan	tûngunnar	tûngunni	tûnguna	tungurnar	tunganna	tûngunum	tungurnar
augat	augans	auganu	augat	augun	auganna	augunum	augun

Von fê (Geld) fêit neben fêt, fiârins, fênu, fêt. Plur. fêin; von siô (See) G. siofarins D. siônum A. siôinn. Von â (Fluss) G. árinnar D. ânni, âni A. âna.

Das neutrale it erscheint in einigen Büchern, besonders nach wurzelh. t, oft ungehörig in der Form ið.

Adverbialbildung.

Von Substantiven und Adjectiven wurde zu Adverbien selten der Gen., öfter der Dat. verwendet: fornum ehemals, löngum lange, driugum häufig, tiðum dass., stundum zuweilen — oder der Acc. des Masc.: driugan, giarnan gern, hardan, iafnan stets. Abgehandelt von Gr. III, 93—95. 132. 137. 140 f. Die herrschende Bildung der Adverbia aus Adjectiven ist vielmehr 1) a (Acc. d. schwachen Neutr.) für alle Adj. auf ligr z. B. knáligr fortis, knáliga fortiter, und wenige einfache giörva völlig, illa übel, víða weit; aus jenem liga oder lega ist aber oft la abgekürzt: harðla, harla Fornald. 3, 483. (sehr) harðlega (hart); árla früh, árlega jährlich. 2) t (Acc. des st. Neutr.) für alle einfachen Adjectiva: fátt wenig, driugt häufig, hátt hoch, haustlangt den Herbst lang. 3) is (parallel mit Genit.) für viele Zusammensetzungen: árdegis früh, áleiðis auf dem Weg, rêttleiðis gerades Wegs. Darüber Gr. III, 103. 100. 132.

Die pronominalen Ortsadverbien sind þar (da) þaðan (von da) þaðra (dahin); hvar (wo?) hvaðan woher, hvert wohin; hêr (hier) heðan (von hier) heðra (hierher); in den praepositionalen Ortsadverbien bilden sich das von — her mit — an, das hin mit r (ar). So: inn (drinn) innan (von innen her) innar (hinein), so út, útan, útar. Daher ofan herab, eig. von oben her.

Anfügung der Negationen.

Suffigirt werden zwei dem Nordischen eigenthümliche Formen für nicht: 1) at, nach Umständen t, a, den Verbis; aber nur noch in der ältern Dichtung; die Prosa hat es noch in dem Reinigungseid der Glumssaga; eine Form die auch bald vor bald nach dem enclinirten Pronomen statt hat. Beispiele: verðra und verðrat (er wird nicht); erot (sie sind nicht); skylit (er sollte nicht); fannka (ich fand nicht, fann — ek — a); skalattu (du sollst nicht); kiosattu wähle nicht; fôroð sie fuhren nicht. Die Gesetze der Anfügung lehrt Gr. III, 716, über ihren Ursprung 718. 738. — 2) gi, nach Umst. ki nur an Nomina, Pron. und Part. Allgemein gelten: aldregi (nie) von aldr Alter; manngi, gewöhnlich mangi Niemand; eingi, êngi keiner, hvergi auch hvörugr, hverigr, hvarigr dass., hitki das nicht, vætki gar nichts; svági so nicht, þeygi doch nicht; in der Edda auch úlfgi der Wolf nicht u. a. Diese Neg. nimmt in eingi, mangi, hvergi auch Flexion an; gewöhnlich sind we-

e *

nigstens die Gen. manskis, hverkis; eingi keiner (gew. êngi, und selbst öngr, öngvi) flectirt vollständig:

Masc. eingi einskis eingum eingan Plur. eingir etc.
Fem. eingi eingrar eingri einga eingar
Neutr. ecki einskis eingu ecki eingi

Daneben mit unflectirtem -gi: êngi Acc. 129, 4.; Dat. 164, 18.
Die entsprechende einfache Negation ist gewöhnlich ei oder eigi (nicht), wofür auch ecki das Neutr. des vorigen herrscht. Für weder-noch dient hvârki-nê. Gr. III, 34 ff. 71. 225, über das nur eddische nê (nicht, noch) und vætt 714. 737.

Conjugation.

Sie scheidet sich in eine starke, welche im Praet. sg. und pl. und im Part. einen innern Vocalwechsel, den Umlaut hat, wie in gef, gaf, gâfum, gefinn (ich gebe, gab, wir gaben, gegeben) verða, varð, vurðum, orðinn (werde, ward, wurden, geworden), und in eine schwache, welche Praet. und Part. mit ð bildet, wie von telja zählen, hafa haben: taldi, hafði, taldr, hafðr.

Die starke Conjugation.

Was zuerst die Endungen der Personen und Modi betrifft, so tritt der blosse Stamm nicht nur wie bei uns in der ersten und dritten P. des Praet. auf, sondern auch schon in der ersten des Praes., welche stets umgelautet ist, wie die zweite und ungehörig auch die dritte, es heisst ek fer ich fahre, gref ich grabe, bŷð ich biete, flŷg ich fliege. So ist auch der Imp. im sg. flexionslos.

Die Endungen sind Praes. Ind. —, r, r; pl. um, ið, a. Davon hat der Sing. durchaus Umlaut, das -ið aber nicht, weil aus að entstanden. Praes. Conj. i(a), ir, i(a); pl. im, ið, i, durchaus ohne Umlaut, weil aus ê (ei) hervorgegangen. — Das Praet. bildet die 2 Sg. mit t wie im Gothischen, pl. um, uð, u; Conj. Praet. i, ir, i pl. im, ið, i durchaus mit Umlaut.

Alle Erscheinungen der Flexion stellen sich an zwei Beispielen dar, wie grafa, graben und gefa geben; da heisst es gref ich grabe, grefr du gräbst er gräbt etc.

Praes. Ind.	gref	grefr	grefr	Plur.	gröfum	grafið	grafa
	gef	gefr	gefr		gefum	gefið	gefa.
Conj.	grafi(a)	grafir	grafi		grafim	grafið	grafi
	gefi (a)	gefir	gefi		gefim	gefið	gefi
Praet. Ind.	gróf	gróft	gróf		gröfum	gröfuð	gröfu
	gaf	gaft	gaf		gáfum	gáfuð	gáfu
Conj.	grœfi	grœfir	grœfi		grœfim	grœfið	grœfi
	gæfi	gæfir	gæfi		gæfim	gæfið	gæfi

Imp. graf gef pl. grœfum grafið, gefum gefið
Inf. grafa gefa
Part. Praes. grafandi gefandi
Praet. grafiun gefinn.

Die persönlichen Pronomina können vor und nach stehen. Im letzteren Falle werden ek und þu leicht mit der Verbalform zu einem Wort verbunden. Im starken Verbum ist ein gefk, gafk in der Poesie besonders dann vorhanden, wenn noch das negirende a, at folgt: blôtka ich opfere nicht 60, 39 (aus blót ek a) doch zuweilen auch vark ich war 25, 18; öfter bei vocalischer Endung wie im schw. Praes. hefik (hefi ik ich habe) 293, 20, hafdak ich hatte, lifðak ich lebte, sagðak ich sagte, selbst wenn ek vorangieng. — Viel gewöhnlicher wird þu ans Praet. angelehnt: gróftu st. gróft þu du grubst, gaftu du gabst; fôrto (st. fôrt þu) du fuhrest 205, 17 und fôrstu (dasselbe) 320, 39; muntu: mundu und mundo du wirst. Am häufigsten ist die Verbindung des Imp. mit þu grafðu grabe, gefðu gieb; láttu lass 26, 9, gaktu ok spyrðu geh und frage 253, 11 (für gakk aus gang þu und spyr þu), stattu (st. stant eig. stand þu) stehe; bittu binde, aus bitt für bind.

Auf solcher Anlehnung beruht es auch, wenn die erste Person des Plur., sei sie auf -um oder -im geendigt, mit Abwerfung des m das Pron. ver (wir) an sich zieht: bindo ver binden wir, Prymsqu. 15, fundu ver wir fanden, hioggu ver (wir hieben) durch das ganze Krákumál hin 37, 9 ff. fêngu ver (wir gaben) 73, 12, sigldu ver wir segelten 76, 9; êgu ver wir haben 237, 20; sculo ver wir sollen 199, 39. — Ähnlich wird abgesetzt geschrieben sculo þer ihr sollt, vili þer ihr wollt. Seltsam ist: er sculu ihr sollt Ol. hêlg. s. p. 236, 13.

Anomale aber ziemlich häufige Erscheinungen sind folgende. In der jüngeren Prosa drängen sich Vocale in die syncopirten Formen der 2 u. 3 sg. des Ind., indem statt gefr auch gefur, gefer, gefir gesprochen wird (ir 315, 10. 12). — Noch grössere Störung ist, dass auch die 1 sg. des Ind. mit den übrigen ausgeglichen und nun ebenfalls ek gefr gesagt wird, am meisten in der Vulgärsprache der Urkunden (267, 8.

30; 268, 8. 22) dann aber auch in der Schriftsprache 90, 3; 333, 15 besonders heisst es oft ek hefir (st. ek hefi ich habe) 295, 40; 335, 41; 338, 6 u. o. In der 1 sg. Conj. tritt a statt i noch begreiflich im Praesens ein, ek gefa und gefak st. ek gefi (at þat lâta ek Fa. 2, 169), aber es drängt sich trotz des bleibenden Umlauts auch in den Conj. Praet.: ef ek mætta (wenn ich vermöchte Ol. h. p. 70) ef ek mættak þrym. 3; værak ich wäre Helr. 3 rækak (wenn ich verfolgte) 59, 11; tœka ek (ich nähme v. taka) 343, 1. Der Plur. des Conj. erleidet endlich auch häufig Ausgleichung mit den Indicativformen: værum, værom 62, 30 wir wären st. værim, sêum st. sêim 312, 41.

Die verschiedene Bildung der Praeterita u. Participien in Absicht auf den Wurzelvocal lehrt die nachfolgende Übersicht der VII Conjugationsformen. Ebendaraus sind die Verhärtungen der schliessenden Wurzelconsonanten ersichtlich, die bei ld, nd, ng im Praet.-sg. eintreten, wie in halda, hêlt, hêldum, ganga, gêck, gêngum.

Das t der 2 sg. Praet., vor dem die T-laute zu s (z) werden, wie in hêlz du hieltest 63, 1, þu léz liessest 318, 15, veizt (st. veit-t) du weisst, ist zuweilen abgeworfen: iôk þu (st. iôkt þu) du vermehrtest Fa. I, 225; bauð þu (st. bauz oder bauzt) 187, 39, was häufig bei den Hilfsverbis eintritt, wie neben þu vilt auch þu vill besteht, so erklärt sich das neben muntu (munt þu) häufige mundu (mun þu).

Der Conj. Præs. bildet sich stets aus dem pl. des Indicativ, und zwar, wie bemerkt, mit Umlaut. Wie gæfi von gâf-um, so entsteht von stîga, steig pl. stigum der Conj. stigi, von bioða, bauð, buðum Conj. byði, von hverfa, hvarf, hurfum, Conj. hyrfi, von verða varð urðum der Conj. yrði.

Der Imperativ, welcher keinen Umlaut hat, wo er nicht im Inf. ist, entsteht aus dem Inf. durch Weglassung des -a: von bioða (Praes. ek býð) ist der Imp. bioð, von lâta (ek læt) Imp. lât von verða: verð. Der auslautende Consonant verhärtet sich aber bei ld, nd, ng wie im Praet., daher heisst er von gialda: galt 372, 5, von halda: halt, von standa: stant, von binda (Praet. batt) Imp. bitt, von ganga: gakk, von verða: vert (werde!) 257, 32, gew. aber verð. — Der pl. ist mit dem Ind. gleich.

Neben dem Inf. auf -a erscheint in den anomalen Hilfsverbis auch ein Inf. auf -u in munu (wirken, werden) der nur für einen alten Inf. Praet. gehalten werden kann, da dort das Praes. aus einem Praet. entstanden ist. Für munu zeigt sich auch mundu, u. danach vildu, skyldu. Ein Inf. tôku (von taka) scheint þiðriks. p. 227 zu liegen.

Die übrigen bei uns mit Hilfsverbis gebildeten, also umschriebenen Tempora und Modi werden ähnlich im Nord. zusammengesetzt.

Das II Praet., jetzt eigentliches Perfectum, ich habe gegeben, lautet auch in den ältesten Quellen schon ek hefi gefit, þu hefir, hann hefir gefit. Die Flexion des hafa folgt unten. Das Plusquamperfectum ek hafða gefit. Verba neutra lassen ek hefi und ek var zu (ek hefi farit und ek var farinn), aber ek hefi ist bei weitem allgemeiner, namentlich allein für vera sein im

Gebrauch. Da heisst es **ek hefi verit** ich bin gewesen, **ek hafði verit** ich war gewesen.

In älterer Zeit wird das Part. nicht ins Neutr. gesetzt (gefit) sobald ein Object dabei steht, sondern danach declinirt. Vgl. Vol. 12 und mik hefir marr miklu ræntan 59, 20 mich hat das Meer um vieles beraubt.

Das **Futurum**, wofür ursprüngl. auch das Praes. genügt, wird umschrieben durch **ek man** oder **mun gefa** ich werde geben, weiter: þu munt, hann mun gefa; ver munum, er munuð, þeir munu gefa. Das bedingte Fut.: ek myndi oder munda gefa ich würde geben. Dafür auch ek vildi gefa ich würde geben, und vergangen gedacht: mundi hafa upptekit er würde aufgenommen haben 256, 3; oder vildi hafa gefit, er würde gegeben haben.

Das **Passivum** wird herrschend durch ek em (ich bin) ausgedrückt. Ek em gefinn ich werde gegeben, ek var gefinn ich wurde gegeben (vgl. er sagt 161, 28; 188, 16, var sagt 141, 34. 42; nema borinn sé wenn er nicht getragen wird 208, 29). So auch die Conjunctive: ik sé gefinn, ik væri gefinn. — Ek hefi gefinn verit ich bin gegeben worden (254, 20; 321, 2), ek var gefinn oder hafði gefinn verit ich war gegeben worden (vgl. 194, 4). Ek mun gefinn vera oder ek mun gefinn, ich werde gegeben werden, ek mun gefinn verit hafa ich werde gegeben worden sein (vgl. 319, 20. 359, 16).

Seltner ist die Umschreibung mit unserem verða 64, 11; 119, 3; 180, 6: 205, 9; 251, 30. Fut. durch man verða 88, 30; 110, 21 — die im Schwedischen vorherrscht. — In einigen Wörtern steht die 3 sg. Act. für die des Pass., segir es wird gesagt, getr es wird gedacht 377, 21; ein elliptischer Ausdruck. — Die jüngere Zeit verwendet dann und wann für das Pass. auch das Medium auf -z vgl. kallaz (sich nennen) für genannt werden (s'appeler) 326, 20; siäz (sich sehen) für gesehen werden 354, 33; sigraz 137. 98; höggvaz 354, 29.

Ein **Medium** bildet sich bereits in der alten Poesie durch Anfügung von sk (aus sik) an die 3 sg. u. plur., woraus gefsk er giebt sich, gefask sie geben sich, im Praet. gafsk, gäfusk hervorgeht, sowie gefask sich geben, und durch Anfügung von mk (aus mik) und z (oder s aus oss, uns) an die 1 sg. u. plur. woraus gefomk ich gebe mich, gefums oder gefumz, wir geben uns, gâfums od. gâfumz entsteht. Aber schon in frühester Zeit wird sk, und abgekürzt z (s), als mediales Abzeichen aller Personen ohne Unterschied gebraucht. Die jüngere Prosa schiebt ein t an (welches zu beurtheilen ist wie in unserm eins-t, selbs-t, sons-t) und so lautet es im Neuisl. st, für die 2 pl. zt.

Der Bedeutung nach ist dies sk, s, z bald dativisch (eignaz sich aneignen 260, 19; höfðuz hlifar fyri, sie hielten sich die Schilde vor 62, 28) bald accusativisch (bindaz sich binden 201, 7; setz er setzt sich 182, 40; at við berimz dass wir uns schlügen 151, 22; lét hann fallaz niðr, er liess sich niederfallen 184, 5); bald Deponens (geraz werden 151, 17; girnaz begehren, athafaz vornehmen, mataz speisen 200, 8; tökz er begann 140, 4); zuweilen passivisch s. oben. Die Form hat in der alten Zeit viel Abwechselung. Das mk, was herrschend mit der Sylbe -omk suffigirt wird, steht auch dativisch (für mer) an der 1 sg. lêtomk (ich liess mir) Hâv. 106, an der 3 Person: stôðomk iotna vegir (es standen mir Riesenwege) eb., und selbst für den Dativ uns (ockr und oss) wird es gebraucht: nu erumk ver sâttir (nun sind wir uns versöhnt) 100, 20.

Die zuletzt genannten Umschreibungen für die fehlenden Tempora u. Modi, für Passivum u. Medium sind in der schwachen Conjugation dieselben. Für die Haupttempora der starken ist aber noch übrig, den Ablaut oder die Veränderungen übersichtlich darzustellen, welche der Wurzelvocal erfährt in jenen durch Flexion bewirkten Grundformen des Praesens, des Praet. (sg. u. plur.) und des Particips.

Übersicht der Ablautsreihen
oder der starken Conjugationsformen.

Auch die altnordischen starken Verba scheiden sich in 6 Classen oder Conjugationen mit urspr. kurzem Wurzelvocal, woneben eine siebente, nur langen Vocal oder Position in der Wurzel zeigende, die ehemals ein reduplicirtes Praet. hatte, geringerem Vocalwechsel unterliegt.

Der stärkere und mannigfachere Wechsel des Stammvocals in den ersteren Classen gestaltet sich in 6 Formen, je nach dem Grundvocal der Wurzel und nach der Flüssigkeit oder Festigkeit des die Wurzel schliessenden meist einfachen Consonanten.

Die vier ersten Formen oder Conjugationen haben sich bei Verbis gebildet mit A-wurzeln, d. h. deren ursprünglicher, in den alten Sprachen erkennbarer Wurzelvocal kurzes a war; wie in nema (nehmen) Wurzel nam; gefa (geben) W. gaf; fara (fahren), W. far; binda (binden) W. band; nur dass zur vierten Classe mit 2 Consonanten sich Ableitungen auch aus den beiden folgenden gesellen konnten, die von geringerem Umfang sind, die fünfte Form entsteht aus den I-wurzeln, die sechste aus den U-wurzeln. — Wo immer das i zu e geschwächt worden ist, bezeichne ich es nach Grimm durch ë. Die Formen selbst sind nun:

I. Praes. ë, Praet. sg. a, plur. â; Part. o(u). So gehen:

nem (nehme)	nam (nahm)	nâmum	numinn;	Inf. nema
stel (stehle)	stal	stâlum	stolinn ·	stela
ber (trage)	bar	bârum	borinn	bera
këm (komme)	kom (kvam)	kvâmum	kominn	koma

Wie stela: fel verberge, sker scheere, theile, wie nema: svim schwimme.
Von fela (für felha) part. folginn.

Gesetz: ë im Inf. mit folgender einf. liquida.

II. ë, a, â, ë: gëf (gebe) gaf gâfum gëfinn Inf. gefa
bið (bitte) bað bâðum beðinn biðja
trëð (trete) trað trâðum troðinn troða.

Gesetz wie bei I, nur muta st. der liquida; wie gef gehen: drep treffe; ët (esse) Praet. ât, ganz so aber get, met, kveð, les, rek; wie biðja noch sitja, von vega Praet. vâ st. vag, vâgum, veginn; so: ligg (liege) þigg (empfange); wie treð (goth. trudan) sef (schlafe) svaf, svâfum, sofinn und vef, vaf, vâfum, ofinn. Eigenthüml.: fregna (erfragen st. frega) frâ, frâgum (frâum) freginn.

III. e, ô, ô, a: fer (fahre) fôr, fôrum, farinn Inf. fara
vex (wachse) ôx, ôxum, vaxinn vaxa
dreg (ziehe) drô, drôgum, dreginn draga
dey (sterbe) dô, dôum, dâinn deyja.

Gesetz: Wurzelvocal a, der im Praes. umlautet. Zweiconsonantig nur noch stend (stehe) stôð, stôðum, staðinn, standa. Wie fer: el (zeuge, nähre) ôl etc., gel (singe) kel friere, gref grabe; veð (durchgehe) ôð, ôðum, vaðinn. Das Part. mit e bilden alle die k, g haben, z. B. aka fahren, taka nehmen. Wie dey, auch gey belle, umgelautet aus au, weshalb man sie auch zu VII, 2 rechnen kann. Wo h, g im Auslaut abgefallen ist, ward a zu â, das Praes. also æ; slæ (schlage) slô, slôgum, sleginn; hlæ lache hlô, hlôgum, hleginn; eben so flæ häute ab, klæ reibe.

IV. (i) ë, a, u (u) o: gëll (schalle) gall, gullum, gollinn, Inf. gella
verð (werde) varð, urðum, orðinn, verða
vinn (arbeite) vann, unnum, unninn, vinna
bind (binde) batt, bundum, bundinn, binda
söck (sinke) · söck, suckum, suckinn, söckva.

Gesetz: Stammvocal i od. ë, mit folg. 2 Conss. Welche Verba hier ë oder i haben, lehrt der Gebrauch. Sicher blieb i vor ng (spring, sprack, sprûngum, sprunginn), und vor nd, nicht immer vor nn. Wie gell bilden sich: geld (gelte) smell (erklinge) skelf (zittere) skell (schüttere) u. a.; nicht wesentlich verschieden andere auf l, r mit nachf. Cons. auslautende, deren v im Anlaut nur nach s vor u, o schwindet: svelt hungere, svalt, sultum, soltinn; hverf wende hvarf, hurfum, horfinn; ebenso die mit pp, tt, st. Alle dagegen welche urspr.'n mit n od. and. Conss. haben, bilden Part. Praet. mit u, wenn sie auch im Praes. das i in e übergehen liessen, renn, rann, runnum, runninn ebenso brenn, dreck; Assimil. und Apocope nach den obigen Regeln, beides zusammen ist in vind (winde), vatt, undum, undinn. In dem Praet. söck st. sack wirkt der durch v (des Inf.) erzeugte 2. Umlaut, das Praes. söck u. Inf. söckva st. seck u. seckva, durch Wirkung des v wie in kömr st. kemr. Ganz so geht stöckva. Aehnliche Störung in sýngia singen, ek sýng, söng, sungum, sunginn.

V. î, ei, i, i: skîn (scheine), skein, skinum, skininn Inf. skîna
  drîf (treibe), dreif, drifum, drifinn drîfa
  stîg (steige), steig od. stê, stigum, stiginn, stîga.

Gesetz: Stammvocal i mit einf. Conss., doch gehört hierher auch rista einschneiden. So: bît (beisse) gîn (gähne) lît (sehe) rît (schreibe), sig (falle) u. v. a. Nicht alle auf g verlieren es. Von biða (harren) ek bið, beið, biðum Part. beðinn st. biðinn 216, 37.

VI. ŷ, au, u, o: bŷð (biete), bauð, buðum, boðinn Inf. bioða
  drŷp (tropfe), draup, drupum, dropinn driupa
  lŷk (schliesse), lauk, lukum, lokinn lûka
  flŷg (fliege), flaug od. flô, flugum, floginn fliuga.

Gesetz: Stammvocal iu, der im Ind. Praes. allemal in ŷ umlautet, mit einf. Cons.; st stört auch hier nicht: lŷst (anschlagen) laust. Der Inf. hat iu, wenn P- oder K-laute folgen, io vor S oder T lauten, contrahirt in û nur in lûta u. lûka. Für flugum auch flôum. Dasselbe gilt von lŷg lüge, smŷg durchdringe, sŷg, tygg trage auf; Praet. auch lô, smô, tô. Nach drŷp: klŷf (spalte), nach bŷð: brŷt breche, flŷt, gŷt, nŷt, skŷt etc. Kŷs (wähle) behält gew. s bei u. lässt es im Praet. plur. in r übergehen.

Endlich die ehedem reduplicirenden Conjugationen sind auf zwei Formen zusammengeschmolzen. Drei sonst unterschiedene Reihen haben zum Contractionsvocal ê, eine deren Stammlaut au od. û ist, io. Ihr gemeinschaftliches Gesetz ist: Praet. Plur. wie Singul.; und Part. mit dem Stammlaut. Dieser ist in wenigen a mit folg. 2 Consonanten, sonst Dehnlaut â, zuw. ô od. Diphthong ei, au.

VII. 1. a (ll etc.) } ê, ê { a fell, fêll, fêllum, fallinn. Inf. falla
  ei · ei leik (spiele) lêk, lêkum leikinn
  â â læt lasse, lêt, lêtum, lâtinn. Inf. láta.

Das Praes. wird, wie es auch bei III und VI hervortreten konnte, durch den Umlaut gefärbt. Wenige der sonst in dieser Weise flectirten sind ihr geblieben. Zur ersten gehören halda, hêlt, hêldum, haldinn, blanda (mischen) blêtt, gânga, gêck, gêngum, ganginn; hânga, ek hângi, hêck; zur andern: ek heit (rufe), hêt; (aber ek heiti ich heisse, werde gerufen) leik (spiele) lêk; zur dritten græt weine, ræð rathe, blæs, blase, fæ fange, fêck, fêngum, fenginn Inf. fâ, Imp. fâ.

2. au, iô, iô au: hleyp laufe, hliôp, hliôpum, hlaupinn Inf. hlaupa
  eys schöpfe, iôs, iôsum, ausinn, ausa
  högg haue, hiô, hioggum, höggvinn, höggva.

Umlaut wie bei I im Praes. So auch auka, iôk, vermehren. Ähnlich bŷ (wohne, baue) biô, bûinn. Inf. bûa, ganz so spûa, ek spŷ, spiô, spioggum, spûinn speien.

Dagegen bildet blóta opfern: ek blœt, blêt, blêtum, blótinn. Noch in Snorris Schriften herrscht der Pl. hliópum, iósum, aber daneben dringt aus VI die Form hlupum, iusum ein. Von auka Praet. pl. iuku bereits bei Thiodolf 54, 23. Ebenso biuggum, bioggum von búa. Innere Bildung findet auch noch statt bei den Hülfsverbis zwischen Singul. und Plur. Praes. Dies kann man aber Anomalie nennen, da ihre Praes. alte Praet. sind, so dass ihr eignes Praet. schwach gebildet werden muss.

Schwache Conjugation.

Die schwache Conjugation, die der Wurzel einen Vocal anfügt, und Praet. nebst Part. durch eine angesetzte Sylbe mit þ (nord. ð) bildet, ist von 3 auf 2 Formen beschränkt, indem die goth. beiden letzten hier zu einer, zu der mit a abgeleiteten geworden sind. Unwesentlich ist die durchgängige Synkope des ableitenden i in der ersten, so oft es vor ð, d zu stehen kommt. Eben diese erste gestaltet sich durch das Praes. wenigstens doppelt, je nachdem die Wurzelsylbe kurz, oder, sei es durch Vocal oder Position, lang ist.

Die Flexion ist in Absicht auf die Endungen von der starken nicht verschieden. Als Beispiel für I (kurzvocalig) diene telja zählen, erzählen, und (langvocalig) brenna, brennen; für II mit a (statt ô) kalla rufen, nennen.

Praes. Ind.	I.	tel	telr	telr	Plur.	teljum	telið	telja
		brenni	brennir	brennir		brennum	brennið	brenna
	II.	kalla	kallar	kallar		köllum	kallið	kalla
Conj.	I.	teli(telja)	telir	teli		telim	telið	teli
		brenni (a)	brennir	brenni		brennim	brennið	brenni.
Praet. Ind.	I.	talda,	taldir,	taldi		töldum	tölduð	töldu
		brenda	brendir	brendi		brendum	brenduð	brendu
	II.	kallaða	kallaðir	kallaði		kölluðum	kölluðuð	kölluðu
Conj.	I.	teldi	teldir	teldi		teldim	teldið	teldi
		brendi	brendir	brendi		brendim	brendið	brendi
		kallaði	kallaðir	kallaði		kallaðim	kallaðið	kallaði.

Imp. I. tel brenn II. kalla. (Plur. wie 1 und 2 pl. Ind.)
Inf. telja brenna kalla.
Part. Praes. I. teljandi brennandi II. kallandi
Praet. taldr (taliðr) brendr II. kallaðr.

Spätere Zeit gleicht die ersten Personen mit den dritten im Sg. aus, und sagt auch ek te l r, ek hyggr 291, 40; ek taldi st. ek talda. Umgekehrt tritt a auch hier in die 1 sg. der Conjunctive: ek telja st. teli, ek brenna st. brenni, und im Praet. ek telda st. ek teldi, aber ohne den Umlaut zu stören. — Über die Anlehnung der pers. Pronomina s. im starken Verbum S. LXXVII. Die Verdoppelung des Wurzelconsonanten in l. vor j tritt im Nordischen seltner als sonst ein, es heisst leggja legen, aber segja sagen. Ek legg ich lege geht wie tel; Praet. lagdi Conj. legdi, Part. lagðr und lagiðr, von verja: Part. variðr später varðr.

Die mannigfache Behandlung des Stammvocals, und des ð der Endung, was nach l und n meist zu d, nach härtern Lauten und oft nach der Wurzel mit Dehnvocalen zu t wird, zeigt die folgende Übersicht schwacher Verba.

1) a) ** Praet. da Plur. dum Part. dr; tel zähle talda töldum taldr
   b) i   da   dum   dr; brenni   brenda brendum brendr.

Als Gesetz auch der ersten Unterform erweist sich ableitend das i durch den Inf. telja und den Umlaut; zwei Verba: segja und þegja bilden auch noch segi, þegi. Es gehören daher nur umgelautete Verba mit j im Inf. hierher z. B. gremja beleidigen, gramda; hylja hüllen, huldi, dylja verstellen, duldi, setja setzen setti. — Rückumlaut gilt mit wenigen Ausnahmen hier überall, nicht aber in der Classe der lang-sylbigen. Das Gesetz dieser ist entweder umgelauteter kurzer Wurzelvocal mit folgenden 2 Conss., oder vor 1 Cons. langer Vocal, entweder umgelautet æ, œ, y, ey, oder unumlautbar ei, î (nie â, ô, û, au). Beisp.: hengja (aufhängen) hengða; dreckja ertränken, mæla sprechen, rœma rühmen, stŷra regieren, hleypa laufen machen; steina mahlen, breiða ausbreiten, skira scheuern, vigja weihen. Das der Ableitung (für ð) gestaltet sich zu ð, t nach den oben gegebenen Regeln. Schwanken zwischen d und t nach l, n bestimmt nur der Gebrauch; es heisst regelmässig fyldi, kenda, steinda, aber mælta, rænta raubte, nenta unternahm, nach ð entsteht dd: kveðja, kvadda, leiða, leidda, neyða, neydda; von senda ist Praet. senda, Part. sendr.

2) aða, aðum, aðr; kalla rufe, kallaða, kölluðum, kallaðr
        lîka gefalle, lîkaða,   lîkuðum,   lîkaðr.

Gesetzmässig ist dieser Conj. der reine unumgelautete Wurzelvocal und das nie abgeworfene hinzutretende a. Ausnahmsweise gehören hierher wenige durch j vor dem a vermehrte, die es aber beständig behalten, herja (ich bekriege) herjaða, herjuðum herjaðr; sô emja (heulen) lifja (heilen) synja (weigern). Regelm. gehören hierzu sehr viele abgeleitete Verba: banna verwehren, baka backen, daga tagen, hôta drohen, launa lohnen, marka bezeichnen etc.; ferner die meisten Ableitungen mit l, n, r: batna besser werden, blotna weich werden, sofna einschlafen, hamla hindern; Ableitungen mit t, d, s: iâta bejahen, hreinsa reinigen; und mit k, g: iðka iterare, auðga bereichern.

Anomal nach I., b, aber ohne Umlaut, gebildet sind einige ehedem der 3 schw. Conj. angehörige Verba, spara, þola, lifa, vaka, trûa, welche das Praes. bilden lifi, spari, vaki, trûi, þoli, Praet. gew. sparða, þolda, lifda, vakta, trûða, in jüngerer Zeit auch sparaða. Conj. sperði, þyldi, lifdi, vekti, Part.

sparðr u. sparaðr. So auch das ehedem starke V. duga helfen, ek dugi, dugða Conj. dygði, Part. gew. dugaðr.

Eigenthümlich haben sich nach den Gesetzen der Assimilation und der Behandlung der schwachen Laute h und v folgende Praeterita gebildet:

Von þykja oder þykkja dünken, Praet. þôtta (st. þohta, þuhta); von sœkja (suchen) sôtta, von yrkja (wirken): orta u. orkta (st. varkta alts. warahta); von valda (walten) olla (st. valla, valda) vgl. Gr. 1 (2) 927 f. Die Conj. Praet. sind þœtti, sœtti, yrti od. yrkti, ylli.

Anomalie der mehrstämmigen.

Für Sein und Haben hat auch das Nordische parallele Stämme. Für ersteres 3, aus denen die Conj. zusammengesetzt ist, in letzterem gehen beide Stämme, eiga und hafa, durch, und nur eiga ist aus stark und schwach gemischt.

| *Praesens.* | | | *Praeteritum.* | | |

Ind. em, ert; er; erum, eruð, eru. — var, vart, var; vârum, vâruð, vâru.
Conj. sê, sêr, sê; sêim, sêið, sêi. væri, ir, i; værim, ið, i.
Imp. ver Inf. vera. Part. Praes. verandi, Praet. verinn.

Haben: ist eiga und hafa; ersteres flectirt:

Ind. â, âtt, â; eigum, uð, u; âtta, ir, i; âttum, uð, u.
Conj. eigi, ir, i; eigim, ið, i; ætti, ir, i; ættim, ið, i.

Das durchaus schwache hafa ist aus 1ter u. 2ter gemischt,

Ind. hefi, hefir; höfum, hafið, hafa. hafða, hafðir, hafði, höfðum, uð, u.
Conj. hafi, ir, i; hafim, ið, i. hefði, ir, i; hefðim, ið, i.
Imp. haf, Inf. hafa, Part. hafandi, Praet. hafðr.

Alterthümlich findet sich vera sein noch flectirt: vesa, vas, vârum, vesinn, und Praes. em, ert, es. So im Islandingabók (86, 10; 84, 23; 83, 33) u. auf Inschriften. — Die jüngere Prosa aber sagt: ek er (307, 12) st. em, und þu sêrt 291, 21 st. sêr. — Für sêim auch später sêum, wie oben bemerkt, und an die Stelle von sê tritt, von früh an auch veri, verir, veri pl. verim. Ebenso früh Praet. pl. vôrum, vôruð, vôru oder vôrom, vôroð, vôro und ôrom, ôroð, ôro.

Statt ek hefi auch ek hef vor Vocalen 215, 25, hefik und hef ik.

Die zusammengesetzten Perfecta lauten: ek hefi verit ich bin gewesen; ek hefi âtt ich habe gehabt, gew. ek hefi haft; Plusqu. hafða âtt 8, 19; 182, 19 gew. hafða haft 144, 20. — Das ek â ich habe steht für ek ai (aig od. eig).

Anomalie der einstämmigen Hülfsverba.

Dieselben allgemeinen Verbalbegriffe, die in den übrigen germ. Diall. im Praes. stark flectiren, im Praet. schwach, thun dies auch hier; es fehlt nur môta dürfen, müssen, welcher letztere Begriff durch verða at umschrieben wird. Einige andere hat das Nordische voraus; die Verba sind: vita wissen, knega können, mega mögen, skulu sollen, munu werden (μέλλειν), kunna verstehen, wissen, muna gedenken, unna lieben, þurfa bedürfen. Die Flexion ergibt die Übersicht:

vita,	Praes. veit,	veizt,	veit;	vitum uð u.	Pract. vissi	Part. n. vitat
knega	knâ,	knâtt,	knâ;	knegum	knâtti	—
mega	mà,	mâtt,	mà;	megum	mâtti	mâtt
skulu	skal,	skalt,	skal;	skulum	skuldi	—
munu	man,	mant,	man;	munum	mundi	—
	mun,	munt,	mun;			
kunna	kann,	kannt,	kann;	kunnum	kunni	kunnat
muna	man,	mant,	man;	munum	munni	munat
unna	ann,	annt,	ann;	unnum	unni	unnat
þurfa	þarf,	þarft,	þarf;	þurfum	þurfti	þurft
vilja	vil,	vill(vilt)	vill;	viljum, vilið, vilja	vildi,	viljat

Die Conjunctive bilden sich von dem Plur., also: viti, megi, skyli, vili; im Praet.: vissi, mætti, skyldi, myndi, kynni, þyrfti, vildi.

Das Praesens dieser Verba ist aus einem früheren Praet. entstanden, daher die 2 Pers. mit t gebildet wird. Aber der Plur. vituð 129, 35, vitu 69, 21 verlässt zuweilen diese regelrechte Flexion und bildet nach Art des gew. Praes.: vitið, vita 295, 3. Von ek man (ich werde) pl. manum 243, 38.

Die Infinitive munu, skulu erklärt Gr. I, 1021 für Reste untergegangener Inf. Praet. Nach dieser Analogie werden später auch aus schwachen Praet. solche Infinitive auf -u gebildet: sehr oft mundu 225, 3, 321, 2 myndu Fm. 10, 299; zuweilen auch skyldu 95, 15, 320, 19 sollen, und vildu wollen Fa. 2, 394.

Für skulda (ich sollte) zeigt sich auch skyldi, und skylda ist schon alt z. B. Edda Sig. 55. Fornald. 3, 391. Umgekehrt wird der Umlaut im Conj. skyli (Hàv. 42), myni (Hymiskv. 18) vernachlässigt: skuli Fornald. 3, 210 muni 352, 2 Egilss. c. 17. Ebenso weicht der Umlaut zuweilen im Conj. Praet. und wird besser skuldi, mundi auch für skyldi, myndi gesagt.

Anomalie einiger vocalisch ausgehender Wurzeln.

Die Abweichungen mehrerer schwacher Verba, deren Wurzel im Nordischen bloss geworden ist, und die im Praes. stark oder mit i flectirten, gibt das Glossar an (nâ, liâ, skê).

Fünf andere haben ein sonst nirgends erscheinendes Praet. auf ri und lauten wie die st. im Praes. um: nùa reiben, snùa drehen, sich schnell wenden, gròa grünen, ròa rudern, sòa säen.

nùa Praes.	nŷ,	'nŷr,	nŷr;	nûum etc.	Praet. nêri (er rieb)
snùa	snŷ,	snŷr,	snŷr;	snûum	snêri
gròa	grœ,	grær,	grœr;	gróum	grêri
ròa	rœ,	rœr,	rœr;	róum	rêri
sòa (så)	sœ (sái),	sœr,	sœr;	sóum	sêri (såði).

Einige Hauptsätze der Syntax.

1. Uebereinstimmung des Genus, Numerus und Casus gilt wie in den alten Sprachen als Regel. Es heisst verðr hann þå lauss 183, 15; allt þat sem laust var 377, 20; lêtu hann lausan 105, 16; nû eru þeir lausir 120, 1; slå nû lausum þinum hundum 314, 29; skal lausar låta tikurnar 268, 17. *Daher auch in den Participien der umschriebenen Zeitformen:* Helga var til kirkju fœrð 98, 25; vôru allir drepnir 105, 35; tíðindi, er þar vôro orðin 143, 33; *oft auch im Activ:* höfðu fœrðan upp vef 106, 10; þeir höfðu felldan höfðingja 143, 27; heim höfum hilmi sôttan (heimgesucht haben wir den König) 158, 25; nû hefi ek breiða iörð .. vegna mer or hendi (nun habe ich das breite Land mir aus dem Besitz geschlagen) 116, 1 fg. *Nur die Prosa zieht hier überall das Neutr. des Part. vor:* at þeir hafi vegit menn 113, 12; *selbst* nû er þu orðit sterkr 310, 14.

2. Aber das Neutrum ist zulässig, wie bei uns, in der Praedicatverbindung beim Demonstrativ: þat var mêstr styrkr 196, 27 *neben* sû er bôn min 333, 18; *selbst auch vor dem Plural:* þat vôro Valkyrior 101, 13; ok er slikt hinir frœknustu fylgðarmenn 256, 6. *Nothwendig ist das Neutrum des Pron. im Plural, um Mann und Weib zusammenzufassen:* þau, Helga ok Gunnlaugr 92, 1; við (*st.* vit) bæði SQ. 65, vgl. 91, 4; 97, 26. 30; 118, 14 fg.; 257, 28 fg.; 282, 2 fg.

3. Der Plural des persönl. Pronomens dient um verschiedene Verbindungen von Personen auszudrücken, ohne Copula: við Sinfiölti (ich und S.) 120, 9; við Ingibiörg (ich und J.) 258, 8; þit fêlagar (du und deine Genossen) 207, 11; þeir Friðþiofr (er und F.) 243, 29; þeirra Friðþiofs (derer und F.) 237, 35; þeim Friðþiofi (denen und F.) 250, 23; um þá Brôður (über B. und die Seinigen) 105, 3. — þau Kråka (er und K.) 160, 15; þau Gunnlaugr (sie und G.) 93, 30, vgl. 357, 12.

4. Pronomina stehen in partitivem Verhältniss lieber adjectivisch als mit Gen. Plural: nockvarr þinn frændi (einer deiner Freunde) 96, 33, vgl. 211, 30; 312, 16; hvårgi ockarr Þôrs (keiner vou uns beiden, mir nnd Th.) 327, 31; hvårtki ockart Helr. 11. *Umgekehrt heisst es im Quantitätsverhältniss lieber fått* manna, *als* fåir menn.

5. Das indefinite Man wird herrschend durch die dritte Sing. des Verbum ausgedrückt: at kveldi skal dag leyfa (am Abend soll man den Tag loben) Håv. 81; um kveldit, er drekka skyldi (gegen Abend, als man trinken sollte) 182, 3; sem aki (als wenn man führe) Håv. 90; at sòl sêr eigi (dass man die Sonne nicht sieht) 225, 32, vgl. 157, 26; 240, 7. Eðr ofsêr (ferner sieht man) 51, 5; at heyrði (dass man es hörte) 332, 37, vgl. 166, 4.

6. Der impersonale Verbalausdruck (ohne hinzugesetztes Es) verdrängt sehr gewöhnlich den persönlichen Ausdruck: Nû rak â storm fyrir þeim (Es trieb einen Wind gegen sie) 154, 22; es legt den Schnee 100, 8; es legte Nordwinde und Nebel entgegen 282, 23, vgl. 153, 21; 245, 6; 239, 12; 217, 7; es schlägt mit Feuer in etwas 184, 8; 249, 26; slô þeim norðr (*st.* sie wurden nordwärts verschlagen) 239, 17; er upplauk firðinum (als es den Meerbusen aufschloss, d. h. als er sich vor ihnen eröffnete) 229, 12, *und herrschend bei lûka* schliessen.

7. In der Verbindung des Verbums mit einem Object ist über den Accusativ beträchtlich überwiegend der Dativ, als solcher: þvâ ser, heilsa einum, skemta, unna, hata, *und besonders als Instrumentalis, z. B. bei* kasta (werfen, wegwerfen) 74, 28; 180, 93; 245, 6; halda (halten, festhalten) 94, 38; 282, 15; râða, valda; bregða (schwingen), breyta (verändern); snûa (wenden), heita (verheissen) *und bei vielen andern, vgl. meine Abhandl. über den nord. Dativ in Haupt's Zeitschr. VIII.*'. . . *Derselbe Casus steht beim Comparativ, wie im Lat. der Ablativ:* mer frægri (berühmter als ich) 80, 20 fg.; henni vænni 156, 10, vgl. 359, 31; 361, 22.

8. Absolute Casus zeigen sich meist nur mit Praepositionen: at enduðu þessu hôfi 351, 39; at svâ bûnu, við svâ bûit 206, 6.

9. Das Verbum subst. bleibt selten als Copula weg (SQ. III, 47, Vol. 20; Hým. 25), *überaus häufig aber der Inf.* vera *nach Hilfsverben:* þu skalt hêr velkominn 236, 19; mun ek þâ hvergi ber 157, 16; lokit skal okkarri vinattu (geschlossen sein soll unsere Freundschaft, vgl. Nr. 6) 88, 35, vgl. 371, 22.

10. Verbundene Objectsätze lassen Acc. mit Inf. zu: kvaðz ekki þat hirða 291, 10, vgl. 235, 24; 247, 34; 156, 36, *sowie auch Nom. mit Inf.* hann kveðz vera syfjaðr miök 162, 12; *zuweilen auch Dat. mit Inf.* Hâv. 126.

11. Die Ausführung des Objectsatzes mit at (dass) *kann unterbleiben* 48, 22; 241, 18; 366, 29, *stets unterbleibt es nach* enn (als) 161, 20; 286, 2; 312, 39.

12. Nachsätze in zeitlicher oder hypothetischer Folge werden eingeführt nicht durch So, sondern durch þâ (da), *und durch* ok (und), *dieses* 121, 15. 23; 126, 10. 38; 181, 4; 394, 7 — 13. *Die Fortsetzung hypothetischer, mit* ef (wenn) *beginnender Sätze kann mit blossem Conjunctiv geschehen* 125, 41; 128, 15; 129, 1; 132, 34. — *Auch sonst ist der Absprung von der Construction in freiester Weise vorhanden.*

Texte.

Völu· spâ.

Nach dem Cod. Reg.; ed. Havn. III, 23 vgl. Möbius Edda. S. 257 fg. verglichen mit dem Cod. Arna Magn. (Hauksbók) eb. 265 fg.

1. Hlioðs bið ek allar hêlgar kindir,
meiri ok minni mögo Heimdallar;
vilðo at ek Valföður vêl fyrtelja,
fornspiöll fira, þau er fremst um man.

2. Ek man iotna âr um borna,
þâ er forðom mik fœdda höfðo; ·
nîo man ek heima, nîo iviði
miötvið mæran fyri mold neðan.

3. Âr var alda, þar er Ymir bygði;
vara sandr nê sær nê svalar unnir;
iörð fannz æva, nê upphiminn,
gap var ginnûnga, enn gras hvergi.

4. Âðr Burs synir bioðom um ypto,
þeir er Miðgarð mæran skôpo,
sôl skein sunnan â salar stéina,
þâ var grund grôin grœnom lauki.

5. Sôl varp sunnan, sinni mâna,
hendi inni hœgri um himiniöðýr;
sôl þat nê vissi, hvar hon sali âtti,
stiörnor þat nê visso, hvar þær staði
âtto.
*mâni þat nê vissi, hvat han megins
âtti.*

6. Þâ gengo regin öll â rökstôla,
ginnheilög goð, ok um þat gœttuz;
nôtt ok niðjom nöfn um gâfo,

morgin hêto ok miðjan dag,
undorn ok aptan, ûrom at telja.

7. Hittoz æsir â Iðavelli,
þeir er hörg ok hof hâtimbroðo;
afla lögðo, auð smiðoðo,
tângir skôpo ok tôl görðo.

8. Tefldo î tûni, teitir vôro,
var þeim vettergis vant or gulli,
unz þriâr kvômo þursa meyjar
âmâttkar miök or Jotunheimom.

9. Þâ gengo regin öll â rökstôla
ginnheilög goð ok um þat gættoz,
hverr skyldi dverga dróttir skepja
or Brîmis blôði ok or blâm leggjom.

10. Þar var Môtsognir mæztr um ordinn
dverga allra en Durinn annarr;
þeir manlikon mörg um giörðo
dverga or iörðo, sem Durinn sagði.

11. Nýi ok Niði, Norðri ok Suðri
Austri ok Vestri, Alþiofr, Dvalinn,
Bivörr, Bavörr, Bömburr, Nori
Ân ok Anarr, Âi, Miöðvitnir,

1, 1 hêlgar H̄., *fehlt* Cod. R. — vilðo R. villtu H. — *Durch* 5, 5 *wird der Vers überladen.* — 4, 2 R. ungenau mœran. — 6, 2 R. und H. unpassend, nach 9, 23. — Statt 7, 2 hat H. afls kostuðu, alls freistuðu. — 8, 2 vettugis H. — 9, 3 drottiu R. — 10, 1 var fehlt R. — dvergar R. dvergar H.

ALTNORDISCHES LESEBUCH. 1

12. Veigr ok Gandâlfr, Vindâlfr, Þráinn,
Þekkr ok Þorinn, Þrôr, Vítr ok Litr
Nâr ok Nyrâðr, nû hefi ek dverga —
Reginn ok Râðsvîðr — rêtt um talda.

13. Fili, Kili, Fundinn, Nali
Hefti, Vili, Hanarr, Sviorr
Frâr, Hornbori, Frœgr ok Lôni
. Aurvângr, Jari, Eikinskialdi.

14. Mâl er dverga î Dvalins liði
liona kindom til Lofars telja;
Þeir er sôtto frá salar steini
aurvânga siöt til Jorovalla.

15. Þar var Draupnir ok Dôlgþrasir
Hâr, Haugspori, Hlœvângr, Glôi,
Skirvir, Virvir, Skafiðr, Âi,
Alfr ok Ýngvi, Eikinskialdi,

16. Fialarr ok Frosti, Finnr oc Ginnarr,
[Heri, Höggtari, Hlioðôlfr, Môinn];
Þat mun uppi, meðan öld lifir,
lângniðjatal Lofars hafat.

17. Unz þrîr qvômo or þvî liði
öflgir ok âstgir æsir at hûsi;
fundo â landi litt megandi
Ask ok Emblo orlöglausa.

18. Önd þau nê âtto, ôð þau nê höfðo,
lá nê læti, nê lito gôða;
önd gaf Ôðinn, ôð gaf Hœnir,
lá gaf Lôðurr ok lito gôða. —

19. Ask veit ek standa, heitir Yggdrasill,
hâr baðmr ausinn hvîta auri;
Þaðan koma döggvar, þœrs î dala falla,
stendr œ yfir grœnn Urðar brunni.

20. Þaðan koma meyjar margs vitandi
þriâr or þeim sœ er und þolli stendr;
Urð hêto eina, aðru Verðandi —

skâro â skîði — Skuld ena þriðjo;
þær lög lögðo, þær lif kuro
alda börnom orlög seggja.

21. Þat man hon fôlkvîg fyrst î heimi,
er Gullveig geirom studdu,
ok î höll Hârs hana brendo,
þrysvar brendo þrysvar borna.
opt ôsialdan, þô hon enn lifir.

22. Heiði hana hêto, hvars til hûsa kom,
völo velspâ, vítti hon ganda,
seið hon kunni, seið hon leikin [var]
œ var hon ângan illrar þioðar.

23. Þâ gengo regin öll â rökstôla
ginnheilög goð, ok um þat gœttuz,
hvart skyldo œsir afráð gialda,
eðr skyldo goðin öll gildi eiga.

24. Fleygði Ôðinn ok î fôlk um skaut
þat var enn fôlkvîg fyrst î heimi:
brotinn var borðveggr borgar Âsa,
knâtto Vanir vigspâ völlo sporna.

25. Þâ gengo regin öll â rökstôla
ginnheilög goð, ok um þat gœttuz,
hverir hefði lopt allt lævi blandit,
eðr œtt iötuns Ôðs mey gefna.

26. Þôrr einn þar var þrûnginn môði,
hann sialdan sitr, er hann slíkt um fregn.
â genguz eiðar, orð ok sœri,
mâl öll meginlig, er â meðal fôro. —

27. Veit hon Heimdallar hlioð um fôlgit
undir heiðvönom hêlgom baðmi;
â sêr hon ausaz aurgom fossi
af veði valföðurs; vitoð er enn eða hvat?

28. Ein sat hon ûtí, þâ er inn aldni kom
yggiongr Âsa ok î augo leit;
,hvers fregnit mik? hvi freistið mîn?
allt veit ek Ôðinn! hvar þú auga faltþitt

14, 2 lioma H. — 20, 2 sal er â þolli H. — 22, 3 leikinn R. hugleikin H.

29. I enom mæra Mîmis brunni. . . . .
Dreckr miök Mîmir morgin hverjan
af veði Valföðurs; vitoð er enneðr hvat?

30. Valdi henni Herföður hrînga ok men
fèspiöll spaklig ok spâganda; . . . .
sâ hon vîtt ok um vîtt of veröld hverja.

31. Sâ hon Valkyrior vitt um komnar
görvar at rîða til Goðþioðar;
Skuld hêlt skildi, enn Skögul önnor,
Gunnr, Hildr, Göndul ok Geir-
skögol.
*Nû ero taldar Nönnor Herjans,
görvar at rîða grund Valkyrior.*

32. Ek sâ Baldri blôðgom tîvor,
Oðins barni, orlög fôlgin;
stôð um vaxinn völlo hærri
miôr ok miök fagr mistilteinn.

33. Varð af þeim meiði, er mer sýndiz,
harmflaug hættlig, Höðr nam skiota.
Baldrs brôðir var of borinn snemma,
sâ nam, Oðins sonr, einnættr vega;

34. þô hann æva hendr nê höfuð kembdi,
âðr â bâl um bar Baldrs andskota;
en Frigg um grêt î Fensölum
vâ Valhallar; vitoð er en eðr hvat?

35. Hapt sâ hon liggia undir hvera lundi,
lægiarn liki, Loka âþeckjan;
þar sitr Sigyn, þeygi um sînom
ver vel glýjoð; vitoðer enn eðr hvat?

36. Â fellr austan um eitrdala
saurom ok sverðom, Slîðr heitir sû;
stôð fyr norðan â Niða fiöllum
salr or gulli Sindra ættar.
*en annarr stôð â Okôlni
biorsalr iötuns, en sâ Brîmir heitir.*

37. Sal sâ hon standa sôlo fiarri
Nâströndo â, norðr horfa dyrr;

fêllo eitrdropar inn um liora,
sâ er undinn salr orma hryggjom.

38. Sâ hon þar vaða þûnga strauma
menn morðvarga ok meinsvara,
ok þann annars glepr eyrarûno;
þar saug Niðhöggr nâi framgengna,
sleit vargr vera; vitoðer enn eðr hvat?

39. Austr sat in aldna î Jarnviði,
ok fœddi þar Fenris kindir; .
verðr af þeim öllom einna nokkorr
tûngls tiugari î trölls hami.

40. Fylliz fiörvi feigra manna,
rýðr ragna siöt rauðom dreyra;
svört verða sôlskin of sumor eptir,
veðr öll vâlynd; vitoðer enn eðr hvat?

41. Sat þar â haugi ok slô hörpo
gýgjar hirðir glaðr Egðir;
gôl um hanom î gaglviði
fagrrauðr hani sâ er Fialarr heitir.

42. Gôl um Âsom Gullinkambi
sâ vekr hölða at herjaföðurs;
enn annarr gelr fyr iorð neðan
sôtrauðr hani at sölum Heljar.

43. Geyr Garmr miök fyr Gnîpa helli,
festr mun slitna enn freki renna;
fiöld veit hon frœða, fram sè ek lengra
um ragna rök raum sigtîva.

44. Brœðr muno berjaz ok at bönom verða,
muno systrûngar sifjom spilla;
hart er î heimi, hördômr mikill,
skeggöld, skâlmöld, skildir ro klofnir,
vindöld, vargöld, âðr veröld steypiz,
mun engi maðr öðrom þyrma.

45. Leika Mîms synir, enn miötuðr kyndiz
at eno gialla Giallar horni;

31, 5. 6 *fehlen in a. Hdss.; mit Recht.* — 38, 2 C. R. morðvargar — sug; *ungenau.*

hátt blæs **Heimdallr**, horn er â lopti,
mælir **Oðinn** viÕ **Mímis** höfuÕ.

46. Ymr iÕ aldna trê, en iötunn losnar,
skelfr **Yggdrasils** askr standandi;
[hræÕaz allir â helvegom
âÕr Surtar þann sevi of gleypir.]
47. Geyr nû Garmr.... Vgl. 43.

48. **Hrymr** ekr austan, hefiz lind fyri,
snýz Jormungandr î iotunmôÕi;
ormr knýr unnir, enn ari hlackar,
slîtr nâi neffölr, **Naglfar** losnar.

49. Kiöll ferr austan, koma muno Muspellz
um lög lýÕir, enn **Loki** stýrir;
fara fîfls megir meÕ freka allir,
þeim er brôÕir Býleips î för.

50. Hvat er meÕ Âsom, hvat er meÕ Al-
fom?
gnýr allr Jotunheimr, Aesir ro â þingi;
stynja dvergar fyr steindurom,
veggbergs vîsir; vitoÕer enn eÕr hvat?

51. **Surtr** ferr sunnan meÕ svigalæfi
skînn af sverÕi sôl valtîfa;
griotbiörg gnata, enn gifr rata,
troÕa halir helveg, enn himinn klofnar.

52. þâ kömr **Hlinar** harmr annarr fram,
er **Ôðinn** ferr viÕ ûlf vega;
en bani Belja biartr at **Surti**,
þâ mun Friggjar falla ângantýr.

53. þâ kömr inn mikli mögr sigföÕor
ViÕarr vega at valdýri;
lætr hann megi hveÕrûngs mund um
standa
hiör til hiarta, þâ er hefnt föÕor.

54. þâ kömr inn mæri mögr HlôÕynjar,
gengr Ôðins sonr viÕ ûlf vega;

---

drepr hann af môÕi MiÕgarÕs vêor,
muno halir allir heimstöÕ ryÕja;
gengr fet nîo Fiörgynjar burr
neppr frâ naÕri nîÕs ôquiÕnom.

55. Sôl tekr sortna, sîgr fold î mar,
hverfa af himni heiÕar stiörnor;
geisar eimi viÕ aldrnara,
leikr hâr hiti viÕ himin sialfan.

56. Geyr nu G....

57. Sêr hon uppkoma ôÕro sinni
iörÕ or ægi, iÕja grœna;
falla forsar, flýgr örn yfir,
sâ er â fialli fiska veiÕir.

58. Finnaz Aesir â IÕavelli,
ok um moldþinur mâttkan dœma;
[ok minnaz þar â megindôma]
ok â fimbultýs fornar rûnar.

59. þar muno eptir undrsamligar
gullnar töflor î grasi finnaz,
þærs î ârdaga âttar höfÕo
[fôlkvaldr goÕa ok Fiölnis kind.]

60. Muno ôsânir akrar vaxa,
böls mun allz batna, **Baldr** mun koma;
bûa þar HöÕr ok Baldr Hropts sig-
töptir
vel valtîvar; vitoÕer enn eÕr hvat?

61. þa knâ Hœnir hlaut viÕ kiosa, — —
ok burir byggja brœÕra tveggja
vindheim vîÕan; vitoÕer enn eÕr hvat?

62. Sal sêr hon standa sôlo fegra,
gulli þakÕan â Gimli;
þar skolo dyggvar dróttir byggja,
ok um aldrdaga yndis niota.

55, 3 eimi ok aldrnari H.

63. Þà kemr inn ríki at regindómi
öflugr ofan, sà er öllo rǽðr;
[semr hann dôma ok sakar leggr,
vêsköp sctr, þau er vera skulo.]

65. Þar kemr inn dimmi dreki fliugandi
naðr fránn neðan frá Niða fiöllom;
berr ser i fiöðrom, — flýgr völl yfir —
Niðhöggr nái, — nû mon hon söckvaz.

Hýmiskviða.

1. Ár valtivar veiðar nâmo,
ok sumblsamir, áðr saðir yrði,
hristo teina ok â hlaut sâ,
fundo þeir at Oegis örkost hvera.

2. Sat bergbûi barnteitr fyri,
miök likr megi miskorblinda;
leit i augo Yggs barn i þrá:
,þù skalt Âsom opt sumbl göra.'

3. Önn fekk iötni orðbæginn halr;
hugði at hefnd han næst við goð,
bað han Sifiar ver ser fœra hver,
„þannz ek öllum yðr öl of heiti".

4. Ne þat mâtto mærir tifar,
ne ginnregin of geta hvergi;
unz af trygðom Týr·Illôrriða
âstrâð mikit einom sagði.

5. ,Býr fyri austan Elívâga
hundvìss Ilýmir at himins enda:
â minn faðir môðugr ketil,
rûmbrygðan hver, rastar diupan'.

6. „Veiztu ef þiggiom þann lögvelli?"
,Ef, vinr, vêlar við giörfum til.'
Fôro driugom dag þann fram
Âsgardi frâ, unz til Oegis quômo.

7. Hirði han hafra horngöfgazta,
hurfo at höllo, er Ilýmir âtti;

mögr fann ömmo miök leiða ser,
hafði höfða hundruð nio.

8. Enn önnor gekk algullin fram
brûnhvìt, bera biorveig fyni:
,âttniðr iotna, ek viliak ykr
hugfulla tvâ und hvera setja.

9. Er minn frî mörgo sinni
glöggr við gesti, görr ilz hugar,
enn vâskapaðr.' Varð fiðbûinn
harðràðr Hýmir heim af veiðom.

10. Gekk inn i sal, glumdo iöklar,
var karls er kom kinnskôgr frörinn.
. . . . .
„Ver þu heill Ilýmir i hugom gôðom:

11. nu er sonr kominn til sala þinna,
sâ er við vættom af vegi löngom;
fylgir hanom Ilrôðrs andſkoti,
vínr verlida, Vêorr heitir sâ.

12. Sê þu hvar sitia und salar gafli
svâ forða ser, stendr sûl fyri. —"
Sundr stökk sûla fyri siôn iotuns,
enn âðr i tvau âss brotnaði.

13. Stukko âtta, enn cinn af þeim
hverr harðsleginn heill, af þolli;
fram gengo þeir, enn forn iotunn
siônom leiddi sinn andſkota.

14. Sagðit honom hugr vel, þa er han sâ
gýgiar grǽti â golf kominn;

þar vôro þiôrar þrir of teknir,
bað senn iotunn sioða ganga.

15. Hvern lêto þeir höfði skemra
ok â seyði sîðan bâru;
ât Sifiar verr, âðr sofa gengi,
einn með öllo yxn tvâ Hŷmis.

16. Þôtti hârum Hrungnis spialla
verðr Hlôrriða vel fullmikill:
‚munom at apni öðrom verða
við veidimat ver þrir lifa.‘

17. Vêorr quaz vilia â vâg rôa,
ef ballr iotunn beitor gæfi. —
‚Hverf þu til hiarðar ef þu hug trúir,
briotr bergdana, beitor sœkja.

18. Þess vænti ek, at þer myni
ögn af oxa auðfeng vera.‘
Sveinn sŷsliga sveif til skôgar,
þar er uxi ítôð alsvartr fyri.

19. Braut af þiôri þurs râðbani
hâtûn ofan horna tveggia.
‚Verk þikkia þiu verri myklo,
kiola valdi, enn þu kyrr sitir!‘

20. Bað hlunngota hafra drottinn
âttrunn apa ûtar fœra;
enn sa iötunn sina taldi
litla fŷsi, lengra at rôa.

21. Drô mærr Hŷmir môðugr hvali
einn â öngli upp î senn tvâ;
enn aptr î skut Oðni sifiaðr
Vêorr við vêlar vað gerði ser.

22. Egndi â öngul sâ er öldom bergr
orms einbani uxa höfði;
gein við agni, sû er goð fiâ,
umgiörð neðan allra landa.

23. Drô diarfliga dâðrakkr þôrr
orm eiturfân upp at borði,
hamri knŷði hâfiall skarar
ofliott ofan ulfs hnitbrôður.

24. Hreingalkn hrutu, enn hölkn þuto,
fôr hin forna fold öll saman:
söktiz sîðan sâ fiskr i mar.

25. Ôteitr iötunn, er þeir aptr rèro,
svâ at âr Hŷmir ekki mælti.

26. Veifði han rœði veðrs annars til.
‚mundo of vinna verk hâlft við mik,
at þu heim hvali haf til bœjar,
eðr flotbrûsa festir okkarn?‘

27. Gekk Hlôrriði, greip â stafni
vatt með austri upp lögfâki,
einn með ârom ok austskoto;
bar han til bœjar brimsviu iötuns,
ok holtriða hver i gegnom.

28. Ok enn iötunn um afrendi
þrâgirni vanr við Þôr senti;
quaðat mann ramman, þôtt rôa kynni,
kröptorligan, nema kalk bryti.

29. Enn Illôrriði, er at höndom kom,
brâtt lêt bresta brattstein i tvau;
slô han sitiandi sûlor i geguom,
bâro þô heilan fyr Hŷmi sîðan.

30. Unz þat hin friða frilla kenndi
âftrâð mikit, eitt er vissi:
‚drep við haus Hŷmis (han er harðari)
kostmôðs iötuns, kalki hveriom.‘

31. Harðr reis â knê hafra drottinn
fœrðiz allra i âsmegin;
heill var karli hialmstofn ofan,
en vînferill valr rifnaði.

32. Mörg veit ek mæti mer gengin frâ
er ek kalki sê yr kniâm hrundit,

___

27, 5 and: hollt riþa, u: hlotrida; dann: hrer.

karl orð um quað; ‚knàkat ek segja
aptr èvagi, þu ert ölðr of hætt.

33. Þat er til kostar, ef koma mættiþ
ut or öro ölkiöl hofi.‘
Týr leitaði týsvar hrœra,
stöð at hvàro hverr kyrr fyri.

34. Faðir Mðða fèkk à þremi,
ok i gegnum steig golf niðr i sal; ·
hôf ser à höfuð up hver Sifiar verr,
enn à hœlom hringar skullo.

35. Fòro lengi åðr lita nam
aptr Oðins son eino sinni;
så han or hreysom með Hými austan
fölkdrött fara fiölhöfðaða.

36. Hôf han ser af herðom hver standanda,
veifði hann Miöllni môðgiörnum fram,
ok hraunhvali hann alla drap,
er með Hými eptir fôro.

37. Fôroð lengi, åðr liggia nam
hafr Hlôrriða halfdauðr fyri,
var skirr skökuls skakkr à banni,
enn þvî hinn lævîsi Loki um olli.

38. Enn er heyrt hafið (hverr kann of þat
gôðmálugra giörr at skilia?),
hver af hraunbûa hann laun um fèkk,
er hann bæði galt börn sîn fyrir.

39. Þróttöflugr kom à Þîng goða›
ok hafði hver, þanz Hýmir åtti
enn vêar hverian vel skolo drekka
ölðr at Oegis eitt hörmeitið.

Þrymskviða eðr Hamarsheimt.

1. Reiðr var þå Vingþôrr, er hann vaknaði
ok sins hamars um saknaði;
skegg nam at hrista, skör nam at dýja,
rèð Jarðar burr um at þreifaz.

2. Ok hann þat orða allz fyrst um quað:
‚Heyrðu nå Loki, hvat ek nû mæli,
er eigi veit iarðar hvergi
nè upphimins: åss er stolinn hamri.‘

3. Gèngo þeir fagra Freyio tûna,
ok hann þat orða allz fyrst um quað:
‚Muntu mer Freyia fiaðrhams liâ,
ef ek minn hamar mættak hitta?‘

4. „Þô munda ek gefa þer, þôtt or gulli væri,
ok þô selja, at væri or silfri.“

5. Flô þâ Loki, fiaðrhamr dundi,
unz fur ûtan kom Åsa garða.

5. Ok fur innan kom iötna heima,
Þrymr sat â haugi þursa drottinn,
greyjom sînom gullbönd snoeri,
ok mörom sînom mön iafnaði.

6. ‚Hvat er með Åsom, hvat er með Alfom?
hvi ertu einn kominn î Jötunheima?‘
„Ilt er með Åsom, ilt er með Alfom;
hefir þu Hlôrriða hamar um folginn?“

7. ‚Ek hefi Hlôrriða hamar um folginn
åtta röftom fur iörð neðan,

32, 4 of heitt H. — 34, 2 R. stôð golf niðr î sal vgl. ôðu iorðina 177 b. — 35,1 fôrot
verm. Ra.

hann ongi maðr aptr um heimtir,
nema fœri mer Freyio at qvæn.'

8. Fló þô Loki, fiaðrhamr dunði,
unz *fur útan kom Jötnaheima*,
ok fur innan kom Ása garða;
mœtti hann Þôr miðra garða,
ok hann þat orða allz fyrst um quað:

9. „Hefir þu erendi sem erfiði?
segðu â lopti löng tiþindi:
opt sitianda sögor um fallaz,
ok liggiandi lýgi um bellir.“

10. „Hefi ek erfiði ok örindi;
Þrymr hefir þinn hamar, þursa drottinn,
hann ongi maðr aptr um heimtir,
nema hanom fœri Freyio at quán.'

11. Gânga þeir fagra Freyio at hitta,
ok hann þat orða allz fyrst um quað:
„Bittu þik Freyia brûðar lîni,
við skolom aka tvau î Jötunheima.“

12. Reið varð þá Freyia ok fnasaði,
allr Âsa salr undir bifðiz;
stökk þat iþ mikla men Brisinga:
„Mik veiztu verða vergiarnasta,
ef ok ek með þer î Jötunheima.“

13. Senn vôro Aesir allir â þingi
ok Âsynior allar â mâli,
ok of þat rêðo ríkir tivar,
hvê þeir Illôrriða hamar um sœtti.

14. þâ quað þat Heimdallr, hvitastr Âsa,
vissi hann vel fram sem Vanir aðrir:
„Bindo ver Þôr þâ brûðar lîni,
hafi hann ið mikla men Brisinga;

15. lâtom und hanom hrynja lukla,
ok kvcnvâðir um knê falla,
en â briosti breiða steina,
ok hagliga um höfuð typpom.“

16. þâ qvað þat Þôrr þrûðugr áss:
„Mik muno Aesir argan kalla,
ef ek bindaz læt brûðar lîni.“
...

17. þâ quað þat Loki Laufeyjar sonr:
,þegi þu Þôrr þeirra orða,
þegar muno iötnar Âsgarð búa,
nema þu þinn hamar þer um heimtir.'

18. Bundo þeir Þôr þâ brûðar lîni,
ok eno mikla meni Brisinga,
lêto und hanom hrynja lukla,
ok kvenvâðir um knê falla,

19. en â briosti breiða steina,
ok hagliga um höfoð typto.
Þâ quað þat Loki Laufeyjar sonr
,mun ek ok með þer ambôtt vera,
við skulom aka tvau î Jötunheima.'

20. Senn vôro hafrar heim um reknir,
skyndir at sköklom, skyldo vel renna;
biörg brotnoðo, brann iörð loga,
ôk Oðins son î Jötunheima.

21. þâ quað þat Þrymr þursa drottinn:
„Standið upp iötnar, ok strâið bekki,
nu fœrit mer Freyjo at qvân,
Niarðar dôttr or Nôatûnom;

22. Gânga hêr at garði gullhyrndar kýr,
yxn alsvartir iötni at gamni;
fiölð â ek meiðma, fiölð â ok menja,
einnar mer Freio âvant þikkir.“

23. Var þar at queldi um komit snimma,
ok fur iötna öl fram borit;
einn ât oxa, âtta laxa,
krâsir allar þær er konor skyldo,
drakk Sifiar verr sâld þriu miaðar.

24. þâ qvað þat Þrymr þursa drottinn:
,Hvar sâttu brûðir bíta hvassara?

såka ek bruðir bita en breiðara
né inn meira miöð mey um drecka.'

25. Sat in alsnotra ambott fur,
er orð um fann við iötuns måli:
„Àt vætr Freyja åtta nóttom,
svå var hon óðfûs i Jötunheima."

26. Laut und lino, lysti at kyssa,
enn hann ûtan stökk endlångan sal.
‚Hvi ero öndótt augo Freyjo?
þikki mer or augom brenna.'

27. Sat in alsnotra ambött fyri,
er orð um fann við iötuns måli:
‚Svaf vætr Freyja åtta nóttom,
'svå var hon óðfûs i Jötunheima."

28. Inn kom in arma iötna systir,
hin er brûðfiâr biðia þorði:

‚Låtto þer af höndom hringa rauða,
ef þu öðlaz vill åstir minar,
åstir minar, allar hylli.'

29. Þâ quað þat Þrymr, þursa drottinn:
„Berið inn hamar, brûði at vigja,
leggit Miöllni i meyjar knê,
vigit okr saman vârar hendi."

30. Hló Hlörriða hugr i briosti,
er harðhugaðr hamar um þekti;
Þrym drap hann fyrstan þursa drottinn,
ok ætt iötuns alla lamdi. •

31. Drap hann ina öldno iötna systor,
hin er brûðfiâr of beðit hafði,
hon skell um hlaut fur skillinga,
en högg hamars fur hrìnga fiöld.
sva kom Oðins sonr endr at hamri.

Sigurdarkvida III.

1. Àr var þaz Sigurðr sótti Giuka
Völsungr ungi, er vegit hafði; [1]
tók við trygðum tveggja brœðra, [2]
selduz eiða eljunfrœknir.

2. Mey buðu hanum ok meiðma fiölð,
Gûðrûnu ungu, Giuka dóttur;
drukku ok dœmdu dœgr mart saman
Sigurðr ungi ok synir Giuka.

3. Unz þeir Brynhildar biðia fóru,
svå at þeim Sigurðr reið i sinni,
Völsungr ungi ok vegakunni;
hann um ætti, ef eiga knætti.

4. Sigurðr inn suðrœni lagði sverð nekkvið,

mæki mâlfân, â meðal þeirra;
nê hann konu kyssa gerði,
nê hûnskr konungr hefia ser at armi,
mey frumunga fal hann megi Giuka.

5. Hon ser at lifi löst nê vissi,
ok at aldrlagi ekki grand,
vamm þat er væri, eða vera hygði;
gengu þess â milli grimmar urðir.

6. Ein sat hon ûti aptan dags,   · ·
nam hon svå bert orð um at mælaz:
hafa skal ek Sigurð, eða þó svelta,
mög frumungan mer at armi.

---

[1] Als er gekämpft, nāml. zur Rache des Vaters, und um den Schatz. — [2] Gunnars und Högnis (Gunthers u. Hagens) der rheinischen Könige, deren jüngster Bruder, Guthorm, nicht mit bei den Verträgen war.

7. Orð mæltak nu, iðrumk eptir þess,
kván er hans Guðrún, en ek Gunnars,
liotar nornir skôpo oss langa þrá.

8. Opt gengr hon innan ills um fylld,
isa ok iökla, aptan hvern
er þau Guðrún ganga á beð,
ok hana Sigurðr sveipr í ripti
konungr inn húnski kván fria sina.

9. ‚Vön geng ek vilja vers ok beggja, [1]
verð ek mik goela af grimmom hug.‘

10. Nam af þeim heiptum hvetjaz at vigi:
‚þu skalt, Gunnarr, gerst um láta
minu landi ok mer sialfri,
mun ek una aldri með öðlingi.

11. Mun ek aptr fara, þars ek áðan vark
með nábornum niðjum minum;
þar mun ek sitja ok sofa lifi,
nema þu Sigurð svelta látir,
ok iöfur öðrum æðri verðir.

12. Látum son fara feðr í sinni,
skalat ulf ala ungan lengi;
hveim verðr hölda hefnd léttari
siðan til sátta, at sonr lifi?

13. Reiðr varð Gunnarr ok hnipnaði,
sveip sinum hug, sat um allan dag;
hann vissi þat vilgi görla,
hvat hanum væri vinna soemst,
eða hanum væri vinna bezt,
alls sik Völsung vissi firðan,
ok at Sigurð söknuð mikinn.

14. Ýmist hann hugði iafnlanga stund —
þat var eigi ævar títt,
at frá konungdôm kvánir gèngu —

nam hann ser Högna heita at rúnom,
þann átti hann alls fulltrúa.

15. ‚Ein er mer Brynhildr öllum betri,
um borin Buðla, hon er bragr kvenna;
fur skal ek minu fiörvi láta,
en þeirrar meyjar meiðmum týna.

16. Viltu okkr fylki til fiár véla?
gótt er at ráða Rinar malmi,
ok uuandi auði stýra,
ok sitjandi sælu niota.‘

17. Einu því Högni andsvör veitti:
„samir eigi okkr slikt at vinna,
sverði rofna svarna eiða,   .
eiða svarna, unnar trygðir.

18. Vituma vit á moldu menn in sælli,
meðan fiorir ver folki ráðum,
ok sá inn húnski herbaldr lifir,
né in mætri mægð á foldu,
ef ver fimm sonu foeðum lengi,
áttum góða oexla knættim.

19. Ek veit giörla, hvaðan vegir standa,
eru Brynhildar brek ofmikil.

20. Vit skolom Guttorm görva at vigi,
yngra bróður ófróðara;
hann var fyrútan eiða svarna,
eiða svarna, unnar trygðir.“

21. Doelt var at eggia óbilgiarnan,
stôð til hiarta hiörr Sigurði.

22. Réð til hefnda hergiarn í sal,
ok eptir varp óbilgiörnom;
fló til Guttorms grams ramliga
kynbirt iarn or konungs hendi.

---

[1] Leer (verlustig) geh ich beider, der Lust und des Mannes.

23. Hné hans um dolgr til hluta tveggja,
hendr ok höfuð hné á annan veg,
er fóta lutr féll aptr i stað.

24. Sofnuð var Guðrún í sængu [1]
sorgalaus hiá Sigurði;
en hon vaknaði vilja fírð,
er hon Freys vinar [2] flaut i dreyra.

25. Svá sló hun svárar sinar hendr,
at rammhugaðr reis upp við beð:
gráta þu, Guðrún, svá grímliga,
brúðr frumunga, þer brœðr lifa.

26. Á ek til ungan erfinytja,
kannat hann firraz or fiandgarði;
þeir ser hafa svart ok dátt
enn nær numit nýlíg ráð.

27. Riðra þeim siðan, þótt sið alir,
systur sonr slikr at þingi;
ek veit giörla, hvi gegnir nú,
ein veldr Brynhildr öllu bölvi.

28. Mer unni mær fyr mann hvern,
en við Gunnar grand ekki vank;
þyrmda ek sifjum, svörnum eiðum,
siðan var ek heitinn hans kvánar vinr."

29. Kona varp öndu, en konungr fiörvi,
svá sló hon svárar sinar hendr,
at kváðo við kalkar i vá,
ok gullo við gæss i túni.

30. Hló þa Brynhildr, Buðla dóttir
einu sinni af öllum hug,

er hon til hvilo [3] heyra knátti
giallan grát Giuka dóttur.

31. Hit kvað þa Gunnarr, gramr hauk-
stalda:
,hlæra þu af þvi heiptgiörn kona
glöð á golfi, at þer góðs viti;
hvi hafnar þu iuum hvíta lit,
feikna fœðir? hygg ek at feig sér.

32. þu værir þess verðust kvenna,
at fyr augum þer Atla hioggim,
sæir brœðr þinum blóðukt sár,
undir dreyrgar knættir yfir binda.'

33. þa kvað þat Brynhildr, Buðla dóttir:
frýra maðr þer Gunnarr, hefir þu full-
vegit,
litt séz Atli ovu þina;
hann mun ykar önd siðari,
ok æ vera afl it meira.

34. Segja mun ek þer, Gunnarr, sialfr
veiztu görla,
hvé er yðr snemma til saka réðut;
varð ek til ung né of þrungin
fullgœdd fé á fleti bróður.

35. Né ek vilda þat, at mik verr ætti,
áðr þer Giukungar riðut at garði,
þrír á héstum þioðkonungar;
en þeirra för þörfgi væri.

36. þeim hétumk þa þioðkonungi,
er með gulli sat á Grana bógum;
varat hann í augu yðr um likr,
né á engi lut at álítum,

[1] Cod. R. sælngu, sp. Orthographie. — [2] Freys Verehrer ist Sigurðr. — [3] Vom Bett
aus, eig. nach dem Bett hin.

þó þikkiz er þioðkonungar.

37. Ok mer Atli þat einni sagði,
at hvárki léz höfnum deila,
gull né iarðir, nema ek gefaz létak,
ok engi lut auðins fiár,
þá er mer ióðungri eiga seldi,
ok mer ióðungri aura taldi.

38. þa var á hvörfum hugr minu um þat,
hvárt ek skylda vega eða val fella
böll í brynju um bróður sök,
þat mundi þá þioðkunt vera
mörgum manni at munar stríði.

39. Létum siga sáttmál okkur,
lék mer meir í mun, meiðmar þiggja
bauga rauða burar Sigmundar;
né ek annars manns aura vildak,
unna einum, né ymissum;
bióat um hverfan hug menskögul.

40. Alt mun þat Atli eptir finna,
er hann mina spyrr morðför görva,
at þeygi skal þunngeð kona
annarrar ver aldri leiða.
þá mun á hefndum harma minna.'

41. Upp reis Gunnarr gramr verðungar,
ok um hals konu hendr um lagði;
gèngu allir ok þó ymsir,
af heilom hug hana at letja.

42. Hratt at halsi hveim þar ser,
léta manu sik letja langrar göngo;
Nam hann ser Högna hvetja at rúnum:
,seggi vil ek alla í sal ganga,

43. þína með minum, nú er þörf mikil,
vita ef meini morðför kono;
unz af mæli enn mein komi,
þá látum því þarfar ráða.'

44. Eino því Högni andsvör veitti:
„Letia maðr hana langrar göngu,
þars hun aptrborin aldri verði;
hun kröng of kom fur kné móðor,
hon æ borin óvilja til
mörgum manni at móðtrega.“

45. Hvarf ser óhróðugr andspilli frá,
þar er mörk menja meiðmom deildi;
leit hon um alla eigo sína
soltnar þýjar ok salkonur.

46. Gullbrynjo smô, vara gótt í hug,
áðr sik miðlaði mækis eggjom;
hné við bolstri hon á annan veg
ok hiörundoð hugði at ráðom.

47. Nú skulo ganga þeir er gull vili
ok minna því at mer þiggja;
ek gef hverri um broðit sigli,
bók ok blæjo, biartar váðir.

48. þögðo allir, hugðo at ráðom,
ok allir senn annsvör veitto;
„ærnar soltnar, munom enn lífa,
verða salkonor sæmd at vinna.

49. Unz af hyggiandi hörskrýdd kona
úng at aldri orð viðr um kvað:
vilkat ek mann trauðan né torbœnan
um óra sök aldri týna.

50. þó mun á beinom brenna yðrom
færi eyrir, þá er er fram komið
neit Menju góð, mín at vitja.

51. Seztu niðr Gunnarr, mun ek segja þer
lífs örvæna liosa brúði,
muna yðvart far alt í sundi,
þótt ek hafa öndo látit.

52. Sátt munoð ið Guðrûn snemr enn þû
    hyggr,
hefir kunn kona við konung
daprar minjar at dauðan ver.

53. þar er mær borin, móðir fœðir,
sû mun hvîtari enn inn heiði dagr
Svanhildr vera, sôlar geisla.

54. Gefa mundo Gudrûno gôðra nokorom
skeyti skœða skatna mengi;
muna at vilja versæl gefin;
hana mun Atli eiga ganga
of borinn Buðla bróðir minn.

55. Margs á ek minnaz, hvé við mik fôro
þa er mik sâra svikna höfðot;
vaðin at vilja vark meðan ek lifðak.

56. Munto Oddrûno eiga vilja,
en þik Atli mun eigi láta; _
ið munoð lûta â laun saman;
hon mun þer unna sem ek skyldak,
ef ockr góð um sköp gerði verða.

57. þik mun Atli illo beita;
mundu î öngan ormgarð lagiðr.

58. þat mun ok verða þvîgit lengra,
at Atli mun öndo týna,
sælo sinni ok sofa lîfi.
þvîat honom Guðrûn grimm er â beð
snörpom eggjom af sârom hug;

59. sœmri væri Guðrûn systir ockur,
frumver sînom at fylgja dauðom;
ef henni gæfi gôðra ráð,
eðr ætti hon hug oss um lîkan.

60. Óört mæli ek nû, en hon eigi mun
of ôra sök-aldri týna;
hana muno hefja hâvar bâror
til Jonakurs óðaltorfo,
ero if â ráðom Jonakurs sonom.

61. Mun hon Svanhildi senda af landi
sîna mey ok Sigurðar;
hana muno bîta Bicka ráð;
þvîat Jormunrekr öþarft lifir.
þâ er öll farin ætt Sigurðar,
ero Guðrûnar græti at fleiri.

62. Biðja mun ek þik bœnar einnar,
sû mun î heimi hînzt bôn vera:
láttu svâ breiða borg â velli,
at undir oss öllom iafnrûmt sê,
þeim er sulto með Sigurði.

63. Tialdi þar um þa borg tiöldom ok
    skiöldom,
Vala ript vel fâð ok Vala mengi;
brenni mer inn Hûnska â hlið aðra.

64. Brenni enom Hûnska â hlið aðra
mîna þiona menjom göfga,
tveir at höfðom, ok tveir haukar;
þâ er öllo skipt til iafnaðar.

65. Liggi ockar enn î milli malmr hring-
    variðr,
egghvast iarn, sva endr lagit,
þá er við bæði beð cinn stigom,
ok hêtom þâ hiona nafni.

66. Hrynja hanom þâ â hœl þeygi
hlunnblik hallar brîngi litkoð,
ef hanom fylgir ferð mîn hêðan;
þeygi mun vâr för aumlig vera.

67. þvîat hanom fylgja fimm ambâttir,
átta þionar eðlom góðir,
föstrman mitt ok faðerni, ·
þat er Buðli gaf barni sîno.

68. Mart sagða ek, munda ek fleira,
er mer meirr miötuðr mâlrûm gæfi;
ômun þverr, undir svella,
sâtt eitt sagðak, svâ mun ek lâta.'

Helreid Brynhildar.

Vgl. zu diesem Eddalied die Nornagests. Sp. 318, 7 fg. und zu Str. 7 die Prosa Sp. 102, 19.

1. „Skaltu ígögnom ganga eigi
grioti studda garða mína;
betr sœmdi þer borða at rekja,
heldr enn at vitja vers annarrar.

2. Hvat skaltu vitja af Vallandi,
hvarfúst höfuð, húsa minna,
þú hefir vâr gullz, ef þik vita lystir,
míld, af höndom mannz blôð þvegit.“

3. „Bregðu eigi mer, brûðr or steini,
þótt ek værak î víkîngo;
ek mun ockar æðri þickja,
hvars menn eðli ockart kunna.‘

4. „þú vart Brynhildr Buðla dôttir
heilli versto î heim borin,
þú hefir Giuka um glatat börnom,
ok bâi þeirra brugðit góðo.“

5. „Ek man segja þer svinn or reiðo
vitlaussi miök, ef þik vita lystir,
hvê görðo mik Giuka arfar
âstalausa ok eiðrofa.

6. Lêt hami vâra hugfullr konûngr
âtta systra und eik borit;
var ek vetra tolf, ef þik vita lystir,
er ek úngom gram eiða seldak.

7. Hêto mik allir î Illymdölom
Hildi und hialmi, hverr er kunni;
þâ lêt ek gamlan â Goðþioðo

Hialmgunnar næst Heljar ganga;
gaf ek úngom sigr Öðo bróðor,
þar varð mer Oðinn ofreiðr um þat.

8. Lauk hann mik skiöldom î Skata lundi
rauðom ok hvítom, randir snurto;
þann bað hann slíta svefni mínom,
er hvergi landz hræðaz kynni.

9. Lêt hann um sal minn sunnanverðan
hâvan brenna her allz viðar,
þar bað hann einn þegn yfir at riða,
þannz mer fœrði gull þaz und Fafni lâ.

10. Reið gôðr Grana gullmiðlandi,
þars fôstri minn fletjom stýrði;
einn þótti hann þar öllom betri
víkîngr Dana î verðungo.

11. Svâfo við ok undom î sæng einni,
sem han bróðir minn um borinn væri;
hvartki knâtti hönd yfir annat
âtta nôttom ockart leggja.

12. þvî brâ mer Guðrûn Giuka dôttir
at ek Sigurði svæfak â armi;
þar varð ek þess vis, er ek vildigak,
at þau vêlto mik î verfaugi.

13. Muno við ofstrið allz til lengi
konor ok karlar kvikvir fœðaz;
við skulom ockrom aldri slíta
Sigurðr saman: sökstu gýgjar kyn!

11, 1 sæîng Hs. — 12, 1 viell. munar við ofstrið, d. h. mit Schmerzen s. SQ. 38, 5.

Háva mál.

1. Gáttir allar, áðr gangi fram,
   um skoðaz skyli,
   þvíat óvíst er at vita, hvar óvinir sitia
   á fleti fur.

2. Gefendr heilir! gestr er inn kominn,
   hvar skal sitia siá?
   Miök er bráðr, sá er á bröndum skal
   sins um freista frama.

3. Eldz er þörf, þeims inn er kominn,
   ok á kné kalinn,
   matar ok váða er manni þörf,
   þeim er hefir um fiall farið.

4. Vatz er þörf, þeim er til verðar kömr,
   þerro ok þioðlaðar,
   góðs um œðis, ef ser geta mætti
   orðs ok endrþögo.

5. Vitz er þörf, þeim er víða ratar,
   dœlt er heima hvat;
   at augabragði verðr, sá er ecki kann
   ok með snotrom sitr.

6. At hyggiandi sinni skylit maðr hrœsinn
                                    vera,
   heldr gætinn at geði;
   þá er horskr ok þögull kemr heimisgarða
                                    til
   sialdan verðr víti vörom;
   þvíat óbrigðra vin fær maðr aldregi,
   enn mannvit mikit.

7. Enn vari gestr, er til verðar kemr
   þunno hlioði þegir,
   eyrom hlýðir en augom skóðar,
   svá nýsiz fróðra hverr fur.

8. Hinn er sæll, er ser um getr
   lof ok liknstafi;
   óðœlla er við þat, er maðr eiga skal
   annars briostom í.

9. Sá er sæll, er sialfr um á
   lof ok vit, meðan lifir;
   þvíat ill ráð hefir maðr opt þegit
   annars briostom or.

10. Byrði betri berrat maðr brauto at, .
    enn sé mannvit mikit;
    auði betra þikkir þat í ókunnom stað,
    slíkt er válaðs vera.

11. Vegnest verra vegra han velli at,
    enn sé ofdrykkia öls.
    Era sva gött, sem gótt kveða,
    öl alda sonom.

12. Vegnest verra berrat maðr borði frá,
    enn sé ofdrykkia öls.
    þvíat færra veit, er fleira drekkr
    sins til geðs gumi.

13. Óminnis hegri heitir, sa er yfir öldrom
                                    þrumir,
    hann stelr geði guma;
    þess fugls fiöðrom ek fiötraðr vark
    í garði Gunnlaðar.

14. Ölr ek varð, varð ofrölvi
    at ins fróða Fialars;
    því er öldr baztr, at aptr of heimtir
    hverr sitt geð gumi.

15. þagalt ok hugalt skyli þioðans barn
    ok vígdiarft vera;

2, 3 So die *Hdss.*, brautum d. *Ausgg.* — 12, 1-2 aus *PHss.*

glaðr ok reifr skyli gumna hverr,
unz sinn bíðr bana.

16. Ósniallr maðr hyggz muno ey lifa,
ef hann við víg varaz;
en elli gefr honom engi frið,
þótt honom geirar gefi.

17. Kôpir afglapi er til kynnis kemr,
þylz hann um, eða þrumir;
alt er senn, ef hann sylg um getr,
uppi er þá geð guma.

18. Sâ einn veit, er víða ratar,
ok hefir fiöld um farið,
hverio geði stýrir gumna hverr
sâ er vitandi er vits.

19. Haldi maðr â kêri, drecki þô at hôfi miöð,
mæli þarft eðr þegi;
ôkynnis þess vâr þik engi maðr,
at þû gangir snemma at sofa.

20. Grâðugr halr, nema geðs viti,
etr ser aldrtrega;
opt fær hlœgis, er með horskom kemr,
manni heimskom magi.

21. Hiarðir þat vito, nær þær heim skolo,
ok gánga þá af grasi;
en ôsviðr maðr kann êvagi
sîns um mâl maga.

22. Vêsall maðr ok illa skapi
hlær at hvívetna;
hitki hann veit, er hann vita þyrfti,
at hann er vamma vanr.

23. Ósviðr maðr vakir um allar nætr,
ok hyggr at hvívetna;
þá er môðr, er at morni kemr,
alt er vil, sem var.

24. Ósnotr maðr hyggr ser alla vera
viðhlæjendr vini;

hitki han fiðr, þótt þeir um hann fâr lesi,
ef hann með snotrom sitr.

25. Ósnotr maðr byggr ser alla vera
vilmælendr vini;
þâ þat finnr er at þingi kemr,
at hann â formælendr fâ.

26. Ósnotr maðr þikkiz alt vita,
ef hann â ser í vâ vero;
hitki hann veit, hvat hann skal við
              kveða,
ef hans freista firar.

27. Ósnotr maðr er með aldir kemr,
þat er bazt, at hann þegi;
engi þat veit, at hann ecki kann,
nema hann mæli til mart.
reita maðr hinn er vetki veit,
þótt hann mæli til mart.

28. Frôðr sâ þikkiz er fregna kann
ok segia it sama,
eyvito leyna megot ýta synir,
því er gengz um guma.

29. Aerna mælir, sa er æva þegir
staðlauso stafi;
hraðmælt tûnga, nema haldendr eigi,
opt ser ôgôtt um gelr.

30. At augabragði skala maðr annan hafa,
þótt til kynnis komi;
margr þá frôðr þikkiz, ef hann freginn
              erat,
ok nâi hann þurrfiallr þruma.

31. Frôðr þikkiz sâ er flôtta tekr
gestr at gest hæðinn;
veita görla sâ er um verði glissir,
þótt hann með grömom glami.

32. Gumnar margir eroz gagnhollir
enn at virði rekaz;

19, s vâr tadelt, s. vâ. — 22, 4 erat *Hss.* — 28, 8 Rask. mego. 28, 4 gengr *Hss.*

aldar rôg þat mun æ vera,
ôrir gestr við gest.

33. Árliga verðar skyli maðr opt fâ,
nema til kynnis komi;
sitr ok snôpir, lætr sem sôlginn sê
ok kann fregna at fâ.

34. Afhvarf mikit er til illz vinar,
þótt â brauto bûi;
en til gôðs vinar liggia gagnvegir,
þótt hann sê firr farinn.

35. Gânga skal, skala gestr vera
ey î einom stað;
liufr verðr leiðr, ef lengi sitr
annars fletiom â.

36. Bû er betra, þótt litit sê,
halr er heima hverr.
þott tvær geitr eigi ok tögreptan sal,
þat er þô betra, enn bœn.

37. Bu er betra, þott litit sê,
halr er heima hverr;
blóðugt er hiarta þeim er biðia skal
ser î mâl hvert matar.

38. Vâpnom sînom skala maðr velli â
feti ganga framarr;
þviat ôvist er at vita, nær verðr â
vegom ûti
geirs um þörf guma.

39. Fanka ek mildan mann eða sva matar
gôðan,
at ei veri þiggia þegit;
eða sîns fiâr svâ giöflan,
at leið sê laun, ef þægi.

40. Fiâr sîns, er fengit hefir,
skylit maðr þörf þola;

opt sparir leiðom, þaz hefir liufom
hugat,
mart gengr verr, enn varir.

41. Vâpnom ok vâðom skulo vinir gleðiaz,
þat er â sialfom sŷnst.
viðrgefendr ok endrgefendr eroz lengst
vinir,
ef þat biðr at verða vel.

42. Vin sînom skal maðr vinr vera,
ok gialda giöf við giöf;
hlâtr vid hlâtri skyli höldar taka,
en lausung við lŷgi.

43. Vin sînom skal maðr vinr vera,
þeim ok þess vin;
en ôvinar sîns skyli engi maðr
vinar vinr vera.

44. Veiztu, ef þu vin âtt, þann er þu vel
trûir,
ok vill þu af honom gôtt geta,
geði skaltu við þann blanda ok giöfom
skipta,
fara at finna opt.

45. Ef þû âtt annan, þanz þû illa trûir,
vildu af honom þô gôtt geta,
fagurt skaltu við þann mæla en flâtt
hyggia,
ok gialda lausing við lŷgi.

46. þat er enn of þann, er þu illa trûir,
ok þer er grunr at hans geði:
hlæja skaltu við þeim ok um hug
mæla,
glîk skulo giöld giöfom.

47. Ûngr var ek forðom, fôr ek einn
saman
þâ varð ek villr vega;

ALTNORDISCHES LESEBUCH.'   2

auðigr þôttumz, er ek annan fann:
maðr er manns gaman.

48. Mildir frœknir menn bazt lifa,
siaïdan sût ala;
en ôsniallr maðr uggir hotvetna,
sýtir æ glöggr við giöfom.

49. Vâðir mînar gaf ek velli at
tveim trêmönnom;
reckar þat þôttuz, er þeir rift höfðo,
neiss er nöcquiðr halr.

50. Hrörnar þöll, sû er stendr þorpi â,
hlýrat henni börkr nê barr;
svâ er maðr sâ er mangi ann;
hvat skal han lengi lifa?

51. Eldi heitari brennr með illom vinom
friðr fimm daga;
en þar sloknar, er inn sètti kemr,
ok versnar allr vinskapr.

52. Mikit eitt skala manni gefa,
opt kaupir ser i litlo lof:
með hâlfom hleif ok með höllo keri
fâck ek mêr fêlaga.

53. Litilla sanda, litilla sæva
litil ero geð guma;
þvî allir menn urðot iafnspakir,
hâlf er öld hvar.

54. Meðalsnotr skyli manna hverr,
æva til snotr sê;
þeim er fyrða fegurst at lifa,
er vel mart vito.

55. Meðalsnotr skyli manna hverr,
æva til snotr sê;
þviat snoturs manz hiarta verðr sial-
dan glatt,
ef sâ er alsnotr, er â.

56. Meðalsnotr skyli manna hverr
æva til snotr sê;
örlog sin viti engi maðr fyrir,
þeim er sorgalausastr sevi.

57. Brandr af brandi brenn, unnz brun-
ninn er,
funi qveikiz af funa:
maðr af manni verðr at mâli kûðr
en til dœlskr af dul.

58. Âr skal rîsa sâ er annars vill
fê eða fiör hafa;
sialdan liggiandi ûlfr lær um getr,
nê sofandi maðr sigr.

59. Âr skal rîsa sâ er â yrkendr fâ
ok ganga sins verka â vit;
mart um dvelr þann er um morgin
sefr,
hâlfr er auðr und hvötom.

60. þurra skîða ok þakinna næfra
þess kann maðr miötuðe;
þess viðar er vinnaz megi
mâl ok misseri.

61. Þveginn ok mettr ríði maðr þingi at
þótt han sêð væddr til vel;
skûa ok brôka skammiz engi maðr
nê hêsts in heldr.
þótt hann hafit góðan.

62. Fregna ok segia skal frôðra hverr
sâ er vill heitinn horskr;
einn vita, nê annarr skal,
þioð veit, ef þrîr 'ro.

63. Snapir ok gnapir er til sævar kömr
örn â aldin mar;
svâ er maðr er með mörgom kemr
ok â formælendr fâ.

64. Riki sitt skyli ráðsnotra hverr
    í hófi hafa;
    þá hann þat finnr, er með frœknom
                    kemr,
    at engi er einna hvatastr.

65. Gætinn ok geyminn skyli gumna hverr
    ok varr at vintrausti;
    orða þeirra, er maðr öðrom segir,
    opt hann giöld um getr.

66. Mikils ti snemma kom ek í marga staði,
    en til síð í suma;
    öl var druckit, sumt var ólagat,
    sialdan hittir leiðr í lið.

67. Hér ok hvar mundi mer heim of boðit,
    ef þyrftak at malúngi mat;
    eða tvau lær héngi at ins tryggva
                    vinar,
    þars ek hafða eitt etið.

68. Eldr er beztr með ýta sonom
    ok sólar sýn;
    heilyndi sitt ef maðr hafa náir,
    án við löst at lifa.

69. Erat maðr allz vésall, þótt hann sé illa
                    heill;
    sumr er af sonom sæll,
    sumr af frændom, sumr af fé ærno,
    sumr af verkom vel.

70. Betra er lifðom en sé ólifðom,
    ei getr quikr kú;
    eld sá ek uppbrenna auðgom manni
                    fur,
    en úti var dauðr fur durom.

71. Haltr ríðr hrossi, hiörð rekr handar-
                    vanr,
    daufr vegr ok dugir,

---

blindr er betri, enn brendr sé,
nýtr mangi náss.

72. Sonr er betri, þótt sé síð of alinn
    eptir genginn guma;
    sialdan bautarsteinar standa brauto
                    nær,
    nema reisi niðr at nið.

73. Tveir 'ro eins heriar, túnga er höfuðs
                    bani,
    er mer í heðin hvern handar væni.

74. Nótt verðr feginn, sa er nesti trúir,
    skammar 'ro skips rár, hverb er haust-
                    gríma.
    fiöld um viðrir á fimm dögom
    enn meira á mánaði.

75. Veita hinn er vætki veit,
    margr verðr af öðrom api;
    maðr er auðigr, annarr óauðigr
    skylit þann vitka vár.

76. Deyr fé, deyia frændr,
    deyr sialfr it sama:
    en orðstír deyr aldregi
    hveim er ser góðan getr.

77. Deyr fé, deyia frændr,
    deyr sialfr it sama:
    ek veit einn at aldri deyr:
    dómr um dauðan hvern.

78. Fullar grindir sá ek fur Fitiungs
                    sonom,
    nú bera þeir vanarvöl;
    svá er auðr sem augabragð,
    hann er valtastr vina.

79. Ósnotr maðr, ef eignaz getr
    fé eða flioðs munoð,

2 *

metnaðr honom þrôaz, en mannvit
aldregi,
fram gengr hann driugt î dul.

80. Þat er þâ reynt, er þû at rûnom spyrr,
enom reginkunnom,
þeim er görðo ginnregin ok fâði fimbul-
þulr:
þâ hefir han bezt, ef han þegir.

81. At queldi skal dag leyfa, kono er
brend er;
mæki er reyndr or, mey er gefin er;
îs er yfirkemr, öl er druckit er.

82. Î vindi skal við höggva, veðri â siô
rôa,
myrkri við man spialla. mörg 'ero dags
augo.
Â skip skal skriðar orka, en â skiöld
til hlifar,
mæki höggs, en mey til kossa.

83. Við eld skal öl drecka, en â îsi skrîða,
magran mar kaupa, en mæki saurgan,
heima hêst feita, en hund â bûi.

84. Meyiar orðom skyli manngi trûa,
nê þvi er kveðr kona;
þvîat â hverfanda hveli voro þeim
hiörto sköpuð,
brigð î briost um lagit.

85. Brestanda boga, brennanda loga,
gînanda ulfi, galandi krâko,
rŷtanda svîni, rôtlausom viði,
vaxanda vâgi, vellanda katli;

86. fliuganda fleini, fallandi bâru,
îsi einnættom, ormi bringlœgnom,
brûðar beðmâlom, eða brotno sverði,
biarnar leiki, eða barni konungs;

87. siukom kalfi, sialfrâða þræli,
völo vilmæli, val nŷfeldom,
heiðrîkom himni, hlæanda herra,
hunda gelti oc harmi skœkiu,

88. akri ârsânom — trûi engi maðr,
nê til snemma syni;
veðr ræðr akri, en vit syni,
hætt er þeirra hvârt.

89. Brôdurbana sînom, þótt a brauto mœti,
hûsi hâlfbrunno, hêsti alskiotom —
þâ er iôr ônŷtr, ef einn fôtr brotnar —
verðit maðr sva tryggr, at þesso trûi
öllo.

90. Svâ er friðr kvenna, þeirra er flâtt
hyggia,
sem 'aki iô ôbryddom â îsi hâlom,
teitom tvêvetrom, ok sê taînr illa;
eðr î byr ôðom beiti stiornlauso,
eða skyli haltr henda hrein î þâfialli.

91. Bert ek nu mæli, þvîat ek bæði veit,
brigðr er karla hugr konom:
þâ ver fegurst mælom, er ver flâst
hyggiom,
þat tœlir horska hugi.

92. Fagurst skal mæla ok fê bioða,
sâ er vill flioðs âst fâ;
lîki leyfa ens liosa mans,
sâ fær, er friar.

93. Âstar firna skyli engi maðr
annan aldregi;
opt fâ â horskan, er â heimskan nê fâ,
lostfagrir litir.

94. Eyvitar firna ei maðr annan skal,
þess er um margan gengr guma;

heimska or horskom görir hölda sono
sa inn mâtki munr.

95. Hugr einn þat veit, er býr hiarta
nær,
einn er hann ser um seva;
öng er sôtt verri hveim snotrom manni,
enn ser öngo at una.

Episode von Billings Maid.

96. þat ek þâ reynda, er ek î reyri sat,
ok vættak mîns munar.
hold ok hiarta var mer en horska mær,
þeygi ek hana at heldr hefik.

97. Billings mey ek fann beðiom â
sölhvîta sofa;
iarls yndi þôtti mer ecki vera,
nema við þat lîk at lifa.

98. ‚Auk nær apni skaltu, Oðinn koma,
ef þû vilt þer mæla man;
alt ero ôsköp, nema einir viti
slîkan löst saman.‘

99. Aptr ek hvarf ok unna þôttomz
vîsom vilia frâ;
hitt ek hugða, at ek hafa mynda
geð hennar alt ok gaman.

100. Svâ kom ek næzt, at in nýta var
vigdrôtt öll um vakin,
með brennandom liôsom ok bornom
viði,
svâ var mer vilstigr ofvitaðr.

101. Ok nær morni, er ek var enn um
kominn,
þa var saldrôtt um sofin,
grey eitt ek þâ fann ennar gôðo kono
bundit beðiom â.

102. Mörg er gôð mær, ef görva kannar,
hugbrigð við hali.
þâ ek þat reynda, er iþ râðspaka
teygda ek â flærðir flioð.
hâþûngar hverrar leitaði mer it horska
man,
ok hafða ek þess vetki vîfs.

Von der Wolredenheit.

103. Heima glaðr gùmi ok við gesti reifr
sviðr skal um sik vera;
minnigr ok mâlugr, ef han vill margr-
fróðr vera
opt skal gôðs geta.

104. Fimbulfambi heitir, sâ er fâtt kann
segia
þat er ôsnoturs aðal.

Episode vom Begeisterungstrank bei Gunnlöð.

105. Enn aldna iötun ek sôtta, nù em ek
aptr um kominn
fâtt gat ek þegiandi þar;
mörgom orðom mælta ek î minn frama
î Suttungs sölom.

106. Gunnlöð mer um gaf gullnom stôli â
dryck ins dýra miaðar;
ill iþgiöld lêt ek hana eptir hafa
[sîns ins heila hugar] sîns ins svàra
sæva.

107. Rata munn lêtomk rûms um fâ,
ok um griot gnaga;
yfir ok undir stôðomk iötna vegir,
sva hætta ek höfði til.

108. Vel keyptz litar hefi ek vel notið,
fâss er fróðom vant.

þviat Óðrœrir er nu upp kominn
â alda vés iarðar.

109. Ifi er mer â, at ek væra enn kominn
iötna görðom or,
ef ek Gunnlaðar nê nytak, ennar góðo
kono,
þeirrar er lögðomk arm yfir.

110. Ens hindra dags gengo hrimþursar
Hâva râðs at fregna. Hâva höllo i.
At Bölverki þeir spurdo, ef han væri
með böndom kominn,
eðr hefði honom Suttûngr of sôit.

111. Baugeið Oðinn hugg ek at unnit hafi,
hvat skal hans trygðom trûa?
Suttung svikinn han löt sumbli frâ,
ok grætta Gunnlöðo.

Loddfafnismâl.

112. Mâl er at þylia þularstôli at,
Urdarbrunni at,
sâ ek ok þagðak, sâ ek ok hugðak
hlýdda ek â manna mâl.

113. Of rûnar heyrða ek dœma, nê of ris-
ting þögðo,
nê um râðom þögðo.
Hâva höllo at, Hâva höllo i
heyrða ek segia svâ:

114. Râðomk þer Loddfâfner, at þû râð
nemir,
niota mundo ef þu nemr: þer muno
gôd ef þu getr:
nôtt þû risat, nema â niôsn sêr,
eða þu leitir þer innan útstaðar.

115. Râðomk þerLoddfâfner, at þu râð nemir
niota mundo ef þu nemr.

Fiölkunnigri kono skalattu i faðmi
sofa,
svâ at hon lyki þik liðom.

116. Hon sva görir, at þu gâir eigi
þings nê þioðans mâls.
mat þu villat ne mannzkis gaman,
ferr þu sorgafullr at sofa.

117. Râðomk þer Loddfâfner ...... ef þu
nemr cf. 115.
Annars kono teygðo þer aldregi
eyraruno at.

118. Râðomk þer ...
A fialli eðr firði, ef þik fara tiðir,
fâstu at virði vel.

119. Râðomk ...
Illan mann lâttu aldregi
ôhöpp at þer vita;
þviat af illom manne fær þu aldregi
giöld ens góða hugar.

120. Ofarla bita ek sâ einom hal
orð illrar kono;
flârâð túnga varð honom at fiörlagi
ok þeygi um sanna sök.

121. Râðomk ...
veiztu ef þu vin âtt, þannz þu vel
trúir,
farþu at finna opt.
þviat hrísi vex ok hâvo grasi
vegr, er vætki treðr.

122. Râðomk ...
Góðan mann teygðo þer at gaman-
rúnom
ok nem liknargaldr, meðan þû lifir.

123. Råðomk ...
  Vin þinom ver þu aldregi
  fyrri at flåum slitom;
  sorg etr hiarta, ef þu segia ne nåir
  einhveriom allan hug.

124. Råðomk ...
  orðom skipta þu skalt aldregi
  við ósvinna apa.

125. þviat af illom manne mundo aldregi
  góðs laun um geta;
  en góðr maðr mun þik görva mega
  liknfastan at lofi.

126. Sifiom er þå blandat, hverr er segia
                ræðr
  einom allan hug.
  Alt er betra, enn sê brigðom at vera:
  era så vinr öðrom, er vilt eitt segir.

127. Råðomk ...
  -þrimr orðom senna skalattu þer við
                verra mann,
  opt inn betri bilar, þå er inn verri
                vegr.

128. Råðomk ...
  Skósmiðr þú verir nê skeptismiðr,
  nema þú sialfom þer sêr;
  skór er skapaðr illa, eða skapt sê
                rångt,
  þå er þer böls beðit.

129. Råðomk ...
  Hvars þú böl kant, kveðu þer bölvi at,
  ok gefat þinom fiandom frið.

130. Råðomk ...
  Illo feginn ver þu aldregi
  en låt þer at góðo getit.

131. Råðomk ...
  Upp lita skalattu i orrosto ;
  gialti glikir verða gumna synir,
  siðr þitt um heilli halir.

132. Råðomk ...
  Ef þu vilt þer góða kono kveðia at
                gamanrúnom,
  ok få fögnuð af:
  fögro skaldu heita ok låta fast vera,
  leiðiz mangi, gótt ef getr.

133. Råðomk ...
  Varan bið ek þik vera,
  ok eigi ofvaran;
  ver þu við öl varastr, ok við annars
                kono,
  ok við þat ið þriðia, at þiofar nê leiki.

134. Råðomk ...
  At håði nê hlåtri hafðu aldregi
  gest nê ganganda;
  opt vito ôgörla, þeir er sitia inni fur,
  hvers þeir 'ro kyns, er koma.

135. Löstu ok kosti bera lioða synir
  blandna briostom i;
  erat maðr sva góðr at galli nê fylgi,
  nê sva illr, at einugi dugi.

136. Råðomk ...
  At hårom þul hlæ þu aldregi;
  opt er gótt, þat er gamlir kveða;
  opt or skörpom belg skilin orð koma
  þeim er hångir með ham.
  [ok skollir með skram].
  [ok vafir með vilmögom].

137. Råðomk ...
  gest þú nê geyia, nê å grind hrækir
  get þu våloðom vel.
  [þeir muno likn þer lesa].

138. Ramt er þat trê, er riða skal
öllom at upploki:
baug þu gef, eða þat biðia mun þer
læs hvers â liðo.

139. Râðomk þer Loddfafner, en þu râð
nemir,
niota mundo, ef þu nemr;
[þer skulo nýt ef nemr.
gôð ef þu getr.
þörf sem þu þiggr.
holl ef þu hefir vel.]

140. Hvars þu öl dreckr, kios þu þer iar-
ðarmegin;
þviat iörð tekr við öldri, en eldr við
sôttom.
5   eik við afbindi, ax við fiölkyngi,
höll við hýrôgi, heiptom skal mâna
queðia.
beiti við bitsôttom, en við bölvi
rûnar
10 fold skal við flôði taka.

Biarkamâl. [1]

Fornald. 1, 110 f.: 1) Heimskr. II, 347. 2) Rask Sn. Edda 154 f.

Dagr er uppkominn, dynja hana fiaðrar,
mâl er vilmögum at vekja erfiði;
vaki ok vaki vinahöfuð!
allir hinir æztu Aðels of sinnar.

15 Ýtti örr hilmir, aldir viðtôkn,
Sifjar svarðfestum, svelli dalnauðar,
tregum otrsgiöldum, târum Mardallar,
eldi Órânar, Iðja glismâlum.

Hâr hinn harðgreipi! Hrôlfr skiotandi!
ættgôðir menn, þeir er ekki flýja,
vekjat ek yðr at vîni, nê at vifs rûnum,
heldr vek ek yðr at hörðum hildarleiki!

20 Gladdi gunnveiti (gengum fagrbûnir)
þiassa þingskilum þioðir hermargar,
Rinar rauðmâlmi, rôgi Nifiûnga,
visi hinn vigdiarfi varði, hann Baldr þægi. [2]

Gramr hinn giöflazti gœddi hirð sîna
Fenju forverki, Fafnis miðgarði,
Glasis glôbarri, Grana fagrbyrði,
Draupnis dýrsveita, dûni grafvitnis.

25 Svâ skal ek hann kyrkja, sem hinu kâm-
leita
vêli viðbiarnar veggja aldina.

hniginn er î hadd iarðar Hrôlfr hinn
stôrlâti.

---

1 Dazu vgl. man die Erzählung unten Sp. 332, 38. — 2 ahnte, dass ihn Baldr aufnehmen würde.

Ragnars drâpa von Skald Bragi. [1]

Ok um þerris æða óskrân at þat sînum
til fârhuga fœri feðr veðr boða hugði; [2]
þâ er hristisif hringa hâls in böls offylda [3]
bar til byrjardrösla baug örlygisdraugi.

er þrymregin þremja þróttig Hèðins
söttu
5 heldr, en Hildar svika hringa þeir of fingu.

Bauða sû til bleyði bœtiþrûðr at môti
mâlma mætum hilmi men dreiruga benja: 10
sva lêt ey, þött etti, sem orosta lêtti,
iöfrum ûlfs at sinna með algîfris lifru.

Lætrað lýða stillir landa vanr â sandi, —
þâ svall heipt î Högna — höð glamma mun
stöðva; 15

þâ mâ sôkn â Svolnis salpenningi kenna
(Ræs gâfumk reiðar mâna Ragnarr) ok fiöld
sagna.

Ok fyrir hönd î hôlmi hveðro brynju Viðris
fengeyþandi flioða fordæða nam râða:
allr gêck herr und hurðir Hiarranda fram
kyrrar
reiðr at Reifnis skeiði raðalfr of mar brâðum.

Auf die Schlacht im Hafursfiörd 885.

Von Thorbiörn Hornklofi, nach Sn. Heimskr. I, 95.

Heyrðir þû, î Hafursfirði hvè hizig barðiz
konungr hinn kynstôri við Kiötva hinn
auðga?
knerrir kômo austan, kapps of lystir,
með ginondom höfðom ok gröfnom tinglom.

Hlaðnir vôro þeir hölda ok hvîtra skialda,
vigra Vestrœnna ok Valskra sverða;
grenjoðo berserkir, Gûðr var þeim â sinnom, 25
emjaðo ulfheðnar ok îsarn gullo.

Freistoðo hins framrâða, er þeim flýa kendi,
allvaldz austmanna, er bŷrr at Ûtsteini;

stöðom nöckva brâ stillir, er hönum var
styrjar væni,
20 hlömmon var â hlîfom, âðr Haklangr félli.

Leiddiz þâ fyrir Lûfo landi at halda
hilmi inom hâlsdigra, hôlm lêt ser at skialdi;
slôgoz und sessþilior, er sârir vôro,
lêto upp stiölo stûpa, stungu î kiöl höfðom.

Â baki lêto blîkja (barðir vôru grioti)
Svafnis salnæfrar seggir hyggiandi;
œstoz auðkylfor ok of Jaðar liopo
heim or Hafursfirði ok hugðo â miöðdryckio.

---

[1] Ein Fragment aus Sn. E. p. 165 (Sv. p. 90), sein Gegenstand ist der Sp. 187 f. mitgetheilte Kampf um die von Hèðinn geraubte Hildr, Tochter Högnis. — [2] Ok um hugði æða-þerris-ôskrân, at þat boða-veðr sînum feðr fœri til f. — [3] bar halsbaug.

Thiodolfr von Hvin.

1. Haustlöng.

a) Thors Kampf mit dem Riesen Hrungnir.
Sn. Edd. p. 111 f. Ed. Hafn. 1, 278.

Eðr of sér, er iötna ótti lét ofsóttan
hellisbör á [1] hyriar haug Griotúna baugi;
ók at isarnleiki Jarðarsunr, en dundi
(móðr svall Meila bróður) mânavegr und
hânum.

Knâttu öll (en Ullar endilâg fyrir mâgi
grund var grapi hrundin) ginnúngavê
brinna;
þâ er hofreginn hafrir hôgreiðar fram drôgu
(seðr gêck Svölniseckja sundr) at Hrung-
nis fundi.

Þyrmðit Baldrs of barmi berg [2] solgnum
þar dolgi
(hristuz biörg ok brustu, brann upphimin)
manna;
miök frâ ek môti hröckva myrk hreins baka
reinar [3]
þâ er vigligan (vögna vatt) sinn bana þatti [4].

Brâtt flô biargagæti (bönd öllu þvi) randa
imun fölr und iliar iss (vildu svâ disir). [5]
varðat höggs frâ hörðum hraundrengr þa-
ðan lengi
trionutröllz of rûna tiðr fiöllama at bíða.

Fiörspillir lét falla fialbrs ôlâgra gialbra
bölverðûngar Belja bolm â randar holmi;

þar hnê grundar gilja gramr fyrir skörpum
hamri,
en bergdana bagði briotr við iormunþrioti.

5 Ok harðbrotin herju heimþinguðar vingnis
hvein i hiarna mœni hein [6] at Grundar sveini;
þar svâ eðr i Oðins ôlaus burar hausi
stâlavikr of stockinn stôð Eindriða blôði.

10 Âðr or hneigihliðum hârs ölgefion sâra
reiðitýrs it rauða ryðs heili böl gœli.
Görla lit ek â Geitis garði þeir of farðir,
baugs þâ ek bifum fâða bifkleif at Þôrleifi.

15 b) Idunns Raub durch den Riesen Thiassi.
Sn. E. 119 s. die Erzählung Sp. 182, 23 fg.

Hvô skal galla giöldum, grunnveggjar, brû
leggja
raums, þâ er reeka sœmi, raddsveif at Þôr-
leifi?
20 týframra sê ek tiva trygglaust of far þriggja
â hreingoro hlýri Hildar vês, ok Þiassa.

Seggiondom flô sagna snôtarulfr at môti
25 i gemlisham gömlum glammaei fyrir skömmu;
settiz örn [þar er Aesir] ârgefna [7] [mat
bâru]
(vara byrgitýr biarga bleyðivandr) â seyði.

30 Tormiðlaðr var tifum tâlhreinn möðal beini,
hvat, kvað haptasnytrir hialmfaldinn, mun
þvi valda?

---

[1] â Griotûna haug, wo Hrungnir wohnte. Thôr besuchte ihn mit dem Fenerkreis, dem blitzumgebenen Donnerwagen. [2] m. verbinde: bergdolgi manna, der gierige Bergfeind der M. ist Hrungnir. Oft werden Composita getrennt. — [3] Object zu frâ ist vatt vögna, s. myrk im Gl. — [4] s. þekkja. — [5] Hrungnir warf sich den Schild unter die Füsse, weil Thors Begleiter ihm gesagt, Thor werde von unten kommen. — [6] der Schleifstein, als Wurfspiess des Riesen. — [7] so Rask st. ârgefnar. Constr.: settiz örn â seyði ârgefna.

margspakr of nam mæla mår valkastarbåru
(varat Hœnisvinr hanum hollr) at fornum
þolli.

Fiallgyldir bað fyllar fcðr [1] Moila ser dcila 5
hlut af hêlgum skutli, hrafnåsar vin blåsa;
vîngrögnir lêt vagna vîgfrekr ofan sigaz,
þar er vêlsparir vôru varnendr goða farnir.

Fliott bað foldardrottin Farbauta mög 10
(var-a
þeckiligr með þegnum) þrymscilarhval deila;
en af breiðu bioði bragðviss at þat lagði
ósvifrandi åsa upp þiorhluti fiora.
                           15
Ok sliðrliga siðan svångr (var þat fyrir
löngu)
åt af cikiróto okbiörn faðir Mörna; [2]
åðr diuphugaðr dræpi dólg ballastan vallar
hirðitýr meðal herða herfangs ofan stöngu.

þá varð fastr við fôstra farmr Sigynjar 20
arma
[sa er öll regin œgja] Öndurguðs, [i böndum];
loddi rå við raman reimuð Jötunheima,
en holls vinar Hœnis hendr við stangar 25
enda.

Flò með fróðgum tifi fangsæll of veg långan
sveitanagr, svå at slitna sundr ulfsfaðir 30
mundi;
þá varð þórs of rúni (þúngr var Loptr) ofsprúnginn,
målunautr hvats mått mildings friðar biðja.

Ser bað sagna brœri sorgeyra mey fœra,
þá er ellilyf åsa åttrunnr Hýmis kunni;
Brunnakrs ofkom beckjar Brisings goða disi
girðiþiofr i garða griotniðaðar siðan.

Urðut brattra borða byggvendr at þat
hryggvir,
þá var Ið [3] með Jötnum uðr nýkomin suðan;
giörðuz allar åttir Ingifreys [å þingi
vâru heldr] ok hàrar[hamliot regin] gamlar. [4]

Unz hrynsiåfar hræfa hund ölgefnar fundu,
leiðiþir ok læva-lund ölgefnar buudu;
„þû skalt vêltr, nema vêlum (Vêiðr mælti
svå) leiður
munstœrandi mæra mey aptr, Loki, deyja".

Heyrðak svá, þat siðan (sveik opt åsa leikom)
hugreynandi Hœnis hauks flug bialfa aukinn;
ok lömhugaðr lagði leik blaðs regin fiaðra [5]
ern at öglis barni arnsûg faðir Mörna.

Hôfu skiott, (en skôfu sköpt) ginnregin
brinna;
en son biðils sviðnar (sveipr varð î för)
Greipar.
þaz of fåt à fialla Finns ilja brû minni; [6]
baugs þá ck bifum fåða bifkleif at þór-
leifi.

---

2. Aus Ynglingatal; vgl. Sp. 195, 15.

c. 30 Anunds Tod.

Varð Önundr Jonakurs bura
35 harmi heptr und Himinfiöllum;

---

[1] So Thorl. st. fet. Den Vater des M., den Oðinn, hiess der Bergwolf sich einen Theil der Speise zutheilen. — [2] cod. W. Niörnar, auch so : Thiassi, der hungrige Vater der Riesinnen; åðr dræpi herfangs hirðitýr: da schlng Loki. — [3] Iðuðr (Idunn) ist zertrennt. — [4] gamlar ok hårar. — [5] ern fiaðrablaðs leikregin lagði arnsûg at. — [6] Das war gemalt auf meinem Schilde (eig. was gemalt war).

ok of veg Eistra dolgi
heipt hrisungs at hendi kom;
ok så frömuðr foldar beinum
Högna hreyrs of horfinn var.

auf Rögnwald (c. 55).

þat veit ek bazt und blåm himni
kenninafn, sva at konungr eigi,
er Rögnvaldr reiðar stiori
5 heiðumhårr of heitinn er.

Egill Skallagrîmsson.

1) Höfuðlausn.

Egilss. c. 63. p. 427.

Vestr för ek of ver, enn ek Viðris ber
munstrandar mar, så er mitt of far;
drö ek eik å flot við îsa brot,
hlöð ek mærðar hlut minnis knarrar skut. [1]

Buðumz hilmir löð, [2] þar å ek hróðrar
kvöð,
ber ek Oðins mjöð å Engla bjöð;
lof at visu vänn: vîst mæri ek þann,
hlioðs biðjum hann, þviat hróðr of fann.

Hygg visir at, vel sömir þat,
hvê ek þylja fat, [3] ef ek þögn of gat;
flêstr maðr of frå, hvat fylkir vå,
en Viðrir så, hvar valr of lå.

Öx hiörva hlöm við hlîfar þröm,
gûðr vöx um gram, gramr sótti fram;
þar heyrðiz þå — þaut mækis å,
malmhriðar spå, sû er mest of lå.

Varat villr staðar vefr darraðar
of grams glaðar geirvångs raðar;
þars î blöði i brimils möði
flaustr of þrumdi, [4] en und um glumdi.

Hnê firða fit við fleina hnit,
orðstýr of gat Eirîkr at þat.
10 Fremr mun ek segja ef firðar þegja
frågum fleira til frama þeirra;
œstuz undir við iöfurs fundi,
brustu brandir við blår randir.

15 Hlam brynsöðul við hialmröðul,
beit bengrefill, þat var blóðrefill;
frå ek at felli fyri fetils svelli
Oðins eiki i iarnleiki.

Þå var odda at [5] ok eggja gnat,
20 ordztýr of gat Eirîkr of þat.
Rauð hilmir biör, þat var hrafna giör,
fleinn hitti fiör, flugu dreyrug spiör;
öl flagðs gota fårbioðr Skota,
trað nipt Nara nåttverð ara.

25 Flugu hialdrtranar of hræs lanar,
vorut blöðs vanar benmås granar;
þå er oddbreki (sleit und freki)
gnûði hrafni å höfuðstafni.

Kom griðar læ å gialpar skæ,
30 bauð ulfum hræ Eirîkr of sæ;

---

[1] ich belud mit einem Dichtungsstoff den Hinterraum des Gedankenschiffs. — [2] ein König bot mir Begastung. — [3] s. feta: wie ich vortragen würde, wenn. — [4] wo das Schiff im Meere vom Blute rauschte. — [5] da war Schwerterhetze.

Beit fleinn floginn, þa var friðr loginn,
var almr dreginn, þvî varð ulfr feginn;
brustu broddar en bitu oddar,
bâru hörvar af bogum örvar.

Verpr broddfleti af baugseti
hiörleiks hvati, hann er blôðskati;
þrôaz hêr sem hvar, hugat mæli ek þar,
frêtt er austr um mar Eirîks of far.

Jöfurr sveigði ŷ, flugu unda bŷ,
bauð ulfum hræ Eirîkr um sæ.

En mun ek vilja fra verjum skilja
skapleik skata, skal mærð hvata;
lætr snôt saka um sûð frî vaka, [1]
en skers aka skið Geirs braka.

Brŷtr bôgvita bioðr hrammþvita,
muna hödddofa hrîngbriotr lofa;

gladdiz flotna fiöl við Frôða miöl,
miök er hilmi fôl haukstrandar möl.

Stôðz folk eigi fyri fiörleigi,
gall ŷbogi at eggtogi;
5 verpr af bröndum, en iöfurr löndum
heldr hornklofi; hann er nærstr lofi.

Jöfurr hyggi at, hvê ek yrkja fat,
gôtt þôttumz þat, er ek þögn of gat;
10 hrœrða ek munni af munar grunni
  Ôðins œgi â iöru fœgi.

Bar ek þengils lof â þagnar rof,
kann ek mæla miöt of manna siöt;
or hlâtra ham hrôðr ber ek fyri gram,
15 svâ fôr þat fram, at flêstr of nam.

Nioti bauga, sem Bragi auga,
vagna vara, eðr vili tara.

2) Sonar torrek.

Miök erom tregt, tûngu at hrœra,
eðr loptvægi lioðpundara;
era nû vænligt um Viðris þýfi
nê hôgdrœgt or hugar fylskni.

Era andþeyst, þvî at ecki veldr
höfugligr ur hyggjustað
þagnafundr þriggja niðja,
ârborinn ur iötunheimum.

Lastalaus er lifnaði
ân nackvars [2] nöckva bragi;

20 iötuns hâls undir þiota
  nâins niðr fyrir naustdyrum. [3]

þvîat ætt mîn â enda stendr,
sem hræbarnar hlimar marka;
era kaskr maðr, sâ er kögla ber
25 frænda brœrs af fletjum niðr.

þô mun ek mitt ok môður hrær
föðrfall [4] fyrst um telja;
þat ber ek ût ur orðhofi
30 mærðar timbr mâli laufgat.

---

[1] Die Kriegsjungfrau lässt auf dem Schiffe den (ihren) Freund wachen — oder die Kr.
(Acc.) lässt ihr Freund auf dem Sch. wach sein. — [2] Besserung st. â nöckvers. s. nöckvi
Gloss. — [3] niðr fyrir nâins naustdyrum, da unten vor dem Eingang zum Ruheort des Nah-
verwandten (des Sohnes, der zur See umkam), da tosen (mir) Meereswogen (d. h. rauschende
Thrânen). — [4] mitt föðrfall ok m. hrær: meines Vaters Verlust u. meiner Mutter Tod.

Grimt var um hlið þat, er hrönn um braut
föðr míns â frændgarði;
veit ek ôfullt ok opit standa
sonar skarð, er mer siârr um vann.

Miök hefir Rân ryskt um mik,
em ek ofsnauðr at âstvinum;
sleit marr bönd minnar œttar
snaran þâtt af sialfum mer.

Veiztu, ef um þâ sök sverði of rækak,
var ölsmið illrar tiðar;
roða vâgs brœðr ef um vega mættak,
fœra ek andvîgr Oegis mani.

Enn ek ekki eiga þôttumz
sakar afl við Sûðs bana,
þvîat alþioð fyri augum verðr
gamals þegns gengileysi.   -

Mik hefir marr miklu ræntan,
grimt er fall frœnda at telja;
sîðan er minn â munvega
aldarskiöldr af lifi hvarf.

Veit ek þat sialfr at î syni mînum
varat [1] ills þegns efni vaxit,
ef sâ randviðr röskvaz næði,
unz Hergnauts hendr of tœki.

A lêt flêst, þat er faðir mælti,
þótt öll þióð annat segði;
ok mer upphêlt um verbergi,
ok mitt afl mêst um studdi.

Opt kemr mer mana biarnar
î birvind, brœðra leysi;
hyggjumz um er Hildr þrôaz,
nŷsumz hins ok hygg at þvî:

Hverr mer hugaðr â hlið standi
annarr þegn við öðræði;

þarf ek þess opt of her giörum,
verð ek varfleygr, er vinir þverra.

5 Miök er torfyndr sâ, er trûa knegum
af alþiod elgiar galga;
þvîat niflgôðr niðja steypir
brôður hrær við baugum selr;
finn ek þat opt, er fiâr beiðir.

10 þat er ok mælt, at enginn geti
sonar iðgiöld, nema sialfr ali;
nê þann nið, er öðrum sê
borinn maðr î brôður stað.

15 Erumka þokt [2] þioða sinni,
þótt serhverr sâttum haldi;
byrr er bŷskips î bœ kominn,
kvânar son kynnis leita.

En mer Finns î föstum þock
20 hrosta hilmir â hendi stendr;
mâka ek upp î órôar grimu
rŷnis reið rêttri halda.

Sîzt son minn sôttar brimi
25 heiptugligr ur heimi nam,
þann ek veit at varnaði
vamma varr við nâmœli.

þat man ek enn, er upp um hôf
î Goðheim Ĝautaspialli
30 ættar ask þann, er ôx af mer
ok kynvið kvônar minnar.

Âtta ek gött við geira drottin,
giörðumz tryggr at trûa hanum
âðr vinað vagna runni
35 sigrhöfundr um sleit við mik.

Blôtka ek af [3] þvi brôður Vilis,
goðs iaðar, at ek giarn sök;
þô hefir Mimsvinr mer um fengnar
bölva bœtr, ef hit betra telk. [4]

---

[1] Die Hdss. var. — [2] mir ist nicht angenehm. — [3] af zugesetzt aus Sn. E. 1, 238, wo auch Mimsvinr st. misvirar. — [4] Sn. E. st. teldi.

Gåfumz íþrótt ulfs ofbagi [1]
vigi vanr vammi firða,
ok þat geð, er ek giörða mer
vísa fiandr at velöndom.

Nú er mer torvelt, Tveggja baga
niörva nipt à nesi stendr;
skal ek þô glaðr með góðan vilja
ok óhryggr Heljar bîða.

Håkonarmål von Eyvindr Skaldaspillir.

Heimskr. 1, 161 fg.

Göndol ok Skögol sendi Gauta týr
at kiosa of konunga,
hverr Yngva ættar skyldi með Óðni
fara,
i Valhöll at vera.

Bróðor fundo þær Biarnar or brynio fara
konung und gunnfana;
drûpdo dôlgar, enn darrar hristiz,
upp var þå hildr of hafin.

Hêt à Holmrygi, så er her kallar,
iarla einbani; fôr til orrosto;
gótt hafði hinn giöfli gengi Norðmanna,
œgir Eydana stôð und arhialmi.

Hrauðz or hervâðom, hratt à völl brynjo
lêk við lioðmögo skyldi land verja,
gramr hinn glaðværi stôð und gullhialmi.

Svå beit þå sverð or Siklings hendi
vâðir Vafaðar, sem i vatn brygdi;
brökoðo broddar, (brotnoðo skildir,
glumruðo glymringar) î gotna hausom.

Tröddoz törgor fyrir týs ok bauga
hialta harðfótom hausar Norðmanna; [2]

róma varð i eyo, ruðo konungar
skîrar skialdborgir î skatna blôði.

Brunno beneldar î blôðgom undom,
10 luto langbarðar à lýða fiörvi;
svarraði sârgýmir à sverðanesi,
fell flôð fleina i fiöro Storðar.

Blêndoz við roðuar und randar himni,
Sköglar veðr lêko við skýs um bauga;
15 umdo oddlår î Oðins veðri,
hneig mart manna fyrir mœkis straumi.

Sâto þå döglingar með sverð um togin,
með skarða skiöldo, ok skotnar brynior,
20 vara så herr î hugom, er åtti til Valhallar
vega.

Göndol þat mælti, studdiz geirskapti:
,vex nù gengi goða, er Håkoni hafa
með her mikinn heim bönd of boðit.'

25 Vîsir þat heyrði hvat valkyrior mælto,
mærar af mars baki;
hyggiliga lêto, ok hialmaðar såto,
ok höfðoz hlifar fyrir.

,,Hvî þù svå gunni skiptir Geirskögol?
30 værom þô verðir gagns frâ goðom.''

---

[1] Sn. E. st. ok bagi: ulfs ofbagi, Oðin, gab mir eine fleckenlose Kunst. — [2] tröddoz törgor ok hausur Norðm. fyrir hialta harðfótom bangatýs.

‚Ver því völdom, er þú velli hélt,
enn þínir fiandr flugo.‘

‚Ríða við nú skulom, quað hin ríka
         Skögol   5
grœna heima goða,
Oðni at segia at nu mun allvaldr koma,
ok hann sialfan at siú‘.

„Hermóðr ok Bragi, quað hroptatýr,
gangið î gögn grami,
þvíat konungr ferr, sá er kappi þyckir,
til hallar hinnig.“

Ræsir þat mælti (var frá rómo kominn,
stóð allr î dreira drifinn):
‚Illúðigr miök þikkir oss Oðinn vera,
siám ver hans of hugi.‘

„Einheria grið skalt þú allra hafa,
þigg þú at Ásom öl;
iarla bægi! þú átt inni hér
átta brœðor,“ quað Bragi.

‚Gerðar várar, quað hinn góði konungr,
viliom ver sialfr hafa;
hialm ok brynjo skal hirða vel,
gótt er til geirs at taka‘.

þá þat kyndiz, hvé sá konungr hafði
vel of þyrmt vêom,
er Hâkon bâðo heilan koma
ráð öll ok regin.

Góðo dœgri verðr sá gramr of borinn,   10
er ser getr slíkan sefa;
hans aldar æ man vera
at góðo getit.

Man óbundinn â ýta siöt
Fenris úlfr fara,   15
âðr iafngóðr â auða tröð
konungmaðr komi.

Deyr fé, deyja frændr
eyðiz land oc lâð:
siti Hâkon með heiðin goð,   20
mörg er þioð of þiâð.

Einarr Skálaglam.
Vellekla.
(Heimskr. I, p. 174, 183, 204 ff., 216 ff.; vgl. Fm. 1, 55 ff.)

a) Jarl Hakon, die Herrschaft sich erkämpfend, und die Vaterrache.

Ok oddneytir úti eiðvandr flota breiðan
(glaðr î Göndlar veðrum gramr svafði bil)
         hafði;
ok rauðmána reynir rôgsegl Héðins bôga [1]   30
upphôf, iöfra kappi etjulund at setja. [2] —

Varat of byrjar örva, oddavifs nê drífu,
sverðasverrifiarðar svanglýjaði at frýja; [3]   25
brakrögnir skôk boga (barg óþyrmir varga)
hagl or Hlakkar segli (hiörs rakliga fiörvi). [4]

Mart varð el, âðr âla [5] Austlönd, at mun
         banda,
randarlauks of ríki rœkilundr of tœki. —

---

[1] ok Héð. b. rauðmâna-reynir. — [2] upph. rôgsegl, kappi at setja iöfra etjulund. — [3] varat sv. svangl. at frýja örva byrjar, nê. — [4] barg hiörs óþyrmir rakl. fiörvi varga. — [5] of âla riki, zur See. Const.: âðr randarlauks rœkil. of âla riki Austl. of tœki.

Ber ek frá hefnd þá er hrafna hliomslof
    toginn skioma
þat nam vörðr at vinna vann síns föður
    hranna. [1]

Rigndi hiörs á hersa hriðremmis fiör viða 5
(þrymlyndr ok iok þundí þegns gnótt) mel-
    regni,
ok hialdviðurr hölda haffaxa lét vaxa
laufaveðr at lifum lifköld Hárs í drifu.

b) Sieg über die 3 Jarle der Könige.

Hialmfaldinn vann hilmir harðr (Lopts vi-
    nar) barða
(því kom vöxtr í vinu vinheims) fiandr sína;
at forsniallir féllu fúrs í þundar skúrum 15
(þat fær þróttar snytri) þrír iarls synir
    (tírar).

c) Erneuerung des Thorsdienstes.

Siö fylkjum kom silkis (snúnaðr var þat) 20
    brúna
geyhír grundarsíma grandvarr und sik
    (landi) —

Öll lét senn en svinni sönn Eiuriða,
    mönnum   25
hverjum kunu, of herjoð hofslönd ok vé
    banda;
áðr vé iötna vitni valfalls of sio allan
(þeim stýra goð) geira-garðs Hjörriði
    varði.   30

Ok herþarfir hverfa Hlackar móts til blóta
rauðbrikar fremz rœkir ríkr ásmegir sliku. [2]
Nú grœr iörð sem áðan, aptr geirbrúar
    hapta
auðrýrir lætr áro óhryggia vé byggja.   35

Nú liggr alt und iarli imunborðs fyrir
    norðan
veðr gœðis stendr viða Vík Hákonar ríki.

d) Sieg in Sogn über Ragnfred.

Hitt var meirr, er mæra morðlíkinn lét
    norðan
folkverjandi fyrva för til Sogns um görva;
ýtti freyr af fiorum folklöndum (sá branda
10 ullr stóð af því) allri yrþiod Héðins byrjar.

Glumdi ullr, þá er ullar eggþíngs Héðins
    veggjar
(gnótt flaut nás fyrir nesjum) Noregr, sa-
    man föro;
ok til móts á Meita miukhurðum frá þorðo
med svörgœli svarfa sió landrekar randa. —

Varð fyrir viga myröi viðfrœgt enn gramr
    síðan
giörðiz mêst at morði mannfall við styr
    annau;
hlunnarfi bað hverfa hlífar flagðs (ok lagði
ialks við öndvert fylki öndr vörp) at
    landi. —

Ströng varð gúðr, áðr gunnar gammi náss
    und hramma
þröngvimeiðr áðr þryngvi þrimr hundruðum
    lunda;
knútti hafs af höföum (hagnaðr var þat
    bragna)
folkeflandi fylkir fángsæll þaðan ganga.

e) Schlacht gegen Kaiser Otto von
Dänmark.

Hitt var ok, er eykir aurborðs á vit norðan
und sigrrunni svinnum sunnr Danmarkar
    runnu;

---

[1] ber ek hl. lof frá hefnd síns föður, þá er hrafna hramma vörðr vann; þat.. — [2] herþarfir
Hlakkar-ásmegir hverfa til blóta, ríkr rauðbr. móts rœkir fremz slíku.

en holmfiöturs hialmi Hörðavaldr offaldinn
döfra danskra iöfra drottinn fund of sótti.

Ok við frost at freista fêmildr konungr vildi
merkr hlôðynjarmarkar morð alfs, [1] þess
    er kom norðan;
þâ er valserkjar vírki veðrhirði bað stirðan
fyrir hlunniorðum hurðar Hagbarða gramr
    varða. —

Varat îgegn (þô at giörði garðrögnir styr 10
    harðan)
gengiligt at gânga geirrâsar her þeirra;
þâ er með Frîsa fylki fôr gunnviðurr
    sunnan [2]
kvaddi vigs ok Vinda vâgsblakkriði Frakka. 15

þrymr við, logs er lögðu leikmiðjungar
    þriðja
(arngræddir varð oddum andvígr) saman
    randir; [3]
sundfaxa kom Söxum sœkiþrôttr â flôtta, 20
þar er svâ at gramr með gumnum garð
    ôþioðum varði.

f) Feldzug im Innern Schwedens.

Flôtta gekk til frêttar felliniörðr â velli,
draugr gat dolga Sâgu dagrâð Hêðins vâða;
ok haldboði hildar hrægamma sâ ramma,
    tŷr vildi sâ tŷna teinlautar ñôr Gauta.

Hâði iarl, (þars âðan öngr maðr und skŷ-
    ranni)
hyrjar þing at herja hiörlautar (kom Sörva);
bara maðr lŷngs en lengra lopt varðaðar
    barða [4]
(alt vann gramr um gengit Gautland) frâ
    seâ randir.

Valföllom hlôð völlo varð rögnakonr
    gagni
hríðarâss at hrôsa (hlaut Oðinn val)
    Frôða; [5]
hver sê if, nema iöfra ættrŷri goð ftŷra?
rammaukin kveð ek ríki rögn Hâkonar
    magna.

Thorarinn Loftunga.

1. Tögdrâpa.

Olafs h. s. p. 180, vgl. Fm. 5, 6.·

Knûtr er und sôlar — [6] siðnœmr með lið
fôr miök mikit minn vinr þinnig;
fœrði or firði finr gramr Lima
ût ôlitinn otrheims flota.

Ugðu Egðir örbeiðis fôr
svans sigrlana sökrammir miök;

allt var gulli grams skip framit,
var sion sögu slíks ríkari.

Ok fyrir Lista liðu fram viðir
hafdŷrs of haf hart kolsvartir;
byggt var innan allt brimgaltar
suðr sæskiðum sund Eykunda.

Ok fyrir fornan friðmenn liðu
haug Hiörnagla hvast, griðfastir;

---

[1] Fêmildr ok merkr kgr. vildi við morðfrost at freista hlôð. alfs. — [2] þâ er g. fôr sunnan með f. Frisa, Frakka ok Vinda. — [3] þrymr [var] við oddum, er þriðja logs leikm. lögðu saman r. — [4] randir lŷngs barða lopt varðaðar. — [5] Frôða hríðarâss varð at hrôsa gagni. — [6] Als Ergänzung vermuthet Egilson: setri hveim betri, K. ist unter der Wohnung der Sonne besser als jeder.

þa er stór fyrir Stað stafnklif drifu, [1]
varat eyðilig örbeiðis för!

Knáttu súðir svangs miök langar
byrröm bera brimdýr fyrir Stim; [2]
svâ liðu sunnan svalheims valar,
at kom norðr î Nið nýtr herflýtir.

þâ gaf sînum sniallr giörvallan
Noreg nefa niotr vegs Jóta [3];
sà gaf sînum, segi ek þat, megi
dals döcksalar Danmörk svana. [4]

2. Glælogns kviða.

Daraus giebt das folgende Olafs d. H. Saga
= (Heimskr. II, 391 f. nach Munchs Ausg.
p. 230).

Nu hefir ser til sess hagat
þioðkonungr î þranðheimi; [5]
þar vill æ æfi sîna
baugabriotr bygðum râða.

þar er Olafr âðan bygði,
âðr hann hvarf til himinríkis;
ok þar var, sem vitu allir,
kvikasettr or konungmanni.

Hafði ser harðla râðit
Haralds sonr til himinríkis;

âðr seimbriotr at sætti varð
Kristi þekkr konungr inn rœzti.

þar svâ hreinn með heilu liggr,
lofsæll gramr, lîki sînu;
5 svâ at þar knâ, sem â kvikum manni,
hâr ok negl honum vaxa.

þar borðvegs biöllur knegu
yfir sæng hans sialfar hringiaz,
ok hvern dag heyra þioðir
10 klukkna hlioð yfir konungmanni.

En þar up af altari
Kristi þæg kerti brenna;
svâ hefir Olafr, âðr hann andaðiz,
syndalauss sâlu borgit.

15 þar kemr, hverr (heilagr er
konungr sialfr) krýpr, at gagni;
ok beiðendr blindir sœkja
þioðarmâls, en þaðan heilir. [6]

Bið þû Ólâf, at hann ârni þer
20 (hann er guðsmaðr) grundar sinnar;
hann of getr af guði sialfum
âr ok frið öllum mönnum,

þâ er þû rekr fyrir reginnagla
bôkamâls bœnir þînar.

---

[1] þa er stôr stafnklif (grosse Wellen, Verm. Egils. st. stôð stafnklifs) drifu f. St. —
[2] Knâttu byrröm brimdýr bera miök I. svangs sûðir f. St. — [3] þâ gaf sniallr Jotavegsniotr
(Jûtlands Besitzer) sînum nefa giörvallan Noreg. — [4] Danmörk svanadals döcksalar, das
Dänemark der waldigen Insel, Sæland. — [5] König Sveinn, Alûfu son. — [6] blindir ok
þioðarmâls beiðendr (d. h. Stumme) sœkja, en þaðan (eru) heilir.

3 *

Sighvatr skald.

Bersöglis vîsur *S. d. Einl. unter Sighvatr).*

Olafs h. s. ed. Munch-Unger p. 239, vgl. Heimskr. Magn. gôð. c. 17.

Fregn ek, at suðr með Sygnum Sighvatr
     hefir gram lattan   5
folkorrostu at freista, ferr, [1] ef þô skulum
     berjaz;
förum î vâpn ok verjum vel tvist konung '
     lystir
hvê lengi skal hrîngum [2] hans grund — til 10
     þess fundar. —

Hêt, sâ er fêll â Fitjum, fiölgegn, ok rêð
     hegna
heiptar râu, ok hanum, Hâkon, fîrar undu [3], 15
þioð hêlt fast â fôstra fiölbliðs lögum siðan,
enn eru â þvî er minnir [4] Aðalsteins,
     bûendr seinir.

Rêtt, hygg ek, kiosa knâttu karlfolk, ok
     svâ iarlar   20
af þvî at eignum lofða Olafar frið gâfu;
Haralds arfi lêt halda hvardyggr, ok son
     Tryggva
lög þau, er lýðir þâgu laukiöfn af þeim
     nöfnum.   25

Skuluð râðgiafar reiðaz, ryðr þat, ko-
     nungr, yðrir
drottins orð til dýrðar, döglingr, við ber-
     sögli;
hafa kveðaz lög, nema liugi landherr, bû- 30
     endr verri,
endr î Ulfa sundum önnur, enn þû hêtz
     mönnum.

Hverr eggjar þik harri, heiptar strangr, at
     ganga
(opt reynir þû) þînom (þunn stâl) â bak
     mâlum?
fastorðr skyli fyrða fengsæll vera þengill,
hœfir heit at riufa, hialdrmögnuðr, þer
     aldri.

Hverr eggjar þik höggva, hialdrgegnir,
     bûþegna?
ofrausn er þat iöfri innan lands at vinna;
öngr hafði svâ ungum âðr bragnîngi râðit,
rân hygg ek rekkum þînum (reiðr er her-
     konungr) leiðaz.

Gialt þû varhuga veltir viðr þeim, er þú
     nû ferr hêðra,
þiofs skal ek hönd î hôfi, hölda kvitt, of
     stytta;
vinr er sâ er varmra benja varnað lýðr,
     en ek blýði,
târmûtaris teitir, tîl, hvat bûmenn vilja.

Hætt er þat, er allir ætla — âðr skal við
     þvî râða —
hârir menn, er ek heyri, hôt, skiöldungi â
     môti;
greypt er þat, er höfðum hneypta heldr
     niðr î felda,
(slegit hefir þögn â þegna) þîngmenn nösum
     stinga.

---

[1] Gleichwohl fährt er (zum Kampf). — [2] verjnm vel lystir k. hrîngum, mit den Schwer-
tern. — [3] Hakon, der zu F. fiel, hiess der sehr gute, und unternahm es zu strafen (rêð hegna,
nach Egils. st. þegna) den grimmigen Raub. — [4] hielt fest an dem, was es sich erinnerte.

Eitt er mål, þat er mæla, minn drottinn
      leggr sina
eign å óðal þegna, öfgaz búendr göfgir;
rån mun seggr hinn, er sina setr út, í
      því telja,   5
flaums at fellidómi, föðurleifð konungs
      greifum. —

Syni Olafs bið ek snúðar (sið kveða ap-
      tans biða
óframs sök), meðal ockar allt er hâligt svå,
      måla;
erom, Magnus, ver vægnir, vilda ek*með
      þer mildom
(Haralds varðar þú hiörvi, hyck) æ lifa ok
      deyja.

Kråkumål.[1]

1. Hiuggu ver með hiörvi, hitt var ei fy-
      rir löngu,   10
er å Gautlandi gengum at grafvitnis morði;
þa fengu ver Þóru, þaðan hétu mik
      fyrðar,
þa er ek lýngâl um lagðak,[2] Loð-
      brôk, at því vigi;   15
stakk ek å storðar lykkju ståli biartra
      måla.

2. Hiuggu ver með hiörvi, heldr var ek
      ungr, þå er skifðum,
austr î Eyrasundi, undurn frekum 20
      vargi;
ok fótgulum fugli féngu ver, þa er súngu
við håseymda hialma hörð iarn, mikils
      verðar;
allr var ægir sollinn, óð ramn[3] i valblóði. 25

3. Hiuggu ver með hiörvi, hått bårum þå
      geira,
er tvitugir töldumz, ok týr ruðum viða;
unnum åtta iarla austr fyrir Dinumynni,
gera fengum þå gnóga gisting at því 30
      vigi;
ꞃsveiti féll i sollinn sæ, týndi lið æfi.

4. Hiuggu ver með hiörvi, Héðins kvånar
      varð auðit,
þå er ver Helsingja heimtum til heim-
      sala Oðins;
lögðum upp i Ifu, oddr nåði þå bita,
öll var unda gialfri å sú roðin heitu,
grenjar brandr við brynjur, bensíldr
      klufu skildi.[4]

5. Hiuggu ver með hiörvi, hygg ek, engan
      þå frýðu,
åðr enn å Heflis hêstum Herruðr í
      styr félli;
klýfr ei Egils öndrum annarr iarlinn
      frægri
lyndar völl til lægis å langskipum siðan;
så bar siklingr viða snart fram i styr
      hiarta.

6. Hiuggu ver með hiörvi, herr kastaði
      skiöldum,
þå er rægagarr rendi ræstr at gumna
      briostum;
beit î Skarpaskerjum skeribildr at
      hialdri;

---

[1] Monolog des sterbenden Ragnar Loðbrôkr, nach der Tradit. gedichtet von Kråka; s. Sp. 155, 11 ff.; 162, 35. — [2] da ich den Drachen erlegte, *es geschah in zottigen, mit Pech überzogenen Kleidern.* — [3] der Rabe, *so richtig Egilsson st.* Rân d. Membran. — [4] die Schwerter spalteten die Schilder, *nach Eg. st.* benshildr klufuz skildir d. M.

roðinn var randar máni áðr Rafn ko-
    núngr félli;
dreif or hölda hausum heitr á brynjur
    sveiti.

7. Hiuggu ver [með hiörvi, hátt grenjuðu 5
    hrottar,
áðr enn á Ullarakri Eysteinn konungr
    félli;
gengu gulli fáðar grundar vals at brön-
    dum;   10
rækyndill smaug rauðar rítur á hialma
    móti;
svira vin or sárum sveif of hiarna kleifar.

8. Hiuggu ver með hiörvi, hafa gátu þá
    hrafnar   15
fyrir Eindøris eyjum ærna bráð at
    slita;
fengum Fálu höstum fullan verð át
    sinni;
illt var eins at gæta með uppruna 20
    sólar,
strengvölur sá ek stiga, stakk málmr
    á skör hialmi.

9. Hiuggu ver með hiörvi, háðum rendr í
    dreyra,   25
þá er benþvarra bendum· fyrir Borg-
    undarhólmi,
hreggský slitu hringa, hratt álmr af ser
    málmi;
Vulnir féll at vígi, varat einn konúngr 30
    meirri; ·
val rak víðt of strandir, vargr fagnaði
    tafni.

10. Hiuggu ver með hiörvi, hildr var sýnt
    í vexti,   35
áðr Freyrr konungr félli í Flæ-
    míngja voldi;
náði blárr at bita blóði smeltr í gyltan

Högna kufl at hialdri harðr bengrefill
    forðum;
mær grét morginskæru mörg, þá er
    tafn fékz vörgum.

11. Hiuggu ver með hiörvi, hundruðum
    frá ek liggja
á Eynefis öndrum, þar er Englanes
    heitir,
sigldu ver til snerru sex dœgr, áðr
    lið félli, ·
áttum odda messu við uppruna sólar;
varð fyrir vórum sverðum Valþiofr
    í styr hníga.

12. Hiuggu ver með hiörvi, hrundi dögg
    af sverðum
brýn i Barðafirði, bleikan ná fyrir
    hauka;
umdi álmr, þá er oddar allhratt slitu
    skyrtur,
at sliðrloga sennu Svolnis hamri þœfðar;
rendi ormr til unda, eitrhvass, drifinn
    sveita.

13. Hiuggu ver með hiörvi, héldum Hlak-
    kar tiöldum
hátt at Hildar leiki fyrir Höðninga
    vági;
siá knáttu þá seggir, er sundruðum
    skiöldu,
at hræsilna hialdri hialm slitnaðan gotna;
varat sem biarta brúði í ·þyng hiá ser
    leggja.

14. Hiuggu ver með hiörvi, hörð kom hríð
    á skiöldu,
nárr féll niðr til iarðar á Norðim-
    bralandi;   ′
varat um eina óttu öldum þörf at frýja
Hildar leik, þar er hvassir hialmstofn
    bitu skiómar;
böðmána sá ek bresta, brá því fira lífi.

15. Hiuggu ver með hiörvi, Herþiofi
    varð auðit
    í Suðreyjum sialfum sigrs â vôrum mön-
        num;
    varð at randar regni Rögnvaldr fyrr 5
        hníga;
    sâ kom hæstr of hölda harmr at sverða
        gusti;
    hvast kastaði hristir hialms strenglögar
        pâlmi [1].

16. Hiuggu ver með hiörvi, hverr lâ þverr
        of annann;
    glaðr varð gera brôðir getu við sôk-
        nar læti,
    lét ei örn nê ylgi, sâ er Irlandi stýrði, 15
    (môt varð mâlms ok rîtar) Marstcinn
        konungr fasta;
    varð í Veðra firði valtafn gefit hrafni.

17. Hiuggu ver með hiörvi, hundmarga sâ
        ek falla   20
    morginstund fyrir meiði menn at odda
        sennu;
    syni mínum hneit snemma sliðra þorn
        við hiarta,
    Egill lét Agnar ræntan' ûblauðan hal 25
        lífi ;
    glumdi geirr við Hamdis grân serk,
        bliku merki.

18. Hiuggu ver með hiörvi, haldorða sâ
        ek̦ brytja   30
    ekki smâtt fyrir ûlfa Endils niða brön-
        dum;
    varat â Vikaskcrði sem vin konur bæri,
    roðinn var Oegis asni ôfârr í dyn
        geira;   35
    skorin var Sköglar kâpa at skiöldunga
        hialdri.

19. Hiuggu ver með hiörvi, hâðum suðr
        at morni
    leik fyrir Lindiscyri við lofðûnga
        þrenna;
    fârr âtti því fagna (fell margr í gyn ûlfi,
        haukr sleit hold með vargi), at hann
        heill þaðan kæmi;
    Ira blôð í œgi ærit fêll um skæru.

20. Hiuggu 'ver með hiörvi, hârfagran sâ
        ek hrökkva
    meyjar dreng at morni ok mâlvini
        ekkju;
    varat sem varmar langar vinkers nio-
        run bæri
    oss í Âlasundi, âðr enn Örn konûngr
        fêlli ;
    varat sem ûnga ekkju í öndugi kyssa.

21. Hiuggu ver með hiörvi; hâ sverð bitu
        skiöldu,
    þar er gullhroðinn glumdi geirr við
        Hildar næfri;
    siâ mun í Önguls eyju of aldr mega
        síðan,
    hversu at lögðis leiki lofðungar fram
        gengu;
    roðinn var ût fyrir eyri âr flugdreki
        sâra.

22. Hiuggu ver með hiörvi, hví sê drengr
        at feigri,
    at hann í odda êli öndurðr lâtinn
        verði ?
    opt sýtir sâ æfi, er aldreigi nistir;
    illt kveða argan eggja örum at sverða
        leiki;
    hugblauðum kemr hvergi hiarta sitt at
        gagni.

---

[1] scharf entsandte den Stab der Sehne (den Pfeil) der Schüttler des Helmes.

23. Hiuggu ver með hiörvi, hitt tel ek
  iafnt, at gàngi
  at samtogi sverða sveinn i môti sveini;
  hrökkvat þegn fyrir þegni! þat var
  drengs aðal lengi,   5
  ær skal âstvinr meyja einharðr i dyn
  sverða!

24. Hiuggu ver með hiörvi, hitt sỳniz mer
  raunar,   10
  at forlögom fylgjum, fârr gengr of sköp
  Norna;
  eigi hugða ek Ellu at aldrlagi mínu,
  þá er ek blóðvali bræddak, ok borð â
  lög keyrðak;   15
  viðt fengum þâ vargi verð i Skot-
  lands fiörðum.

25. Hiuggu ver með hiörvi, hitt hlæir mik
  iafnan,   20
  at Baldurs feðr bekki búna veit ek at
  sumblum;
  drekkum biôr at bragði or biugviðum
  hausa!
  sỳtir ei drengr við dauða dỳrs at Fiöl- 25
  nis húsum;
  eigi kem ek með æðru orð til Viðris
  hallar.

26. Hiuggu ver með hiörvi, hér vildu nû
  allir   30
  burir Âslaugar bröndum bitrum Hildi
  vekja,
  ef vandliga vissi of viðfarar ossar,

hvê ûfâir ormar eitrfullir mik slita;
  môdernis fêkk ek mínum mögum, svât
  hiörtu duga.

27. Hiuggu ver með hiörvi, harðla liðr at
  æfi, [1]
  grimt stendr grand af naðri, Gôin byg-
  gir sal hiarta;
  væntum hins, at Viðris vöndr i Ellu
  standi;
  sonum mínum man svella, sinn föður
  râðinn verða,
  ei munu snarpir sveinar sitt kyrt vera
  lâta.

28. Hiuggu ver með hiörvi, hefik fimmti-
  gum sinna
  fôlkorrostur framðar, fleinþings boði,
  ok eina;
  minnst hugða ek manna, at mer vera
  skyldi
  (ûngr namk odd at rioða) annar konúngr
  frœgri;
  oss munu Aesir bioða, erat sỳtandi
  dauði.

29. Fỳsumz hins at hætta, heim bioða mer
  Disir,
  sem frâ Herjans höllu hefir Ôdinn mer
  sendar;
  glaðr skal ek öl með Âsum i öndvegi
  drekka;
  lifs eru liðnar stundir, læjandi skal ek
  deyja.

---

[1] stark gehts ans Leben; æfi *Egils. st.* arfi; *vgl.* 232, 18; 322, 9.

Hervararkviða.

Aus der Sage von Hervör u. Heidrek cap. 7.

‚Vakna þú Angantýr! vekr þik Hervör,
einka dóttir ykkar Sváfu;
seldu ur haugi hvassan mæki,
þann er Svafrlama slóu dvergar.

Hiörvarðr! Hervarðr! Hrani! Angantýr!
vek ek yðr alla undir viðar rótum,
hialmi ok brynju ok hvössu sverði,
röndum skrýddir ok roðnom geiri.

Miök eruð orðnir, Arngrims synir,
meginmeingiarnir, at moldar auka,
er engi giörir sona Eyfuru
við mik mæla í Munarvógi.

Hiörvarðr! Hervarðr! Hrani! Angantýr!
svá sé yðr öllum innan rifja,
sem þer í maura mornið haugi,
nema sverð selið, þat er sló Dvalinn;
sœmir ei draugum dýrt vópn bera!‘

„Hervör dóttir! hvat kallar þú svá
full feiknstafa, ferr þú þer at illu;
œr ertu orðin ok örvita,
villhyggjandi vekr menn dauða.

Grófat mik faðir né frændr aðrir,
þeir höfðu Tyrfing tveir er lifðu;
varð þo égandi einn um síðir.“

‚Segir þú ei satt mer; svá láti Áss þik
heilan í haugi, sem þu hefir
eigi Tyrfing; trauðr ertu
arf at veita einu barni.‘

„Hnigin er helgrind, haugar opnaz,
allr er í eldi eybarmr at siá,
5 atalt er úti um at litaz;
skyndtu, mær, ef þú mátt, til skipa þinna.“

‚Brennið eigi svá bál á nóttu,
at ek við elda yðra hræðumz;
skelfrat meyju muntún hugar,
10 þótt hun draug siái í dyrum standa.‘

„Segi ek þer, Hervör! hlýð þú til meðan,
visa dóttir, þat er verða mun:
sá mun Tyrfingr, ef þú trúa mættir,
— ætt þinni, mær, allri spilla.

15 Muntu son geta, þann er síðarr mun
Tyrfing bera ok trúa magni,
þann mun Heiðrek heita lýðr,
sá mun rikstr alinn undir röðuls tialdi.“

‚Ek vígi svá virða dauða,
20 at er skuluð aldregi liggja
dauðir með draugum í dýs fölvir;
nema selir mer, Angantýr, út ur haugi
hlífum hættan Hialmars bana.‘

„Kveðkat ek þik, mær úng, mönnum líka,
25 er þú um hauga hvarflar á nóttum
gröfnum geiri, ok með gota malmi,
hialmi ok brynju fyrir hallar dyr.“

‚Maðr þóttumz ek mennskr til þessa,
áðr sali yðra sœkja réð ek;
30 sel þú mer or haugi, þann er hatar brynjur,
dverga smíði, dugir ei þer at leyna.‘

„Liggr mer und herðum Hialmars bani,
allr er hann útan eldi svifinn:
mey veit ek önga fyri mold ofan,
at hiör þann þori í höndum nema."

‚Ek mun hirða ok í hendr noma
hvassan mæki, ef hafa mættak;
uggi ek eigi eld brennanda,
þegar logi lægir, er ek lýt yfir.‘

„Heimsk ertu, Hervör, hugar égandi,
er þú allgunn í eld hrapar;
vil ek heldr selja þer vópn ur haugi,
mær hin únga, mákat ek þer synja."

‚Vel giörðir þú, víkinga niðr,
er þu seldir mer sverð or haugi;
betr þikkjumz ek buðlungr, hafa,
enn þó Noreg næðak öllum.‘

„Veist eigi þú, vesöl ertu máls
full feikn, kona, hví þú fagna skalt;

så mun Tyrfíngr, ef þú trúa mættir,
þinni ætt, mær, allri spilla."

‚Ek mun ganga til gialfrmara;
5 nú er hilmis mær í hugum góðum;
litt hræðumz ek þat, lofðunga niðr,
hvat synir minir síðan deila.‘

„þú skalt eiga, ok una lengi,
10 haf þú á huldu Hialmars bana;
takattu á eggjum, eitr er í báðum,
så er manna miötuðr meini verri.

Far vel, dóttir, fliott gæfa ek þer
15 tolf manna fiör, ef þú trúa mættir;
afl ok eljun, allt hit góða,
þat er synir Arngrims at sik leiföu."

‚Búi þer allir, burt fýsir mik,
heilir í haugí! héðan vil ek fara:
20 helzt þóttumz nú heima á millum,
er mik umhverfis eldar brunnu.‘

Islendînga bôk Ara prests ens frôða Þôrgilssonar.

Prologus.

Islendînga bôk giörða ek fyrst bysko- 25 skylt at hafa þat heldr, es sannara rey-
pum órum þorlâki ok Katli, ok sýndak   nisk.
bæði þeim ok Sæmundi presti. En með   Hálfðân hvitbein Upplendinga konûngr,
því at þeim líkaði svá at hafa eða þar viðr   sonr Ólafs trételgju Svía konûngs, vas fa-
auka, þá skrifaða ek þessa of et sama far,   ðir Aisteins frets, föður Hálfðânar ens mil-
fyr útan ættartölu ok konûnga æfi ok iók 30 da ok ens matarilla, föður Goðröðar veiði-
því, es mer varð síðan kunnara, ok nú es   konûngs, föður Hálfdânar ens svarta, föður
gerr sagt á þessi, enn á þeirri. En hvat-   Haralls ens hárfagra, es fyrstr varð þess
ki es missagt es í frœðum þessum, þá es   kyns einn konûngr at öllum Norvegi.

In hoc codice continentur capitula:

Frá Islanns bygð, fyrsta; frá lannnáms-mönnum, annat, ok lagasetning; frá alþíngis setning, þriðja; frá misseris tali, fiorða; frá fiorðungadeild, fimta; frá Grœnlanns bygð, sètta; frá því er kristni kom á Island, siönda; frá byskopum útlendum, áttunda; frá Isleifi byskopi, níunda; frá Gizori byskopi, tiunda.

Incipit libellus Islandorum.

1. Island bygðisk fyrst ur Norvegi á dögum Haralls ens Hárfagra, Hálfdáns sonar ens svarta, í þann tið — at œtlun ok tölu þeirra Teits, fóstra míns, þess manns, es ek kunna spakastan, sonar Isleifs byskops, ok þorkels, föðurbróður míns, Gellissonar, es lángt mundi fram, ok Þuríðar Snorradóttur goða, es bæði vas margspök ok óliugfróð, — es Ivar Ragnarsson loðbrókar lét drepa Eaðmund enn helga Engla konúng; en þat vas 8 hundruð ok 70 vetrum eptir burð Krists, at því es ritit es í sögu hans.

Ingólfr hét maðr Norrœnn, es sannliga er sagt at fœri fyrst þaðan til Íslands, þá es Haraldr enn hárfagri var 16

vetra gamall, en í annat sinn fám vetrum síðarr, hann bygði suðr í Raikjarvik; þar er Ingólfsböfði kallaðr fyr austan Minþaksairi, sem hann kom fyrst á land, en þar 5 Ingólfsfell fyr vestan Ölfossá, es hann lagði sína eigu á síðan. Í þann tíð vas Ísland viði vaxit á miðli fialls ok fiöru. þá váru hér menn kristnir, þeir er Norðmenn kalla Papa; en þeir fóru síðan á braut, af því 10 at þeir vildu eigi vesa hér við heiðna menn, ok létu eptir bœkr Írskar ok biöllur ok bagla; af því mátti skilja at þeir váru menn Írskir. En þá varð för manna mikil miök út híngat ur Norvegi, til þess unz 15 konúngrinn Haraldr bannaði, af því at honum þótti landauðn nema. þá sættusk þeir á þat, at hverr maðr skyldi gialda konungi 5 aura, sá er eigi væri frá því skiliðr ok þaðan fœri híngat. En svá er sagt, at 20 Haraldr væri 70 vetr konúngr ok yrði áttrœðr. þau hafa upphöf verit at gialdi því, es nú er kallat landaurar; en þar galsk stundum meira en stundum minna, unz Olafr enn digri giörði skýrt, at hverr maðr 25 skyldi gialda konúngi hálfa mörk, sá es fœri á miðli Norvegs ok Islanns, nema konur, eða þeir menn, es hann næmi frá. Svá sagði þorkell oss Gellisson.

Aus Gunnlaugs ormstûngu saga.

1) c. 9. p. 108 ff.   2) c. 11. p. 134.   3) c. 13.

1) Gunnlaugr und Rafn bei König Olaf in Schweden.

þá réð fyrir Sviþioð Olafr konúngr Svœnski, son Eireks konungs ens sigursæla ok Sigríðar hinnar stórráðu, dóttur Sköglar-Tosta; hann var ríkr konúngr ok ágætr, metnaðarmaðr mikill. Gunnlaugr kom 10 til Uppsala, þá var þíng þeirra í Sviþioð um várit, ok er hann náir konúngs fundi, quaddi hann konung. Konúngr tók honum vel ok fpyr, hver hann væri; hann queðz vera Islendskr maðr. þar var þá með Olafi 15 konungi Rafn Önundar son; konungr spurði Rafn, ,hvat manna er þessi á Islandi?' maðr stóð upp á hinn úæðra beck, mikill ok vaskligr, ok géck fyrir konung ok mælti „Herra, segir hann, hann er hinnar 20 beztu ættar ok sialfr hinn vaskasti maðr." ,Fari hann þá ok siti hiá þer' segir konúngr. Gunnlaugr mælti: „Kvæði hefi ek ort at fœra yður, herra, ok vilda ek at þer hlýddit." Konungr segir ,ecki er nú 25 tóm til at sitja yfir kvæðom, gangit fyrst at sitja'. þeir giörðu svá, tóko þeir þá tal meðr ser Gunnlaugr ok Rafn, ok segir hver öðrum frá ferðom sinom. Rafn queðz farit hafa áðr um sumarit af Islandi til No- 30 regs, enn á andverðum vetri frá Noregi til Suiþiodar; giörðiz þá brátt vel með þeim. Ok einn dag er liðit var þíngit, váro þeir báðir fyrir konúngi, Gunnlaugr ok Rafn. þá mælti Gunnlaugr: ,nú vilda 35 ek, herra, segir hann, at þer hlýddit kvæðinu!' „þat má nu vel," segir konungr; „Nú vil ek ok flytja mitt kvæði, herra,

segir Rafn, ef þer vilit svá". ,þat má vel', segir kongr. „þá vil ek fyrr, segir Gunnlaugr ef þer vilit sva, herra." ,Ek á fyrr at flytja mitt kvæði, herra, segir Rafn, er ek kom fyrr til yðvar.' Gunnlaugr mælti „hvar kómu feður ockrir þess, at faðir minn væri eptirbátr föður þíns? hvar, nema allz hvergi? skal nú ok sva með ockr vera". ,Gerum þá kurteysi, segir Rafn, at ver fœrum þetta eigi í kappmæli, ok látum konúng ráða.' Konungr mælti: „Gunnlaugr skal fyrri flytja, fyrir þvi at hanum eyrir verr, ef hann hefir eigi sitt mál." þá kvað Gunnlaugr drápona, ok er hann hafði úti, þá mælti Olafr konuugr: ,Rafn, segir hann, hversu er kvæðit ort?' „Vel, herra, segir hann; þetta er stórt kvæði ok ófagrt, ok nockvat stirðt, sem Gunnlaugr er sialfr í skaplyndi." ,Nú skaltu flytja þitt kvæði, Rafn,' segir kongr. Hann gerði svá; ok er lokit var, þá mælti kongr: „Gunnlaugr, segir hann, hversu er kvæðit ort?" ,Vel, herra, segir hann; þetta er fagrt kvæði, sem Rafn er sialfr at siá, ok yfirbragdz litit. Eðr hvi ortir þú flock um konginn, segir hann, eðr þótti þer hann eigi drápu verðr?' Rafn svarar: ,tölum þetta eigi lengr; til man verða tekit, þótt siðar sè;" ok skildo við svá búit tal sitt. Litlu siðar giörðiz Rafn hirðmaðr Olafs kongs, ok bað hann orlofs til brottferðar. Kongr veitti hanum þat. Ok er hann var búinn þa mælti hann til Gunnlaugs: ,Lokit skal ockarri vináttu, er þú vildir 'hrópa mik hér fyrir höfðingja; nú skal ek einhverju sinni ecki minnr vanvyrða þik, enn þú vildir mik hêr.' „Ecki hryggva mik hôt þín, segir Gunnlaugr, ok hvergi manum ver þess koma, at ek sê minna vyrðr enn þú. Olafr konungr gaf Rafni góðar giafar at skilnaði, ok fôr hann íbrott síðan. Rafn fôr austan um várit ok kom til þrandheims, ok bio skip sitt ok sigldi um sumarit til Islandz, ok kvom skipi sínu í Leyruvôg fyrir neðan heiði, ok urðu hanum fegnir frændur ok vinir, ok var hann heima þann vetr með feður sínum. Enn um sumarit á alþingi funduz þeir frændur Skapti lögsögumaðr ok Skald-Rafn. þá mælti Rafn: ,þitt fullting vilda ek hafa til kvônbœna við þôrstein Eigilsson, at biðja Helgu dôttur hans.' Skapti svarar: „Er hon ecki áðr heitkona ,Gunnlaugs Ormztungu?" Rafn mælti: ,Er ecki liðin siá stefna nû, segir hann, sem mælt var meðr þeim? Enda er nû miklu meiri ofsi hans, enn hann muni þessa gá.' Skapti svarar: „giör þá sem þû vilt." Síðan gengo þeir fiölmennir til bûðar þôrsteins Eigilssonar. Hann fagnaði þeim vel. Skapti mælti: ,Rafn frændi minn vil biðja Helgu dôttur þinnar, ok er þer kunnig ætt hans ok auðr fiár, ok menning góð, frænda afli mikill, ok vina styrkr'. þorsteinn svarar: „Hon er áðr heitkona Gunnlaugs ok vil ek halda öll mál við hann þau sem mælt ero." Skapti mælti ,Ero nû eigi liðnir þeir þrír vetr, er til váro nefndir með yckur?" „Já, sagði þorsteinn, enn eigi er liðit sumarit, ok má hann enn ût koma í sumar." Skapti mælti ,hverja vân skulum ver þá eiga þessa máls, ef hann kemr eigi til [sumarlangt]?' þorsteinn svarar „hér manum ver koma annat sumar, ok má þá siá hvat líkligazt þikkir, enn ecki tiár þetta nû at mæla;" ok við þat skildu þeir ok riðo menn heim af þingi.

Ecki fôr þetta leynt, at Rafn bað Hel-

gu, heitkonu Gunnlaugs. Ecki kom Gunnlaugr ût á því sumri; ok annat sumar á alþingi flutto þeir Skapti bônorðit ákafliga, ok kváðo þá þorsteinn lausan allra mála við Gunnlaug. þorsteinn svarar : ,ek á fár dœttur fyrir at siá, ok vilda ek giarna at þær yrði eingum manni at rôgi; nû vil ek finna fyrst Illuga svarta, ok svá giörði hann. Ok er þeir funduz, þá mælti þorsteinn ,þyckir þer ek ecki laus allra mála við Gunnlaug son þinn?' Illugi mælti „svá er vist, segir hann, ef þú vilt, ok kann ek hér nû fátt til at leggja, er ek veit eigi giörla efni Gunnlaugs." þorsteinn geck þá til Skapta, ok keyptu þeir svá at brûðlaup skyldi vera at vetrnáttom at Borg hia þorsteini, ef Gunnlaugr kæmi eigi ût; enn þorsteinn laus allra mála við Rafn, ef Gunnlaugr kæmi til ok vitjaði ráðsins. Eptir þat riðu menn heim af þíngi, ok frestaðiz kváma Gunnlaugs, enn Helga hugði allillt til ráðanna.

2. Wiedersehn auf der Hochzeit zu Skáney.

Syâ er sagt frá Rafni at hann sitr at boði sínu at Borg, ok er þat flêstra manna sögn, at brûðrin væri heldr döpr; er þat satt, sem mælt er, at lengi man þat er ûngr getr, nû fer henni ok svá. þâ varð þat til tíðenda at sá maðr bað Hûngerðar þorodds dottur ok Jofriðar, er Svertingr hêt, Hafrbiarnarson Moldagnûpssonar, ok skyldu þau ráð takaz eptir iol um vetrinn uppi at Skáney; þar bio þorkell, frændi Hûngerðar, son Torfa Valbrandssonar, môðir þorkels var þorodda systir Tunguodds. Rafn fôr heim til Mosfells með Helgu konu sína; ok er þau höfðu þar skamma stund verit, þá var þat einn morgin áðr þau risi upp, at Helga

vakti, enn Hrafn svaf ok lêt illa î svefni,
ok er hann vaknaði, sagði hann Helgu hvat
hann hafði dreymt, ok kvað vîsu:

Hugdumz orms at armi eydöggvar þer 5
höggvinn, [1]
væri, brûðr, î blôði beðr þinn roðinn
mînu;
knâttit endr of undir ölstafns (mærum
Rafni 10
lîkn getr þat lûka) lind hagþyrnis binda. [2]

Helga mælti: ‚þat man ek aldrei grâta, ok
hafit þer illa svikit mik, ok man Gunn-
laugr ûtkominn. Hon grêt þâ miök, ok 15
litlu sîðar frêttiz ûtkvâma Gunnlaugs.
Helga gerðiz þâ sva stirð við Rafn, at hann
fêck eigi haldit henni heima þar, ok fara
þau þâ inn aptr til Borgar ok neytir hann
litit af samvistum við hana. Nû bûaz 20
menn til boðz eptir um vetrinn.

Þorkell frâ Skâney býðr Illuga
svarta ok sonom hans, ok er Illugi bioz,
sat Gunnlaugr î stofu ok bioz ecki. Il-
lugi geck til hans ok mælti: ‚þvî býztû 25
ecki frændi?‘ Gunnlaugr mælti „ek ætla
eigi at fara“. Illugi mælti ‚fara skaltu vist
frændi, ok slâ ecki sliku â þik, at þreya
eptir eina konu; lât sem þû vitir ecki, þat
er karlmannlegt, ok mun þik aldrei konur 30
skorta.‘ Gunnlaugr giörði sem faðir hans
mælti, ok kvômo menn til boðsins; var þeim
Illuga ok sunum hans skipat î öndvegi, enn
þeim Þorsteini Egilssyni ok Rafni mâgi hans
ok sveitungum brûðgumans î annat öndvegi 35
gegnt Illuga; konur skipuðu pall, ok sat
Helga hin fagra hiâ brûði; þau renduz
opt augum til, Helga ok Gunnlaugr, ok
kvam at þvî sem mælt er, at eigi leyna

augu, ef ann kona manni. Gunnlaugr
var þâ vel bûinn, ok hafði klæðin þau hin
gôðu, er Sigtriggr konungr gaf hanum, ok
þôtti hann þâ mikit afbragð annarra manna
fyrir margs sakir, bæði afls ok vaxtar ok
vænleiks. Litil var gleði manna î boðinu.
Ok þann dag er menn vâro î brottbûningi,
þâ brugðo konur göngu sinni ok bioggoz
til heimferðar. Gunnlaugr geck þâ til Hel-
gu ok töluðuz leingi við, ok þâ kvað
Gunnlaugr vîsu:

Ormztungu verðr engi allr dagr und sal
fialla
hœgr, sizt Helga hin fagra Hrafns
kvânar rêð nafni;
litt sâ höldr hinn hviti hiörþeys faðir
meyar
(gefin var Eir til aura ûng) við minni
tûngu.

ok enn kvað hann:

væn â ek verst at launa vingefn, feður
þinum,
(fold nemr flaum af skaldi flôðhyrs) ok
svâ môður;
er gerðu bil borða bœði ser und klæ-
ðum
(hêr hafi holds of dýra hagvirki) svâ
fagra.

Ok þâ gaf Gunnlaugr henni skyckiuna Aðal-
râðsnaut, ok var þat hin mesta gersemi;
hon þackaði hanum vel giöfina. Sîðan geck
Gunnlaugr ût, ok vâro þâ komnir hêstar
margir î tûnit. Gunnlaugr hliop â bak
einhverjum hêsti, ok reið akafliga um tû-
nit ok þângat er Rafn stôð fyrir, svâ at

---

[1] Ich schien mir, dir am Arme, schwertgetroffen; s. eydögg. — [2] nicht konnte die Frau
die Wunden wieder verbinden; die Erläuterungen s. unter ölstafn u. lûka im Glossar.

hann varð at hopa undan. ,Hví hopar þú
Rafn? segir hann, fyrir því at enga ögn
býð ek þer at sinni, enn þú veizt til hvers
þú hefir giört.' Rafn kvað þá vísu:

Samira ockr um eina ull beinflugu fullo
(fœgir folka sâgu!) fangs î brygð at
      ganga;
miök ero margar slíkar, morðrunnr, fyrir
      haf sunnan   10
(ýti ek sævar sôta) sannprûðr, konur
      snûðar.

Gunnlaugr mælti ,vera mâ at svâ sê, at
margar sê slíkar, enn eigi þyckir mer svâ.' 15
þá hlupo þeir Illugi ok Þorsteinn at, ok
vildu eigi at þeir rettiz við. Gunnlaugr
kvað þá vísu:

Gefin var Eir til aura ormsdags hin lit-
      fagra   20
(þann kveða menn, nê minna, minn iafno-
      ka) Rafni:
allra ýztr meðan austan aldráðr farar
      dvaldi,
(því er mentýrir minni mâlsgerða) â bust 25
      âla.

Eptir þetta riðu hvarirtveggju heim, ok var
allt tiðendalaust um vetrinn, ok neytti
Rafn siðan ecki af samvistum við Helgu,
er þau Gunnlaugr höfðo fundiz.   30
    Ok um sumarit riðu menn fiölmennt til
þings, Illugi svarti ok synir hans meðr ha-
num, Gunnlaugr ok Hermundr; Þorsteinn
Egilsson ok Kollsveinn son hans, Önundr
frâ Mosfelli ok synir hans allir ok Svertingr 35
Hafrbiarnarson. Skapti hafði þá enn lög-
sögn. Ok einn dag â þinginu, er menn
gengo fiölmennir til lögbergis, ok þar var
lokit at mæla lögskilum, þá kvaddi Gunn-
laugr ser hlioðz ok mælti svâ: ,er Hrafn 40

Önundarson hêr?' hann kveðz þar vera.
Gunnlaugr mælti þá: ,þat veiztû, at þú he-
fir fengit heitkonu mînnar, ok dregit til
fiandskapar við mik: nû fyrir þat vil ek
bioða þer holmgöngu her â þinginu â þriggja
nâtta fresti î Öxarârholmi'. Hrafn svarar
„þetta er vel boðit, sem vân var at þer,
ok em ek þess albúinn þegar þú vilt.''
þetta þótti illt frændom hvârstveggja þeirra;
enn þat vâro lög î þann tîma at bioða
holmgöngu, sâ er varhluta þôttiz
vorðit hafa fyrir öðrum. Ok er þriar
nætur vâro liðnar, bioggoz þeir til holm-
göngu ok fylgði Illugi svarti syni sinum
til holmsins með miklu fiölmenni, enn Skapti
lögsögumaðr fylgði Rafni, ok faðir hans
ok aðrir frænður hans. Enn er Gunnlaugr
geck ût î holminn, kvað hann vísu þessa:

Nú mun ek ût â eyri allvângs bûinn
      gânga,
(happs unni guð greppi) gerr með lyctum
      hiörvi;
hnack skal ek Helgu locka (haus vinn
      ek frâ bol lausan
loks með liosum mæki) liufsvelgs î tenn
      kliufa.

Rafn svarar ok. kvað vísu:

Veitat greppr, hvârr greppa gagnsæli
      hlýtr fagna,
hêr er bensigðum brugðit, bûin er egg
      î leggi;
þâ man cin ok eckja ûng mær, þôat við
      snœrumz,
þornaspöng at þingi þegns hugrecki
      fregna.

Hermundr hêlt skildi fyrir Gunnlaug brô-
ður sinn, enn Svertingr Hafrbiarnarson fy-
rir Rafn; þrim mörkom silfrs skyldi [sâ]

leysa sik af hólmi [er sâr yrði]. Rafn âtti fyrri at höggva, er â hann var skorat. hann hió î skiöld Gunnlaugs ofanverðan ok brast þegar î sundr sverðit undir hiöltonom, er til var höggvit með miklu afli; blóðre- 5 fillinn hraut upp af skildinum, ok kom â kinn Gunnlaugs ok skeyndiz hann heldr enn ecki. þâ hlupo frændur þeirra þegar imillum ok margir aðrir menn. þâ mælti Gunnlaugr: ‚nû kalla ek at Rafn sê sig- 10 raðr, er hann er slippr‘, „enn ek kalla at þû sêr sigraðr, segir Rafn, er þû ert sâr vorðinn. Gunnlaugr var þâ allœfr ok reiðr miök ok kvað þâ ecki reynt hafa. Illugi faðir hans kvað þâ ecki skyldu meir reyna 15 at sinni. Gunnlaugr svarar ‚þat munda ek vilja, faðir minn, at við Rafn mœttimz svâ î annat sinn, at þû værir fiarri at skilja oekur;‘ ok við þat skildo þeir at sinni, ok gengo menn heim til bûða sinna. Ok an- 20 nan dag eptir î lögrettu var þat î lög sett, at af skyldi taka holmgöngor allar hêr â Islandi, ok var þat ráð allra hinna beztu manna, er við vâro staddir, enn þar vâro allir þeir, er vitrastir vâro â landinu. 25 Ok þessi hefir holmganga síðazt framin verit hêr â Islandi, er þeir Gunnlaugr ok Rafn börðuz, þat hefir hit þriðja þing verit fiölmennast, annat eptir brennu Niâls, ok þriðja eptir Heiðarvîg.

3) Erscheinungen der in Norwegen gefallnen Skalden.

Ok um sumarit âðr þessi tiðindi spur- 35 ðuz ût hêgat til Islands, þâ dreymdi Illuga svarta, ok var hann þâ heima â Gilsbacka: hanum þótti Gunnlaugr at ser koma î svefni ok var blóðigr miök ok kvað vîso þessa fyrir hanum î svefninum: 40

Hêr sâ ek Hrafn (enn Hrafni hvöss kom egg î leggi) hialtuggiðum höggva hrynfiski mer brynju; þâ er hræskærr hlýrra hlaut fen ari benja [1] (klauf gunnspioti gunnarr Gunnlaugs höfuð) minna.

Illugi mundi vîsuna er hann vaknaði ok kvað síðan fyrir öðrum. Sâ atburðr varð at Mosfelli suðr hina sömu nótt, at Önund dreymdi at Hrafn kæmi at hanum ok var allblóðugr, ok kvað vîsu þessa:

Roðit er sverð, enn sverða sverð ögnir mer gerði, vâro reynd î röndum randgalkn fyrir ver handan; blóðug hygg ek î blóði blóðgögl of skör stóðu, sârfikinn hlaut sâra sârgammr enn â þramma.

Ok um sumarit eptir â alþîngi mælti Illugi svarti til Önundar at lögbergi ‚hverju viltu bœta mer son minn, segir hann, er Hrafn, son þinn, sveik (hann) î trygðum?‘ „fiarkominn þyekiz ek til þess, segir hann svâ, at bœta hann, sârt [2] sem ek heið af þeirra fundi, man ek ok engra bóta beiða þik fyrir minn son“. Illugi svarar: ‚kenna skal þâ nockvarr at skömmo þinn frænd, eða þinna ættmanna‘. Ok eptir þîngit um sumarit var Illugi iafnan dapr miök. Nû er sagt um haustit at Illugi reið heiman af Gilsbacka með þriãtigi manna ok kvam til Mosfells snimma morgins. Önundr komz î þvî brott ok synir hanns; enn Illugi tôk frændur hans tvâ Biörn ok þórgrîm,

---

[1] hræskærr ari hlaut fen hlýrra benja minna. — [2] a. L.: sva sârt sem ek hêlt â.

ok lêt drepa Biörn, enn fóthöggva þorgrîm; reið Illugi heim eptir þetta ok varð eugi rêtting þess af Önundi. Hermundi Illugasyni eyrði illa eptir Gunnlaug bróður sinn, ok þótti ecki hans hefnt at heldr, þótt þetta væri atgert. Maðr hêt Hrafn ok var bróðurson Önundar at Mosfelli; baun var farmaðr mikill ok âtti skip er uppi stôð î Rûtafirði. Enn um vârit reið Hermundr Illugason heiman einnsaman ok norðr Holtavörðuheiði, ok svâ til Hrûtafiarðar ok ût â Borðeyri til skips kaupmanna; kaupmenn vâro þâ bûnir miök, Hrafn stŷrimaðr var û landi ok margt manna með hanum. Hermundr reið at hanum ok lagði spioti igegnum hann, ok reið þegar îbrott, enn þeim varð öllum bilt við felögum Hrafns. Engar kvâmo bœtr fyrir vîg þetta, ok með þessu skilr skipti þeirra Illuga svarta ok Önundar at Mosfelli.

Þorsteinn Eigilsson gipti Helgu dottur sîna þeim manni er þorkell hêt, ok var Hallkelsson, hann bió ût î Hraundal, ok fôr Helga til bûs með hanum ok varð hanum litt unnandi, þvî hon varð aldrei afhuga Gunnlaugi þôtt hann væri dauðr; enn þorkell var þô vaskr maðr at ser, (ok) auðigr at fê ok skald gôtt: þau âttu börn saman eigi allfâ: þorarin hêt son þeirra ok þorsteinn, ok enn fleiri börn âttu þau.

þat var helzt gaman Helgu at hon rakti niðr skickjuna Gunnlaugsnaut, ok horfði â hana löngum. Ok eitt sinn kom þar sôtt mikil â bœ þeirra þorkels ok Helgu ok krömuðuz margir lengi; Helga tôk þâ ok þyngð, enn lâ þô eigi. Ok einn laugaraptan sat Helga î eldaskâla, ok hneigði höfði î knê þorkatli bônda sînum; hon lêt sœkja skickjuna Gunnlaugsnaut, ok er skickjan kom til hennar, þâ settiz hon upp ok rakti skickjuna fyrir ser, ok horfði â (hana) um stund, ok sîðan hnê hon aptr î fâng bônda sînum ok var þâ örend. Þorkell kvað þâ vîso þessa:

Hugða ek orms at armi armgôða mer tróðu
(guð brâ liosrar lîfi) lîns andaða mina [1];
þô ek beiðendur biðja bliki þyngðar miklo,
bôt fær sîzt fyrir sætu [2]; sûtar ek vefz î klûtum.

Helga var til kyrkjo fœrð, enn þorkell bió þar eptir, ok þótti öllum mikit frâfall Helgu, sem vân var at. Ok lŷkr hêr nû sögu Gunnlaugs ormztungu.

---

[1] hugða ek at armi mer tróðu mîna andaða, ormslîns armgôða (= armgœdda): ich dachte mir am Arme meine (nun aber) gestorbene Frau, die mit Gold am Arm geschmückte; u. L.: lagða st. hugða. — [2] wenn ich auch die Abfordernden (st. den Abfordernden) bâte mit schwerem Golde, keine Auslösung giebt es für das Weib.

Aus der Heiðarvîgasaga.

Isländisches Sühnformular.

Isl. I, 298 f.   Vgl. Sp. 99, 28 ff.   mit 130, 29 — 131, 13.

Nû er þar niðrsezt; þâ mælti Snorri: þat er mer sagt, þorgils, segir hann, at enginn maðr mæli iamnvel fyri griðum sem þû, ok önnur lögskil. Litill umba ... ir [1], segir þorgils. Nei segir Snorri, mikit man tilhaft, er einn maðr er nemdr. þorgils segir: eigi sva (liggr) fyri h(endi, at) [2] ek mæli betr fyri griðum enn aðrir menn, ok mâ þô lögfullt vera. þat vil ek, segir Snorri, at þû lâtir mik heyra, hann svarar, hver er þess þörf? eru hêr nokkurir missâttir? Hann kvaðz aldrei þat vita: en aldrei er þvî misrâðit, ok ger sem ek vil, ok skorar fast â. þorgils segir at svâ skal vera; hann tôk þa til mâls:

‚þat er upphaf griðamâla vârra, at guð sê við oss alla sâttr, ver skulum ok allir vera menn sâttir vâr î millum ok s(am)værir at öldri ok at âti, ok at þingi ok þioðstefnu, at kirknasôkn ok at konungshûsi, ok hvervetna þar, er manna fundir verða, þâ ok þelum [3] ... svâ sâttir, sem aldri hafi fiandskapr vâr î millum verit, ver skulum deila kyn ok kitstykkar, alla luti vâr î milli, sem frændr ok eigi fiandr; ef sakar geraz heðan af â milli vâr, þær skal fê bœta mega, (eigi) bein rioda [4]; en sâ vôrr, er gengr â gervar sættir, eða vegr â veittar trygðir, þâ skal hann svâ viða vargr, rækr ok

rekinn, sem menn vîðast varga reka, kristnir menn kirkjur sœkja, heiðnir menn hof blôta, eldar uppbrenna, iörð grœr, mögr môður kallar, skip skriðr, skildir blika, sôl skin, snæ leggr, Finnr skriðr â skiðum, fura vex, valr flŷgr vorlângan dag, standi hanum beinn byrr undir bâða vængi, viðr vex, veitir vatni til siâfar, karlar korni sâ; hann skal fyrraz kirkjur ok kristna menn, guðs hûs ok gyma, heim hvern, nema helvîti; tekr hvârr vâr trygðir við annann fyri sik ok sinn erfingja, alinn ok ûborinn, getinn ok ûgetinn, nefndan ok ûnefndan, en hverr veitir î môt trygðir ok ævintrygðir, mætrtrygðir [5] ok megintrygðir, þær er æ skulu haldaz, meðan moldir [6] ok menn lifa; nu erumk ver sâttir ok sammâla, hvar sem ver finnumz â landi eða legi, skipi eða skiði, â hafi eða hêstbaki, ârar at miðli eða ausskotu, þôftu ok þilju, ef þörf giöraz, iamnsâttir sem sunr við föður, eða faðir við sun î samförum öllum; hafum [7] nû lôfatak at trygðamâlum, ok höldum vel trygðir, at vilja Krists ok vitni allra manna, þeirra er nû heyrðu trygðamâl vâr, hafi sâ guðs hylli, er heldr trygðir, en sâ gremi guðs, er rífr rêttar trygðir, en hylli, sâ er heldr; höfum heilir sœtz, en guð sê við alla sâttr.‘

---

[1] *Viell.* litils umbræðir, es kommt wenig darauf an. — [2] *das Eingeklammerte ist ergänzt.*
— [3] *wahrsch.* skulu ver (sc. vera). — [4] *die Neg.* eigi *ist ergänzt nach* 130, 13: en eigi flein rioða. *Unser* rioða *kann* hrioða *aushauen sein.* — [5] *die Ausg. hat* metrtrygðir. — [6] *viell.* mold ir, so lange die Erde ist. — [7]st. höfum, halten wir nun Handschlag!

Sæmund.

1) Die Valkyrien und ihr Schwanen-
kleid.

Völundarqv. Formáli. Edd. II, 3 — 5.

Niðuðr hêt konûngr î Sviþioð. han âtti
tvâ sono ok eina dôttor. hon hêt Bödvildr.
Brœðor vâru III. synir Finna konûngs. hêt
einn Slagfiðr. annarr Egill. þriði Völundr. þeir
skriðo ok veiddo dŷr. þeir kvômo î Ulfdali, 10
ok gerðo ser þar hús. þar er vatn er heitir
Ulfsiâr.

Snemma of morgin fundo þeir â vaz-
strönndo konor III. ok spunno lîn. þar vôro
hiâ þeim âlptarhamir þeirra. þat vôro Val- 15
kyrior: þar vôro tvær dœttr Lödves ko-
nôngs. Illaðgûðr Svanhvît ok Hervör Al-
vitr. en þriðja var Ölrûn Kiarsdôttir af
Vallandi, þeir höfðo þær heim til skâla með
ser. fêck Egill Ölrûnar, en Slagfiðr Svan- 20
hvîtrar, en Völundr Alvitrar. þau biuggo
VII vetr, þâ flugo þær at vitja vîga ok
qvômo eigi aptr. þâ skreið Egill at leita
Ölrûnar. en Slagfiðr leitaði Svanhvîtrar.
en Völundr sat î Ulfdölom. hann var ha- 25
gastr maðr sva at menn viti î fornom sö-
gom. Niðuðr konungr lêt hann höndom
taka sva sem hêr er um qveðit. Hêr hefr
qviðona.

Meyjar flugo sunnan myrkvið îgög- 30
nom . . . . .

2) Qviða Brynhildar Buðladôttor
(Sigurdrîfomâl).

(Inngangrinn.)   35

Sigurðr reið upp â Hindarfiall ok
stefndi suðr til Fracklanz. A fiallino sâ

han liôs mikit, svo sem eldr brynni, ok lio-
maði áf til himins. En er hann kom at, þâ
stôð þar skialdborg ok upp or merki. Si-
gurðr gêck î skialdborgina, ok sâ at þar lâ
maðr, ok svaf með öllum hervâpnom. Hann
tôk fyrst hialminn af höfði honom, þâ sâ
hann at þat var kona. Brynjan var föst
sem hon væri holdgróin. þâ reist han með
Gram frâ höfuðsmâtt brynjona niðr îgög-
num, ok svâ ùt îgögnom bâðar ermar. þâ
tôk han brynjo af henni, en hon vaknaði
ok settiz upp ok sâ Sigurð, ok mælti`
     Hvat beit brynjo . . . . . .

Sigurðr settiz niðr ok spurði hana nafns,
hon tôk þâ horn fullt miaðar ok gaf honom
minnisveig. Brynhildr quað
     Heill dagr, heilir dags synir . . .

Hon nefndiz Sigurðrifa, ok var Valkyrja.
Hon sagði at tveir konungar börðoz, hêt
annarr Hialmgunnarr, hann var þâ gamall
ok inn mêzti hermaðr, ok hafði Óðinn ho-
nom sigri heitit; en annarr hêt Agnarr
Höðo brôðir, er vætr engi vildi þiggja.
Sigurðrifa feldi Hialmgunnar î orrostonni,
en Óðinn stack hana svefnþorni í hefnd
þess, ok kvað hana aldri síðan skyldo
sigr vega î orrosto, ok kvað hana giptaz
skyldo. En ek sagðak honom, at ek streng-
ðak heit þar îmôt, at giptaz öngom þeim
manni er hræðaz kynni. Hann svarar ok
biðr hana kenna ser speki, ef hon vissi
tîðindi or öllom heimom. Sigurðrifa kvað:
     Bior fœri ek þer . . .

Aus der Niâlssaga.

Schlacht Briâns bei Kantaraburg.

Niâlssaga c. 158.

Sigurðr iarl Lödvisson biôz af Orkneyjum. Flosi bauð at fara með honom. Jarl vildi þat eigi, þar sem hann átti suðrgöngu sîna at leysa. Flosi bauð XV menn af liði sînu til ferðarinnar, enn jarl þektiz þat, enn Flosi fôr með Gilla iarli î Suðreyjar. Þorsteinn Sîðuhallzson fôr með Sigurði iarli, Hrafn inn rauði ok Erlîngr af Straumey. Jarl vildi eigi at Hârekr fœri, enn iarl lêtz mundu segja honom fyrstom tiðindin. iarlinn kom með allan her sinn at pâlmadegi til Dyflinnar, þar var ok kominn Brôðir með allan her sinn. Brôðir reyndi til með forneskju, hversu ganga mundi orrostan. Enn sva geck frêttin: ef â föstudegi væri bariz, at Briân konûngr mundi falla ok hafa sigr, enn ef fyrr væri bariz, mundi þeir allir falla er î môti honum væri; þa sagði Brôðir at eigi skyldi fyrr berjaz enn föstudaginn. Fintadaginn reið maðr at þeim Kormlöðu, apalgrâm hesti, ok hafði î hendi pâlstaf, hann talaði lengi við þau.

Briânn konûngr kom með her sinn allan til borgarinnar, föstudaginn fôr ût herinn af borginni ok var fylkt liðinu hvârutveggja. Brôðr var î annan fylkîngararminn enn Sigtryggr konûngr î annan. Nû er at segja frâ Briâni konungi at hann vildi eigi berjaz föstudaginn, ok var skotið um hann skialdborg ok fylkt þar liðinu fyrir framan. Ulfr Hræða var î þann fylkin-

gar arminn sem Brôðir var til môtz. enn î annan fylkingararm var Óspakr ok synir hans, þar er Sigtryggr var î môti, enn î miðri fylkingunni var Kerþialfaðr, ok vôru fyrir honom borin merkin.

Fallaz nû at fylkingarnar, var þá orrosta allhörð, geck Brôðir î gegnum lið þeirra, ok felldi þá alla er fremstir stôðu, enn hann bitu ecki iarn. Ulfr hræða snêri þá î môti honom ok lagði til hans þrysvar sinnum sva fast, at Brôðir fêll fyrir î hvert sinn, ok var við sialft, at hann mundi eigi â fœtr komaz, enn þegar hann fêck uppstaðit, þá flýði hann ok þegar î skôginn undan. Sigurðr iarl átti harðan barðaga við Kerþialfað. Kerþialfaðr gêck sva fast fram, at hann felldi þá alla er fremstir vôru, rauf hann fylkînga Sigurðs iarls allt at merkjum ok drap merkis manninn, fêck hann þá til annan mann at bera merkit, varð þá enn orrosta hörð. Kerþialfaðr hiô þenna þegar banahögg ok hvern at öðrum þá er î nând voru. Sigurðr iarl quaddi þá til Þorsteinn Sîðuhallzson at bera merkit. Þorsteinn ætlaði upp at taka merkit, þá mælti Amundi hvîti ‚berþu eigi merkit, þvíat þeir eru allir drepnir er þat bera‘. „Hrafn inn rauði, sagði iarl, berþu merkit“. Hrafn svaraði ‚berþu sialfr fianda þinn‘. Jarl mælti „þat mun vera makligazt at fara saman karl ok kyll [1]," tôk hann þá merkit af stönginni ok kom â millum klœða sinna. Litlu sîðarr var veginn Amundi hvîti þá var iarl ok skotinn spioti î gegnum. Ospakr hafði gengit um allan fylkîngar ar-

---

[1] A. kŷr, Kuh, ebenso sprichwörtl. für Muthlosigkeit.

minn, hann var orðinn sàrr miök, enn làtit
sonu sina bâða, âðr Sigtryggr konungr
flýði fyrir honom, brâz þà flôtti î öllu lï-
ðinu. Þorsteinn Siðuhallzson nam staðar
þà er aðrir flýðu ok batt skôþveng sinn, 5
þà spurði Kerþialfaðr, hvî hann rynni eigi
svà sem aðrir? þvî, sagði Þorsteinn, at ek
tek eigi heim î kveld, þar sem ek â heima
ût â Islandi. Kerþialfaðr gaf honom grið.
Hrafn inn rauði var elltr ûtâ â nockura, 10
hann þôttiz þar sià helvîtis qvalar î niðri,
ok þôtti honom, dioflar vilja draga sik til.
Hrafn mælti þà: „runnit hefir hundr þinn,
Peter postoli, til Rôms tysvar ok mundi
renna it þriðja sinn, ef þû leyfðir,“ þà lêtu 15
dioflar hann lausan, ok komz Hrafn yfir
âna. Brôðir sà nû, at liðit Briâns konungs
rak flôttann, ok var fâtt manna hiâ skiald-
borginni, hliop hann þa or skôginum ok
rauf alla skialdborgina, ok hiô til konung- 20
sins. Sveinninn Taktr brâ upp við hen-
dinni, ok tôk hana af honom ok höfuðit af
konunginum, enn blôðit konungsins kom â
stûf sveininum ok greyri þegar fyrir stûfinn.
Brôðir kallaði þà hâtt: ‚kunni þat maðr 25
manni at segja at Brôðir felldi Briân‘. þà
var runnit eptir þeim er flôttan râku, ok
sagt þeim fallit Brians konungs, snêru þeir
þà aptr þegar Ulfr hræða ok Kerþialfaðr,
slôgu þeir þa hring um þâ Brôður ok felldu 30
at þeim viðu, var þâ Brôðir höndum tekinn.
Ulfr hræða reist â honom qviðinn ok leiddi
hann um eik ok rakti svâ or honum þarma-
na, ok dô hann ecki fyrr, en allir vôru or
honom raknir, menn Brôður voru allir 35
drepnir. Siðan tôku þeir lik Briâns ko-
nungs ok biuggu um, höfuð konungsins
var grôið við bolinn; XV menn af bren-
numönnom fêllu î Brians orrostu, þar fêll

ok Halldorr, son Guðmundar ins rîka, ok
Erlingr af Straumey.

Der Valkyrien Gesang.

Föstudaginn langa varð sâ atburðr â
Katanesi, at maðr sâ er Dörruðr hêt, gêck
ût; hann sà at menn riðu XII saman til
dýngiu einnar ok hurfu þar allir, hann gêck
til dýngiunnar, hann sâ î glugg er â var, ok
sâ, at þar vôru konur inni•ok höfðu fœr-
ðan upp vef, mannahöfuð vôru fyrir kliâna,
enn þarmar or mönnum fyri viptu ok garn;
sverð var fyrir skeið, enn ör fyrir hræl,
þær qvâðu visur þessar, enn hann nam:

Vítt er orpinn fyrir valfelli
rifsreiðiský, rignir blôði;
nû er fyr geirum grâr uppkominn
vefr verþioðar, þær er vinur fulla
rauðum vefti randverks blâ [1].

Siâ er orpinn vefr ýta þörmum,
en harðkliâðr höfðum manna;
eru dreyrrekin dörr at sköptum,
iarnvarðr ylli, enn örum hrælar [2],
skulom slâ sverðum sigrvef þenna.

Gengr Hildr vefa ok Hiörþrimul
Sangríðr Svipul sverðum tognum [3];
skapt mun gnesta, skiöldr mun bresta,
mun hialmgagarr î hlif koma.

Vindum vindum vef darraðar,
sâ er ûngr kongr âtti fyri;
fram skulum ganga ok î folk vaða,
þar er vinir vôrir vâpnum skipta.

Vindum vindum vef darraðar
ok siklingi sîðan fylgjum;

---

[1] vefr, er þær vinur randverks fulla (ausfüllen) blârauðum vefti. — [2] aber mit Pfeilen
sind die Stäbe des Weberkamms (versehen). — [3] a. L. tekna.

þar siá bragnar blòðgar randir
Gunnr ok Göndul, þær er grami fylgðu.

Vindum vindum vef darraðar,
þar er vé vaða vígra manna [1];
látum eigi líf her sparaz,   5
eiga Valkyrjur vals um kosti.

þeir munu lýðir löndum ráða
er útskaga áðr um bygðu;
kveð ek rikum gram ráðinn dauða,
nú er fyrir oddum iarlmaðr hniginn.

Ok munu Írar angr um bíða,
þat er aldri mun ýtum fyrnaz;
nú er vefr ofinn, enn völlr roðinn,
munu um lönd fara læspiöll gota.

Nú er ögurligt um at litaz,
er dreyrug ský dregr með himni;
mun lopt litat lýða blóði,
er spár várar springa kunnu.

Vel kveðu ver um konúng úngan
sigrhljóða fiöld, syngjum heilar;

enn hinn nemi, er heyrir á,
geirhlioða fiöld, ok gumum skemti.

Riðum hêstum, hart út berum
brugðnum sverðum, á brot hêðan.

Rífu þær þá ofan vefinn ok í sundr, ok
hafði hver þat er hélt á. Géck Dörruðr
nú í brot frá glugginum ok heim, enn þær
stigu á hêsta sína ok riðu VI í suðr, enu
aðrar VI í nordr. Slíkan atburð bar fyrir   10
Brand í Fœreyjum Gneistason. Á Islandi
at Svínafelli kom blóð ofan á messuhökul
prêsts föstudaginn langa, svá at hann varð
or at fara. At þvattá sýndiz prêsti á fö-
studaginn lánga siávardiup hiá altarinu,   15
ok sá þar í ögnir margar, ok var þat lengi
at hann mátti eigi syngja tíðirnar. Sá at-
burðr varð í Orkneyjum, at Hârekr þótti
siá Sigurd iarl ok nokura menn með honom;
tók Hârekr þá hêst sinn ok reið til mótz   20
við iarl, sá menn þat, at þeir funduz ok
riðu undir leiti nockut, en þeir sáz aldri
síðan, ok engi örmul funduz af Hâreki.

Aus der Vîgaglûmssaga.

1) c. ·13 Isl. sögur 2, 355 f.   2) c. 24—26. Isl. 2, 385 ff.

1) Der Rosskampf.

Einn dag ferr Glûmr til hêstaþings ok verk-
stiori hans; ríðr hann meri, en hêstr hans 30
rennr hiá; cr þar skemtan góð. þar var
Kâlfr fra Stokkahlöðu, hann átti hêstklâr
einn gamlan, cn hann kom hverjum hêsti
fyrir; hann mælti: hvi skal eigi þenna hér

í móti leiða dýrkâlkinn þeirra þveræinga?
Glûmr segir: þat er úiamligt, hêstr sá ok
klârr þinn. Hann segir: því munu þer eigi
vilja, at engi hugr mun í vera, kann vera
at sanni it fornkveðna, at fê sêr drottni
glíkt. Glûmr segir: þat mun þer ökunnigt,
mun ek ok eigi ńeita fyrir hans hönd, en
at mun vera eigi lengr, enn hann vill.

---

[1] And.: sem er fyrir roða ok vígum manna.

Kálfr segir: vánir má þess vita, at fátt mun í móti yðrum vilja. Voru héstar framleiddir ok bituz vel ok þótti öllum hèstr Ingólfs betr ganga ok vill Glúmr skilja; ríða heim. Er Ingolfr þar þau missari, ok 5 hugnar Glumi vel við hann.

Samkváma var við Diupadals á [nockuru siðarr] þar kemr Glúmr ok Ingolfr með hèst sinn; Kálfr kemr þar ok, hann var vinr Esphœlinga, þar var hestr hans, ok 10 býðr, at nú skulu þeir til þrautar leggia hestaatit. Glúmr kveðr Ingolf ráða skulu; hann lèzt öfúss vera, en nennti eigi undan at ganga. Eru hestar framleiddir; keyrir Kálfr hest sinn, gengr hestr Ingolfs betr í 15 öllum lotum. þá keyrir Kálfr stafinn við eyra hesti Ingólfs, svá at hann svimrar, ok þegar eptir réð hann á. Glúmr gékk þá at, ok náiz iafnaðr, ok lýkr sva, at hestr Kálfs gékk út, varð þá óp mikit. Ok at 20 skilnaði laust Kálfr Ingólf með stafnum; standa menn nú á milli. Glúmr mælti: gefum engan gaum at slíku; svá lýkr hér hverju hestaþingi. Márr mælti við Ingólf: svá mun faðir minn tilætla, at þer verði 25 engi svivirðing at þessu höggi.

2) Glúms Rechtshändel.

Einn dag er menn vôru at Hrafnagils laugu, kom þar þórvarðr. Hann var gleðimaðr mikill ok hendi at mörgu gaman, hann 30 mælti: hvat er komit þeirra manna, er skemta kunni nýjum frœðum? þeir segia: þar er skemtan öll ok gaman, er þú ert. Hann segir: ekki þiki mer nú meira gaman, enn kveða visur Glúms, en þar hygg ek at, hvat honum þikir vantalit í einni visu, at hann mundi skorta á um vigin; hvat 40 skulum ver ætla, hvert þat muni vera, eða hvárt er líkara, at Guðbrandr muni vegit

hafa þorvald, eða Glúmr? þetta þikir mörgum áræðiligt.

Hann reið nú á fund þórarins ok mælti: hugleiðt hefi ek nokkut, ok sýniz mer sem eigi muni it sanna uppi um vig þorvalds Króks, þvíat hittaz mun í kveðskap Glúms, at nokkut þikir honum vantalit vera um vigin. þórarinn segir: varla kann ek nú upp at taka málit öðru sinni, þótt þetta væri satt, mun nú vera kyrt. þat er óráðligt, ok þó mætti kyrt vera, ef eigi hefði um verit grafit, en nu mun ek bera upp fyri menn, ok munu þer svívirðing af fá, svá at engi mun önnur meiri orðit hafa. þórarinn segir: óhógligt liz mer málit at flytja til alþingis við frændaafla Glúms. þorvarðr segir: þar kann ek ráð til leggia: stefn honum til Hegraness þings, þar áttu frændaafla, ok mun þat torsótt at verja málit. þórarinn segir: þat ráð mun haft verða; skiliaz at því. Nú várar illa, ok verðr torsótt allt at fá.

Um várit bió þórarinn mál á hönd Glumi til Hegraness þings, þvíat allir samþingis góðar, þeir er því þingi áttu at halda, vôru bundnir í nauðleytum við þórarinn, en hèstum mátti trauðt koma yfir heiðar fyri snió. Glúmr tók þat til ráðs, at hann fèkk byrðing einn mikinn í hönd þorsteini, bróður sínum, ok skal hann halda vestrfyri ok koma til þings með herklæði ok vistir; en er þeir koma fyrir Ulfsdali, þá brutu þeir skipit í spón, ok týndiz þar alltsaman, menn ok fiárhlutr. Glúmr gekk til þings með hundrað manna, ok náði eigi nærr at tialda enn í fiörbaugsgarði; þar var kominn Einarr Eyjólfsson með þeim Esphœlingum, vôru Glúmi send orð, at hann skyldi tilfæra ok fœra lögvörn fyri sik. Nú gengr Glúmr, en eigi var meira rúm gefit, enn einn maðr mátti gánga, en þar var fylkt liði tveim megin hiá, en Glúmi var boðit at ganga í kvíarnar, ef hann vildi til dómsins; en þat·sýndiz honum óráðligt ok mælti til sinna manna: auðsætt er nú þat, at þeir þikjaz í hendi hafa vârt ráð, mâ ok vera at svâ sê, nû vil ek þô, at þer snûið aptr, mun ek gânga fyrstr, en þâ tveir nærst mer iamfram, en þeim fiorir iamfram, ok skulum ver renna at, ok hafa spiotin fyrir oss, ok mun klambrarveggrinn gânga, ef fast er fylgt. þeir gerðu svâ 10 ok runnu at í einu skeiði í dômhringinn, ok var lengi nætr, áðr þeim varð bægt frâ í brott, ok gerðiz þar svâ mikill þröng ok föst; ok varð þat um siðir, at dômrinn var settr í annat sinn. Ok er þeir tôku 15 at reifa mâlit, þâ gengr Glûmr í þing-brekku, ok nefnir vâtta, at sôl væri þâ komin â þingvöll; síðan° varði hann mönnum í dômlýritti at dœma um sakarnar, ok varð þar niðr at falla hvert mâl, sem þâ 20 var komit; riða menn í brott, ok undu Esphœlingar stórilla við, kallar þôrarinn hann hrakligt gert hafa fyri þeim. Einarr segir: eigi líz mer svâ stórliott sem þer, þviat þar er til mâls at taka, sem frâ var horfit. 25 Síðan riða þeir til alþingis Esphœ-lingar með Einari ok margir vinir þeirra, er þeim höfðu heitit liðveizlu í môti Glumi. Frændr Glûms veita honum at mâlum til rêttra laga, ok er þat af giört með vitra 30 manna râði, ef Glûmr vill vinna eið fyri mâlit, at eigi vægi hann þorvald Krôk. Ok er margir âttu hlut í, þâ sættuz þeir at þvi, at Glûmr skyldi vinna eið, at hann hefði eigi vegit þorvald Krôk, ok var 35 âkveðit, nær eiðrinn skyldi unninn vera, um haustit at fimm vikum, ok er nû svâ rikt fylgt mâlinu, at þeir skyli fram hafa mâlit, eða hann vinni eiða í þremr hofum í Eyja-firði, ok eiðfall, ef þâ·kemr eigi fram. 40 Margrœðt var um þetta mâl, hversu eiðar Glûms myndi vera eða fram fara.

Glûms Reinigungseid.

Nû riða menn heim af þingi, ok er Glûmr heima um sumarit, ok er kyrt allt í heraðinu; liðr til leiðar, ok riða menn til leiðar, en af leið hvarf Glûmr, sva at ekki spurðiz til hans. Mârr sat heima í bûinu. En um haustit at fimm vikum, þâ bauð Mârr mönnum, ok var 5 þar stofnat brullaup, ok kômu þar eigi færri menn til boðs enn hundrað; öllum þôtti kynligt boð þetta, þviat þeir vôru litils ver-ðir, er í hlut âttu. þar sâ menn þann ap-tan, at or dölum öllum Eyjafiarðar riðu 10 tveir menn saman eða fimm, ok safnaðiz saman liðit, er ofan kom í heraðit, ok var þar kominn Glûmr ok Asgrimr ok Gizorr með 3 hundrað manna, ok kômu heim um nôttina ok sâtu þar at boði. En um mor-gininn eptir sendi Glûmr eptir þôrarni, ok 15 bað hann koma í Diupadal, eigi siðarr enn at miðjum morgni, at heyra eiðana. þôrarinn veikz við, ok fêkk hundrað manna. En er þeir kômu til hofsins, þâ gengu menn í hofit: með Glûmi Gizorr ok As- 6 grimr, en með þôrarni Einarr ok Hlenni enn gamli.

Sâ maðr, er hofscið skyldi vinna, tôk silfrbaug í hönd ser, þann er roðinn var í nauts blôði þess, er til blôta væri haft, ok skyldi eigi minna standa enn 3 aura. þâ kvað Glûmr svâ at orði: „at ek nefni Asgrim í vêtti, annan Gizorr í þat vêtti, at ek vinn hofseið at baugi ok segi ek þat Aesi, at ek varkat þar, ok vâkat þar, ok rauðkat þar odd ok egg, er þorvaldr Krôkr fêkk bana; liti nû â eið, þeir er spekimenn eru ok við eru staddir.“ þeir þôrarinn urðu eigi bûnir at lasta, en kvâðuz eigi fyrri þann veg heyrt hafa at orði kveðit. Með sliku môti vôru eiðar unnir í Gnûpa-felli ok svâ at þverâ. þeir Gizorr ok Asgrimr vôru nokkurar nætr at þverâ, ok at skilnaði gaf Glûmr Gizori feldinn blâ, eu Asgrîmi spiotit gullrekna, ok skilduz vinir. Um vetrinn hittuz þeir þorvarðr ok þôrarinn, ok spurði þorvarðr: vann Glûmr vel 5 eiðinn? þôrarinn segir: ekki fundu ver at. Hann segir: Undarliga verðr slíkt um vítra menn, er svâ missŷniz. þat hefi ek vitat, at menn hafa lŷst vígum â hendr ser, en hitt hefi ek eigi vitat eða heyrt, 10 at menn hafi svarit um þat sialfir, at þeir hafi vegit menn, sem Glûmr hefir gert, eða hversu mátti hann meirr atkveða, enn segja, at hann vægi þar at, ok væri þar at, ok ryði þar at odd ok egg, er þor- 15 valdr Krôkr féll â Hrisateigi, þótt hann leiddi eigi svâ, sem tidast er, ok mun sia sneypa iafnan uppi síðan. þôrarinn segir: ekki hefi ek fundit þetta, enda mœðumz ek â at eiga við Glûm. Hann segir: ef þu 20 þikiz mœðaz, sakir vanheilsu, þá láttu Einar taka enn málit, hann er vitr ok kynstórr, munu honum margir fylgja, eigi sitr Guð- mundr hiâ, brôðir hans, ok er sâ hlutrinn, at hann er giarnastr til, ef hann kemz at 25 þverâ. Eptir þetta hittaz þeir Einarr ok bera râð sin saman, ok mælti þôrarinn: ef þu vill fyri málinu vera, munu margir þer veita, munu ver þat ok tilvinna, at kaupa þer landit eigi meira verði enn Glûmr keypti 30 at þorkatli hâfa. Einarr segir: Glûmr he- fir nu lôgat þeim lutum, feldi ok spioti, er Vigfuss, môðurfaðir hans, gaf honum, ok bað hann eiga, ef hann vildi halda virðingu sinni, en kvað þaðan frâ þverra mundu; 35 nû mun ek taka við málinu ok fylgja.

Endurtheil.

Nû býr Einarr til vígsmálit af nŷ- 40 ju til alþingis, ok fiölmenna hvârir- tveggju. En áðr Glûmr riði heiman, dreymdi

hann, at margir menn væri komnir þar til þverâr at hitta Frey, ok þôttiz hann siâ margt manna â eyrunum við âna, en Freyr sat â stôli. Hann þôttiz spyrja, hverir þar væri komnir. þeir segja: þetta eru frændr þínir framliðnir, ok biðjum ver nû Frey, at þú sér eigi â brott fœrðr af þverârlandi, ok tiðar ekki, ok svarar Freyr stutt ok reiðuliga, ok minniz nû â uxagiöf þorkels ens hâfa. Hann vaknaði, ok léz Glûmr verr vera við Frey alla tima síðan. Ríða menn til þings, ok verða þau málalok, at Glûmr gengr við víginu; en í því âttu hlut vinir hans ok frændr, at heldr skyldi sættaz, enn sekt kæmi â eða útanferð; ok sættuz þeir â þingi at því, at Glûmr gald þverârland, hâlft Katli, syni þorvalls Krôks í föðurbœtr, en seldi hâlft við verði, ok skyldi þô búa â þau missari, ok varð he- raðssekr, ok búa eigi nærr, enn í Hör- gârdal; fôru síðan af þingi. Síðan keypti Einarr landit, sem honum var heitit.

Menn Einars kômu þangat um vârit at vinna landit, ok mælti Einarr, at þeir skyldi segja honum hvert orð þat er Glûmr mælti. Einn dag kom Glûmr at mâli við þâ ok segir svâ: ,auðsætt er þat at Einarr hefir vel ser fengit verkmenn ok er vel unnit â landinu; nû skiptir miklu, at smâtt ok stôrt sé tilhent: nû skulu þer hér reisa við âna vâðmeið, ok er konum hœgt til þváttar at hreinsa stôrföt, en heimabrunn- nar eru vândir'. Nû koma þeir heim, ok spyrr Einarr hvat þeir Glûmr mæltiz við. þeir segja hvé hugkvæmr hann var at öllu at unnit væri. Hann segir: ,,þôtti yðr þat vera, at hann vildi vel búa í hendr mer?" þeir segja ,sva þikir okkr.' Einarr segir: ,,annann veg liz mer: þat hygg ek, at við þann meið festi hann ykkr upp, en ætli at reisa mer nið, nû skuluþer eigi fara þô. Einarr fœrði þangat bú sitt um vârit, en Glúmr sat þar til ens efsta fardags, en er menn vóru í brott búnir, þá settiz Glúmr í öndvegi, ok gerði eigi á brott ganga, þótt at honum væri kallat; hann lætr tialda skálann, ok vill eigi svá skiljaz 5 við landit sem kotkarlar. Hallbera, dóttir þórodds Hialmssonar, var móðir Guðmundar ok Einars, hun bio þá at Hanakambi; hun kom til þverár, ok kvaddi Glúm ok mælti ,sittu heill, Glúmr, en ekki er hér 10 nú lengr at vera, komit hefi ek nú eldi á þverárland; ok geri ek þik nú ábrott með allt þitt, ok er hélgat landit Einari, syni mínum'. Glúmr reis upp þá ok mælti at hun skyldi gleipa kerlinga örmust, en þó 15 reið Glumr þá í brott ok varð litit um öxl til bœjarins ok kvað vísu:

Rudda ek sem iarlar, orð lék á því forðum
með veðrstöfum Viðris vandar, mer til 20 handa [1];

nú hefi ek Valþögnis vegna varrar skiðs um siðir
breiða iörð með börðum bendis mer or hendi [2].

Glúmr bio á Möðruvöllum í Hörgárdal við þorgrím fiuk, ok undi því eigi lengr enn einn vetr; þá bio hann 2 vetr í Myrkárdal, þá hliop þar skríða nærr bœnum, svá at tók sum húsin; þá kvað Glúmr vísu:

Mál er munat enn sælu menbriotandi hliota,
oss kom breiðr í búðir böggr af einu höggi;
þá er fleymarar fiora fullkátir ver sátum,
nú er, mógrennir, minna mitt, sex tigu vetra. [3]

þá keypti Glúmr land at þverbrekku í Öxnadal, ok bio þar, meðan hann lifði, ok varð gamall ok sionlauss.

A. d. Völsungasaga.

Sinfiötli in Wolfsgestalt und als Bluträcher (Fornald. I, 130 ff.)

Þat er nú at segja at Sigmundi þikkir 25 Sinfiötli ofûngr til hefnda með ser, ok vill nú fyrst venja hann með nokkut harðræði; fara nú um sumrum víða um skóga, ok drepa menn til fiár ser. Sigmundi þikkir hann miök í ætt Völsunga, ok þó 30 hyggr hann, at hann sé son Siggeirs konungs, ok hyggr hann hafa ilsku feðr síns enn kapp Völsunga, ok ætlar hann eigi miök frændrœkinn mann, því hann minnir opt Sigmund á sína harma, ok eggjar miök at drepa Siggeir konúng.

Nú er þat eitthvert sinn, at þeir fara út á skóginn at afla ser fiár, en þeir finna

---

[1] erklärt von Snorri 188, 28. — [2] nun habe ich zuletzt das breite Land nach seinen Gränzen, das eigene (des Schwertschwingers, s. Valþögnir im Gloss.) mir aus der Hand gehauen (durch den Todschlag verloren). — [3] wo wir, Kriegsmann l (s. das schwierige mögrennir fl. fiora im Gl.) völlig fröhlich — mein Erinnern ist — sechzig Winter nun wohnten.

citt hús ok tvá menn sofandi í húsinu með digrum gullhringum; þeir hafa orðit fyrir ósköpum, þvíat ulfahamir héngu yfir húsinu yfir þeim; it tíunda hvert dœgr máttu þeir komaz or hömunum; þeir vóru konungasy- 5 nir. þeir Sigmundr fóru í hamina ok máttu eigi or komaz, ok fylgði sú náttúra sem áðr var, létu ok vargsröddu; þeir skildu báðir röddina. Nú leggjaz þeir ok á merkr, ok ferr sína leið hverr þeirra; þeir gera 10 þann mála með ser, at þeir skuli tilhætta, þótt 7 menn sê, en eigi framarr, en sá láti ulfs rödd er fyrir úfriði yrði. „Bregðum nú eigi af þessu, segir Sigmundr, þvíat þú ert úngr ok áræðisfullr, munu menn gótt 15 hyggja til at veiða þik. Nú ferr sína leið hvárr þeirra, ok er þeir vóru skildir, finnr Sigmundr menn ok lét úlfs röddu, ok er Sinfiötli heyrir þat, ferr hann til þegar ok drepr alla; þeir skiljaz enn. Ok er Sin- 20 fiötli hefir eigi lengi farit um skóginn, finnr hann 11 menn; ferr svá at hann drepr þá alla; hann verðr ok lúinn, ok ferr undir eina eik, hvíliz þar. þá kemr Sigmundr þar ok mælti „því kallaðir þú ekki?" Sin- 25 fiötli sagði „eigi vilda ek kveðja þik til liðs at drepa 11 menn". Sigmundr hleypr at honum svá hart, at hann stakar við ok fellr; Sigmundr bitr í barkann framan. þann dag máttu þeir eigi komaz ur ulfa 30 hömunum. Sigmundr leggr hann nú á bak ser, ok berr heim í skálann, ok sat hann yfir honum, en bað tröll taka ulfhamina. Sigmundr sér einn dag, hvar hreisikettir 2 vóru, ok bítr annar í barkann öðrum, ok rann 35 sá til skógar ok hefir eitt blað ok fœrir yfir sárit, ok sprettr upp hreisiköttrinn heill. Sigmundr gengr út, ok sér hvar hrafn flýgr með blaðit ok fœrði honum, hann dregr þetta yfir sárit Sinfiötla, en hann sprettr 40 upp þegar heill, sem hann hefði aldri sárr verit. Eptir þat fara þeir til iarðhúss, ok

ern þar til þess, er þeir skyldu fara or ulf-hömunum, þá taka þeir þá, ok brenna í eldi, ok báðu engum at meini verða, ok í þeim ûsköpum unnu þeir mörg frægðarverk í riki Siggeirs konungs.

Ok er Sinfiötli er frumvaxti, þá þikkiz Sigmundr hafa reynt hann miök. Nú liðr eigi lángt, áðr Sigmundr vill leita til fö-ðurhefnda, ef svá vildi takaz, ok nú fara þeir í brott frá iarðhúsinu einhvern dag ok koma at bœ Siggeirs konúngs síð um aptan, ok gánga inní forstofuna þá er var fyrir höllinni, en þar vóru inni ölker, ok leynaz þar. Drottníng veit nú hvar þeir eru, ok vill hitta þá, ok er þau finnaz, gera þau þat ráð, at þeir leitaði til föður-hefnda, er náttaði.

þau Signý ok konúngr eigu 2 börn úng at aldri, þau leika ser á golfinu at gulli, ok renna því eptir golfinu hallarinnar ok hlaupa þar eptir; ok einn gullhringr hrýtr útar í húsit, þar sem þeir Sigmundr eru, en sveininn hleypr eptir at leita hring-sins. Nú sér hann hvar sitja 2 menn mik-lir ok grimmiligir, ok hafa síða hialma ok hvítar brynjur. Nú hleypir hann í höllina innarr fyrir feðr sinn, ok segir honum hvat hann hefir sét. Nu grunar konúngr, at vera muni svik við hann. Signý heyrir nú hvat þeir segja, hun stendr upp, tekr börnin bæði ok fór útar í forstofuna til þeirra ok mælti, at þeir skyldu þat vita, at þau hefði sagt til þeirra „ok ræð ek ykkr, at þið drepið þau". Sigmundr segir: eigi vil ek drepa börn þín, þótt þau hafi sagt til mín; en Sinfiötli lét ser ecki feilaz, ok bregðr sverði ok drepr hvárttveggja barnit, ok kastar þeim innarr í höllina fyrir Siggeir konúng. Konúngr stendr nú upp ok heitr á menn at taka þá menn, er leynz höfðu í forstofunni um kveldit. Nú hlaupa menn útar þángat ok vilja höndla þá, en þeir

verja sik vel ok 'drengiliga, ok þikkiz þá
sá verst hafa lengi, er næst er; ok um
siðir verða þeir ofrliði bornir, ok verða
handteknir ok þvinæst i bönd reknir, ok i
fiötra settir, ok sitja þeir þar þá nótt alla. 5
Nú hyggr konûngr at fyrir ser, hvern
dauða hann skal fá þeim, þann er kendi
lengst; ok er morginn kom, þá lætr ko-
nûngr haug mikinn gera af grioti ok torfi,
ok er þessi haugr er giörr, þá lét hann 10
setja hellu mikla i miðjan hauginn, svá at
annar iaðarr hellunnar horfði upp en annar
niðr, hun var svá mikil at hun tók tveggja
vegna, svá at eigi mátti komaz hia henni.
Nú lætr hann taka þá Sigmund ok Sinfiötla 15
ok setja i hauginn sínu megin hvern þeirra,
fyrir því at honum þôtti þeim þat verra, at
vera eigi báðum saman, en þó mátti heyra
hvárr til annars. Ok er þeir vóru at tyrfa
hauginn, þá kemr Signý þar at, ok hefir 20
halm i fangi ser, ok kastar i hauginn til
Sinfiötla ok biðr þrælana leyna konúnginn
þessu; þeir iá því ok er þá lokit aptr hau-
ginum. Ok er nátta tekr, þá mælti Sinfiötli
til Sigmundar: ekki ætla ek okkr mat skorta 25
um hríð, hér hefir drottningin kastat flês-
ki inní hauginn ok vafit um útan halmi, ok
enn þreifar hann um flêskit, ok finnr at
þar var stungit i sverði Sigmundar, ok
kendi at hiöltunum, er myrkt var i haugi- 30
num ok segir Sigmundi; þeir fagna því bá-
ðir. Nú skýtr Sinfiötli blóðreflinum fyrir
ofan helluna ok dregr fast, sverðit bítr
helluna. Sigmundr tekr nú blóðreflinn, ok
ristu nú i milli sín helluna, ok léttu eigi 35
fyrr enn lokit er at rista, sem kveðit er

    Ristu af magni mikla hellu
    Sigmundr hiörfi ok Sinfiötli.

Ok nú eru þeir lausir báðir saman i hau-
ginum, ok rista bæði griot ok iarn, ok ko-
maz svá út ur hauginum.
    þeir gánga nú heim til hallarinnar, eru
menn þá i svefni allir; þeir bera við at
höllíni, ok leggja eld i viðinn, en þeir
vakna við gufuna er inni eru, ok þat at
höllin logar yfir þeim. Konûngr spyrr,
hverir eldana gerði? ,Hér eru við Sinfiötli,
systurson minn, sagði Sigmundr, ok ætlum
við nú at þat skulir þú vita, at eigi eru
allir Völsûngar dauðir'; hann biðr systur
sína út at ganga, ok þiggja af honum góð
metorð ok mikinn sóma, ok vill svá bæta
henni sína harma. Hun svarar: „nú skaltu
vita, hvárt ek hefi munat Siggeiri konúngi
dráp Völsûngs konúngs, ek lét drepa börn
okkr, er mer þôttu ofsein til föðurhefnda,
ok ek fór i skóg til þín i völvuliki, ok er
Sinfiötli okkarr son, hefir hann af því mi-
kit kapp, at hann er bæði sonarson ok
dótturson Völsungs konungs, hefi ek þar
til unnit alla luti, at Siggeir konûngr skyldi
bana fá, hefi ek ok svá mikit tilunnit, at
framkœmiz hefndin, at mer er með öngum
kosti líft; skal ek nú deyja með Siggeiri
konûngi lostig, er ek átta hann nauðig".
Síðan kysti hun Sigmund bróður sinn ok
Sinfiötla, ok gêkk inní eldinn, ok bað þá
vel fara; síðan fékk hun þar bana með
Siggeiri konungi ok allri hirð sinni. þeir
frændr fá ser liðs ok skipa, ok heldr Sig-
mundr til ættleifðar sinnar, ok rekr or landi
þann konúng er þar hafði i sez eptir Völ-
sung konúng.

Aus der Grâgâs.

1) Lögsögomannz þâttr.

Svâ er mælt, at sâ maðr scal vera nockorr 5 âvalt â landi ôro, er skyldr sê til þess, at segia lög mönnom, ok heitir sâ lögsögomaðr. Enn ef lögsögomannz missir við, þâ skal or þeim fiorðungi taka mann til at segia þingsköp upp et næsta sumar, er hann 10 hafði siðarst heimili î. Menn skolo þa taka ser lögsögomann, ok sýsla þat föstodag, hverr vera skal, âðr sakir se lýstar. þat er oc vel, ef allír menn verða sâttir â einn mann. Enn ef lögrettomaðr nokorr stendr 15 við þvî er flêstir vilia, ok skal þâ luta, î huern fiorðung lögsaga skal huerfa. Enn þeirr fiorðungsmenn, er þa hefir lutr i hag borit, skolo taka lögsögomann þann sem þeir verða sâttir â, hvart sem sâ er or 20 þeirra fiorðungi eðr or öðrom fiorðungi nokorom þeirra manna, er þeir mega þat geta at. Nu verða fiorðungsmenn eigi â sâttir, ok skal þa afl râða með þeim. Enn ef þeir ero iammargir er lögretto seto eigo, 25 er sinn lögsögomann vilia huârir, þa skolo þeir râða er byscop sa fellr i fullting með, er i þeim fiorðungi er. Nu ero lögretto-menn nokorir þeir er neita þvî er aðrir vilia, fâi engi mann sialfir til lögsögu, ok eigo 30 enskis þeirra orð at metaz.

Lögsögomann â î lögretto at taka, þa er menn hafa râðit, huerr vera scal, ok skal einn maðr skilja fyrir, en aðrir gialda sam-kvæði â, ok skal III sumor samfast enn 35 sami hafa, nema menn vili eigi breitt hafa.

Or þeirre lögretto, er lögsögomaðr er tekinn, skolo menn ganga til lögbergs, ok skal hann ganga til lögbergs, ok setiaz î rûm sitt, ok skipa lögberg þeim mön-nom sem hann vill, enn menn skolo þa mæla mâlom sînom. þat er ok mælt, at lög-sögomaðr er skyldr til þess, at segia up lögþâtto alla â þrimr sumrom hueriom, enn þingsköp huert sumar. Lögsögomaðr â up at segja syknoleyfi öll â lögbergi, sva at meire lutr manna sê þar, ef þvi um nâir, ok misseris tal, ok sva þat ef menn skolo koma fyrr til alþingis enn X vikor ero af sumre, ok tîna ymbrodaga hald ok föstoinganga, ok skal hann þetta allt mæla at þinglausnom. þat er ok, at lögsögomaðr skal sua giörla þâtto alla up segia, at engi vite einna miklogi görr. Enn ef hanom vinnz eigi frôðleikr til þess, þa skal hann eiga stefno við V lögmenn, en næsto dægr âðr, eðr fleire þa er hann ma helzt geta af, âðr hann segi huern þâtt upp, oc verðr huerr maðr ûtlagr III mörkom, er ôlofat gengr â mal þeirra ok û lögsögomaðr sök þâ.

Lögsögomaðr skal hafa huert sumar II hundroð alna vâðmâla af lögrettofiâm fy-rir starf sitt. Hann â ok ûtlegðir allar halfar, þær er â alþîngi ero dæmðar hêr, ok skal dæma eindaga a þeim öllum annat sumar hêr î bôanda kirkiogarðe, miðviko-dag î mitt þîng. Utlagr er huerr maðr, er fê lætr dæma, ef hann segir eigi lögsögo-manne til, ok suâ huerir döms upsögo vât-tar hafa verit.

þat er ok, þá er lögsögomaðr hefir haft III sumor lögsögo, ok skal hann þa segja upp þingsköp et fiorða sumar, föstodag inn fyrra í þingi, þa er hann ok lauss fra lögsögo ef hann vill. Nu vill hann hafa lög- 5 sögo lengr, ef aðrir unna honom, þa skall enn meiri lutr lögrettomanna ráða. þat er ok at lögsögomaðr er útlagr III mörkom, ef hann kemr eigi til alþingis, föstodag inn fyrra, áðr menn gangi til lögbergs, at 10 nauðsynjalauso, enda eigo menn þa at taka annan lögsögomann ef vilja.

Lögretto þáttr.

Lögretto skolo ver ok eiga ok hafa hér huert sumar à alþingi, ok skal hon sitja í þeim stað ávalt, sem lengi hefir verit. þar skolo pallar þrir vera ombhverfis lögrettona, sva víðir, at rúmlega megi sitja 20 a hueriom þeirra fernar tylptir manna, þat ero XII menn or fiorðunge hueriom, er lögretto seto eigo, oc lögsögomaðr umfram, sva at þar skolo ráða lögom oc lofom. þeir skolo allir sitja á miðpalli, ok þar eigo bys- 25 kupar várir rúm. þeir menn XII eigo lögretto seto or norðlendingafiorðungi, er fara með goðorð þan XII, er þar voro þá höfð er þeir átto þing fiögor, enn goðar III í huerio þingi. Enn í öllom fiorðungum öð- 30 rum, þá eigo menn þeir IX lögretto seto or fiorðungi hueriom, er fara með goðorð full ok forn, þau er þa vóro þriu í vár-þingi huerio, er þing váro III í fiorðungi hueriom þeirra þriggja, enda skolo þeir al- 35 lir hafa með ser mann einn or þingi huerio eno forna, svá at þó eigniz XII menn lögretto seto or fiorðungi hueriom. En forn goðorð norðlendinga öll ero fiorðungi

skerð, at alþingis nefno, við full goðorð önnor öll a lande hér. þat er ok um þa menn alla, er sva eigo lögretto seto, sem nu var tint, at þeirra huerr á at skipa tueim mönnom í lögretto, til umráða með ser, öðrom firir ser, en öðrom á bak ser ok sínom þingmönnom, þa verða pallar skipaðir til fullz, ok fernar tylptir manna à hueriom pallo. —

2) Arfaþáttr c. 3.

Um þá menn er eigi ero arfgengir.

Eigi ero allir menn arfgengir, þótt frials-bornir sè. Sâ maðr er eigi arfgengr, er móðir hans er eigi mundi keypt, mörk eðr meira fè, eðr eigi brullaup tilgert, eðr eigi fastnoð. þa er kona mundi keypt, er mörk VI alna aura er goldin at munde, eðr handsaloð, eðr meira fè ella; þá er brullaup gert at lögum, ef lögráðandi fastnar kono, enda sè VI menn at brullaupi et fæsta, oc gangi brúðgumi i liosi í sama sæng kono. Sâ maðr er ok eigi arfgengr, er eigi veit, hvárt tryiosöðull skal fram horfa á hrossi eðr aptr, eða huárt hann skal horfa a hrossino fram eða aptr. En ef hann er hyggnari, þa skal hanom arf deila. En ef hann kann eigi til fullz eyris ráða, þa skal hinn nânasti niðr hafa varðveizlo fiâr hans, sem ômaga eyris. þeir eigo at stefna ha-nom, þar er hann XVI vetra gamall, til ski-la ok til raunar um þat, at hann kunni fè síno eigi at ráða til fullz eyris, ok telja hann af ráðunum fiâr sins allz, ok telja ser ráðinn fiârins, ef kviðr berr hann sannan at því. þar skal kveðja til IX heimilis búa (hans [1], á þingi þess er sóttr er, hvart

---

[1] Was hier eingeschlossen ist, fehlt in der zweiten Hds.

hann kunni råða fê sino til fullz eyris eðr eigi, enda å at dœma at þvî sem kviðrinn herr. Nu berr þat kviðr, at hann kunni eigi at råða fê sino til fullz eyris, þa skal dœma þeim manni fiårvarðveizlo hans, er 5 stefna lêt. En sa skal (låta) virða fê þat sem ômaga eyri ok sva hafa at öllo. — En ef hanom batnar hyggiandi, þa skal hann stefna þeim er fêin hefir at varðveita, þa er hann er XX vetra gamall, til gialda 10 ok til ûtgöngo um fêit, ok skal hann kveðja heimilisbua IX å þingi, hvårt hann kann råða til fullz eyris fê sino eðr eigi. Ef þat berr kviðr î hag hanom, (at hann kunni råða fê sino til fullz eyris, þa skal 15 hann enn kveðja heimilisbûa IX a þingi þess er hann sœkir at bera um þat, við hvê miklum aurum sa tôk þeim, er hann åtti. Skal siðan dœma hanom fiår varðveizlo þess er hinn tôk við, åvaxtalaust, ef kviðr 20 berr þat at hann kunni þa råða til fullz eyris); en eigi ella. Enda skal hann eigi optarr tilreyna. Nu skal dœma hanom fiårvarðveizlo sîna þå, ef kviðrinn berr î hag hanom, en eigi ella, en eigi å hann 25 tilkall optarr.

3) Aus Vîgslôði.

c. 1—3; 105, 106; 112, 113; 116.

Upphaf vîgslôða. Um lögmæt frumlaup.

Fiörbaugsgarð varðar, ef maðr leypr til manz lögmætu frumlaupi. En þau ero V laup, ef maðr höggr til manz, eðr drepr, 35 eðr leggr, eðr skýtr, eðr kastar; þå varða öll fiörbaugsgarð, ef eigi kömr å, en skôggang, ef å kömr. En þa er frumlaup lögmætt, ef maðr reiðir fram [þann vigvöl] er hann vill öðrom mein með göra, ok 40 veri hann sva nær, at hann mundi taka til hins, ef hann hœfði, eðr ecki stöðvaði å

gangi. þat or enn frumlaup, hvario sem hann skýtr eðr verpr, ef hann veri sva nær, at hann mundi þvi koma til þess, ef hann hœfði, eðr ecki stöðvaði.

Um þat, ef frumlaup er å gangi stöðvat.

þå er frumlaup å gangi stöðvat, ef kömr å vapn, eðr våðir eðr å völl eðr taki menn við [a lopti]. [Ef menn þræta um frumlaup, hvårt å hafi komit eðr eigi, ok skal þvi at eins drep vera, ef kviðr berr þat, at å hinn mundi koma, ef hann stœði berr fyrir. En um þau frumlaup V er nû ero talit, ok fiörbaugsgarð varðar, þa er eigi sökn til, nema þau se lýst fyrir búum V fyrir þriðjo sôl, eða nefndir at sýnarváttar ella, å enom sama vêttvangi.]

Um þat frumlaup er maðr fellir mann.

þat er VI frumlaup, ef maðr fellir mann ok varðar þat skôggang. En þat er fall, ef hinn styðr niðr knê eðr hendi, allra helzt ef hann fellr meirr. En þat er VII da frumlaup, ef maðr rænir mann handråni. En þat er handrån, ef maðr slitr or höndom manni þat, er hinn heldr å åðr, eðr af baki hanom, þat varðar ok skôggang. En þat er et VIII, ef maðr ryskir mann, oc varðar þat skôggang. þat er IX da, ef hann kyrkir mann, ok varðar þat skôggang. [Um frumlaup þau IX, sem þar ero nû talið, þar er vigt îgegn þeim öllum å enom sama vêttvangi, ok eigi lengr enn sva.

Um þat ef maðr bregðr manni brigzlum.

Ef maðr bregðr manni brigzlum, ok mælir åliot, þott hann segi sått, ok varðar þat fiörbaugsgarð, ok skal sœkja við tolftarkvið, ef hann heyrir eigi å, en við våttorð, ef hann heyri.

Ef maðr gefr manni nafn annat, enn hann eigi, ok varðar þat fiörbaugsgarð ef hinn vill reiðaz við. Svâ er ok, ef maðr reiðir auknefni til hâðungar hanom, ok varðar þat fiörbaugsgarð, ok skal þat hvârt- 5 tveggia sœkja við XII kvið. Ef maðr görir yki um mann, ok varðar þat fiörbaugsgarð. [þat er yki, ef maðr segir þat frâ öðrom manni eðr frâ eign hans nockorri, er eigi mâ vera, ok görir þat til hâðungar hanom]. 10 Ef maðr görir nið um mann, ok varðar þat fiörbaugsgarð, ok skal sœkja við XII kvið. þat ero nið, ef maðr skerr trênið manni, eðr rístr eðr reisir manni niðstöng.

þau ero orð þriu, ef sva miok versna 15 mâlsendar manna, er skôggang varða öll; ef maðr kallar mann ragan eðr stroðinn eðr sorðinn, ok skal sva sœkja, sem önnor fullrettis orð, enda â maðr vîgt i gegn þeim orðum þrimr; iamlengi â maðr vîgt 20 um orð, sem um konor; ok til ens næsta alþingis hvârttveggia, ok fellr sa maðr ôhei- lagr, er þessi orð mælir fyrir öllom þeim mönnom, er hinom fylgia til vêttvangs, er þessi orð vôro við mælt. 25

Um skaldskap.

Hvartki â maðr at yrkja um mann lof nê löst. Skala maðr reiðaz við fiorðungi 30 vîso, nema lastmæli sê î. Ef maðr yrkir II orð, enn annarr önnor II, ok râða þeir bâðir samt um, ok varðar skôggang hvâ- rumtveggja; en ef eigi er hâðung î, þa varðar III marka ûtlegð. Nû yrkir maðr 35 fleira um, ok varðar þat fiörbaugsgarð, þott eigi sê hâðung î. Ef maðr yrkir halfa vîso um mann, þâ er löstr er î eðr hâðung, ok varðar þat skôggang. Nû ef hann kveðr eðr kennir öðrum, ok er þat þa ön- 40 nor sök, ok varðar enn skôggang, enda varðar sva þeim, er nemr [þann verka ok

reiðir til hâðungar manni]. Sû reiðíng varðar skôggang, er til hâðungar metz. Stefno sök er um skaldskap ok sôkn til ens IIIa alþingis, þaðan frâ er aðili spyrr, ok skal kveðja til, hvart sem vill, IX heimi- lis bûa â þingi [þess er sôttr er] ella XII kviðar. Skôggang varðar meðförin sem verkinn, ok skiptir engu, hvart fyrr er sótt, ok skal við hin sömo gögn sœkja [bæði]. Skôggang varðar, þóat maðr yrki um dau- ðan mann kristinn, eðr kveði þat er um hann er ort til lýta eðr til hâðungar, ok ferr sva sök su sem vigsök. Ef maðr he- fir orð þat î skaldskap, er annar maðr â vîgt um, enda hefni hann vîgi eðr âverk- om, ok skal sa þa um illmæli sœkja til biargar ser. Ef maðr kveðr nið um mann at lögbergi, ok varðar þar skôggang, enda fellr sa ôheilagr til þess alþingis, er næst er eptir, fyrir hanom [ok þeim mönnom er hanom fylgja til], ok skal hann kveðja til vêtvangsbûa um þat, hvârt hinn hafi kve- dit nið þat hanom til hâðungar eðr eigi.

Ef maðr yrkir nið eðr hâðung um ko- nung Svîa eðr Dana eðr Norðmanna, ok varðar þat skôggang, ok eigo hûskarlar þeirra sakir. En ef þeir ero eigi hêr stad- dír, eðr vilja þeir eigi sœkja, þa â sök sâ er vill.

Ef maðr yrkir mansöng um kono, ok varðar þat skôggang. Kona â sök, ef hon er tvîtög eðr ellri. En ef er hon er yngri, eðr vill hon eigi sœkja lâta, þa â lögrâ- ðandi hennar sökina.

Ef maðr kveðr skaldskap til hâðungar manni, þótt um annan mann sê ort, eðr snýr hann â hönd hanom nokkoro orði; ok varðar skôggang, ok skal sva sœkja, sem um skaldskap annan. Ef maðr yrkir viðâttoskaldskap, þa â hverr maðr þess kost, er vill at dragaz undir ok stefna um, þótt kviðr beri þat, at hinn hafi eigi um þann ort er sœkir um, en þat beri þô kviðr at hann hafi ort, ok varðar þo skôggang um viðátto skaldskap. þat er vidåtto skaldskapr, er maðr yrkir um engi mann einkum, enda ferr þat þô um heraðð innan, 5 ok varðar skôggang.

Griðamâl.

þat ero forn lög a landi vâro, ef maðr 10 verðr sekr um griða rof, at þeir menn XII er î grið vôro nefndir, eiga rett at taka or fê hans VIII aura ens fimta tigar. En þat ero lög î Noregi ok á alla danska tungo, ef maðr þyrmir eigi griðum, at sâ er ut- 15 lagr fyrir endilangan Noreg, ok ferr bæði löndum sînum ok lausafê, ok skal aldregi î land koma sîðan.

„þat er uphaf at þesso mâli, at ek set grið ok frið â milli þeirra N. N. Sê 20 Cristr fyrstr î griðum, þviat hann er beztr, ok sancta Maria môðir hans; konungar hêlgir ok byskopar, lærðir menn ok lögmenn ok allir hinir bezto menn. Set ek grið ok fullan frið, fêgrið ok fiörgrið, î öllom stö- 25 ðum nefndom, svâ lengi sem ver verðum â sattir at vilja guðs, ok at vitni þeirra manna er nu heyra â griðamâl. Sâ er griðniðingr er griðum spillir, rækr ok rekinn frá guði ok öllom guðs mönnom, en sâ er grið heldir 30 ok settum friði, hafi guðs vingan ok gôðra manna ûtan enda. Hafum allir guðs hylli ok höldum vel griðum.“

„Vandræði görðuz þeirra ameðal N. N. sonar, ok N. N. sonar, sem þer vituð skyn 35 â. Nu hafa vinir þeirra til komit ok vilja sætta þâ, ok nû ero sett grið með þeim. Sâ er fyrstr î griðum ok baztr er, Cristr drottinn ok allr heilagr dômr. Byskopar vârir ok bôklærðir menn, bœndr ok öll al- 40 þýða. Hafi sâ hylli guðs er heldr griðum, en sâ maðr er gengr â grið þessi, beri

slîka birði, sem hann bindr ser, en þat er guðdrottins gremi ok griðníðings nafn. Hafit hylli guðs ok haldit vel griðum.“

„þat er upphaf mâls mîns, at ek set grið ok frið her âmeðal manna. Sê Cristr î griðum með oss ok Cristz hêlgir, konungar vârir ok biskupar, lærðir menn ok lögmenn ok allir hinir bezto menn. Set ek grið ok fullan frið, fêgrið ok fiörgrið î öllom stö- ðom nefndom ok ônefndom, sva lengi sem ver urðum âsâttir at vitni guðs ok heilagra manna. Set ek grið þessi fyrir oss ok fyrir vâra frændr alla, bæði nefnda ok ônefnda með handfesti vârri. Sâ er griðniðingr er griðum spillir, rækr ok rekinn fra guði ok gôðum mönnum öllum. En sa er griðum heldr ok settum friði, hafi guðs vingan ok gôðra manna ûtan enda. Höfum allir guðs hylli ok höldum vel griðum.

Aus trygðamâl; vgl. 99, 19 fg.

Sakar hafa görzc âmeðal þeirra N. N. sonar ok N. N. sonar, en nû ero þær sakir set- tar ok fê bœttar, sva sem metendr mâto ok domendr dœmdo, teljendr töldo, gefendr gâfo, þiggjendr þâgo, ok þaðan bâro með fê fullo ok framkomnum eyri, þeim î hönd selt, er hafa skyldo. En ef þeirra verða enn sakir âmillum, þâ skal þat fê bœta, en eigi flein rioða. En ef annarrtveggi þeirra verðr sva ôðr, at hann gengi â görva sætt; ok vegr â veittar trygðir, þa skal sâ rekinn vera frâ guði ok allri guðs cristni, svâ vîða sem menn varga reka, kristnir menn kirkior sœkja, heiðnir menn hof blôta, mô- ðir mög fœðir, mögr môðor kallar, eldar uppbrenna, Finnr skrîðr, fura vex, valr flŷgr varlangan dag, ok standi byrr undir bâða vængi. Nû er þat fê lagt â bôk er N. bœtir fyrir sik, ok firir sinn erfingja, getinn ok ôgetinn, borinn ok ôborinn, nefn-

5

dan ok ónefndan, ok tekr hann þar trygðir
îgegn af N., ævintrygðir ok aldartrygðir,
þær er æ skolo haldaz, meðan öld er ok
menn lifa. Nû skolo þeir vera menn sat-
tir ok sammála, hvar sem þeir finnaz â 5
landi eðr â vatni, skipi eðr skiði, hafi eðr
hêstzbaki, âr at miðla eðr austskoto, þiljo
eðr þopto, ef þarfir göraz, knif eðr kiöt-
stycki saman. Sâttr hvârr við annann, sem
faðir við son, eðr sonr við föður. Leggit 10
nû saman hendr ykrar, ok verit menn sât-
tir, at vitni guðs ok allz heilags dôms, ok
þeirra manna allra, er þetta mâl heyrðo.

Aus baugatal.

Fiorir ero lögbaugar: Einn er þrîmer-
kingr, annar tvitogauri; þriði tvimerkingr,
fiorði tolfeyringr. Höfutbaugi fylgja VI
aurar baugþak, ok þveiti VIII ens Vta ti- 20
gar. Tvitogaura fylgja half mörk baug-
þak, ok þveiti II ens fiorða tigar. Tvi-
merkingi fylgja III aurar baugþak ok þveiti
XXIV. Tolfeyringi fylgja II aurar baug-
þak ok þveiti XVI.

At enom mêsta baugi ero III menn,
bæði baugbœtendr ok baugþiggjendr: faðir
ok sonr ok broðir. At tvitogaura ero IV
menn, bæði baugbœtendr ok baugþiggjendr,
föðorfaðir ok sonarsonr, môðorfaðir ok dot- 30
torsonr. At tvimerkingi ero enn IV menn,
bæði baugbœtendr ok baugþiggiendr, föðor-
bróðir ok bróðorsonr, môðorbróðir ok sy-
storsonr. Tolfeyring skolo taka brœðrun-
gar ok systkinasynir ok systrungar, ok sva 35
gialda. þar ero baugar farnir.

þeir menn er enom vegna manni ero
firnari enn brœðrungar, eðr systkina synir,
eðr systrungar, skolo taka mörk af iafnnâ-
nom frændom vegandans. Næsta brœðrar 40
vegandans skolo bœta næsta brœðrom ens
vegna örtog ens VI eyris. þeir menn er

ero manni firnari veganda, en næsta brœðra
skolo gialda halfan fiorða eyri iamnânom
frændom ens vegna. Annarra brœðra ens
vegna skolo taka örtog ens þriðja eyris,
af annarra brœðrom veganda, þeir menn
er ero manni firnari veganda enn sva, skolo
bœta halfom öðrom eyri iamnânom frændom
ens vegna. þriðja brœðra ens vegna skolo
taka 1 eyri af þriðja brœðrom veganda.
þar fellr saktala. En þær ero allar lyrit-
næmar sakir, er eyris bôt kömr til, eðr
meyri.

Ef ôhêlgir menn ero vegnir, ok umtel-
rat þar til sakbôta. Nû hafa fleiri menn
at vigi verit enn einn, þâ skal sœkjandi
kiosa mann til veganda at dômi, eða at
sætt fyrir sættar mönnom, þann er hann
vill þeirra manna, er at vigi vôro, ok skal
hann î þess ætt telja til sakbôta. En ef
hann gerr eigi kiosa mann til, ok umtelrat
þa til sakbôta.

Ef vigsakar aðili sœttiz a vig fyrir al-
þingis lof fram, þâ â hann ekki at hafa at
niðgiöldom við aðra frændr. þvîat eins
skal vigsakar aðili baug taka, ef hann a
eigi vigsbœtr at taka, ok sva ef hann tekr
eigi fe til meiri sykno vegandanom, en sa
sê fiörbaugsmaðr, þa â hann at hafa baug-
bôt. Aðilinn ræðr sik af baugbôtom, ef
hann fœrir vigsökina miðr til laga, eðr til
minni sâttar, en þa mundi hann, ef hann
skyldi fêit hafa, ok berr þat kviðr.

Ef yngri maðr vegr mann en XII vetra
gamall, enda verði engi annarr maðr saðr
at râðom, þa â aðilinn einn öll niðgiöldin.

Ef vig verðr ôlýst, eðr ranglýst, ok er
þo jöfn heimting til sakbôta, ok sva þótt
vigsökin verði ônýt, ef engar metaz ôhêl-
gis varnir. Nû verðr vegandi sekr eðr
drepinn, ok er þo slîk heimting þâ til nið-
gialda sem âðr. —

Um rân.

þat er handrân, ef sâ tekr or hendi ha-
nom eðr af hanom. Ef maðr heldr eigi â,
ok kveðz hann þô eiga, en hinn tekr þann 5
grip âbrot, ok er þat rauðarân, varðar þat
skôggang. At hvârritveggjo atferð þeirri,
þâ sekz maðr þar â sino eigini, ef hann
tekr af þeim manni, er heimild hefir til. þâ
hefir maðr heimild til, ef sâ maðr heimilar 10
hanom, er forrâð â aura sinna, ok hann
hyggr at sâ mætti hanom heimlat vinna
þann grip, en eigi elligar. Rauðarân skal
sva sœkja, at kveðja skal til heimilisbûa
IX a þingi þess, er sôttr er. 15

Ef maðr fiðr grip sinn ûti eða inni, ok

tekr hann âbrot, ok skal hann segja lög-
föstom mönnum til, ef þeir ero hiâ þar â
þeim bœ, en ef þeir ero eigi hia, þa skal
hann fara leið sîna, ok segja a næsta boe ok
mæla sva: ‚Ef nokor kennir ser þenna grip,
komi sâ þîngat til mîn, ok kveða â, hvar
hann â heima, ok feli mer âbyrgð â hendi
til dôms. þviat eins skal hann sva með-
fara, ef hann âtti, þa er frâ hanom villtiz.
Ef maðr vill brigða grip þann, þa skal
hann koma til â enom næsta mânaði, ok
fela hanom âbyrgð a hendi' til dôms.

Hvarz âto þýfi er, meiri eðr minni, þa
er maðr stelr þvî er ætt er, eðr blôðugri
brâð, þâ er kostr at stefna til skôgar.

Aus der Egilssaga.

1) Die Schlacht auf der Vinheide (bei Brunanburg).

Eigla c. 50—55.

Fra Aðalsteini Engla konungi.

Enn er Aðalsteinn hafði tekit konong-
dôm, þâ hôfuz upp til ûfriðar þeir höfðîn-
giar, er âðr höfðu lâtið rîki sîn fyri þeim
lângfeðgum, þótti nû sem dœlst mundi til 25
at kalla, er ûngr konûngr rêð fyri riki, vôro
þat bæði Bretar ok Scotar ok Irar. Enn
Aðalsteinn konûngr safnaði herliði at ser,
oc gaf mâla þeim mönnum öllum, er þat
vildu hafa til fêfângs ser, bæði ûtlendz- 30
kum ok innlendzkum. þeir brœðr þôrôlfr

20 ok Egill, Skallagrims synir, hêldu suðr fyri
Saxland ok Flæmîngialand, þâ spurðu þeir
at Englands konûngr þôttiz liðs þurfa, ok
þar var vân fêfângs mikils, gera þeir þâ
þat râð at halda þângat liði sînu. Fôro
þeir þâ um haustit, til þess er þeir kômu
â fund Aðalsteins konungs. Tôk han vel
við þeim, ok leiz [1] svâ â, at liðsemd mi-
kil mundi vera at fylgð þeirra, verðr þat
brâtt î rœðum Englands konungs, at han
býðr þeim til sîn, at taka þar mâla, ok geraz
landvarnarmenn hans. Semia þeir þat sîn

---

[1] Text: leizt; beides statt leitz (es schien).

5*

î milli, at þeir geraz menn Aðalsteins. Eng-
land var kristið, ok hafði lengi verit, þá
er þetta var tíðenda. Aðalsteinn konûngr
var vel kristinn, han var kallaðr Aðalsteinn
hinn trûfasti: konûngr bað Þórôlf ok þá 5
brœðr, at þeir skyldu lâta prímsignaz, þvíat
þat var þá mikill siðr bæði með kaupmön-
num ok þeim er â mâla gengu með krist-
num mönnum, þvíat þeir menn er prímsig-
naðir vôro, höfðu allt samneyti við kristna 10
menn ok svâ heiðna, enn höfðu þat at
âtrûnaði, er þeim var skapfelldazt. Þeir Þó-
rôlfr ok Egill gerðu þat epter bœn ko-
nûngs ok lêtu prímsignaz bâðir, þeir höfðu
þar CCC sinna manna, þeirra er mâla tôku 15
af konungi.

Frâ Olafi Skota konungi.

Olafr Rauði hêt konungr â Skotlandi, 20
hann var Skozkr at föðrkyni, enn Danskr
at môðurkyni, ok kominn af ætt Ragnars
Loðbrôkar, hann var rîkr maðr. Skot-
land var kallat þriðjûngr rîkis við England;
Norðimbraland er kallað fimtûngr Englands 25
ok er þat norðazt næzt Skotlandi fyri au-
stan, þat höfðu haft at fornu Dana ko-
nûngar, Jôrvík er þar höfuðstaðr; þat rîki
âtti Aðalsteinn ok hafði sett yfir Jarla tvâ,
hêt annarr Alfgeirr enn annarr Guðrekr. 30
þeir sâtu þar til landvarnar, bæði fyri âgângi
Skota ok Dana eða Norðmanna, er miök·
herjuðu â landit, ok þôttuz eiga tilkall mikit
þar til landz, þvíat â Norðimbralandi vôro
þeir einir menn, ef nokkut var til, at 35
Danska ætt âtti at faðerni eða môðerni,
enn margir hvárirtveggiu. Fyri Bretlandi
rêðu brœðr 2 Hrîngr ok Aðils, ok vôro
skattgildir undir Aðalstein konûng, ok fylgði
þat, þâ er þeir vôro î her með konûngi, at 40
þeir ok þeirra lið skyldu vera î briosti î
fylkîng, fyri merkjum konûngs, vôro þeir

brœðr hinir mestu hermenn ok eigi allûn-
gir menn. Elfráðr hinn rîki hafði tekit
alla skattkonûnga af nafni ok veldi, hêtu
þeir þâ iarlar, er âðr vôro konûngar eða
konûnga synir, hêlz þat allt um hans æfi
ok Jâtvarðar sonar hans. Enn Aðalsteinn
kom ûngr til rîkis ok þótti af honum minni
ôgn standa, gerðuz þâ margir ôtryggir,
þeir er âðr vôro þionostufullir.

Af liðs samandrætti.

Olafr Skotakonûngr drô saman her mi-
kinn ok fôr síðan suðr â England, enn er
hann kom â Norðimbraland, fôr han allt
herskildi. Enn er þat spurðu iarlarnir er
þar rêðu fyri, stefna þeira saman liði ok
fara môti konûngi, enn er þeir finnaz, varð
þar orrosta mikil ok lauk svâ, at Olafr
konungr hafði sigr, en Guðrekr iall fell,
enn Alfgeir flýði undan, ok mêstr hluti liðs
þess er þeim hafði fylgt, ok brott komz or
barðaga; feck Alfgeirr þâ enga viðstöðu,
lagði Olafr konûngr þâ allt Norðimbraland
undir sik. Alfgeirr fôr â fund Aðalsteins
konûngs, ok sagði honum ûfarar sînar.
Enn þegar er Aðalsteinn konungr spurði,
at herr sva mikill var komin î land hans,
þâ gerði hann þegar menn frâ ser, ok stefndi
at ser liði, gerði orð iörlum sînum ok öð-
rum rîkismönnum, snêri konûngr þegar â
leið með þat lið er hann fêck, ok fôr î
môt Skotum. Enn er þat spurðiz, at Olafr
Skotakonungr hafði fengit sigr, ok hafði
lagt undir sik mikinn hluta af Englandi,
hafði hann þâ her miklu meira enn Aðal-
steinn, enn þâ sôtti til hans mart rîkis-
manna, enn er þetta spyrja þeir Hrîngr ok
Aðils, (höfðu þeir samandregit lið mikit):
þâ snûaz þeir î lið með Olafi konûngi,
höfðu þeir þâ ûgrynni liðs. Enn er Aðal-
steinn spurði þetta allt, þâ âtti hann stefnu

við höfðinja sína ok ráðamenn, leitaði
þá epter, hvat tiltœkiligazt væri.
Sagði þá
allri alþýðu greiniliga, þat er hann hafði
frétt um athöfn Skotakonúngs ok fiölmenni
hanns, allir mæltu þar eitt um, at Alfgeirr 5
iarl hafði hinn versta hlut af, ok þótti þat
til liggia, at taka af honum tignina. Enn
sú ráðagerð staðfestiz, at Aðalsteinn ko-
núngr skyldi fara aptr, ok fara á sunnan-
vert England, ok hafa þá fyri ser liðsaf- 10
nat norðr eptir landi öllu, þvíat þeir sá
elligar mundi seint safnaz fiölmennit, svâ
mikit sem þyrfti, ef eigi drœgi konúngr
sialfr at liðit. Enn sá herr er þar var sa-
mankominn, þá setti konúngr þar yfir höf- 15
ðíngja Þórolf ok Egil, skyldu þeir ráða
fyri því liði, er víkingar höfðu þángat haft
til könúngs, enn Alfgeir sialfr hafði þá
enn forráð síns liðs. Þá féck konúngr enn
sveitarhöfðíngja þá er honum sýndiz. Enn 20
er Egill kom heim af stefnunni til félaga
sinna, þá spurðu þeir, hvat hann kynni
at segja þeim tidenda frá Skotakonúngi,
hann kvað:

Olafr of kom iöfri, ótt víg, â bak flôtta ;
þingharðan frâ ek þengil þann er felldi
annan ;
glapstígu lét gnóga Goðrekr â mô troðna,
iörð spenr Engla skerðir Alfgeirs und 30
sik hâlfa.

Siðan gera þeir sendimenn til Olafs konúngs
ok finna þat til erenda, at Aðalsteinn ko-
núngr vill hasla honom völl, ok bioða 35
orrosto stað â Vinheiði við Vinuskóga,
ok hann vill, at þeir heri eigi á land hans,
enn sá þeirra ráði ríki â Englandi, er sig-
raðiz í orrosto, lagði til víkustefnu um
fund þeirra, enn sá bíði annars viku, er 40
fyrr kemr. Enn þat var þá siðr, þegar
konúngi var völlr haslaðr, at hann skyldi

eigi herja at skamlausu, fyrr enn orrosto
væri lokit. Gerði Olafr konúngr svâ at
hann stöðvaði her sinn ok herjaði ecki, ok
beið til stefnudags, þâ flutti hann her sinn
til Vinheiðar. Borg ein stôð fyri norðan
heiðina, settiz Olafr konungr þar î bor-
gina, ok hafði þar mêstan hlut liðs síns,
þvíat þar var ût î frâ heruð stôr, ok
þótti honum þar betra til atflutnínga um
föng þau, er herrinn þurfti at hafa. En hann
sendi menn sína upp â heiðina, þar sem
orrostostaðrinn var ákveðinn, skyldu þeir
taka tiallstaði ok búaz þar um áðr herrinn
kvæmi. Enn er þeir menn kvómu í þann
stað, er völlrinn var haslaðr, þâ vôro þar
settar upp heslistengur allt till um-
morkja, þar er sá staðr var, er orrostan
skyldi vera, þurfti þann stað at vanda, at
hann væri sléttr, er miklum her skyldi
fylkja, var þar oc svâ er orrostostaðrinn
skyldi vera, at þar var heiðr slétt. Enn
annan veg frâ fell â ein, enn á annan veg
frâ var skôgr mikill; enn þar er skemst
var milli skôgarins ok árinnar (ok var þat
miök löng leið), þar höfðu tialdat menn
Aðalsteins konúngs, ok stôðu tiöld þeirra
allt milli skôgarins ok árinnar. Þeir höfðu
svâ tialdat, at eigi væri menn î hinu þriðja
hverju tialdi, ok þô fâir î einu. En er
menn Olafs konúngs kômu til þeirra, þá
höfðu þeir fiölment fyri framan tiöldin öll,
ok nâðu þeir ecki inn at gânga, sögðu menn
Aðalsteins, at tiöld þeirra væri öll full af
mönnum, svâ at hvergi nær hefði þar rûm
lið þeirra; enn tiöldin stôðu svâ hâtt, at
ecki mâtti yfir upp siâ, hvârt þau stôðu
mörg eða sá â þyktina; þeir hugðu at þar
mundi vera herr mannz. Olafs konúngs
menn tiölduðu fyri norðan höslurnar, ok
var þangat allt nockut afhallt. Aðalsteins
menn sögðu ok annan dag frâ öðrum, at
konungr þeirra mundi þâ koma, eða vera

komin i borg þá, er var sunnan undir heiðinni. Lið dróz til þeirra bæði dag ok nótt. —

Um barðaga.

Hringr iarl ok Aðils, bróðer hans, biuggu her sinn ok fóro þegar um nóttina suðr á heiðina. En er liost var, þá sá varð- 10 menn þeirra Þórólfs, hvar herrinn fór, var þá blásinn herblástr ok herklædduz menn. Tóko siðan at fylkja liðinu, ok höfðu 2 fylkingar; rêð Alfgeirr iarl fyri annari fylking, ok var merki borit fyri honum; var 15 i þeirri fylking lið þat er honum hafði fylgt, oc svá þat lið er þar hafði til safnaz or heruðum, var þat miklu fleira lið enn þat er þeim Þórólfi fylgði. Þórólfr var svá búinn: hann hafði skiöld viðan ok 20 þyckvan, hiálm á höfði allsterkan, gyrðr sverði því er hann kallaði Láng, mikit vápn ok gótt; kesiu hafði hann i hendi, fiöðrin var tveggia álna löng, ok sleginn fram broddr ferstrendr, enn upp var fiöðrin 25 breið; falrinn bæði lángr ok digr; skaptit var eigi hæra, enn táka mátti hendi til fals ok furðuliga digrt; iarnteinn var i falnum ok skaptið allt iarnvafit; þau spiot voro köllut brynþvarar. Egill hafði hinn sama 30 búnað sem Þórólfr, hann var gyrðr sverði því er hann kallaði Naðr; þat sverð hafði hann fengit á Kurlandi, var þat it besta vápn. Hvárgi þeirra hafði brynju. Þeir settu merki upp, ok bar þat þórfiðr strángi; 35 allt lið þeirra hafði Norrœna skiöldu ok allan Norrœnan herbúnað; i þeirra fylking vóro allir Norrœnir menn þeir er þar voro, fylktu þeir Þórólfr nærr skóginum, enn Alfgeirs fylking fór með áni. Aðils iarl ok 40 þeir brœðr sá þat, at þeir mundu ecki koma þeim Þórólfi á óvart, þá tóku þeir at fylkja

sínu liði, giörðu þeir ok 2 fylkingar, ok höfðu 2 merki, fylkti Aðils móti Alfgeiri iarli, enn Hringr móti víkíngum. Siðan tókz þar orrostá, gengu hvárir- 5 tveggiu vel fram. Aðils iarl sótti hart fram þar til er Alfgeirr lêt undan sigaz, enn Aðils menn sóttu þá hálfu diarfligarr, var þá ok eigi lengi, áðr en Alfgeirr flýði, ok er þat frá honum at segja, at hann 10 reið undan suðr á heiðina ok sveit manna með honum, reið hann þar til er hann kom nærr borg þeirri er konúngr sat, þá mælti iarlinn: ‚ecki ætla ek oss fœrt til borgarinnar, ver fêngum mikit orðaskak næst, er 15 ver kómum til konungs, þá er ver höfðum farit ósigr fyri Olafi konungi, ok ecki mun honum þikja batnat hafa várr kostr i þessi ferð, mun nú ecki þurfa at ætla til sœmda þar sem han er.‘ Siðan reið han 20 suðr á landit, ok er frá hans ferð þat at segja, at hann reið dag ok nótt, þar til er þeir kómo vestr á Jarlsnes; fêck iarl ser þar far suðr um sæ, ok kom fram á Vallandi, þar átti hann kyn hálft, kom hann 25 aldregi siðan til Englands. Aðils rak fyst flóttann ok eigi lángt, áðr hann snýr aptr ok þar til er orrostan vàr, ok veitti þá atgöngu. Enn er Þórólfr sá þat, mælti hann at Egill skyldi snúa i móti honum, ok bað 30 þangat bera merkit, bað menn sina fylgiaz vel, ok standa þyckt. „Þokum at skóginum", sagði hann „ok látum hann hlifa á bak oss, svá at þeir megi eigi öllum megum at oss gânga". Þeir gerðu sva, fylgðu 35 fram skóginum. Varð þá hörð orrosta. Sókti Egill móti Aðilsi, ok áttuz þeir við hörd skipti. Liðsmunr var allmikill, ok þó fêll meirr lið þeirra Aðils. Þórólfr gerðiz þá svá óðr, at hann kastaði skildi- 40 num á bak ser, enn tók spiotið tveim höndum; hliop hann þá fram, ok hió eða lagði til beggja handa, stukku menn þá frá tveggia vegna, enn hann drap marga, ruddi hann svá stiginn fram at merki iarlsins Hrîngs, ok hêlz þú ecki við honum, hann drap þann mann, er bar merki Hrîngs iarls ok hio niðr merkistöngina. Eptir þat lagði 5 hann spiotinu fyri briost iarlinum î gegnum brynjuna ok búkinn, svâ at út geck um herðarnar, ok hóf hann upp á kesjunni yfir höfuð ser, ok skaut niðr spiotzhalanum î iörðina. Enn iarliun sæfðiz á spiotinu, ok 10 sâ þat allir, bæði hans menn oc svá hans úvinir. Síðan brâ Þórólfr' sverðinu ok hiô hann þá til beggia handa, sôttu þá ok at hans menn, fèllu þá miök Bretar ok Skotar, enn sumir snêruz â flôtta. Enn er 15 Aðils iarl sâ fall bróðr sîns ok mannfall mikit af liði hans, en sumir flýðu, enn hann þôttiz hart niðr koma: þá snêri hann á flôtta ok rann til skôgarins, hann flýði î skôginn ok hans sveit, tôk þá at flýja allt 20 lið þat er fylgt hafði iörlum. Þeir Þórólfr ok Egill ráku flôttann, gerðiz þá enn mikit mannfall af flôttamönnum, dreifðiz þá flôttinn viða um heiðina. Aðils iarl hafði niðr drepit merki sínu, vissi þá engi hvart 25 hann fôr eða aðrir menn. Tôk þá brátt at myrkva af nôtt. Enn þeir Þórólfr ok Egill snêru aptr til herbúða sína, ok þá iamnskiott kam þar Aðalsteinn konûngr með allan her sinn ok slôgu þá landtiöl- 30 dum sínum, ok biugguz um. Litlu siðar kom Olafr konungr með sínum her, tiöl-duðu þeir ok biugguz um, þar sem þeirra menn höfðu tialdat. Var Olafi konungi þá sagt, at fallnir vôro þeir báðir iarlar hans 35 Hrîngr ok Aðils, ok mikill fiöldi annarra manna með honum.

Fall Þórólfs.

Aðalsteinn konungr hafði verit áðr hina næstu nôtt î borg þeirri, er fyrr var frá sagt,

ok þar spurði hann, at barðagi hafði verit á heiðinni, bióz þá þegar ok allr herinn, ok sôtti norðr á heiðina, spurði þá öll tiðende glöggliga, hverneg orrosta sû hafði farit. Kômu þá til fundar við konung þeir brœðr Þórólfr ok Egill, þackaði hann þeim vel framgöngo sîna ok sigr þann er þeir höfðu unnit; hêt þeim vináttu sinni fullkomminni, dvölduz þeir þá allir samt um nôttina.

Aðalsteinn konûngr vakti upp her sinn þegar árdegiss, hann átti tal við höf-ðingja sîna ok sagði, hver skipun vera skyldi fyri liði hans; skipaði han fylkîng sîna fyrst, ok þá setti han î briosti þeirrar fylkîngar sveiter þær, er snarpaztar vôro, þá mælti hann at fyri því liði skyldi vera Egill: ,Enn Þórólfr, sagði hann, skal vera með liði sînu ok öðru því liði, er ek set þar, skal sû vera önnur fylkîng î liði vôro, er hann skal vera höfðîngi fyri; skal þat lið î môti því liði þeirra, er laust er ok eigi er î fylkîngu; þvíat Skotar eru iafnan lausir î fylkîngu, hlaupa þeir til ok frá, ok koma î ymsum stöðum fram, verða þeir opt skeinusamir, ef menn varaz þá eigi, enn ero lausir á velli, ef við þeim er horft.' Egill svarar konûngi: „ecki vil ek at við Þórólfr skilimz î orrosto, enn vel þicki mer at ockr sê þar skipat, er mêst þikir þurfa ok harðazt er fyri.“ Þórólfr mælti: ,lâtum við konûng ráða, hvar hann vill okr skipa, veitum honum svâ at honum liki, mun ek vera þar heldr, ef þú vill, sem þer er ski-pat.' Egill seger: „þer munut ráða, enn þessa skiptis mun ek opt iðraz“. Epter þat gengu menn fram î fylkîngar, sem ko-nungr hafði skipat, oc vôro sett upp merki, stôð konûngs fylkîng á viðlendit til árin-nar, enn Þórólfs fylkîng fôr it efra með skôginum. Olafr konungr tôk þá at fylkja liði sînu, þá er hann sá, at Aðalsteinn ko-nungr hafði fylkt, hann hafði ok 2 fylkin-

gar, ok lêt hann fara sitt merki ok þâ
fylkìng, er hann rêð siâlfr fyri, â môt Aðal-
steini konûngi ok hans fylkìng. Höfðu
þâ hvârirtveggiu her svâ mikinn, at eingi
var munr, hvârir fiölmennari vôro. Enn 5
önnur fylkìng Olafs konungs fôr nærr skô-
ginum môti liði þvì, er Þôrôlfr rêð fyri,
vôro þar höfðìngjar iarlar Skotzkir, voro
þat Skotar flêst, ok var þat fiölmenni
mikit. 10
Sîðan gâz â fylkingar, ok varð þar brâtt
orrosta mikil. Þôrôlfr sôtti fram hart ok
lêt bera merki sitt fram með skôginum, ok
ætlaði þar sva fram at gânga, at hann kæmi
î opna skiöldu konûngs fylkìngunni, höfðu 15
þeir skiölduna fyri ser. Enn skôgrinn var
til hœgra vegs, lêtu þeir hann þar hlîfa.
Þôrôlfr gêck sva fram, at fâir vôro menn
hans fyri honum. Enn þâ er hann varð
minnzt, þâ hlaupa þar or skôginum Aðils 20
jarl ok sveit sû er honum fylgði. Lögðu
þeir þegar mörgum kesjum senn â Þôrôlfi,
ok fêll hann þar við skôginn. Enn þôrfiðr
er merkit bar, hopaði aptr þar til er
liðit stôð þyckra. Enn Aðils sôtti þâ at 25
þeim, ok var þâ orrosta mikil, œptu Skotar
þâ sigrôp, er þeir höfðu felldan höfðingja
liðsins. En er Egill heyrði öp þat, ok sâ at
merki Þôrôlfrs fôr â hœli, þâ þôttiz hann vi-
ta, at Þôrôlfr mundi eigi sialfr fylgja, sîðan 30
hleypr hann til þângat fram â milli fylkìnga-
na, hann varð skiott varr þeirra tiðenda er
þar vôro orðin, þegar hann fann sîna menn,
hann eggjar þâ liðit miök til framgöngu,
var hann fremstr i briostinu, hann hafði 35
sverðit Naðr î hendi. Egill sôtti þâ fram,
ok hiô til beggja handa, ok felldi margan
mann. Þôrfiðr bar merkit þegar eptir ho-
num, enn annat lið fylgði merkinu; varð
þar hin snarpasta orrosta. Egill gêck fram 40
til þess er han mœtti iarlinum Aðils, ok ât-
toz þeir fâ högg við, âðr Aðils iarl fell

ok mart manna um hann. Enn eptir fall
iarls þâ flýði lið þat er honum hafði fylgt,
enn Egill ok hanns lið fylgðu þeim ok
drâpu allt þat er þeir nâðu, þviat ecki
þurfti þâ griða at biðja. Enn iarlar þeir
hinir Skotzku stôðu þâ ecki lengi, þegar er
þeir sâ at aðrir flýðu þeirra fêlagar, tôkv
þegar â râs undan. Enn þeir Egill stefndu
þâ þar til, er var konôngs fylkìngin, þeir
kvômu þar î opna skiöldu ok gerðu brâtt
mikit mannfall, riðlaðiz þâ fylkingin ok
losnaði öll, flýðu þâ margir af Olafs mön-
num, enn vikingar œptu þâ sigrôp. Enn er
Aðalsteinn konûngr þôttiz finna, at rofna
tôk fylking Olafs konungs, þâ eggjaði hann
lið sitt ok lêt fram bera merki, giörði þâ
atgöngu harða, svâ at hröck fyri lið Olafs
konungs ok gerðiz allmikit mannfall. Fêll
þar Olafr konungr ok mêstr hluti liðs þess
er Olafr hafði haft, þviat þeir er â flôtta
snêruz, voro allir drepnir, er nâð varð.
Fêck Aðalsteinn konûngr þar allmikinn sigr.

Þorolfs Bestattung.

Aðalsteinn konûngr snêri î brott frâ or-
rostoni, enn menn hans râku flôttan, hann
reið aptr til borgarinnar ok tôk eigi fyr
nâttstað enn î borginni. Enn Egill rak flôt-
tann ok fylgði þeim lengi, ok drap hvern
mann er hann nâði. Enn er Egill hafði
hent þâ alla er hann villdi, þâ snêri hann
aptr með sveitûnga sîna, ok fôr þar til er
orrostan hafði verit, ok hitti þar Þôrôlf
brôðr sinn lâtinn. Hann tôk upp lík hanns
oc þô, bió um sîðan sem siðvenja var til,
grôfu þeir þar gröf, ok settu Þôrôlf þar î
með vápnum sînum öllum ok klæðum. Sîðan
spenti Egill gullhring â hvâra hönd honum
âðr hann skildiz við, hlôðu sîðan at grioti,
ok iosu at moldu. Þâ kvað Egill visu:

Géck, sâ er ôttaðiz [1] ecki, iarlmanz bani
snarla,
þreklundaðr fèll þundar Þórôlfr i gný
stôrum;
iörð grœr enn ver verðum Vînu nær of   5
mînum
(helnsuð er þat) hylia · harm âgætum
barma.

ok enn kvað hann:

valköstum hlôð ek vestan vàng fyri mer-
kistângir;
òtt var el þat, er sôttak Aðils blâum
naðri;
hàði úngr við Engla Âlafr þrimu stâla,   15
hèlt (nè hrafnar sultu) Hringr at vâpna
þingi.

Beschenkung Egils durch Adelstein.

Siðan fôr Egill með sveit sîna â fund
Aðalsteins konûngs, ok gèck þegar fyri ko-
nûng, er hann sat við dryckiu, þar var
glaumr mikill. Ok er konûngr sâ at Egill
var innkominn, þâ mælti hann at rýma   25
skyldi palliun þann enn ûæðra fyri þeim,
ok mælti at Egill skyldi sitja þar î öndvegi
gegnt konûngi. Egill settiz þâ niðr ok
skaut skildinum fyri fœtr ser. Hann
hafði hialm â höfði, ok lagði sverðit um   30
knè ser, ok drô annat skeið til hâlfs, enn
þâ skeldi hann aptr î sliðrir, hann sat
upprettr ok var gneypr miök. Egill var
maðr mikilleitr, ennibreiðr, brûnamikill, ne-
fit ecki lângt, enn akafliga digrt, granstœ-   35
ðit ýtt ok lângt, hakan breið furðuliga,
ok svâ allt um kialkana, hâlsdigr ok her-
ðimikill, sva at þeir [2] bar frâ þvi sem aðrir
menn vôro, harðleitr ok grimiligr · þâ er
hann var reiðr, hann var vel î vexti,   40

ok hverium manni hærri, úlfgrâtt hârit ok
þykt, ok varð snemma sköllôtr. Enn er
hann sat sem fyrr var ritað, þâ hleypti
hann annarri brûninni ofan i kinnina, enn
annarri upp î hârrœtr, Egill var svarteygr
ok skolbrûnn.
     Ecki vildi hann drecka, þô at honum
væri borit, enn ymsum hleypti hann brûnu-
num ofan eða upp. Aðalsteinn konûngr
sat î hâsæti, hann lagði ok sverð um knè
ser, ok er þeir sâtu fva um hrið, þâ drô
konûngr sverðit or sliðrum, ok tôk gull-
hring af hendi ser mikinn ok gôðan, ok
drô â blôðrefilinn, stôð upp ok gèck â
gôlfit, ok rètti yfir eldinn til Egils. Egill
stôð upp ok brâ sverðinu ok gèck â golfit,
hann stack sverðinu î bug hringinum ok
drô at ser, gèck aptr til rûms sîns; ko-
nûngr settiz î hâsæti. Enn er Egill settiz
niðr, drô hann hringinn â hönd ser, ok
þâ fôro brýnn hans î lag, lagði hann þâ
niðr sverðit ok hiâlminn, ok tôk við dýr-
horni er honum var borit, ok drack af, þâ
kvað hann:

hvarmtângar lætr hânga hrynivirgils mer
brynju
hâðr â hauki troðnum heiðis ûnga meiði;
ritmeiðis knâ ek reiða (ræðr gunnvala
bræðir)
gelgiuseil â gâlga geirveðrs, lof at meira.

Þaðan af drack Egill at sînum blut, ok
mælti við aðra menn. Eptir þat lêt ko-
nungr bera inn kistur tvær, bâru 2 menn
hvâra, vôro bâðar fullar af silfri; konûngr
mælti: ,kistur þessar, Egill, skaltu hafa ok
et þû kemr til Islands, skaltû fœra fè þetta
föðr þînum, î sonargíöld sendi ek honum,
Enn sumu fè skaltu skipta með frændum

---

[1] A. Hdss.: ôaðiz. — [2] st. þær, nâml. herðar, es unterschied sie, sie traten hervor.

ykrum Þórólfs, þeim er þer þikia âgætaz-
tir; enn þû skalt taka her brôðrgiöld með
mer, lönd eða lausa aura, hvârt er þû vill
heldr; ok ef þû vilt með mer dveljaz (til)
lengdar, þâ skal ek hêr fâ þer sœmð ok 5
virðing þâ, er þû kant mer siâlfr tilsegja.'
Egill tôk við fênu, ok þakkaði konûngi
giafar ok vinmæli; tôk Egill þaðan af at
gleðjaz, ok þâ kvað hann

                              10

knâttu hvarms af harmi hnûpgnîpur
        mer drûpa;
nû fann ek þann, er ennis ôslêttur þær
        rêtti;
gramr hefr gerðihömrum [1] grundar upp 15
        um hrundit,
sâ til ygr of augum ârsima mer grî-
        mur. [2]

Siðan vôro grœddir þeir menn, er sârir vôro
ok lîfs var auðit. Egill dvaldiz með Aðal- 20
steini konûngi enn næsta vetr eptir fall
Þórólfs, ok hafði hann allmiklar virðingar

af konûngi, var þâ með Agli lið þat allt,
er âðr hafði fylgt þeim bâðum brœðrum ok
or orrosto höfðu komiz. Þâ orti Egill drâpo
um Aðalstein konûng, ok er î þvî kvæði
þetta:

nû hefir foldgnârr fellda (fellr iörð und
        nið Ellu)
hialdr snerrandi harra höfuðbaðnir þriâ
        iöfra;
Aðalsteinn ofvann, annat allt er lægra,
        kynîrægri,
hêr sverjum þess, hyrjar handriotr, kông-
        manni.

enn þetta er stefit î drâpunni:

nû liggr bæst und hraustum hreinbraut
        Aðalsteini.

Aðalsteinn gaf þâ enn Agli at bragar lau-
num gullhringa tvâ, ok stôð hvârr mörk,
ok þar fylgði skikkja dýr, er konûngr sialfr
hafði âðr borið.

---

2) Hergang des Gerichts auf dem Gulathing zwischen Egill und seinem Schwager Önund um das Erbe ihres Schwiegervaters.

Egils. c. 57. p. 340—53.

Liðr af vetrinn ok kemr þar, er menn
skulu fara til Gulaþings. Arinbiörn fiöl-
menti miök til þings, Egill var î för með
honum.

Mâlasôknir Egils ok Önundar.

Eirîkr konûngr var þar, ok hafði fiöl-
menni mikit; Berg-Önundr var î sveit

konûngs ok þeir brœðr, ok höfðu þeir sveit
mikla. En er þinga skyldi um mâl manna,
þâ gêngu hvârirtveggiu þar til, er dôm-
rinn var settr, at flytja fram sannindi sîn;
var Önundr þâ allstórorðr. En þar er 30
dômrinn var settr, var völlr slêttr, ok set-
tar nidr heslistengor î völlinn î hring, ok
lögð um ûtan snœri umhverfiss, vôro þat

---

[1] gerðih. ârsima grundar, *für die Brauen.* — [2] er sah die Masken (des Schmerzes) mir
ob den Augen.

köllut vêbönd. En fyri innan î hrînginum sâtu dômendr XII or Firðafylki, ok XII or Sygnafylki, XII or Hörðafylki; þær þrennar tylftir manna skyldu þar dœma um mâl öll. Arinbiörn rêð, hverir dômendr vôro 5 or Firðafylki, en þôrdr af Örlandi hverir or Sygnafylki voro; þeir vôro allir eins liðs. Arinbiörn hafði þângat langskip alskipat, ok sva margar smâskûtur ok vistabýrðínga. Eirîkr konûngr hafði VI lâng- 10 skip eðr VII, ok öll vell skiput; þar var ok mikit lið af bœndum.

Egill hôf sva sitt mâl, at hann krafði dômendr at dœma ser lög af mâli þeirra Önundar, innti han þá, hver sannîndi han 15 hafði î tilkalli til fiâr þess, er átt hafði Biörn Bryniolfsson; sagði han at Âsgerðr, dôttir Biarnar, eiginkona Egils, var til komin arfs, ok hon var ôðalborin ok lendborin, ok tîginborin fram î ættir. Krafði 20 han dômendr at dœma Âsgerði til handa halfan arf Biarnar, lönd ok lausa aura. Ok er hann hætti sinni rœðu, þá tôk Berg - önundr til mâls, ok segir sva: ‚Gunnhildr kona mîn er dôttir Biarnar ok Olöfar, 25 þeirrar kono er Biörn gêck at eiga at lögum. Er Gunnhildr rêttr arfi Biarnar; tôk ek fyri þâ sök upp fê þat allt er Biörn hafði átt, at ek vissa at sû ein var dôttir Biarnar önnur, er ecki var arftœk: var môðir 30 hennar hernumin, en tekin sîðan frillutaki, ok ecki at frænda râði, ok flutt land af landi. En þû Egill ætlar at fara hêr sem hvervetna annarstaðar með ofrkapp þitt ok ôiafnað. Nû mun þer þat ecki tíða, þvîat 35 Eirîkr konûngr ok Gunnhildr drottning hafa mer þvî heitið, at ek skal rêtt hafa af hverju mâli, þar er þeirra rîki stendr yfir. Mun ek fœra fram sönn vitni fyri konûngi ok drottnîngu ok dômendum, at þôra hlað- 40 hönd, môðir Âsgerðar, var hertekin heiman frâ þôri brôðr sînum, ok enn î annat sinn

af Örlandi frâ Bryniolfi; fôr hon þâ af landi î brott með vîkîngum ok var ûtlagi af Noregi, ok î þeirri ûtlegð gâtu þau Biörn mey þessa Âsgerði. Nû er furða mikil um Egil, er hann ætlar at giöra ômæt öll orð Eirîks konûngs: þat fyrst at þû ert hêr i landi, sîðan Eirîkr gerði þik ûtlægan, ok þat annat er meira, þôttu hafer fengit ambâttar, at kalla hana árfgenga; vil ek þess krefja dômendr, at þeir dœmi arf til handa Gunnhildi, en dœmi Asgerði ambâtt konûngs, þvîat hon var sva getin at faðir hennar ok môðir vôro î ûtlegð konûngs.‘

Arinbiörn reiddiz miök er han heyrði at þôra hlaðhönd var ambâtt kölluð, stôð upp ok vildi eigi lengr þegja, ok leit til beggîa handa ser, ok tôk so til mâls: „Vitni manom ver frambera, konûngr, um þetta mâl, ok lâta eiða fylgja, at þat var skilit î sætt þeirra þôris föður mîns ok Biarnar, at Âsgerðr, dôttir þeirra Biarnar ok þôro, var til arfs leidd eptir Biörn föðr sinn, ok so þat sem yðr er kunnigt sialfum, konûngr, at þû gerðir Biörn ílendann, ok öllu þvî mâli var þâ skilat er âðr hafði î milli staðit sættar manna." Konûngr svaraði ecki skiott mâli hans, þâ kvað Egill vîsu:

þýborna kveðr þorna þorn reið âr of
     horna
sýslir han um sîna sîngirnd, Önundr,
     mîna:
naðristir, â ek nistis Norn til arfs of
     borna;
þigg þû auðkonr eiða (auðsôkt er þat)
     greiða.

Arinbiörn lêt þâ fram vitnin XII menn, ok allir vel til valdir; höfðu þessir allir heyrt â sætt þeirra þôris ok Biarnar, ok buðu konûngi ok dômendum at sverja þar eptir. Dômendr vildu taka eiða þeirra, ef

konùngr bannaði eigi. Kônungr segir at
hann mundi hvârki þar til leggja lof nê
bann. Þâ tôk til orða Gunnhildr drottning:
‚þetta ero undr mikil, konûngr, er þû lætr
Eigil þenua inn mikla vefja öll mâl fyri þer, 5
eðr hvört muntu eigi môti mæla, þô hann kalli
til kôngdôms î hendr þer? Nú þôttu vilir
öngva orskurði veita þâ, er Önundi sê lið
at, þâ skal ek þat eigi þola, at Egill troði
so undir fôtum vini vôra, at han taki með 10
rangindum fê af Önundi; eða hvar er Alfr
brôðir minn? farðu til með sveit þîna þar
sem dômar ero, ok lât eigi dœma rângindi
þessi. Þâ fôr han ok menn hans þar til
er dômrinn var, ok skâru î sundr véböndin, 15
en brutu niðr stengr, ok hleyptu upp dô-
minum. Þâ gerdiz yss mikill â þinginu,
enn allir menn vôro þar vôpnlausir. Þâ
mælti Egill: ‚hvört mâ Bergönundr heyra
mâl mitt?‘ „Heyri ek“, segir Önundr; ‚þa 20
vil ek bioða þer holmgöngu, ok þat með,
at við berimz hêr a þinginu; hafi sâ ockar
fê þetta, lönd ok lausa aura, er sigr færr,
en þû ver hvers manns niðingr, ef þû þorir

eigi.‘ Þâ svaraði Eirikr konûngr „ef þû
Egill ert allfûss at berjaz, þâ skulum ver
nû veita þer þat.“ Egill mælti ‚ecki vil
ek berjaz við konûngs rîki ok ofrefli liðs,
en fyri iafnmörgum mun ek eigi flýja ef
mer skal þess unna; mun ek þâ ok at þvi
giöra öngan manna mun, hvârt er tiginn eðr
ôtiginn‘. Þâ mælti Arinbiörn „förum ver â
brutt, Egill, ecki munum ver hêr iðna at
sinni, þat er oss muni gagn î vera“. Snêri
Arinbiörn þâ â braut ok allt lið hans með
honum. Þâ snêri Egill aptr ok mælti hâtt:
‚þvî skirskota ek undir þik Arinbiörn, ok
þik Þôrðr, ok alla þâ menn er, nû mega
orð mîn heyra, lendamenn ok lögmenn, ok
alla alþýðu, at ek banna iarðir þær allar,
er átti Biörn Bryniolfsson, at byggja ok
at vinna ok allra gagna af at neyta, banna
ek þer Bergönundr ok öðrum mönnum öl-
lum, innlendzkum ok útlendzkum, tignum
ok ótignum, en hverjum er þat giörir, legg
ek við lögbrot ok goða gremi ı ok griða
rof.‘ Þâ gêck Egill î brott með Arinbirni,
fôru þeir þâ til skipa sînna.

Aus der Fœreyingasaga.

Der Tempel der Thorgerd Hörðabrûð. (c. 23.)

Þat er nû at segja frâ Sigmundi, at
hann talaði við Hâkon iarl, at hann vill
lêtta þessum hernaði, ok vill leita út til
Fœreyja; kveðz eigi lengr vilja heyra 30
þat, at hann hefndi eigi föður sîns, ok ho-
num sê til brigslat, ok beiðir iarl efla sik
til þessa, ok gefa ser râð til, hversu hann
skal til hætta. Hâkon svarar ok segir at

hafit er torsôttligt til eyjanna ok brim mi-
kit: ok þângat mâ eigi lângskipum halda,
ok skal ek lâta gera þer knerri tvô ok fâ
menn til með þer, svâ at okkr þikki vel
skipat. Sigmundr þakkar honum sinn vel-
gerning; er nû búin ferð hans um vetriun,
ok skip þessi algiör um vôrit ok menn til
fengnir. Haraldr kom til môts við hann um

vôrit, ok rêðz til ferðar með honum; ok er
hann er miök búinn, þâ mælti Hâkon iarl:
‚þann skal ûtleiða, at maðr vill at aptr-
komi'. Gêck iarl ût með Sigmundi. Þâ
mælti Hâkon ‚hvat segir þû mer til þess, 5
hvern hefir þû âtrûnað?' Sigmundr sva-
rar: „ek trûi â mâtt minn ok megin". Jarl
svarar: ‚ekki mâ svâ vera, segir hann, ok
verðr þû þângat trausts at leita, er ek
hefi allan âtrûnað â, þar sem er Þor- 10
gerðr Hörðabrûðr, skulu við nû fara at
finna hana ok leita þer þângat heilla.' Sig-
mundr bað hann fyrisiâ; ok nû gânga þeir
til skôgar â braut eina, ok afstîg lîtinn î
skôginn, ok verðr þar rioðr fyrir þeim ok 15
þar stendr hûs ok skiðgarðr um; þat hûs
var harðla fagrt, ok gulli ok silfri var rent
î skurðina. Inn gânga þeir î hûsit, Hâkon
ok Sigmundr ok fâir menn með þeim; þar
var fiöldi goða; glergluggar voru margir 20
â hûsinu, svâ at hvergi bar skugga â;
kona var þar innar (î) hûsit um þvert,
ok var hun veglìga bûin. Jarl kastaði ser
niðr fyrir fœtr henni ok lâ lengi, ok sîðan
stenðr hann upp ok segir Sigmundi, at 25

þeir skulu fœra henni förn nokkura ok koma
silfri þvî â stôlinn fyrir hana. ‚En þat
skulum við at marki hafa, segir Hâkon,
hvort hun vill þiggja, at ek vildi at hun
lêti lausan hring þann, er hun hefir â hendi
ser; âttû Sigmundr af þeim hring heillir at
taka.' En nû tekr iarl til hringsins ok
þíkir Sigmundi hun beygja at hnefann, ok
nâði iarl eigi hringnum. Jarl kastar ser
niðr î annan tîma fyrir hana, ok þat finnr
Sigmundr at iarl târaz, ok stendr upp eptir
þat ok tekr til hringsins, ok er þâ laus, ok
fær iarl Sigmundi hringinn ok mælti svâ,
at þessum hring skyldi Sigmundr eigi lôga,
ok þvî hêt hann. Skilja nû við svâ bûit
ok ferr Sigmundr til skipa sinna; ok er
svâ sagt at fimtigir manna vôru â hvôru
skipinu. Lêtu nû î haf ok gaf þeim vel
byri, þar til er þeir höfðu fugl af eyjum,
ok hêldu samflota. Haraldr iarnhaus var
â skipi með Sigmundi, en Þôrir stýrði
öðru skipi. Nû rak â storm fyrir þeim ok
skílduz þâ skipin, ok hafa nû rekit mikit
svâ at dœgrum skiptir.

Ragnar und Aslaug.

Saga Ragn. c. 4—5. 8. Fornald 1, 243—250. 254—59.

Nû er þat eitt sumar, at hann heldr ski-
pum sînum til Noregs, þvîat hann âtti
þar marga frænd ok vini, ok vill þâ hitta;
hann kemr skipum sînum um kveldit î höfn
eina lìtla, en þar var bœr skamt þaðan, er
hêt â Spangarheiði, ok lâgu þeir þar í
höfn þâ nôtt. Ok er morgin kom, skyldu

matsveinar fara â land at baka brauð; þeir
siâ at bœr er skamt frâ þeim, ok þôtti þeim
ser þat betr gegna, at fara til hûss, ok
vera þar at. Ok er þeir kvômu til þess
ens lìtla bœjar, þâ hitta þeir einn mann
at mâli, ok er þat kelling, ok spurðu, hvart
hun væri hûsfreyja, eða hvat hun hêti.

Hun segir, at hun sê húsfreyja: ok nafn mitt ûvanôt, ek heiti Gríma; eôa hverir eru þer? þeir sögôu, at þeir væri þionustumenn Ragnars loôbrôkar, ok vilja þeir fœra fram sŷslu sína: ‚ok viljum ver at 5 þû vinnir með oss‘ Kelling svarar at hendr hennar vôru stirðar miök „en verit hafôi þat fyrrum, at ek kunna biargvel sŷslu sinna, ok â ek mer dôttir þâ, er at mun vera með yôr, ok mun heim koma 10 brâtt, ok heitir Krâka, er nû svâ komit, at ek kem trautt râði[1] við hana. Ok nû er Krâka at fê farin um myrgininn, ok sêr at skip vôru komin við land môrg ok stôr, ok nû tekr[2] hun ok þvær ser, en kelling 15 hafôi henni þat bannat, þvîat hun vildi eigi at menn sæi fegurô hennar, þvîat hun var allra kvenna vænst, en hâr hennar var svâ mikit, at tôk (â) iörð um hana, ok svâ fagrt sem silki þat er fegrst verôr. 20

Ok nû kemr Krâka heim, en þeir matsveinar höfôu gert eld; ok nu sêr Krâka at þar eru menn komnir, þeir er hun hefir eigi fyrr sêt; hnn hyggr at þeim, ok svâ þeir at henni. Ok nu spyrja þeir Grîmu: 25 ‚hvârt er sia þîn dôttir, en fagra mær?‘ „Eigi er til þess logit, segir Grima, at sia er mîn dôttir.“ ‚Furðu ûlikar mâttu þið verôa, segja þeir, svâ illilig sem þû ert, en ver höfum eigi iafnvæna mey sêt, ok önga siâm 30 ver hana hafa þîna mynd, þvîat þû ert et mêsta ferlîki‘. Grîma svarar: „eigi mâ nû â mer sia, brugôit er nu mínum yfirlitum or þvî, sem var.“ Nû rœða þeir þetta, at hun vinni með þeim. Hun spyrr: hvat 35 skal ek vinna? þeir kvâôuz vilja at hun teygôi brauð, en þeir mundi baka eptir, ok tekr hun síðan til sinnar iôju ok vinnz henni vel; en þeir horfôu â hana âvalt,

svâ at þeir gâôu eigi sŷslu sinnar, ok brendu brauôit; ok er þeir hôfôu lokit verki sînu, fôru þeir til skipa. Ok þâ er þeir skyldu briota upp vistir sînar, mæltu allir, at þeir hefôi aldrî iafnilla unnit, ok væri 5 hegningar fyrir vert. Ok nu spyrr Ragnar, hvî þeir hefôi þanninn matbûit? þeir kvâôuz sêt hafa konu svâ væna, at þeir gâôu eigi sinnar sŷslu, ok ætluôu þeir, at engi mundi henni vænni vera î verôld. Ok er 10 þeir tôku svâ mikit af of hennar fegurô, þa segir Ragnar, ok kveôz þat vita, at siâ mundi eigi iafnvæn, sem Þôra hafôi verit; þeir kvâôu hana eigi ûvænni. Þâ mælti Ragnar: nû mun ek senda þâ menn, er 15 gerla kunni at siâ; ef svâ er sem þer segiô, þâ er þetta at hugaleysi yôr uppgefit, en ef konan er at nokkrum lut ûvænni enn þer segiô frâ, munu þer taka hegnîng mikla â yôr. 20

Ok nû sendir hann menn sína til fundar við þessa ena fögru mey, en andvíðri var svâ mikit, at þeir mâttu eigi fara þann dag; þâ mælti Ragnar við sína sendimenn: ef yôr lîzt þessi en ûnga mær svâ væn, sem 25 oss er sagt, biôiô hana fara â minn fund, ok vil ek hitta hana, vil ek at hun sê mín; hvârki vil ek, at hun sê klædd nê ûklædd, hvârki mett nê ûmett, ok fari hun þâ eigi einsaman, ok 30 skal henni þô engi maôr fylgja.

Nû fôru þeir þartil er þeir koma til húss ok hyggja at Krâku vandliga, ok liz þeim sia kona svâ væn, at þeir hugôu önga aôra iafnvæna; ok nu segja þeir orð 35 herra sins Ragnars ok sva hversu hun skyldi búin vera. Krâka hugôi at, hversu konûngr hafôi mælt, ok hvê hun skyldi búaz, en Grîmu þôtti engan veg svâ mega

---

[1] ek get trautt râôit. 4 Hds. — [2] A.: tefr.

vera, ok kveðz vita at sia konungr ûngr mundi eigi vera vitr. Kråka segir: því mun hann svâ mælt hafa, at svâ mun vera mega, ef ver skiljum eptir því sem hann ætlar til; en víst eigi mâ ek î yðarri ɩferð vera þenna dag, en ek man koma snemma â morgin til yðarra skipa. Nû fôru þeir î brott, ok segja Ragnari svâ bûit, at hun mundi koma til fundar þeirra. Ok nû er hun heima þâ nôtt, en um myrgininn snemma segir Kråka karli, at þâ mundi hun fara â fund Ragnars: ‚en þô mun ek verða at breyta bûnaði mínum nokkut, þû ått ðrriða net, ok mun ek þat vefja.at mer, en þar yfir ûtan læt ek falla hâr mitt, ok mun ek þâ hvergi ber; en ek mun bergja â einum lauk ok er þat lítill matr, en þô mâ þat kenna, at ek hefi bergt; ok ek mun lâta fylgja mer hund þinn, ok fer ek þâ eigi einsaman, en þô fylgir mer engi maðr.‘ Ok er kelling heyrir hennar fyrirætlan, þikkir henni hun mikit við hafa.

Ok er Kråka er bûin, ferr hun leiðar sinnar, þartil er hun kemr til skipa, ok var fögr til sýndar, er hâr hennar var biart ok sem â gull eitt sæi. Ok nû kallar Ragnar â hana ok spyrr, hver hun væri, eða hvern hun vildi finna. Hun svarar ok kvað vîsu:

Þori ek eigi boð briota, er bâðuð mík
  ganga [1],
nê ræsis kvöð [2] riufa, Ragnar, við þík
  stefnu;
mangi er mer î sinni, mitt er bert hö-
  rund eigi,
fylgi hefi ek fullgótt, fer ek einsaman
  mînu.

Nû sendir hann menn at môti henni, ok lætr fylgja henni â skip sin, en hun kveðz eigi fara vilja, nema henni sê grið gefin ok förunaut hennar; nû er henni fylgt â konûngs skip, ok er hun kemr î fyrirrûm, seiliz hann î môt henni, en hundrinn beit î hönd honum. Þeir menn hans hlaupa til ok drepa hundinn, ok reka bogastreng at hâlsi honum, ok fær hann af því bana, ok er eigi betr griðum haldit við hana, enn svâ. Nû leggr [3] Ragnar hana î lypting hiâ ser, ok hialar við hana, ok varð honum vel î skap við hana, ok var blíðr við hana; hann kvað vîsu:

Sû mundi víst [4], ef væri vörðr föður
  iarðar [5]
mætr â mildri snôtu, â mer taka hön-
  dum.

Hun kvað:

Vammlausa skaltu, vísi [6], ef viltu griðum
  þyrma,
heim höfum hilmi sòttan, hêðan mik fara
  lâta.

Nû segir hann at honum lizt vel â hana, ok ætlar víst at hun skuli með honum fara. Þâ kvað hun eigi svâ vera mega. Þâ kvaðz hann vilja, at hun væri þar um nôtt â skipi; hun segir at eigi skal þat vera, fyrr enn hann kemr heim or þeirri ferð, sem hann hafði ætlat: ‚ok mâ vera, at þâ sýniz yðr annat.‘ Þâ kallar Ragnar â fêhirði sinn, ok bað hann taka serk þann er Þôra hefir ått, ok var allr gullsaumaðr, ok fœra ser; þâ býðr Ragnar Kråku â þâ lund:

---

[1] Geyma R. — [2] kauð A.; rönd, B. — [3] leiðir R. — [4] Rafn bemerkt, es sei undeutlich, in A. kônne auch gelesen werden sû rumdi oder sù reyndi, die meisten H.: örvindi. — [5] d. h. der Kônig, ich. — [6] vîsir R.

Viltu þenna þiggja, er þóra hiörtr âtti,
serk við silfr of merktan, sama allvel
　　　þer klæði;
fôru hendr hvitar hennar um þessar ger-
　　　far;　　　　　　　　　　　　　　　5
sû var buðlûngi bragna blîðum [1] þekk
　　　til dauða.

Krâka kvað î môti:

þori ek eigi þann þiggja, er þóra hiörtr
　　　âtti,
serk við silfr of merktan, sama ælig [2]
　　　mer klæði;
því em ek Krâka kölluð î kolsvörtum 15
　　　vôðum,
at ek hefi griotì of gengit, ok geitr með
　　　siâ reknar.

Ok vil ek vîst eigi taka við serknum, se- 20
gir hun, vil ek ekki î skraut bûaz, meðan
ek em hiâ karli; kann vera at yðr liz betr
à mik, ef ek bûaz betr, ok vil ek nu fara
heim, en þâ mâttu gera menn eptir mer,
ef þer er þâ samt î hug, ok vilir þû at 25
ek fara með þer.' Ragnar segir, at eigi
mun hugr hans skipaz [3], ok ferr hun heim.
En þeir fôru, sem þeir höfðu ætlat, þegar
þeim gaf byr, ok lykr hann sinum erendum
eptir því sem hann hafði ætlat.

Ok er hann ferr aptr, kemr hann ser î 30
ena sömu höfn, sem hann hafði fyrr haft,
þâ er Krâka kom til hans; ok þat eð sama
kveld sendir hann menn â fund hennar at
segja orð Ragnars, at hun fœri nû alfari;
en hun segir at hun mun eigi fara fyrr, 35
enn um morgininn; rîs Krâka upp snemma
ok gengr til rekkju þeirra karls ok kel-
lingar ok spyrr, hvart þau vaki. þau kvâ-

ðuz vaka ok spurðu hvat hun vildi. En
hun segir at hun ætlaði â brutt ok vera
þar ekki lengr: en ek veit at þið drâpuð
Heimi fôstra minn, ok â ek engum manni
verra at launa enn ykkr, ok fyrir þâ sök
vil ek ekki ykkr illt gera lâta, at ek hefi
lengi með ykkr verit, en nû vil ek þat
ummæla, at annar dagr sê ykkr öðrum
verri, er yfir ykkr kemr, enn inn sîðarsti
verstr, ok munu ver nû skilja. þâ gengr
hun leiðar sinnar til skipa, ok er þar vel
við henni tekit; gefr þeim vel veðr. þann
aptan enn sama, er menn skulu rekkja
undir ser, þâ segir Ragnar, at hann vill at
þau Krâka hvîli bæði saman. Hun segir
at eigi mâtti svâ vera: ok vil ek at þû
drekkir brûðlaup til mîn, þâ er þû kemr î
rîki þitt, ok þikki mer þat mîn virðîng
sem þîn, ok okkarra erfingja, ef við êgum
nokkra. Hann veitti henni sîna bœn ok
ferz þeim vel. Kemr Ragnar nû heim î
land sitt, ok er dyrlig veizla bûin î môt
honum; ok nû er bæði drukkit fagnaðaröl
î môti honum ok brûðlaup hans.

Eysteinn hefir konûngr heitit, er réð
fyrir Svîþioðu; hann var kvângaðr ok âtti
eina dôttur, sû hêt Ingibiörg, hun var allra
kvenna frîðust ok vænst synum. Eysteinn 30
konûngr var rîkr ok fiölmennr, illgiarn ok
þó vitr; hann hafði atsetu at Uppsölum
hann var blôtmaðr mikill, ok at Uppsölum
vôru blôt svâ mikil î þann tîma, at hvergi
hafa verit meiri à Norðrlöndum. þeir höfðu 35
âtrûnað mikinn â einni kû, ok kölluðu þeir
hana Sîbilju, hun var svâ miök hlôtin, at
menn mâttu eigi standaz lât hennar, ok
því var konungr vanr, þâ er hers var vân,

---

[1] biðum B. C. E-G. brûður mer J. K. — [2] so A.; ei tign E. K.; ei lîk J. — [3] skip-
taz die übrigen Hdss.

at þessi kýr en sama var fyrir fylkîngum, ok sva mikill diöfuls kraptr fylgði henni, at ûvinir hans urðu svâ œrir, þegar þeir heyrðu til hennar, at þeir börðuz sialfir, ok gâðu sîn eigi, ok fyrir þâ sök var 5 öherskatt î Sviþioð, at menn treystuz eigi við slikt ofrefli at etja. Eysteinn konûngr átti vingôtt við marga menn ok höfðingja, ok er þat sagt, at î þann tîma var vinâtta mikil með þeim Ragnari ok Eysteini ko- 10 nungi, ok þeir vôru þvî vanir, at sitt su- mar skylði sœkja veizlu hvârr þeirra til annars.

Nû kemr at þvî at Ragnar skal sœkja veizlu til Eysteins konungs, ok er hann 15 kemr til Uppsala, var honum vel fagnat ok liði hans. Ok þâ er þeir drekka enn fyrsta aptan, lætr konûngr dôttur sîna byrla ser ok Ragnari, ok þat mæltu menn Rag- nars með ser, at engi væri annar til, enn 20 hann bæði dôttur Eysteins konûngs, en hann ætti eigi lengr karlsdôttur, ok nû verðr til einhverr hans manna, at tiâ þetta fyrir honum; ok þvî lýkr svâ, at honum er heitit konunni, ok skyldi hun þô sitja î 25 festum miök lengi. En þâ er þeirri veizlu var lokit, býz Ragnar heim ok ferz honum vel; ok er ekki sagt frâ ferð hans, fyrr enn hann â skamt til borgarinnar, ok liggr leið hans um skôg einn. þeir koma î eitt 30 rioðr, er var î skôginum; þâ lætr Ragnar nema staðar lið sitt, ok kvaddi ser hlioðs, ok biðr þâ menn alla, er î hans ferð höfðu verit til Sviþioðar, at engi skyldi segja hans fyrirætlan, er stofnuð var um râða- 35 hag við dôttur Eysteins konûngs; nû leggr hann svâ rîkt við þetta, ef sâ er nokkr, er of þetta geti, at hann skal engu fyrir týna nema lifinu.

En nû er hann hafði talat slikt, er 40 hann vildi, fôr hann heim til bœjarins; ok nû verða menn fegnir, er hann kemr aptr

ok þâ var drukkit fagnaðaröl î môti honum. Ok er hann kemr î hâsætit, ok hefir setit eigi lengi, âðr Krâka kemr î höllina fyrir Ragnar, ok sezt î knê honum, ok leggr hendr um hâls honum, ok spyrr: hvat er tîðenda? En hann queðr engi kunna at segja. Ok er âleið kveldit, taka menn til drykkju, ok sîðan fara menn til svefns. Ok er þau koma î eina rekkju Ragnar ok Krâka, spyrr hun hann enn tîðenda, en han kveðz engi vita. Nû vill hun hiala margt; en hann kveðz vera syfjaðr miök ok farmôðr. „Nû mun ek segja þer tîðendi, segir hun, ef þû vilt mer engi segja'. Hann spyrr hver þau væri. „þat kalla ek tîðendi, segir hun, ef konungi er heitit konu, en þat er þô sumra manna mâl, at hann eigi ser aðra âðr'. „Hverr sagði þer þetta“ segir Ragnar. „Halda skulu menn þînir lifi ok limum, þviat engi sagði mer þinna manna, segir hun, þer munuð siâ at fuglar þrir sâtu î trênu hia yðr, þeir sög- ðu mer þessi tîðendi; þess bið ek, at þû vitir eigi râða þessa sem ætlat er; nû man ek segja þer, at ek em konûngs dôttir, en eigi karls, ok faðir minn var svâ âgætr maðr at eigi fêkz hans iafnîngi, en mîn môðir var allra kvenna frîðust ok vitrust ok hennar nafn man uppi, meðan veröldin stendr. Nu spyrr han, hverr faðir hennar var, ef hun væri eigi dôttir þess ens fâ- tœka karls, er â Spangarheiði var. Hun segir at hun var dôttir Sigurðar Fafnis- bana ok Brynhildar Buðladottur. „þat þikki mer allûlikligt (segir hann), at þeirra dôttir mundi Krâka heita, eða þeirra barn mundi î sliku fâtœki uppvaxa sem â Span- garheiði var'. þâ svarar hun „saga er til þess“, ok nu segir hun, ok hefr þar upp sögu, sem þau hittuz â fiallinu Sigurðr ok Brynhildr, ok hun var byrjuð: ok er Bryn- hildr varð lêttari, var mer nafn gefit, ok

6

174

var ek kölluð Âslaug; ok nû segir hun
allt, sem farit hafði frâ þvî, er þau karl
hittuz. Þâ svarar Ragnar: ,þessum mun
ek viðbregða Âslaugar ôrunum [1], er þû
mælir. Hun svarar: þû veizt at ek em eigi 5
heill maðr [2], ok mun þat vera sveinbarn,
er ek geng með, en â þeim sveini mun
vera þat mark, at svâ mun þikkja, sem
ormr liggi um auga sveininum, ok ef þetta
gengr eptir, bið ek þess at þû komir eigi 10
til Svîþioðar þeirrar tîðar, attû fâir dôttur
Eysteins konûngs, en ef þetta rŷfz, far
þû með sem þû vilt, en ek vil at sia
sveinn sê heitinn eptir feðr mînum, ef î
hans auga er þetta frægðarmark, sem ek 15
ætla at vera muni. Nû kemr at þeirri
stundu, er hun kennir ser sôttar, ok verðr
lêttari, ok elr sveinbarn; nû tôku þionustu-
konur sveininn ok sŷndu henni; þâ mælti
hun, at bera skyldi til Ragnars ok lâta 20
hann siâ. Ok nu er svâ gert, at sâ enn
ûngi maðr var borinn î höllina ok lagðr î
skikkjuskaut Ragnars, en er hann sêr svei-
ninn, var hann spurðr, hvat heita skyldi;
hann kvað vîsu:

Sigurðr mun sveinn of heitinn [3], sâ mun
     orrostur heyja [4],
miök lîkr vera môður ok miök föður kal-
    laðr;

sâ mun Ôðins ættar yfirbâtr vera heitinn,
þeim er ormr î auga, er annann lêt
     svelta.

Nu dregr hann gull af hendi ser ok gefr
sveininum at nafnfesti; ok þâ er hann
rêttir höndina með gullinu, kemr við bak
sveininum, en þat virðir Ragnar svâ, sem
hann vildi hata gullinu; ok nû kvað hann
vîsu:

Brŷnhildar [5] leizt [6] brögnum [7] brûnstein
     hafa frânan
dôttur mögr [8] enn dŷri, ok dyggast hiarta;
siâ [9] berr alla ŷta yndleygs [10] boði magni
Buðla niðr, er baugi brâðgerr hatar, râðum.

Ok enn quað hann:

Siâ er engi sveini, nema Sigurði einum,
î brûnsteinum brûna [11] brâð hals [12] trö-
     nu lagið;
siâ hefir dagryfr dŷra (dœlt er hann af
    þvî kenna),
Hârs î hvarmatûni hrings myrkviðar
     fengit. [13]

25 Nû mælti hann, at þann svein skyldi bera
î skemmu ût; en þâ var þvî lokit, at hann
mundi til Svîþioðar fara. Ok nu kemr upp
ætt Âslaugar, svâ at þat veit hverr maðr,
at hun er dôttir Sigurðar Fâfnisbana ok
30 Brynhildar Buðladôttur.

---

[1] Ôrum B. orðum die meisten übr. — [2] heil kona 2 Hdschr. — [3] Ôfeilinn B. L. —
[4] örvitr heita J. K. — [5] Brynhildr G. J. K. L. — [6] laust J. K. — [7] Verm. Rafns, die
Hdss.: baravgtnnn, bravgtumi, barugtûni. — [8] Verm. Rafns; die Hdss.: drôttar mörg, dôttir
miög. — [9] svâ B. L. — [10] undleiks F. G. ŷngligs J. — [11] in den Augen. — [12] die Beute
des Kranichhalses, d. i. die Schlange; lagið, gelegt, Verm. st. logða. — [13] siâ dŷra Hârs
dagryfr hefir fengit brings myrkviðar î hvarmatûni. Vgl. Hârr im Glossar.

Aus Gutalag.

c. 15. Af vereldi manna.

Nu iru enn fram vereldi manna: gutnisks [1] manz vereldi bytis at þrim markum gulz, en hann ir at dauþum drepin. 2. Aldra [2] annara manna vereldi bytis at tiu markum silfs, útan þrels [3] vereldi at halffemti mark penninga. 3. Takr gutniskr maðr ôgutniska kunu, þa bytis hann at fullu vereldi sinu, en barn fylgin feþrni sinu at vereldi. 4. Takr ôgutniskr maðr gutniska kunu, þa vari huart þaira at vereldi sinu, en barn fylgin feþrni at vereldi.

hann tuâr markr silfs, oc laiþi bana bundnan i garð firi fiauratigi nâta. 6. þâ en ai ir bana til, þa byti hann fem markr silfs, ok vinni hanum siex manna aiþ, et hann hvatki vari i þain scaþa râþandi eþa valdandi. 7. Vindr [6] ai drôtin aiþi uppi haldit, þa byti fult vereldi, bôdi gutniskan oc ôgutniskan. 8. þa en þrell drepr þrell, þa vindr ai mann noytgat til þes, et hann giefi bana at bôtum, en halffemti marc penninga ir i buþi. 9. En þrel þan sum ort hafr mâla, þa taki frelsi firi kirckiu durum miþ sôknamanna vitnum, ok siþan varþr þrell siir [7] sielfr, huat sum hann gierir.

---

c. 16. Af bandavereldi.

Gutnisks mans bandavereldi iru tolf markr silfs, en ôgutnisks manz at fem markum silfs, oc þrels at siex oyrum [4] penninga. 2. Allir iru iemnir at bôtum, þar til et lima lyti kan i kuma: þa en [5] lima lyti kumbr i, þa ier ôgutnisks manz hand eþa fôtr byt at tiu markum penninga, oc fo all annur mislêti, sum at vereldum bytas. 3. Drepr þræl manz man gutniskan, þa taki drôtin oc laiþi hanum bana bundnan i garþ firi fiauratigi nâta, ok niu markr silfs miþ. 4. þâ en ai ier bani til, þa gieldi tolf markr silfs ok ai maira. 5. þa en þrel drepr ôgutniskan mann, þa byti drôtin firi

c. 19. Af sârum.

Gierir maþr manni sâr, útt eþa flairin, mundar diaupt, þa byti mund huern at half mark til âtta marka, bêþi â diauplaik oc a langlaik, ok halfu minna, en ai ir mundar diaupt, ok þau þarf lêkisschep viþr. 2. þan maþr sum firi sârum verþr, þa hafi vitni af tuêm râþmannum i sama hunderi, ok ains lanzdômera af sama siettungi, oc sueri sielfr miþ siex mannum, miþ þaira vitnum, útan þaira aiþ, en bôt ir mairi þan þriar markr. 3. þâ en þriâr markr iru eþa þrim minna, þa ier þriggia manna aiþr. 4. þa en han flairi sâr hafr, þa sueri hann huat hann vil â ânn eþa flairin, oc þau til

---

[1] Die Handschr. hat öfter c als k, welches hier überall gebraucht ist; die grossen Buchstaben sind unterblieben ausser im Anfang der Sätze. Statt w ist v zurückgestellt. — [2] st. ullru. — [3] st. þræls. — [4] das gothl. oy = isl. ey; sowie ian = isl. iu. — [5] gothl. en = ef, wenn; und = enn aber. — [6] = isl. vinnr. — [7] st. ser, sich.

6 *

sama bôta. 5. All hulsêri irû bŷt at mark silfs. 6. Sârgar maþr mann mið knifi, þa bŷtir tuâr markr silfs. 7. Kastar maþr at manni meþ staini eþa andru nequaru, oc fâr sâr af, þa bŷtir þriar markr. 8. Verþr 5 maþr berþr miþ lûkahaggum [1], so et sŷnir slegir iru, ta bŷtir half mark huern slegh til fiugura, ok þan miþ sama vitnum sum til sâra. 9. Ier mandr sârgaþr ginum nas eða ver, þâ bŷtir tueim markum pen- 10 ninga, oc þau litvan [2], en atr ir grôit. 10. Ier ypit, so et ei kan hailna, þa iru fullar mêstu bŷtr, en oyra halfu minna. 11. Ma er [3] eða litvan sia yfir þvera gatu, sum ai hyl hattr eþa hûfa millan barz eþa brûnar [4], 15 þa bŷtir half mark silfs. 12. þa en sia ma yfir þvert môt, þa ir mark silfs, ok þau sâra bŷtr. 13. Suarþsprang bŷtr at mark penninga. 14. Skin hiernskal, þâ bŷtir tuâr markr penninga, en ier hiernskal suigin eþa 20 rimnin [5], þa ir mark silfs. 15. Bain huert sum i skâlu skieldr, ier bŷt at mark penninga til Fygura baina. 16. Huaifibain huert [6], fum bier elna langan þrâþ ifir fem elna hauga ri [7], ir byt at tuêm markum penninga 25

huert til fiugura baina. 17. Fingir huert ir bŷt at IV markum penninga, en þet af ir. —

c. 24. Af bryllaupum.

Vm vagnikla ferþir [8] þa skulu ai flairin aka, þan tueir a huarum vagni, en mâgha raiþ [9] ir af takin. þar singis brûþmessa, sum vngi maþr ier, ok bryllaup skal drikkas. Sendi vngi maþr þria menn gin bruþ senni; ok bryttugha [10] biþi þar sum bruþmessa sings ok bryllaup drigs. En bryllaup skal drikkas vm tuâ dagha miþ allu fulki, ok giefar giefi huer fum vil, eptir vilia sinum. En fyrningar iru af taknir til bryllaupa hafa. A þriþja daghi þa hafin sielfs vald um, at biauþa atr droxietum ok gerþamannum [11] ok nestu frendum. Minni skulu skenkjas so marg, sum husbondi vil firir Mariu minni. En eptir Mariu minni, þa hafi huer maþr haimluf, ok ol bieris ai lengr in; huer sum þitta briautr, þa bŷti XII markr landi. En huer sum ôbuþin kumbr til bryllaups eþa vaizluols, þa gieldi III oyra.

---

[1] wahrsch. mit Faustschlägen, das dunkle lûka ist wohl die geschlossene Hand. — [2] und die Gesichtsverletzungen (werden ebenso gebüsst, wie Nase oder Lippen) wenn es nachher geheilt ist. — [3] er == isl. ör, Strieme, Wunde. — [4] zwischen Bart und Augenbrauen. — [5] gebogen oder gebrochnen. — [6] jedes grössere Knochenstück. Die Bedeutung von hvaifi ist unbekannt. — [7] Pfahl, viell. Pfahlzaun. — [8] vagniklar heissen die Brautwagen oder die, welche auf diesen die Mitgift abholen. — [9] das Nebenherreiten der Verwandten, es wird abgeschafft. — [10] wahrsch. Brautführerin. — [11] einzuladen die Schüsselaufsetzer (drôttsetar) und die Unterhändler, die zum Ehevertrag, gerð, halfen.

Vidirlagsrett.

Langebek Icript. rer. dan. T. III, 159—164 [1].

Thettæ ær Withirlax rêt, ther Knut koñung Waldemars son oc Absalon Ærkebiscop skriwa, awa som war i Gambla Knuts dagha. Gambla Knut war Konung i· Danmark oc Ængland oc Norghe oc Samland, oc hawthe hirdh mikla sankat [2] af al land, ther han war Konung iwer, oc gat han thöm ey haft samman satte [3] oc i frith, num [4] rettin ware stark hinum, ther misgiorthe withir annan. Oc giorthe han forthy a Ænglande, oc math honum Öpe Snielle af Sielande oc Eskil Öppesson Wetherloghin stark oc stin, thet ingen [5] skulde dirwas [6] mis at göra with annan. Oc satte thet at förste male.

At Konung oc andra hithworthe [7] men, ther hirdh skalde hawa, skulde wara sine men holla oc blithe, oc rætta thöm rettelike mala therre. Men skulde thy gen [8] herræ sinum tro oc thieniste oc retha at wara til al hans buth.

Item. Of annan hendir awötha [9] oc vskæpite, troswikere at wortha oc Judaswerk at winne, meth ilt rath gen herræ sinum, tha hawer han sik sielwan forgiort oc alt thet han a.

Item. Of Konung wil annan man at withirlagh kumma, tha skulde han först i sin garth meth twa withirlagha men lada [10] honom i sin sveet [11] oc i sin fierdhung stewna Huskarla stefne, oc newfna fore honom stath oc dagh. Sökir [12] han ey stefne, tha skal han hem fara til hus hans, oc stefne annar time, oc sighe honum stath oc dagh. Gömde [13] han ey stefne, tha skal han thredie sinne honum lada stefne hem til huus hans, oc sighe honum, nar [14] oc hwar han skal söka. Sökte han ey stefne, tha ware feld, ok fly land, oc Konung take alt thet han a. Commir han til stefne, oc matte konung meth twigge [15] witherlagha manna witne oc meth hælœgh-

---

[1] Aus eiuer Kopenh. Hdschr. (cod. Rantzov.) des XIV Jahrh., die das Gesetz von Schoonen enthält und nach L. auch wol da geschrieben ist. Einige von den Entstellungen des spätern Schreibers zu entfernen hielte nicht sehwer, auch isl. erscheint später æ für e; o für ô; ô für œ; gh für g, w für v, d für t etc. Wer bürgt aber ob e für i und a der Abschrift oder schon dem Original zweihundert Jahre früher gehört? Gewagt und doch viell. halb wäre ein Text wie: þetta er Viðirlagsrêtt, þêr Knut konung Valdemars son ok Abs. Erkibiscop skrifa, sva som var i gamla Knuts daga. Gamla-Knut var konung i D. ok E. ok N. ok S., ok hafðe hirð mikla saukat af öll land, þêr hann var konung yfir, ok gat hanu þêm ey haft saman setta ok i frið, num rêttinn vare stark hinum, þer misgiörðe viðir annan.

[2] isl. safnat. — [3] setta, setja. — [4] num = isl. nema. — [5] engi. — [6] dirfaz. — [7] hêðverðe = isl. heiðvirðir. — [8] isl. þvi gegn. — [9] ôvita? — [10] láta wie nachher hede st. heita, udan st. útan etc. — [11] dial. für sveit, wie hêðr, hêm, hêlgadöm, þêr, êð. — lada = lata. — [12] sœkir, wie auch isl. Hdschr. dafür haben. — [13] geymde. — [14] isl. nær. — [15] tveggja.

doms eth honum san göra at sak, thet han
wilde ratha entike [1] a liff ellir a land hans,
tha hawer han witherlagh tapat oc sik siel-
wan forgiort. Thordhe withirlagha men
thet ey witne, oc a helghadom ey sweria, 5
tha skal han meth Guths dom ellir fellas
ellir wærias, thet ær, meth iernbiwrth [2],
at thöm Loghum, ther Gamle Knut giorthe.

Off annar wil skillies af sins herre
thieniste, tha skal han a attende dagh af- 10
tan Iwla [3] lade eftir sighe thieniste siin
meth twa withirlagha man. Tha ma han
sithin [4] annan herra thiena.

Off annar brydir i laghit meth hog el-
lir meth saar [5], tha skal han wrakas aff 15
konungs garthe meth Nithings orth, ok fly
al the land, ther Knut war Konung iwer.
Oc sithin hwilkin withirlagha man ther han
hittir, tha skule han ratha, ofna [6] han
hawe en skiöld meer æn hün, ellir skulde 20
han Nithing hede, vdan hug oc saar.

Of annar kerthe, at withirlaxmen
hawdhe honum vræt giort, tha skulde thet
delis [7] a Huskarla stewne. Matte han thet
sanna meth twigge withirlagha manna witne 25
oc meth hælidoms eth, tha skulde han sidic
en man ydermeer [8] en han sat förra. Oc
alle the dele, thöm combir i mellum, skal
ey annar stadh deles, æn a Huskarla stefne.

Of iorthadele ær, ellir booran, tha skal 30
wide meth siex manna eth, lotathe i sin
fierdhung, then ther a Huskarla dom wor-
thir loghum nermeer. Smerre [9] dele skula
alla stethies meth twigge withirlagha manna
eth, een innan sik oc annan vdan sik. 35

Withirlaghit war trolike takit melle
herræ oc mannum sinum, oc stoth swa
vspiellat i atta konunga daghum som ware
Gamle Knuts, Harthe Knuts, Magns Gothe,
Swen Astradhessons, Haralz Hen, hins
Helghe Knut i Othinsö, Olaff hans brothir,
oc Eriks hin Egothe, oc brödis ey, för en
i nynde Konungs dagha thet war Niclis,
tha reth Cristiern Swensson til ok hio
Thure Doka, thet war hint första Withir-
lax bröt. Tha thötte [10] bathe Konung Nic-
lis oc Cristierns frendir want wara, at
wraka honum af konungs garth meth nit-
hings orth, for thy at hans bröther twa
ware Biscopa, Asser Ærkebiscop oc Swen
Biscop af Wibergha, ok andra bröthir hans
twa, Eskil ok Aggi, oc fathir therra Swen
Thrundasson ware howithmen [11] i Dan-
mark, oc wilde hellir lada malit til
boda [12].

Tha litte [13] the aff Bo Hethinsson aff
Wænla, ther Gamla Knutz man war, oc
aff andre the olste men i Danmark ware,
of nokir waro minne til, thet witherlagh
war för brudit oc böt eftir, oc matte ey
finne ther doma [14] til. Tha melte [15] Bo
Hethinsson: Mæthin ey æræ [16] doma til
fore wara dagha, tha görum the minne [17],
ther wara skula eftir wara dagha, thet
ær, at hin ther witherlagh brydir meth hug
ellir meth saar, han böde Konung företiwg-
gho [18] mark ok andra [19] witherlaghx men
andra företiwgho mark, oc hinom som mis
war giort företiwgho mare, oc gewe twa
marks gulz ok görsum [20].

---

[1] = entweder. — [2] iarnbiörd od. burd. — [3] à ättende dag aftan jöla lâta eftirsegja. —
[4] sidan. — [5] Of annarr brytr î lagit med högg ellir med sâr. — [6] wol = dummodo, of (si)
nâ (post?). — [7] dêles = isl. deilaz. — [8] ytarmèr comp. wie nachher nærmèr. — [9] smærre.
— [10] þœtte, isl. þôtti. — [11] höfudhmenn. — [12] heldr lâta mâlit til bœta. — [13] lêtte, isl.
leitadi od. leytadi; lette Resen. — [14] dœma R. — [15] mælte. — [16] mêdan ey ere (sunt). —
[17] eod. m. 40: göro vii mynnæ. — [18] företiugo isl. fiortug. — [19] alla R. — [20] at görsum
R. besser.

Sithin hio Agi Thwer Æsge Ebbasson bryte aff Watwirk hema at Withe Stallir i Byrgh undir Niclis konungs arm. Tha wilde Konung oc Konungs men alle taka Agge. Æn Withe Stallir wilde han ey 5 lada taka, num stoth fore oc böth [1] bö-dir oc feste, at thy samma minne, ther Cristiern hawdhe böt. Oc the bödir ware bötta at Bo Kæthilsson i Limum. Oc si-thin æra mange bödir bytte at the samma minne ther Cristiern bötte.

Bischoff Paul von Bergen bestätigt dem Kloster daselbst die Abtretung von Mor in Hardangr.

Thorkelin diplomat. Arna Magn. II, 11. (1190.)

Paal biscop sender qvediu successori- bus suis. oc lærdom monnom allum oc ulærdom. oc allum gudes vinum i þvisa biscopsriki. gudes oc sina. Ek vil yder kunt gera. at ek atta kaup nokkot vid bröder at Munklifi i Biorgwin. at yilia alz samnungz. oc gerda ek iardaskipti vid þa. þæir [2] leto (oc) sköytto [3] Herlo til kristkirkiu med ollum þeim lunnendom er nu liggia til ok til hafva ligit at forno oc at nyiu sem betra er at hafva helder en on [4] at vera. En ek fek þeim iord i moti er Mor heitir. oc ligger su i Hardangre in . oc þeir greiddu mer halfmork gulz a ofan. þui at su er meiri at leiguburd hel-der en Herdla. Nu toko þeir skoyting af mer a þeirri iordu at loghum rettom oc landz sid. En þetta maal var gort med rade Æ. Erkibiscops oc annara vitra manna. bæde lærdra oc ulærdra. er bæde hofdu til þess vilia. gözsko oc sansyni. at sia hvat

10 hvarom tveggia stad var til hagrædes oc gagns i þoisæ [5] skipti. Nu skal Hærdla perpetuari kristkirkiu oc Mor Munklifi. so at þetta skal engi mader rifta. En ef nokor gerer þat. þa sekkiszt han við gud oc hælgha menn sem perturbatores ecclesiastice pacis et contempto-res tradicionum maiorum suorum. Oc Munkar toko sköyting af mer a þeirri iordu nesta dagh post decollacionem 20 sancti Johannis baptiste. En þessir varo vaattar. Erlenger Archidyaconus Arnulfer meistare. Munan Gauz s. þorder kapalein min. Sighurder Lygnir. Halstein prestr. Aslaker prestr. Aslaks Dotter 25 Gudrid oc Margretta. Heinreker skutilsvein min. Aogmunder Raudi. rædes madr min. oc aller huskallar minir. oc margir adrir godir menn lærdir oc olærdir.

En viri mendaces et qverentes 30 que mundi sunt. non quo Jesu Chri-

---

[1] böð isl. bauð bœtir ok festa. — [2] þeir. — [3] skeytto. — [4] ân. — [5] st. þvise, isl. þessu.

180

sti. hofdu boret fyrir mik. at iord su er
Oo heitir. atti liggia til Herdlo kirkiu. eda
til Herdlo sialfrar. en med þui at til þess
fenguszt eigi gogn [1] ne vitni. ne engi

fylgdu sannendi þvi male. þa eignadozt
Munkar þa iord. sem vert er oc ret. oc
æigu þeir hana heimila fyrir hverium manne.
ef þeir skulu ureenter [2] vera. valete.

Snorri's Edda.

a) Aus Gylfaginning cap. 49—50.

Balders des guten Tod.

Þâ mælti Gângleri: ‚hafa nocquorr meiri
tiðindi orþit með âsunum? allmikit þrek- 10
virki vann Þórr î þessi ferð.‘ Hâr svarar:
„vera mun at segja frâ þeim tiðindum er
meira þótti vert Âsunum.“

„En þat er upphaf þessarar sögu at
Baldr en gôða dreymdi drauma stôra ok 15
hættliga um lif sitt. En er hann sagði
Âsunum draumana, þâ bâru þeir saman
râð sin, ok var þat gert, at beiða griða
Baldri firir allzkonar hâska: ok Frigg tôk
svarðaga til þess, at eyra skyldu Baldri 20
eldr ok vatn, iarn ok allzkonar mâlmr, stei-
nar, iörðin, viðirnir, sôttirnar, dýrin, fug-
larnir, eitrormar. En er þetta var gert ok
vitat, þâ var þat skemtun Baldrs ok Asan-
na, at hann skyldi standa upp â þingum, 25
en allir aðrir skyldu sumir skiota â hann,
sumir höggva til, sumir berja grioti. En
hvat sem at var gert, sakaði hann ecki, ok
þótti þetta öllum mikill frami. En er þetta
sâ Loki Laufeyjarson, þâ likaði honum 30
illa er Baldr sakaði ecki. Hann gêck til
Fensalar til Friggjar, ok brâ ser î konu

liki, þâ spyrr Frigg, ef sû kona vissi hvat
Aesir höfðuz at â þinginu. Hon sagði at
allir skutu a Baldri, ok þat at hann sakaði
ecki. Þâ mælti Frigg: ‚eigi munu vâpn
eða viðir granda Baldri, eiða hefi ek þe-
git af öllum þeim‘. Þâ spyrr konan „hafa
allir lutir eiða unnit at eira Baldri?“ þâ
svarar Frigg ‚vex viðarteinûngr einn firir
austan Valhöll, sâ er Mistilteinn kallaðr,
sâ þótti mer ûngr at krefja eiðsins‘. þvi-
næst hvarf konan â braut, en Loki tôk mi-
stiltein, sleit upp ok gêck til þings. En
Höðr stôð ûtarlega î mannhringinum, þviat
hann var blindr; þâ mælti Loki við hann:
‚hvi skýtr þu ecki at Baldri?‘ Hann svarar:
„þviat ek sê ei, hvar Baldr er, ok þat an-
nat at ek em vâpnlaus“. Þâ mælti Loki
‚gerðu þô î liking annarra manna, ok veit
Baldri sœmð sem aðrir menn, ek mun visa
þer til hvar hann stendr, skiot at honum
vendi þessum‘. Höðr tôk mistilteininn ok
skaut at Baldri at tilvisun Loka: flaug sko-
tit î gögnum hann, ok féll hann dauðr til
iarðar, ok hefir þat mest ôhapp verit un-
nit með goðum ok mönnum. Þâ er Baldr
var fallinn, þâ félluz öllum Asum orðtök

---

[1] gögn, Beweise. — [2] ûræntir, unberaubt.

ok svâ hendr at taka til hannz; ok sâ hverr til annars, ok vôru allir með einum hug til þess er unnit hafði verkit: en engi mâtti hefna, þar var svâ mikill griðastaðr. En þâ er Aesirnir freistuðu at mæla, þâ var 5 hitt þô fyrr, at grâtrinn kom upp, svâ at engi mâtti öðrum segja með orðunum frâ sinum harmi. Enn Oðinn bar þeim mun verst þenna skaða, sem hann kunni mêsta skyn, hversu mikil aftaka ok missa Âsunum 10 var î frâfalli Baldrs. En er goðin viðkûðuz, þâ mælti Frigg ok spurði, hverr sâ væri með Âsum, er eignaz vildi allar âstir hennar ok hylli, ,ok vili hann riða â helveg ok freista, ef hann fâi fundit Baldr, ok 15 bioða Helju útlausn, ef hon vill lâta fara Baldr heim î Asgarð'. En sâ er nefndr Hermôðr enn hvati, sveinn Oðins, er til þeirrar Farar varð; þa var tekinn Sleipnir hêstr Oðins ok leiddr fram, ok steig Her- 20 môðr â þann hêst, ok hleypti braut.

Balders Bestattung.

En Aesirnir tôku lik Baldrs ok fluttu til sævar, Hringhorni hêt skip Baldrs, 25 hann var allra skipa mêstr, hann vildu goðin framsetja, ok gera þar â bâlför Baldrs, en skipit gêck hvergi fram. Þâ var sent î Jötunheima eptir gýgi þeirri er Hyrrockin hêt, en er hon kom ok reið vargi, ok hafði 30 höggorma at taumum, þâ liop hun af hêstinum, en Oðinn kallaði til berserki fiora at gæta hêstzins ok fengu þeir ei haldit, nema þeir feldi hann. þâ gêck Hyrrockin â framstafn nöckvans, ok hratt fram î fyrsta við- 35 bragði, svâ at eldr hraut or hlunnunum ok lönd öll skulfu. Þâ var þôrr reiðr ok greip hamarrinn ok mundi þâ briota höfuð hennar, âðr en goðin öll bâðu henni friðar. þâ var borit ût â skipit lik Baldrs, ok er 40 þat sâ kona hannz, Nanna Neps dôttir, þâ

sprack hon af harmi ok dô, var hon borin â bâlit ok slegit î eldi; þâ stôð þôrr at, ok vigði bâlit með Miölni, en fyrir fôtum hannz rann dvergr nockurr, sâ er Litr nefndr, en þôrr spyrndi fœti sinum â hann, ok hratt honum i eldinn, ok brann hann. En þessa brennu sôtti margskonar þioð, fyrst at segja frâ Oðni, at með honum fôr Frigg ok valkyriur ok hrafnar hannz, en Freyr ôk i kerru með gelti þeim, er Gullinbursti heitir eða Sliðrugtanni, en Heimdallr reið hêsti þeim er Gulltoppr heitir, en Freyja köttum sinum. þar kemr ok mikit fölk Hrimþursa ok bergrisar. Oðinn lagði â bâlit gullhring þann er Draupnir heitir, honum fylgði siðan sû nâttûra, at hina niundu hverja nôtt drupu af honum 8 gullringar iafnhöfgir. Hêstr Baldrs var leiddr â bâlit með öllu reiði.

Hermôðr fährt nach seinem Bruder in die Unterwelt.

En þat er at segja frâ Hermôði, at hann reið niu nætr döckva dala ok diupa, svâ at hann sâ ecki, fyrr en hann kom til ârinnar Giallar, ok reið â Giallarbrûna; hon er þökt lýsigulli. Môðgûðr er nefnd mær sû, er gætir brûarinnar, hon spurði hann at nafni eða ætt, ok sagði at hinn fyrra dag riðu um brûna 5 fylki dauðra manna ,en eigi dynr brûin minnr undir einum þer, ek ei hefir þû lit dauðra manna, hvî riðr þû hêr â helveg?' hann svarar at ,,ek skal riða til Heljar at leita Baldrs, eða hvârt hefir þû nackvat sêt Baldr â helvegi?" en hon sagði at Baldr hafði þar riðit um giallarbrû ,en niðr ok norðr liggr helvegr'. þâ reið Hermôðr þar til er hann kom at helgrindum; þâ stê hann af hêstinum ok gyrði hann fast, steig upp ok keyrði hann sporum, en hêstrinn hliop svâ hart yfir grindina, at hann kom hvergi nær; þâ reið

Hermôðr heim til hallarinnar, ok steig af
hêsti ,geck inn i höllina, så þar sitja i ön-
dugi Baldr bróður sinn, ok dvaldiz Her-
môðr þar um nóttina. En at morni þá
beiddiz Hermôðr af Helju, at Baldr skyldi 5
riða heim með honum, ok sagði hversu mi-
kill grâtr var með Asum. En Hel sagði
at þat skyldi svâ reyna, hvârt Baldr var
svâ âstsæll sem sagt er ,ok ef allir lu-
tir i heiminum, kykvir ok dau- 10
ðir grâta hann, þá skal hann fara
til Asa aptr, en haldaz með Helju, ef
nackvarr mælir við, eða vill ei grâta'. þá
stóð Hermôðr upp, en Baldr leiðir hann út
or höllinni ok tók hringinn Draupni, ok 15
sendi Oðni til minja, en Nanna sendi Frigg
ripti ok enn fleiri giafar, Fullu fingrgull.
þá reið Hermôðr aptr leið sina ok kom i
Asgarð ok sagði öll tíðindi, þau er hann
hafði sêt ok heyrt.

því næst sendu Aesir um allan heim
örindreka, at biðja at Baldr væri grâtinn or
helju, allir gerðu þat, ,menninir ok kyk-
vendin ok iörðin ok steinarnir ok trê ok
allr mâlmr; svâ sem þú munt sêt hafa at 25
þessir lutir grâta, þá er þeir koma or frosti
ok i hita. þá er sendimenn fôru heim, ok
höfðu vel rekit sin eyrindi, finna þeir i
helli nockvorum, hvar gýgr sat, hon nefn-
ðiz þöck; þeir biðja hana grâta Baldr or 30
helju, hon svarar

þöck mun grâta þurrum târum
Baldrs bâlfarar;
kyks nê dauðs nautka ek karls so- 35
nar,
haldi Hel því, er hefir!

en þess geta menn, at þar hafi verit Loki 40
Laufeyjar son, er flêst hefir illt gert með
Asom.“

Rache der Asen an Loki.

þá mælti Gângleri ,altmiklu kom Loki á
leið, er hann olli fyrst því er Baldr var
veginn, ok svâ því er hann varð eigi leystr
frâ Helju; eða hvârt varð honum þessa
nackvat hefnt?‘ Hâr svarar:
„Goldit var honum þetta svâ at hann
mun lengi kennaz. þá er guðin vôru orðin
honum svâ reið sem vôn var, hliop hann
â braut, ok fal sik i fialli nockvoro; gerði
þar hûs ok 4 dyrr, at hann mâtti siâ or
hûsinu i allar âttir. En opt um daga brâ
hann ser i laxliki, ok falz þâ þar sem hei-
tir Frânângrs fors, þá hugsaði hann fyrir
ser, hverja vêl Aesir mundu til finna, at
taka hann i forsinum. En er hann sat i
hûsinu, tôk hann lin ok garn, ok reið â
möskva svâ sem net er siðan, en eldr brann
fyrir honum. þá sá hann at Aesir âttu
skamt til hannz, ok hafði Oðinn sêt or
Hliðskialfinni, hvar hann var: hann hliop
þegar upp ok ùt i âna, ok kastaði netinu
fram â eldinn. En er Aesir koma til hûs-
sins, þá geck sâ fyrst inn, er allra var
vitraztr, er Kvâsir heitir: ok er hann sâ á
eldinum fölskvann, er netit hafði brunnit, þá
skildi hann, at þat mundi vêl vera til at
taka fiska, ok sagði Asunum. því næst
tôku þeir ok gerðu ser net, eptir því sem
þeir sâ â fölskva, at Loki hafði gert, ok er
bûit var netit, þá fara Aesir til ârinnar, ok
kasta neti i forsinn, hêlt þôrr enda öðrum
ok öðrum hêldu allir Aesir ok drôgu netit.
En Loki fôr fyrir, ok leggz niðr i milli stei-
na tveggja, drôgu þeir netit yfir hann, ok
kenndu, at kykt var fyrir. Ok fara i an-
nat sinn upp til forsins ok kasta ùt netinu
ok binda við svâ þûngt at ei skyli undir
mega fara. Ferr þâ Loki fyrir netinu, en
er hann sêr, at skamt var til sævar, þâ
hleypr hann upp yfir þinulinn, ok rennir

upp î forsinn. Nù sâ Aesirnir, hvar hann
fôr, fara enn upp til forsins ok skipta li-
ðinu î tvâ staði, on þôrr veðr þâ eptir
miðri ânni, ok fara svâ til sævar. En er
Loki sér tvâ kosti, var þat lîfshâski at 5
hlaupa â sœinn, en hitt var annar, at hlau-
pa enn yfir netit: ok þat gerði hann,
hliop sem snarazt yfir netþinulinn. þôrr
greip eptir hann, ok tôk um hann, ok rendi
hann i hendi honum, svâ at staðar nam [1] 10
höndin við sporðin, ok er fyrir þâ sök
laxinn aptrmior.
  Nù var Loki tekinn griðalauss ok farit
með hann i helli nockvorn. þâ tôku þeir
þriar hellur ok settu â egg ok lustu rauf 15
â hellunni hverri. þâ vôru teknir synir
Loka Vali ok Nari eða Narfi, brugðu Ae-
sir Vala i vargs lîki, ok reif hann i sundr
Narfa bróður sinn, þâ tôku Aesir þarma hanz
ok bundu Loka með yfir þâ 3 steina, einn 20
undir herðum, annarr undir lendum, þriði
undir knêsbôtum, ok urðu þau bönd at
iarni. þâ tôk Skaði eitrorm, ok festi upp
yfir hann, svâ at eitrit skyldi driupa or or-
minum i andlit honum, en Sigyn kona hanz 25
stendr hiâ honum, ok heldr mundlaugu un-
dir eitrdropa; en þâ er full er mundlaugin,
þâ gengr hon ok slær ût eitrinu, en meðan
drýpr eitrit i andlit honum, þâ kippiz hann
svâ hart við, at iörð öll skelfr, þat kallit 30
þer landskialfta. þar liggr hann i böndum
til ragnarökurs.

b) Aus Bragarœður 1. Sn. Edd. cap. 55. 56.

Bragi im Sal der Asen lehrend.

  Einn maðr er nefndr Oegir eða Hlêr,
hann bió i ey þeirri, er nû er köllut Hlêsey,
hann var miök fiölkunnigr. Hann gerði
ferð sina til Asgarðz, en er Aesir vissu

ferð hanz, var honum fagnat vel, ok þô
margir lutir með siônhverfîngum: ok um
kvoldit, er drecka skyldi, þâ lêt Oðinn
bera inn i höllina sverð ok vôru svâ biört,
at þar af lýsti, ok var ecki haft lios annat
meðan við dryckiu var setit. þâ gengu
Aesir at gildi sinu ok settuz i hâsæti 12
Aesir, þeir er dômendr skyldu vera, ok
svâ vôru nefndir: þôrr, Niörðr, Freyr,
Tŷr, Heimdallr, Bragi, Viðarr, Vali, 10
Ullr, Hœnir, Forseti, Loki; slîkt sama
Asynior: Frigg, Freya, Gefiun, Iðunn,
Gerðr, Sigun, Fulla, Nanna. Oegi
þôtti göfuglikt þar um at siâz; veggþili öll
voru þar tiöldut með fögrum skiöldum, þar 15
var ok âfenginn miöðr, ok miök druckit.
Næsti maðr Oegi sat Bragi, ok âttuz þeir
við dryckju ok orðaskipti: sagði Bragi Oegi
frâ mörgum tiðindum, þeim er Aesir höfðu
âtt. 20

Die Äpfel Idunnas.

  Hann hôf þar frâsögn, at þrir Aesir fôru
heiman, Oðinn ok Loki ok Hœnir, ok fôru
um fiöll ok eyðimerkr, ok var illt til matar.
En er þeir koma ofan i dal nackvarn, siâ 25
þeir oxna flock, ok taka einn uxan ok
snûa til seyðis. En er þeir hyggja, at so-
ðit mun vera, raufa þeir seyðinn ok var
ecki soðit; ok i annat sinn er þeir raufa 30
seyðinn, þâ er stund var liðin, ok var ecki
soðit: mæla þeir þâ sin â milli, hverju þetta
mun gegna. þâ heyra þeir mâl i eikina
upp yfir sik, at sâ er þar sat, qvaz râða
þvî er eigi soðnaði â seyðinum: þeir litu 35
til, ok sat þar örn ok ei litill. þâ mælti
örninn: vilit þer gefa mer fylli mîna af oxa-
num, þâ mun soðna â seyðinum. þeir iâta
þvî; þâ lætr hann sîgaz or trênu ok setz â

---

[1] Hdss. geben hier naf, aber nam staðar (nahm Stelle, d. h. blieb stehn, kam zu stehn, 105, 4; 175, 12) schrieb Snorri selbst, Sn. E. (Sv.) p. 170.

seyðinn ok leggr upp, þegar it fyrsta, lær oxans tvö ok bâða bôgana. þá varð Loki reiðr ok greip upp mikla stöng ok reiðir af öllu afli, ok rekr â kroppinn erninum; örninn bregz við höggit, ok flýgr upp; þá var föst stöngin við kropp arnarins, ok hendr Loka við annan enda. Örninn flýgr hart, svâ at fœtr Loka taka niðr griotit ok urðir ok viðu; hendr hanz hyggr hann at slitna munu or öxlum. Hann kallar ok biðr allþarfliga örninn friðar, en hann segir at Loki skal aldri lauss verða, nema hann veiti honum svarðaga, at koma Iðunni út of Asgarð með epli sîn: en Loki vill þat, verðr hann þá lauss ok ferr til lagsmanna sinna, ok er ei at sinni sögð fleiri tiðindi um þeirra ferð, âðr þeir koma heim.

En at áqueðinni stundu teygir Loki Iðunni út um Asgarð î skôg nockvorn, ok segir at hann hefir fundit epli þau, er henni mun gripir î þickia, ok bað at hon skal hafa með ser sin epli ok bera saman ok hin. þá kemr þar þiazi iötunn î arnarham, ok tekr Iðunni ok flýgr braut með, ok hefir heim til búss sîns. En Aesir urðu illa við hvarf Iðunnar, ok gerðuz þeir brâtt hârir ok gamlir. þá áttu þeir þing, ok spyrr hverr annan, hvat sîðarst vissi til Iðunnar, en þat var sêt sîðarst, at hon geck út or âsgarði með Loka. þá var Loki tekinn ok fœrðr â þingit, ok var honum heitit bana eða pislum; en er hann varð ræddr, þá kvaz hann mundu sœkja eptir Iðunni î Jötunheima, ef Freyja vill liâ honum valshams, er hon â. Ok er hann Fær valshaminn, flýgr hann norðr î Jötunheima ok kemr einn dag til þiassa iötuns: var hann rôinn â sæ, en Iðunn var ein heima. Brâ Loki henni î hnotar liki, ok hafði î klôm ser, ok flýgr sem mêst. En er þiassi kom heim ok saknar Iðunnar, tekr hann arnarhaminn ok flýgr eptir Loka, ok drô arnsúg

î flugnum. En er Aesirnir sâ, er valrinn flaug með hnotina, oc hvar örninn flaug, þá gengu þeir út undir Asgarð, ok bâru þannig byrðar af lokarspânum. Ok þá er valrinn flaug inn of borgina, lêt hann fallaz niðr við borgarvegginn, þá slôgu Aesirnir eldi î lokarspânu, en örninn mâtti ei stöðva sik, er hann misti valsins: laust þá eldinum i fiðri arnarins ok tôk þá af fluginn. þá vôru Aesirnir nær, oc drâpu þiassa iötun fyrir innan Asgrindur, ok er þat vig allfrægt.

c) Aus den Kenningar der Skalda. Himmel; Erde; Kampf. Skaldskaparmâl c. 23. 24. 50.

Hvernig skal kenna himin? Svâ at kalla hann Ymis haus, ok þar af iötuns haus; ok erfiði eða byrði dverganna eða hiâlm Vestra ok Austra, Suðra, Norðra; land sôlar ok tûngls ok himintûngla, vagna ok veðra; hiâlmr eða hús loptz ok iarðar ok sôlar.

Sva kvað Arnorr iarlaskald:

Ungr skiöldungr stigr aldri iafnmildr â
    við Skialdar;
þess var grams und gömlum gnôg rausn
    Ymis hausi.

ok enn, sem hann kvað:

Biört verðr sôl at svartrí, söckr fold î
    mar döckvan,
brestr erfiði Austra, allr glymr siâr
    â fiöllum.

ok enn, sem kvað Böðvar halti:

Alls engi verðr Inga undir sôlar-
    grundu
böðvarhvatr nê betri brœðr landreki
    æðri.

ok enn sem kvað Þioðolfr enn hvin-
verski:

Ók at isarnleiki Iarðarsunr, ok dundi
(móðr svall Meila blóða) mána vegr
und hanum. 5

ok sem kvað Ormr Barreyjarskald:

Hvêgi er Draupnis drôgar, dis, ramman
spyr ek vîsa,
sâ ræðr valdr fyrir veldi vagnbran-
tar mer fagnar. 10

sva sem kvað Bragi skald:

Hinn er varp â vîða vinda Öndurdîsar
yfir manna siöt margra munnlaug föður
augum. 15

ok sva sem Markus kvað:

Fiarri hefir [1], at fœðiz dŷrri flotna vörðr
â elkers botni
(hâfa leyfir hver maðr æfi hrîngvarpaðar)
gialfrikrîngðum. 20

svâ sem kvað Steinn Herðisar son:

Hâs kveð ek helgan ræsi heimtiallz
at brag þeima,
(mærð tæz fram) en fyrða fyrr; þvî at
hann er dŷrri. 25

ok sem kvað Arnorr iarlaskald:

Hialp þû dŷrr konûngr dŷrum dags-
grundar Hermundi!

ok en sem kvað Arnorr:

Saðr stillir, hialp þû sniöllum, sôltial- 30
da, Rögnvaldi!

ok sem kvað Hallvarðr:

Knûtr verr iörð, sem îtran alls dróttinn
sal fialla.

___

sem Arnorr kvað:

Mikâll vegr þat, er misgert þickir mann-
vitzfrôðr, ok allt it gôða,
tiggi skiptir siðan seggium sôlarhiâlms
â dœmistôli.

(24) Hvernig skal iörð kenna? Kalla
Ŷmis hold; ok môður þórs; dôttur
Onars; brûði Oðíns; elju Friggjar
ok Rindar ok Gunnhlaðar; sværu Sif-
jar; gôlf ok botn veðrahallar; siâ
dŷranna; dôttir Nâttar, systir
Auðs ok Dags. Svâ sem kvað Ey-
vindr skaldaspillir:

Nû er âlfröðull elfar iötnadolgs of
fólginn
(râð eru rammrar þioðar rîk) î môður
lîki.

sem kvað Hallfreyðr vandræðaskalð:

Râð lukuz, at sâ siðan sniallrâðr konungs-
spialli
âtti einga dôttur Onars viði grôna.

ok enn sagði hann:

Breiðleita gat brûði Bâleygs at ser
teygja,
stefnir stöðvar hrafna stâlarîkis mâlum.

svâ sem fyrr er rîtat:

fiarri hefir, at fœðiz dŷrri.

svâ sem kvað Þiodôlfr:

ûtan bindr við enda elgvera glöðuðr
hersa
hreins við hûfi rônum hafs botni far
gotna.

sem Hallfreyðr kvað:

___

[1] R. verm.: hefik. S. aber hafa im Glossar.

því hygg fleygjanda frægjan (ferr iörð
und menþverri
îtran) eina at lâta Auðs systr miök
trauðan.

sva kvað þioðolfr:

dólglios hefir dasi darrlatr staðit fiarri,
endr þâ er elju Rindar ûmynda tôk,
skyndir.

(50) Orrosta er köllut Hiaðnînga
veðr eða el, ok vâpn Hiaðninga el-
dar eða vendir. En siâ saga er til þess:
Konûngr sâ, er Högni er nefndr, âtti dôttr
er Hildr hêt, hana tôk at herfangi ko-
nûngr sâ er Hêðinn hêt, Hiarranda son,
þâ var Högni konûngr farinn î konûnga
stefnu, en er hann spurði, at herjat var î
riki hanz ok dôttir hanz var î braut te-
kinn, |þâ fôr hann með sînu liði at leita 20
Hêðins ok spurði til hanz, at Hêðin hafði
siglt norðr með landi. þâ er Högni ko-
nûngr kom î Noreg, spurði hann, at Hê-
ðinn hafði siglt vestr of haf, þâ siglir Hög-
ni eptir honum allt til Orkneyja, ok er 25
hann kom þar sem heitir Hâey, var þar fy-
rir Hêðinn með lið sitt. þâ fôr Hildr â fund
föður sîns ok bauð honum men î sætt af
hendi Hêðins, en î öðru orði sagði hon at
Hêðinn væri bûinn at berjaz, ok ætti Högni 30
af honum öngrar vægðar vân. Högni sva-
rar stirt dôttur sinni, en er hon hitti Hê-
ðin, sagði hon honum, at Högni vildi önga
sætt, ok bað hann bûaz til orrostu, ok svâ
gera þeir hvârirtveggju, gánga upp â 35
eyna ok fylkja liðinu. þâ kallaði Hêðinn â
Högna mâg sinn, ok bauð honum sætt ok
mikit gull at bótum. þâ svarar Högni: ,of
sið bauðtu þetta, ef þû vill sættaz, þvî at
nû hefi ek dregit Dâinsleif, er dvergarnir 40
gerðu, er mannz bani skal verða hvert
sinn er bert er, ok aldri bilar î höggi, ok

ecki sâr grœr, ef þar skeiniz af'. þû svarar
Hêðinn: „sverði hœlir þû þar, enn ei sigri;
þat kalla ek gôtt sverð, er drottinhollt er.“
þâ hôfo þeir orrostu þâ er Hiaðninga-
vîg er kallat, ok börðuz þann dag allan 5
ok at kveldi fôru konûngar til skipa. En
Hildr gêck of nôttina til valsins ok vakti
upp með fiölkýngi alla þâ er dauðir vôru,
ok annan dag gêngu konûngarnir â vigvöl-
linn ok börðuz, ok svâ allir þeir er féllu 10
hinn fyrra daginn. Fôr svâ sû orrosta
hvern dag eptir annan, at allir þeir er féllu,
ok öll vâpn, þau er lâgu â vigvelli, ok svâ
hlifar, urðu at grioti. En er dagaði, stôðu
upp allir dauðir menn ok börðuz, ok öll 15
vâpn vôru þâ nýt. Svâ er sagt î kvæðum,
at Hiaðnîngar skulu svâ bîða ragnarökrs.
Eptir þessi sögu orti Bragi skald î Rag-
nars drâpu Loðbrôkar:

ok um þerris æða .... (Sp. 49 f.)

Orrosta er veðr Oðins, sem fyrr er
ritat. Svâ kvað Vîgaglûmr:

rudda ek sem iarlar, orð lêk â þvî, for-
ðum
með veðrstöfum Viðrisvandar, mer
til landa.

Viðris veðr er hêr kallat orrosta, en
vöndr vîgs sverðit, en menn stafir sver-
ðzins: hêr er bæði orrosta ok vâpn haft
til kennîngar mannzins, þat er rekit kallat,
er svâ er ort; skiöldr er land vâpnanna,
en vâpn er hagl eða regn þess landz, ef
nýgiörvîngum er ort.

d) Aus den ökend heiti der Skalda. Him-
mel; Erde; Kampf. Skaldskaparmâl c. 56.
57. u. ans 75.

(56) þessi nöfn himins eru rituð, en
eigi höfum ver fundit î quæðum öll þessi
heiti, en þessi skaldskaparheiti sem önnur

þycki mer öskylt at hafa î skaldskap, nema
áðr finni hann î verka höfuðskalda þvilîk
heiti. Himinn; hlŷrnir, heiðþornir, hregg-
mîmir, andlângr, liósfari, drifandi, skatyr-
nir, viðfeðmir, vetmîmir, leiptr, hrioðr, við- 5
blâinn.

Sôl: sunna, röðull, cyglôa, alskir, sŷni,
fagrahvel, liknskîn, Dvalinsleika, álfröðull,
ifrröðull, mylen.

tûngl: mâni, nŷ, nið, ârtali, mulenn, 10
fengari, glâmr, skyndir, skialgr, skrâmr.

(57) iörð, sem þioðolfr quað:

ör [1] lætr oddaskûrar opt herðir giör
       verða
hrings [2] âðr hann ofþrŷngvi, hörð el, und 15
       sik iörðu.

fold, sem Ottarr kvað:

fold verr folkbaldr, fâr mâ konûngr
       svâ;
örnu reifir Oleifr, er framr Svîa gramr. 20

grund, sem Haraldr kvað:

grund liggr und bör bundin breið hölm-
       fiötrs leiðar
(heinlands hoddum grandar Höðr) eitr-
       svölum naðri [3].   25

hauðr sem Einarr kvað:

verja hauðr með hiörvi hart döglinga
       biartir [4]
(hialmr springr opt fyrir ôlmri egghrîð)
       framir seggir.   30

land, sem þôrðr Kolbeinsson kvað:

enn ept vig frâ Veigu (vant er ord at
       styr) norðan
land, eða lengra stundu, lagðiz suðr til
       Agða.   35

lâð, sem Ottar kvað:

hêlztu, þar er hrafn ne svalt-a (hvatrâðr
       ertu) lâði,
ôgnarstafr, fyrir iöfrum ygr tveim við
       kyn beima.

hlôðyn sem kvað Völusteinn:

man ek þat, er iörð við orða endr myrk-
       danar sendu
grœnnar gröfnum munni gein Hlôðyn-
       jar beina.

frôn, sem Ulfr kvað Uggason

en stirð-þinull starði storðar leggs firir
       borði
fróns â folka reyni frânleitr, ok blês
       eitri.

fiörgyn:

Örgildis var ek eldi âls Fiörgynjar
       mâla
dyggr sê heiðr ok hreggi hrynbeðs âr
       steðja.

Kampfnamen.

Aus cap. 75.

þau eru orrostu heiti: hialdr ok rimma
göll, geirahöð ok geirþriful
róg ok rôma, ranngrið ok storð,
svipul ok snerra; sig, folkjara;

sôta, morð [5] ok vig, sôkn ok ið,
dôlg, ôgn, tara, drima ok îmun,
þâ er orosta, ok örlygi,
hrîð ok etja, herþögn, þrima.

---

[1] gebessert aus yr; örr oddaskûrar herðir: der tapfere Anreizer des Schwertschauers. —
[2] des Schwertes; lætr opt giör verða hrings hörd el, âðr. — [3] So cod. O. st. svavlun
naðri. — [4] R. bessert biartra. — [5] A.: sôtamorð.

c) Vom Stabreim; Anfang der Bragar-
hættir oder des Háttatal.

Hvat eru hættir skaldskapar? ‚Þrent‘.
Hverir? ‚Setning, leyfi, fyrirboðning‘.
Hvat er setníng háttanna? ‚Tvent‘. Hver? 5
‚Rétt ok breytt‘.
Hvernig er rétt setning háttanna?
‚Tvenn‘. Hver? ‚Tala ok grein‘. Hvat
er tala setníngar háttanna? ‚Þrenn‘. Hver?
Sú er ein tala, hversu margir hættir hafa 10
funniz í kveðskap höfuðskalda; önnur tala
er þat, hversu mörg vîsuorð standa í einu
eyrindi í hverjum hætti; en þriðja tala er
sú, hversu margar samstöfur eru settar í
hvert vîsuorð í hverjum hætti‘. Hver er 15
grein setníngar háttanna? ‚Tvenn‘. Hver?
‚Málsgrein ok hlioðsgrein. stafasetníng
greinir mál allt, en hlioð greinir þat, at
hafa samstöfur lângar eða skammar, harðar
eða linar, ok þat er setníng hlioðsgreina er 20
ver köllum hendíngar, svâ sem hér er
kveðit:

     lætr sá'r Hakon heitir (hann reckir lið)
          bannat
     iörð kann frelsa fyrðum friðrofs konûngr 25
          ofsa;
     sialfr ræðr allt ok Elfar ûngr stillir sâ
          milli
(gramr â gipt at fremri) Gandvîkr iöfurr 30
          landi.

Hér er stafasetníng sû er hætti ræðr, ok
kveðandi gerir, þat eru tolf stafir í eyrindi:
ok eru þrir settir í hvern fiörðûng; í hver-
jum fiorðûngi eru tvau vîsuorð; hverju vîsu- 35
orði fylgja sex samstöfur. I öðru vîsu-
orði er settr sâ stafr fyrst í vîsuorðinu, er
ver köllum höfuðstaf; sâ stafr ræðr que-
ðandi, en í fyrsta vîsuorði mun sâ stafr
finnaz tysvar standa fyrir samstöfun, þâ 40
stafi köllum ver stuðla; ef höfuðstafr er

samhlioðandi, þâ skulu stuðlar vera enn en
sami stafr, sva sem hér er: ‚lætr sâ er
Hakon heitir (hann rekkir lið) bannat ...
enn rângt er, ef þessir stafir standa fyrir
samstöfun optarr eða sialdnarr enn svâ, í
fiorðûngi vîsu. En ef hlioðstafr er höfuð-
stafrinn, þâ skulo stuðlar vera ok hlioðstafir,
ok er fegra, at sinn hlioðstafr sê hverr þeirra,
þâ mâ ok hlýða, at hlioðstafr standi fyrir op-
tarr í fiorþungi í fornöfnum eða í mâlfyllíng,
þeirri er svâ kveðr at: ek eða svâ: en,
er, at, i, ok, of, af, um; ok er þat
leyfi, en ei rétt setníng.

Önnur stafasetníng er sû, er fylgir set-
níng hlioðs þess, er hâtt gerir ok kveðandi.
Skal sû grein í drottkvæðum hætti svá vera,
at fiorðûngr vîsu skal þar samanfara at allri
stafasetníng ok hlioða, skal í fyrra vîsu-
orði þannig greina setníng: ‚Jörð kann
frelsa fyrðum‘; hér er svâ: iörð,
fyrð, þat er ein samstafa í hvârum stað,
ok sinn hlioðstafr fylgir hvârri, ok svâ upp-
hafsstafr; en einir stafir eru eptir hlioð-
staf í bâðum orðum: þessa setníng hlioð-
fallz köllum ver skothendíng. En í
öðru vîsuorði er svâ: Friðrofs konungr
ofsa, svâ er hér: rofs, ofs, þar er einn
hlioðstafr, ok svâ allir þeir er eptir fara í
bâðum orðum, en upphafsstafir greina or-
ðin: þetta heita aðalhendíngar.

Svâ skal hendíngar setja í dróttkvæð-
ðum hætti, at hin siðarri hendíng í hverju
vîsuorði, er heitir viðrhendíng, hon skal
standa í þeirri samstöfu, er ein er siðar.
En sû hendíng er frumhendíng heitir,
stendr stundum í upphafi orðs, köllum ver þa
oddhending, stundum í miðju orði, köl-
lum ver þâ hluthendíng. Þetta er drótt-
quæðr hâttr; með þeima hætti er flést ort,
þat er vandat er; þessi er upphaf allra
hâtta, sem mâlrûnar eru fyrir öðrum rûnum.

Aus der Heimskringla.

Schöning u. Thorl. a) T. I, 1—3. b) p. 21—23. c) p. 139—144. d) p. 279. e) T. II. p. 171.

a) Formàlinn c. 1.

Â bók þessi lêt ek rita fornar fràsagnir um höfðingja þá, er ríki hafa haft â Norðrlöndum, ok â danska tûngu hafa mælt, svâ sem ek hefir heyrt fróða menn segja: svâ ok nockorar kynkvíslir þeirra, eptir því sem mer hefir kent verit: sumt þat er finnz î Langfeðgatali því, er konungar hafa rakit kyn sitt, eða aðrir stórættaðir menn: enn sumt er ritat eptir fornum kvæðum eða sögulioðum, er menn hafa haft til skemtanar ser. Nû þó at ver vitum ei sannindi â því, þâ vitum ver dœmi till þess, at gamlir frœðimenn hafa slikt fyrir satt haft. Þioðolfr enn fróði ur Hvini var skáld Haralds ens harfagra, hann orti ok kvæði um Rögnvald konung Heiðumhærra, þat er kallat er Ynglingatal. Rögnvaldr var son Olafs Geirstaðaâlfs, bróður Halfdanar Svarta. Î þessu kvæðe eru nefndir XXX langfeðga hans, ok sagt frá dauða hvers þeirra ok legstað. Fiðlnir er sá nefndr, er son var Yngvifreys, þess er Svîar hafa blótat lengi siðan: af hans nafni eru Ynglingar kallaðir. Eivindr Skaldaspillir taldi ok langfeðga Hâkonar iarls ins ríka î kvæði því er Hâleygjatal heitir, er ort var um Hâkon. Sœmingr er þar nefndr son Yngvifreys; sagt er þar ok frá dauða hvers þeirra ok haugstað. Eptir Þioðolfs sögn er fyrst ritin æfi Ynglinga, ok þar viðaukit eptir sögn fróðra manna. En fyrsta öld er köllut brunaöld, þa skyldi brenna

ALTNORDISCHES LESEBUCH.

alla dauða menn, oc reisa eptir bautasteina; enn siðan er Freyr hafði heygðr verit at Uppsölum, þâ giörðu margir höfðingjar eigi siðr hauga enn bautasteina, til minningar eptir frændur sina; enn siðan er Danr enn mikilláti Dana konungr lêt ser haug giöra, ok bauð sik þannig bera dauðan með konungs skrûði ok herbûnaði ok hêst hans við öllu söðulreiði ok mikit fê annat, enn hans ættmenn giörðu margir svâ siðan: ok hófz þar haugsöld î Danmörku; enn lengi siðan hêlz brunaöld með Svîum ok Norðmönnum. Enn er Haraldr enn hârfagri var konungr î Noregi, þâ bygðiz Island. Með Haraldi vôru skáld ok kunna menn enn kvæði þeirra, ok allra konunga kvæði þeirra er siðan hafa verit at Noregi, ok tökum ver þar mêst dœmi af því er sagt er î þeim kvæðum, er kveðin vôru fyrir sialfum höfðingiunum, eða sonum þeirra: tökum ver þat allt fyrir satt, er î þeim kvæðum finnz um ferðir þeirra eða orrustur. Enn þat er hâttr skálda at lofa þann mêst, er þâ eru þeir fyrir; enn engi mundi þat þora, at segja sialfum hönum þau verk hans, er allir þeir er heyrði, vissi at hegómi væri ok skrök, ok svâ sialfr hann: þat væri þâ hâð, enn eigi lof.

b) Die grossen Sühnopfer zu Upsala.

Ynglingars. c. 18.

Dómaldi tók arf eptir föður sinn Visbur ok rêð löndum. â hans dögum giörðiz

í Svíþíoð sultr mikill ok seyra. Þá efldo
Svíar blôt stôr at Uppsölum; it fyrsta
haust blôtuðu þeir yxnom, ok batnaði ecki
árferð at heldr. Enn annat haust hôfu
þeir mannblôt, enn árferð var söm eðr   5
verri. Enn et þriðja haust kômu Svíar
fiölmennt til Uppsala, þá er blôt skyldu
vera: þá áttu höfðingjar ráðagiörð sína,
ok kom þat ásamt með þeim, at hallærit
mundi standa af Dômalda konungi þeirra,   10
ok þat með, at þeir skyldo hönum blôta til
árs ser, ok veita hönum atgöngu ok drepa
hann ok rioða stalla blôði hans; ok svâ
gerðu þeir. Svá segir Þioðolfr:

Hitt var fyrr, at fold ruðu
sverðberendur sínum drottni;
ok landherr á lífs vânan
dreyrug vâpn Dômalda bar.
Þá er árgiörn Jota dolgi
Svía kind of sôa skyldi.

Verbrennen an Ufern.

Eb. c. 19.

Dômarr hêt sonr Dômalda, er þar næst
réð ríki, hann réð lengi fyrir löndum, ok
varð þá gôð árferð ok friðr um hans daga.
Frá hönom er ecke sagt annat, enn hann
varð sôttdauðr at Uppsölum ok var fœrðr   30
á Fýrisvöllu ok brendr þar á árbackanum,
ok eru þar bautasteinar hans. Sva segir
Þioðolfr:

Ok ek þess opt of Yngva hrær
fróða menn of fregit hafða,
hvar Dômarr á dynianda
bana Halfs of borin væri.
Nû ek þat veit at verkbitinn
Fiölnis niðr við Fýri brann.

---

[1] A. höggunôtt.

c) Hakons des Guten Versuch das
Christenthum einzuführen.

Verordnung über das Jôlfest Saga H. G.
c. 15.

Hákon konungr var vel kristinn, er hann
kom í Noreg; enn fyrir því at þar var
land allt heiðit, ok blôtskapr mikill, ok
stôrmenni mart, enn hann þôttiz liðs þurfa
miök ok alþýðo vinsæld, þá tôk hann þat   10
ráð, at fara leyniliga með kristninni, hêlt
sunnodaga ok friadaga fösto, ok minning
hinna stœrsto hâtíða; hann setti þat í lö-
gom, at hefja Jôlahald þann tíma sem
kristnir menn, ok skyldi þá hverr maðr eiga   15
mælis öl, enn gialda fê ella, enn halda hei-
lakt, meðan iôlin ynniz; enn áðr var iôlahald
haft hökunôtt [1], þat var miðsvetrarnôtt, ok
haldin þriggja nâtta iôl. Hann ætlaði sva
er hann festiz í landíno, ok hann hefði   20
frialslega undir sik lagt alt land, at hafa
þá fram kristníboð. Hann gerði svâ fyrst
at hann lokkaði þá menn er hanom varo
kærstir til kristni; kom sva með vinsæld
hans, at miök margir lêto skíraz, enn sumir   25
lêto af blôtom. Hann sat löngom í Þrând-
heimi, þvíat þat var mêstr styrkr landsins.
Enn er Hakon konungr þôttiz fengit hafa
styrk af nockorum ríkis mönnom at halda
upp kristninni, þá sendi hann til Englands   30
eptir biskupi ok öðrum kennimönnom, ok
er þeir kômo í Noreg, þá gerði Hákon ko-
nungr þat bert, at hann vildi bioða kristni
of land alt; enn Mœrir ok Raumdœlir skuto
þannog síno máli sem þrændir vôro. Hákon   35
konungr lêt þúvigja kirkior nockorar ok setti
þar prêsta til. Enn er hann kom í Þrând-
heim, þá stefndi hann þíng við bœndur, ok
bauð þeim kristni. Þeir svara sva, at þeir
vilja þesso máli skiota til Frosto þings, ok   40

vilja þá at þar komi menn or öllum fylk-
jom, þeim sem ero î þrændalögom; segja
at þâ mano þeir svara þesso vandmæli.

Das Opferu. Eb. c. 16.

Sigurðr Hlada iarl var hinn mêsti blôt- 5
maðr, ok svâ var Hâkon faðir hans; hêlt
Sigurðr iarl upp blôtveizlom öllom af hendi
konungs þar î þrændalögum.

þat var forn siðr, þâ er blôt skyldi
vera, at allir bœndr skyldo þar koma, sem 10
hof var, ok flytia þannog föng sîn, þau er
þeir skyldo hafa meðan blôtveizlan stôð.
At veizlo þeirri skyldo allir menn öl eiga;
þar var ok drepinn allskonar smali, ok sva
hross, en blôð þat allt er þar kom af, þa 15
var kallat hlaut, enn hlautbollar þat er
blôð þat stôð î; enn hlautteinar, þat var
sva gert sem stöklar, með þvî skyldi rioða
stallana öllo saman, ok sva veggi hofsins
útan ok innan, ok sva stöckva hlautino â 20
menniua; enn slâtrit skyldi sioða til mann-
fagnaðar. Eldar skyldo vera â miðio golfi
i hofino, ok þat katlar yfir, ok skyldi full
of eld bera. Enn sâ er gerði veizlona, ok
höfðingi var, þâ skyldi hann signa fullit, 25
ok allan blôtmatinn: skyldi fyrst Ôðins
full drecka til sigrs ok rîkis konungi sî-
nom, enn sîðan Niarðar full ok Freys
full til ârs ok friðar; þâ var mörgom mön-
num tîtt, at drecka þar næst Bragafull. 30
Menn drucko ok full frænda sinna, þeirra
er göfgir höfðo verit, ok vôro þat minni
köllot. Sigurðr iarl var manna örvastr;
hann gerði þat verk, er frægt var miök,
at hann gerði mikla blôtveizlo at Löðom, 35
ok hêlt einn upp öllum kostnaði. þess getr
Kormakr Ögmundarson î Sigurðardrâpo:

Hafit maðr ask ne eski, afspring með ser
      þingat
fêsaeranda at fœra fês, vêlto goð þiaza; 40

hver mani vêss við valdi vægja kind of
      bægiaz,
þviat funrögni fagnar fens, vâ gramr til
      menja.

Volksthing in Frosta. Eb. c. 17.

Hâkon konungr kom til Frostoþings, ok
var þar komit allfiölmennt af bœndom. Enn
er þing var sett, þâ talaði Hâkon konungr;
hefir þar fyrst at þat væri boð hans ok
bœn við bœndr ok búþegna, rîka ok ûrî-
ka, ok þar með við alla alþýðo, ûnga
menn ok gamla, sælan ok vêsælan, konor
sem karla, at allir menn skyldo kristnaz
lâta, ok trûa â einn guð, Krist Marioson,
enn hafna blôtom öllom ok heiðnom goðom,
halda heilakt hinn VII hvern dag við vin-
nom öllom, fasta ok hinn VIIda hvern dag.
Enn þegar er konungr hafði þetta uppbo-
rit fyrir alþýðo, þâ var þegar kurr mikill,
ok kurroðo bœndor um þat, er konungr vildi
vinnor taka af þeim, ok svâ âtrûnað, ok
sögðo at við þat mâtti landit ecki byggja,
enn verkalýðr ok þrælar kölluðo þat, at
þeir mætti eigi vinna, ef þeir skyldo eigi
mat hafa. Sögðo ok at þat var skaplöstr
Hâkonar konungs, ok föðor hans, ok þeirra
frænda, at þeir vôro illir af mat sînom,
þôtt þeir væri mildir af gulli. Asbiörn af Me-
dalhûsom or Gaulardal stôð upp, ok svarar
örendi konungs ok mælti: ,þat hugðo ver
bœndr, Hâkon konungr, segir hann, at
þâ er þû hafðir it fyrsta þing haft her î
Þrândheimi, ok hôfom þik til konungs ok
þâgom af þer ôðol vor, at ver hefðim þâ hi-
min höndom tekit, enn nû vito ver eigi
hvert heldr er, at ver munom frelsi þegit
hafa, eða munto nû vilja þrælka oss af nýo
með undarligom hætti, at ver manom hafna
âtrûnaði vôrom, þeim er feðor vôrir hafa

7 *

haft fyrir oss ok allt forellri, fyrst um
brunaöld ok nû um haugaöld, ok hafa þeir
verit miklo göfgari enn ver, ok hefir oss þô
dugat þessi âtrûnaðr. Ver höfom lagt til
yðar sva mikla âstûð, at ver höfom þik 5
râða lâtit með oss öllom lögom i landino
ok landsrêtt. Nû er þat vili vâr ok sam-
þycki bondanna, at halda þau lög sem þû
settir oss hêr â Frostoþíngi, ok ver iâta-
ðom þer; viliom ver allir þer fylgja, ok þik 10
til konungs halda meðan einnhverr vôrr
er lifs bôndanna, þeirra er hêr ero nû â
þingino, ef þû konungr vilt nokkot hôf við
hafa, at beiða oss þess eins, er ver megom
veita þer, ok oss sê eigi ôgeranda. Enn 15
ef þer vilit þetta mâl taka með sva mikilli
freko, at deila aflí ok ofriki með oss, þâ
höfom ver bœndr gert râð vôrt, at skiliaz
allir við þik, ok taka oss annan höfðingja
þann er oss haldi til þess, at ver munim 20
i frêlsi hafa þann âtrûnað, sem oss er at
skapi. Nû skaltu, konungr, kiosa of kosti
þessa, âðr þíngi sê slitit. At erendi þesso
gerðo bœndr rôm mikinn, ok segja at þeir
vilja sva vera lâta, sem nû er sagt. Enn 25
er hlioð fêckz, þâ svarar Sigurðr iarl:
„þat er vili Hâkonar konungs, at sam-
þyckja við yðr, bœndr, ok lâta aldri
skilja yðra vinâtto.“ Bœndr segja at þeir
vilja, at konungr blôti til ârs þeim ok fri- 30
ðar, sva sem faðir hans gerði; staðnar þâ
kurrínn, ok slita þeir þingino. Siðan ta-
laði Sigurðr iarl við konung, ok bað hann
ei nemaz með öllu, at gera sem bœndor
vildo, segir at eigi mundi annat lýða, enn 35
svêgja til nockot við bœndr; er þetta,
konungr, sem sialfir þer mâttot heyra, vili
ok âkafi höfðingja ok þar með alls fôlks.
Skulo ver konungr hêr finna til gôtt râð
nockot, ok samdiz þat með þeim konungi 40
oc iarli.

König Hakon wird genöthigt, an den Pferde-
opfern in Hladir und Mœri Theil zu nehmen.
Eb. c. 18. 19.

Um haustit at vetrnôttum var blôtveizla
at Hlöðum ok sôtti þar til konungr; hann
hafði iafnan fyrr verit vanr, ef hann var
þar staddr þar er blôt vôro, at mataz i lit-
lu hûsi við fâ menn. En bœndr tölðo at
þvi, er hann sat eigi i hâsæti sîno, þâ er
mêstr var mannfagnaðr; sagði iarl at hann
skyldi eigi þâ svâ gera. Var þâ svâ at
konungr sat i hasæti sîno. En er it fyrsta
full var skenkt, þâ mælti Sigurðr iarl fyrir
minni ok signaði Ôðni, ok drakk af hornino
til konûngs; konûngr tôk við ok gerði kross-
mark yfir; þâ mælti Kârr af Grýtingi:
,hvi ferr konungrinn nû sva, vill hann enn
eigi blôta?‘ Sigurðr iarl svarar: konungr
gerir sva sem þeir gera allir, er trûa â
mâtt sinn ok megin, ok signa full sitt þôr;
hann gerði hamars mark yfir, âðr hann
drakk. Var þâ kyrt um kveldit. Eptir um
daginn er menn gengu til borða, þâ þustu
bœndr at konungi, sögðu at hann skyldi
eta þâ hrossa slâtr; konûngr vildi þat fyrir
engan mun: þâ bâðu þeir hann drekka so-
ðit, hann vildi þat eigi. þâ bâðu þeir hann
eta flotit, en konungr vildi þat ok eigi,
ok hêlt þâ við atgöngu. Sigurðr iarl vildi
sætta þâ, ok bað þâ lêtta storminom, bað
hann konûng gina yfir ketilhöddona, er soð-
reykinn hafði lagt upp af hrossaslâtrino ok
var smiörog haddan. þâ gekk konungr til,
ok brâ lindûk um ketilhöddona ok gein
yfir, ok gekk sîðan til hâsætis sîns, ok li-
kaði hvârigom vel.

Um vetrinn eptir var bûit til iôlaveizlu
konungi inn â Mœrinni. En er atleið iô-
lonom, þâ lögðo þeir stefno með ser âtta
höfðingjar þeir, er mêst rêðo fyrir blôtom i

öllom þrændalögom; þeir vóro fiorir útan or þråndheimi: Kårr af Grýtingi, Asbiörn af Meðalhúsum, þorbergr af Varnesi, Ormr af Lioxo; cn af Innþrændum: Blótôlfr af Ölvishaugi, Narfi af Staf or Veradal, þrándr 5 Haka af Eggjo, þórir Skegg af Húsabœ í eynni iðri; þessir átta menn bunduz í því, at þeir fiorir af Utþrændum skyldo eyða kristindóminom í Noregi, enn þeir fiorir af Innþrændum skyldo neyða konunginn til 10 blóta. Utþrænðir fóro IV skipum suðr å Mœri ok dråpu þar prêsta III ok brendo þar III kyrkjor, fóro aptr sîðan. Enn er Hå- kon konungr ok Sigurðr iarl kómo inn å Mœri með hirð sîna, þå vóro bœndr þar 15 komnir allfiölmennt. Hinn fyrsta dag at veizlonni þegar herðo bœndr at konungi ok båðo hann blóta, cnn hêto hanum afar- kostum ella. Sigurðr iarl bar þå såttmål í millom þeirra; ok kemr þå svå, at Hå- 20 kon konungr åt nökkora bita af hrosslifr, drack hann ok öll minni krossalaust, þau er bœndr skenktu hanum. Enn er veizlo þeirri var lokit, fór konungr ok iarl þegar út a Hlaðir. Var konungr allúkåtr, ok bióz 25 þegar í brott með öllo liði sîno or þrånd- heimi, ok mælti svå, at hann skyldi fiöl- mennari koma í annat sinn í þrándheim, ok gialda þå bœndom þenna fiandskap er þeir höfðo til hans gert. —

d) Standhaftigkeit Eyvinds.

Ol. Tryggv. c. 83.

Hårekr or þiotto ferr þegar í brott or bœnom, sem fyrst måtti hann, enn þeir Haukr ok Sigurðr vóro með konungi ok lêto skiraz båðir. Hårekr fór leið sîna þar 40 til er hann kom heim í þíotto. Hann sendi þegar ord Eyvindi kinnrifo vin sînom, ok

bað sva segja hanom, at Hårekr or þiotto hafði fundit Olaf konung, ok hafði eigi kúgaz låtit til þess, at taka við kristni; hitt annat bað hann segja hanom, at Olafr konungr ætlar um sumarit at fara norðr þannig með her å hendr þeim; segir Hå- rekr at þeir mano þar verða varhuga við at gialda; bað Eyvind koma sem fyrst å sinn fund. Enn er þessi erindi vóro borin Eyvindi, þå sêr hann at yfrin nauðsyn mun til vera, at gera þar fyrir þat råð, er þeir verði eigi uppnæmir fyrir konungi. Ferr Eyvindr sem skyndiligast með lêtti- skúto, ok fåir menn å; enn er hann kom til þiotto, fagnar Hårekr hanom vel ok þe- gar skiott ganga þeir å tal Hårekr ok Ey- vindr annan veg frå bœnom. Enn er þeir hafa litla hrið talat, þå koma þar menn Olafs konungs, þeir er Håreki höfðo norðr fylgt, taka þå höndom Eyvind ok leiða hann til skips með ser, fara sîðan í brott með Eyvind. Lêtta þeir eigi fyrr sînni ferð, enn þeir koma til þrándheims, ok finna Olaf konung í Niðarósi. Var þa Ey- vindi fylgt til tals við Olaf konung. Bauð konungr hanom at taka skirn sem öðrom mönnom. Eyvindr kvað þar nei við; ko- nungr bað hann blíðom orðom at taka við kristni, ok segir hanom marga skynsemi ok 30 sva byskop; Eyvindr skipaðiz eigi við þat. þå bauð konungr hanom giafar ok veizlor stórar: enn Eyvindr neitti öllo því. þå hêt konungr hanom meizlom eðr dauða; eigi ski- paðiz Eyvindr við þat. Sîðan lêt konungr 35 bera inn munnlaug fulla af glôðom oc setja å kvið Eyvindi, ok bráz brátt kviðrinn sundr. þå mælti Eyvindr: takit af mer munnlaugina, ek vil mæla orð nockor åðr ek dey, ok var svå gert. þå spurði ko- 40 nungr: vilto nû Eyvindr trûa å Krist? Nei! segir hann, ek må enga skîrn få; ek em einn andi, kviknaðr í manns líkam, með fiölkyngi Finna, enn faðir minn ok móðir fêngo eigi fyrr barn átt. Síðan dô Eyvindr, ok hafði verit hinn fiölkunngasti maðr.

e) Thors Tempelbild und Verehrung zu Loar in Norwegen abgestellt von Olaf d. h.

Olafs d. h. Sage c. 118; Saga Dala Gudbrands.

Dala-Guðbrandr hefir maðr heitit, er svá var sem konungr væri yfir Dölonom, oc var hersir at nafni. Hönom iafnaði Sighvatr skalð at ríki oc viðlendi við Erling Skialgsson; Sighvatr kvað svá um Erling:

Einn vissa ek þer annan jalksbríktöpoð
líkan,
vitt réð gumna gætir, Guðbrandr hêt sá,
landom.

Yckor kveð ek iafna þickja, ormláðs hati,
báða;
lýgr hinn at ser, lœgir linnsetrs, er telsk
betri.

Guðbrandr átti son einn, þann er hér sê getit. Þá er Guðbrandr fêck þessi tíðindi, at Olafr konungr var kominn á Lôar, oc nauðgaði mönnum at taka við kristni; þá skar hann upp herör, oc stefndi öllom mönnom í Dölonom til bœjar þess er Hundþorp heitir, til fundar við sik, ok kômo þeir allir, oc var örgrynni liðs; fyrir því at þar liggr vatn þat nær, er Lögr heitir, oc mátti þar iamvel fara til á skipom sem á landi, oc átti Guðbrandr þar þing við þá, ok sagði at sá maðr var kominn á Lôar, er Olafr heitir „oc vill bioða oss trú aðra enn ver höfom áðr, oc briota goð vôr öll í sundr, ok segir sva, at hann eigi miklo meira goð oc mátkara. Ok er þat furða,

er iörð brestr eigi í sundr undir hönom, er hann þorir slíkt at mæla, eðr goð vôr láta hann lengr gánga. Ok vænti ek, ef ver berom út Þôr or hofi vôro, er hér stendr á þeima bœ, ok oss hefir iafnan dugat, ok sêr hann Olaf ok hans menn, þá mun guð hans bráðna, ok sialfr hann ok menn hans ok at engo verða.' Þá œpto bœndr upp allir senn ok mælto, at Olafr skyldi þaðan aldrei brot komaz, ef hann qvæmi á fund þeirra: ok eigi mun hann þora lengra at fara suðr eptir Dölonom, segia þeir. Síðan ætloðo þeir til DCC manna at fara á niosn norðr til Breiðo. Enn fyrir því liði var höfðingi sonr Guðbrands XVIII vetra gamall, ok margir aðrir ágætir menn með hönom, ok kômo til bœjar þess er Hof heitir, þeir höfdo heyrt þar um konung, ok vóro þar þriar nætor: ok kom þar margt lið til þeirra, er flýit hafði af Lesiom ok Lôm ok Vágom, þeir er eigi vildo undir kristni ganga. Enn Olafr konungr oc Sigurðr biskop setti eptir kennimenn á Lóm oc á Vága. Síðar fôro þeir yfir um Urgoröst, ok kômo niðr á Úso, ok vóro þar um nóttina, ok frágo þau tíðindi, at lið var mikit fyrir þeim. Þat frágo ok búar, er á Breiðinni vôro ok biuggoz til barðaga móti konungi. Enn þá er konungr stóð upp, þá herklæddiz hann, oc fôr suðr eptir Súvöllom, ok lêtti eigi fyrr enn á Breiðinni, ok sá þar mikinn her fyrir ser búinn til barðaga. Síðan fylkti konungr liði síno, ok reið sialfr fyrir, ok orti orða á bœndr, ok bauð þeim at taka við kristni. Þeir svöroðo: þú munt öðro verða við at koma í dag, enn gabba oss, oc œpto heróp, ok börðo vapnom á skiöldo sína. Konungs menn liopo þá fram, skuto spiotom: enn bœndr snêro þá þegar á flótta, sva at fátt eitt manna stóð eptir. Var þá sonr Guðbrands höndom tekinn ok gaf Olafr konungr hönom grið, ok hafði með ser, þar var konungr fiorar nætr. þá mælti konungr við son Guðbrands: far þú nú aptr til föður þins, ok seg hönum at brátt mun ek þora at koma. Siðan fór 5 hann heim aptr, oc segir föðr sinom hörð tiðindi, at þeir höfðo hitt konung, ok höfðo barðaga við hann: enn lið várt flýði allt i fyrstunni þegar: enn ek varð handtekinn, segir hann; gaf konungr mer grið ok 10 bað mik fyrir at segia þer, at hann kemr hêr brátt. Nû höfom ver eigi meir hêr, enn CC manna af því liði öllo, er ver höfðom þá til môts við hann. Nû ræð ek þer þat faðir, at beriaz eigi við þenna mann. ,Heyra 15 má þat, segir Guðbrandr, at or þer er barðr kiarkr allr, ok förto illo heili heiman, ok mun þer sú för lengi uppi vera, ok trúir þú nú þegar á ôrar þær, er sä maðr ferr með, ok þer hefir illa neyso görva oc 20 þino liði. Enn um nôttina eptir dreymdi Guðbrand at maðr kom til hans lioss, ok stôð af hönom mikil ôgn ok mælti við hann: ,sonr þinn fôr enga sœmðarför á môt Olafi konungi: enn miklo munto hafa minni, ef 25 þú ætlar at halda bardaga við konung: munto falla sialfr ok allt lið þitt: ok muno vargar draga þik ok alla yðor, ok hrafnar slita.' Hann varð ræddr miök við ôgn þessa, ok segir þôrði Istromaga, er höf- 30 ðingi var fyrir Dölom. Hann svarar: slíkt hit sama bar fyrir mik, segir hann. Oc um morgun lêto þeir blása til þings ok sögðo, at þeim þôtti þat ráð, at eiga þing við þann mann er norðan fôr með ný boð- 35 orð, ok vita með hverjom sannindom hann ferr. Siðan mælti Guðbrandr við son sinn: þú skalt nú fara á fund konungs þess er þer gaf grið, ok tôlf menn með þer, ok svá var gert. Fôr hann þegar á stað, ok 40 kom môts við konung á bœ þeim er Liðsstadir hêt. Ok er þeir kômo á fund ko-

nungs, segia þeir hönom erindi at bœndr vildo hafa þing við hann ok setia grið milli konungs ok bœnda. Konungr lêt ser þat vel þockaz: ok bundo þat við hann einkamâlom sin i milli, meðan sû stefna væri. Ok fôro þeir aptr við svâ búit, ok sögðo Guðbrandi ok þôrði, at grið vôro sett, ok þat var bundit einkamâlom. Konungr hafði, eptir fundinn við son Guðbrands farit til Liðsstaða ok var þar fimm nætr. þá fôr konungr á fund bondanna oc âtti þing við þá. Enn væta var á mikil um daginn. Siðan er þingit var sett, þá stôð konungr upp ok segir at þeir á Lesiom ok á Lôm ok á Vâgom hafi tekit við kristni ok brotit niðr blôthús sín, ok trúa nú á sannan Guð, er skôp himin oc iörð, ok alla luti veit. Siðan setz konungr niðr, enn Guðbrandr svarar: eigi vitom ver um hvern þú rœðir, eðr kallar þú þann guð, er þú sêr eigi oc engi annarra? enn ver eigom þann guð, er hvern dag má siâ, ok er því eigi úti i dag, at veðr er vâtt, ok mun yðor hann ôgrligr sýnaz, ok mikill fyrir ser; vænti ec at yðor skioti skelk i bringo, ef hann kemr á þingit. Enn með því at þú segir, at guð yðarr má svâ mikit, þá lâtto hann nú sva gera, at veðr se skýat i morgin enn regn eigi, ok finnumz hêr þâ.' Siðan fôr konungr heim til herbergis ok fôr með hönom sonr Guðbrands i gisling, enn hann fêck þeim annan mann imôti. Um queldit, þá spyr konungr son Guðbrands, hvernog goð þeirra væri gört? hann segir, at hann var merktr eptir þôr, ok hefir hann hamar i hendi ok mikill vexti, ok holr innan, ok görr undir hönom sem hiallr sê, ok stendr hann þar á ofan, er hann er úti; eigi skortir hann gull ok silfr á ser, fiôrir leifar brauðs ero hönum fœrðir hvern dag, ok þar við slâtr.'' Siðan fôro þeir i reckior. Enn konungr vakti þá nôtt alla ok var á bœnom sinom. Enn er dagr var þá fôr konungr til messo, ok siðan til matar ok þá til þings. Enn veðrino var sva farit, sem Guðbrandr hafði fyrir mælt; þá stôð biskop upp í kantara-kâpo, ok hafði mŷtr â höfði, ok bagal í hendi, ok taldi trû fyrir bœndom, ok segir þeim margar iartegnir [1] er Guð hafði gört, ok lauk vel rœðo sinni. þâ svarar þôrðr Istromagi: margt mælir hyraingr sâ er staf hefir í hendi, ok uppi â sem veðrarhorn sê biugt. Enn með því at þit félagar kallit guð yðarn sva margar iartegnir göra, þâ mæl þú við hann, at â morgin fyrir middagssôl lâti hann vera heið ok sôlskin ok finnumz hêr þâ, ok görum þâ annathvert, at verom sâttir um þetta mâl, eðr höldom barðaga: ok skiliumz sva at sinni.

c. 119. Skîrdr Dala-Gudbrandr.

Kolbeinn Sterki hêt maðr er var með Olafi konungi: hann var kyniaðr or Fiörðom: hann hafði þann bûnat iafnan, at hann var gyrðr sverði oc hafði ruddo mikla í hendi, er menn kalla klubbo. Konungr mælti við Kolbein, at hann skyldi vera næst hönom um morguninn: siðan mælti hann við menn sina: gangit þer þannug í nôtt, sem skip bœnda ero, ok borit raufar â öllom, enn riðit í brot eykjom þeirra af bœjom, sem þeir ero â; ok svá var gört. Enn konungr var þâ nôtt alla â bœnom ok bað Guð þess, at hann skyldi leysa þat vandræði með sinni mildi ok miskun. Enn er lokit var tíðom, ok var þat môti degi, þá fôr konungr til þings. Enn er hann kom â þing, þá vôro sumir bœndr komnir, þá sâo þeir mikinn fiölda bûanda fara til þings, ok bâro í milli sîn mannlikan mikit, glæst allt með gulli ok silfri. Enn er þat

sâ bœndr, þeir er â þingino vôro, þá liopo þeir allir upp ok luto því skrîmsli. Siðan var þat sett â miðjan þingvöll: sâto öðromegin bœndr, enn öðromegin konungr ok hans lið. Siðan stôð upp Dala Guðbrandr ok mælti: hvar er nú Guð þinn konungrj? þat ætla ek at hann beri nú heldr lâgt hökoskeggit, ok sva sŷniz mer sem minna sê kapp þit nú, ok þess hyrnings er þer kallit biskop, ok þar sitr í hiâ þer, heldr enn hinn fyrra dag; fyrir því at nú er Guð vôrr kominn er öllo rœðr, ok sêr â yðor með hvassom augom; ok sê ek at þer erot nú felmsfullir ok þorit varla augom upp at siâ: nú fellit niðr hindrvitni yðar, ok trûit â goð vârt er allt hefir râð yðart í hendi[1], ok lauk hann sva sinni rœðo. Konungr mælti við Kolbein sterka, sva at bœndr visso eigi til: ef sva ber til í erendi mîno, at bœndr siâ frâ goði sîno, þá slâ þú þat högg, sem þu mâtt mêst með ruddonni. Siðan stôð konungr upp ok mælti: margt hefir þu mælt í morginn til vôr, ok lætr þú kynliga yfir því er þu mâtt eigi siâ Guð vârn: ,enn ver vættom, at hann muni koma brâtt til vâr; þú ôgnar oss Guði þîno er blindt er ok dauft, ok mâ hvarki biarga ser nê öðrom, ok kemz engan veg or stað, nema borinn sê, oc vænti ec nú at hönom sê skamt til illz ok litit þer nú til oc siâit í austr: þar ferr nu Guð vâr með liosi miklo. þâ rann upp sôl, ok lito bœndr allir til sôlarinnar. Enn í því bili laust Kolbeinn sva goð þeirra, at brast allt í sundr, ok liopo þar ût mŷs, svâ stôrar sem kettir væri, ok eðlor ok ormar. Enn bœndr urðo sva hræddir at þeir flŷðo, sumir til skipa, enn þá er þeir hrundo ût skipom sinom, þá liop þar vatn í oc fylti upp, ok mâtto eigi â koma. Enn þeir er til

---

[1] Text: iarðteguir, ebenso nachher, Z. 12.

eykja liopo, fundo þá eigi. Siðan lét ko-
nungr kolla bœndrna, ok segir at hann
vill eiga tal við þá, oc hverfa bœndr þá
aptr ok setto þíng. Siðan stóð konungr
upp ok talaði: ‚Eigi veit ek, segir hann 5
hvi sætir hark þetta ok laup, er þer görit.
Enn nu megit þer siá hvat Guð yðar mátti,
er þer bârot â gull ok silfr, mat ok vistir,
ok siá nù hveriar vettir þess höfðo neytt,
mýs ok ormar, eðlor ok pöddor, ok hafa 10
þeir verr er â slíkt trûa, ok eigi vilia lâta
af heimsko sinni: takit þer gull yðart ok
gersemar, er hêr fer nú um völlo, ok hafit
heim til kvenna ydarra ok berit aldrei si-
ðan â stocka eðr â steina. Enn hêr ero 15

nù kostir tveir â með oss: annat tveggia
at þer takit nû við kristni, eðr haldit bar-
daga við mik nû î dag, ok beri þeir sigr af
öðrom er sâ Guð vill, er ver trûom â. þâ
stôð Dala Guðbrandr upp ok mælti: skaða
mikinn höfom ver nû fángt um Guð vârt
enn þô með því at hann mâtti oss ecki við
hialpa, þâ viliom ver nû trûa â þann Guð,
sem þû trûir â, ok tóko þâ allir við kristni.
þâ skírði biskup Guðbrand ok son hans.
þeir Olafr konungr ok Sigurðr biskop setto
þar eptir kennimenn, ok skildoz þeir vinir,
sem fyrr vôro úvinir, ok lêt Guðbrandr
gera þar kyrkio î Dölonum.

Aus der Halfssaga.

c. 1. Fornald. 2, 25.

Die beiden Frauen König Alreks.

Âlrekr hêt konungr, er bió â Âlreksstö- 20
ðum, hann rêð fyrir Hörðalandi; hann átti
Signýju, dóttur konungs af Vörs. Kollr
hêt hirðmaðr hans, ok fylgði hann konungi
norðr î Sogn ok sagði konúngi allmikit frâ
vænleik Geirhildar Drîfsdôttur, þvíat 25
hann hafði sêt hana við munngâtsgiörð ok
kveðz honum unna þess râðs. Til fundar
við Geirhildi kom Höttr, er Ôðinn var
reyndar, þá er hun var at lêreptum, hann
keypti því við hana, at Âlrekr konungr 30
skyldi êga hana, en hun skyldi â hann heita
til alls; konungr sâ hana, er hann fôr heim
ok giörði brûðlaup til hennar et sama haust.
Konûngr launaði Koll vel trûleik sinn, ok
gaf honum iarlsdóm ok atsetu î Kollsey fy- 35

ri sunnan Harðsæ, ok er þat fiölbygð herað.
Âlrekr konungr mâtti eigi êga þær bâðar
fyrir ôsamþykki þeirra, ok kvaðz þâ þeirra
êga skyldu, er betra öl giörði môt honum,
er hann kæmi heim ur leiðangri. þær kep-
tuz um ölgiörðina. Signý hêt â Freyju,
en Geirhildr â Hött; hann lagði fyri dregg
hráka sínn, ok kvaðz vilja fyri tilkvâmu
sîna þat, (er) var milli kersins ok hennar,
en þat reyndiz gôtt öl; þâ kvað Âlrekr:

Geirhildr getta! gôtt er öl þetta
ef því annmarkar öngvir fylgja;
ek sê hânga â hâfum gâlga
son þinn, kona, seldan Ôðni.

Â þeim misserum var fœddr Vikarr, son
Âlreks konungs ok Geirhildar.

Aus der Orkneyingasaga.

Jarl Rögnvalds Entschluss und Vorbereitung zur Jerusalemfahrt.

Edid. Jonas Jonæus p. 258—274.

Î þann tima réðu synir Haralds Gilla i No-
regi; var Eysteinn þeirra ellztr, enn 5
Ingi var skilgetinn, ok höfðu lendirmenn
â hönum mêstar virðîngar, lêt hann þâ
râða öllu þvî er þeir vildu; î þann tîma
höfðu þessir lendirmenn mêst râð með hö-
num, Ögmundr ok Erlîngr synir Kirpinga- 10
Orms, þeir gerðu þat râð með Inga kongi,
at hann skyldi senda orð Rögnvaldi iarli
ok veita hönum sœmiligt heimboð, sögðu,
sem satt var, at iarl hafði verit mikill vin
föðr hans, ok bâðu hann gera ser við iarl 15
sem kærazt, svâ at væri hans vin meirri
enn brœðr hans, hvat sem i kynni at geraz
með þeim. Jarl var frændi þeirra brœðra
ok hinn mêsti vin þeirra, enn er þessi orð
kvâmo til Rögnvalds iarls, veikz hann við 20
skiott, ok biô ferð sîna, þvî at hann var
fûss at fara til Noregs, ok finna frændr sîna
ok vini; til þessarar ferðar beiddiz Haraldr
iarl fyrir forvitnis sakir ok skemtanar, hann
var þâ XIX vetra gamall; ok er iarlar voru 25
bûnir, föru þeir vestan með kaupmönnum
ok höfðu sœmiligt föruneyti ok kômu um
vôrit snemma til Noregs. Fundu þeir Inga
kong î Biörgyn; tôk Ingi kongr allvel
við þeim, fann Rögnvaldr iarl þar marga 30
vini sîna ok frændr, dvaldi hann þar um
sumarit miök lengi.

Þat sumar kom ûtan af Miklagarði E n-
riði Ungi, hann hafði þar lengi verit â
mâla, kunni hann þeim þaðan at segja 35
mörg tiðindi, ok þôtti mönnum skemtan at

spyrja hann ûtan or heimi. Jarl talaði iaf-
nan við hann, ok eitthvert sinn er þeir
töluðu, þâ mælti Endriði: ‚þat þycki mer
undarlikt, iarl, er þu vilt ecki fara ût i
Jorsalaheim ok hafa ecki (nema) sagnir
einar til þeirra tiðinda, er þaðan eru at
segja, er slikum mönnum bezt hent þar sakir
yðvarra lista, mantu þar bezt virðr, er þû kemr
með tignum mönnum‘. Ok er Endriði hafði
þetta mælt, fluttu þetta margir með hönum
aðrir, ok eggjoðo at hann skyldi geraz fy-
rirmaðr at ferð þessi. Erlingr lagði hér
mörg orð til, ok sagði at hann mundi râ-
ðaz î ferðiná, ef iarl vildi geraz fyrirmaðr;
ok er þessa fýstu svâ göfgir menn, þâ hêt
iarl förinni, ok er þeir iarl ok Erlingr rêðu
þetta með ser, þâ völduz margir göfgir
menn til þessarar ferðar, þessir lendirmenn:
Endriði Ungi skal leið segja, Jôn Peterson,
Aslakr Erlendsson, Guðormr Mölr, Koflr af
Hallandi. Svâ var mælt at engi þeirra
skyldi meira skip hafa enn þritugt at rûma-
tali, nema iarl, ok engi skyldi hafa bûit
skip nema hann; þvî skyldi svâ gera at
engi skyldi annan öfunda fyrir þat, at sitt
lið eðr skip hefði betr bûit annarr heldr
enn annarr. Jôn Fôtr skal gera lâta iarli
ûtferðar skip ok vanda sem mêst. Rögn-
valdr iarl fôr heim um haustit ok ætlaði
at sitja tvô vetr î riki sînu. Ingi kongr
gaf iarli langskip tvö heldr lîtil ok einkar
fögr ok gerr mest til rôðrar ok vôru allra
skipa skiotuzt; Rögnvaldr iarl gaf Haraldi

iarli annat skipit, þat hêt Fifa, enn annat
hêt Hialp; þessum skipum hêldu iarlar
vestr um haf; Rögnvaldr iarl hafði ok þegit
stórgiafir af vinum sinum. Þat var þriðja
dags kveld, er iarlar lêtu i haf, ok sigldu 5
allgóðann byr um náttina. Miðvikudag var
stormr mikill, enn um náttina urðu þeir
við land varir, þá var myrkr mikit, þeir
sá boða slóðir öllum megin hiá ser; þeir
höfðu áðr samfloti haldit, þá var engi kostr 10
annarr, enn sigla til brotz báðum skipunum
ok svá gerðu þeir. Þar var urð fyrir, enn
litit forlendi, enn hamrar hit efra; þar hêl-
duz menn allir, en týndu fê miklu; sumt
rak upp um náttina. Rögnvaldr iarl bargz 15
þá enn allra manna bezt, sem iafuan; hann
var svá kátr, at hann lêk við fingr sina ok
orti nær við hvert orð; hann drô fingr-
gull af fingri ok kvað visu:

Hengi ek hamri kringdan, hánga riupu
        'tángar
grimnis sylg á gálga ginnungs brúar
        linna;
sva hefir glóraddar gladdan gaglfellis 25
        mik þella
lôns at ek leik við minar lautir hellis
        gauta.

Ok er þeir höfðu upp borit fönginn, föru þeir
á land at leita bygða, þvi at þeir þóttuz vita 30
at þeir mundi við Hialtland komnir, þeir
fundu brátt bœi, ok er þá skipt mönnum í
bygðir; þar urðu menn iarli fegnir er hann
kom ok spurðu menn at um ferðir hans;
iarl kvað visu: 35

Brast, þá er bæði lesti (bauð hrönn skaða
        mönnum),
sút fêck veðrit váta vinum, Healp ok
        Fifu;   ' 40

sê ek at siá mun þickja snarlindra för
        iarla,
(sveit gat vás at visu vinna) höfð at
        minnum.

Húsfrúin bar skinnfeldar skickju at iarli,
hann tôk við hlæjandi ok rêtti hendr á
môti ok kvað:

Skek ek her skinnfeld hrockinn, skraut er
        mitt æfar litit,
stórr er sá er stendr yfir ôrum stafnvöllr
        yfirhöfnum;
fengr er, enn af ungum álfangs mari
        göngum,
(brim rak hêst við hamra húns) skraut-
        lega búnir.

Þá vôru gerfir fyrir þeim eldar stórir ok
bökuðuz þeir þar við; griðkona kom inn
ok skalf miök ok mælti í skialftanum, ok
skildu menn ecki hvat hun mælti; iarl
kvaðz skilja túngu hennar:

Dasi þer, enn Asa, atatata! liggr í vatni,
hutututu! hvar skal ek sitja, heldr er
        mer kalt, við eldinn.

Jarl sendi menn sina XII til Einars i Gull-
beruvik, enn hann lêz ecki mundu við
þeim taka, nema iarl kæmi sealfr, ok er
Rögnvaldr iarl spyrr þetta, þá kvað hann:

Ala kvaðz Einar vilja engan Rögnvaldz
        ' drengja,
(mer fellr gauz á gôma gialfr) nema iar-
        linn sialfan;
veit ek, at bráz í heitum hugþeckr firum
        ecki,
inn gêck, Yggs þar er brunnu eldar, sið
        á kveldi.

Iarl dvaldiz miöc lengi á Hialtlandi, oc fór
om haustit suðr til Orkneyia, oc sat í
ríki sínu; þat haust kvámo til hans Hialt-
lendzkir menn tveir, hêt annar Armóðr
oc var skáld, annar Oddi hinn litli 5
Glúmsson oc orti vel; iarl tók við þeim
báðum til hirðvistar. Iarl hafði Júlabod
mikit, oc bauð mönnum til oc gaf giafir,
hann rêtti gullrekit spiot at Armóði skáldi
oc skelfði við oc bað hann yrkia vísu 10
á móti.

Eigi metr hinn ítri alvaldr giafar skáldi,
Yggs við aðra seggi elstœrir mer fœra,
sniallr bar glæst med gulli grundarvörðr 15
     at mundum,
budlungr nýztr, it bezta blóðkerti Ar-
.   móði.

þat var einn dag um iólin at menn hugðu 20
at tiöldum, þá mælti iarl við Odda hinn
litla: gerþu vísu um athöfn þess mans, er
þar er á tialldinu, oc hafþu kveðit þína
vísu þá er ec hefi lokit minni vísu; haf oc
engi þau orð í þinni vísu er ek hef í minni 25
vísu; jarl quað

lætr um öxl, sâ er útar aldrinn stendr
     á tialdi,
sigfreyr sauðnis vara, slíðrvönd ofan 30
     ríða. [1]
Ecki mun, þó at œgis örbeiðanda reiðiz,
blikruðr böðvar iökla beinrângr framarr
     ganga.

Oddi kvað
    I
stendr oc hyggr at höggva herðilutr með
     sverði,
bandalfr beidir rindi baldr við dyrr á
     tialdi;

fyrr muna hann með hiörfi hætt, nu er
     mál at sætaz
hlœðendum hleypiskiða hlunns, áðr geigr
     sê unninn.

Iarl hafði ok Vilhialm biskup í boði sínu
um iólin ok marga gœðinga sína; þá gerði
hann bert um râðagerð sína, at hann ætlaði
út í Jorsalaheim, bað hann biskup þá til
ferðar með ser, því at hann var Paris-
klerkr góðr ok vildi iarl at hann væri túlkr
þeirra; hann veitti iarli þetta, ok hêt fer-
ðinni; þessir menn rêðuz til ferðar með
Rögnvaldi iarli: Magnus son Hávarðz Gun-
nasonar, Seinn Hroalzson; þessir eru af hi-
num minnum: þorgeir Skotakollr, Oddi hinn
litli, þorbergr Svarti, Armóðr skáld, þor-
kell Krókauga, Grimkell af Flettunesi, Bi-
arni son hans, ok er þessir tveir vetr eru
liðnir, er þeir skyldu tilbúnat hafa, fór
Rögnvaldr iarl or Orkneyjum snemma um
vôrit austr til Noregs at vita, hvat þeim
liði hinum lendum mönnum um búnaðinn;
ok er iarl kom til Biörgynjar, vóru þeir
þar fyrir Erlingr ok Jón iarlsmâgr, þar var
ok Aslakr kominn, enn Guðormr kom litlu
síðarr. þar kom ok skip þat fyrir Biörgyn,
er Jón Fótr hafði lâtit gera iarli, ok van-
dat forkunnar miök at smíð, ok búit allt,
þar vôru gylldir allir ennispænir ok veðr-
vitar ok víða annarstaðar búit; var þat
skip en mêsta gersemi. Endriði kom íaf-
nan til bœjarins um sumarit, ok segir at
hann mundi hina síðari viku búinn enn þá
var komin. Iarls menn kurruðu illa er
þeir þurftu svâ lengi at bíða, vildu sumir
at ecki væri hans beðit, ok sögðu at menn
hefði farit slíkar ferðir, þott Endriði væri
ecki í ferð, ok nokkoro síðar kom Endriði
til bœjarins ok kallaðiz svâ búinn, bað

---

[1] d. goldgeschmückte lässt d. Schwert um die Achsel reiten, schwingt es von oben her.

iarl þá sigla þegar er þeim þœtti byr-
vænt, ok er sá dagr kom, er hönum þôtti
leið gefa, lögðu þeir or bœnum, undu á
segl sín ok var heldr veðrlítit, geck skipit
iarls lítit því at þat þurfti byr mikinn. 5
Aðrir höfðingjar lægðu seglin ok vildu ecki
sigla frá iarli, ok er þá bar út um eyjar-
nar, tôk at hversa veðrit, gerðiz þá svá
hvazt veðrit, at þeir þurftu at svipta á hi-
num smærrum skipunum, enn iarls skipit 10
gêck þá mikit. þeir sá þá sigla eptir ser
tvö skip mikil, ok gengu þegar epter ok
um þá fram, þat skip var annat vandat
miök, þat var dreki, ok var bæði, höfuð
ok krôkar fyrir miök gullbúin, þat var 15
hlírbiart ok steint allt fyrir ofan siô þar
er bœta þôtti. Iarlsmenn mæltu at þar
mundi Endriði fara, ok hefir hann þat litt
haldit er mælt var, at engi skyldi búit skip
hafa nema þer herra; iarl svarar: ,mikill 20
er ofsi Endriða, ok er þat vorkun at hann
vili ecki iafnaz við oss, svá sem ver erum
vanfœrir við hann, enn vant er þat at siá,

hvert gæfan fer hönum fyrr eðr eptir, sku-
lum ver ecki skapa ferð vôra eptir ákef-
ðum hans.' Bar þá Endriði skiott um
fram á hinu meira skipinu, enn iarl hêlt
samflota á sínum skipum ok förz þeim vel,
kvámo þeir um haustit til Orkneyja at heilu
ok höldnu.

þat var þá ráðit, at þeir mundi þar
sitja um vetrinn, sátu sumir á sínum kost-
naði, enn sumir vôru með bondum, enn
margir með iarli. I eyjunum var sveim
mikit, ok skildi þá á, Orkneyînga ok
austmenn, um kaup ok kvenna mál, ok
mart varð þeim til, bar iarl þar mikinn
vanda at gæta til með þeim, því at hvárir-
tveggio þôttuz hönum allt gótt eiga at
launa ok allz góðs frá honum verðir. Frá
Endriða er þat at segja, at þeir komu við
Hialtland ok braut þar hit góða skipit í
spôn ok týndi miklu fê, enn hit it minna
skipit hêlz, enn Endriði var um vetrinn
á Hiáltlandi ok sendi menn til Noregs ok
lêt gera ser austrfararskip.

Aus der Knytlingasaga.

Aufnahme der Dichter bei Knut dem Grossen (c. 19).

Fornm. XI, 203.

Knútr konúngr hefir verit örvastr konúnga
á Norðrlöndum, þvíat þat er sannliga sagt
at eigi hafði hann þat miðr umfram aðra
konunga, hversu mikit fê hann veitti í vin- 30
giafir á hverju ári, heldr enn hitt, at hann
tôk miklu meira í skatta ok skuldir á hverju
ári af 3 þioðlöndum, enn hverr sá annarra er

hafði eitt konungsríki fyrir at ráða, ok þó
þat með at England er auðgast at lausafê
allra Norðrlanda.
    þat var eitt mark um örleik hans, at
maðr er nefndr Þôrarinn loftûnga, ís-
lenzkr, hann var skald mikið ok hafði hann
bundiz á höndum konúngum ok ríkum mön-

num lânga æfi, ok var þâ gamall, er hann
sôtti til fundar við Knût konung, ok hafði
ort kvæði um hann, en þat var þâ er hann
gêkk fyrir konûnginn, ok kvaddi hann ok
spurði, ef hann vildi hlýða til kvæðis, er 5
hann hafði ort um hann, en þat var þâ er
konungr sat yfir borðum ok vist var upp-
tekin: menn nokkurir stôðu fyrir borðinu
þeir er tôluðu mâl sitt, ok hlýddi konungr
þeim fyrst, en er þeir luku sinni rœðu, þâ 10
mælti Þôrarinn, þvîat hann var maðr ko-
nungdiarfr ok hafði opt flutt mâl sitt fyrir
höfðingjum: ,herra, segir hann, enn vil ek
biðja at þer heyrið kvæði mitt, ok mun
þat skömm dvöl vera, þvîat þat eru fâr 15
vîsur‘. Knûtr svarar ok leit til hans heldr
reiðulega: „þat hefir engi maðr fyrr giört
enn þû, at yrkja um mik dræplinga, ok
vittu þat vîst, at â morgin at dögurðar
mâli kom þû hêr, ok flyt mer þâ þrîtuga 20
drâpu eða lengri, þâ er þû hefir nû ort
um mik â þessi stundu, en at öðrum kosti
skaldu deya. Þâ gêkk. Þôrarinn î brot, ok
tôk at yrkja drâpu um Knût konung, ok er
sû drâpa kölluð höfuðlausn, ok nýtti 25
hann allt ur flokkinum, þat er svâ mâtti, ok
eptir um daginn flutti hann kvæðit at ko-
nungs borði, ok tôkz honum eð bezta. Ko-
nungr launaði honum kvæðit, ok gaf honum
50 marka skîrra. Sîðan orti Þôrarinn aðra 30

drâpu um Knût konung ok er þat kölluð
Tugdrâpa, þar segir svâ:

giöld hefi ek marka malmdyns fyrir hlyn
fram fimm tigu forvist borit;
þeirra er veitti vîghagr brag
mer morðstœrir mannbaldr er ek fann.

Knûtr konungr gaf Bersa Skaldtorfusyni
tvâ gullhringa, er bâðir stôðu mörk ok
þar með sverð gullbûit. Sva segir Sig-
hvatr skald:

Knûtr hefir okkr enn itri alldâðgöfugr
bâðum
hendr, er hilmi fundum hûns, skrautliga
bûnar;
þer gaf hann mörk eða meira margvitr
ok hiör bitran
gulls, ræðr giörfa öllu guð sialfr, en mer
halfa.

þâ er Knûtr konungr andaðiz î Englandi,
endiz sâ hinn mikli höfðingskapr Danako-
nunga, er þeir langfeðgar höfdu haft, at
hverr enn sîðarri hafði meira rîki enn hans
faðir.

Om Christne konungar î Svêrîki.

Fant Scriptores rerum Suec.

I, 7 aus einer Perg.-Hs. zu Stockholm, hinter dem westgoth. Gesetzbuch.

Olaver [1] Skotkononger var fyrsti konongr som cristin var î Sveriki. han var döpter [2] i kieldu þerre, við Hosaby ligger, ok heter Byrghitte, af Sigfridi biscup; ok han skötte þager allen byn til stafs ok stôls.

Annar kononger var Emunder Kolbrenne, ok het þŷ Kolbrenne, at var rivar [3] i refstum sinum at brenne hûs manne.

Þriði var Emunder Slema [4], þy at var slisker ok eyg góðer at þrâ; i þy mali han vildi fremje; ok han görðe skiel mellin Sverikis ok Danmark sva sum sigz i landemærum.

Fiarði var Hakon röðe, han var fœdder i Lifvini Visteheredi. þrettan vinter var han kononger ok ligger i Lifvini sum han boren var.

Femti var Stenkil kononger, han elskeði Vestgöte um fram alle þe men, i hans riki varu, ok han var goðer skyttæri ok starker, sva sum en stande hans stotmark i Lifvini, kaller eþ konongsten, annar stanner við konongs lidstolpe, þriði a stanzbiergi; ok e gleddus Vestgöter af hanum med hens lifdager varu.

Setti var Ingi kononger, han styrði Sveriki med drenskap ok bröt aldrig lag, þy tald varu ok takin i hvarju lanzskapi.

Siundi var Halstên kononger, brôðer Inge konongs, hofsamber ok góðlynder hvart mal fore honum kom, þa var han bötendi at; fore þy usleðis Sveriki af hans frafallum ok döðe.

Atundi var Philippus kononger Halstens sun, ok nöt at faðurs ok faðurbroðors sins, at þer foro vel med Sveriki; ingin matti ok hanum lage spiell kienne.

Niundi var Ingi kononger, broðer Philipuser konongs, ok hêter eptir Inge konong, Halstens konongs brôðer; hanum var firigiort með ondom [5] dryk i Ostregotlandi, ok fek af þy bane. En Sveriki for e vel meðen þer frænlinger reðu.

Tiundi var Rangvalder kononger balder ok hugstor; rêd a Karlepit at úgisleðu, ok fore þa svevirding, han giorðe allum Vestgötom, þa fek han skiamder döðe; styrði þå goðer lagmaðer Vestregötlandi, ok lanz höfhengier [6], ok varu þa allir tryggir landi sin.

Elliufti var Sverkir kononger gambli, han var Cornube son i Östregötlandi, hans hestesven myrdi han iule otto, sum han skuldi til kyrkju fare, ok han er iordeðer i Alvastrum, ok han byrjeði fyrst ok elfti

---

[1] Olawær. So ist überall wo die Hds. æ statt e hat, dieses eingesetzt, sonst kein Vocal verändert. Kam dli in oder auslautend vor, so ist ð dafür gebraucht. — [2] st. isl. dauptr, ebenso nachher bröt, nöt, döðhe etc. st. isl. brant, naut, dauði etc. — [3] wol = rîfr. — [4] slæma. — [5] vondom? — [6] viell. höfdengjer zu bessern.

han þet kloster, sum guð læti sial nu hans þat niute.

Tolfte var Ereker kononger, han var usini sva brat af dagum takin, han gierði e goð döme meden han lifði ok gud gaf [5] hanum þer gode lon fore. Nu er hans sial i ro med guði ok hans englum, ok ben hans hviles i Upsalum, ok havir þer teeþ [1] ok oppenbaret marg fager iertingni med gudz naðum. [10]

Þrettandi var Karl kononger Svarkirs sun gamble, nöt sins goðe faðurs til nams; han styrði Sveriki með spekþ ok godvilje; ok han tók af dagum Magnus konong fiurtande i Orebro, en han sialver fel i [15] Visingsö, ok han ligger i Alvastrum hos feder sinum. En sun Sverkis var boren i Danmark i kiltu ok var ömbleg hans ferd.

Femtandi var Knuter konunger, han van [20] Sveriki með sverði ok tok af dagum Karl konong ok Kol konung ok Byrislef konung, ok atti marger oroster við Sveriki ok fek i allum siger, ok hafði mikiþ arvudi, fyr en han fek Sveriki med ro; siðen var han [25]

goðer kononger, er han tok viðer vaxe, ok þre vinter ok tigu var han kununger ok lêt sit lif i Ereksbergi i Giesini, ok han ligger i Varnem.

Sextandi var Svarkir kononger, snieller man ok goðer drenger; röndes [2] sinu riki vel, en Folkonger toko lif af hanum, hans sialfs mâger görðe hanum þet i Giestelren; ok i Alvastrum ligger han ok er hans e gietit at goðo.

Siutandi var Eriker kononger, han flyddi î Norege þre iemlange; siðen van han Sveriki með sverði ok með siger ok var siu vinter kononger, ok var gôðer ârkononger, fore þy at e varu god âr um alt hans riki, meðen han lifði, han strado i Visingsö ok ligger i Varnem hos bröðrom sinum ok frændum.

Attertandi var Jon kononger Sverkis sun, bernsker at aldri ok mikit godviljeðer; þre vinter var han kononger ok strado i Visingsö; alt Sveriki harmeði hans döðe mikit, at han skuldi eig live lenger, ok i Alvastrum ligger han ok e göme gud sial hans.

Aus der Laxdœlasaga.

Cap. 18. Ausg. v. P. E. Müller p. 58 f.

Der Schwur unter dem Rasenstreifen.

Heimtir nû þorkell af hönum frâsögn um atburð þenna svâ at margir menn vôru hiâ. [30] þâ segir Guðmundr svâ: kvað þorstein hafa fyrst druknat, þâ þôrarinn mâg hans, þâ átti Hildr at taka fêit, þviat hun var

dôttir þôrarins; þâ kvað hann meyna drukna, þviat þar næst var Ôsk hennar arfi ok lêz hun þeirra siðast; bar þâ fêit alt undir þorkel trefil, þviat Guðriðr kona hans átti fê at taka eptir systur sina. Nû

---

[1] tiâð isl. — [2] reyndiz isl.

reiðiz þessi frásögn af Þorkatli þeim frænd-
um Þorarins nockut efanlig sia saga, ok
kölluðuz þeir ei mundu trúnat á leggja
raunarlaust, ok töldu þeir ser fê halft við
Þorkel, en Þorkell þykiz einn eiga, ok bað 5
gera til skirslu at sið þeirra.

Þat var þá skirsla i þat mund, at ganga
skyldi undir iarðarmen, þar er torfa var
ristin or velli, skyldu endarnir torfunnar
vera fastir i vellinum, en sá maðr er skir- 10
sluna skyldi fram flytja, skyldi þar ganga
undir. — Þorkell trefill grunar nockut,
hvárt þanneg mun farit hafa um liflát
manna, sem þeir Guðmundr höfðu sagt it
siðarra sinni. Ecki þóttuz heiðnir menn 15
minna eiga i ábyrgð, þá er slika luti skyldi
fremja, en nú þykiaz eiga kristnir menn,
þá er skirslur eru gervar. Þá varð sá
skirr, er undir iarðarmen gêkk, ef torfan

fêll ei á hann. Þorkell gerði ráð vid 2
menn, at þeir skyldu sik láta á skilja um
einhvern lut, ok vera þar nær staddir, þá
er skirslan væri frömd, ok koma við tor-
funa svá miök, at allir sæi, at þeir felldi
hana. Eptir þetta ræðr sá til, er skirsluna
skyldi af höndum inna, ok iamskiott sem
hann var kominn undir iarðarmenit, hlau-
paz þessir menn at mót með vápnum, sem
til þess vóru settir, mœtaz þeir hia torfu-
bugnum ok liggja þar fallnir, ok fellr ofan
iarðarmenit sem ván var; siðan hlaupa menn
i millum þeirra ok skilja þá, var þat auð-
veldt, þviat þeir börðuz með engum háska.
Þorkell trefill leitaði orðróms um skirsluna,
mæltu nú allir hans menn, at vel mundi
hlýtt hafa, ef engir hefði spilt. Síðan tók
Þorkell lausafé alt, en löndin leggjaz upp
á Hrappstöðum.

Aus dem Landnâmabôk.

1) Prologus u. c. 1. Isl. sôg. I, 24—26. 2) IV, 7.

Þetta er Prôlôgus fyrir bôk þessi.

I aldafars bôk þeirri er Beða prêstr hei-
lagr gerði, er getit eylands þess er Thyle
heitir á bôkum, er sagt er liggi sex dœgra 25
sigling norðr fra Bretlandi; þar sagði hann
eigi koma dag á vetr ok eigi nôtt á su-
mar, þá er dagr er sem lengstr. Til þess
ætla vitrir menn þat haft, at Island sê Thyle
kallat, at þat er viða á landinu at sôl skin 30
um nætr, þá er dagr er lengstr, en þat er
viða um daga, at sôl sêr eigi, þá er nôtt er
lengst. En Beða prêstr andaðiz siö hund-
ruð þriatigi ok fimm árum eptir holdgan
vôrs herra Jesu Kristi, at þvi er ritat er, 35

meirr enn hundraði ára fyrr enn Island
bygðiz af Norðmönnum. En áðr Island
bygðiz af Norðmönnum, vôru þar þeir
menn er Norðmenn kalla Papa, þeir vôru
menn kristnir ok hyggja menn, at þeir muni
verit hafa vestan um haf, þviat funduz
eptir þeim bœkr Irskar, biöllur ok baglar
ok enn fleiri lutir þeir, er þat mátti skilja,
at þeir vôru Vestmenn; þat fannz i Papey
austr ok i Papyli, er ok þess getit á bô-
kum Ênskum, at i þann tima var farit milli
landanna.

Her hefr Landnámabôk Islands bygdar.

Segir i hinum fyrsta kapitula, hvert skemst er frà Íslandi, ok hverir herrar ríktu à Norðr-
löndum i þann tíma.

Á þeim tíma, er Ísland fannz ok bygðiz
af Noregi, vár Adrianus páfi í Rôma, ok
Jôhannes sâ er hinn fimti var með því nafni
i postulligu sæti; en Hlöðver Hlöðversson
keysari fur norðan fiall, en Leo ok Alexan-
der son hans yfir Miklagarði, þá var Ha- 10
raldr hinn hârfagri konungr yfir Noregi,
en Eiríkr Eymundarson yfir Sviariki ok
Biörn son hans, en Gormr hinn gamli at
Danmörk, Elfráðr hinn riki í Englandi ok
Jâtvarðr son hans, en Kiarvalr at Dyflinni, 15
Sigurðr iarl hinn riki at Orkneyjum. Svâ
segja vitrir menn, at or Noregi frâ Staði
sê sið dœgra sigling til Horns â austan-
verðu Íslandi, en fra Snæfellsnesi fiögra
dœgra sigling til Hvarfs â Grœnlandi í vestr, 20
þar skemst er. Af Húsnum af Noregi skal
sigla iamnan til vestrs til Hvarfs â Grœn-
landi, ok er þá siglt fur norðan Hialtland,
svâ at því at eins sêi þat, at allgôð sê
siovarsýn, en fur sunnan Fœreyjar, svâ at 25
siôr er i miðjum hliðum, en svâ fur sun-
nan Ísland, at þeir hafa af fugl ok hval.
Frâ Reykjanesi â sunnanverðu Íslandi er
þriggja dœgra haf til Jöldulaups â Irlandi,
i suðr. En frâ Langanesi â norðanverðu 30
Íslandi er fiögra dœgra haf til Svalbarða
norðr i Hafsbotna; en dœgrsigling er til
óbygða í Grœnlandi or Kolbeinsey norðr.

Svâ er sagt at menn skyldu fara af
Noregi til Fœreyja, nefna sumir til Nad- 35
dodd víkíng, en þá rak vestr i haf ok fun-
du þar land mikit; þeir gengu upp i Aust-
fiörðum â fiall eitt hâtt ok sâuz um viða,
ef þeir sæi reyki eða nokkur líkindi til
þess at landit væri bygt, ok sâ þeir þat
eigi. Þeir fôru aptr um haustit til Fœr-
eyja, ok er þeir sigldu af landinu, fêll
snær mikill â fiöll ok fur þat kölluðu þeir
landit Snæland; þeir lofuðu miök landit.
Þar heitir nû Reiðarfiall i Austfiörðum er
þeir höfðu atkomit; svâ sagði Sæmundr
prêstr hinn frôði.

Maðr hêt Garðar Svafarsson, Svênskr at
ætt; hann fôr at leita Snælands at tilvîsan mô-
ður sinnar framssýnnar, hann kom at landi fur
austan Horn et eystra, þar var þá höfn.
Garðar sigldi umhverfis landit, ok vissi at
þat var eyland; hann var um vetr fur nor-
ðan i Húsavik â Skialfanda, ok gerði þar
hús. Um vôrit, er hann var búinn til hafs,
sleit frâ honom mann â bâti er hêt Natt-
fari, ok þræl ok ambâtt, hann bygði þar
síðan er heitir Nâttfaravik. Garðar fôr
þá til Norege ok lofaði miök landit; hann
var faðir Una, föður Hrôars Tungugoða.
Eptir þat var landit kallat Garðarsholmr,
ok var þá skôgr milli fialls ok fiöru.

Flôki Vilgerðarson hêt víkíngr mikill
hann bióz af Rogalandi at leita Sniolands;
þeir lágu í Smiörsundi; hann fekk at blôti
miklu, ok blôtaði hrafna þria, þá er honum
skyldu leið vîsa, þvíat þâ höfðu hafsiglin-
garmenn engir leiðarstein í þann tíma i
Norðrlöndum. Þeir hlôðu þar varða, er
blôtit hafði verit, ok kölluðu Flôkavarða;
þat er þar er mœtiz Hörðaland ok Roga-
land. Hann fôr fyrst til Hialtlands ok lâ i
Flôkavôgi, þâ týndiz Geirhildr dôttir hans
i Geirhildarvatni. Með Flôka var â skipi

bóndi sâ er Þorolfr hêt ok annar Heriolfr, ok Faxi Suðreyskr maðr. Flóki sigldi þaðan til Fœreyja, ok gipti þar dóttur sîna, frâ henni var þrândr î Götu. Þaðan sigldi hann úti haf með hrafna þâ þria, er hann 5 haîði blôtat î Noregi, ok er hann lêt lausan hinn fyrsta, flô sâ aptr um stafn; annar flô î lopt upp, ok aptr til skips; þriði flô fram um stafn î þâ ætt, er þeir fundu landit. Þeir kômu austan at Horni; þâ 10 sigldu þeir fur sunnan landit; en er þeir sigldu vestr um Reykjanes, ok upplauk firðinum, svâ at þeir sâ Snæfellsnes, þâ mælti Faxi: þetta mun vera mikit land, er ver höfum fundit, hêr eru vatnföll stôr, þat er 15 siðan kallat Faxaôs. Þeir Flóki sigldu vestr um Breiðafiörð, ok tóku þar land sem heitir Vatnsfiörðr við Barðaströnd; fiörðrinn allr var fullr af vciðiskap ok gâðu þeir eigi fur veiðum at fâ heyjanna, ok dô 20 allt kvikfê þeirra um vetrinn, var vôr heldr kalt. þâ gekk Flóki norðr â fiöll ok sâ fiörð einn fullan af hafîsum; því kölluðu þeir landit Ísland.

2) Von Ulfliots Gesetzen und der Landeseintheilung.

Þórðr skeggi son Hrapps, Biarnarsonar bunu, hann âtti Vilborgu Osvaldsdottur ok Ulfrunar Jatmundardottur. Þorðr skeggi 30 fôr til Íslands ok nam lönd öll î Lôni fur norðan Jökulsâ, â milli ok Lônsheiðar, ok bio î Bœ tiu vetr eðr lengr; enn er hann frâ til öndvegissúlna sinna fur neðan heiði i Leyruvogi, þâ rêðz hann vestr þannig 35 ok bio â Skeggjastödum, sem fyrr er ritat. Dôttir þórðar var Helga, er Ketilbiörn enn gamli âtti at Mosfelli. Þorðr skeggi seldi lönd sîn Ulfliotí lögmanni (er þar kom út î Lôni), syni þôru, dôttur Ketils Hörða- 40 Kârasonar, Aslâkssonar, Bifru-Kârasonar,

Ânarsonar, Arnarsonar hyrnu; bio þôrðr nokkura vetr siðan î Lôni er hann spurði til öndvegissúlna sinna. En er Ulfliotr var sextugr at aldri, fôr hann til Noregs ok var þar þriâ vetr; þar settu þeir Þorleifr enn spaki, môðurbrôðir hans, lög þau er siðan vôru köllut Ulfliotslög; en er hann kom út, var sett alþing ok höfðu menn siðan ein lög â landi hêr. þat var upphaf enna heiðnu laga, at menn skyldu eigi hafa höfuðskip î haf, en ef þeir hefði, þâ skyldi aftaka höfuð, âðr þeir kæmi î landssýn, ok sigla eigi at landi með gapandi höfðum eða gînandi trionum, svâ at landvættir fældiz við. Baugr tvieyringr eða meyri skyldi liggja î hverju höfuðhofi â stalla, þann baug skyldi hverr goði hafa â hendi ser til lögþinga allra þeirra, er hann skyldi sialfr heyja, ok rioða hann þar âðr î roðru nautsblôðs þess er hann blôtaði sialfr; hverr sâ maðr er þar þurfti lögskil af hendi at leysa at dômi, skyldi âðr eið vinna at þeim baugi ok nefna ser vâtta tvo eða fleiri: ,nefni ek þat vætti, skyl- 25 di hann segja, at ek vinn eið at baugi, lögeið, hialpi mer svâ Freyr, ok Niörðr ok hinn almâttki Âss, sem ek mun svâ sök þessa sœkja eða verja, eða vitni bêra, kviðu eða dôma, sem ek veit rêttast ok sannast ok helzt at lögum, ok öll lögmæt skil af hendi leysa, þau er undir mik koma, meðan ek er â þessu þingi. þâ var landinu skipt î fiorðunga, ok skyldu vera þriu þing î fiorðungi en þriu höfuðhof î þingsôkn hverri; þar vôru menn valdir til at geyma hofanna at viti ok rêttlæti; þeir skyldu nefna dôma â þingum ok stýra sakferli, því vôru þeir guðar kallaðir; hverr maðr skyldi gefa toll til hofs, sem nú til kyrkju tiund.

Friðþiofs saga.

Hêr byrjar sögu af Friðþiofi enum frœkna.

Cap. 1. Heimat und Abschied von den Vätern.

Svâ byrjar þessa sögu, at Beli konûngr 5 stŷrði Sygnafylki; hann âtti 3 börn; Helgi hêt son hans, annarr Hâlfðan, en Ingibiörg dôttir; Ingibiörg var væn at âliti, en vitr at hyggju, hun var fremst konûngsbarna. þar gêkk strönd nokkr fyri 10 vestan fiörðinn, þar var bœr stôrr, sâ bœr var kallaðr î Baldurshaga; þar var griðastaðr ok hof mikit, ok skiðgarðr mikill um; þar vôru mörg goð, þô var af Baldr mêst haldit; þar var svâ mikit vandlæti 15 gert af heiðnum mönnum, at þeir skyldi öngu grand gera, hverki fê nê mönnum; engi viðskipti skyldu karlar við konur êga þar. þat hêt â Sŷrströnd, er konûngr rêð fyrir, en hinumegin fiarðar stôð bœr, ok 20 hêt â Framnesi; þar biô sâ maðr er þorsteinn hêt ok var Vîkîngsson, bœr hans stôðz â ok konûngs atsetr. Son âtti þorsteinn við konu sinni, er Friðþiofr hêt, hann var allra manna stœrstr ok sterkastr, 25 ok bezt at îþrôttum bûinn þegar î œsku, hann var kallaðr Friðþiofr hinn frœkni, en var svâ vinsæll, at allir bâðu honum gôðs. Konûngsbörn vôru þâ ûng, er môðir þeirra andaðiz. Hildîngr hêt einn gôðr bôndi 30 î Sogni, hann bauð konûngsdôttur fôstr, var hun þar uppfœdd vel ok vandliga, hun var kölluð Ingibiörg hin fagra. Friðþiofr var ok at fôstri með Hildîngi bônda, ok vôru þau konûngsdôttir fôstrsyzkin, ok bâ- 35 ru þau af öðrum börnum. Bela konûngi tôk miök at draga lausafê or höndum, þvî hann gerðiz gamall. þorsteinn hafði þriðjung rîkis til forrâða, ok varð honum þat

mêstr styrkr, sem þorsteinn var; hêlt þorsteinn konûngi veizlu þriðia hvert âr með stôrum kostnaði, en konûngr hêlt veizlu 2 âr þorsteini. Helgi Belason gerðiz snemma blôtmaðr mikill, eigi vôru þeir brœðr vinsælir. þorsteinn âtti skip þat, er Ellidi hêt; þar rêru 15 menn â hvôrt borð; þar vôru â bugustafnar, ok ramligt sem hafskip, borðit var spengt iarni. Svâ var Friðþiofr sterkr, at hann rêri þveim ârum î hâlsi â Elliða, en hver âr var 13 âlna löng, en 2 menn tôku hverja âr annarstaðar. Friðþiofr þôtti afbragð annara manna ûngra î þann tîma, öfunduðu þetta konungs synir, at hann var meirr lofaðr, enn þeir. Beli konûngr tôk nû sôtt, ok er at honum drô, heimti hann at ser sonu sîna, ok mælti við þâ: þessi sôtt man leiða mik til bana, en þess vil ek biðia ykkr, at þið hafið lângvini þâ, sem ek hefi haft, þvî mer sŷniz ykkr alt skorta við þâ feðga, þorstein ok Friðþiof, bæði râðagerðir ok harðfengi; haug skulu þið verpa eptir mik; eptir þat dô Beli. Eptir þat tôk þorsteinn sôtt; hann mælti þâ til Friðþiofs: frændi! segir hann, þess vil ek biðja þik, frændi! at þu sveigir til við konungssonum skaplyndi þitt, þvî þat hœfir fyri tignar sakir, enda segir mer vel hugr minn um þitt mâl; ek vil lâta heygja mik gegnt haug Bela konûngs, þessu megin fiarðar, niðr við siôinn, er okkr þâ alhœgt at kallaz â fyri tiðendum. Biörn ok Âsmundr hêtu fôstbrœðr Friðþiofs; þeir vôru miklir menn ok sterkir. Littlu siðarr andaðiz þorsteinn, var hann heygðr sem hann hafði fyrisagt, en Friðþiofr tôk land ok lausafê eptir hann.

Cap. 2. Friðþiofs Werbung.

Friðþiofr gerdiz enn frægsti maðr, ok gafz hraustliga í öllum mannraunum; Biörn fóstbróður sinn viröti hann mêst, en Ás- 5 mundr þionaði þeim báðum; skipit Ellida tók hann beztan grip eptir föður sinn, ok gullhring annan grip, eigi var annarr dýrri í Noregi. Svâ mikill rausnarmaðr var Friðþiofr, at þat töluðu flêstir menn, at 10 hann væri eigi minni sómamaðr, enn þeir brœðr, fyrir útan konúngstígnina; fyri þat lögðu þeir fæð ok fiandskap â Friðþiof, ok þeim líkaði þat þúngt, er hann var kallaðr meirri maðr; en þóttuz finna þat, at Ingi- 15 biörg, systir þeirra, ok Friðþiofr lögðu hugi saman. Þâ kom at þvi, at konungar- nir âttu at sœkja veizlu til Friðþiofs til Framness, ok gêkk þat eptir vanda, at hann veitti öllum framarr, enn þeir vôru. 20 Þar var Ingibiörg ok töluðu þau Friðþiofr löngum; konungsdôttir mælti til hans: „þú átt góðan gullhring‘, „satt er þat“ segir Friðþiofr. Eptir þat fôru þeir brœðr heim ok óx öfund þeirra við Friðþiof. Litlu 25 siðarr tók Friðþiofr ögleði mikla; Biörn, fóstbróðir hans, spurði hverju þat sætti; honum kveðz leika hugr â at biðja Ingibi- argar: ‚þótt ek sê með minni nafnbôt, enn brœðr hennar, þâ em ek þô eigi minni hât- 30 tar‘; Biörn segir „gerum svâ!“ Siðan fôr Friðþiofr með nokkra menn â fund þeirra brœðra. Konúngarnir sâtu â haugi; Frið- .þiofr kvaddi þâ vel, síðan flutti hann bôn- orð sitt fram, at hann bað systur þeirra, 35 Ingibiargar Beladóttur; konúngarnir sögðu, ‚eigi er þessara mála allvitrliga leitat, at við gíptum hana ótignum manni, ok afsegju ver þat með öllu môti‘. Friðþiofr segir: „þâ er skiott gert mitt eyrendi, en þat 40 skal í môti koma, at ek mun aldrî hêreptir ykkr lið veita, þótt þer þurfið þess við.“

þeir kvôðuz aldri um þat hírða. Fôr Frið- þiofr heim síðan ok tôk gleði sína.

Cap. 3. Gefahr durch König Hring, und Friðþiof am Schachspiel.

Hrîngr hefir konúngr heitit, hann rêð fyrir Hrîngaríki, þat var í Noregi líka, hann var ríkr fylkiskonúngr ok vel at ser, ok þâ kominn at hinn efra aldr; hann mælti til sinna manna: ‚þat hefi ek spurt, at synir Bela konúngs hafa skilit vinfengi við Friðþiof, er âgætastr er flêstra manna; nú vil ek senda menn â fund konúnganna ok bioða þeim þâ kosti, at þeir gángi un- dir mik ok gialdi mer skatt, ella mun ek gera her â hendr þeim, ok mun laust fyri liggja, þvi hverki hafa þeir við mer liðsafla nê vitsmuni; þô væri mer þat allmikil frægð â gamals aldri at fyrikoma þeim. Eptir þetta fôru sendimenn Hrings konúngs, ok fundu þâ brœðr Helga ok Halfdan í Sogni ok sögðu svâ: ‚Hrîngr konúngr sendi ykkr boð, at þið senduð honum skatt, elli- gar mundi hann herja â ríki ykkar.“ þeir svöruðu at þeir vildu eigi læra þat â ún- gum aldri, sem þeir vildu eigi í elli kunna, at þiona honum með svívirðing: „skal nú lýði safna öllu þvi, sem ver fâum, ok svâ var gert; en er þeim þótti lið sitt lítit verða, sendu þeir Hildíng fôstra til Frið- þiofs, ok skyldi hann biðja hann, at fara til liðs með konúngunum. Friðþiofr sat at hnefatafli, er Hildíngr kom; hann mælti svâ: ‚konúngar vôrir sendu þer kveðju ok vildu hafa liðsinni þitt til orrostu môt Hring konungi, er ganga vill â ríki þeirra með ofsa ok ôiafnaði.‘ Friðþiofr svaraði honum öngu ok mælti til Biarnar, er hann teflði við: „bil er þarna, fôstbróðir! ok mantu eigi bregða þvi, heldr mun ek setja at hinni rauðu töflunni, ok vita, hvôrt henni er forðat.“ Hildíngr mælti þâ aptr: ‚svâ

það Helgi konúngr segja þer Friðþiofr, at
þû skyldir fara î herferð þessa, eða þû
mundir sæta afarkostum, þâ er þeir kæmi
aptr.' Biörn mælti þâ: tvikostr er þarna
fôstbrôðir! ok tvô vega frâ at tafla. Frið- 5
þiofr segir: „þâ mun râð, at setja [1] fyrst
at hnefanum, ok mun þô verða ôtrauðr
tvikostrinn" Öngan fěkk Hildîngr annan ur-
skurð. sinna erenda; fôr hann aptr skiott
til môts við konunganna ok segir þeim svör 10
Friðþiofs; þeir spurðu Hilding, hverja þý-
ding hann tœki or þessum orðum. Hildingr
segir: ,þar er hann rœddi um bilit, þar
mun hann â bil hyggja um ferðina þessa-
með ykkr; en þar er hann lêz setja mundu 15
at rauðu töflunni, þat mun koma til Îngi-
biörgu systur ykkar; gætið hennar vel svâ
vist! en þâ er ek hêt honum afarkostum af
ykkr, þat virôti Biörn tvîkost; en (er) Frið-
þiofr kvað, at hnefanum mundi verða fyrst 20
lagt, þat mælti hann til Hrîngs konúngs.
Sîðan bigguz konúngarnir, ok lêtu âðr
flytja Ingibiörgu î Baldurshaga, ok 8 konur.
með henni, sögðu þeir Friðþiof eigi mundu
svâ diarfan, at hann fœri til fundar-við 25
hana þângat: þvi þar er engi svâ diarfr, at
nokkrum grandi. En þeir brœðr fôru suðr
til Jaðars, ok fundu Hrîng konûng í,
Sôknarsundi. þvî hafði Hrîngr konûng
mêst reiðz, er þeir brœðr höfðu mælt, at 30
þeim þœtti skömm, at beriaz við svâ gam-
lan mann, at eigi kœmiz â bak, nema með
stuðningi.

Cap. 4. Glück und Gelübde in Bal-
ders Haine.

þegar konúngarnir voru î brott, þâ tôk
Friðþiofr tignarklæði sîn, ok lêt gull-
hringinn gôða â hönd ser; sîðan gengu þeir

fôstrbrœðr til siôfar, ok settu fram Elliða.
Biörn mælti: ,hvert skal nú halda, fôstbrô-
ðir?' Friðþiofr segir: „til Baldrshaga,
ok skemta ser við Îngibiörgu." Biörn
mælti: ,þat er eigi giöranda, at gremja goð
at ser'. Friðþiofr mælti: „þar skal nú
âhætta, enda virði ek meira hylli
Îngibiargar enn reiði Baldrs." Eptir
þat rêru þeir yfir fiörðinn, ok gêngu upp
til Baldrshaga, ok î skemmu Ingibiargar;
hun sat þar með 8 meyjum, þeir vôru ok
8; en er þeir kômu þar, þâ var þar allt
með pellum tialdat ok dýrum vefnaði. In-
gibiörg stôð þâ upp ok mælti: ,þvi ertu
svâ diarfr, Friðþiofr! at þú ert hêr kominn
at ôleyfi brœðra minna, ok gremr svâ goð
at þer?' Friðþiofr segir: „hverninn sem
þat er, þâ virði ek meirr elsku þîna, enn
goðanna reiði." Ingibiörg svarar: ,þú skalt
hêr velkominn, ok allir þínir menn!· siðan
gaf hun honum rûm at sitja hiâ ser, ok
drakk til hans hit bezta vin, ok sâtu svâ
ok skemtu ser; þâ sâ Ingibiörg hringinn
gôða â hendi hans ok spyrr, hvôrt hann
ætti gersemina; Friðþiofr sagðiz ega; hun
lofar miök hringinn. Friðþiofr mælti: „gefa
mun ek þer hringinn, ef þú heitir at lôga
honum eigi, ek senda mer, ef þu villt eigi
ega; ok hêrmeð skulu við iâta hvôrt öðru
trû sinni;" með þessari trûlofan skipta þau
hringnum. Friðþiofr var opt î Baldrshaga
um næter, ok hvern dag kom hann þângat
þess imilli, ok skemti ser við Îngibiörgu.

Cap. 5. Die Rache der jungen Könige.

Nû er at segja frâ þeim brœðrum, at 35
þeir fundu Hrîng konung, ok hafði hann
meira liðsafla; gengu menn þâ imillum ok-
leituðu um sættir, svâ at enginn ôfriðr.

---

[1] Rafns Text hat sitja; aber der Zushg. erfordert: setzen (den Stein).

gerðiz; Hringr konungr segiz þat vilja með
því móti, at konúngar gángi á vald hans,
ok gipti honum Íngibiörgu fögru, systur
þeirra, með þridjûngi allra eigna þeirra.
Konúngarnir iâtuðu þessu, því þeir sáu,   5
at þeir áttu við mikit ofrefli; var 'þessi
sâtt bundin fastmælum, ok skyldi brullaup
vera í Sogni, þâ Hringr konungr kæmi í
móti festarkonu sinni. Fara þeir brœðr
heim með lið sitt, ok undu við hit versta.   10
Þâ Friðþiofi þótti þess vón, at þeir brœðr
mundi heim koma, mælti hann við konúngs-
dóttir: ,vel hafi þer oss veitt ok fagrliga,
hefir Baldr bóndi eigi við oss ýfz, en
nær þer vitið konunga yðra heimkoma, þâ   15
breiðið blœjur yðrar â disarsalinn, því hann
er hærstr hér â garðinum, manu ver siâ
þetta af bœ vórum'. Konúngsdóttir segir:
„eigi hafi þer þetta at annara manna dœ-
mum gert, en at vísu êgu ver vórum vi-   20
num at fagna þâ þer komið." Siðan' fór
Friðþiofr heim, ok nærsta morgin eptir
gêkk hann ût snemma, ok segir svâ, er
hann kom inn, ok kvað:

    Mun ek segja seggjum vórum,   25
    at giörla mun farit gamanferðum;
    skulu ei skatnar til skips fara,
    því nû eru blœjur â blik komnar.

    Gêngu þeir þâ ût, ok sáu at allr dísar-   30
salrinn var þaktr bleiktum lêreptum. Biörn
mælti þâ: ,nû manu konûngar heim komnir
ok manu ver skamma stund êga um kyrt
at sitja, ok þikki mer râð at safna liði',
ok svâ ver gert; dreif þângat mûgr manns.   35
Þeir brœðr spurðu brâtt um hâttu þeirra
Friðþiofs ok svâ liðsafla hans. Helgi ko-
núngr mælti þâ: undr þikki mer, at Baldr
skal þola þeim Friðþiofi hverja skömm, skal
nu senda menn til hans ok vita, hverja   40
sætt at hann vill bióða oss, elligar skal
boða hann af löndum, því ek sê eigi þann

afla vórn at sinni, at berjaz við þâ." Hil-
dîngr fóstri bar erendi konúngana til
Friðþiofs, ok þarmeð vinir Friðþiofs; þeir
segja svá: þat vilja konungarnir í sætt hafa
af þer, Friðþiofr, at þû heimtir skatt af
Orkneyjum, er eigi hefir goldinn verit,
síðan Beli dó; en þeir þurfa fiârins við,
þar sem þeir gipta Ingibiörgu, systir sina
með miklu lausafê. Friðþiofr segir: sâ einn
lutr heldr til friðgerðar með oss, at virða
til hina fyrri frændr vóra, en öngan trúleik
mûnu þeir brœðr oss sýna, vil ek þat til-
skilja, at allar vórar eignir sêu í friði, âme-
ðan ek er iburt; því var heitit ok eiðum
bundit.' Nû býr Friðþiofr ferð sína ok
valdi með ser menn at hreysti ok allir lið-
semd; þeir vóru 18 saman. Þeir spurðu
Friðþiof at, hans menn, hvört hann vili
eigi fara til Helga konúngs âðr, ok sæt-
taz við hann, ok biðja af ser reiði Baldrs.
Friðþiofr segir: þat mun ek heitstrengia at
ek skal eigi Helga konúng friðar biðja;
eptir þat gêkk hann â Elliða, ok héldu þeir
ûteptir firðinum Sogni. En er Friðþiofr
var heiman farinn, mælti Halfdan konungr
við Helga bróður sinn: þat mun fleiri ok
meiri stiórn, at Friðþiofr taki nokkr giöld
fyri brot sín; manu ver brenna bœ hans,
en gera at honum þann storm ok mönnum
hans, at þeir þrifiz aldrî; Helgi kvað þat
til liggja. Siðan brendu þeir upp allan
bœinn â Framnesi, en ræntu fê öllu; síðan
sendu þeir eptir seiðkonum tveimr, Heiði
ok Hamglöm, ok gáfu þeim fê til, at þeir
sendi veðr svâ stórt at Friðþiofi ok mön-
num hans, at þeir týndiz allir í hafi; þær
efldu seiðinn, ok fœrðuz â hiallin með
göldrum ok giörningum.

Cap. 6.   Der Seesturm.

    En er þeir Friðþiofr kómu ût or Sogni,
þâ gerði at þeim hvast veðr ok storm mi-

kinn, var þá miök bárustórt; gékk skipit
harðla mikit, þvíat þat var örskreitt ok et
bezta î sió at leggia. þá kvað Friðþiofr
vîsu:

Sinda lêt ek or Sogni, — en snôtir mia-   5
    ðar neyttu —
bræddan byrjar sôta [1], — î Baldrshaga
     miðjum [2];
Nû tekr hregg at [3] herða; hafi dag, brú-
     ðir, gôðan,
þær er oss vilja unna, þótt Elliða
     fylli [4].

Biörn mælti: „þat væri vel, þóttû ættir an-
nat at vinna, enn lioða um þær Baldrshaga   15
meyjar"; „eigi mun þat þô þverra", segir
Friðþiofr. þá sló þeim norðr til sundanna
nærri eyjum þeim, sem Sôlundar hêtu,
var þá veðrit sem harðast. þá kvað Frið-
þiofr:

Miök tekr siór at svella, svá er nû dre-
     pit skŷium;
þvî ráða galdrar gamlir, er gialfr or
     stað fœrir;   25
eigi skal ek við œgi î ofviðri berjaz,
lâtum Sôlundir seggjum svellvîfaðar
     hlifa.

þá lögðu þeir undir þær eyjar, er Sôlun-
dar heita, ok ætla þar at bíða; ok þá fêll 30
veðrit iafnskiott. Bregða þeir þá við, ok
lâta undan eyiunni; þikkir þeim þá vænligt
um sína ferð, þvî þá hafa þeir hœfiligan
byr um stund, en þar kom, at snerpa tók
leiðit. þá kvað Friðþiofr: 35

þat var fyrr á Framnesi,
at rêra ek á vit við Íngibiörgu;
nû skal sigla î svölu veðri,
lâta lêtt undan lögdŷr [5] hlaupa.

Ok þá er þeir kômu lângt î haf undan,
þá ôkyrðiz siôrinn ákafliga î annat sinn,
ok gerði þá storm mikinn með fiuki sva
miklu, at hvôrigan stafn sâ frâ öðrum, en
âgekk â skipit, svâ iafnan varð at ausa.
þâ kvað Friðþiofr: 10

Eigi sêr til alda [6], erum ûtâ brim komnir
frægdar fylkis drengir, fyri giörnînga
     veðri;
ok standa nû allir—eru Sôlundar horf-
     nar —
âtiân menn î austri, er Elliða verja.

Biörn mælti: „sâ verðr at mœta misiöfnu,
er vîða ferr", „svâ er vist, fôstbrôðir" se-   20
gir Friðþiofr ok kvað:

Helgi veldr, at hrannir hrímfaxaðar vaxa,
er ei, sem biarta brûði î Baldrshaga
     kyssim;
ôlikt mun mer unna Íngibiörg, eða þen-
     gill,
heldr vilda ek [7] hennar hœfi at minni gæfu.

Verða má, segir Biörn, at hun hyggi þer
hærra, enn nû er, þô er nû þessu eigi
illa at kunna. Friðþiofr segir, at kostr
mundi, at reyna gôða liðsmenn, þóat blî-
ðara væri î Baldrshaga. þeir biöggu sik
þá drengiliga, þvî þar vôru hraustir menn
samankomnir; en skipit et bezta, sem verit

---

[1] den bepichten Rappen des Seewinds, d. h. das Schiff, abhängig von sinda. — [2] zu
neyttu. — [3] Rafn: â. — [4] impers. obwohl es den Ellidi füllt, d. h. obwohl E. sinkt, ebenso
ist Z. 25 fœrir impers. — [5] R. st. langdŷr. — [6] Nichts sieht man von der Welt. — [7] suppl.:
at (ek), dass ich sie gewönne, vgl. 366, 29.

hefir á Norðrlöndum. Friðþiofr kvað
vísu:

Eigir sér til alda, erum vestr í haf
komnir, 5
allr [1] þikki mer œgi, sem á einmyrju
sæi [2];
hrynja hafbárur, haug verpa svanflaugar
nú er Elliði orpinn í örðugri báru.

Þá kómu áföll stór, at þeir standa allir í
austri. Friðþiofr kvað:

Miök drekkr á mik [3] marr inn [dökkvi],
mærin mun klökkva [af munar ekka]
austr [4], þar sem blœan á bliki lá, 15
ef ek skal sökkva í svana brekku.

Biörn mælti: ‚ætlar þú enu Sygnsku mey-
jarnar tárfelli miök eptir þik?‘ Friðþiofr
mælti: „þat kemr mer víst í hug“. Siðan 20
lagði at stamni, svá at fossum féll inn;
en þat dugði, at skipit var svá gótt, en
liðsmenn harðir innanborðs. Þá kvað
Biörn vísu: .

Erat sem ekkja á þik vili drekka,
biört baugvara biði nær fara,
sölt eru augu, sukkuð í laugu,
bil sterka arma [5] bítr mer í hvarma.

Ásmundr svarar: ‚þat varðar eigi, þótt þer 30
reynið á armana, því þer vorkynntuð oss
eigi, þá ver hrifum í augun, þá þið stóðuð
svá snemma upp í Baldrshaga forðum‘;
„eða því.kveðr þú eigi, Ásmundr?“ segir
Friðþiofr, ‚eigi skal þat‘, segir Ásmundr, 35
ok kvað vísu:

Hér varð snæfrt um siglu, er siör á skip
hrundi,
ek varð err við átta innan borðs at
vinna;
dœlla var til dýngiu dagverð konum
fœra, •
enn Elliða ausa í aurugri báru.

‚Eigi segir þú minna frá liði þinu, enn er‘,
10 segir Friðþiofr ok hló, ‚en þó brá þer nú
í þræla ættina, er þu vildir at matreiðum
starfa‘. Óx þá enn at nýu veðrit, svá at
þeim þótti líkara, er á skipinu vóru, stór-
gnýpum ok fiöllum, enn bárum, siófarskaf-
15 lar þeir, sem brökuðu öllumegin at skipinu.
Þá kvað Friðþiofr:

Sat ek á bólstri í Baldrshaga,
kvað ek þat ek kunna fyri konungsdôttur;
nú skal ek raunar Rânbeð troða,
en annarr mun Íngibiargar [6].

Biörn mælti: ‚stórr kviðr er nú fyri, fóst-
bróðir! ok er nú æðra í ordum þínum, ok
er þat illa um svá góðan dreng‘. Frið-
þiofr segir: „hvárki er þat æðra né kviði,
25 þótt kveðit se um gamansferðir vôrar, en
þat má verða, þeirra sé optarr getit, enn
þörf sé á; en flêstum mönnum mundi þikkja
vísara dauði, enn líf, ef svá væri komnir,
sem ver, ok skal enn svara þer nokkru ok
30 kvað:

þat hefik gagns um goldit, gêkk mer, en
þer eigi
við ambáttir átta Íngibiörg at þinga;
saman höfum brenda bauga í Baldrshaga
lagða,
var þá vilgi fiarri vörðr Hálfdânar iarða.

---

[1] allt A. — [2] hrœri M. — [3] Viel trinkt mir zu das trübe Meer, vgl. Z. 25 und 184, 34.
Die hier und in M. gänzlich verstümmelte, mass- und stablose Strophe ist nach Vermuthung
von mir ergänzt. — [4] östlich, im Disensaal ist Ingibiörg, denn Fr. ist westlich. — [5] die
Ermüdung der st. Arme (das Schöpfwasser), R. ändert: bilar (es ermüdet). — [6] R.: Ingibiörgu.

Biörn mælti: við slíkt er nû at una, fôst-
brôðir! sem ordit er. þâ kom âfall svâ mi-
kit, at frâlaust [1] vigin ok hâlsana bâða, ok
slô ûtbyrðis [2] fiorum mönnum, ok týnduz
allir. þâ kvað Friðþiofr:

Brustu bâðir hâlsar î bâru hafs stôrri
sukku sveinar fiorir î sæ ôgrunnan.

Nû þikki mer vôn, segir Friðþiofr, at nok- 10
krir vôrir menn muni til Rânar fara; manu
ver eigi sendiligir þikkja, þâ ver komum
þar, nema ver bûumz vaskliga; þikki mer
râð, at hverr maðr hafi nokkut gull â ser;
hann hiô þâ îsundr hrínginn Îngibiargar- 15
naut, ok skipti með mönnum sînom, ok
kvað vîsu:

Þann skal hríng um höggva, er Hâlfdâ-
nar âtti,
âðr enn oss tapar œgir, auðigr faðir, 20
rauðan;
siâ skal gull â gestum, ef ver gistingar
þurfum,
þat dugir rausnar rekkum î Rânar sal- 25
num miðjum.

Biörn mælti þâ: ‚eigi er slíks nû vîsar vo-
nir, enda er eigi örvænt.‘ þâ fundu þeir
Friðþiofr, at mikill var skriðr â skipinu, 30
en ôkunnigt var þeim fyri, þvî myrkr lagði
at þeim öllumegin, svâ at eigi sâ stafna
âmillum með siôðrifi ok ofveðri, frosti ok
fiuki ok feyknar kuldu. þâ fôr Friðþiofr
î trê upp, ok sagði fêlögum sînum, er hann 35
kom ofan: „ek leit miök undarliga sýn:
stôrhveli lagðiz î hríng um skipit, ok er
mer grunr, at ver manum komnir nærri
landi nokkru, ok mun hann vilja banna oss
landit; hygg ek Helga konûng eigi bûa við 40

oss vingiarnliga, ok mun hann sendt hafa
oss öngva vinsenðing; konur sê ek 2 â
baki hvalnum, ok munu þær valda þessum
ôfriðarstormi með sînum versta seið ok
göldrum; nû skulu ver til reyna, hvôrt 5
meira mâ, hamîngja vôr, eða tröllskapr
þeirra, ok skulu þið stýra at sem beinast,
en ek skal með lurkum berja þessi övætti,
ok kvað vîsu:

Sê ek tröllkonur tvær â bâru,
þær hefir Helgi hingat sendar;
þeim skal snîða sundr î miðju
hrygg Elliði, âðr enn af för skríðr.

Svâ er sagt, at þau atkvæði hafi fylgt ski-
pinu Elliða, at þat hefði kunnat at skilja
manns mâl. þâ mælti Biörn: ‚nû mega menn
siâ dygð þeirra brœðra til vôr‘; ok fôr
Biörn þâ undir stiorn. En Friðþiofr greip 20
fork einn, ok liop î framstafninn, ok kvað
vîsu:

Heill Elliði! hlauptu â bâru,
briottu î tröllkonum [3] tennr ok enni,
kinnur ok kiâlka î konu vôndri,
fôt, eða bâða, î flagði þessu.

Sîðan skaut hann fork at annarri hamhley-
punni, en barð Elliða kom â hrygg annarri, 30
ok brotnaði hryggrinn i bâðum, en hvalrinn
tôk kaf, ok lagðiz âburt, ok sâu þeir hann
eigi sîðan. þâ tôk at kyrra veðrit, en ski-
pit marði. Friðþiofr hêt þâ â menn sîna;
ok bað þâ ausa upp skipit; Biörn segir, 35
‚eigi þyrfti fyri þvî starf at hafa‘. „Vara-
stu nû æðruna, fôstbrôðir! segir Friðþiofr,
ok hefir þat verit âðr fyrri drengja sîðr,
at veita lið, âmeðan hann mâ, hvat sem
eptir kemr. Friðþiofr kvað vîsu: 40

---

[1] dass es abbrach. — [2] es warf über Bord. — [3] tröllkonu B.

þurfið ei, drengir, dauða at kvîða,
verið þioðglaðír, þegnar. mînir!
þat ef [1] víta vôrir draumar,
at ek·êga mun Íngibiörgu.

þâ iusu þeir upp skipit; vôru þeir þâ kom- 5
nir nærrí landi, kastaði þâ enn hreggi îmôti
þeim. þa tôk Friðþiofr enn 2 árar î hâlsi,
ok rêri þeim heldr sterkliga. þâ birti ve-
ðrit, ok sâu þeir, at þeir vôru komnir ûtan
at Effiusundi, ok tôku þar land; liðsmenn 10
vôru þâ dasaðir miök, en svâ var Frið-
þiofr frœkinn, at hann bar ur flœðarmâli
8 menn, en Biörn 2, en Âsmundr einn.
þâ kvað Friðþiofr:

Ek bar upp til eldstôar
·dœsta drengi i drîfuveðri;
nû hefik segli â sand komit,
ei er við hafsmegn [2] hœgt at reyna [3].·

Cap. 7. Friðþiof bei Angantyr.

Ângantýr var î Effiu fyrir, er þeir Frið-
þiofr kômu at landi; þat var siðr hans, þâ
hann drakk, at maðr skyldi sitia við liora,
ok horfa î gegn veðri â drikkjuskâla hans, 25
ok halda vörð; hann skyldi drekka af dýrs-
horni, ok var fyllt annat, er af var þâ
öðru; sâ hêt Hallvarðr, er þâ hêlt vörð,
er Friðþiofr kom â·laud. Hallvarðr sâ
ferð þeirra Friðþiofs, ok kvað vîsu: 30

Menn sê ek ausa î meginveðri
sex â Elliða, en siô rôa;
þat er gunnhvötum glikt î stafni
Friðþiof frœkna, er framfellr·við árar.

Ok er hann hafði drukkit af horninu [4], ka-
staði hann því inn um skiáinn, ok mælti
til konu þeirra, er drekka gaf:

Taktu af gôlfi, gangfögr kona
horn holfanda, hefik af drukkit;
menn sê ek â mar, þeir er munu þurfa
hreggsmôðir, lið, âðr höfn taki.

Jarl heyrði þat, hvat Hallvarðr kvað, ok
spurði tiðenda. „Hallvarðr segir: menn eru
hêr við land komnir, ok eru miök dasaðir,
ok hygg ek vera göða drengi, en svâ er
einn hraustr, at hann berr aðra â land.
þâ mælti jarlinn: gângið þâ âmôti þeim,
ok takið við þeim sœmiliga, ef þat er
Friðþiofr, son þorsteins hersis, vinar mîns,
er âgœtr er at allri atgerfi. þâ tôk sa maðr
til orða, er Atli hêt víkingr mikill: nû
skal reyna, er sagt er, at Friðþiofr hafi
þat heitstrengt, at hann skal öngvan fyrr
friðjar biðja. þeir vôru 10 saman, illir
menn ok âgiarnir, þeir gengu opt berserks-
gâng; ok sem þeir funduz, tôku þeir vâpn
sin; þâ mælti Atli: ,þat er nû râð, Frið-
þiofr, at horfa við, þvî öndverðir skulu
ernir klôaz [5], með okkr, Friðþiofr, enda er
nû râð, at efna orð sîn, ok mæla eigi fyrr
til friðar. Friðþiofr snêri îmôti þeim, ok
kvað vîsu:

þer munuð eigi oss kûgat geta,
æðrfuullir eyarskeggjar!
heldr mun ek ganga, enn griða biðja —
einn til ôgnar við yðr tiu.

þâ kom Hallvarðr at, ok mælti: þat vill
iarl, at þer sêuð allir velkomnir, ok skal
enginn â yðr leita; Friðþiofr segiz þvî
mundu vel taka, en sœma þó við hvöru-
tveggja. Eptir þat gânga þeir til fundar
við jarlínn ok tôk hann vel við Friðþiofi
ok öllum hans mönnum, ok vôru þar með
honum um vetrinn, ok velvirðtir af iarli,

---

[1] wenn doch dies wissen st. da doch.' — [2] st. hafsmegin Fa. 2, 494. — hafsmeyju B. —
[3] at ·eiga·C. — [4] es ausgetrunken. — [5] Adler, die sich begegnen, sollen sich·klauen; ein
Sprichwort.

hann spurði opt at ferðum þeirra; Biörn
kvað vísu:

Iusu ver, meðan yfir gêkk svölr
å bæði borð bragnar teitir
'tíu dœgr ok åtta....

Jarl mælti: nærri hefir Helgi konúngr stigit
yðr; er slíkum konungum illa varit, sem
til einkis annars eru, enn fyrikoma mönnum
með fiölkýngi; enn veit ek, segir Ângan-
týr, at þat er þitt erendi híngat, Frið-
þiofr, at þu ert eptir skatti sendr, ok mun
ek þar skiot svör fyri setja, at Helgi ko-
nungr skal öngvan skatt af mer få, en þu
skalt hafa af mer lausafê sva mikit, sem
þú villt, ok måttu kalla þat skatt, ef þú
villt, en þå öðruvís, ef þú villt þat. Frið-
þiofr sagðiz taka mundu við fênu.

Cap. 8. Das Verlieren.

Nu skal segja, hvat gerðist í Noregi,
or því Friðþiofr var í burtu farinn: lêtu
þeir brœðr brenna allan bœinn å Framnesi;
en er þær systr vôru at seiðnum, duttu
þær ofan af seiðhiallinum, ok brotnaði
hryggrinn í båðum. þetta haust kom
Hríngr konúngr norðr í Sogn til brullaups
síns, ok var þat âgæt veizla, er hann drakk
brullaup til Ingibiargar. Hvaðan hefir ko-
mit hríngr så hinn gôði, sem þú hefir å
hendi, segir Hríngr konungr við Ingibiörgu;
hun kvað föður sinn ått hafa; hann svarar:
þetta er Friðþiofsnautr, ok få af höndum
þegar, því eigi skal þik gull skorta, er þu
kemr í Álfheima; þå fékk hun konu Helga
hringinn ok bað hana få Friðþiofi hringinn
er hann kæmi aptr. Fôr Hríngr konungr
þå heim aptr með konu sína, ok lagði
mikla åst við hana.

Cap. 9. Die Brandstätte und das Disenopfer.

Eptir um vôrit fôr Friðþiofr or Orkney-
jum, ok skildu þeir Ângantýr með kærlei-
kum. Hallvarðr fôr með Friðþiofi. En er
þeir kômu til Noregs, spurðu þeir, at bœr
hans væri brendr; ok er hann kom â Fram-
nes, mælti Friðþiofr: sortnat hafa hýbýli,
ok hafa hêr eigi vinir umfiallat, ok kvað
vísu:

Drukkum fyrr â Framnesi
frœknir drengir með föður mínum;
nú sê ek brendan bœ þann vera,
â ek öðlingum íllt at launa.

þâ leitaði hann râða við menn sína, hvat
nú skyldi upptaka; en þeir båðu hann fy-
risiâ; en hann lêz fyrst mundu skattinn af
hendi greiða. Siðan rêru þeir yfir fiör-
ðinn ok til Sýrstrendr, þå spyrja þeir
þat, at konungarnir væri í Baldrshaga at
dísablôti; þâ gengu þeir upp þângat, Biörn
ok Friðþiofr, ok bað hann Hallvarð ok þâ
Åsmund at briota öll skip, stôr ok små,
sem þar vôru í nând, åmeðan; ok svå gerðu
þeir. Siðan gengu þeir Friðþiofr at dyru-
num í Baldrshaga; Friðþiofr vildi inngânga;
Biörn bað hann fara varliga, er hann vildi
einn inn gânga, Friðþiofr bað hann úti
vera, ok halda vörð meðan, ok kvað vísu:

Einn mun ek gânga inn til bœjar,
þarf ek lítit lið, lofðúnga at finna;
varpið eldi í iöfra bœ,
ef ek kem eigi aptr at kveldi.

Biörn segir: ‚þetta er vel kveðit‘. Siðan
gêkk Friðþiofr inn, ok så, at fått fôlk var
í dísarsalnum, vôru konúngar þå at dísa-
blôti, ok såtu at drykkiu; eldr var å gôl-

finu, ok sâtu konur þeirra við eldinn ok
bökuðu goðin, en sumar smurðu, ok þerðu
með dúkum. Friðþiofr gékk fyrir Helga
konûng, ok mælti: nû muntu vilia hafa
skattinn; hann reiðir þâ upp sioðinn, sem   5
silfrit var î, ok rekr â nasir honum, sva
at or honum stukku 2 tennr, en hann fellr î [1]
hâsætinu î óvit; þâ greip Hâlfdân til hans, •
svâ hann fêll eigi î eldinn. þâ kvað Frið-
þiofr vîsu: 10

Taktu við skatti, skatna drottinn,
  fremstu tönnum, nema þû framarr
          beiðir;
silfr er â botni belgjar þessa,
  sem við Biörn höfum bâðir râðit.   15

Fâtt manna var î stofunni, þvî þat drakk
î öðrum stað. En þegar Friðþiofr gékk
ûtar eptir gólfinu, sâ hann hrînginn góða
â hönd konu Helga, er hun bakaði Baldr   20
við eldinn; Friðþiofr tók til hringsins, en
hringrinn var fastr â hendinni, ok drôg
hann hana ûtar eptir gólfinu at dyrunum,
en Baldr fêll ûtá eldinn; en kona Hâlfdâns
greip til hennar skiott, fêll þâ þat goðit   25
ût â eldinn, sem hun hafði bakat; lýstr nû
eldinum [1] î bæði goðin, en þau vôru âðr
smurð, ok þaðan upp î râfrit, svâ at logaði
hûsit. Friðþiofr nâði hringnum, âðr hann
gékk ût; þâ spurði Biörn, hvat til tíðenda   30
hefði gerz î inngöngu hans; en Friðþiofr
hélt upp hringnum, ok kvað vîsu:

Helgi varð fyrir höggi, braut sioðr â
              nef kauða,   35
hneig Hâlfdânar hlýri or hâsæti miðju;
þar varð Baldr at brenna, en baugi nâða
          ek âðr; .
sîðan frâ eldi ösla ôdriugr drô ek biuga.

þat segja menn, at Friðþiofr hafi undit
eldskiðum [2] î næfrarnar, svâ at salrinn
logaði allr, ok kvað hann vîsu:

Stundu ver til strandar, stórt râðu ver
              sîðan,
þvîat blâr logi baukar î Baldrshaga mið-
              jum !

Eptir þat gêngu þeir til siôfar.

Cap. 10. Die Ächtung durch das Volksthing.

þegar Helgi konûngr raknar við, bað
hann fara hratt eptir Friðþiofi, ok drepa
þâ alla förunauta hans: „hefir sâ maðr fy-
rigert ser, er hann hlîfði öngvum griðastö-
dúm" var þâ blâsit saman hirðinni. Ok
sem þeir kômu ût at salnum, sâu þeir, at
hann logaði, fôr Hâlfdân konûngr þartil
með sumt liðit, en Helgi konungr fôr ep-
tir þeim Friðþiofi, vôru þeir þâ â skip
komnir, ok lêtu vakka við. Fundu þeir
Helgi konungr, at meidd vôru öll skip
þeirra, ok urðu þeir þa at landi at leggia
aptr, ok lêtuz nokkrir menn; varð Helgi
konûngr þâ svâ reiðr, at hann hamaðiz;
hann bendti þâ upp boga sinn, ok lagði ör
â streng, ok ætlaði at skiota til Friðþiofs
með svâ miklu afli, at bâðir hrukku isunðr
boghalsarnir; en er Friðþiofr sâ þat, fôr
hann undir 2 ârar â Elliða, ok sökti þeim
svâ fast, at bâðar brotnuðu, ok kvað visu:

Kysta ek ûnga Íngibiörgu
Bela dôttur î Baldrshaga;
svâ skulu ârar â Elliða
bâðar bresta, sem bogi Helga.

---

[1] es schlägt mit Feuer = Feuer schlug nun. — [2] Codd. eldskiðu î ræfrarnar.

Eptir þat rann vindr â innan eptir firðinum; undu þeir þâ upp segl, ok sigldu, ok segir Friðþiofr þeim, at þeir mundu svâ mega viðbûaz, at þeir mundi eigi mega dveljaz þar til lengðar; sîðan sigldu þeir [5] ût eptir Sogni. þâ kvað Friðþiofr vîsu:

Sigldu ver or Sogni svâ fôru ver nær-
          stum,
þâ lèk eldr it efra î ôðali vôru;
en nû tekr bâl at brenna [1] Baldrshaga
          miðjan,
þvî mun ek vargr at vîsu [2] veit ek þat [3]
          mun heitit.

[10]

Biörn mælti til Friðþiofs: hvat skulu ver [15] nû athafaz fôstbrôðir? eigi mun ek hèr vera î Noregi, vil ek kannâ hermanna sið, ok fara î vîking. Sîðan könnuðu þeir eyjar ok ûstker um sumarit, ok öfluðu ser svâ fîar ok frægðar; en um haustit hêldu [20] þeir til Orkneyja, ok tôk Ângantýr vel við þeim, ok sâtu þar um vetrinn. En þâ Friðþiofr var farinn or Noregi, þâ höfðu konûngarnir þing, ok gerðu Friðþiof ûtlagan fyrir öllum sînum rîkjum, en lögðu [25] undir sik allar hans eignir. Hâlfdân konûngr settiz at Framnesi, ok bygði upp aptr bœinn, þat sem hann var brunninn, ok sva bœttu þeir upp allan Baldrshaga; ok var þat lengi, âðr enn eldrinn varð [30] slöktr. þat fêll Helga konûngi verst, at goðin vôru uppbrend, varð þat mikill kostnaðr, âðr Baldrshagi varð uppbygðr till fulls, iafn ok âðr; sat Helgi konûngr nû â Sýrströnd.

Cap. 11. Friðþiof als Salzbrenner.

Friðþiofi varð gôtt til fîar ok virðîngar, hvar sem hann fôr, drap illmenni ok grim-

darfulla vîkinga, en bœndr ok kaupmenn lèt hann î friði vera, var hann þâ at nýu kallaðr Friðþiofr enn frœkni; hafði honum nu aflazt mikit lið, vel fœrt, ok var Friðþiofr orðinn miök auðigr at lausafê. En er Friðþiofr hafði 3 vetr î vîkîngu verit, fôr hann austan, ok lagði inn î Vîkina; þâ sagðiz Friðþiofr mundu [4] â land gânga: en þer skuluð î hernað leggiaz î vetr, þvî mer tekr til at leiðaz hernaðrinn; mun ek fara â Uppland [5], ok finna Hrîng konung at mâli, en þer skuluð vitja mîn hingat at sumri, en ek mun hèr koma sumardaginn fyrsta. Biörn segir: þessi râðagerð er eigi vitrlig, en þô muntu râða verða, vilda ek, at ver fœrim norðr î Sogn, ok drepum konûngana bâða, Hâlfdân ok Helga; Friðþiofr segir: til einkis er þat, ek vil heldr fara at hitta Hrîng konung ok Íngibiörgu. Biörn segir: ôfûss em ek þess, at hætta þer einum â hans vald, þvî Hrîngr er vitr ok stôrættaðr [6], þôtt hann sê nokkut við aldr. Friðþiofr kveðz râða mundu: ok skaltu, Biörn, râða fyrir liðinu âmeðan. þeir gerðu, sem hann beiddi. Fôr Friðþiofr til Upplanda um haustit, þvî hann forvitnaði at siâ âstir þeirra Hrîngs konûngs ok Íngibiargar; ok âðr enn hann kom þar, fôr hann î stôran kufl ýzt klæða, ok var hann allr loðinn; hann hafdi 2 stafi î höndum ok grîmu fyrir andliti, ok gerði sik sem elliligstan, sîðan hitti hann hiarðarsveina nokkra, fôr ôframliga, ok spyrr: hvačan eru þið? en þeir svöruðu: ver êgum heima â [35] Streitulandi at konungs atsetunni. Karl spyrr: er hann rîkr konûngr? þeir svöruðu: svâ lîz okkr â þik, sem þû munir vera svâ gamall, at þû mættir hafa vit til. þess, î hverju lagi Hrîngr konungr væri til

[1] B. setzt î ein. — [2] vargr î veum B. — [3] þvî. — [4] R.: mundi wie 247, 8. — [5] Upplönd B. C. — [6] so B. C. forættaðr A.

allra luta. Karl segiz meirr hafaz hugsat um saltbrennur, enn konûnga siðu; sîðan fôr hann heim til hallar; ok at liðnum degi gêkk hann inn î höllina, ok sêr allhrumliga, ok nam staðar ûtarliga, steypti kufls- 5 höttnum ok duldiz. Hrîngr konûngr mælti til Îngibiargar: ‚maðr gêkk þar inn î höllina, miklu meirri enn aðrir menn‘; drottning svaraði: „þat eru þer litil tiðendi.“ Hann talaði þá við þionustumanninn, er 10 stôð fyri borðinu: ‚gaktu, ok spyrðu, hverr hann sê, kuflmaðrinn, eðr hvaðan hann kæmi, eðr hvar hann â kyn‘. Sveinninn liop ûtarr â gôlfit at komumanninum, ok mælti: ‚hvat heitir þû, maðr? eðr hvar 15 varstu înôtt, eðr hvar er kyn þitt?‘ Kuflmaðrinn segir „tîðum spyrr þû sveinn! eða kanntu nokkra grein â at giöra, þôtt ek segi þer hêr frâ?“ Hinn kvaðz þat vel kunna. Kuflmaðrinn segir: „þiofr heiti 20 ek, at Ûlfs var ek î nâtt, en î Ângri var ek uppfœddr.“ Sveinninn liop fyri konung, ok segir honum svör komumannsins. Konûngr segir: „þer skilzt vel, sveinn! ek veit þat herað, er heitir î Ângri, enda mâ 25 verða, at manninum sê eigi hughœgt, ok mun þetta vitr maðr, ok þikki mer mikils vert um hann.“ Drottning segir: ‚þat er undarligr hâttr, at þer girniz at tala svâ frekt við hverja þâ karla, er hêr koma, eðr 30 hversu er vert um hann?‘ „Eigi veiztu giörr segir konûngr, enn ek; ek sê, hann hugsar fleirra, enn hann talar, ok skygniz vîða um.“ Eptir þetta sendir konûngr mann eptir honum, ok gêkk kuflmaðr in- 35 nar fyri konûng heldr biugr, ok kvaddi hann með lâgri raust. Konûngr mælti: ‚hvat heitir þû, enn mikli maðr?‘ Kuflmaðr svarar ok kvað visu:

þâ hêt ek Friðþiofr, er ek fôr með vikingum,
en Herþiofr, er ek ekkiur grætta;
Geirþiofr, er ek gaflokum fleygða,
Gunnþiofr, er ek gêkk at fylki;

Eyþiofr, er ek ûtsker rænta,
Helþiofr, er ek hendta smâbörnum,
Valþiofr, þâ ek var œðri mönnum;
nû hefik sveimat sîðan með saltkörlum,
hiâlpar þurfandi, âðr enn ek hingat kom.

Konûngr segir: ‚af mörgu hefir þû þiofs nafn tekit, eðr hvar vartu î nôtt? eðr hvar er þitt heimili?‘ Kuflmaðr svarar: „î Ângri var ek fœddr [1], en hugr hvatti mik hîngat, en heimili â ek ekkert.“ Konûngr segir: ‚svâ mâ verða, at þû hafir î ângri verit upp alinn nokkra stund, enda mâ þat ok verða, at þû hafir î friði fœddr verit; î skôgi muntu î nôtt verit hafa, þvi engi bôndi er sâ hêr î nând, er Ûlfr heitir; en þar sem þû segizt eiga ekkert heimili, þâ mâskê þer þikki þat litils vert hiâ þeim hug, sem þû hefir hîngat‘. þâ mælti Îngibiörg: „far, þiofr, til annarrar gistîngar eðr î gesta skâla!“ Konûngr segir: ‚ek er nu svâ gamall, at ek kann hêr gestum at skipa, ok far af kufli þînum, komumaðr, ok sit â aðra hönd mer‘. Drottning segir: „gamalœra geriz þû nû: at þû skipar hiâ þer stafkörlum“. þiofr segir: ‚eigi hœfir þat, herra, ok er sâ betr, sem drottning segir, þvîat ek er vanari saltbrennum, enn sitia hiâ höfðingjum‘. Konûngr mælti: „giör sem ek vil, þvî ek mun verða at râða at sinni“. þiofr steypti af ser kuflinum, ok var undir î myrkblâm kyrtli, ok hafði hrînginn gôða â hendi ser, hann hafði digurt

---

[1] uppfœddr B. C.

silfrbelti um sik, ok þará stôrr sioðr með
skærúm silfrpenningum, girôt sverði â hlið;
en stôra skinnahûfu hafði hann â höfði,
því hann var augndapr miök ok loðinn um
anðlitit allt. Nu kalla ek betr fara, segir 5
konûngr, skaltu drottníng fâ honum skikkja
gôða ok sêr hœfiliga. Drottning segir: þû
skalt râða, herra, en lítit er mer um þiof
þenna; síðan var honum fengin gôð skikkja
yfir sik, ok settiz þâ î hâsæti hiâ konûngi- 10
num. Drottning setti dreyrrauða, er hun
sâ hringinn gôða, en þô vildi hun öngum
orðum við hann skipta; en konûngr va
allkâtr við hann, ok mælti: gôðan hring
hefir þû â hendi þer, ok lengi munt þû 15
hafa þar salt til brennt; hann segir: þat
er fôðurarfr minn allr; verða mâ, segir
konûngr, þu hafir meira enn hann, en fâa
saltbrennukarla ætla ek þer iafna, nema
nôgu fast sigi elli î augu mer. Þiofr var 20
þar um vetrinn î gôðu yfirlæti, ok virð-
tiz öllum mönnum vel til hans; hann var
mildr af fê ok glaðr við alla menn; drott-
níng mælti fâtt við hann, en konûngr var
glaðr við hann âvalt. 25

Cap. 12. Die Eisfahrt.

Þess er getit eitt sinn, at Hríngr ko-
nûngr skyldi til veizlu fara ok drottníng, 30
með miklu liði. Konungr mælti við þiof:
hvórt villtu fara með oss, eða vera heima?
hann sagðiz heldr fara vilja, konungr mælti:
þat likar mer betr. Síðan ferðuduz þeir,
ok âttu at fara yfir vatnsís nokkurn; þiofr 35
mælti til konungs: ôtraustr þikki mer îsinn,
ok þikki mer farit ôvarliga; konungr mælti:
opt finnzt þâ â, at þû hyggr vel fyrir oss.
Litlu síðarr brast niðr îsinn allr; þiofr liop
þâ til, ok kippti at ser vagninum ok öllu 40
því, er â var ok î, konûngr ok drottning
sâtu þarî bæði, öllu þessu kippti þiofr up-

pâ îsinn ok hêstinum með, sem fyri vagni-
num var beittr. Hríngr konûngr mælti: nu
er allvel upptekit, þiofr, ok eigi mundi
Friðþiofr enn frœkni sterkligarr hafa upp-
tekit, þôtt hann hefði hêr verit, ok er 5
slíkt hinir frœknustu fylgdarmenn. Nu koma
þau til veizlunnar, var þar allt tíðendalaust,
ok fôr konûngr heim með virðuligum giö-
fum; liðr af hâvetrinn, ok er vôrar, tekr
veðrâtta at batna, en viðr at blômgaz, en 10
grös at grôa, ok skip mega skríða landa
âmeðal.

Cap. 13. Versuchung im Walde.

Þat var einn dag, at konungr talar við
hirðmenn sína: vil ek at þið farið ût â 15
skôg î dag með mer, oss til skemtanar, ok
siâ fagurt landsleg; ok svâ gerðu þeir,
dreif fiöldi manna með konûngi ût â skô-
ginn. Svâ bar til, at þeir konûngr ok
Friðþiofr vôru bâðir saman î skôginum, 20
fiarri öðrum mönnum: konûngr segir sik
höfgi, ok verð ek at sofa; þiofr svarar:
farið heim, herra, því þat sômir betr tig-
num manni, heldr enn ûti at liggja. Ko-
nûngr mælti: eigi mâ ek þat; síðan lagðiz 25
hann niðr, ok sofnar fast, ok braut hâtt.
Þiofr sat nærri honum, ok drô sverðit or
sliðrum, ok fleygði því langt frâ ser.
Stundu síðarr settiz konûngr upp, ok
mælti: var eigi svâ, Friðþiofr, at margt 30
kom î skap þer, ok var vel orrâðit, skaltu
nû hêr hafa gôða virðing með oss; en þe-
gar kenda ek þik et fyrsta kveld, er þû
komt î höll vôra, ok eigi muntu skiott við
oss skilja, mun ok nokkut mikit fyri þik 35
leggiaz. Friðþiofr segir: veitt hafi þer
mer, herra, vel ok vingiarnliga, en burt
mun ek nû snart, því lið mittr kemr brâtt
til môts við mik, sem ek hefi âðr râð fyri
gert. Síðan riðu þeir heim af skôgi, dreif 40

þâ til þeirra hirð konûngsins, fôru siðan heim til hallar, ok drukku vel; var þâ gert bert fyrir alþýðu, at Friðþiofr enn frœkni hefði verit þar um vetrinn.

Cap. 14. Der Abschiedstrunk.

þat var einn morginn snemma, at drepit var högg â hallar dyr þær, er konûngr svaf î ok drottning ok margt annarra manna. Konûngr spurði, hverr â dyrnar kallaði. Sâ sagði, sem ûti var: hêr er Friðþiofr: em ek nu bûinn til burtferðar. þâr var lokit upp hurðunni, ok gekk Friðþiofr inn, ok kvað visu:

Nu skal ek þer of þakka, þu hefir mêst
of veitta —
bûinn er garpr at ganga, — gisting ara
nisti [1];
ek man Ingibiörgu æ, meðan lifum bæði;
lifi hun heil, en hliotum hnoss fyri koss
at senda.

Kastaði hann þâ hringnum gôða til Ingibiargar, ok bað hana eiga. Konûngr brosti at visu þessari, ok mælti: svâ varð þô, at betr var henni þökkuð vetrarvistin, enn mer, en þô hefir hun eigi verit vingiarnligri til þîn, enn ek. þâ sendi konungr þionustumenn sîna at sœkja drykk ok vist, ok segir, at þau skyldi snæða ok drekka, âðr Friðþiofr fœri îburt: ,ok sittu upp, drottning, ok vert kât'. Hun kveðz eigi nenna at snæða svâ snemma. Hrîngr konûngr segir: ,við skulum nû öll saman snæða'; ok svâ gerðu þau. En er þeir höfðu drukkit um brîð, þâ mælti Hrîngr konûngr: ,hêr vilda ek at þû værir, Friðþiofr, þvîat synir minir eru börn at aldri,

en ek gamall ok eigi feldr til landvarnar, ef nokkr sœkir â þetta rîki með hernaði. Friðþiofr segir: „brâtt skal fara, herra! ok kvað vîsu:

Bû þû, Hrîngr konûngr, heill ok lengi,
æðstr buðlunga, undir heims skauti!
gættu, vîsir, vel vîfs ok landa,
skulu við Ingibiörg aldrî finnaz.

þa kvað Hrîngr konûngr:

Farðu eigi svâ, Friðþiofr, hêðan,
dýrstr döglîngr, î döprum hug!
þer mun ek gialda þînar hnossir
vîst betr, enn þik varir siâlfan.

Ok enn kvað hann:

Gef ek frægum Friðþiof konu
ok alla með eigu mîna,

Friðþiofr tôk undir, ok kvað:

þær mun ek eigi þiggia giafir [2]
nema þû, fylkir, fiörsôtt hafir.

Konûngr segir ,ek munda eigi gefa þer, nema ek hygða, at þat væri, ok em ek siukr, ok ann ek þer þessa râðs bezt at niota, þvîat þû ert fyrir öllum mönnum î Noregi; man ek ok gefa þer konungs nafn, þvîat brœðr hennar munu verr unna þer virðingar, ok festa þer sîðr konu enn ek'. Friðþiofr segir: „hafi þer mikla þökk fyrir, herra, fyrir yðvarn velgernîng, meira enn ek vænta, en eigi vil ek meira hafa, enn jarlsnafn, î nafnbôt. þâ gaf Hrîngr konûngr Friðþiof vald með handfesti yfir þvî rîki, er hann stýrt hafði, ok þarmeð iarlsnafn: skyldi Friðþiofr râða, þartil synir Hrîngs konungs væri þroskaðir til at stýra sînu rîki. Hrîngr konûngr lâ skamma stund, ok

---

[1] Begastuug gegeben dem Nährer der Adler, d. i. mir, dem Kämpfer. — [2] nach B.

sem hann andaðiz, varð hrygð mikil eptir
hann í ríkinu: síðan var haugr orpinn eptir
hann, ok mikit fê ilagt eptir beiðni hans.
Síðan gerði Friðþiofr virðugliga veizlu, er
menn hans kômu til, var þá allt saman 5
drukkit, erfi Hrîngs konungs, ok brullaup
þeirra Ingibiargar ok Friðþiofs. Eptir þat
settiz Friðþiofr þar at rîki, ok þôtti þar
mikill âgætismaðr; þau Ingibiörg âttu mörg
börn.

Cap. 15. Der Sieg.

þeir konungarnir î Sogni, brœðr Ingi-
biargar, frêttu þessi tiðendi, at Friðþiofr
hafði konungsvald â Hrîngarîki, ok gengit 15
at eiga Ingibiörgu, systur þeirra; Helgi
segir Halfdani, brôður sînom, at þetta væri
fyrn mikil ok diörfûng, at einn hersis son
skyldi eignaz hana; safna þeir nú miklu
liði, ok fara með þat ût â Hrîngarîki, ok 20
ætla at drepa Friðþiof, en leggja allt rîkit
undir sik. En er Friðþiofr varð varr við
þetta, safnaði hann liði, ok mælti til drott-
nîngar: „nýrr ôfriðr er kominn î rîki vôrt;
hvernin sem hann reiðir af, ʼþâ vilju ver 25
eigi siâ â yðr fæðar sið‘, hun segir: „þar

er nû komit, at ver manum þik aðstan
lâta“. þâ var Biörn austan kominn til liðs
við Friðþiof. Síðan fôru þeir til orrostu,
ok var enn sem fyrr, at Friðþiofr var
fremstr î þeirri mannhættu, þeir Helgi ko-
nungr âttu höggvaviðskipti, ok veitti
Friðþiofr honum bana. þâ lêt Friðþiofr
halda upp friðskildi, ok stöðvaðiz þâ bar-
daginn; Friðþiofr mælti þâ til Halfdanar
konungs: ‚tveir eru þer stôrir kostir fyrir
hendi, sâ annarr, at þû leggir allt â mitt
vald, ella fær þû bana sem brôðir þinn;
sýniz þat â, at ek hefi betra mâlaefni enn
þið‘. þâ tôk Hâlfdán þann kost, at leggia
sik ok sitt rîki undir Friðþiof. Tôk Frið-
þiofr nú vald yfir Sygnafylki, en Half-
dan skyldi vera hersir î Sogni, ok gialda
Friðþiofi skatt, âmeðan hann stýrði Hrîn-
garîki. Friðþiofi var þâ konungsnafn ge-
fit yfir Sygnafylki, ur því hann lêt Hrîn-
garîki af höndum við syni Hrîngs konungs,
ok þar eptir vann hann undir sik Hörða-
land. Sonu 2 âttu þau, Gunnþiof ok Hûn-
þiof; urðu þeir miklir menn fyri ser, ok
endar hêr nû sögu frâ Friðþiofi enum
frœkna.

Aus der Hirdskrâ. [1]

1) Von der Huldigung des Königs c. 5. 6. 2) Aufnahme ins Gefolge c. 31. 32. 3) Beute-theilung c. 38; nach *Noregs gamle Love* II, 395. 422 u. 433.

1. Um Konungstekin.

Nu skal til þess segja, með hverri skipan
þan skal til konongs taka, er guð hefir oss
gefit til forstiora ok herra með sinni mis-
kunn, ok efter rêttum erfðum til föður
arfs skipat. Helzt skulu þetta vera at hâ-

30 tiðis degi eðr at drôttens degi, ef eigi ban-
na einhueriar nauðsynjar. I þann tima er
hæstir menn ero saman komner, skal vera
þing stefnt efter fornri siðvenju. En hirð-
stefna skal vera aðr en þing sê, um þa luti
35 sem þa þikja helzt nauðsynligir vera.
Konongs efni skal rœða eðr ro·ða lâta með

[1] Statt des norweg. æi und æ ist ei und e durchgeführt.

þessu efni, at þacka öllum mönnum sína þarkvâmu, ok iâta öllum slíkum sœmdum ok nafnbôtum, sem þeir hafdu fyr, ok með gôðo umbœta, efter með vildustu manna râði, við þa alla er þess þikja verðir 5 vera, ok efter því sem þeir kunnu til at þiona. Siðan skal um þat rœða, hverja leið með mêstum sœmdum öll hirð skal sik til þings búa, ok sem virðuliguzt sê öll þeirra meðferð. A þeim degi sem þing skal vera, 10 skal blâsa um morgunin miök ârla öllu folki til þings, ok þâ skal oll hirð herklæðaz ok búaz sem sœmligast, huerr efter sínum fongum. þâ skal konongs efni syngja lâta ser messu: De Spiritu Sancto, með þes- 15 sum Collectum: DEUS in Te Sperantium Fortitudo [1]. Siðan efter messuna skal konongs efni ganga til alteris ok biðja ser miskunnar við guð af öllu hiarta [2], taka síðan blezan af biskupi með knêfalli. Enn efter 20 þat skal bera fram hin helga kross [3] með hêlgum dômum. Allir menn sem fyrir eru, skulu ganga þangat, sem þing skal vera; þar skulu hâsæti búin vera sœmilig. En þô skal eitt vera bæði hæst ok best í 25 miðju, ok skal þar engi í setjaz: enn aðrir hofðingjar siti í aðrum hâsætum ût i fra, þuæim megjum. En konongs efni skal sítja niðri â graðunum fyre hinu hæsta hâsæti. þegar sem þing skal vera ok þat er sett, 30 þa skal sâ er tigurligaztr fæz til, hvart sem þat er lærðr maðr eðr leikmaðr, leggja â konongs efni konongs nafn, með þessum orðum: Konongs nafn, þat sem guð lêr þer, ok þu ert tilborin ok af lands folkinu til 35 tekin, efter lögum hins helga Olafs konongs, legg ek a þik N. (ok nefni konongs efni) af guðs halfu ok allra þeirra sem undir þitt

vald eru skipaðir, með þeirri sœmd ok stiorn sem þui â at fylgja, yfer öllum Noregi ok hans skattlondum, sem þar til liggja, í nafni Föður ok Sunar ok heilags Anda, Amen. At þessu allu fullgiörvo skulu uppstanda biskupar ok lender menn, hirðstiorar ok lögmenn, ok hefja konong up i hâsæti sitt ok singi lærðir menn: Te DEum Laudamus, enn leikmenn: Kyrie eleison, guði til lofs ok dýrðar.

En at konongr viti sik þui heldr skuldugan við þegna sína, lög at halda ok um at bœta, þa skal hann þessu iâta folkinu með fullri staðfestu, efter þat er hann til konongs tekin: þat iâta ek guði ok hans hêlgum mönnum ok þui hans folki, sem ek em ôverðugr yfer skipaðr, at ek skal þau kristin lög halda, sem hinn helgi Olafr konongr hôf, ok aðrer hans rêtter efterkomendr hafa nu samþykt millum konongs ok þeirra er landit byggja, með huârratveggja samþycki ok með gôðra manna râðe umbœta, epter þui viti, sem gud lêr mer.

Er konongr eigi at eins skyldr lög at halda við þa þegna sína, sem þa eru a þing hia honum, heldr við alla þa sem i hans þegnskyldu eru, alna ok ôborna.

2) Ef konong giörir hirðmann.

þann tîma er konongr gerer hirðmenu, skulu ei standa borð fyri konongi. Konongr skal hafa sverð sit â knê ser, vigslusverð, ef hann ok koronaðr, ok venda aptr dogskônum under hönd ser, ok leggja meðalkaflan fram yfer hœgra knê ser, sveipi síðan fetils sylginni upp yfr meðalkaflann, ok grîpi svâ hœgri hendi ofan yfer alt saman. En sâ er hirðmaðr vil göraz, skal falla bâðum

---

[1] Hdss. setzen hinzu: De domina. De Sancto Ølafo. De omnibus sanctis. — [2] eb.: með ârnaðar orði hinnar hêlghu Mariu ok hins hêlgha Olafs konongs. — [3] eb.: ok aðra hêlgha dôma; hêr eftir skal processio fylgia hinum hêlgha krossi með ôðrum h. d.

9 *

kniôm firir konong á golf eða skor, ok taka up hœgre hendi sinni undir meðalkaflan, en vinstri hende halde han niðr fyrir sik, sem honum er hœgast, ok minniz siðan við hond kongs. Siðan skal hann uppstanda 5 ok taka við bôk þeirri, er konongr fær honum, ok sverja eið með þeima eiðstaf: þess leg ek hönd á hélga bôk, ok þui skýtr ek til guðs, at ek skal vera hollr ok trûr mínum herra N., Noregs konongi, opinber- 10 liga ok leyniliga, fylgja skal ek honum ûtan lands ok innan, ok hvergi við hann skiliaz, nema hans sê lof ok leyfi til, eða full nauðsyn banni; halda skal ek eiða þá sem hann sôr ollu lanzfolki, efter þui viti 15 sem guð lêr mer; suâ sê mer guð hollr, sem ek satt segi [1], gramr ef ek lýg." Siðan skal hann falla á knê fyrer konongi ok leggja bâðar hendr sînar saman, ok konongr sínar hendr bâðar um hans hendr, 20 ok minnaz siðan viðr sealfan konong; siðan skal sâ skutilsvein, sem stöðu heldr, fylgja honum at handsali, fyrst til lendramanna, ef þeir eru inni, ok siðan til annarra hirð- manna. En þann tíma, sem hirðmaðr gengr 25 at handsale, þá skal lendrmaðr fyrir kur- teisi saker ok litillætis upp standa i môti honum, ok minnaz við hann, svâ et sama skulu gera allir hirðmenn ûti frâ. þat ber ok vel, at sa same skutilsveinn fylgi honum 30 i aðra staði, þar sem hirðmenn eru fyrir, ok kanniz suâ forn hirð við nýja lögunauta.

Um bûnað fylgðarmanna.

35

Ef svâ margir men geraz handgengnir sem til fylgðar heyrir, þá skal þo ei bioða fleirum i senn, enn half fylgð sê forn, enn half ný, þvi at þa megu ener fornu segja þeim, sem nýir eru, til fylgðarhalds rêtts. 40

þeir sem fylgð halda með konongi, skulu þann dag hafa hin bestu klæði sîn, ok þau vâpn sem sœmilig sê bæði konongi ok þeim i annara manna âsýn. þeir skulu koma ei seinna til fylgðarhalds, en hringt er at smâkirkjum til ôttusangs. Enn sa sem seinna kemr, enn samhringt er, þâ sê sâ ûvîs til varðar. Fylgðarmenn skulu þar. at kirkiu vera, sem konongr lýðir tiðum, en siðan fylgja konongi, huert sem hann gengr. Enn ef konongr gengr i herbergi, þâ skulu þeir þar bîða hans, sem hann biuðr þeim, en ei bort ganga, um fram lof konongs. En sâ sem at ûleyfi gengr brot, sætte ûhlíðu konongs. Fylgðarmenn skulu aller með konongi vera allan dag. þeir skulu hafa til fylgðar fagra stâlhûfu, skiold gôðan, sverð hvít með ollum gôðum bûnaði, eðr öxi vel gôða, ok i meira lagi. Ei skal fylgð halda til gamans, heldr ko- nongi til urugrar giæzlu. Sa bâttr skal vera â fylgðahaldi, at fiorir af þeim skulu ganga eftir konongi hôfliga nærri, enn tveir â hverja hlið konongs. En ef fylgð er fiölmennari, þa aukiz at manntali i hvern stað. Fylgðarmenn skulu þess gâ, at engi gangi millum konongs ok þeirra: nema þeir er hann kallar til sín. En þo rými þeir fagrliga mönnum frâ konongi, þvíat konongr er ollum skyldugr, ok þarf margr fâkunnigr sitt mâl fyrir hann at flytja. Fylgðarmenn skulu taka orlof af konongi þann tíma konongr gengr til svefns.

3) Hversu skipta skal herfangi.

Nû skal til þess segja, hversu skipta skal herfangi eftir orrustu, ef guð gefr bæðe, sigr ok fê. þat ero forn heit

---

[1] ok þesse eu hêlgu orð — verwerflicher Zusatz.

Birkibeina, at gera vel ok fullkomliga tíund af ollu herfange sinu, enn engu af leyna. Fyrst skal blása til húsþings, þangað sem sýniz. Merkismaðr skal bera þangað merki konongs, þar skal hann vébönd gera, ok 5 skal merkit vera sett í mið vébönd. Þat er fornt orðtak: ‚hvat ber þu til stangar‘. Allir menn skulu til stangar bera slíkt, hver sem til hefr af herfangi, ok vinna eið at, at öngu leynir hann af, ok eigi veit hann 10 þann, sem af hefir leynt. Þeir XII menn sem konongr nefnir til at skipta lutskipti, þeir skulu skipta með þessum hætte, sem hér fylgir: þegar sem alt er komit, þa skal fyrst skipta í helminga, herfangi, en þá í 15 fiorðunga, síðan skulu þeir XII men skipta hverjum fiorðungi i helminga. En stýrimaðr ok hirðstiorar þeir, sem kongr nefnir til, skulu skipta fyrst öllum sveitum i helminga, en síðan i fiorðunga, síðan 20 skal leggja hluti i skaut af hverjum fiorðungi. Skal sa lutr fyrst kiosa, sem fyrst kemr upp, ok svá síðan hver eptir hlutfalli, enn síðan skipti eptir manntali. Þar sem þeir atbyrðir verða, at óvinir konongs 25 taka landvarnir hans, skip eðr aðra hans gripi frá honum, ok vinnr síðan konongr aftr með barðaga, eða fær öðruvis, þa á konongr skip sín öll ok gripi, enn annat hlutskipti fare eftir rettu lutskipti at mann- 30

tali. Næst á konongr lausn a landvörðnum öllum, honum skal ok fyrst bioða dýrgripi alla, er falir verða, ef hann vil fullu verði kaupa, ellegr seli hverjum sem vilja þeir er hava. Allt þat fé, sem konongs menn ok aðrir hans fylgðarmenn hafa til barðaga haft, þa skal þat ei til hlutskiptis bera, hvárt sem menn falla eðr ei at þvi sinni. Þeir skulu þá gripu hafa, sem eigu með vitnum, ef guð gefr konongi sigr nema þeir sé nockrir, er áðr hafa or barðaga flýit, þa hafa þeir fyrigort ollu þui, sem þeir hafa flyt i frá, þo at þeir kome aftr, ok fáe síðan sættir. Sá er réttr hirðmanna siðr, at flétta eigi val meir, enn bæði sé á líkum skyrta ok brœkr. En þo er leyft, at taka silfr, ef á er. En sá er ruplar lík meir, en nú er sagt, gialdi hirðmaðr mörk, gestr v aura, skutilsveinn halfa mörk, en leiðangers maðr II aura. En ef sveinn eðr knapi ruplar meir, gialdi húð sína, en sektina gefi fátœkum mönnum. Þar sem þeir atbyrðir verða, at konongr skiptir liði i tvá staði, annan til þess at gæta varnaðar manna, en annat allt gengr á land eðr ferr til barðaga með allra ráði ok samþyki eðr hlutfalli [1], þá skulu þeir taka iammikit hlutskipti, er giæta varnaðar ok skipa, sem hinir er vinna í barðaga bæði sigr ok fé.

---

[1] A. Hdss. haben hier den Zwischensatz: hvart sem þat skipti gerez, þa er men ganga af skipum til barðaga, ok eru men eftir settir at geyma skipa eða annars varðnaðar með allra samþykt, eða þóat svá skiptiz um, (at) menn gange a skipen sumir, en sumir sé eftir at giæta skipa ok varnaðar manna: þá skulu..

Aslak Jons Testament um 1284.

Thorkel. dipl. II, 99.

Þat sé allum mannum kunníct at ek Aslakr Jons Suner Tuiskauans. hæill i hug þo at siuker i likham. gerer skipan ok testament mitt j þenna haatt. Fyst firer mikin goduilia ok kostnad er Aclifer logmadr hefer haft firer mer nu oc fyr. fær [1] ek honom högende [2] mitt mesta. öxi oc suerd oc skioldu þria en huspræy [3] hans Jerdrudi ræfla forna med vndirtialldum oc högende æinuæiriat [4] oc annat litit högende. En legstad kýs ek mer uppi at kristkirkiu oc til vtferdar skiper ek kistu æina oc roser minar er Þormodr hefer. adra gylta oc hun vantar allz i half annat spun smörs af mer. oc adra er Haralldr heuir huar er ek a at græida i XII aura. skulu þær vera til vtferdar minnar ok korsbrödr mega badar vtlæysa. villdi ek hafa pund vax oc IIJI merker syluars [5] til ofrs klerkom ok klokkarom oc motegangu. en firer alltid mina æuenlega [6] at hallda. gaf ek korsbrodrom merkerbol or Krokstadum i Skaun vt. en halft merkerbol or Saltnese syluer æyri gef ek hinum helga Olafe oc Kristkirkiu. til Olafskirkiu i Nidarose. IIII ertoga bol or Strönd henni til bradar. en til Olafs Alteris i Olafskirkiu forfald oc silkibrun. Ögmundi Presti at klemetzkirkiu gefer ek

gardekors [7] oc kyrtil minn. see hann firer salo messo þar þeirri fyrre vaxe oc ofre. Herra Ellingr Hilldu sunr heuir gullsylgiu mina. spiru oc horn mitt. firer XIIII. merker. bid ek minn herra Eirik konong oc fær ek honom oc herra Auduni Huglæiks syni vm þetta bref vmbod mitt fullt. sokn oc åkall oc allan logmalsstad er ek hafa ætte um fadrarf minn oc systrarf oc loggiof er hun gaf mer oc þetta œi sidr alt haa oc hallda er ek heuir nu skipat. Oc til stadfestu vm þetta fekk ek handlag herra Nikulase Husaby. oc ef minn herra konongrinn verdr erfingi minn. bid ek at hann geri mik af skuldum frialsan oc saal mina. oc at þau kaup öll halldezt [8] vid vini mina sem ek hefir gort. fande honom i valld allt mit efni veralldligra luta. sem nu er sagt. en saal mina gudi sialfum. En ef hann verdr ey minn erfingi. gefr ek honom merkr bol or Saltnesi oc annat merkr bol Herra Auduni Hestakorni. þui at hann heuir firer mer haft mikin kostnad. var þetta bref gort med godre græin [9] oc skilriki neruerandum [10] Herra Nikulase a Husaby. Sira Siguate sira Ellende oc sira Auduni korsbrödrom i Nidarose. Eilifi Lögmanne. Eilifi Hvit.

---

[1] gebe ich. — [2] hœgindi. — [3] húsfrey(u). — [4] einveiriat ung. statt einverjat. — [5] silfrs [6] æfinlega. — [7] garðekross. — [8] haldaz. — [9] grein. — [10] nær verandum.

Aus dem Uplandslag. [1]

1) König Birgers Vorwort.

Guð sielver skipaði fyrstu lagh, ok sendi sinu folki með Moyses, er fyrsti laghmaðer var fore hans folki. Sva sendir ok en valdugher kununger Svêa ok Giöta Byrghir, son Magnusa kunungs, allum þêm er byggia mellum hafs ok Sæv strœms ok Oeðmorda, bôk þessa með Vighers flokkum ok laghum Uplendskum. Lagh skulu vara skipað ok satt almenni til stýrsl, bâðe rîkum ok fâtœkum, ok skiel mellum rêtt ok ôrêtt. Lagh skulu giœmas ok haldas fatœkum til veruer, spakum til friðar, en ôspakum til næfst ok ôgnar. Lagh skulu vara rêttvisum ok snellum til sœmdar, en vraugum ok ôsnellum til rêttningar. (Land skulu með laghum byggias, ok ei með valdsverkum: þý at þa standa land vel, þa laghum fylghis); varin allir rettvisir, þa þurfti ei lagha við.

Lagha yrkir var Vigher Spâ, hêðin i hêðnum tîma, (han var ûtsender af Ingield Svea kununge). Hvat er vir hittum i hans laghsaghu er allum mannum þarflikt er, þet settium vir î bôk þessa: þet oþarft er ok þungi at, þet vilium vir ûtanlykkia.

Hvat ok er hin hêðne lêt af at vara, sva sum er 'i kristnum rêtt ok Kirkiu laghum, þet skulum vir tilœkia i ôbyrian þessari bôk. Ok vilium vir fylghia i laghum þemma vârum forfeðrum, Erikinum hêlgha, Byghiri iarli ok Magnusi kunungi, ok af vâri brysthyggiu ok vârt râð, hvat vir gitum tilsatt eller aftakit, sum allum snellum samtykkis â, þa skulum vir samen settia til þarva aldra manna, er byggia þer vir fyrmêr saghdum.

2) Vom Kirchenbau.

(Kirkiubalker, fyrsta Flucker.)

Â Krist skulu allir Kristnir trôa, at han er guð, ok ei cru guðar flere, en han ên. Engin skal afguðum blôta, ok engin a lundi ellr stêna trôa. Allir skulu kirkiu dýrka; þit skulu allir, bâðî quickir ok dœðir, komendi ok farendi i veruld ok af. Krister bœð kirkiu byggja ok tiund giöra. Adamber ok hans synir giörðu tiund fyrst, ok Salomon kirkiu.

Nu vilia Kristni men Krists buð halda ok kirkju af nýu byggia, þa skulu bœnder

---

[1] Nach Schlyters Ausgabe im Codex juris Sueo-Got. Vol. III, p. 6. 11. 87. 97. 105. 243. 274. Die störende Orthographie ist darin geändert, dass für das kurze æ der Hdss. überall, wo es e ausdrückt, auch e gesetzt ist, wo es aber dem alten oder heutigen a entspricht, auch a geschrieben ist. Daher ist nicht nur segja st. sægiæ, sondern auch vara (sein), varða (werden) für væræ u. værðæ durchgeführt. — Im Innern der Wörter unterscheidet sich das Schwedische dieser Zeit bes. durch sein ê für das sonstige ei, sein œ (Hdss. ö) für isl. au und ey, und durch den ziemlich durchgängigen Mangel des Umlauts von a in ö. Die Endungen verlieren oft ihr r, werden zerdehnt (kombr, komber st. komr) und ungenau construirt. Häufig sind auch Relativsätze ohne relat. Wörter.

til biskups fara, þe sum þar i sôkn eru, ok
sôknaprest sîn með sik hava, ok af biskupi
lof at bêðas, at þe kyrkiu byggia mughu:
biskuper a emni þêra skoða, ok lof til
giva. Teðan skulu þêr hêm fara, ok stem- 5
nudagh fore leggia allum þem iord âghu
innan sôkner, þer skulu dagsverki tillâta
epte bonda tal, ok aka eptir iorda tâl. Nu
kan, þen iordêghande er, i sôkninne fella ni-
ðer kirkiu bygning, þa mughu kirkiu veri- 10
enda taka hans pant, fore êtt dagsverki
fiura peninga, sva fore annat, ok sva fore
þridie, ok þô dagsverkin full: þet mughu
kirkiu veriander at saklœsu giôra. Tryðs-
kas nokor ok fellir niðer dagsverkin flêri en 15
þry, fylli ater dagsverkin ok með þre marker:
þa þre marker skulu leggias til kirkiu byg-
ning. Um alt þet kirkiu bygning ok bôl
vardar, tryðskas þer nokor við, þa mâ
prester gudz likama fore hanum uphalda, 20
þer til han haver rêtt giôrt, en sôknamen
þora han ei sœkia. Hvilikin prester sum
kirkiu byggir af nŷu, ûtan sins biskups orlof
ok sôkninna gôðvilja, bœte niu marker;
biskuper taki þre markr, þre markr kirkien 25
þen sama, ok þre markr sôknamen.

3) Königs Wahl, Umfahrt und Weihe.

(Kunungsbalker, 1—3 fl.)

Huru kununger veljas ok takas skal.

Nv þorfva land kunung velja, þa skulu 30
þrŷ folkland fyrstu kunung taka: þet er
Tiundaland, Attundaland ok Fieðrundaland.
Uplanda laghmaðer â hann við Upsalir fyrst
til kunungs dœma, þer næst hvar laghma-
ðer eptir aðrum, Suðermanna, Östgiöta, 35
Tiuheraða, Vestgiöta, Nærikia ok Vest-
manna. Þêr âghu han til krunu ok ku-
nungs dœmis skilia, landum râða ok riki
stŷra, lagh at styrkia ok frið halda; þa er
han dœmbder til Upsala œðe. 40

Um Ériksgatu.

Nu â han Eriksgatu riða, þê âghu ha-
num fylghja, gisla settja, ok êða sverja:
ok han â þêm lagh giva ok frið sverja. Af
Vpsalum âghu þê hanum fylghia ok til
Strengjanes; þer âghu Suðermen viðertaka,
ok hanum með gruðum ok gislum til Svin-
tûna fylghia. Þêr skulu Östgiöta hanum
með sinum gislum mœta, ok fylghia gienum
land sitt, ok sva til miðjen skogh a Hola-
við; þer skulu Smalendingier hanum mœta,
ok fylghia hanum til Önabekkja. Þer âghu
hanum Vestgiötar mœta með gruðum ok
gislum ok fylghia til Romundaboða; þer
skulu hanum Nærikjar mœta ok fylghia
hanum gienum land sitt, ok sva til Vphogha
bro; þêr skulu hanum Vestmen með gruð
ok frið mœta ok fylghia hanum til Östens
bro. Þêr skulu mœta hanum Vplendingjar
ok fylghia hanum til Vpsala. Þa er þen
kununger til land ok rikis laghlika kumin
með Vpsvêum ok Suðermannum, Giötum
ok Gutum ok allum Smalendingjum, þa
haver han riðit rette Eriksgatu.

Um kunungs viglälse.

Þa a han af Erkibiskupi ok lŷðbiskupum
til krunu vighias i Vpsala kirkiu. Siðen er
han skyldugher kununger vara ok krunu
bera; þa âgher han Vpsala œðe, ok dulgha
drap ok danar arf; þa mâ han þienistuman-
num sinum lên giva. Varðer han gôðer
kununger, þa lâti guð han lengi liva. —

4) Gesetze während des Seekriegs.

(Kon. b., 11. 12 fl.)

Um rôða rett.

Þetta eru rôðsins ûtskyldir: âtta marker
smörs hvar þen sitt ôghît brœð eter, ok

örtugh peninga af hvarjum bonda fore þinglama, ok tíu marker at ættargield af hvariu skiplaghi, ok sex lifspund humbla af hvariu skiplaghi ok mark af hvari ár fori lêðungs lama; en þe hêma sittia, fara þe ivir haf með 5 lêðungi sinum: varin þa liðugir fore lêðungs lama; ai varin þera vtgierdir flêri.

Nu er skip vt i lêðung gangit ok i varð ok vaku kumit: stiel þêr man af aðrum, rænir elle brýtir ivir landzlagh, hvat 10 sak þet hêlst er, þet á vara halvo dýrre at bôtum, en þet hêma giörs, ok halvo læghra at êðum ok vitnum. Nu varder þen sander at gierning, þa bœtis sak i þrêa þriðiunga, taker ên lut stýriman, annen 15 málséghandin, þriðie lut hassetar allir. Varder þer man drepin ellr huggin fullum sârum, þer âgher kununger fiuretighi marker fori friðbrut sin. Nu kan þetta sætas, fyrr en þeir hêm koma, ok kan siðen þet 20 mál dêlas, þa â han þet vite sæt ok bœt með stýrimanni sinum ok hassetum sex. Varder þet ei sæt fyrr en þeir hêm koma, standi þa fore með landslaghum ok lagha bôtum. Kaster maðer annen ûtbyrdis með vilia 25 verki, ok er til tveggie manna vitni, bœte þre marker fore þet bord til lands vêt, ok sex marker fore þet bord til hafsins vêt. Giörs þet med vâða, vari saklœst. Giör stýriman â sighlingh sva: bœte ater skaða, 30 ok með þre marker. Rænir maðr hampn af aðrum: bœte þre marker; giör hanum mêre skaða, gieldi ater fullum gieldum. Allir men âghu hœmn fore kununġi rýma, ok svâ fore biskupi ok iarli ellr fore formanni þêra 35 sum kununger haver fore sik.

Um vardheld.

Nu taker stýriman vard fore bryggiu 40 sine, varder nokor skorin i vardi, bœte sex œra; kan siðen skaði i skipi varða,

ûtan af siö, ellr innan af landi: bœte varðmaðer skaða ater ok með þre marker; en þen varðer ei fangin sum skaða giörði: þen bœte ok þre marker, varð fellir, sum stýrimaðer til vards nemnir, ok skaðan ater sum fyrir er saght.

Nu vænta men herr i land sitt, þa vilia þe varð ûtsettia til landgiœmu sinnar, býavarð, strandavarð, ok bôta varð: fellir man býavarð, ellr varder skorin i þêm varði, bœte þre œra, þet er ênsak byamanna. Fellir man strandavarð, ellr skorin varðer, þre marker bôt at; taker êna kununger, aðra skiplaghit ok þriðiu taker þen i vardi skiær. Varðer ei skorin ok fellir þo, þa taker þen êna mark, sum i vardheldum er með hanum. Nu fellir man bœtis varð, eller skorin varðer i þêm varði, sex marker bôt at. þet er kunungs ênsak. Nu kan skaði koma gienum þessa varða, nû eru upsagðir: þa er þet vitsord þess sum varðin halder; vite þet með tvêm mannum, þeir han hœrðu, at han laghlika œpti þry herôp. Orkar han ei þem vitni fylle, bœte fiuretighi marker, en þer herjas ok brennis; giörs engin skaði, þa vari saklœs. Engin mâ annan i varð fore sik settia, ûtan han svari sakum fore þen, sum han fore sik setter, svâ sum han sielver svara skuldi, en han i varð bryta kunni. Bœnder ok bôlfastir men âghu i varð nemnas, ei mâ kona î varð setias ok ei lœske men. Qvels man fore bœtevarð af kunungs manni siðen, þa taki vitni af þem siðen tilkom: ver han þen,· vari saklœs; fals han, bœte sum fyrr er saght. Stranda varðer â haldas til sôl er upgangin, siðen â han laghlika tilsighia þêm næst hanum skal varð halda, með tveggia manna vitnum: ok siðen gangi sva varðer sum buðkafli. þetta eru forfall, þera varð skulo halda: ligger han i sôt ellr sârum,

230

ellr haver dœðenvarðnaðˑfore durum, ellr
er kallaðer af kunungi, ellr er elder
hœghri en hava þorf, ellr er â fieti feâr
sins: þessi forfall, nù eru saght, skal han
vita með tvêm mannum ok sielver han 5
þriði, ok vari siðen saklœs. Fals at vit-
num, þa bœte bôt eptir þý, fyrr er saght,
hvarja bôt eptir sinum brutum.

5) Aus den Ehegesetzen.
(Erfdabalker 2—4 fl.)

Nu râðer man til bryllœps î bryllœps
tima: þâ sanker han brûðmannum sinum
ok brûðframmu, sendir svâ gen festekuno
sinne. Nu syns honum festekuna hans, þa 15
riðer han annen tima, ok bêðis festekuno
sine; ok syns honum sum fyrre, þa sendir
han þriðie tima eptir, ok syns honum sum
fyrre, bœti þâ gipteman þre marker kœp-
gildar, þa þreskiptes: ok þre marker karl- 20
gildar taki bondin fore kost sin. Enkia
âgher sielf gipto sinni râða. Nû er feste-
kona hanum synd i þrim bruðlœpstimum
i iemlanga enùm, sanki þa frænda flok sin,
ok taki þa festikuno sina, ok hêti þa kona 25
laghtakin ok ei rântakin; hvar hana rænir
af hanum, bœti fiuretighi marker. Nu kan
alt vel vara, brûðmen gen brûð koma ok
brûðframma, þer skulu i friði þit koma,
ok þer vara, ok þaðan fara. Misfyrmis 30
þêm nokot â þêm vegh, þa â faðir ok
frænder þer eptir sœkja. Nu dœr brûð
â vegh ûti, ater lîk til bÿar, ok meðfylgð
henner. Dœr bruðgume â vegh ûti, ater
lîk til bÿar ok meðfylgð hans. Nu kom- 35
ber brûð hêm til bonda sîns, þa er hun i
varðnað bonda sîns komin: kan hûsbonda-
num ellr hûsfrûnni ellr barnum þêra nokot
giôras, ellr andrum hionum þêra; þa er
honde, hûsfrû ok barn þêra all i hundraðe 40
gieldum, en þe drepin varda; ok fiuretighi
marka gieldum, en þe sâr varda. Rêðo-

hion ok all annur hion bondaus liggi i
tvêbœte, bâði i sârum ok drápum.

Um giftarmâl.

Nu êskir man liuð ok bêðis giftarmâl
af skyldum mannum, þa â þen giftamâlum
râða, sum skyldaster er. Han â konu
manni gifta til hêðers ok hûsfrûdœmis, til
lâsa ok nykla, til halfra sieng, ok til lagha
þriðiungs, ok til als þess han â i lœscœrum 10
ok han afla fâ, ûtan gull ok hêmohion; ok
til allen þen rêtt, er Vplendsk lagh eru, ok
hin hêlghe Eriker Kununger gaf i namu
Faðurs ok Suns ok þess helgha Anda. Nu
ervir bonde eller husfru frænder sina, ervir 15
bâde iorð ok lœscœra: þa âghin bâðin lœ-
scœra, ok iorð âghi þet þêra sum ervir.

Um morghingicf.

Hindradags um morghin, þa âgher bonde
hûsfrû sine hêðra, ok henni morghingicf 20
giva: giver han i êghnum, þet â givas með
fastum ok fullum skielum, sva mykit han
vil. Sva mykit sum morghingief er, sva
mykit mâ hûsfrû bonda sînum atergiva með
fastum ok fullum skielum: ok vari sva fult 25
ok fast, sum þe gief, bonde gaf hûsfrû
sinni. Þesse gief, nu er saghd, þa mughu
þe giva, hvat þeir eru rikari olle fâtœkari
bænder hûsfrûm sînum. Sva mughu ok
hûsfrûr bondom sînum igen giva, vari ok 30
þet lagha gief.

6) Unverletzlichkeit der Grenzen.
(Viðerboa balker, 18 fl.)

Um râ ok rœr, ok rârbrut.

Nu sigs, hvilikin bôlstaða skiel skulu
vara. Þet er rœr, sum fem stênar eru, fiu-
ri ûtan, ok ein i miðju. Fiuri stêuar ok
þrir stênar mughu rœr hêta, ei mughu færi
stênar bôlstaða skiel hêta; fem stênar skulu

i hvarjum tômpta râ liggja. I farvegs râ
mughu þri stenar liggja, sva ok i urfields
râ; i akra skiptum ok têgha þêr ma tva
stênar râ kalla, staka ok stên ok bên með
mâ râ kalla, staka ok stên ma râ kalla, 5
bên ok stên ma râ kalla; ênum stêni gifs
engin vitsord. Nu kan ei râ ellr rœr til
vara ellr garðer, varin þa bôlstaða skiel i
miðjom âum ellr sundum. Giôr maðer râ
ok rœr a bôlstað annars, ellr brýter hâns 10
râ ok rœr, varder bar ok âtakin, eru til
sex manna vitni: þa mâ han binda ok til
þings fœra, ok þêre sex manna vitni â han
fylla, sum þer vâru ok â sâghu: havi mâls-
êghanden vald, hvat han vil, lif hans taka ok 15
uphengja eller ei, elle lœsi râbrýtarin sik
við hvârn lot sum han viðkomber. Nu
kan han sielver undan koma, ok varða klæði
af hanum takin, ellr eru til tveggja manna
vitni, þa veri sik með èði atertan manna; 20
falder at êði, bœte atertan marker. Nu
er ei aftekt til ellr vitni, þa veri sik með
atertan mannum, ellr bœte sex marker, ok
þer leggins râ niðer, sum þer fyrra lâghu
með dômum ok skielum. Nu mâ engin 25
bôlstaðs râ uptaka ellr niðer settja, útan
allir iordêghandar þer viðer sêin, sum i by
âghu, ok dômber sê â þingi til givin; hvar
râ niðer legger útan þessi skiel, nu eru
saghd, bœte þre marker, ellr dyli með tiu 30
mannum. Leggs tômpta râ niðer, þer skulu
allir iordeghander við vara, ei þarf þer til
a þingi dôm taka. Nu kan þen tômpta râ
qvelja sum minna â en halvan bý, havi han
enkti vald þer til. 35

7) Von Gerichtsferien nebst Anhang.

(Þingmala balker, 14 fl.)

Um friði i sôknum.

Nu sigs um friði i sôknum, þer allir skulu 40
frið hava. Anfriðer stander mellum Olafs-

messu ok til Mikielsmessu. Julafriðer ganger
in a Jula apton, ok út a annen dagh eptir
þrêttanda dagh; disaþings friðer ganger in
a disaþings dagh ok stander tveggja kiœp-
þinga mellum; vârfriðer ganger in â kiere-
sunnudagh ok stander til hêlgha þôrsdagh.
Allir âghu frið hava; hvar sum sœkir an-
nan i friði, bœte þre marker. Þa kunun-
ger biuðer lêðung út, þa âghu allir frið
hava, þer i þy hunderi elle skiplaghi bôa
sum lêðungr er útgangin af, bâði með mat
ok mannum: ok hin annur skiplagh ok hun-
deri, sum mater er út af gangin ok ei men,
þer lagþingis sva sum friða mellum, ok
sœkis eptir landslaghum. Eptir kunungs
útgiôrdum ma sœkjas i allum friðum.

Af þem gamblu laghum, sum i hêð-
num tima brûkaðus um kamp ok ênvighe.

Giver maðer oqueðins ord manni: „þu
er i mans maki ok eygh maðer i brysti‘;
„Ek er maðer sum þû“: þeir skulu mœtas
a þriggja vegha môtum. Kumber þan ord
haver givit, ok þan kumber eigh, þer ord
haver lutit, þa mun han (van) vara sum han
heitir, er eigh eiðganger ok eigh vitnisbær,
hvarki firi man eller kunu. Kumber ok þan
orð haver lutit, ok eigh þan ord haver gi-
vit, þa ôpar han þrý niðings ôp, ok mar-
kar han a iardu: þa sê han maðer þess
verri, þet talaði, han eigh halla þordi. Nu
mœtas þeir bâðir með fullum vâpnum, fal-
der þan ord haver lutit, gilder með halvum
gialdum; falder þan ord haver givit, glœpa-
orða verster, tunga huvðbani, liggi i ûgil-
dum akri.

Entdeckung von Grönland und Nordamerika.

Þáttr Eiriks rauða.

(Antiqu. Am. p. 7.)

Þorvaldr hêt maðr, son Osvalds Ulfssonar, Öxna-Þórissonar. Þorvaldr ok Eirekr hinn rauði, son hans, fóru af Jaðri til Islands fyri viga sakir; þá var viða bygt Island. Þeir biuggu fyrst at Dröngum á Hornströndum, þar andaðiz Þorvaldr. Eirekr fêkk þá Þórhildar, dóttur Jörundar ok Þorbiargar knarrarbrîngu, er þá átti Þorbiörn hinn haukdœlski; rêðz Eirekr þá norðan ok bió á Eirekstöðum hiá Vatshorni. Son Eireks ok Þorhildar hêt Leifr. En eptir vîg Eyjulfs saurs ok Holmgöngu-Hrafns var Eirekr gerr brott or Haukadal; fór hann vestr til Breiðafiarðar, ok bió î Öxney á Eirekstöðum. Hann lêði Þorgesti setstokka, ok náði eigi; hann kallaði til; þaðan af gerðuz deilur ok barðagar með þeim Þorgesti, sem segir î sögu Eireks. Styrr Þorgrimsson veitti Eireki at málum ok Eyjulfr or Svîney ok synir Brands or Álptafirði ok Þorbiörn Vifilsson, en Þorgestlîngum veittu synir Þórðar gellis ok Þorgeir or Hîtardal.

Eirekr varð sekr á Þorsnesþîngi, bió Eirekr þá skip sitt til hafs î Eireksvôgi, en er hann var búinn, fylgðu þeir Styrr honum út um eyjar. Eirekr sagði þeim at hann ætlaði at leita lands þess, er Gunnbiörn, son Ulfskráku sá, er rak vestr um haf, þá er hann fann Gunnbiarnarsker; kveðz hann aptr mundu leita til vina sinna, ef hann fyndi landit. Eirekr sigldi undan

Snæfellsiökli, hann fann landit ok kom útan at þvî, þar sem hann kallaði Miðiökul, sá heitir nú Blåserkr. Hann fór þá þaðan suðr með landinu, at leita ef þaðan væri byggjanda landit. Hann var hinn fyrsta vetr î Eireksey nærr miðri hinni eystri bygð, um vôrit eptir fór hann til Eireksfiarðar ok tók ser þar bústað. Hann fór þat sumar i hina vestri úbygd, ok gaf viða örnefni; hann var annan vetr î Hólmum við Hrafnsgnîpu; en hit þriðja sumarit fór hann til Islands ok kom skipi sînu î Breiðafiörð. Hann kallaði landit þat er hann hafði fundit Grœnland, þvíat hann kvað þat mundu fýsa menn þangat, er landit hêti vel. Eirekr var á Islandi um vetrinn en um sumarit eptir fór hann át byggja landit, hann bio î Brattahlið î Eireksfirði. Svá segja fróðir menn at á þvi sama sumri, er Eirikr rauði fór at byggja Grœnland, þá fór halfr fiorði tögr skipa or Breiðafirði ok Borgarfirði, en fiortán kvômuz út þàngat; sum rak aptr, en sum týnduz. Þat var 15 vetrum fyrr enn kristni var lögtekin á Islandi; á því sama sumri fór útan Friðrekr biskup ok Þorvaldr Koðranssön; þessir menn námu land á Grœnlandi, er þá fóru út með Eireki: Herjulfr Herjulfsfiörð, hann bió á Herjulfsnesi; Ketill Ketilsfiörð; Hrafn Hrafnsfiörð; Sölvi Sölvadal; Helgi Þorbrandsson Alptafiörð; Þórbiörn glóra Siglufiörð; Einar Einarsfiörð; Hafgrimr Hafgrimsfiörð ok Vatnahverfi; Arnlaugr Arnlaugsfiörð, en sumir fóru til Vestribygðar.

Leifr läfst sich taufen.

2. Þâ er sextân vetr vôru liðnir, frâ
þvî er Eirekr rauði fôr at byggja Grœn-
land, þâ fôr Leifr, son Eiriks, ûtan af 5
Grœnlandi til Noregs, kom hann til þrând-
heims um haustit, þâ er Olafr konûngr
Tryggvason var kominn norþan af Hâloga-
landi. Leifr lagði skipi sînu inn til Niðar-
ôss, ok fôr þegar â fund Olafs konûngs. 10
Boðaði konûngr trû honum sem öðrum heið-
num mönnum, er â hans fund kômu; gêkk
konûngi þat auðvelliga við Leif; var hann
þâ skîrðr, ok allir skipverjar hans; var
Leifr með konûngi um vetrinn vel haldinn. 15

Biarni an der Ostküste von Nord-
amerika.

3. Herjulfr var Barðarson Herjulfssonar;
hann var frændi Ingolfs landnâmamanns. 20
Þeim Herjulfi gaf Ingolfr land â milli Vôgs
ok Reykjaness. Herjulfr biô fyrst â Drep-
stokki; Þorgerðr hêt kona hans, en Biarni
son þeirra, ok var hinn efniligsti maðr.
Hann fŷstiz ûtan þegar â ûnga aldri, varð 25
honum gôtt bæði til fiâr ok mannvirðingar,
ok var sinn vetr hvôrt ûtan lands eðr með
feðr sînum. Brâtt âtti Biarni skip î förum,
ok hinn sîðasta vetr er hann var î Noregi,
þâ brâ Herjulfr til Grœnlandsferðar með 30
Eireki, ok brâ bûi sînu. Með Herjulfi var
â skipi suðreyskr maðr kristinn, sâ er orti
Hafgerðingar drâpu, þar er þetta stef î:

   Mînar biô ek mûnka reyni meinalausan 35
         farar beina,
   heiðis haldi hattar foldar hallar drottinn
         yfir mer stalli!

Heriulfr biô â Herjulfsnesi; hann var hinn 40
göfgasti maðr. Eirekr rauði biô î Bratta-
hlîð; hann var þar með mestri virðingu ok

lutu allir til hans. Þessi vôru biörn Eireks:
Leifr, Þorvaldr ok Þorsteinn, en Freydîs hêt
dôttir hans; hun var gipt þeim manni er
Þorvarðr hêt, ok biuggu þau î Görðum,
þar sem nû er biskups stôll; hun var
svarri mikill en Þorvarðr var lîtilmenni;
var hun miök gefin til fiâr. Heiðit var
folk â Grœnlandi î þann tîma.

Þat sama sumar kom Biarni skipi sînu
â Eyrar, er faðir hans hafði brottsiglt um
vôrit, þau tîðindi þôttu Biarna mikil, ok
vildi eigi bera af skipi sînu. Þâ spurðu
hâsetar hans, hvat er hann bæriz fyrir; en
hann svarar at hann ætlaði at halda sið-
venju sinni, ok þiggja at fôður sînum vetr-
vist, ,ok vil ek halda skipinu til Grœn-
lands, ef þer vilit mer fylgð veita'. Allir
kvôðuz hans râðum fylgja vilja. Þâ mælti
Biarni ,ûvitrlig mun þikja vôr ferð, þar
sem eingi vôrr befir komit î Grœnlandshaf'.
En þô halda þeir nû î haf, þegar þeir vôru
bûnir, ok sigldu þriâ daga, þar til er landit
var vatnat; en þâ tôk af byrinn, ok lagði
â norrœnur ok þokur, ok vissu þeir eigi
hvert at þeir fôru, ok skipti þat mörgum
dœgrum. Eptir þat sâ þeir sôl ok mâttu
þâ deila ættir; vinda nû segl ok sigla þetta
dœgr, âðr þeir sâ land ok rœddu um með
ser, hvat landi þetta mun vera, en Biarni
kveðz hyggja, at þat mundi eigi Grœnland.
Þeir spyrja, hvôrt hann vill sigla at þessu
landi eðr eigi; ,þat er mitt râð at sigla î
nând við landit', segir hann, ok sva gera
þeir ok sâ þat brâtt, at landit var ôfiöllôtt
ok skôgi vaxit, ok smâr hæðir â landinu,
ok lêtu landit â bakborða, ok lêtu skaut
horfa â land. Sîðan sigla þeir tvö dœgr,
âðr þeir sâ land annat; þeir spyrja, hvort
Biarni ætlaði þat enn Grœnland; hann kveðz
eigi heldr ætla þetta Grœnland enn hit fyrra:
,þvîat iöklar eru miök miklir sagðir â
Grœnlandi'. Þeir nâlguðuz brâtt þetta land

ok sá þat vera slétt land, ok viði vaxit.
þâ tôk af byr fyrír þeim. þâ rœddu hâ-
setar þat, at þeim þôtti þat râð at taka þat
land; en Biarni vill þat eigi; þeir þôttuz
bæði þurfa við ok vatn. ,At öngu eru þer   5
þvî ôbirgir' segir Biarni, en þô fêkk hann
af þvî nökkut âmæli af hâsetum sînum.
Hann bað þâ vinda segl, ok svâ var gert;
ok settu framstafn frâ landi, ok sigla î haf
ûtsynnîngs byr þriû dœgr, ok sâ þâ land it   10
þriðja, en þat land var hâtt ok fiöllôtt, ok
iökul â; þeir spyrja þâ, ef Biarni vildi at
landi lâta þar, en hann kveðz eigi þat vilja,
,þvîat mer liz þetta land ôgagnvænligt.'
Nû lægðu þeir eigi segl sitt, halda með   15
landinu fram ok sâ at þat var eyland; set-
tu enn stafn við þvî landi, ok hêldu î haf
hinn sama byr, en veðr ôx î hönd, ok bað
Biarni þâ svipta ok eigi sigla meira, enn
bæði dygði vel skipi þeirra ok reiða; sigl-   20
du nû fiögur dœgr, þâ sâ þeir land hit fior-
ða. þâ spurðu þeir Biarna, hvort hann æt-
laði þetta vera Grœnland eðr eigi. Biarni
svarar: ,þetta er lîkast þvî er mer er sagt
frâ Grœnlandi; ok hêr munu ver at landi   25
halda'. Svâ gera þeir, ok taka land undir
einhverju nesi at kveldi dags,' ok var þar
bâtr â nesinu, en þar biô Herjulfr, faðir
Biarna, â þvî nesi, ok af þvî hefir nesit
nafn tekit, ok er sîðan kallat Herjulfsnes.   30
Fôr Biarni nû til föður sîns, ok hættir nû
siglîngu, ok er með föður sinum meðan
Herjulfr lifði; ok sîðan biô hann þar eptir
föður sinn.

Hêr hefr Grœnlendînga þáttr.

þat er nû þessu næst, at Biarni Herjulfs-
son kom ûtan af Grœnlandi â fund Eireks
iarls; ok tôk iarl við honum vel. Sagði   40
Biarni frâ ferðum sinum er hann hafði
lönd sêð, ok þôtti mönnum hann verit hafa
ûforvitinn, er hann hafði ekki at segja af
þeim löndum, ok fêkk hann af þvî nokkut
âmæli. Biarni gerðiz hirðmaðr iarls ok
fôr ût til Grœnlands um sumarit eptir. Var
nû mikil umrœða um landaleitan.

Leifr, son Eireks rauða or Brattahlíð,
fôr â fund Biarna Herjulfssonar ok keypti
skip at honum ok rêð til hâseta, svâ at
þeir vôru halfr fiorði tögr manna saman.
Leifr bað föður sinn Eirek, at hann mundi
enn fyrir vera förinni. Eirekr talðiz heldr
undan, kveðz þâ vera hniginn î aldr, ok
kveðz minna mega við vôsi öllu enn var.
Leifr kveðr hann enn mundu mêstri heill
stýra af þeim frændum, ok þetta lêt Eirekr
eptir Leifi ok riðr heiman, þá er þeir eru
at þvî bûnir, ok var þâ skamt at fara til
skipsins. Drepr hêstrinn fœti, sâ er Eirekr
reið, ok fêll hann af baki, ok lestiz fôtr
hans; þâ mælti Eirekr: ,ekki mun mer æt-
lat at finna lönd fleiri, enn þetta er nû
byggjum ver: munu ver nû ecki leingr
fara allir samt'. Fôr Eirekr heim î Brat-
tahlíð, en Leifr rêðz til skips ok fêlagar
hans með honum, hálfr fiorði tögr manna.
þar var suðrmaðr einn î ferð, er Tyr-
ker hêt; nû biuggu þeir skip sitt ok sigldu
î haf, þâ er þeir voru bûnir, ok fundu þâ
þat land fyrst, er þeir Biarni fundu sîðast.
þar sigla þeir at landi ok köstuðu akkerum
ok skutu bâti ok fôru â land, ok sâ þar
eigi gras. Jöklar miklir vôru allt hit efra,
en sem ein hella væri allt til iöklanna frâ
siônum, ok sýnðiz þeim þat land vera gœ-
ðalaust. þâ mælti Leifr ,eigi er oss nû   35
þat orðit um þetta land, sem Biarna, at
ver hafim eigi komit â landit; nû mun ek
gefa nafn landinu ok kalla Helluland'.
Sîðan fôru þeir til skips; eptir þetta sigla
þeir î haf ok fundu land annat, sigla enn
at landi ok kasta akkerum, skiota sîðan
bâti ok gânga â landit. þat land var slétt

ok skôgi vaxit, ok sandar hvîtir vîða þar sem þeir fôru ok ôsæbratt. Þá mælti Leifr ‚af kostum skal þessu landi nafn gefa ok kalla Markland‘; fôru sîðan ofan aptr til skips sem fliotast. Nû sigla þeir þaðan 5 i haf landnyrðingsveðr, ok vôru ûti 2 dœgr, áðr þeir sá land ok sigldu at landi ok kômu at ey einni er lá norðr af landinu, ok gengu þar upp ok sáz um î gôðu veðri ok fundu þat at dögg var á grasinu, ok varð 10 þeim þat fyrir, at þeir tôku höndum sînum i döggina, ok brugðu i munn ser ok þôttuz ekki iafnsætt kent hafa, sem þat var. Sîðan fôru þeir til skips sins, ok sigldu i sund þat, er lá milli eyjarinnar ok ness 15 þess, er norðr gèkk af landinu, stefndu i vestrætt fyrir nesit; þar var grunnsæfi mikit at fiöru siofar, ok stôð þá uppi skip þeirra, ok var þá lángt til siofar at siá frá skipinu. En þeim var svá mikil forvitni á, 20 at fara til landsins, at þeir nentu eigi þess at bíða, at siôr fèlli undir skip þeirra, ok runnu til lands þar er á ein fèll or vatni einu; en þegar siôr fèll undir skip þeirra, þá tôku þeir bátinn ok rèru til skip- 25 sins, ok fluttu þat upp î ána, sîðan î vatnit, ok köstuðu þar akkerum, ok báru af skipi húðföt sin, ok gerðu þar búðir, tôku þat ráð sîðan, at búaz þar um þann vetr ok gerðu þar hús mikil. Hvôrki skorti 30 þar lax î ánni nè i vatninu, ok stœrra lax enn þeir hefði fyrr sèð, þar var svá gôðr landkostr, at þvi er þeim sýnðiz, at þar mundi eingi fènaðar föðr þurfa á vetrum; þar kvômu eingi frost á vetrum, ok lítt 35 rènuðu þar grös. Meira var þar iafndœgri enn á Grœnlandi eðr Íslandi; sôl hafði þar eyktarstað ok dagmálastað um skamdegi. En er þeir höfðu lokit húsgerð sinni, þá mælti Leifr við föruneyti sitt: ‚nú vil ek 40 skipta láta liði vôru i tvo staði, ok vil ek kanna láta landit, ok skal helmingr liðs

vera við skála heima, en annar helmingr skal kanna landit, ok fara eigi lengra, enn þeir komi heim at kveldi ok skiliz eigi, nû gerðu þeir svá um stund. Leifr gerði ýmist, at hann fôr með þeim, eðr var heima at skála. Leifr var mikill maðr ok sterkr, manna sköruligastr at siá, vitr maðr ok gôðr höfsmaðr um alla hluti.

Das Land wird Weinland geheifsen.

Á einhverju kveldi bar þat til tîðenda, at manns var vant af liði þeirra, ok var þat Tyrker suðrmaðr. Leifr kunni þvi stôrilla, þvîat Tyrker hafði leingi verit með þeim feðgum, ok elskat miök Leif î barnœsku; taldi Leifr nú miök á hendr föruuautum sinum, ok biôz til ferðar at leita hans, ok 12 menn með honum. En er þeir vôru skamt komnir frá skála, þá gèkk Tyrker î môt þeim, ok var honum vel fagnat. Leifr fann þat brátt, at fôstra hans var skapfátt; hann var brattleitr ok lauseygr, smáskitligr î andliti, lítill vexti ok vesaligr, en îþrôttamaðr á allskonar hagleik. Þá mælti Leifr til hans ‚hvi vartu svá seinn, fôstri minn, ok fráskili föruneytinu?‘ Hann talaði þá fyrst leingu á þýrsku, ok skaut marga vega augunum ok gretti sik, en þeir skildu eigi, hvat er hann sagði. Hann mælti þá á norrœnu, er stund leið: ‚ek var geinginn eigi miklu leingra, en þô kann ek nokkur nýnæmi at segja, ek fann vínvið ok vinber‘. „Mun þat satt, fôstri minn?“ kvað Leifr. ‚At vîsu er þat satt‘ kvað hann, þvîat ek var þar fœddr, er hvorki skorti vínvið nè vínber. Nú svôfu þeir af þá nôtt, en um morguninn mælti Leifr við háseta sina: „nú skal hafa tvennar sýslur fram, ok skal sinn dag hvôrt lesa vínber, eðr höggva vínvið ok fella mörkina svá at þat verði farmr til skips mîns“, ok þetta var ráðs tekit. Svá er sagt at eptir-

bâtr þeirra var fylldr af vînberjum. Nû
var högginn farmr â skipit, ok er vôrar, þâ
biugguz þeir ok sigldu burt, ok gaf Leifr
nafn landinu eptir landkostum ok kallaði

Vinland. Sigla nû siðan î haf, ok gaf
þeim vel byri, þar til er þeir sâ Grœnland,
ok fiöll undir iöklunum.

Die Wahrsagerin Thorberg.

Saga þorfinns Karlsefnis c. 3. Ant. Am. p. 104—113.

Sû kona var þar î bygð er þorbiörg hêt,
hun var spâkona ok var köllut lítil völva,
hun hafði âtt ser 9 systur ok vôru allar
spâkonur, en hun ein var þâ â lífi. þat 10
var hâttr þorbiargar um vetrum, at hun fôr
at veizlum, ok buðu þeir menn henni mêst
heim, er forvitni var â, at vita forlög sín
eða ârferð. Ok með þvi at þorkell var
þar mêstr bôndi, þâ þótti til hans koma at 15
vita, nær lêtta mundi ôârani þessu, sem
yfir stôð. Býðr þorkell spâkonunni heim,
ok er henni þar vel fagnat, sem siðr var
til, þâ er við þess hâttar konum skyldi taka.
Var henni bûit hâsæti, ok lagt undir hana 20
hœgindi; þar skyldi î vera hœnsna fiðri. En
er hun kom um kveldit, ok sâ maðr er
môti henni var sendr, þâ var hun svâ bûin,
at hun hafði yfir ser tuglamöttul blân, ok
var settr steinum allt î skaut ofan, hun 25
hafði â hâlsi ser glertölur, ok lambskinns
kofra‑svartan â höfði, ok við innan katt-
skinn hvît, ok hun hafði staf î hendi ok
var â knappr, hann var bûinn með mer-
síngu, ok settr steinum ofan um knappinn; 30
hun hafði um sik hnioskulinda, ok var þar
â skioðapûngr mikill ok varðveitti hun
þarî töfr sín, þau er hun þurfti til fróð-
leiks at hafa; hun hafði â fôtum kalfskinns-
skûa loðna, ok î þvengi lânga, ok â tin- 35

knappar miklir â endunum; hun hafði â
höndum ser kattskinns glôfa, ok vôru hvítir
innan ok loðnir. En er hun kom inn,
þótti öllum mönnum skylt at velja henni
sœmiligar kveðjur; hun tôk því, sem henni
vôru menn geðjaðir til. Tôk þorkell bôndi
î hönd henni, ok leiddi hana til þess sætis,
sem henni var bûit. þorkell bað hana þâ
renna þar augum yfir hiú ok hiörð, ok svâ
hîbýli. Hun var fâmâlug um allt. Borð
vôru upptekin um kveldit, ok er frâ þvi at
segja, hvat spâkonunni var matbûit: henni
var gerr grautr â kiðjamiolk, ok matbûin
hiörtu or öllum kykvendum, þeim er þar
vôru til; hun hafði mersingarspôn ok knîf
tannskeptan, tviholkaðan af eiri, ok var bro-
tinn af oddrinn. En er borð vôru upptek-
kin, þâ gengr þorkell bôndi fyrî þorbiörgu,
ok spyrr hversu henni þykki þar um at lí-
taz, eða hversu skapfeld henni eru þar hî-
býli eða hættir manna, eða hversu fliotliga
hun mun vis verða þess, er hann hefir
spurt hana, ok mönnum er mêst forvitni
at vita. Hun kallaz ecki munu segja fyrr
enn um morgininn eptir, er hun hafði áðr
sofit um nóttina. En um morgininn at âliðn-
num degi var henni veittr sâ umbúníngr,
sem hun þurfti at hafa til at fremja sei-
ðinn. Hun bað ok fâ ser konur þær er

kunnu frœði þat, sem til seiðsins þarf, ok
varðlokkur hêtu, en þær konur funduz
eigi, þá var leitat at um bœin, ef nokkur
kynni; þá segir Guðríðr: ‚hvarki em ek
fiölkunnig nê visindakona, en þó kendi 5
Halldis, fóstra mín, mer á Islandi þat kvæði
er hun kallaði varðlokkur‘. Þorkell segir
þá ertu happfróð‘‘, hun segir: ‚þetta er þat
eitt atferli, er ek ætla í öngum atbeina at
vera, þvíat ek em kristin kona‘. Þorbörg 10
segir: „svá mætti verða, at þú yrðir mön-
num at liði hêr um, en þú værir þá kona
ekki verri enn áðr, en við Þorkel mun ek
meta, at fá þá hluti til, er hafa þarf.‘‘ Þor-
kell herðir nú á Guðriði, en hun kveðz 15
gora mundu, sem hann vildi. Slógu þá
konur hring um hiallinn, en Þorbiörg sat á
uppi; kvað Guðríðr þá kvæðit svá fagurt
ok vel, at engi þóttiz heyrt hafa með fegri
rödd kvæði kveðit, sá er þar var hiá. 20
Spåkonan þakkar henni kvæðit ok kvað
margar þær náttúrur nú til hafa sótt, ok
þikkja fagurt at heyra, er kvæðit var sva
vel flutt, „er áðr vildu við oss skiljaz ok
enga hlýðni oss veita; en mer eru nú mar- 25
gir þeir hlutir auðsýnir, er áðr vár ek du-

lið ok margir aðrir. En ek kann þer þat
at segja, Þorkell, at hallœri þetta mun
ekki haldaz lengr enn í vetr, ók mun batna
árångr sem várar, sóttarfar þat, sem á he-
fir legit, man ok batna vánu bráðara. En
þer, Guðríðr, skal ek launa í hönd liðsinni
þat er oss hefir af þer staðit; þvíat þín
forlög eru mer nú allglöggsæ; þú munt
giaforð fá hêr á Grœnlandi, þat er sœmi-
ligast er, þóat þer verði þat eigi til lang-
gœðar, þvíat vegar þínir liggja út til Is-
lands, ok man þar koma frá þer bæði mi-
kil ætt ok góð, ok yfir þínum kynkvíslum
skína biartari geislar, enn ek hafa megin til
at geta slíkt vandliga sêt, enda far þu nú
heil ok vel, dóttir‘‘. Síðan gengu menn
at visindakonunni ok frêtti þá hverr þess,
er mêst forvitni var á at vita. Hun var
ok góð af fråsögnum, gêkk þat ok litt í
tauma, er hun sagði. Þessu næst var ko-
mit eptir henni af öðrum bœ; fôr hun þá
þángat. Þá var sent eptir Þorbirni, þvíat
hann vildi eigi heima vera, meðan slik hindr-
vitni var framit. Veðrátta batnaði skiott,
sem Þorbiörg hafði sagt.

Aus der Svarfdœlasaga.

c. 6—9 Islend. 2, 127—134. u. Suppl. zu c. 9: 193.

1) Begräbniss des gefallenen Þorolfs.

Eptir þetta andaz Þórólfr. Binda þeir nú
sár sín, ok sofa af náttúna, en um daginn
eptir fôru þeir til drekans, ok ruddu hann
búkum ok blôði, en fluttu fiárhlut í kas-

talum; þar vôru þeir viku, ok grœddu sár
sín. Þeir gerðu kistu at líki Þorolfs, kvað
Þorsteinn hann þar eigi iarða skulu. Þá
er þeir þóttuz fœrir, tôku þeir eina rôð-
rarskútu, ok höfðu af fê þat, er honum
þótti bezt, hêldu síðan til Svíþioðar, ok

höfðu lík þorolfs með ser, en allr þorri
fiârins var eptir î kastalum. Þeir kômu
þar við land î Sviþiod, er jarl einn rêð
fyri, sâ Herrauðr er nefndr, hann var
skamt â land upp. Þôrsteinn gêkk â land 5
upp, ok til hallar jarls með ellefta mann,
ok kom þar at dagverðardrykkju. Dyrver-
ðir sögðu þat engan vana, at ûkunnir menn
gângi þar inn með vôpnum î drykkjustofu
iarls. Þorsteinn kvaðz ekki þat hirða: ok 10
högg ek þar hvörn sem kominn er, ef þið
farið eigi frâ. Þeir fôru skiott frâ dyru-
num, þvî þeim sýndiz maðrinn ögrligr, ok
þorðu eigi fyrir at standa. Sîðan gêkk
þorsteinn inn með alvæpni, fyri iarl, ok 15
þeir il saman. Þorsteinn kvaddi iarl: hann
tôk vel kveðju hans, ok spurði, hverr
hann væri; hann kvaðz Þorsteinn heita ok
vera þorgnýsson, norðan or Naumudölum.
Jarl sagði: heyrt hefir ek þin getit, at þu 20
sêrt âgætr maðr, ok mun tîðendum gegna
um þînar ferðir ok gakk til sætis, ok
drekkum bâðir saman î dag, ok seg mer
tîðendi, ok sit gegnt mor. î öndvegi! Þor-
steinn giörir nû svâ, ok drekka um hrîð. 25
Jarl spurði, hvar Þôrsteinn hafði herjat um
sumarit. Þorsteinn segir: ekki hefir êk
vîða herjat î sumar, en við Liôt hinn bleika
hefik nû bariz fyri skemstu, ok lâtit fyri
honum alla mîna menn, ûtan þessa 11, ok 30
þarmeð þorolf, brôður minn, er ek mun
aldrei bætr bîða. Sliks var vân, segir iarl,
ok er þat mikil gæfa, at þú komz undan
heill, þvî engan veit ek þann verit hafa
annann enn þik. Þôrsteinn segir: ek bið, at 35
þer liâið mer höll yðar ok mînum mönnum,
vil ek drekka erfi eptir brôður minn, ok
heygja hann hêr með yðru lofi, skal ek
kosta fê til, svâ yðr skaði ekki î þvî. Jarl
kvaðz þat giarnan vilja: af þvî at ek hygg 40
mîna höll eigi betr skipaða, enn þô þú ski-
pir eða þînir menn.   ı

2) Der Berserker Moldi bei Jarl Herraud in Schweden.

Þorsteinn tekr nû til haugsgerðar ok
hans menn; gêkk þat skiott, var Þorolfr î
haug lagðr ok nockrt fê honum til sœm-
dar. Sîðan bið Þorsteinn veizlu, ok bauð
til iarli ok mörgum öðrum dýrum mönnum.
Sâtu menn at henni 3 nætr, sem sîðr var
til, leysti Þorsteinn menn â burt með gô-
ðum giöfum ok aflaði ser svâ vinsælda. Jarl
spurði nû Þorstein, hvat hann vildi râða
sinna „þvî nû er miök sumar liðit, en þû
âtt farveg lângan". Þorsteinn sagði ,ek
veit eigi hvörs ek â kost'. Jarl segir: „til
reiðu er yðr hêr veturvist, ef þer viliõ,
ok kann ek yðr þökk fyri." Þorsteinn sagði,
þetta er vel boðit, herra, ok skal giarnan
þiggja'; er Þorsteinn þar um vetrinn ok
hanos menn î gôðu yfirlæti: virðir iarlinn
hann fram yfir hvörn mann, ok svâ gerðu
aðrir eptir.

Nû leið at iolum, ok giörðiz skipan â
lund manna; þar hafði verit glaumr ok
gleði mikil, en nû tôkz þat af, ok geriz
hliôðlæti mikit î höllinni, var þat af þvî,
at iarl gerði svâ fyri. Þat var einn dag,
at Þorsteinn spurði hirðmann einn, hvat
til bæri um ôgleði manna. Hirðmaðrinn
segir: ,vorkunn mun þer â þikkja, ef þú
veizt, en þô þikki mer þû heraðsdaufr maðr,
er veizt eigi hvat til berr'. „Ekki hefik
at þvî hugat, segir Þorsteinn, en stôrtî-
ðendum þœtti mer ega at gegna, er tignir
menn lûta ser svâ mikils fâ." Hirðmaðr
sagði: ,gesta ègu ver vân at iolum, þeirra
sem oss er mikil ôþurft i'. „Hverir eru
þeir?" sagði Þorsteinn. Hirðmaðrinn segir:
,maðr heitir Moldi, hann er vîkingr eðr
hâlfberserkr, ef svâ vill kalla, þeir eru 12
saman, ok hafa komit her tvisvar âðr;
Molda bita eigi iarn, þeir vaða eld, ok

bíta í skialdarrendr.' Þorsteinn segir „hvörja
kosti gera þeir iarli? Hirðmaðr segir: Moldi
vill mæla til mægða við iarl, en til samfara
við dóttur hans Ingíbiörgu, elligar býðr
hann honum á hólm þrim náttum eptir iol, 5
en ráðaz skal hvat iarl vill; mundi hann
skiott kiosa, ef hann væri úngr maðr, en
nú er hann or barðögum fyrir aldrs sakir.
Þorsteinn segir: engi vorkun þikki mer á, at
honum fái slíkt svá mikils. Þessu var svá 10
snúit, at Þorsteinn hafði boðiz til at ganga
á hólm fyri iarl. Ok litlu siðarr funduz
þeir iarl ok Þorsteiun, ok spyrr iarl, hvört
þat gengdi nokkru, at hann hefði boðiz til
at leysa hann undan, ok gánga á hólm 15
við Molda. Þorsteinn sagði: við því geng
ek eigi, en þat sagða ek, at mer
þætti líkligt, at maðr mundi til verða,
at leysa þik undan hólmgöngu, ef þú leggr
nokkr gœði til við hann. Þat hefik talat 20
segir iarl, at þeim manni munda ek gipta
dóttur mína, er þenna mann gæti afráðit.
Þorsteinn segir: ekki spurða ek þessa af
því, at ek ætli mer þetta, heldr fyri þat
ek veit fleiri munu til verða, svá sem fleiri 25
vita. Hætta þeir nú þessu tali, ok liðr at
iolum; gladdiz iarl nú heldr við orð Þor-
steins, lét iarl búaz við veizlu fiölmennri,
ok bauð þangat frændum sínum ok vinum;
ok öllum hinum beztu mönnum í hans riki. 30
    Atfángadag iola drifa flokkarnir at bœ-
num. Jarl lét auðt 12 manna rúm útar frá
öndvegi, gleði var mikil í höllínni. En þá
eldarnir vóru sem biartastir, var iarli sagt,
at Moldi riði at höllinni ok menn hans; 35
en er þeir kvómu, stigu þeir af baki, gengu
síðan inni höllina 12 saman, ok vóðu þe-
gar eldana, ok bitu í skialdarrendr. Moldi
gékk fyri iarl, ok kvaddi hann vel ok vir-
ðugliga. Jarl tók vel kveðju hans ok bað 40
hann ganga til sætis. Hann kvað ekki
mundu þiggja veizlu at honum „ok er mer

iafnt í hug við þik, sem fyrr". Jarl sagði
„ek mun nú ok segja þer, ek vil at þú
drekkir með mer um iolin, en ek leita við
menn mína, hvört nokkr vill mik undan
leysa þessu vannkvæði. Moldi segir: vil
ek þá at þú leyfir mer at ganga um höllina
fyrir hvern mann ok spyrja, hvört nokkr
þikkiz mer iafnsniallr, ok er þat mikil gleði,
at skemta ser með því, en eigi mun ek
þat til þín tala, iarl, því ek vil ekki þat
mæla, er þer þikkir metnaðarskarð í vera.
Jarl kvaðz eigi mundu banna honum þat
at mæla slíkt, er hann vildi ok honum
þœtti gaman at. Síðan gengr hann útar
frá öndvegi fyrir hvern mann, ok spurði
hvört nokkr teldiz honum iafnsniallr, þartil
er hann kom fyrir öndvegis mann, sá lét
draga fœtr af stokki, ok hafði breiddan
feld yfir höfuð ser. Moldi segir, hvörr sá
herkinn (væri), er þar lægi, en sæti eigi
upp, sem aðrir menn í öndvegi. Þorsteinn
kvað hann engu skipta. Moldi segir: þú
ert driuglátr, eða telz þú iafnsniallr mer?
Þorsteinn sagði: eigi nennik því at kallaz
iamsniallr þer, því ek kalla þik þess kvi-
kendis læti hafa, sem gengr á fiorum fótum
ok ver köllum meri. Moldi segir: þá skora
ek á þik til hólmgöngu 3 nóttum eptir iol.
Þorsteinn segir: at heldr eptir iol, at mer
þikkir því betr, sem við berjumz fyrr, ok
þó þú vilir, þegar í stað. Moldi segir:
ekki vil ek spilla goðahelginni, ok er mer
ekki óðt um þetta; síðan gékk hann í brott,
ok þeir allir ur höllinni, ok stigu á hesta 35
sína ok riðu í braut.

Rústung Thorsteins.

    Nú þakka menn Þorsteinni fyrir, er
hann tókz þessa hólmgöngu á hendr, ok
urðu menn fegnir, drukku nú glaðir ok
kátir um iolin. Eptir iolin fiölmennti iarl

10 *

miök til hôlmstefnunnar, ok kvômu þeir
Þorsteinn fyrr til holmis, ok settuz niðr â
völlinn, þâ spyrr iarl Þorstein, hvar sverð
þat væri, er Þorsteinn ætlaði at berjaz með.
þâ brâ Þorsteinn undan skikkju sinni einu 5
sverði, ok sýndi iarli, ok mælti: hêr er
sverð þat, er ek mun hafa. Jarl brâ sver-
ðinu ok leit â, ok mælti: hvörsu komstu
at sverði Liots hins bleika? Þorsteinn se-
gir: hann gaf mer þat â deyjanda degi 10
með öðru gôzi sînu. Jarl segir: segir þu
mer hann dauðan? Þorsteinn segir: dô hann
um sinn. Jarl mælti: þessa varði mik eigi,
ok seg mer: hvörsu fôru ykkr skiptin?
Þorsteinn sagði: sem farit hafði. Jarl 15
mælti: frægðarmaðr ertu mikill Þorsteinn!
en sverð þetta dugir þer eigi við Molda,
mun ek sýna þer hvat þat dugir: tôk í
blôðrefilinn ok drô (saman), svâ oddrinn lâ
í hiöltunum, lêt siðan hlaupa aptr, var þâ 20
or staðrinn. Jarl mælti þâ: hêr er sverð,
Þorsteinn, er ek vil gefa þer, þetta skaltu
bera îmôti Molda, ok taka eigi fyrr upp,
enn þû ert bûinn at höggva, en haf hitt til
sýnis, er þû berr, âðr. Þorsteinn tôk við 25
ok brâ sverðinu ok sýnðiz riðfrakki einn
verra [1]. Jarl bað hann fâ ser, hann gerði
svâ; jarl laust niðr hiöltunum â stein, ok
fêll af rið allt, var þâ biart sverðit sem
silfr. þetta sverð mun bíta Molda, sagði 30
iarl, en hann deyfir hvört vôpn, er hann
sêr, fyri þvî skaltu gæta, at eigi verði
hann varr við, fyrr enn þû höggr til hans.

Holmgang Thorsteins mit dem Berserkr. 35

Þorsteinn tekr nû við sverðinu, ok reið
Moldi þâ at með flokk sinn ok mælti: eigi
hefir svâ tekiz fyrr, at ek hafi orðit seinni
â þetta leikmôt, enn aðrir; heldr hefir
hitt verit, at ek hefir vorðit nokkrum mun 40

skiotari. Þorsteinn segir: ‚þvî seinna skaltu
î burtu komaz, sem þû komst siðarr‘, ok
sprettr upp eptir þat. Jarl bauð at halda
skildi fyri Þorsteinn, en hann sagði, at
enginn manna skyldi sik î hættu hafa fyrir
hann, mun ek sialfr bera skiöld minn. Sî-
ðan gengu þeir þar til, sem þeir skyldu
berjaz, ok kveðz Moldi mundi segja upp
hôlmgöngulög: þvî ek hefir â þik skorat:
sînum feldi skal hvôrr okkarr kasta undir
fœtr ser, skal hvôrr standa â sînum feldi,
ok hopa eigi um þveran fîngr, en sâ sem
hopar, beri nîðings nafn, en sâ sem fram-
gengr skal heita vaskr maðr, hvar sem
hann ferr; 3 mörkum silfrs skal sik af holmi
leysa sâ er sârr verðr eðr úvîgr. Þorsteinn
segir: þô þar liggi 6 merkr (við), heldr
enn 3, þâ þikki mer þvî betr, sem ek tekr
meira. Ecki er þer þvî heitit, sagði Moldi,
fyri þvî at ek hefir þat optarr âtt at taka,
enn gialda. Þorsteinn segir: eigi mun nu
sva þô. Nu kasta þeir feldum undir fœtr
ser ok ganga þar â. þat er vandi vôrr,
segir Moldi, at 3 skiöldu skal taka hvôrr,
ok hlîfa ser með, ef höggnir verða, eðr
hvörsu er sverð þat, er þû ætlar at vega
með? Þorsteinn selði honum sverdit, en
hann tôk við ok brâ þvî; hann mælti: hvörsu
komstu at sverði Liots hins bleika, brôður
mîns? Þorsteinn segir: Liotr sendi þer
kveðju â deyjanda degi, ok þat með at
honum þôtti þû líkastr til at hefna hans.
Moldi segir: segir þû mer lîflât Liots, brô-
ður mîns, ok at þû hafir verit hans skaða-
maðr? Ekki mâ þess dylja, sagði Þor-
steinn, ok muntu nû vilja hefna hans, ok
fresta eigi lengr. Moldi segir: mer þikkir
mikill skaði, at drepa svâ vaskan mann.
Þorsteinn segir: þat er þô satt at segja, at
eigi mâ geta til: þat var sagt, at þû kyn-

---

[1] wol vera.

nir ecki at hræðaz, hver ögn sem þer væri boðin, nû skil ek, at þû villt bera bleiðiorð fyri mer, hvar sem þû ferr. Eigi skaltu þess bîða, segir Moldi ok högg nû þegar, því mer er annt at drepa þik, síðan þû villt ecki annat enn deyja. Þorsteinn hiô til hans með sverðinu iarlsnaut, ok klauf skiöld hans allan niðr í mundriða. Moldi hiô îmôti til Þorsteins, ok klauf skiöld hans[1]; taka þeir nû aðra skiöldu, höggr þá Þor- 10 steinn með sverðinu iarlsnaut, en Moldi ætlaði at slá við flötum skildinum, Þorsteinn sêr þat, lætr því hönd siga, svâ sverðit kemr â neðanverðan fôtinn, ok tekr af kalfann ok iarkann, hopaði nû Moldi ûtâ 15 feldarskautit, svâ hann hallaz við; í þvi

slamrar Þorsteinn â hâls Molda, svâ at hausinn fauk af; varð þâ ôp mikit af iarli ok hans mönnum. En þegar fêlagar Molda siâ fall hans, vilja þeir undan halda; en iarl biðr menn, at lâta þâ ekki nâ undanhlaupí, vâru þeir allir drepnir, nema einn sem Þorsteinn kûgaði til sagna, hvar fôlgit være fê Molda; var þat stôrmíkit fê, þvi Moldi hafði verit mikill holmgöngumaðr, ok hinn mêsti ræningi; fêll þetta fê undir Þorstein, þvi iarl vildi eckert af hafa. Þakkaði iarl Þorsteini sigr þenna ok frêlsi, sem unnit hefir ser ok dôttur sinni. Varð nû Þorsteinn miök frægr af þessu öllu, halda síðan heim til hallar; lætr iarl stofna til âgætrar veizlu, ok drekka hana glaðir.

Schwedische Übersetzung der Legende vom heiligen Erich.

Fant script. suec. II, 318.

Hær viliom vi medh gudz nadhom sighia medh faam ordhom aff þhöm hælgha gudz martire Sancto Erico, som fordom war Konungher i Swerike, badhe aff æt 25 ok ædle. Han war swa fast aff konunga slækt, som aff androm Swerikis höfdingiom. Sidhan rikit var vtan forman[2], ok han var kiær allom lanzsins höfdingiom ok allom almoganom, tha valdo the han til Ko- 30 nungh medh allom almoghans godhwilia, ok sattis hedherlica[3] a Konungx stool vidh

Upsala. Sidhan han kom til valdha, hedhradhe han mykyt gudh oc þrem lundom skipadhe han sit lifwerne, ey swa mykyt aff thet valde, som han var tha til komin, vtan aff enne mykle umhuxan, ok fulkompnadhe væl sit lifwerne, til han ændade thet medh hederlico martirio. Han fölgdhe thera godha Konungha æpte döme, som i gamblo laghomen[4] varo, först til the helgho Kirkio ok gudz dyrk ökilse[5], sidhan til almoghans styrls ok rætzl[6], visa

---

[1] Von hier an die spätere Ausfüllung p. 193. — [2] st. for-mann wie die Auslautgem. oft unterlassen ist. — [3] isl.: heiðrliga. — [4] isl.: lögunum. — [5] isl.: auksla. — [6] subst. verb. v. râða.

manna styrkilse, oc at ytersto satte han sik allan a moth tronna[1] owinum. Sidhan skipade han i Opsala Kirkio, som gamble Konungha hans foreldra hafdo byriat ok en del upbyght, gudz thiænisto 5 mæn. Sidan foor han vm alt sith rike, ok sökte sit folk, ok foor fram aat rættom konunghslekom vægh. Ilan dömde rætta doma vtan allan vinskap ælla pæninghavild ok ey orœtta doma for ræddogha ælla 10 hath[2] sculd. Han gik fram aat thöm vægh, som ledher til himerikes. Ilan sætte osata mæn, han frelsadhe fatöka mæn aff sinom iwirmannom, ok störkte rætvisa mæn i gudz thiænist, ok wranga[3] mæn vilde han ey 15 thola i sino lande, utan giordhe hwariom sin ræt. Han var almoghanom swa kiær badhe for thetta, ok swa for andra goda gerninga, at aldir almoghin vilde hanom wt gifwa thridhia delin aff allom brutpæ- 20 ningom[4], som æpte lanz laghum lagho til konungx fatabwr. Tha sighs han thöm hafwa swarat, som hanóm thet· budhu: „Jak hafwir öfrikt aff mino eghno goze, ok hafwin j idhart, for thy at the æpte idher 25 koma, the thorfuo thet væl vidher‘; ok thet var rætismanz ordh, ok siældhan finz nu hans like, som sik lætir nöghia at sino eghno ok ey girnas sinna vndirdana goz.

Sannelika for thy at thæt ær rætuist, 30 at thæn annan skal styra oc döma, han scal förra döma sik siælfuan, ok göra siælinna vndirdana ok styra sin hugh til gudz, som scrifuas: „Jac pinar min likama ok lifwer jak i gudz thiænist,‘ for thæn sculd 35 var thæn hælghe konunghin starkir i vaku, iðheliken[5] a bönum, tholugher i ginuærdo ok milder i almoso, ok thwingade sit köt medh hwasso harklædhe, ok i thy samu

harklædhe war han som i rætwisonne brynio, vm thæn thima han var dræpin, ok thet ær æn i dagh gömpt[6] i Vpsala Kirkio, væt[7] i hans halgha blodhe. Vm fasto ælla vm andra helgha thima kom han ey i Drotningina sæng, vtan tha naturlikin lusta krafdhe kötit, tha hafdhe han oct kar[8] fult medh kalt vatn, badhe vm vintir ok somar, som han slækte[9] naturlikan losta medh. Sidhan, som wi först sagdhom, at Kirkian var bygdh ok rikit væl skipat a mot vantronne ok sins folks owinum, tha samkadhe han saman hær, ok thok medh sik aff Upsala kirkio Sanctum Henricum biscop, ok for til Finlanz ok stridde, ok drap alla thöm som ey vildo taka vidh rætuiso ok rætte troo, for thy at han hafdhe opta thöm gudz troo ok frid budit, oc tho waro swa forhardhe, at the vildo engalund vndi ganga, vtan medh hardhe hand. Sidhan han hafdhe sigher wonnit, ok han var a sinom böuom, ok badh til gudh medh gratande tarom, for thy han hafdhe milt hiærta, tha spurdhe en hans swen, hwi han græt, mædhan han hafdhe gudz owini sighrat oc wunnit, som han matte hællir glædhias aff. Han swaradhe swa: „Sannelika jak glædz‘[10] ok lofwar gudh for gifuan sigher, ok sörgher mykyt, at swa manga siæla sculdo forfaras i dagh, som hældir[11] matto hafwa komit til himerikis, vm the hafdho takit vidh cristindom‘: ok tha kalladho han saman folkit, som epte lifdhe, ok gaff landeno fridh ok læt predica landeno gudz troo ok cristnadhe folk ok bygdhe kirkior, ok satte ther ater Sanctum Henricum, som thær æpte tholde martirium. Sidhan ther varo preste skipadhe ok annur the thing, Gudz dyrk tilhördhe, tha foor

---

[1] v. trû. — [2] isl.: hræðslu ella hatrs. — [3] isl.: rânga. — [4] isl.: brot-penningom. — [5] isl.: iðulligr â bœnum. — [6] isl.: geymt. — [7] vætt. — [8] ker. — [9] isl.: slökti. — [10] gleðz. — [11] heldr.

han ater til Swerikis medh hedherlikom sighir.

A tionda are hans Konungx rike, thæn gamble owinin vekte vp a mot hanom en man, som hæt Magnus, Konungxins son aff Danmark, som a sit mödherne atte Konunger at vara [1] a mot laghum, som forbiuda, at wtlænningia sculu radha.[ ] Han legdhe medh sik en höfdhingia, ok reddo sik saman til hans dödh, ok sampnado lönlica [2] saman hær a mot Konungenom, hanom ouitande, vidh Östra Arus, thetta thimde vm hælgha thorsdagh i Sanctæ Trinitatis Kirkio, a thy biærghe, som heter Mons Domini, som nw ær kirkian bygdh. Mædhan han hörde mæsso, var honom saght, at hans owini varo nær stadhenom, ok radhelikit ware at möta thöm ginstan medh sinne makt, tha swaradhe Konungin: ,lætin mik vara mædh nadum at höra fulkomlika gudz thiænist i swa store höghtiiö [3], for then sculd at jak hopas til gudz, at thet som hær atir staar af hans thiænist, thet scolum vi annar stadhs höra.' Sidhan thetta var sakt, tha anduardadhe han sik gudhi i hændir oc vald, ok giordhe kors [4] för sig, ok gik wt aff Kirkionne, ok væmpte [5] sik medh kors tekne ok sina swena först, ok sidhan medh vapnom, tho at the varo faa ok mötto mannelika omanlicom. Sidhan the komo saman, tha bioldo fleste medh værsta gram

amot godum gudz vini. Sidhan han var nidherslaghin ok huggin saar owan a saar, ok swa som han war varla dödher, tha wordho grymi grymare, ok giordho haad aft hedherlikom, ok huggho hofwed af hanom som aff androm fangafulom [6]. Han anduardadhe gudhi sina siæl oc foor aff iordrike ok til himerikis rike.

Thætta var thet första miraculum, at i thæn stadh, hans blodh var först wtgutit, brast vp en rinnande kiælda, som än i dagh ær til vitna. Sidhan the varo borto, oc hans helghe likama atir i samma stadh han var dræpin, oc faa aff hans swenom varo atir ok toko likit, ok baro thet in til enan fatika enkio [7] hws, ok var ther een fatik kona blindh vm langan tima, ok sidhan hon hafdhe takit vpå hans likama, ok hænna fingir varo vaath wordhin aft hans blodhe, ok thok a sinom öghom, oc fik i samu stundh skiæra syn oc lofwadhe gudh. Mangh annur tholik miracula, som gudh hafwer giort medh sinom hælgha martire Sancto Erico, æru annat stadh scrifuat. Han vardh dræpin æpter gudz byrth Thusanda aarum ok hundrada ok sextighi arum: quinto decimo Kalendas Junii, i Alexandri Paua daghum thridhia, regnanto domino nostro Jhesu Christo, cui est omnis honor ac gloria in secula seculorum. Amen.

---

[1] àtti at vera, sein wollte. — [2] leynilega. — [3] isl.: hàtid. — [4] = kross. — [5] st. vapnaði. — [6] Von hier an Zusatz aus dem Anfang d. XIV. Jh. — [7] isl.: fàtœku eckju.

Aus dem Catalogus regum Sueciæ.

A primordiis regni ad Magnum Erici an. 1333.

Fant script. rer. Suec. I, p. 2 u. 5.

Rex itaque ingo qui primam svecie monarchiam rexisse plurimi astruunt genuit 5 neork Qui genus stroy hos ambos tota illorum posteritas ut Deos venerati sunt Stroyer vero genuit fiolm qui in dolio medonis est dimersus. Cujus filius suerchir manum in petram projiciens non re- 10 traxisse dicitur, quod pro certo fabulosum creditur Iste genuit Valanda qui in sompno a demone suffocatus interiit, Quod genus sweco sermone mara dicitur. Hic genuit Visbur quem filii sui cum omni curia sua 15 ut cicius hereditaretur Viuum incenderunt Cujus filium Domald[1] sveui omnes pro ffertilitate frugum Cereri hostiam optalerunt. Iste genuit Domar qui in svecia obiit. hujus filius Digguir in eadem regione vitam 20 finiuit. Eum successit filius ejus in regem Daghr quem Dani in quodam vado quod stotamuadh vel Vapnauadh dicitur dum passeris injurias vindicare conaretur publico bello occiderunt. Qui genuit Alrik 25 hunc frater suus Erich cum freno percussit ad mortem. Alrik autem genuit Ingimar. Istum Uxor sua iuxta locum agnafit qui nunc stokholm dicitur propriis manibus interfecit suspendendo ad arborem cum 30 cathena aurea Cuius filius ingialdir in swecia a fratre suo ob infamiam uxoris est occius, que bera dicta est hoc nomen late sonat. post hunc filius ejus Jorundir qui

Inge swerikis konungr som ensambr ræð först allo swerike swa sum mæn sæghia af han fik en son som hæt neork siðan fik han en son som hæt froðe ok þe baðe heðraðess swa som guðar aff allom þem som aff þöm baðum födos. siðan fik froðe en son som hæt fiolm oc han war drænktir ij eno möðakari oc han atte en son æpter sik som hæt swærkr han war swa starkr at han slo hand sina oppa ena hæl och hon fastnade þer .....

.. slo han at döða með eno bezle. siðan atte alrik en son sem hæt ingemar och hans eghin husfru drap han i eno stað som agnafit kalla som nwkallas stokholm, oc þer hångðe hon han op við eþ træ með enne forgylto boio ock han atte en son som hæt ingiældr oc warð dræpin om siðe þo aff sinum eghnum broðr fore ofråghx[2] hans konu oc hon hæt bera. Siðan war æpter han iorundir hans son oc þa han

___
[1] Vgl. 194, 35; 195, 26. — [2] st. ôfrægðs.

dum danos debellasset suspensus est in loco
oddasund in sinu quodam Dacie quem
limafiordh indigenæ appellant male vitam
finivit Iste genuit haquon qui longo ve-
tustatis senio IX annis ante obitum suum 5
dense usum alimonie postponens lac cum
de cornu ut inffans sugsisse fertur. aukun
vero genuit eghil cognomento Vendilcraco
quem proprius servus nomine tonne regno
privavit Et cum domino pedissequus VIII 10
Civilia bella commisit in omnibus victoria
potitus in IX tandem devictus occubuit et
paulo post ipsum regem truculentus thaurus
confodiens trucidavit Cui successit in regem
filius suus Otharus qui a suo Equivoco 15
otharo danorum comite et fratre ejus fasta
provinciarum danie scilicet venali [1] inter-
emptus est Ejus filius adhils vel adhisl
ante edem Dyane dum ydolorum sacrificia
fugat equo lapsus exspiravit Hic genuit 20
Eysten quem goutones in domo quadam ob-
strusum cum suis incenderunt vivum.

hafðe striiþ wiðr danska mæn oc þöm wm-
strit þa warð han ophængdir i en stað som
hæt oddasund við danmark som infödde
mæn kalla limafiorð. oc han atte en son
æpter sik som hæt haquon oc warð swa
gammal at nio aar for æn han doo þa diðe
han hornspina swa som eþ barn. Siðan
atte han en son som hæt æghil wændil-
krake oc hans eghin swen som het tonne
tok honum rikit fra oc atta (VIII) striðe
þa hafðe tonne með honum oc alla wan
han þöm oc nionda sinne þa þe striddo þa
warð han ihälslaghin oc litit þer æptir þa
warð siælfuir konungin ihäl stangaðr af
enom þiure. Siðan kom æpter han otar
hans son oc war i häl slaghin af enom herra
af Danmark som hæt otar oc hans broðer
fasta. Hans son som hæt aðils þa han reð
bort fraan sinna guða högtið þa fiöl han
af heste sinom fore ens afguðz huse som
hæt dyana oc þer doo han . . . . . .

Aus der Vilkina- oder Thidhrikssaga.

1) Geburt und erste Thaten des hörnen Sigfrids.

Nach Ungers Ausgb. c. 160. 162—167 (Perings. c. 140. 142—7).

Lât Sisibe drottningar.

Nû riða greifar [2] i brott ok heim â leið;
ok einn dag stendr drottning î vigskorðum
ok sêr iôreyk, ok þvi næst sêr hon reið
manna ok kennir af vâpnum, at þar ero

25 greifarnir heimkomnir með sîna menn, ok
þegar er hon væntir, at þeir muni heyra,
þá kallar hon ‚þat skyldi guð vilja, at gôð
tiðendi spyrða ek til Sigmundar konungs,
eða hvat þið segið ifrâ hanum, ok segið
30 satt nû ok liugið eigi‘. Nû svarar Artvin

---

[1] l. veneno. — [2] Die Grafen des Kg. Sigmund, Artvin u. Hermann. *Statt greifar giebt*
U. greivar. *Das inlautende f habe ich durchweg hergestellt.*

„Sigmundr kongr er heill, ok vel hefir hanum fariz, hann liggr nú í Svávaskóg með her sinn ok þau orð sendi hann þer, at þú skalt þar koma til hans, ok vil hann þik hitta, enn ver megum vel þer þangað fylgja at 5 hans boðorði". Nú svarar drottning ‚ecki dvelr mik, þar til er ek skal hanum í gegn fara ok hver er sú kona, er mer skal fylgja þangað'. Nú svarar Hermann „ecki skiptir hverr kona fer með þer, þat er 10 ecki löng leið, er þú skalt fara". Þá svarar hon ‚nú em ek albúin' ok nú fara þau þar til er þau koma í einn [1] dal í skóginum, þar er aldregi hafði áðr maðr komit, ok fara nú þar af héstum sínum, ok nú mælti 15 drottning af miklum móði ‚hvar ertú nú Sigmundr kongr? hvö bauðstú [2] þessum mönnum mik hingað at flytja? nú veit ek at vísu, at ek em svikin, ok eigi hefir þú mik svikit eina saman, heldr mantu svikit hafa 20 barn þitt' ok grêt nú sárlega. Nú mælti greifi Artvin „nú verðu við at gera, sem mælt er við ockr ok kongr bauð, at skera skal tungu or höfði þínu ok fœra kongi, ok hér skaltu láta þitt líf." Nú mælti 25 Hermann ‚saklaus er þessi kona, ok gerum nú annat ráð, tökum nu einn hund, er hér fylgir oss, ok skerum hans tungo or, ok fœrum kongi'. Nú svarar Artvin „hon skal nú þess gialda, er hon hefir opt váro máli 30 illa tekit, ok nú skal fram fara öll vár ætlan." Nú svarar Hermann ‚sva hialpi mer guð, at aldregi skaltu henni mein gera, ef ek má banna þer' ok bregðr nú sverði sínu. Enn í þessu bili verðr drottning 35 léttari, oc fœðir eitt sveinbarn allvænt ok þá tök hon af sinni miöðdrecku er hon hafði haft með ser, einn glerpott, ok er hon hefir sveipað barnit í klœðum, þá lætr hon þat koma í glerpottinn, ok lýkr aptr síðan 40

vandlega, ok leggr í hiá ser. Enn nú taka þeir at berjaz, ok er þetta viðskipti alldrengilikt, ok at lyktum fellr Artvin við sealft þar er drottning hvílir. Nú skýtr Artvin sínum fœti til glerpotsins, svá at hann rýtr út á ána, enn í því bili reiðir Hermann sitt sverð tveim böndum á hans hals, Artvin [3], svá at höfuðit fauk af. Enn nú er drottning sér, hversu barnit ferr, þá með annarri sótt fellr á hana ómegin ok andaz hon nú síðan. —

Um Sigurð svein.

Þetta sama glerker rekr eptir ánni til sæfar, ok er þat eigi æfar langt, ok er nú útfall sæfar. Nú rekr kerit á eina eyri, enn siórinn fellr af, svá at þar er allt þurt, er kerit liggr. Nú hefir sveinninn vaxit nockut í kerinu, ok er kerit rœrir við eyrina, þá brotnar þat í sundr, ok grætr barnit. Nú kom þar at ein hind ok tekr barnit í munn ser, ok ber heim til síns bœlis, þar átti hon tvö börn, þar leggr hon sveinninn niðr, ok lætr sveinninn drecka sik, ok þar fœðir hon hann sem sín börn, ok er hann þar með hindinni tolf mánaði. Nú er hann ‚svá sterkr ok mikill, sem önnur börn fiogra vetra gömul.

Um Mími ok Reginn.

Einn maðr hét Mímir, hann er smiðr svá frægr ok svá hagr, at náloga var engi hans maki at þeirri iðn; hann hefir marga sveina með ser er hanum þiona; hann á ser konu, ok á þeim níu vetrum síðan er hann fêck hana, megu þau ecki barn fá, ok þat harmar hann miök. Hann hefir átt ser einn bróður er heitir Reginn, hann

---

[1] U. giebt æin., P. eirn. — [2] so P.; banstn U. — [3] Dat., wodurch hans erklärt wird.

var mikill fyrir ser ok allra manna verstr, ok hanum var þat ok goldit, at hann fêck svá miklar gerningar ok kynzl, at hann varð at ormi. Ok nú gerðiz svâ at hann var allra orma mêstr ok verstr, ok nú vil hann hvern 5 mann drepa, nema vel er hann við bróður sinn, ok nú er hann allra sterkastr ok nú veit engi maðr bœli hans, nema bróðir hans Mìmir.

Um Mìmi ok Sigurð svein.

Nú er þat einn dag at Mìmir ætlar at fara i skóg ok brenna kol, ok ætlar at vera þar þria daga, ok er hann kemr i skóginn 15 þá gera þeir stóra elda, ok er hann er staddr við eldinn einn saman, þá kemr þar at hanum einn sveinn, så var vænn ok rennr til hans. Hann spyrr hvat sveina hann sê? cnu så sveinn kann ecki mæla, enn þó tekr 20 Mìmir hann til sin, ok setr hann á knê ser ok leggr klæði yfir hann, þviat hann hefir ecki klæði âðr, ok þá kemr þar ein hind rennandi, ok gengr at kniâm hanum Mìmi, ok sléikir um andlitit ok höfuðit á barninu 25 ok af þvi þyckiz Mimir vita, at hindin man hafa föstrat barnit, ok fyrir þvi vil hann eigi tortima hindinni, ok tekr sveininn ok varðveitir, ok hefir heim með ser, ok ætlar ser upp at fœða ser til sonar, ok gefr nafn 30 ok kallar Sigfröd. Nú vex så sveinn þar upp, til þess er niu vetra gamall, ok er hann nú svâ mikill ok sterkr, at hans maka så engi maðr, hann er svá illr við reignar, at hann berr ok brýtr sveina Mì- 35 mis, svá at varla þyckir vært hia hanum.

Um Sigurð ok Eckiharð.

Einn sveinn heitir Eckiharð, hann var mêstr fyrir ser af þeim tolf sveinum. Nú er þat einn dag, at Sigfröðr kom i

smiðju, þar er Eckiharð smiðaði. Nú lýstr Eckiharð Sigfröð með sinni töng við eyra hanum, enn nú tekr Sigfröðr sveinn enni vinstri hendi i hâr hans svâ fast, at hann fellr þegar til iarðar, ok nu laupa at hanum allir smiðjusveinar ok vilja duga Eckiharð; enn Sigfröðr fer undan at dyrunum svâ skyndiliga, ok út um dyrnar, ok dregr Eckiharð eptir ser at hárinu, ok sva 10 fara þeir, til þess er þeir koma fyrir Mìmi, ok nú mælti Mìmir til Sigurðar ,illa gerir þú þat, 'er þú vilt berja mìna sveina, þá er nockot nýtt vilja gera, enn þú gerir ecki nema illt eitt, ok nú ertu sterkr, ok 15 nú máttu eigi minna vinna enn einn þeirra, ok nú skal ek þer til koma, at þû skalt fûss, ok ef eigi· viltû ellegar, þá skal ek berja þik þar til, er þu verðr feginn, at heldr vinnir þú'; ok tekr i hönd hanum ok 20 leiðir hann til smiðju. Nú sez Mimir fy- rir aflinn, ok tekr eitt mikit iarn ok lætr i eld, ok ena þyngstu sleggju, ok seldi Si- gurði. Enn er iarnit var heitt orðit, bregðr hann því or aflinum ok á steðjann, ok biðr Sigurð nú til liosta. Sigurðr lýstr hit 25 fyrsta högg svâ fast, at stedjasteinninn klofnaði, enn steðinn gengr niðr alt til hausins, enn iarnit rýtr i brott, enn tön- ginn brestr i sundr við sleggjuskaptit, ok kemr fearri niðr. Ok nú mælir Mìmir: ,al- 30 dregi så ek eins mans högg ögurlegra, nê óhaglegra enn þetta, ok hvat· sem annat verðr af þer, þá má þik ecki nýta til ið- nar. Nú gengr Sigurðr til stofu ok sez niðr hiá föstru sinni, ok segir nú engum 35 manni, hvárt hanum þyckir vel eða illa.

Sigurðr drepr Reginn.

Nú gerir Mìmir sitt ráð, ok sêr nú at af þessum sveini mun hanum standa mikit óhapp, ok nú vil hann fyrirfara honum, ok

nû gengr hann î skôginn, þar er einn mikill
ormr er, ok segir at' þá man hann einn
svein gefa honum, ok biðr hann drepa hann.
Nú ferr Mîmir heim, ok annann dag mælir
Mîmir við Sigurð fôstra sinn, ef hann 5
man vilja fara î skôg at brenna honum kol.
þá svarar Sigurðr ,ef þú ert iamvel við
mik héðan ifrá sem hingað til, þá fer ek,
ok þâ vil ek vinna alt þat er þú vilt'. Nû
býr Mîmir hann til þessar farar ok fær 10
hanum vîn ok vist til nîu daga, er hann
skal î brott vera, ok eina viðaröxi; ok nû
fer hann ok vîsar hanum til skôgar, þar
sem hanum sýniz. Nû fer Sigurðr i skôg
ok býr um sik, ok nû gengr hann ok höggr 15
stôra viðu, ok gerir einn mikinn eld ok berr
þar â þau en stôru trê, er nû hefir hann
upp höggvit. Ok þâ eru dagmâl, ok sez
hann til sîns matar, ok etr þar til er uppi
er allr hans matr, ok eigi lætr hann ok 20
eptir einn sopa vins; þat er Mîmir hugði
at honum skyldi vinnaz nîu daga; ok mælir
nû hann fyrir sialfum ser ,varla veit ek
nû þess mans vânir, er ek munda nú eigi
berjaz við, ef nú komi hann til môts við 25
mik, ok þat hugða ek, at eins mans vîg
mætti mer vera ecki ofrefli'. Ok nû er
hann hefir þetta mælt, þa kemr at honum
einn mikill linnormr; ok enn mælti hann
,nu kann vera, at ek megi skiott reyna mik 30
allz þô bað ek þess âðan', ok leypr upp
ok til eldzins, ok tekr nû hit mesta trê
þat er â var eldinum, loganda, ok leypr at
orminum ok lýstr â hans höfuð, ok lýstr
hann orminn nîðr við höggit, ok enn lýstr 35
hann annat sinn â höfuð orminum, ok fellr
nû ormrinn til iarðar, ok nû lýstr hann
hvart â annat, til þess er sâ ormr er î helju.
Ok nû tekr hann sîna öxi, ok höggr af hö-
fuð ormsins, ok nû sez hann niðr ok er 40
orðinn allmôðr; ok er nû fram orðit dags,
ok veit hann nû at ei mun hann heimkoma

um kvölðit, ok eigi veit hann nû, hvat hann
skal fâ ser til matar, enn eitt kemr honum
hellzt î hug, at haun skal sioða orminn, ok
skal hann fâ honum nâttverð um kvölðit;
ok tekr hann nû sinn ketil ok fyllir upp
vatz ok hengir yfir eld, nú tekr hann sîna
öxi ok brytjar heldr stôrt, til þess er hans
ketill er fullr; ok nû er hanum titt til sîns
matar, ok er hann byggr at soðit man vera,
tekr han sinni hendi î ketilinn, ok er vall
î katlinum, þá brann hann â höndunum ok
â fîngronum, ok stîngr nû î munn ser ok
kælir hann svâ. Enn er soð rann â hans
tûngu ok î hans hals, þá heyrir hann at
fuglar tveir sâtu â viðinum ok klakaz við,
ok nû heyrði hann, hvat þessi annarr mælti
,betr mætti þessi maðr vita þat sem við vi-
tum, þâ skyldi hann nû heim fara ok drepa
Mîmi, fôstra sinn, fyrir þvi at nú hafði hann
râðit hanum bana, ef svâ færi, sem hann
hugði at vera skyldi; ok þessi ormr var
brôðir Mimis, ok ef hann vil eigi drepa
Mîmi, þâ man hann hefna brôður sins ok
drepa sveininn'. Nû tekr hann sveita orm-
sins ok rýðr â sik ok hendr ser, ok allt
þar sem â kom, er eptir sem horn sê; ok
nû ferr hann af sînum klæðum ok rýðr â
sik allann blôðinu, þar sem hann mâ til
taka, â milli herðanna mâ hann eigi til nâ.
Nû ferr hann î sîn klæði, ok ferr heim sîðan,
ok hefir höfuð ormsins î hendi ser.

Sigurðr drepr Mîmi fôstra sinn.

Nû er Eckiharð ûti, ok sêr hvar Si-
gurðr ferr, ok gengr til meistara sins ok
mælti: ,ja herra, nû ferr Sigurðr heim, ok
hefir höfuð ormsins î hendi ser, ok man
hann hafa drepit hann, ok er nû engi an-
narr til, enn nû forði hver ser, fyrir þvi þótt
ver sêm hêr nû tolf, ok þôat vor sêm
halfu fleiri, þâ hefði hann þô oss alla î

helju, svå er hann nû reiðr. Ok nû laupa þeir allir til skôgar ok fela sik, enn Mìmir gengr einnsaman î môti Sigurði, ok biðr hann nû velkominn. Nû svarar Sigurðr „engi yðar skal vera velkominn fyrir þvî 5 at þetta höfuð skaltu gnaga sem hundr‟. Nû svarar Mìmir: „eigi skaltu þat gera er nû mælir þû, ok skal ek heldr bœta þat, er ek hefi illa gört við þik; ek man gefa þer hialm einn ok einn skiöld ok eina brynju, 10 þau vâpn hefi ek gört Hertnið î Holm-garði, ok eru allra vâpna best, ok einn hêst vil ek gefa þer, er heitir Grani, så er î stôði Brynhildar, ok eitt sverð er heitir Gramr, þat er allra sverða best.‟ 15

Nû svarar Sigurðr „þessu mâ ek iâta, ef þû efnir þat sem þû heitr‟, ok nû ganga þeir heim bâðir saman. Nû tekr Mimir iarnhosur ok fær honum, ok hann vâpnar sik með, ok þvî næst eina brynju, ok stey-pir hann henni â sik ofan; siðann fær hann hanum hialm, þann er hann setr â höfuð ser, ok nû gefr hann honum skiöld, ok eru nû þessi vâpn öll sva gôð, at trautt mâtti finna önnur iamgôð. Nû selr hann honum eitt sverð, ok er Sigurðr tekr við sverðinu, bregðr hann þvî, ok sýniz allgôt vâpn, ok nû reiðir hann þat sverð sem harðast mâ hann, ok höggr Mîmí banahögg.

---

2) Die Wisendjagd Irons des jarls von Brandenburg im Walslönguwald.

Ebenda c. 263 (Per. c. 235).

Nû rìðr Iron iarl ût â skôginn með LX riddâra. Iron iarl rìðr nû alla sìna leið, sva at ecki dvelz hann, âðr hann kemr î 20 Valslönguskôg. Ok er hann kemr þar, tekr hann at veiða dýr, ok hvar sem hann kemr â dýra spor, þâ rìðr hann svâ eptir, at ecki dýr er þat fyrir honum, at lif hafi, hvar sem þeir koma î skôginn. Ok nu er 25 þat einn dag at Iron iarl rìðr um skôginn með sìna hunda, hann kemr â spor, hvar farit mun hafa enn mikli visundr, þâ slær hann eptir sporinu mörgum hundum; hann rìðr akafliga, ok hundarnir fâ hitt vi- 30 sundinn, svâ ero þeir skiotir at þegar geta þeir hann farit. Visundrinn snýr við hun-dunum ok verr sik með hornunum; hundar-nir sœkja at fast, enn fyrsti kemr at Norð-

jan veiðimaðr eptir hundunum af öllum þeim riddorum, ok hann hefir î taumi tvô hunda ena bestu iarls; Stutt ok Stapa, ok litlu síðar Iron iarl, ok hann hefir î taumi Paron ok Bonikt, þâ rìðr drôttseti iarlsins, ok hefir î taumi Bracka ok Porsa; þar næst kemr skenkjari iarlsins, honum fylgja tikrnar Ruska ok Luska, er undir eru aluir allir enir bestu hundar Irons iarls, ok hvârtveggi þeirra er allra veiðihunda bestr. þâ mælti Iron iarl við drôttsetann: slâ nû lausum þínum hundum Bracka ok Porsa, ok lâtum til dýrsins; ok hann gerir svâ. Hundar laupa at dýrinu all-grimmlega ok â sìna hlið hvârr. Visun-driun veifir höfðinu â hœgra veg ser, ok stîngr hornunum undir bôg Bracka, svâ þegar stingr hann í gegnum hann, ok kastar honum frá ser, ok nú snarar hann vinstra veg ser til Porsa, ok stingr svá sínu hofði í hans síðu, at hann ristir hann dauðan af sínum hornum. Nu eru farnir tveir 5 hinir beztu hundar. þá kallar hann, iarlinn, at skenkiarinn skal lausar láta tikrnar Lusko ok Rusko, hann gerir svá; þær laupa nú at báðar senn, Luska leypir undir dýrit ok þrifr í kviðinn svá fast, at dýrit 10 svignar við; dýrit leypir báðum sínum eptrum fötum á rygg Lusko, sva at í sundr geak ryggrinn, ok svá fær hon bana; Rusko lýstr hann sínu höfði, svá at þar af fær hon bana. Nú lætr Norðjan lausann Stutt ok 15 Stapa, er beztir voro af öllum veiðihundum; Stapi leypr at dýrinu ok á halsinn svá fast, at hann tekr milli horna dýrinu; þar bítr hann all fast, enn dýrit kastar honum í lopt upp svá langt með sínu höfði, at 20 hvert bein er brotit í honum, áðr enn hann kemr á iörð. Nú vil Stuttr upp hlaupa á hals dýrinu, enn þat lýstr hann með horninu ok kastar honum á iörðina, svá at hann kom dauðr niðr. Nú hleypr 25 dýrit undan, ok verðr hrædt fyrir hundunum, þá slær Iron iarl lausum sínum hundum Paron ok Bonikt; dýrit rennr nú undan, en hundarnir sœkja eptir. Einn riddari fylgði iarli, er hét Vandilmar, hann 30 var mikill ok sterkr, ok allra manna var hann þó údiarfastr; hann hræddiz miök dýrit ok hliop undan, ok sér at þat muni taka hann, hleypr nú af hestinum ok upp í eitt tré; nu hleypr dýrit eptir honum 35 ok undir tréit. Nú er hann halfu hræddari enn áðr, ok hleypr upp í kvistuna, enn kvistirnir fá ei borið hann, ok fellr hann ofan. Nú er dýrit þar undir, ok hefir snúiz ímôt hundunum; riddarinn fellr ofan 40 ok kemr millum horna dýrinu, ok sínum megin hvárr fôtr halsins, hann spennir höndu-

num um horn dýrsins, ok heldr allfast. Dýrit verðr allhrætt, hleypr undan, en hundarnir eptir; jarl ok hans menn hleypa eptir hundunum, þeir fara nú langa leið. þá mælti iarl við Norðjan veiðimann: ek sé undarliga sýn, ek sé hvar dýrit hleypr, ok maðr nockr ofan á milli horna því. Nu sér Norðjan svá sem jarl sá, ok nu kallar hann hátt: ,sœkjum fast eptir dýrinu, því at nú mun þat mœðaz, einn várr maðr er nú kominn á dýrit. Nú hleypa þeir allir svá sem hestarnir mega fara. Dýrit hleypr ok með manninn, þar fylgja með sio hinir yngstu visundar ok allir hundar Irons iarls; þar eru nú mikil hundasköll, dýrit hleypr norðr á heiði til Ungara skôgs. Vandilmar er nú hræddr, at hann muni falla af dýrinu, þviat hann veit at hann hefir bana, ef hann fellr ofan. Á þessa lund hleypr dýrit til þess þat kemr í Ungara skôg, ok þar fá hundarnir Paron ok Bonikt komiz fyrir þat, ok fá rekit dýrit aptr, ok nú verðr dýrinu þungt at hrœra halsinn ok höfuðit, er maðrinn sat á. I þessu kemr at Iron iarl með sitt gladil ok leggr í gegnum dýrit ok við þetta fellr visundrinn. þá mælti iarlinn við Vandilmar riddara: ,þu ert kallaðr allra manna ôvaskastr, ok þó hefir þú nú unnit þat verk, at engin er svá diarfr eða hraustr í mínu landi, at mer hafi meiri sœmd unnit; ok skaltu þess vel niota'. Nú riðr at Norðjan ok aðrir riddarar, þar er dýrit hafði fallit, þeir lofa nú miök afrek iarls, ok engi þeirra veit, nema hann einn, hví þanninn hefir til borit. þeir gôra dýrit til matar ser, ok gefa hundum sínum, ok eru nú allkâtir. þá riðr iarl heim við alla sína menn ok hefir nú efnt sina heitstrenging vel ok prýðilega.

· þá er Iron iarl kemr heim í Brandinborg, gengr í gegn honum hans frú, ok hennar dottir, jungfrú Isold, ok fagna vel iarli ok verða miök fegnar. Hann tôk î hönd sinni dôttur, ok leiddi hana fyri Vandilmar riddara ok sagði, at þâ giöf vildi

hann gefa honum. þat þakkar Vandilmar vel iarli. Eptir þat var gört þeirra brúllaup, ok fêck hann Isolde, dôttir iarls. Vandilmar var siðan greifi Irons iarls.

Aus der Nornagestsaga.

Die letzten Erzählungen Nornagests von den Nibelungen u. sein Tod. c. 9—12.

‚Þà er nû at segja, segir Gestr, at ek fôr norðr til Danmerkr, ok settumz ek þar at föðurleyfð minni, þvîat hann andaðiz skiott, ok litlu siðarr frêtta ek dauða Sigurðar ok sva Giukûnga, ok þôtti mer þat mikil tiðendi‘. Konûngr mælti: „hvat varð Sigurði at bana?“ Gestr segir: ‚sû er flêstra manna sögn, at Guttormr Giukason legði hann með sverði î gegnum sofanda î sæng Guðrûnar, en þýðeskir menn segja Sigurð drepinn hafa verit ûti â skôgi, en igðurnar segja svâ, at Sigurðr ok Giuka synir hefði riðit til þîngs nokkurs, ok þâ dræpi þeir hann; enn er alsagt, at þeir vôgu at honum liggjanda ok övörum, ok sviku hann î trygðum‘. Einn hirðmaðrinn spurði „hversu fôr Brýnhildr þâ?“ Gestr segir: ‚þâ drap Brýnhildr siö þræla sîna ok fimm ambáttir, en lagði sik sverði î gegnum ok bað sik aka með þessa menn til bâls ok brenna sik hiâ Sigurði, ok svâ var giört at henni var giört annat bâl, en Sigurði annat, ok var hann fyrr brendr enn Brynnhildr. Henni var ekit î reið einni, ok var tialdat um guðvef ok purpura, ok glôaði allt við gull, ok sva var hun brend.

Þâ spurðu menn Gest, hvert Brynhildr hefði nockut kveðit dauð; hann kvað þat satt vera; þeir bâðu hann kveða, ef hann kynni. þâ mælti Gestr:

‚þâ er Brynhildi var ekit til brennunar â helveg, ok var farit með hana nær hömrum nokkurum, þar biô ein gýgr; hun var ûti fyrir hellis dyrum ok var î skinnkirtli ok svört yfirlits; hun hefir î hendi ser skôgarvönd lângan ok mælti: þessu vil ek beina til brennu þinnar, Brynhildr, segir gýgr, ok væri betr, at þû værir lifandi brend fyrir ôdâðir þinar þær, at þû lêz drepa Sigurð Fofnisbana svâ âgætan mann, ok opt var ek honum sinnuð, ok fyri þat skal ek bliôða â þik með hefndaroröum þeim, at öllum sêr þû at leiðari, er slîkt heyra frâ þer sagt. Eptir þat hlioðaz þær â, Brynhildr ok gýgr. Gýgr kvað

Skaltu î gegnum gânga eigi ... (s. Sp. 27).

þâ œpti gýgr ôgrligri röddu, ok hliðar inni biargit‘.

þâ sögðu hirðmenn, at þetta væri gaman, „ok segþu enn fleira.“ Konûngr mælti: ‚eigi er nauðsyn at segja fleira frâ slikum hlutum‘. Konungr spyrr: ‚Vartu nokkut með Loðbrôkar sonum?‘ Gestr svárar „skamma stund var ek með þeim, ek kom til þeirra, þâ er þeir herjuðu suðr at Mundiafialli ok brutu Vîfilsborg; þâ var allt við þâ hrætt, ok þâ ætluðu þeir at fara til Rômaborgar. þat var einn dag at maðr nokkr kom fyri Biörn konung iarnsiðu ok heilsaði honum; konungr tekr honum vel ok spyrr, hvaðan hann væri atkominn. Hann sagðiz kominn sunnan frá Rômaborg. Konungr spurði: ‚hvê lângt er þângat?‘ Hann svaraði: „hêr máttu siâ, konungr, skô er ek hefir á fôtum“; tôk hann þa iarn- 5 skô af fôtum ser, ok vôru allþykkir ofan, en miök sundr neðan: „svâ er löng leið hêðan til Rômaborgar, sem þer megið nû siâ â skôm minum, hversu hart at þeir hafa þolat.“ Konungr mælti: ‚furðu löng leið er 10 þetta at fara, ok mun ek aptr snûa ok herja eigi î Rômarîki‘. Ok svâ giöra þeir, at þeir fara eigi lengra, ok þôtti hernum þetta undarligt, at snûa svâ skiott sînu skapi við eins manns orð, er þeir höfðu 15 âðr allt râð fyri giört. Fôru Loðbrôkar synir við þetta aptr ok heim norðr, ok her- juðu eigi lengra suðr. Konungir segir: ‚auðsŷnt var þat, at hêlgir menn î Rôma vildu eigi yfirgâng þangat, ok mun sâ andi 20 af guði sendr verit hafa, at snûa svâ skiott þeirra fyrirætlan, at giöra ecki spellvirki hinum hêlgasta stað Jesû Kristi î Rôma- borg.

Enn spyrr konûngr Gest ‚hvar hefir þú 25 þess konút til konûnga, er þer hefir bezt þôtt?‘ Gest svarar ‚mêst gleði þôtti mer með Sigurði ok Giukungum, en þeir Loð- brôkar synir vôru menn sialfrâðastir at lifa, sem menn vildu; en með Eireki at Upp- 30 sölum var sæla mêst; en Haraldr hinn hâr- fagri var vandastr at hirðsiðum allra nefn- dra konunga. Ek var ok með Hlöðvi ko- nungi â Saxlandi, ok þar var ek prim- signadr, þvíat ek mátti eigi þar vera elligar, 35 þvíat þar var kristni vel haldin, ok þar þôtti mer at öllu bezt.“ Konungr mælti: ‚mörg tiðendi muntu segja kunna, ef ver viljum spyrja‘. Konungr fréttir nû margs Gest, en Gestr segir þat allt greiniliga, ok 40

¹ A. örlög.

um sîðir talar hann svâ „nû mâ ek segja yðr þvíat ek em Norna-Gestr kallaðr.“ Konungr sagðiz þat heyra vilja.

„þat var, þâ er ek var uppfœddr með föður mínum î þeim stað, er Grœnîngr heitir; faðir minn var rîkr at peníngum ok hêld rikuliga herbergi sin. þar fôru þâ um landit völvur, er kallaðar voru spâko- nur, ok spâðu mönnum aldr ¹, því buðu menn þeim ok giörðu þeim veizlur, ok gâfu þeim giafir at skilnaði. Faðir minn giörði ok svâ, ok kômu þær til hans með sveit manna, ok skyldu þær spâ mer örlaga; lâ ek þâ î vöggu, er þær skyldu tala um mitt mâl; þâ brunnu yfir mer tvö kertilios. þær mæltu þâ til mín, ok sögðu mikinn auð- numann verða mundu ok meira, enn aðra mína frændr eðr forellra, eðr höfðingja syni þar î landi, ok sögðu allt svâ fara skyldu um mitt râð. Hin yngsta nornin þôttiz of- lítils metin hiâ hinum tveimr, er þær spurðu hana eigi eptir slíkum spâm, er svâ vôru mikils verðar; var þar ok mikil rifbalda sveit, er henni hratt ur sæti sînu, ok fêll hun til iarðar. Af þessu varð hun âkafliga stygg, kallar hun þâ hâtt ok reiðuliga, ok bað hinar hætta svâ gôðum ummælum um mik ‚þvíat ek skapa honum þat, at hann skal eigi lifa lengr, enn kerti þat brennr, er upp er tendrat hiâ sveininum‘. Eptir þetta tôk hin eldri völvan kertit, ok slökti, ok biðr môður mína varðveita, ok kveikja eigi fyrr, enn at síðasta degi lífs mîns. Eptir þetta fôru spâkonur î burt, ok gaf faðir minn þeim gôðar giafir at skilnaði. þâ er ek var roskinn maðr, fær môðir mín mer kerti þetta til varðveizlu, hefi ek þetta nû með mér“.

Konungr mælti: ‚því fôrstu nû hîngat til vôr?‘ Gestr svarar „þessu sveif mer î

skap, ætlaða ek mik af þer nokkura auð-
nu [1] hliota mundu, þvíat þer hafið fyri
mer verit miök lofaðir af góðum mönnum
ok vitrum.“ Konungr segir: ‚viltu nú taka
hêlga skirn?‘ Gestr svarar „þat vil ek giöra 5
at yðru ráði“; var nú svâ giört ok tók
konûngr hann í kærleika við sik, ok giörði
hann hirðmann sinn. Gestr varð trûmaðr
mikill, ok fylgði vel konûngs siðum, var
hann ok vinsæll af mönnum.   10
þat var einn dag, at konungr spyrr Gest
‚hversu lengi vildir þû nú lifa, ef þû réðir?‘
Gestr svarar „skamma stund héðan af, ef
guð vildi svâ.“ Konungr mælti ‚hvat mun
nú líða, ef þû tekr kerti þitt?‘ Gestr tók 15
kerti sitt ur hörpustokki sínum. Konungr

bað þâ kveikja, svâ var giört, ok er ker-
tit var tendrat, brann þat skiott. Konungr
spurði Gest: ‚hversu gamall maðr ertu?‘
„Nû hefir ek 300 vetra“, segir Gestr. ‚Ga-
mall ertu, sagði konungr. Gestr lagðiz þâ
niðr, hann bað þâ ólea sik; þat lêt ko-
nungr giöra, ok er þat var giört, var lítit
óbrunnit af kertinu. þat fundu menn, at
þâ leið at Gesti; var þat ok iafnskiott, at
kertit var brunnit, ok Gestr andaz, ok
þôtti öllum merkiligt hans andlát; þôtti ko-
nungi ok mikit mark at sögum hans, ok
þôtti sannast um lifdaga hans, sem hann
sagði; ok lŷkr þar frâ Norna-Gesti at
segja.

Aus der Sage vom heiligen Magnus.

Sein Ende cap. 25.

Þessu næst sem hinn heilagi Guðs vin
Magnus iarl var ráðinn ok dœmdr til 20
dauða, þâ bauð Hákon iarl Ófeigi, mer-
kismanni sínum, at drepa Magnus iarl; enn
hann neytaði með hinni mestu reiði, þâ
neyddi Hákon iarl til steikara sinn, er Lí-
folfr het, at vega at Magnusi iarli. Enn 25
hann tók at gráta hâstöfum, þâ mælti hei-
lagr Magnus iarl til hanns: ‚ei skaltu gráta,
segir hann, þvíat þer er frægð í, at vinna
slikt, vertu með staðföstum hug, þvíat þû
skalt hafa klæði mín, sem siðr er til ok 30
lög hinna fyrri manna, ecki skaltu hræðaz,

því at þû gerir þetta nauðigr, ok sâ er
þik nauðgar til, hefir meiri synd enn þû‘.
Enn er hann hafði þetta mælt, þâ steypti
hann af ser kyrtlinum ok gaf Lífolfi; sí-
ðann bað blessaðr Magnus iarl ser leyfis
at biðjaz fyrir, ok þat var hönum veitt,
hann fell þâ allt til iarðar ok gaf sik Guði
í vald, fœrandi hönum siaifan sik í förn,
ecki at eins fyrir sialfum ser, heldr ok
iafnvel fyrir úvinum sínum ok banamönnum,
ok fyrirgaf hann þeim öllum af öllu hiarta,
þat er þeir misgiörðu við hann, ok iâtti
hann Guði allar afgerðir sínar, ok bað þær

---

[1] S. setzt hinzu bragð.

allar af ser þvôz î uthellingu sins blôðs,
ok fal Guði önd sîna â hendi, biðjandi
Guðs eingla at koma âmôti henni, ok flytja
hana î hvîld Paradisar.' Þâ er þessi hinn
frægi Guðs pislarvâttr hafði lokit bœn 5
sinni, þâ mælti hann við Lîfolf: ‚stattu fy-
rir mer, ok högg mik î höfuðit mikit sâr,
þvîat ecki sômir at halshöggva höfðingja
sem þiofa; styrkztu maðr ok grât ei, þvî
ek það Guð at hann lîkni þer'. Eptir 10
þat signdi Magnus iarl sik ok laut undir
höggit, enn Lîfolfr hiô î höfuð bönum mi-
kit högg með öxi. Þâ mælti Hâkon iarl
„högg þû annat", þâ hiô Lîfolfr î hit sama
sârit, þâ fêll hinn heilagi Magnus iarl â 15
knên ok fôr með þessu pislarvætti af vê-
söldum þessa heims til eilîfra himnarîkis
fagnaða, ok þenna, sem manndrâparinn
tôk or heiminum, lêt Guð allzvaldandi rikja·
með ser â himnum, likami hanns fêll til 20
iarðar, enn önd hans var hâleitliga upp-
hafinn til himneskrar dýrðar einglanna.

Staðr sâ, er hinn h. M. iarl var högginn
î, var grittr ok mosôttr, enn litlu sîðar
byrtuz verðleikar hanns við Guð, svâ at
þar er sîðan grœnn völlr, fagr ok slêttr,
ok sýndi Guð þat î þessu tâkni, at Magnus
iarl var fyrir rêttlæti drepinn, ok hann öð-
laðiz fegurð ok grœnleik paraðîsar â iörðu
lifandî manna. Andlâtzdagr heilags Mag-
nusar iarls er tveimr nôttum eptir messu-
dag Tiburtii ok Valeriani; þat var â öð-
rum degi vîku er hinn mæti M. iarl var
drepinn, þremr vikum eptir Mariumessu â
föstu, þâ hafði hann verit 12 vetr iarl með
Hâkoni, þâ vôru kongar at Noregi Sigurðr
Jorsalafari ok brœðr hanns Eysteinn ok
Olafr; þâ var liðit frâ falli hins heilaga
Olafs Haraldssonar 74 vetr; þat var â dö-
gum Paschalis Pâfa annars með þvî nafni,
ok hinns heilaga Johannis, Hôla biskups â
Islandi. Hinum heilaga Magnusi iarli til
sœmdar talar svâ meistari Rodbert, er La-
tînu sögu hefir diktat. —

Aus der grofsen Olafs Tryggvasonarsaga.

1) Cap. 150. Forrim. 1, 302 — 6. 2) 2, 167.

1) Thors Tempel und Befragung auf den Raudhinseln.

Þvi næst sigldi Olafr konungr inn â Hla-
ðir, ok lêt briota ofan hofit, ok taka brottu
fê alt þat er þar var, ok alt skraut af goð-
onum, hann tôk gullhrîng mikinn or hofs-
hurðinni, er Hakon jarl hafði gera lâtit,
eptir þat lêt hann brenna alt saman hofit
ok guðin; en er bœndr verða þessa varir,
þâ lâta þeir fara herör um öll hin næstu

fylki, ok stefna liði ût, ok ætla at fara at
konungi með her. Olafr konungr hêlt liði
sîno ut eptir firði, hann stefndi norðr með
landi ok ætlaði at fara norðr â Hâloga-
land ok kristna þar.

En er konungr kom norðr fyrir Nau-
mudal, þâ ætlaði hann ût î Rauðseyjar;
þann morgin gêkk Rauðr til hofs sîns, sem
hann var vanr; Þôrr var þâ heldr hryggi-
ligr, ok veitti Rauð engi andsvör, þôat

hann leitaði orða við hann. Rauð þótti
þat miök undarligt, ok leitaði marga vega
at fá mál af honum, ok spurði hví þat
sætti. Þór svarar um síðir ok þó heldr
mœðiliga, sagði at hann gerði þetta eigi fyrir 5
sakleysi, þvíat mer er, segir hann, miök
þröngt í kvámu þeirra manna, er hingat
ætla til eyjarinnar, ok miök er mer úþokk-
at til þeirra. Rauðr spurði, hverir þeir
menn væri. Þórr segir, at þar var Olafr 10
konúngr Tryggvason ok lið hans. Rauðr
mælti: þeyt þú í mót þeim skeggrödd þína,
ok stöndum í mót þeim knáliga. Þórr kvað
þat mundo fyrir lítit koma, en þó gengu
þeir út, ok blés Þórr fast í kampana, ok 15
þeytti skeggraustina; kom þá þegar and-
viðri móti konúngi svá styrkt, at ekki
mátti við halda, ok varð konungr at láta
aiga aptr til sömu hafnar, sem hann hafði
áðr verit ok fór sva nökkurum sinnum, en 20
konungr eggjaðiz því meirr at fara til ey-
jarinnar, ok um síðir varð rikari hans góð-
vili með guðs krapti, enn sá fiandi er í
móti stóð. Rauðr kom enn til hofsins, ok
var Þórr þa miök úfrýnligr, ok í hörðum 25
hug. Rauðr spurði, hví þat sætti. Þórr
segir, at þá var konungr kominn í eyna.
Rauðr mælti: við skulum þá standa í móti
þeim með öllu afli, en gefaz ekki upp þe-
gar, en Þórr kvað þat lítit mundo gera. 30
Sendi konungr þa orð Rauð, at hann
kvæmi á hans fund. Rauðr svarar seinliga:
man ek ekki, segir hann, hrapa á konungs
fund, þvíat mer er lítil þökk á hans kvá-
mu, en þó miklu minni þökk enum máttuga 35
þór guði mínum. Konúngr sótti þa til bœ-
jar Rauðs, ok kallaði þar saman allt folk
sem í eyjunni var; síðan boðaði konungr
Rauð ok öllum þeim, er þar vóru saman-
komnir, guðs orð með miuklæti ok linleik 40
en engum harðindum, ok kostgæfði at leiða
Rauð á rétta götu sem annat folk. Ko-

nungr mælti: þat er erendi mitt hingat til
eyjar þessar sem annarstaðar, at leiða þik
Rauð ok allan þenna lýð af þeim villisti-
gum, er þer hafit áðr oflengi gengit eptir
fiandans teygingum, ok vísa yðr á þá greiðu
götu, er alla leiðir til eilifs fagnaðar, þá
er hana gánga með réttri rás guðligra boð-
orða; en þat er at trúa á sannan guð fö-
ður ok son ok hélgan anda, ok láta skiraz
í hans nafni, gera síðan hans vilja með
góðfýsi, ok geyma hans blezaðra boðorða,
taka þar í ümbun, ef rétt er til stundat,
eilífa sælu með almáttkum guði. En sá er
sannr guð ok allsvaldandi, sem hverr skyn-
samr maðr má skilja, er skapat hefir himi-
ninn, jörð ok siá, sól ok túngl ok alla
skepnu af engu efni í upphafi, ok síðan
stýrir ok stiornar allri sinni skepnu eptir
sinni vild ok fagrligri skipan. Þat má eigi
síðr skilja með, at þat ero eigi guðar, þó at
svá kalliz, er líkneski ero giör eptir illum
mönnum, ok megu því síðr öðrum hialpa,
at þeir ero sialfir blindir ok daufir, dum-
bir ok dauðir, ok megu hvergi or stað
hrœraz, nema þeir sé af mönnum bornir,
eðr fiandinn hrœri þá með sínu falsi ok
sionhverfingum, til þess at hann megi því
auðveldligarr svikja mannfolkit, ef svá sý-
niz sem skurðgoðin megi þeim nökkut lið-
sinni veita til sinna glœpa, þeirra er þeir
vilja framfara, er á þau trúa; en þeir fals-
guðar hafa því síðr nökkurn sannan mátt,
at sialfir fiandrnir ero harðla veikir ok
ümáttugir í móti krapti allsvaldanda guðs'.
Rauðr svaraði máli konúngs: „áheyriligt
getr þú gert, konungr, þitt mál, en eigi
er mer mikit um at láta þann átrúnað, sem
ek hefir haft, ok fóstri minn kendi mer,
ok eigi má þat mæla, at guð várr Þórr, er
hér byggir í hofi, megi lítit, þvíat hann se-
gir fyrir úvorðna luti, ok raunöruggr verðr
hann mer í allri þraut, ok fyrir því man

11 *

ek ekki bregða okkru vinfengi, meðan hann
heldr trûlyndi við mik, en ekki man ek
meina öðrum mönnum at halda þâ trû, sem
hverjum sŷniz." Konungr svaraði „þat er
ok líkast, at þer geri litit, einum î môti at 5
standa, ef allir aðrir vilja rêttu râði fylgja,
ok spurt muntu hafa, at ek hefir menn
opt skiotliga kvadda frâ erfðum, þâ er
eigi vildo hlŷða mínum boðum eptir sialfra
þeirra hialp ok nauðsyn.' Rauðr mælti: 10
heldr nu við hôt, en ekki geng ek fyrir
slíku; en þo alls er þû ert, konungr, sva
þrâhaldr â þínu mâli hêr um, ok þû segir
þinn guð allsturkau, ok mega hvervitna þat,
er hann vill, þâ mun hann vilja efla þik 15
svâ, at þû meghir miklu orka; en þû kal-
lar þôr auðgætligan ok vanmeginn, en ek
vænti at þer man at öðru verða; nu mun
ek gera bâl mikit, ok þit þôrr gangit þar
at sînum megin hverr ök takiz î hendr, þâ 20
mun sâ ykkar sŷnaz sigr hafa, er annann
dregr um eldinn, ætla ek at þer skal þôrr
verða heldr handstyrkr. Konûngr mælti:
hverr heyrði slíkt mælt, enginn maðr dirf-
ðiz furr at vîsa diöflum til þrautar við mik, 25
sem ek boðaða hêlga trû, en þô man ek
til þessa râða, treystandi â miskun almât-
tigs guðs, at fiandinn mun ekki mega î
môti krapt Jesu Krists, ok þô geng ek til
þessa prôfs með þeim skildaga, at hvârgi 30
okkarr þôrs skal öðrum hialpa, ok hvers
sem viðþarf, ok engi maðr skal tilfara með
okkr, hvârr sem vanluta verðr. Var þa
hlaðit mikit bâl ok skotit î eldí. þôrr gekk
at eldinum ok var þô tregr til, tôkuz þeir 35
konungr î hendr ok sviptuz fast, þôrr lêt
fyrir, drap hann fôtum î eldstokkana, ok
steyptiz û eldinn fram, brann hann þar â
lítilli stundu at ösku, en konûng skaðaði
ekki. Olafr konungr mælti: nû er öllum 40
mönnum auðsŷnt, at þeir hafa illan âtrûnat,
er treystaz þôr, þar er hann mâtti eigi sial-

fum ser hialpa við bruna. Rauðr svarar:
reynt er nu þetta, konungr, at þu berr
sigr af ykkrum viðskiptum, ok aldri skal
ek síðan â hann trûa, en þo ferr fiarri, at
ek lâta skîraz at sinni. Konungr lêt þa
handtaka Rauð ok hafði hann með ser î
varðhaldi, en þô vissi hvârgi þeirra Rögn-
valds til annars, en alt folk annat î eyjunni
var skîrt ok tôk sanna trû.

2) Standhaftigkeit Eyvinds.

Fôr Hârekr þegar brotto, er hann var
bûinn, en Haukr ok Sigurðr vôro eptir
með konungi ok lêtu bâðir skîraz. Hâ-
rekr fôr leið sîna, þartil er hann kom heim
î Þiottu; hann sendi þegar orð Eyvindi
kinnrifu vin sînum, ok bað svâ segja, at
Hârekr or Þiôttu hafði fundit Ôlaf konung,
ok hafði eigi kûgaz lâtit at taka við krist-
ni; hitt annat bað hann segja Eyvindi, at
Olafr konungr ætlar um sumarit at fara
með her â hendr þeim; sagði Hârekr at
þeir mundi þar verða varhuga við at gial-
da, bað Eyvind koma sem furst â sinn
fund. En er þessi erendi vôro borin Ey-
vindi, þâ sâ hann at ærin nauðsyn mundi
til vera, at gera þat râð fur, at þeir verði
eigi upptækir fyrir Ôlafi konungi. Fôr
Eyvindr þegar sem skyndiligazt með hleypi-
skûtu, ok fâ menn â; en er hann kom til
Þiottu, fagnaði Hârekr honum vel, gengu
þeir þegar â eintal 2 samt annann veg
frâ bænum, en er þeir höfðo litla hríð ta-
lat, þâ kômo þar konûngs menn, þeir er
Hâreki höfðo þângat fylgt, gripu þeir Ey-
vind höndum ok leiddu hann til skips með
ser, fôro þeir brott með Eyvind, ok lêttu
þeir sinni ferð eigi furr, enn þeir kômo
suðr til Þrândheims ok fundu Olaf î Ni-
ðarôsi: var Eyrindi þâ fylgt â konûngs
fund. Bauð konungr honum sem öðrum

mönnum at taka skirn. Eyvindr kvað þar nei við. Konungr bað hann blíðum orðum at taka rétta trú, ok sagði honum marga skynsemi, ok sva biskup, af dýrð ok iartegnum almáttigs guðs, ok skipaðiz Eyvinðr ekki við þat. þá bauð konungr honum giafar virðuligar ok veizlur stórar ok hét honum þar með fullkominni sinni vináttu, ef hann vildi láta af heiðni ok taka skirn; en Eyvindr neitti því öllu þráliga; þá hét konungr honum meiðslum eðr dauða. Ekki skipaðiz Eyvindr við þat. Síðan lét konungr bera inn munlaug fulla af glóðum ok setja á kvið Eyvindi ok brátt brast kviðrinn sundr. þá mælti Eyvindr: taki af mer munlaugina, ek vil mæla nökkur orð áðr ek dey; ok var þat gert. Konungr mælti: viltu nú, Eyvindr, trúa á Krist? ,nei, segir hann, ek má enga skirn fá, þó

ek vildi, þviat faðir minn ok móðir máttu ekki barn eiga, áðr þau fóro til fiölkunnigra Finna, ok gáfu þeim mikit fé til at gefa þeim getnat með sinni kunnustu; þeir sögðuz þat ekki mega gera „en þat má vera, segja þeir, ef þit heitit því með svarðaga, at sá maðr skal alt til dauðadags þiona þór ok Óðni, ef ver megum öðlaz þat barn, er líf ok aldr hafi til." þau gerðu þetta eptir því sem þeir lögðu ráð til; síðan gátu þau mik ok gáfu Óðni, fœddumz ek upp, ok þegar ek mátta mer nökkut, endrnýjáða ek þeirra heit, hefir ek síðan með allri elsku þionat Óðni ok verðit rikr höfðingi; nú em ek svá margfaldliga gefinn Óðni, at ek má því með engi móti bregða, ok eigi vil ek. Eptir þat dó Eyvindr, hafði hann verit hinn fiölkunnigazti maðr.

Aus der Sage von Olaf dem Heiligen.

1) Fornm. 5, 56—63. 2) eb. 89—93.

Berichtigt nach Munch u. Ungers Olafssaga Christ. 1853 p. 206 ff.; 221 ff.

Vorgänge vor der Schlacht bei Stiklestad.

Sva er sagt, er Olafr konúngr fylkti liði sinu, þa skipaði hann skialdborg, er halda skyldi fyrir honum í bardaga, ok valdi þartil hina sterkustu menn ok þá er snarpastir vóru; siðan kallaði hann til sín skald sín, ok bað þá ganga í skialdborgina: ,skuluþer, segir konungr, hér vera ok siá þau tíðindi er hér giöraz, er yðr þa eigi segjanz saga til, hvat þer skuluð frá segja ok yrkja um siðan'; þar var þá þormóðr Kolbrúnarskald, ok Gizur gullbrá,

fóstri Hofgarða-Refs, ok enn þriði þorfinnr munnr. þá mælti þormóðr til Gizurar: „stöndum eigi svá þröngt, lagsmaðr, at eigi nái Sighvatr skald rúmi sínu, þá er hann kemr, hann (mun) vilja vera fyrir konungi, ok eigi mun konungi annat lika." Konungr heyrði þetta ok svaraði: ekki þarf Sighvat at sneiða, þótt hann sé eigi hér, opt hefir hann oss vel fylgt, hann mun nú biðja fyrir oss, ok munum ver þess enn allmiök þurfa. þormóðr svarar: vera má þat, konungr; at yðr sé nú bœnanna mést þörf, en þunt

mundi nû um merkistöng yðra, konungr,
ef allir hirðmenn yðrir væri nû â Rûma-
vegi, var þat ok satt, at ver töldum at
því opt, at eigi fêkk rûm fyrir Sighvati,
þôat mæla þurfti við yðr. þâ mæltu skal- 5
din sîn î millum, ok sögðu at þat væri vel
fallit, at yrkja âminningar vîsur nokkorar
um þau tíðindi, er þâ mundi skiott at hendi
beraz; þâ kvað Gizur:

    Skala ôglaðan æva (orð fregni þau,
           borða
    bûumk við þröng â þingi)¹, þegns dôttir
           mik fregna;
    þôat sigrrunnar svinnir segi vân Hêðins 15
           kvânar,
    verum î·âla eli austr bragnînga at trausti.

þâ kvað þorfinnr munnr vîsu:

    Rökkr at regni miklu randar garðs² 20
           hins harða
    vill við vîsa sniallan Verdœla lið ber-
           jaz;
    verjum allvald örvaň, ölum teitan mû 25
           sveita,
    fellum þrændr î þundar (þess eggiumk
           ver) hreggi.

þâ kvað þormôðr Kolbrûnarskald:

    Âla þryngr at eli³, örstiklandi, miklu, 30
    skyldu eigi skelknir höldar (skalmöld vex
           nû) fâlma;
    bûumk við sôkn, en slækni seggr skyli
           orð of forðaz⁴, 35
    er at geirrþingi göngum gunnreifr með
           Oleifi.

Vîsur þessar nâmu menn þâ þegar.

Siðan bio konungr ferð sina ok sôtti ût
eptir dölunum, hann tôk ser nâttbôl, ok
kom þar saman allt lið hans, ok lâgu um
nôttina undir berum himni undir skiöldum
sînum; en þegar er lýsti, bio konungr her 5
sinn, fluttuz þâ enn ût eptir dölunum er
þeir vôru at því bûnir; þâ koma til ko-
nungs bœndr miök margir, ok ganga flêstir
î lið með konungi ok kunnu allir eitt at
segja, at lendir menn höfðu saman dregit 10
her mikinn, ok ætluðu at halda îmôt ko-
nungi ok halda barðaga við Olaf konung;
þâ tôk konungr nokkorar merkr silfrs ok
fêkk î hendr einum bônda: ‚fê þetta skaltu
varðveita ok skipta sîðan, leggja sumt til 15
kirkna, sumt til at gefa kennimönnum, en
sumt ölmösumönnum, ok gefa fyrir sâl
þeirra er falla î orrustunni ok berjaz î
môti oss'. Bondi svarar: „skal þetta fê gefa
fyrir sâl yðvarra manna, konungr?“ þâ 20
svarar konungr: „þetta fê skaltu gefa fy-
rir sâl þeirra manna, at eru î orrostu með
bondum ok falla fyrir vâpnum vârra manna,
en þeir menn er oss fylgja î orrostu ok
falla þar, þâ munu ver hialpaz allir saman. 25

    þâ nâtt er Olafr konungr lâ î samna-
ðinum, ok âðr var frâsagt, vakti hann lön-
gum ok bað til guðs fyrir ser ok öðrum
ok liði sînu, ok svaf lîtit, ok rann höfgi â
hann îmôti deginum; en er hann vaknaði, 30
þâ rann dagr upp. Konungi þôtti heldr
snemt at vekja herinn; þâ spurði hann,
hvârt þormôðr Kolbrûnarskald vekti; hann
var þar nær, ok spurði hvat konungr vildi
honum. Konungr mælti: ‚tel þû oss kvæði 35
nokkut!‘ þormôðr settiz upp, ok kvað hann
svâ hâtt miök, at heyrði um allan herinn,
hann kvað Biarkamâl hinu forna ok er
þetta upphaf: Dagr er uppkominn (s. Sp.47).

---

¹ diese Worte soll man erfahren: rüsten wir uns zum Gerichte der Schilde! — ² des
Schildsturms. — ³ es drängt zum gr. Kampfe. — ⁴ slækniorð f., feige Reden vermeiden.

þá vaknaði herinn, ok er lokit var kvæðinu,
þá þökkuðu menn honum kvæðit, ok fannz
mönnum mikit um, ok þótti vel tilfundit,
ok kölluðu Húskarlahvöt kvæðit; ko-
nungr þakkaði honum kvæðit ok skemtan 5
sína, síðan tók hann gullhríng, er stóð halfa
mörk, ok gaf honum; Þormóðr þakkaði
konungi giöfina ok mælti: ‚góðan eigu ver
konung, en vant er nú at sía, hversu láng-
lifr verðr, en sú er bœn mín, konungr, at 10
þer látið okkr hvárki skiljaz lífs né dauða,‘
Konungr svarar: „allir munu ver saman
fara, meðan ek má ráða fyrir, ok þer,vi-
lið eigi skiljaz við oss.“ þá mælti Þormóðr:
‚þess væntir ek, konungr, hvárt sem friðr 15
er betri eða verri, at ek sé nær yðr
staddr, meðan ek á þess kost, hvat sem
ver spyrjum til, hvárir sigr hafa, síðan
kvað Þormóðr:

þer mun ek enn, unz öðrum, allvaldr,
    náir skaldum,
(nær vættir þú þeirra?) þingdiarfr fyrir
    kné hvarfa;
braut komumk ver, þótt veitim valtafn 25
    frekum hrafni,‘
(vítz eigi þat, vága víggrunnr!) eða þar
    liggjum.

Olafr konungr flutti nú herinn út eptir 30
dölunum, fór þá enn Dagr með sínu liði
aðra leið, konungr létti eigi ferðinni fyrr
enn hann kom út á Stiklarstaði, þá sá
þeir her bonda, ok fór þat lið dreift ok
var svá mikit, at af hverjum stig dreif margt 35
lið, en víða, þar er stórflokkar fóru sa-
man; þeir sá hvar sveit manna fór saman
ofan or Veradal, ok höfðu þeir þar á niosn
verit ok fóru nær því, er lið konungs var,
ok fundu eigi fyrr, enn svá skamt var í 40
millum þeirra, at menn máttu kennaz; þar
var Hrútr af Viggju með 30 manna. Síðan

mælti konungr at gestir mundi fara imóti
Hrúti ok taka hann af lífi; vóru menn til
þess fliotir. Þá mælti konungr til Islen-
dinga: ‚svá er oss sagt, at þat sé siðr
yðvar, at bœndr sé skyldir til, á haustum at
gefa húskörlum sínum slagasauð; nú vil ek
þar gefa yðr hrút til slátrs. Þeir hinir is-
lenzku menn vóru þess verks auðeggjaðir,
ok fóru þegar at Hrúti með öðrum mön-
num; var Hrútr drepinn ok öll sveit hans. 10
Konungr nam staðar, ok stöðvaði herinn er
hann kom á Stiklarstaði, bað konungr
menn stíga af baki hestum sínum ok búaz
þar við. Menn giörðu sem konungr beiddi;
síðan var fylkíngu á skotit, ok settu upp 15
merki. Dagr var þá enn eigi kominn með
lið sitt, ok misti þess fylkíngararms. þá
mælti konungr, at þeir Upplendingar skyldu
þar upp ganga ok taka up merki; þikkir
mer þat ráð, segir konungr, at Haraldr, 20
bróðir minn, sé eigi í orrostu, þvíat hann
er barn at aldri.‘ Hann svarar „ek skal
at vísu vera í orrostu, en ef ek em svá
ósterkr, at ek mega eigi valda sverði mínu,
þá kann ek þar ráð til, at binda skal hönd 25
mína við meðalkaflann, engi skal vera
viljaðr betr, enn ek, at vera úþarfr þeim
bóndum, vil ek fylgja sveitungum mínum.“
Sva segja menn at Haraldr kvæði þá vísu
þessa:

þora mun ek þann arm verja (þat er
    ekkju munr nokkr,
rioðum ver af reiði rönd) er ek í hlýt
    standa;
gengrat greppr inn úngi gunnblöðr, (þar
    er slög riða
herða menn at morði mót) at hœl fyrir
    spiotum.

Haraldr réð því, at hann var í orrostu. —

2) Thormod bei der Heilfrau.·

Þormôðr kolbrûnarskald var î orrostu undir merki Olafs konungs, ok er konungr var fallinn, ok atsôkn var sem hôrðust, þâ 5 féllu konungs menn hverr um annan, en þeir vôru flêstir sârir er upp stôðu. Þormôðr var sâr miök, giörði hann svâ sem aðrir, flýði þaðan frâ sem mêstr þôtti mann-hâski, en sumir runnu, þâ hôfz sû orrosta 10 er Dags hríð er kölluð, sôtti þangat allt konûngs lið þat er vâpnfœrt var, en Þormôðr kom þa ekki î orrostu, þvíat hann var ekki vâpnfœrr, ok var þâ ôvigr bæði af mœði ok sârum, ok stôð hann hia félö- 15 gum sînum, þôat hann mætti ekki athafaz, þâ var hann lostínn með öru î síðu vinstri, braut hann af ser örvarskaptit ok gékk hann þâ brutt frâ orrostunni ok heim til hûsanna, ok kom at hlöðu nokkurri, var þat 20 mikit hûs. Þormôðr hafði bert sverð î hendi, ok er hann gekk inn, kom maðr îmôti ho-num, sâ mælti: ‚furðu ill læti eru hêr inni, veinun ok gaulun; sköm mikil er karl-mönnum röskum, at þeir skulu eigi þola 25 sâr, vera mâ ok at konungsmenn hafi allvel framgengit, en illa bera þeir sârin‘. Þormôðr mælti: „hvert er nafn þitt?“ hann nefnðiz Kimbi. Þormôðr svarar: „vart þú i barðaga?“ ‚var ek, segir hann, með bôn- 30 dum, er betr var‘; „ert þú nokkut sârr?“ segir Þormôðr, ‚litt, segir Kimbi, eða hvârt vart þú î barðaga?‘ Þormôðr segir „var ek með þeim er betr höfðu“. Kimbi sâ, at Þormôðr hafði gullhrîng â hendi, hann 35 mælti, þú munt vera konungsmaðr, fâ þú mer gullhringinn, en ek mun leyna þer, bœndr munu launa þer úspekt þína, ef þú verðr â veg þeirra‘. Þormôðr mælti: „haf þú hrînginn ef þú kant at fâ hann, þvíat 40 lâtit hefi ek nú meira.“ Kimbi rêtti fram höndina ok vildi taka hrînginn, Þormôðr

sveipaði til sverðinu ok hió hönd af Kimba, ok er sagt at Kimbi bar sâr sitt öngum mun betr, enn hinir er hann hafði â leitat, fôr Kimbi î brott, en Þormôðr settiz niðr î hlôðunni, ok sat þar um hríð ok heyrði â tal manna; þat var mêst talat, at hverr sagði þat er sêt þôttiz hafa î orrostu, ok töluðu um framgöngur manna, lofuðu sumir mêst hreysti Olafs konungs, en su-mir nefndu aðra ekki sír til, þâ kvað Þormôðr:

Ört var Olafs hiarta, ôð fram gramr i
　　　blôði,
rekin bitu stâl â Stiklar stöðum, kvaddiz
　　lið böðvar;
elþolla sâ ek alla ialmveðrs, nema gram
　　sialfan,
(reyndr var flêstr î fastri fleindrifu), ser
　　hlîfa.

Þormôðr gékk síðan i brutt ok kom til skemmu nökkurar, gékk þar inn, ok vôru þar margir menn aðrir sârir; var þar at kona nokkur, at binda sâr manna, eldr var â golfinu, vermdi hun þar vatn til at fœgja sâr manna; en Þormôðr settiz niðr við dyr útar, þar gekk annar maðr út, en annar inn, þeir er störfuðu at sârum manna; þá snêri einn maðr at Þormôði, ok sâ â hann ok mælti: „hvi ertu svâ fölr, ertu sâr, eða hvi biðr þú eigi lækníngar?‘ Þormôðr kvað þâ vísu þessa:

Emka ek rioðr, en rauðum ræðr grönu
　　　Skögul manni
haukasetrs hin hvíta, hyggr fâr um mik
　　　sâran;
hitt veldr mer, at, meldrar morðven-
　　　jandi Fenju,
diup ok danskra vâpna dalhríðar spor
　　　svíða.

Siðan gekk Þormóðr at eldinum ok stóð
þar um hríð, þá mælti læknir til hans:
„gakk út maðr ok tak mer skiðafáng, er
hér liggr hiá dyrum úti." Hann gékk út
ok bar inn skiðafangit, ok kastaði niðr á 5
golfit, þá sá læknir i annlit honum ok mælti:
„furðubleikr er þessi maðr, hvi ert þú
slíkr?" Þá kvað Þormóðr visu:

Undraz Öglis landa eik, hví ver verim 10
      bleikir,
fár verðr fagr af sárum, fann ek örva-
      drif, svanni;
mik fló málmr hinn dökkvi magni keyrðr
      í gegnum, 15
hvast beit hiarta it næsta hættligt iarn,
      er ek vætti.
Þá mælti læknirinn:
„Lát mik siá sár þin, ok mun ek veita um-
bönd." Siðan settiz hann niðr, ok kastaði 20
klæðum af ser, en er læknir sá sár hans,
þá leitaði hun um sár þat, sem hann hafði
á síðunni, kendi þess at þar var iarn í,
en þat vissi hun eigi, hvert þat hafði snúit,
hun hafði þar gert í steinkatli stappa lauk ok 25

önnur grös, ok vellt þat saman, ok gaf at
eta hinum sárum mönnum, ok reyndi svá
hvárt þeir höfðu holsár, því at kendi
af laukinum út or sári því er á hol var.
Hun bar þat at Þormóði, bað hann eta;
hann segir: ‚ber brutt, ekki hefi ek grau-
tar sótt.' Siðan tók hun spennitöng ok
vildi draga út iarnit, en þat var fast ok
gékk hvergi, stóð ok litt út, þviat sárit
var sollit. Þá mælti hann: ‚sker þú til
iarnsins, svá at vel megi ná með tönginni,
fá mer síðan ok lát mik kippa!' hun gerði
svá, þá tók Þormóðr gullring af hendi ser,
ok gaf lækninum, bað hana slíkt af gera
er hun vildi: ‚góðr er nautrinn, at Olafr
konungr gaf mer ring þenna í morgin'. Si-
ðan tók Þormóðr töngina ok kippti brutt
örinni, en þar vóru á krókar, ok lágu á
tágar af hiartanu, sumar hvitar en sumar
rauðar, ok er þat sá Þormóðr, þá mælti
hann: ‚vel hefir konungrinn alit oss, feitt
er mer um hiartarœtr.' Siðan hné hann
aptr, ok var þá látinn; ok lýkr þar frá
Þormóði at segja.

Aus den Zusätzen zu Olafs des Heil. Sage.

1) Fornm. 5, 162—165.   2) eb. 232—234.

1) Eine Meerriesin und ein Eber, mit Opfern verehrt.

Hina 14du upprás átti Olafr konungr
út í Kallsár, þeir vóru þá í för með ho-
num, Þorkell iarl hinn háfi ok Ulfr, son
Þorgils sprakaleggs, þar herjuðu þeir á

illgerðamenn heiðna nokkura stund. Þeir
heiðingjar blótuðu kappa tvö til fulltings
30 ser, þá er flestir urðu frá at hrökkva, ef
á þá var heitit; þat var annat margýgr,
ok lá hun stundum í Karlsám en stundum
var hun í sió, hun söng sva fagurt at hun
svæfði skipshafnir, ok er hun kendi fyrir

sína náttúru, at menn allir vóru sofnaðir, hvelfði hun skipunum, ok drekti svá mönnum, en stundum œpti hun sva hátt upp, at margir urðu at gialti, ok hurfu fyrir þat aptr. Annat kvikendi var villigöltr, hann hafði marga manns aldra, engi maðr skyldi drepa grís af liði hans, hann var forkunnar mikill ok ákafliga grimmligr. Landsmönnum veitir nú litt hernaðrinn, fá þeir iafnan í viðskiptum þeirra Olafs konungs stóran mannskaða með frekum fiárgiöldum ok vægðarlausum peninga upptektum; því taka heiðingjar nú þat ráð, at kalla ser til fulltings sína fulltrúa, margýgi ok galta, með hinum mesta blótskap ok fiandligri forneskju; ok þó at úvinrinn vissi sik vanmáttugan, at geta nokura mótstöðu haft við svá ágætan guðs riddara, sem var hinn heilagi Olafr konungr Haraldsson, þá vill hann þó víst eigi daufheyraz við eyrindi ok ákall sinna kumpána, þikiz þat ok siá, at þessi Olafr mun honum vinna úbœttan skaða í niðran ok niðrbroti sinnar fáganar; því byrjar hann svá sinn kyndugskap at einhvern tíma, þá er Olafr konungr ok hans menn lágu til byrjar í Karlsám, heyrðu þeir at uppkom svá fögur raust með sönghlioðum, at aldrí heyrðu þeir á sína daga þesshâttar hliod fyrr með sva sœtum són ok undarligum ym, at innan lítils tíma fellr svefn at þeim svá ákaft, at þeir geta víst eigi fyrir ser vöku haldit. Konungr sitr í lypting á skipi sínu ok les á bók sína; ok er menn allir vóru sofnaðir, sér konungr hvar margýgr kemr upp, hun er svá sköpuð, at á henni er höfuð sva skapat sem á hrossi, með standandi eyrum ok opnum nösum, hun hefir grœn augu, ákafliga stór ok kiapta gifrliga stóra, hun hefir bógu sem ross ok framskapat sem hendr, en aptr sköpuð at öllu sem ormr, með lykkju ákafliga mikilli ok breiðum

sporði: drekkir hun svá mönnum ok skipum, at hun setr hendurnar upp á annat borðit, en bregðr sporðinum niðr undir skipit ok uppá borðit öðrumegin, ok hvelfir sva skipinu, at hun riðr um þveran kiölinn, ok steypiz svá í haf; hun er loðin sem selr ok grá at lit. Margýgr kann sina náttúru, at þegar hun veit at menn eru sofnaðir, hefir hun sik at skipi Olafs konungs, ok með krapti úvinarins getr hun uppkomit höndunum á borðit; ok er Olafr konungr sér þat, grípr hann sverðit Hneiti, ok hleypr fram eptir skipinu, ok er þat allt iafnfram, at margýgr hefir þá uppkomit sporðinum öðrumegin á borðit, konungr höggr þá hendr af margýg, en hun kveðr við svá hátt ok öskrliga, at slík læti þóttiz konungrinn eigi heyrt hafa; hun slöngvir ser þá þvert á bak aptr, ok slær í sundr kiöptunum, ok beinir svá raustina. Konungsmenn vakna nú á skipinu ok þikjaz eigi vita hvat um er, bregðr nú mörgum miök við þessi læti, konungr biðr þá hlifa ser með marki hins heilaga kross, ok með guðs fulltingi ok bœnum Olafs konungs fékk hann svá umgengit, at honum ok hans mönnum varð þessi úvættr ekki at skaða, sökk hun síðan þar niðr, sem hun var komin, ok varð at henni þar ekki mein síðan.

Nú renna þeir á land upp, ok fá mikils fiár; Olafr konungr lætr þar briota blóthaug þeirra heiðingja, en því var hann svá kallaðr, at iafnan, er þeir höfðu stórblót til árs ser eðr friðar, skyldu allir fara á þenna haug ok blóta þar fyrrsögðum kvikendum, ok báru þangat mikit fé ok lögðu í hauginn, áðr þeir gengu frá. Olafr konungr fékk þar ógrynni fiár, fara til skips með þenna fiárhlut, konungr reið seinast, ok litaðiz iafnan um, ef hann sæi nokkura nýlundu; menn hans berr bráðla undan, ok

er Olafr konungr ser þat, riðr hann af út
í rioðr nokkut ok hugði at ráðum, hvôrt
hann skyldi aptr hverfa eðr eigi, þá heyrði
konûngr braukan mikla í skôginn alla vega
frá ser, þá rennr þar galti með lið sitt, 5
ok þekr allt rioðrit; galti ferr rítandi ok
emjandi með illum látum ok gapanda gini,
hann var svá stôrr, at konûngr þôttiz þess-
háttar kvikendi ekki fyrr slíkt séð hafa,
þviat hans bust næfði náliga við limar uppi 10
hinna hæstu triá í skôginum. Konungr ho-
paði þá hêstinum, ok forðaði fôtum sínum,
en galti gœddi þá ferðina, ok lagði upp
ranann ok tennrnar á sôðultreyju konungs,
þá bregðr konungr sverði sínu ok höggr 15
ranann af galta, ok fellr hann niðr í sö-
ðulinn; galti kvað við ôgrliga, ok snêri
undan, ok vildi eigi bíða höggsins annars,
en þô sagði Olafr konungr sva at hann
þôttiz galta viðkvöð ámátligust heyrt hafa 20
annat enn margýgjar, ok þá mêsta mann-
raun ok hugraun sýnt hafa, er hann átti
höggvaskipti við þessi kvikendi; síðan kal-
laði Olafr konungr sverð sitt Hneiti, er
áðr hêt Bæsîngr; nu hefir hann rana af 25
galta ok tennr, riðr hann með þetta til
skipa, ok var síðan miôk lofat þetta þrek-
virki Olafs konungs.

2) Olafs des H. Skalden und Hof- 30
leute aus Island.

Olafr konungr hafði með ser marga
íslenzka menn, ok hafði þá í góðu yfirlæti
ok gerði þá sína hirðmenn; einn af þeim 35
var Sighvatr skald, hann var Þôrðarson;
hann var fœddr útá Íslandi á þeim bœ er at
Apavatni heitir; þár bió sá maðr er Þor-
kell heitir; hann fœddi upp Sighvat ok fôs-
traði; Sighvatr þôtti heldr seinligr fyrst í 40
œskunni. I Apavatni var fiskiveiðr mikil
á vetrum. þat barz at einn vetr, þá er

menn sátu á ísi ok veiddu fiska, at þeir
sá einn mikinn fisk ok fagran í vatninu,
þann er auðkendr var frá öðrum fiskum,
þann fisk gátu þeir eigi veitt. Austmaðr
einn var á vist með Þorkeli, hann mælti 5
einhvern dag við Sighvat, at hann skyldi
fara til vatns með honum ok sitja á ísi;
ok er þeir koma á ísinn, þá bio austmaðrinn
til veiðarfœri Sighvats. Síðan sátu þeir á
ísinum um daginn. Sighvatr veiddi þá enn 10
fagra fisk þann, er margir vildu veitt hafa.
Síðan fôru þeir heim ok sauð austmaðr fis-
kinn, þá mælti hann við Sighvat, at hann
skyldi fyrst eta höfuðit af fiskinum, kvað
þar vera vit hvers kvikendis ífolgit. Sig- 15
hvatr át þá höfuðit ok síðan allan fiskinn
ok þegar eptir kvað hann vísu þessa:

Fiskr gekk oss at ôskum eitrs sem ver
höfum leitat
lýsu vangs or lýngi leygjar orm at teygja;
atrennir lét annan öngulgripinn hanga,
vel hefir örriða át egna agngalga mer
hagnat.

Sighvatr varð þaðan af skírmaðr ok skald 25
gótt.

Annar var sá maðr er Bersi hêt, ok
var Skaldtorfuson, hann var ok skald gótt.
Bersi varð rœgðr við konunginn, ok sagt 30
at hann kynni ekki at yrkja nê kveða, þat
er eigi var áðr kveðit. þá lêt konungr
taka mörg sverð ok bregða, ok setja niðr
nôkð í eina litla stofu. þá lêt konungr
kalla Bersa. En er Bersi kom, þá mælti 35
konungr, at hann skyldi yrkja um þat er
sverðin vôru uppreist. þá kvað Bersi:

Sverð standa hêr, sunda sárs leyfum ver
árar,
(herstillis þarf ek hylli) höll rauð búin
gulli;

viðr tœka ek, vika vil ek enn með þer
kennir
elds, ef þú eitthvert vildir, alvaldr, gefa
skaldi.

þá gaf konungr Bersa eitt gótt sverð. 5
þriði var þormóðr Kolbrúnarskald; fiorði
Biörn Hitdœlakappi; fimti var þórir
Nefiulfsson, hann var spekingr mikill ok
forvitri; þá voru (brœðr) 2, hét annar
þórðr, enn annar þorfinnr, hann var 10
skald mikit. þat var (eitt sinn) at þor-
finnr sat á reiðustóli fyrir Olafi konungi,
þá mælti konungr til hans: ‚yrk, skald, um
þat er skrifat er á tialdinu!‘ þorfinnr leit

til ok sá at þar var markat á tialdinu, at
Sigurðr vann at Fáfni, ok kvað visu:

Geisli stendr til grundar gunnar iarðar
munna
ofan féll blóð á báðar benskeiðr, en
gramr reiðiz;
hristiz hiörr í briosti hríngi grœnna
lýngva;
en folkþorinn fylkir forr, við steik at
leika.

Átti þorgeir Hávarsson, níundi Óttar svarti
ok margir aðrir.

Aus Orms Storolfssons und Asbiörn Prudis Saga.

Dráp Asbiarnar (c. 7.) Fornm. 3, 216 ff.

Litlu síðarr enn þeir Ormr ok Ásbiörn
höfðu skilit, fýstiz Ásbiörn norðr í Sauð-
eyjar, fór hann við 4 menn ok 20 á skipi,
heldr norðr fyrir Mæri, ok leggr seint dags 20
at Sauðey hinni ýtri, gánga á land ok reisa
tiald, eru þar um náttina ok verða við
ekki varir. Um morgininn árla ris Ásbiörn
upp, klæðir sik ok tekr vôpu sín ok gengr
uppá land, en biðr menn sina bíða sín, en 25
er nokkut svá var liðit frá því er Ásbiörn
hafði í brott gengit, verða þeir við þat
varir, at ketta ôgrlig var komin í tialdsdyr-
nar; hon var kolsvört at lit ok heldr grimm-
lig, þviat eldr þótti brenna or nösum hen- 30
nar ok munni, eigi var hon ok veleyg;
þeim brá miök við þessa sýn, ok urðu ót-

tafullir. Ketta hleypr þa innar at þeim,
ok grípr hvern at öðrum, ok svá er sagt,
at suma gleypti hon, en suma rifi hon til
dauðs með klóm ok tönnum, 20 menn drap
hon þar á lítilli stundu, en 3 kvômuz út ok
undan ok á skip, ok héldu þegar undan
landi; en Ásbiörn gengr þar til er hann
kemr at hellinum Brúsa, ok snarar þegar
inn í; honum varð nockut dimt fyrir au-
gum, en skuggamikit var í hellinum, hann
verðr eigi fyrr var við, enn hann er þri-
finn á lopt ok fœrðr niðr svá hart, at Ás-
birni þótti furða í, verðr hann þess þá
varr, at þar er kominn Brúsi iötun, ok
sýndiz heldr mikiligr. Brúsi mælti þá: þó
lagðir þú mikil kapp á at sœkja híngat;

skaltu nû ok eyrindi hafa, þvîat þû skalt
her lîfit lâta með svâ miklum harmkvælum,
at þat skal aðra letja at sœkja mik heim
með ôfriði; flêtti hann þâ Åsbiörn klæðum,
þvîat svâ var þeirra mikill afla munr, at 5
iötuninn varð einn at râða þeirra î milli;
balk mikinn sâ Åsbiörn standa um þveran
hellinn ok stôrt gat â miðjum bâlkinum;
iarnsûla stôr stôð nokkut sva fyrir framan
balkinn. „Nû skal prôfa þat, segir Brûsi, 10
hvârt þû ert nokkut harðari, enn aðrir
menn‘. „Lîtit mun þat at reyna, segir
Åsbiörn, en ûgæfusamliga hefr mer tekiz,
at ek skyldi öngri vörn fyrir mik koma,
ok er þat lîkast at feigð kalli at mer, ok 15
kvað vîsu þessa:

Sinni mâ eingi îþrôtt treysta,
aldri er hann svâ sterkr, nê storr î
                  huga;   20
svâ bregz hverjum â bana dœgri
hiarta ok megin, sem heill bilar.“

Sîðan opnaði Brûsi kvið â Åsbirni ok nâði
þarma enda hans, ok knýtti um iarnsûluna 25
ok leiddi Åsbiörn þar î hrîng um, en Ås-
biörn gêkk einart ok röktuz svâ â enda
allir hans þarmar. Åsbiörn kvað þâ vî-
sur þessar iafnframi:

                 30
Segiz þat minni môður, mun hon eigi
             syni kemba
svarðarlâð â sumri svanhvît î Danmörku;
hafði ek henni heitit, at ek heim koma
                 munda;   35
nû mun segg â sîðu sverðs egg dregin
             verða.

Annat var, þâ er inni ölkâtir ver sâ-
             tum,
ok â fleyskipi fôrum fiörð af Hörða- 40
             landi;

drukkum miöð, ok mæltum mart orð sa-
            man forðum:
nû er ek einn î öngvar iötna þröngvar
            genginn.

Annat var, þâ er inni allstôrir saman fô-
            rum,
stôð þar upp î stafni Stôrulfs burr enn
            frœkni;
þâ er langskipum lagði lundr at Eyra
            sundi:
nû mun ek tældr î trygðum trölla bygðir
            kanna.

Annat var, þâ er inni Ormr at hildar
            stormi
gêkk en grâðgum blakki Geitis sylg at
            veita;
rekk at rômu dökkri raunmargan gaf
            vargi
seggr, ok sârt nam höggva, svinnr at
            Îfu mynni.

Annat var, þâ er inni ek veitta ferð
            sveittri
högg með hvassri tûngu Herjans, suðr î
            skerjum
elfar opt nam kolfi Ormr hagliga at
            forma,
mêst þâ er miðjûngs traustir mâgar eptir
            lâgu.

Annat var, þâ er inni allir saman vôrum:
Gautr ok Geiri, Glûmr ok Starri,
Sâmr ok Semîngr, synir Oddvarar,
Haukr ok Haki, Hrôkr ok Tôki.

Annat var, þâ er inni opt â sæ fôrum:
Hrani ok Högni, Hialmr ok Stefnir,
Grani ok Gunnar, Grîmr ok Störkver,
Tumi ok Torfi, Teitr ok Geitir.

Annat var, þâ er inni allitt ver spör-
　　öumz,
at samtogi sverða sialdan ek latta, ·
at brunpalmar brŷndir biti hvasliga
　　seggi,
þô var Ormr at îmo æ oddviti þeirra.

Mundi Ormr ôfrŷnn vera,
ef hann â kvöl þessa kynni at lita;
ok grimmliga gialda þussi
vôrar viðfarar vîst, ef hann næði.
5 Siðan lêt Âsbiörn lîf sitt með mikilli hreysti
ok dreingskap.

Aus der Hervararsaga ok Heidreks kon.

1) Das Schwert Tyrfing.

Cap. 2 f.

Þessu samtiða kômu austan Asiamenn ok
Tyrkjar ok bygðu Norðrlöndin; Óðinn hêt
formaðr þeirra; hann âtti marga syni, urðu
þeir allir miklir menn ok sterkir. Einn 15
hans son hêt Sigrlami; honum fêkk Óðinn
þat riki sem nû er kallat Garðariki,
giörðiz hann þar höfðingi mikill yfir þvî
riki; hann var manna friðastr sýnum.
Sigrlami âtti Heiði, dôttur Gylfa konûngs; 20
þau attu son saman, sâ hêt Svafrlami.
Sigrlami fêll î orrostu, er hann barðiz við
iötun þiassa. Nû sem Svafrlami frêtti fall
föður sîns, tôk hann undir sik riki þat allt
til forrâða, sem faðir hans hafði âtt; hann 25
varð rîkr maðr.

Þat barz at einn tîma, at Svafrlami
konûngr reið â veiðarskóg ok sôkti hiört
einn lengi, ok nâði eigi at öðrum degi
fyrr enn â sôlarfalli; 'hann var þâ riðinn 30
svâ lângt î skôginn, at hann vissi varla
hvat af honum var. Hann sâ steinn einn
mikinn um sôlarsetr ok þar hiâ dverga tvô;
konûngr vigði þâ ûtan steins með mâla-
iarni, hann brâ sverði yfir þâ. þeir bâðu 35

þâ fiörlausnar. Svafrlami spyrr þâ at
nafni: annarr nefndiz Dŷrinn, en annarr
10 Dvalinn. Svafrlami veit at þeir eru allra
dverga hagastir; hann leggr þat â þâ, at
þeir giöri honum sverð sem bezt kunnu
þeir, þar skulu hiölt af gulli, ok sva me-
dalkafli; bûa skulu þeir umgiörð, ok fella
15 af gulli; hann segir at sverðit skal aldri
bila ok aldri við ryði taka, ok bîti iafnt
iarn ok steina sem klæði, ok fylgi sigr î
orrostum öllum ok einvîgum, hvörr sem
bæri. þetta vôru fiörlausnar þeirra. Â
20 stefnudegi kom Svafrlami til steinsins;
fengu dvergar honum sverð sitt, ok var
þat hit friðasta. En er Dvalinn stôð î
steinsdyrum, þâ mælti hann: ‚sverð þitt,
Svafrlami, verði mannsbani î hvört
25 sinn er brugðit er, ok með þvî sverði
sê unnin 3 nîðîngsverk hin mêstu, þat
verði ok þinn bani.‘ þâ hiô Svafrlami til
dvergsins ok fal eggteinana î steininum,
en dvergrinn hliop î steininn.. Svafrlami
30 âtti þetta sverð ok kallaði Tyrfîng, bar
hann þat î orrostum ok einvîgum; hann
feldi iötun þiassa î einvîgi, sinn föðurbana,
en tôk dôttur hans þâ er Friðr hêt, ok
âtti hana sîðan. þau âttu dôttur er Ey-
35 vör hêt, kvenna vænst ok vitrust.

Nu er þar til at taka at Arngrîmr berserkr er î vîking, ok rêði þå fyri liði mîklu; hann herjar å ríki Svafrlama, ok âtti við hann orrostu ok höggvaviðskipti. Arngrímr hafði aftaksskiöld mikinn, settan 5 stórum iarnslâm. Svafrlami hiô î skiöldinn ok sneiddi hann niðr îgegnum, ok nam sverðit î iörðu stað. Þå sveiflaði Arngrîmr sverðinu å hönd Svafrlama, svå af tôk; tôk Arngrîmr þå Tyrfîng, ok hiô til Svafr- 10 lama ok klauf hann at endilöngu, en sverðit nam î iörðu staðar. Sîðan tôk Arngrîmr þar herfâng mikit ok Eyvöru, dôttur Svafrlama, ok hafði î burt með sér. Arngrîmr fôr þå heim î Bôlm ok giôrði brûð- 15 kaup til Eyvarar. Þau âttu 12 sonu: Ângantŷr var elztr, annar Hervarðr, þriði Semîngr, fiôrði Hiörvarðr, fimti Brani, siôtti Brami, siôundi Barri, âttundi Reytnir, nîundi Tindr, tîundi Bûi, ellefti 20 ok tôlfti Haddíngjar; ôk unnu þeir bâðir verk eins hinna, en Ângantŷr vann tveggja verk; hann var höfði hærri, enn þeir aðrir; allir vôru þeir mîklir berserkir. —

2) Hiörvarðs und Hialmars Werbung um Ingibiörg Tochter des Königs zu Uppsala.

Þat bar til tîðenda einn jôla aptan î Bolmey, at menn skyldu heitstrengja at Bragar fulli. Þå strengdu heit Arngrîms synir; Hiörvarðr strengdi þess heit, at hann skyldi eiga þå mey er Ingibiörg 35 hêt, dôttur Yngva Svîa konûngs at Uppsölum, sem frægð vann um öll lönd at fegurð ok atgiörfi, en öngva konu ella. Þat sama vôr giôra þeir brœðr ferð sîna til Uppsala, ok gânga fyri konungs borð, sat 40 dôttir hans hiå honum. Þå sagði Hiörvarðr konûngi heitstrengîng sîna ok eyren-

di; en allir hlŷddu er inni vôru. Hiörvarðr biðr konûng at segja ser skiott, hvert eyrendi hann skal þångat eiga. Konûngr hugsar þetta mål, ok veit hversu miklir þeir brœðr eru fyri ser, ok af âgætu kyni komnir.

Î þvî bili stîgr fram fyri borðit så maðr er Hialmar hêt enn hugumstôri, ok mælti til konûngs: „minniz þer, herra, hvörsu mikinn sôma ek hefi yðr veitt, sîðan ek kom î þetta land, þar ek hefi aukit yðar ríki til helmînga, ok haldit hêr landvörn, þarmeð borit å yðvart vald ena beztu gripi or hernaði, ok hér å ofan lâtit yðr heimila mîna þionustu; nû bið ek yðr at þer veitið mer til sœmdar, ok gefið mer dôttur yðar, er minn hugr hefir iafnan åleikit, ok er þat makligra, at þer veitið mer þessa bôn, heldr enn berserknum, er îllt eitt hefir giört bæði î yðar ríki ok margra annarra konûnga'. Nû hugsar konûngr halfu meirr, ok þikkir nû þetta mikit vandamål, er þessir 2 höfðîngjar keppa svå mikit um dôttur hans. Konûngr svarar å þessa leið: hvörrtveggi så er svå mikill mann ok vel borinn, at hvörigum vill hann synja mægða, ok biðr hana kiosa, hvörn hun vill eiga. Hun svarar at þat er iafnt, ef faðir hennar vill gipta hana, þa vili hun þann eiga, er henni er kunnigr at gôðu, en eigi hinn, er hun hefir sögur einar af, ok allar illar sem er frå Arngrîms sonum. Ok er Hiörvarðr heyrði orð hennar, bauð hann Hialmari holmgöngu suðr î Sâmsey, bað hann vera hvörs manns nîðîng, ef hann gengr fyrr at eiga frûna, enn þetta einvîgi væri reynt; en Hialmar kveðr sik ekki dvelja; var þegar âkveðinn með þeim holmstefnu tími. Fôru nû Arngríms synir heim ok sögðu föður sînum sitt eyrindi ok einvîgi. Arngrîmr svarar: aldrei hefi ek fyrr enn nû ôttaz um yðar ferðir, þvîat

hvorgi veit ek Hialmars maka vera at
hreysti ok harðfengi, fylgir honum ok ein-
ninn sá kappi er honum gengr nærst til
afls ok árœčis; lótta þeir nú svá sínu tali.

3) Zweikampf Hialmars und Odds mit Angantyr und dessen Brüdern.

Cap. 5.

Jarl sá rèð fyrir Aldeigjuborg er Biart- 10
mar hèt, hann var rikr miök ok barðaga-
maðr mikill, jarl var mikill vin Arngrims
sona ok höfðu þeir þar friðland iafnan. Nú
fara þeir brœðr á fund Biartmars iarls, ok
giörir hann þegar imóti þeim veizlu mikla; 15
at þeirri veizlu bað Angantýr dóttur iarls
er Svafa hèt, ok var þat auðsótt; var
þegar aukin veizlan ok drukkit brullaup
þeirra, stóð hófit i halfan mánuð, ok at
þeirri veizlu er leidd i eina rekkju Ángan- 20
týr ok Svafa, dóttir Biartmars iarls. En
er veizluna þverrar, byrja Arngrims synir
ferð sina til Samseyjar; ok þá siðurstu nótt
áðr þeir fóru, dreymdi Ángantýr draum,
ok nú segir Ángantýr iarli draum sinn: 25
,mer þótti, segir hann, ver brœðr staddir
i Sámsey ok fundum þar fugla marga ok
drápum þá alla, siðan þótti mer ver snúa
annan veg á eyna, ok flugu ámóti oss er-
nir 2, ok þóttumz ek eiga við annan hörð 30
viðskipti, settumz við niðr báðir áðr enn
linnti; en annar örninn átti við brœðr mina,
ok þótti mer hann öllum efri verða'. Jarl
svarar „svoddan draum þarf eigi at ráða,
er þer þar sýnt fall nockurra manna, ok 35
ætla ek, stappi nærri yðr brœðrum"; þeir
kvàðuz því eigi kviða mundu. Jarlinn
mælti: „allir fara, þá feigðin kallar", ok
lyktaz siðan tal með þeim. At enduðu
þessu hófi snúa þeir brœðr heim, en Svafa 40
sat eptir með iarli; búaz þeir nú til holm-
stefnunnar, ok leiðir faðir þeirra þá til

skips ok gaf þeim öllum góð herklæði,
,hygg ek, sagði hann, nú muni þörf vera
góðra vôpna, því þer 'beriz við þá frœk-
nustu fullhuga: siðan skilja þeir, ok biðr
hann þá vel fara. 5

Sigla þeir nú unz þeir koma til Sâms-
eyjar ok tóku höfn i Munarvôgi; ok er
þeir brœðr gengu uppá eyna, kom at þeim
berserksgângr, brutuz þeir þá við skóginn
at vanda sinum. En fra Hialmari er þat 10
at segja, at hann lendti skipum sinum hinu-
megin Samseyjar i höfn þeirri er Unavôgr
heitir; hafði hann 2 skip, ok hètu bæði
askar, ok hundrað manns á hvörju hinna
vöskustu drengja. þeir brœðr siá nú ski- 15
pin, ok þóttuz vita, at Hialmar mundi eiga
ok Oddr hin viðförli, er kallaðr var Ör-
var-Oddr. Brugðu þá Arngrims synir
sverðum, ok bitu i skialdar rendrnar; snèru
þeir nú til skipanna, ok gengu 6 útá hvôrn 20
askinn, en þar vóru svá góðir drengir fy-
rir, at allir tóku sin vôpn, ok enginn flýði
or sinu rúmi, eða mælti æðruorð. Ber-
serkirnir gengu með öðru borði fram, en
öðru aptr, ok drápu hvört mannsbarn, sí- 25
ðan gengu þeir á land grenjandi. þá
mælti Hiörvarðr: ,elliglöp strîða nú á Arn-
grim, föður vörn, er hann sagði oss at
þeir Hialmar ok Oddr væri hinir hraustustu
kappar, en nú sá ek öngvan duga öðrum 30
framarr'. Ángantýr svarar „sœkumz eigi
um þat, þó ver eigi findum vóra maka, ma
ok skè, at þeir Oddr ok Hialmar sèu enn
eigi dauðir. Nu er at segja fra Hialmari
ok Oddi, at þeir höfðu gengit uppá eyna, 35
at vita ef berserkirnir væri komnir; ok er
þeir kômu fram ur skôginum, þá gengu
Arngrims synir á land af skipum þeirra
með blóðugum vôpnum ok brugðnum sver-
ðum; var þá af þeim berserksgângrinn, ok 40
þá vórn þeir máttminni þess á milli, sem
eptir nokkurs kyns sóttir. Oddr kvað:

þâ var ôtti einu sinni,
er þeir grenjandi gengu af öskum,
ok emjandi â ey stigu,
týrarlausir, ok vôru 12 saman.

Hialmar mælti: ‚þat sêr þû, at fallnir eru
menn okkrir, ok sýniz mer likast, at ver
munum allir Ôðinn gista î Valhöll î kvöld;
þat eitt sæðruorð mælti Hialmar. Oddr
svarar: eigi hefi ek slîka fiandr litit, ok 10
mundi þat mitt râð, at við flýðum undan
â skôg, munum við ekki megua 2 at ber-
jaz við þâ 12, er drepit hafa 12 hina
frœknustu menn î Svîaveldi. þâ mælti
Hialmar: flýjum ver aldrî undan ôvinum 15
okkrum, þolum heldr vôpn þeirra, ok fara
vil ek at berjaz við berserkina. Oddr se-
gir: ekki mun ek gista Ôðinn î kvöld, ok
munu þessir allir dauðir, âðr kvöld komi,
en við 2 lifa. þetta viðrmæli þeirra sanna 20
vîsur þessar er Hialmar kvað: ιι.

Fara halir hraustir af herskipum
tôlf menn saman týrarlausir;
við munum î aptan Ôðinn gista
tveir fullhugar, eu þeir tôlf lifa.

Oddr svarar:

þvî mun ek orði andsvar veita:
þeir manu î aptan Ôðinn gista
tolf berserkir, en við tveir lifa.

þeir Hialmar siâ at Ângantýr hefir Tyr-
fîng î hendinni, þvíat lýsti af honum sem 35
sôlargeisla. Hialmar mælti: ‚hvôrt viltu
heldr, eiga við Ângantýr einn, eða við
brœðr hans 11?‘ Oddr svarar: „ek vil ber-
jaz við Ângantýr, hann mun gefa stôr
högg við Tyrfingi, en ek trûi betr skyrtu 40
minni, enn brynju þinni til hlifðar.“ Hial-
mar mælti: ‚hvar kvâmu við þar til orrostu,

at þû gengir fyri mîk? viltu þvî berjaz við
Ângantýr at þer þîkki þat meira þrekvírki:
nû em ek höfuðsmaðr þessarar holmgöngu,
ok þarmeð konungborinn til rîkis, â ek
5 þvî at râða fyrir okkur; hêt ek öðru ko-
nungsdôttur heima î Svîaþioðu, enn lâta
þik, eðr annann, gânga î þetta einvîgi fyri
mik, ok skal ek berjaz við Ângantýr.
Oddr kvað hann kiosa þat verr gengdi.
10 Varð þa svâ at vera, sem Hialmar
vildi; brâ hann þâ sverðinu ok gêkk fram
îmôti Ângantýr, vîsaði þâ hvôrr öðrum til
Valhallar. Ângantýr mælti ‚þat vil ek
sagði hann, at ef nokkr vôr kemz â burt
15 hêðan, þâ skal enginn annann ræna at vôp-
num, ok vil ek hafa Tyrfing î haug með
mer þôtt ek deyi; svâ skal Oddr hafa skyrtu
sina, en Hialmar hervôpn, ok svâ viðskilja,
at þeir skulu verpa haug eptir hina er
20 lifa. Siðan gânga þeir Hialmar ok Ângan-
týr saman, ok berjaz með hinum mesta
âkafa, var þar hvôrigum um sôkn nê vörn
at frýja; hiuggu þeir bæði hart ok tiðum,
ok ôðu iörðina at kniâm; var þvî lîkast
25 sem logandi bâl, er stâlin mœttuz; gâir
nû hvôrigr annars, enn höggva sem tiðast,
en landit skalf sem â þræði lêki af sam-
eign þeirra; börðuz þeir svâ lengi, þartil
hlîfar þeirra tôku at höggvaz, veitti þa
30 hvôrr öðrum stôr sâr ok mörg; en sva
mikill reykr gaus af nösum þeirra ok munni,
sem ofn brynni; hefir Oddr svá sagt siðan,
at aldrî mundi siâz hermannligri sôkn eða
fegri vôpn enn î þvî einvîgi, er þat ok
35 frægt viða î sögum, at fâir muni frægri
fundiz hafa eðr drengiligar bariz.

Ok er þeir Oddr höfðu lengi hêr â
horft, gengu þeir î annan stað ok biugguz
til barðaga. Oddr mælti til berserkjanna
40 ‚þer munuð vilja hafa hermanna sið, en eigi
þræla, ok skal einn yðarr berjaz við mik
um sinn, en eigi fleiri, svâ framt sem yðr

bilar eigi hugr; þeir iâta því. Gêkk þá
fram Hiörvarðr, enn Oddr snêri honum
imôti; hafði Oddr sva gôtt sverð, at þat
beit svâ vel stâl sem klæði; sîðan hôfu þeir
sitt einvîgi með stôrum höggum, ok var 5
eigi langt âðr enn Hiörvarðr fêll dauðr til
iarðar; en er hinir sâu þat, afmynduðuz
þeir akafliga, ok gnöguðu î skialdar rendr-
nar, en froða gaus ur kiapti þeim. Þá
stôð upp Hervarðr ok sôkti at Oddi, ok 10
fôr sem fyrr, at hann fêll dauðr niðr. Við
þessi atvik eyskraði sût î berserkjunum,
rêttu ût tûngurnar ok urguðu saman tön-
nunum, öskrandi sem blôtneyti, svâ buldi
î hömrunum. Ôð þâ fram Semîngr; hann 15
var þeirra 11 mestr, ok gêkk nærst Ân-
gantýr; sôkti hann svâ fast at Oddi, at hann
hafði nôg at verjaz fyrir honum; börðuz
þeir svâ lengi, at eigi mâtti î milli siâ,
hvôrr sigraz mundi; hiugguz af þeim allar 20
hlîfar, en skyrtan dugði svâ Oddi, at hann
sakaði eigi; bâruz þá sâr â Seming ok gaf
hann sik eigi við þat, fyrr enn nær var
höggvit allt hold hans af beinunum; sâ
Oddr hvörgi ôblôðugan stað â honum; ok 25
er blôð hans var allt ur æðum runnit, fêll
hann með mikilli hreysti ok var þegar dauðr.
Sîðan stôð upp hvörr af öðrum, en svâ
lauk, at Oddr feldi þâ alla; var hann þâ
âkafliga môðr en ekki sârr. . 30

Snýr hann sîðan þangat til, sem þeir
Ângantýr ok Hialmar höfðu bariz: var Ân-
gantýr þâ fallinn, en Hialmar sat við þûfu
eina, ok var fölr sem nârr. Oddr gêkk at
honum ok kvað: 35

Hvat er þer, Hialmar? hefir þû lit brug-
ðit,
þik kveð ek mœða margar undir;
hialmr þinn er höggvinn ok â hlið 40
brynja,
nû tel ek fiörvi of farit þînu.

Hialmar kvað:

Sâr hefi ek sextân, slitna brynju,
svart er mer fyri sionum, sêkat ek
gânga;
hneit mer við hiarta hiörr Ângantýrs,
hvass blôðrefill, herðr î eitri.

Ok enn kvað hann:

Âttak at fullu fimm tûn saman,
en ek því aldrî unda râði;
nû verð ek liggja lîfs andvani,
sverði sundraðr, Sâms î eyju.

Drekka î höllu hûskarlar miöð,
menn miök göfgir at mîns föður;
mœðir marga munngât firða,
en mik eggja spor î eyju þiâ.

Hvarf ek frâ hvîtri hlaðbeðs gunni
â Agnafit ûtanverðri;
saga mun sannaz, er hun sagði mer,
at aptr koma eigi munda ek.

Drag þû mer af hendi hrînginn rauða,
ok fœr hinni ûngu Ingibiörgu
sâ mun henni hugfastr tregi,
er ek eigi kem til Uppsala.

Hvarf ek frâ fögrum flioða söngi,
ôtrauðr gamans, austr með Sôta;
fôr skundað' ek, ok förk î lið
fyrsta sinni frâ hollvinum.

Hrafn flýgr austan âf hâmeiði,
ok eptir honum örn î sinni;
þeim gef ek erni efstam brâðir,
sâ mun â blôði bergja mînu.

Eptir þat dô Hialmar. Oddr var þar um
nôttina: um morguninn bar hann saman
alla berserkina, ok tôk sîðan til haugagiör-

ðar; röðuðu eyjarskeggjar saman stórar
eikr eptir fyrisögn Odds, ok iusu síðan
yfir grioti ok sandi, var þat mikit þrekvirki
ok traust giört; var Oddr at þeirri iðju í
hálfan mânuð; síðan lagði hann þar í ber- 5
serkina með vôpnum þeirra, ok byrgði sí-
ðan aptr haugana. Þessu nærst tók Oddr
Hialmar, ok bar hann â skip ût, ok flutti
heim til Sviþioðar, segjandi þessi tiðendi
konûngi ok dôttur hans; fèkk henni svâ 10
mikils fall Hialmars, at hun sprakk þegar
af harmi, ok vôru þau Hialmar î einn haug
lagin, ok drukkit erfi eptir þau. Dvaldiz
Oddr þar um hrið, ok er hann ur sögunni.
15

4) Hervörs Fahrt nach dem Tyrfing zum Grabe ihres Vaters Angantyr.

Cap. 7.

Síðan biöz hun î burt einsaman, ok tók 20
ser karlmanns giörfi ok vôpn, ok sôkti þar
til er víkingar nokkrir vôru, nefndiz hun
þa Hiörvarðr; kom hun ser î sveit með
þeim, ok tók litlu síðarr forræði liðsins.
Herjaði nû Hiörvarðr þessi viða um lönd, 25
ok hèlt at lyktum til Sâmseyjar. Ok sem
víkingar höfðu höfn tekit, beiddiz Hiörvarðr
at fara uppâ eyna, ok sagði at þar mundi vera
fiâr vôn î haugi. Allir liðmenn mæla îmôti
ok segja, at svâ miklar meinvættir gângi 30
þar öll dœgr, at þar er verra um daga,
enn viða um nætr annarstaðar. En þô
fèkkz þat um síðir, at akkerum var î grunn
kastat, en Hiörvarðr tôk ser bât, ok rêri
til lands ok lendti î Munarvôgi i þann tima 35
er sôl settiz; gêkk hann síðan â land upp,
þar hitti hann einn mann, þann er hiörðu
hèld, sâ kvað:

Hvörr ertu îta î ey kominn?
gâktu sýsliga gistíngar til!

Hiörvarðr kvað:

Munka 'k gânga gistîngar til
því ek engi kann eyjarskeggja;
seg þû elligar, âðr skiljum,
hvar eru Hiörvarðs haugar kendir.

Hann kvað:

Spyrir þû at því, spakr ert eigi,
vinr víkîriga, ertu vanfœrinn!
förum frâliga, sem fœtr toga,
allt er ûti â nâttförum.

Hiörvarðr kvað:

þeigi hirðum fælaz við þrösun slika,
þôtt um alla ey eldar brenni;
lâtum okkr ei litit hræða
rekka slika, rœðumz fleira við!

Hann kvað:

Heimskr þikki mer sâ, er hêðan ferr,
maðr einnsaman, myrkvar grîmur;
hyrr leikr um mann, haugar opnaz,
brennr fold ok fen, förum harðara!

Enda tók hann þâ hlaup heim til bœjar,
ok skildi þar með þeim. Nû sêr Hervör
þvinærst ûtâ eyna, hvar hauga eldarnir
brenna, ok gengr hun þângat til ok hræ-
ðiz þat ekki, þôtt eldar brenni â götu
hennar, ok ôð hun þâ fram sem myrkva
þoku, þartil hun kom at haugum ber-
serkjanna; snýr hun þâ fram at hinum
stœrsta haugnum, ok kvað:

Vakna þû Ângantýr ... (s. Sp. 81, s).

Aus der Örvaroddssaga.

c. 1—2. Fornald. 2, 161—169.

1) Seine Geburt und Ziehe.

Grîmr hêt maðr, ok var kallaðr loðin-kinni, þvî var hann svâ kallaðr, at hann var með þvî alinn: en þat kom svâ til, at þau Ketill hængr, faðir Grîms, ok Hrafn-hildr Bruna dôttir gengu î eina sæng, sem fyrr er skrifat, at Bruni breiddi â þau hûð eina, er hann hafði boðit til sîn Finnum mörgum, ok um nôttina leit Hrafnhildr ût undan hûðinni, ok sâ â kinn einum Finni-num, en sâ var allr loðinn, ok þvî hafði Grîmr þetta mèrki siðan, at menn ætla at hann muni â þeirri stundu getinn hafa verit. Grîmr biô î Hrafnistu; hann var auðigr at fé ok mikils râðandi um allt Hâlogaland, ok vîða annarstaðar. Hann var kvôngaðr ok hêt Lopthæna kona hans, hun var dôt-tir Haraldar hersis ur Vîk austan. Þat var eitt sumar at Grîmr biô för sîna î Vîk austr eptir Harald dauðan, mâg sinn, fyri þvî at hann âtti þar miklar eignir, ok er Lopthæna verðr þess vîs, þâ beiðiz hun at fara með honum, en Grîmr segir, at þat mâtti eigi vera, „fyri þvî at þû ert kona eigi heil." ‚Ekki læt ek mer annat lîka, segir hun, enn fara'. Grîmr unni henni mikit, ok lætr hann þat eptir henni. Hun var hverri konu vænni ok betr at ser um alla hluti, þeirra er î Norigi vôru. þeirra för var bûin virðuliga.

Grîmr sigldi tveim skipum ur Hrafnistu austr î Vîk, en er þau kômu fyri sveit þâ er heitir â Beruriôðri, þâ segir Lopthæna, at hun vill lâta lægja seglin, fyri þvî at hun kendi ser sôttar, ok svâ var giört, at skipin vôru at landi lâtin. Þar biô sâ maðr, er Ingialdr hêt, han var kvôngaðr maðr, ok âtti son við konu sinni, ungan at aldri, en vænan at âliti, þann er Asmundr hêt. En er þau vôru at landi komin, vôru menn uppsendir til bœjar, at segja Ingialdi, at Grîmr var þar kominn við land ok kona hans. þâ lêt Ingialdr eyki beita fyri vagn-sleða, ok fôr sialfr âmôti þeim, ok bauð þeim allan þann beina, sem þeir þurftu, ok þau vildu þegit hafa, þâ fôru þau heim til bœjar Ingialds; sîðan var Lopthænu fylgt î kvenna hûs, en Grîmi var fylgt î skâla ok skipat î öndvegi, ok engan hlut þôttiz Ingialdr fullvell giört geta til þeirra Grîms, en Lopthænu elnaði sôttin til þess, at hun varð lêttari ok sveinabarni, ok tôku konur við þvî, ok lêtuz aldregi sêt hafa iafnvænt barn. Lopthæna leit til sveinsins ok mælti: berið hann til föður sîns, hann skal nafn gefa barninu, ok svâ var giört; var sveinninn þâ vatni ausinn, ok nafn ge-fit, ok kallaðr Oddr. þar var Grîmr 3 nætr; þâ sagði Lopthæna, at hun var bûin til ferðar, ok þâ sagði Grîmr Ingialdi, at hann vill bûaz til burtferðar. ‚Svâ er mer gefit, sagði Ingialdr, at ek vilda þiggja af yðr nokkurn virðingar hlut'; „þat er mak-ligt, sagði Grîmr, ok kios þû þer siâlfr laun, þvi eigi skortir fè fram at greiða"; ‚ærit hefi ek fê', sagði Ingialdr, „þâ þigg þu annat" sagði Grîmr; ‚barnfôstr vil ek bioða þer', sagði Ingialdr; „þat veit ek eigi, sagði Grîmr, hversu Lopthænu er um þat gefit", en hun svaraði: ‚þat ræð ek, at þiggja þat, sem svá er vel boðit'. Þá var þeim fylgt til skipa sinna, en Oddr var eptir á Beruríoðri. þau fôru ferða sinna, til þess at þau kvômu austr î Vîk, ok eru 5 þar þâ stund, sem þikjaz þurfa. Sîðan bûaz þau î burt þaðan, ok gaf þeim vel byri, til þess at þau kvômu fyri Beruríoðr; þâ bað Grîmr lœgja seglin; þvî skulu ver eigi fara ferðar vôrrar? sagði Lopthæna. 10 Ek ætlaði, sagði Grîmr, at þú mundir vilja finna son þinn. Leit ek â hann, sagði hun, er við skildum, ok þôtti mer sem hann mundi lîtt renna âstarangum til vôr Hrafnistumanna, ok munu við fara ferð 15 vôra, sagði hun.

Nu koma þau Grîmr heim î Hrafnistu, ok settuz â bûi sînu, en Oddr vex upp at Beruríoðri ok Asmundr. Oddr nam íþróttir þær, er mônnum var títt at kunna. 20 Asmundr þionaði honum î hvivetna; hann var flêstum mônnum vænni ok giôrvari at ser. Fôstbrœðralag giôrðiz með þeim Oddi ok Asmundi; î skotbôkkum vôru þeir hvern dag eðr â sundi. Engi komz til iafns við 25 Odd um allar íþrottir; aldri var Oddr at leikum sem ônnur úngmenni; honum fylgði Asmundr âvalt. Framarr mat Ingialdr Odd enn Asmund î hvivetna. Skeiti lêt Oddr ser giôra hvern mann, er hann fann hagan, 30 hann varðveitti þau ekki eptir, ok fôru þau um flet ok um bekki undir mônnum; margir skeinduz â þvî er menn kômu î myrkri inn, eðr niðr settuz. Siâ einn hlutr var svá at Oddi aflaði óvinsælda; menn tôluðu 35 um við Ingiald, at hann skyldi tala við Odd um þetta; Ingialdr finnr Odd at mâli einhvern dag; hlutr er sâ einn, sagði Ingialdr, fôstri minn, at þer aflar óvinsælda". ‚Hverr er sâ?' sagði Oddr. „Þú varðveitir 40 eigi skeiti þin, sem ôðrum mônnum er títt", sagði Ingialdr. ‚Þâ þœtti mer þú mega

gefa sakir â þvî, sagði Oddr, ef þú hefðir mer nokkut fengit, at varðveita þau î'. „Ek skal til fâ, sagði Ingialdr, þat sem þu vilt". Þat hygg ek, sagði Oddr, at þú munir þat ekki til fâ'. „Þat mun eigi vera", sagði Ingialdr. ‚Hafr âttu þrêvetran, svartan at lit, sagði Oddr, hann vil ek drepa lâta ok flâ belg af, bæði með hornum ok klaufum'. Ok svá var giôrt, sem Oddr mælti fyrir, ok svá honum fœrðr belgrinn, þâ er bûinn var; þar bar hann î ofan ôrvar sînar, ok eigi lêttir hann af, fyrr enn fullr var belgrinn, þat var miklu fleira ok meira enn annarra manna skeiti; boga fêkk hann ser at þvî skapi. Svâ var Oddr bûinn, at hann var î rauðum skarlakskyrtli hvern dag, ok hafði knýtt gullhlaði at hôfði ser; ôrvamæli sinn hafði hann, hvár sem hann fôr. Ekki vandiz Oddr blôtum, þvî hann trûði â mâtt sinn ok meginn, ok þar giôrði Asmundr eptir, en Ingialdr var hinn mêsti blôtmaðr. Opt fôru þeir fôstbrœðr fyrí land fram, Oddr ok Asmundr.

2) Die Wahrsagerin Heidhr und ihr nächtlicher Zauber.

Kona er nefnd Heiðr, hun var vôlva ok seiðkona, ok vissi fyrir ôvorðna hluti af frôðleik sînum; hun fôr â veizlur, ok sagði mônnum fyrir um vetrarfar ok forlög sîn; hun hafði með ser fimtân sveina ok fimtân meyjar; hun var â veizlu skamt î burt frâ Ingialdi. Þat var einn morgiun at Ingialdr var snemma â fôtum; hann gékk þar at, sem þeir Oddr ok Asmundr hvîldu ok mælti: ek vil senda ykkr frâ húsi î dag, sagði hann; „hvert skulu við fara?" sagði Oddr; ‚þið skuluð bioða hingat vôlvunni, af þvî at hêr er nú veizla stofnuð', sagði Ingialdr; „þâ fôr fer ek eigi, sagði Oddr, ok kunna mikla ôþôkk, ef hun kemr hêr"; ‚þú skalt fara, Asmundr

274

sagði Ingialdr, því þin á ek ráð'. Giöra
skal ek þann hlut nokkurn, sagði Oddr, at
þer þiki eigi betr, enn mer þiki nû þetta.
Âsmundr ferr nû ok býðr þangat völvunni,
ok hun hêt ferðinni, ok kom með allt sitt 5
föruneyti, en Ingialdr gêkk môt henni með
öllum sînum mönnum ok bauð henni î skâla.
þau biugguz sva við, at seiðr skyldi fram
fara um nôttina eptir; ok er menn vôru
mettir, fôru þeir at sofa, en völva fôr til 10
nâttfars seiðs með sitt lið. En Ingialdr
kom til hennar um morguninn, ok spurði
hversu at hefði borit um seiðinn; ,þat ætla
ek, sagði hun, at ek hafa vîs orðit þess,
sem þer vilið vitâ, þâ skal skipa mönnum 15
î sæti, sagði Ingialdr, ok hafa af þer frét-
tir. Ingialdr gêkk fyrstr manna fyrir hana,
,þat er vel Ingialdr, sagði hun, at þû ert
hêr kominn, þat kann ek þer at segja, at
þû skalt bûa hêr til elli með mikilli sœmd 20
ok virðîngu, ok mâ þat vera mikill fagnaðr
öllum vinum þînum'. Þâ gêkk Ingialdr burt
en Âsmundr þângat; ,vel er þat, sagði
Heiðr, at þû ert hêr kominn Âsmundr,
þvíat þinn vegr ok virðîng ferr víða um 25
heiminn, en ekki muntu við aldr togaz, enn
þikkja þar gôðr drengr ok mikill kappi sem
þû ert'. Siðan gêkk Âsmundr til sætis sîns,
en alþýða fôr til seiðkonunnar, ok sagði
hun hverjum, þat sem fyri var lagit, ok 30
una þeir allir vel við sinn hlut. · Siðan
sagði hun um vetrarfar ok marga aðra þâ
hluti, er menn vissu eigi âðr. Ingialdr
þakkar henni sînar spâsögur. ,Hvört hafa
nû allir þângat farit, þeir sem innan hirðar 35
eru?' sagði hun; ,ek ætla nû farit hafa
nær alla", sagði Ingialdr. ,Hvat liggr þar
î öðrum bekkinum?' sagði völvan; „feldr
nokkr liggr þar" sagði Ingialdr. ,Mer þi-
kir sem hrœfiz stundum, er ek lît til, 40

sagði hun'. Þâ settiz sâ upp, er þar hafði
legit, ok tôk til orða ok mælti: „þat er
rêtt sem þer sýniz, at þetta er maðr ok
þar sâ maðr,· at þat vill, at þû þegir sem
skiotast, ok fleiprir eigi um mitt ráð. Þvíat
ek trûi eigi því, sem þû segir." Oddr
hafði einn bûinn sprota î hendi ok mælti
„þenna sprota mun ek fœra â nasir þer,
ef þû spâir nokkru um minn hag". Hun
mælti, þer mun ek þô segja, en þû munt
hlýða' segir hun, þâ varð henni hlioð â
munni:

Oegðu eigi mer, Oddr â Jaðri,
eldiskiðum, þôtt ýmist geipum;
saga mun sannaz, su er segir völva,
öll veit hun manna örlög fyrir.

Ferr eigi þû svâ fiörðu breiða,
eða liðr yfir lâga vâga: [1]
þôtt siôr yfir þik sægjum drifi:
hêr skaltu brenna â Berurioðri.

skal þer ormr granda eitrblandinn
frânn or fornum Faxa hausi;
naðr mun þik höggva neðan â fœti,
þâ ertu fullgamall fylkir orðinn.

,þat er þer at segja, Oddr, sagði hun, sem
þer mâ gôtt þikja at vita, at þer er ætlaðr
aldr miklu meiri enn öðrum mönnum, þû
skalt lifa 3 hundrað vetra, ok fara land af
landi, ok þikja þar âvalt mêstr, er þa kemr
þû; því vegr þinn mun fara um heim al-
lan, en aldrî ferr þu svâ víða, at hêr
skaltu deyja â Berurioðri; hêstr stendr hêr
við stall, föxôttr ok grâr at lit; haus hans
Faxa skal þer at bana verða.' „Spâ þû
allra kellînga örmust um mitt râð, segir
Oddr, hann spratt upp við, er hun mælti

――――――
[1] Der Nachsatz dass du nicht hier sterben solltest ist Z. 22 u. 35 positiv gewendet.

þetta ok rekr sprotann â nasir henni svâ hart, at þegar lâ blôð â iörðu. ‚Takit föt min, sagði völvan, ok vil ek fara âburt hêðan, þvîat þess hefi ek hvergi komit fyrr, at menn hafi barit â mer. „Eigi skaltu þat giöra, sagði Ingialdr, þvîat bœtr liggja til alls, ok skaltu her vera 3 nætr, ok þiggja góðar giafir. Hun þâ giafirnar, en burt för hun af veizlunni.

Eptir þetta bað Oddr Âsmund fara með ser. þeir taka Faxa ok slâ við hann beizli, ok leiða hann eptir ser, unz þeir koma î eitt dalverpi; þar giöra þeir gröf diupa, sva at Oddr komz tregliga upp ur, en sîðan drepa þeir Faxa þar î ofan, ok fœrir

Oddr þar sva stóra steina â ofan, ok þeir Âsmundr, sem þeir gâtu mêsta, ok bera sand hiâ hverjum steini; haug verpa þeir þar af upp, er Faxi liggr undir, en er þeir höfðu lokit verki sînu, mælti Oddr: þat ætla ek, at þat lâta ek ummælt, at tröll eiga hlut î, ef Faxi kemz upp, ok þat hygg ek, at rennt hafa ek nû þeim sköpunum, at hann verði mer at bana. þeir fara heim eptir þat ok til fundar við Ingiald. ‚Skip vil ek mer lâta fâ‘, sagði Oddr. „Hvert skal fara“ sagði Ingialdr. ‚Burt ætla ek hêðan, sagði Oddr, af Berurioðri, ok koma hér aldregi, meðan ek lifi‘.

Aus Ans saga Bogsveigis.

1) Fornald. 2, 350—354. 2) Eb. 357—62.

1) Anschläge König Ingialds gegen An. Die Wintergäste.

Eptir þetta sendi konungr 12 menn til höfuðs Âni, ok mælti svâ: ‚ek vil senda yðr með þeim hætti â fund Âns, at þer beiðið hann vetrvistar, en hann er stórlyndr ok mun spyrja, þvî þer farið svâmargir sam n: en þer skuluð segja, at þer eigið fê allir saman, ok þer trûið öngum til at skipta með yðr nema honum; ok ef hann tekr við yðr, dragið undir yðr aðra iafnmarga af mönnum hans með fêgiöfum, ok kalla ek þâ sialfrâtt, at þer lâtið hann eigi rekaz undan‘. Sîðan fôru þeir â fund Âns, ok fôru sva orð með þeim, sem konungr gat til; hann tôk þó við þeim ok vôru þeir þar fram um iolin. Eitt kveld mælti Jorunn

við Ân: ‚hvat gestum hyggr þû þetta vera, er þik hafa heimsôtt‘? Hann sagði: „þat hygg ek, at þeir sêu góðir menn, ok til þess ætlum ver“. Hun kveðz eigi þat ætla, at þeir muni dyggvir menn heita mega ‚ok gruna ek þat, hvôrt þeir hafa unnit illvirki, eðr ætla þeir til; þvîat hvert sinn er þú gengr frâ rûmi þînu, þâ siâ þeir eptir þer, ok bregða lit við‘, hann kveðz eigi þat ætla. ‚Enn ber ek meiri önn fyrir þer, enn ek ætlaða, sagði hun, ek vil þú gangir frâ húsi â morgin; ok ef þeir giöra öngan grun â ser, þâ mun þetta ekki vera; seg, at þú skalt heim í kveld, ok at þú vilir einn fara, ok ef þeir giöra nökkurn grun â ser, þâ mâ vita, hverir þeir eru‘. Ân kvað svâ vera skulu. Um morguninn gêkk Ân frâ húsi, ok er vetrgestir sâu þat,

hyggja þeir þa fœri â Ân, ok fôru heiman
î tveim stöðum, 6 î hvôrum stað, en 6 vôru
heima af niosnarmönnum ok 6 af húskörlum,
er fê tôku til höfuðs Âni; vôru 6 af hvô-
rum î fyrisâtrinu; þeir settuz hiâ götu Âns. 5
Jorunn hittir Grîm ok sagði, at henni þôtti
grunsamlig för þeirra, ,ok far þú â niosn‘;
hann kvaðz þess búinn, ok fôr î skôg með
marga menn, sva at hinir vissu eigi, en
sâu þeir hvergi. Leið nú â kveldit, ok 10
sýndiz þeim mêst nauðsyn, at fara heim ok
gæta tîmans, at eigi yrði î râðit um atfö-
rina; þeir kvômu heim. Ân var þa kominn
î öndvegi ok ekki frýnn, Grîmr var þá ok
heim kominn. An mælti: ,þat mun nú hœfa 15
vetrgestum vôrum, at segja erindi sîn, ok
hvern þeir ætluðu mer dauðann î dag; ek
veit nú râð yður, ok fyrir löngu vissa ek
svik yður við mik; en eigi hefik dygt hio-
naval‘. þeir urðu við at gânga. An mælti 20
,eigi mun ik drepa hion (mîn), ok fari þau
â burt; en konungsmenn gef ek î vald Grîmi,
frænda mînum, ok hafi hann af þeim gaman
î dag‘. Grîmr kvað slîkt vel mælt; hann
fôr til skôgar með þâ, ok spyrti þâ saman 25
alla â einn gâlga. þetta spyrr Ingialdr
konungr, ok lîkar miök illa.

Die Brudersendung.

þôrir var þa kominn til hirðarinnar, hann 30
var hlioðr, ok þôtti miök þrútna mâlit. Ko-
nungr spyrr, hvî hann væri svâ hlioðr, ,vel
viljum ver til þîn giöra sem fyrr‘. þôrir
sagði „ekki frýik â þat, en varla verðr þat
með hallkvæmd“. Konungr spyrr ,hvat skor- 35
tir at um þat, sem faðir minn giörði?‘ „Ekki
leitta ek â þetta, sagði þôrir, en stœrrum
gaf faðir þinn mer, sem er sverð þetta“.
Konungr sagði, er þat gersemi mikil?‘ „Siâ
þú“, sagði þôrir. Konungr tôk við ok brâ 40
sverðinu ok mælti, „ekki er þetta ôtigins
manns eiga‘. þôrir sagði „þiggi þer þâ, herra“.

Konungr sagði: „eigi vil ek þat, þu skalt
eiga ok þer lengst fylgja. Hann gêkk at
þôri î hâsætinu, ok lagði î gegnum hann,
ok lêt þar standa sverðit î sârinu; hann
mælti ,ymsir munu við Ân sendaz sendîngar
â milli‘. Sîðan bið hann skip, ok vôru â
60 manna, ok bað þâ fara â fund Âns ok
leggja î lægi hans, ok teygja hann â skip, ok
segið, at þar sê kominn þôrir, brôðir hans,
ok vili leita um sættir; en ef hann kemr î
greipr yðr, þa drepið hann, ok er þâ gol-
dit nökkut fyrir mîna brœðr, ef þessir koma
fyrir þâ; komið snemma dags til Âns!‘ þetta
verk mæltiz miök illa fyrir, ok var hann
nú kallaðr Ingialdr hinn illi af hverjum
manni. Sîðan fôru þeir veg sinn, en âðr
um nôttina, enn þeir kvômu við land, ,þá
dreymdi Ân ok sagði Jorunni: ,mer þôtti
þôrir her kominn daprligr miök, en âvalt
hefir hann komit, er mik hefir dreymt hann;
en eigi vilda ek at þeir fœri erindislausir,
er hann fœra hingat með slîku môti, er
mer segir hugr um, þvî hann sýndiz mer
allr blôðugr, ok stôð sverð î gegnum hann‘.
Hun kvað svâ vera mega at skirir væri
draumar hans. . Ân spratt upp ok sagði at
menn mundu koma, hann lêt búa 4 skip,
ok voru 2 við útey, en önnur 2 î leynivôgi
hiâ læginu fyrir bœnum; An sendi menn
î bygðina eptir mönnum, at drekka fagna-
ðaröl î môt þôri, ef hann kemr glaðr ok
heill, elligar reyna vôpn sîn. Ân var â
bœnum, en menn hans â skipum, ok beið
hann búinn þess, er at höndum kæmi. Eptir
þat siâ þeir, at skip rendi â lægit fyrir
bœinn, ok rauðir skildir â. Skipamenn sendu
Ân orð, at hann kæmi ofan, ok fyndi þôri,
brôður sinn, er þar var kominn at leita um
sættir. Ân mælti: opt hefir hann ekki þann
mun getit, at gânga heim, ôk lætr hann
nú lîtit â skorta; þeir kvôðu honum svefn-
höfugt. Ân kveðz gânga mundi ofan at

skipi, en eigi lengra; þeir treystuz eigi at
ganga at honum, ok skutu Þóri af skipi
upp, ok báðu Án taka við vinsending In-
gialds konungs. Án tók Þóri upp ok mælti:
,goldit hefir þú grunnyðgi þinnar, er þú 5
trúðir konungi vel, en annat mun nú skyl-
dara, enn at ávita þik'. Hann skaut ho-
num í hellisskúta, en hliop út á skipit ok
brá upp rauðum skildi; hann leggr nú at
þeim, ok börðuz þeir, ok féllu miök menn 10
Ingialds konungs. Einn maðr barðiz á kniá-
num, Grímr sótti at honum; en sá maðr
hió til hans á knésbótina ok af kalfann með
hœlbeininu, ok lét hann mundu stirdfœtt-
an, áðr enn grœtt væri; þeir drápu hvert 15
manns barn. Án lét haug giöra ok skip í
setja, ok Þóri í lypting, en konungsmenn á
hvörttveggja borð, til þess at þat sýndiz í
því, at honum skyldu allir þiona. Grímr
var grœddr. Konungr spyrr nú þessi tiðendi, 20
ok þótti enn eigi miök aukiz hafa sinn sómi
eðr sœmd.

2) Der Kampf des Vaters mit dem Sohne.

Án fylgði smiðum sínum sem fyrr, ok
eitt kveld, sem hann gekk frá smiðinni, sá 25
hann í ey einni eld brenna, honum kom í
hug, at konungr mundi enn vitja, eða snöt-
tungar mundu leggjaz á fé hans; han for-
vitnaz um, ok fór til siofar einnsaman, ok 30
tók ser bát, ok rœr til eyjarinnar. Hann sá
þar mann sitja við eldstó úngligan ok mi-
kinn, sá var í skyrtu ok línbrók; hann ma-
taðiz, silfrdiskr stóð fyrir honum, hann
hafði knif tannskeptan, ok stakk upp ur 35
katlinum, ok át af, slíkt er honum sýndiz,
en kastar aptr í, er kólnaði, en tók þá an-
nat upp. Án þótti hann eigi varliga búa
um sik; hann, skaut til hans, ok kom í styk- 40

kit, er hann vó upp ur katlinum, ok datt
þat í ösku niðr; hann leggr skeytit niðr
hiá ser, ok mataðiz sem áðr. Án skaut ör
annarri, ok kom hun í diskinn fyrir hann,
ok féll hann í 2 hluti; þessi sat ok gaf ön- 5
gan gaum at þessu; þá skaut Án hinni
þriðju, ok kom sú í knífskeptit, er aptr
stóð ur hendi honum, ok fló heptit í 2
hluti; þá mælti siá hinn ungi maðr: þessi
maðr giörði mer mein, en ser lítit gagn, 10
er hann spilti knífi mínum; hann þreif upp
boga sinn, en Án kom í hug, at eigi var
víst, hvar öskytin [1] ör geigaði; hann gekk
öðrumegin eikarinnar, ok lét hana á millum
þeirra. Siá hinn ungi maðr skaut hinni 15
fyrstu ör, svá Án bugði at koma mundi á
hann miðjan, ef hann hefði beðit [2]; önnur
þótti honum sem komit mundi hafa fyrir
bringspalir honum, en hin þriðja í augat,
ok stóðu svá allar til í eikinni, þar sem 20
Án hafði staðit. Þá mælti sá hinn úngi
maðr: hitt er þeim ráð, er skaut at mer,
at sýna sik nú, ok hittumz við, ef hann á
við mik sakir. Siðan gekk Án fram, ok
tóku til glímu, ok var þeirra atgángr miök 25
sterkligr. Án mœddiz skiotara, þvíat hinn
var stinnleggjaðr ok sterkr. Án bað þá
hvílaz, en hinn úngi maðr léz búinn til
hvörstveggja, ok þó réð Án; hann spyrr:
,hvert er nafn þitt?' hann kveðz Þórir heita, 30
en sagði föður sinn heita Án, ,eða hverr
ertu?" ,Ek heiti Án, sagði hann; úngi
maðr sagði ,,þat mun satt vera, at margs
góðs muntu án vera, ok ertu nú án sau-
ðarins þess, er ek tók." Án sagði: ,hirðum 35
ekki um heiptarmál! ok er þetta lítils vert,
eðr hverjar hefir þú iartegnir, ef þú finnr
föður þinn?' ,,Ek ætla finnaz muni sönn
merki sögu minnar, en þó em ek eigi skyldr
þer at sýna", sagði Þórir. Án lét þat betr 40

---

[1] A. L. öskytians. — [2] Part. von biða, warten.

sama at sýna, hvat til marks væri um fačerni hans. Þórir sýnir honum hringinn. Án sagði: sönn eru þessi merki, at föður þinn hefir hér fyrir hitt, ok förum heim ok vitjum betra herbergis. þeir giöra nú sva, 5 ok koma heim, ok sátu menn hans, ok biðu eptir honum með ugg ok ótta, því þeir vissu eigi, hvat af honum var orðit. Án settiz í öndvegi, ok þórir hia honum; Jorunn spyrr, hverr siá maðr væri hinn ungi. 10 Án það hann sialfan segja til nafns síns; hann sagði ‚þórir heiti ek, ok em ek son Áns.‘ Hun mælti: ‚kemr at því sem mælt er, at hverr er auðgari en þikiz; ekki sagðir þú mer, at þu ættir þenna son, en þó hygg 15 ek ekki aukasmiði vera munu at honum, ok togið af honum! eðr hversu gamall ertu?“ ‚Átián vetra sagði. þórir: hun sagði „þat ætla ek, at ek muna kalla þik hálegg, þvíat ek hefi öngum sêð hærra til knês“; hann 20 sagði, þetta nafn líkar mer, ok muntu gefa mer nökkut í nafnfesti, at menn kalli mik svá.‘ Hun sagði þat skyldu satt, ok gaf honum gull mikit. Án spyrr þóri at um uppfœði hans með karli, hann kvað þat 25 orð á hafa verit, at þar fœddiz upp dóttir, þvíat Ingialdr konungr vildi drepa mik, ok flýðik því norðan, sem verða mátti. þar var þórir um vetrinn.

Thorir rächt seinen Vater und Oheim an Ingiald.

Án mælti eitt sinn: eigi nenni ek at fœða þik upp sitjanda lengr, ef þú leggr 35 ekki fram; hann kveðz eigi til hafa í fêmunum nema hringinn. An kvað ser betra þikja, at hafa sendiför nökkura: sýniz mer sem þú værir skyldr til at hefna nafns þíns á Ingialdi konungi; ætla ek at þer verði 40 auðit helzt af vörri ætt, þvíat þat er reynt, at við konungr leggjumz aldri hendr á; ok

ekki þarftu hingat at vitja, nema hefndin komi fram, hvört sem þú átt skylt við mik eðr eigi. Sverðit þegn skaltu eiga, ok ef þú kemr þessu verki fram, þá er þar systir konungs, haf þú hana með þer, ok gialt henni son fyrir bróður! þórir kvað þetta giöra mundu, ok hélt með skip albúit í hernað, en at hausti hafði hann 5 skip vel skipuð, hann var yfrit diarfr maðr ok sterkr, ok hinn mêsti hervíkingr. Hann kom á bœ Ingialds konungs á náttarþeli, ok bar eld at skálanum, vöknuðu menn við reykinn. Ingialdr konungr spyrr, hverr fyrir eldinum rêði. Hann kvað þórir hálegg þar vera. Konungr segir: vera má at þessi gneisti hafi flogit af Drífu karls dóttur, því þar hefir mer lengi grunr á verit, ok má vera at oss verði fullelda, um þat lýkr. þórir kveðz á þat viljadr, at siatnaði illvirki hans. Ingialdr konungr lêt þá briota upp stokkana, ok bera á skálahurðina, ok kvað eigi vilja inni brenna; þá hlupu menn út. þórir var nær staddr, þá er konungr kom út, ok hió hann banahögg. Hann tók burt Ásu, ok hafði með ser ok mikit fê, ok sendi hvörttveggja föður sínum; hann tók vel við Ásu, en þórir leggz í hernað, ok vann mörg framaverk; hann var ágætr maðr, ok þótti líkr föður sínum. þórir kom með þat til 30 Áns, at hann var orðinn stórauðigr, ok fêkk þar góðar viðtökur. Hann var þar um vetrinn, en at vóri sagði hann Áni, at hann vill á burt ráðaz, ok gef ek þer upp eignir allar, ‚en þú girnz eigi eignir þær, sem Ingialdr konungr hefir átt! þvíat skamt mun at bíða, at eytt mun fylkiskonungum; ok er betra at gæta sinnar sœmdar, en at setjaz í hærra stað, ok þaðan mínkaz, en ek mun fara norðr í Hrafnistu til eigna minna. Erp skaltu annaz ok fóstra þinn ok móður‘; síðan för Án norðr, en þórir varð gildr maðr. Án kom norðr í eyna ok átti hann þar dóttur, þá er Miöll hêt, móður Þôrsteins, Ketils sonar raums, föður Ingimundar hins gamla i Vazdal. Án átti opt at berja um þær skinnkyrtlur norðr þar, ok þôtti hann hinn mêsti maðr fyrir 5 ser. Son Þôris var Ögmundr akraspillir, faðir Sigurðar bioðaskalla, âgæts manns i Noregi; ok lýkr hêr við sögu Áns bogsvèigis.

Aus der Gautrekssaga.

Zu Oðinn Fahren.

C. 1. Fornald. 3, 7. 10.

Konungr spurði: ,hvat heita brœðr þinir?' Hun svaraði „einn heitir Fiölmôði, annar 10 heitir Imsigull, þriði Gillingr." Konungr mælti ,hvat heitir þá eða systr þinar.' Hun svarar „ek heiti Snotra, hef ek þvi þat nafn, at ek þôtta visust allra vôr; systr mínar heita Hiötra ok Fiötra. Hêr er sâ 15 hamar við bœ vôrn, er heitir Gillingshamar, ok þar i hiâ er stapi sâ er ver köllum Aetternisstapa; hann er sva hâr, ok þat flug fyrir ofan, at þat kvikindi hefir ekki lif, er þar gengr fyrir niðr; þvi heitir þat ætter- 20 nisstapi, at þarmeð fækkum ver vôrt ætterni, þegar oss þikir stôr kynsl við bera, ok deyja þar allir vôrir foreldrar fyrir ûtan alla sôtt, ok fara þá til Oðins, ok þurfu ver af öngu vôro forellri þýngsl at hafa nê 25 þriosku, þviat þessi sældarstaðr hefir öllum verit iafnfrials vôrum ættmönnum, ok þurfum eigi at lifa við fiârtion eða fœðsluleysi ne engi önnur kynsl eðr býsn, þôtt hêr beri til handa; Nù skaltu þat vita, at föður 30 mínum þikja þetta vera hin mêstu undr, er þu hefir komit til hûsa vôrra, væri þat mikil býsn, þôtt ôtiginn maðr hefði hêr mat

etit, en þetta eru með öllu undr, at konûngr, kalinn ok klæðalaus, hafi komit til hûsa vôrra, þviat til þessa munu engi dœmi finnaz, ok þvi ætlar faðir minn ok môðir â morgin at skipta arfi með oss syskinum, en þau vilja siðan ok þrællinn með þeim ganga fyrir ætternisstapa, ok fara svâ til Valhallar; vill faðir minn eigi tœpiligar launa þrælnum þann gôðvilja, at hann ætlaði reka þik or dyrum, enn nu nioti hann sælu með honum, þikiz hann ok vist vita, at Oðinn mun eigi ganga i môt þrælnum, nema hann sê i hans föruneyti.' — —

Nu er fra þvi at segja, þá er Snotra kom heim, sat faðir hennar yfir fê sinu ok mælti: „með oss hafa orðit býsn mikil, er konungr siâ hefir komit til vôrra hýbýla ok etit upp fyrir oss mikla eigu, ok þat sem oss henti sizt at lâta; mâ ek eigi siâ, at ver megum halda öllu voru hyski fyrir fâtœkdar sakir, ok þvi hef ek samanborit alla mína eigu, ek ætla ek at skipta arfi með yðr sonom mínum, en ek ætla mer ok konu minni ok þræli til Valhallar, mâ ek eigi þrælnum betr launa sinn trûleika, enn hann

fari með mer. Gillingr skal hafa uxa minn
hinn góða ok þau Snotra, systir hans; Fiöl-
móði skal hafa gullhellur mínar ok þau
Hiötra, systir hans: Imsigull skal hafa korn
allt, ok akra, ok þau Fiötra systir hans: en 5
þess bið ek yðr, börn mín, at eigi fiölgið
þer lið yðvart, svá at fyrir þat megi þer

eigi halda arfi minum." Ok er Skafnörtungr
hafði talat slíkt, er hann vildi eðr honum
líkaði, föru þau öll saman uppá Gillings-
hamar, ok leiddu börnin föður sinn ok mó-
ður ofan fyri ætternisstapa, ok föru þau
glöð ok kát til Óðins.

Aus der Sage Thorsteins Vikingssohns.

Wikinger gehen von Seeschlacht und Zweikampf über zum Bluteid.

Fornald. 2, 443 fg.

Nú láta þeir fóstbrœðr í hernað ok herjuðu
víða um Austrveg, ok finna fátt víkinga,
því allir stukku undan þeim, er til fréttu;
vöru þá öngvir frœgri menn í hernaði, enn
Þórsteinn ok Beli. Þat var einn dag,
at þeir lögðuz at annesi einu, þeir fóst-
brœðr siá öðrumegin undir nesinu liggja
tólf skip ok öll stór. Þeir róa skiotliga
móti skipunum, ok spyrja, hverr fyrir liði sé.
Maðr stóð upp við siglu, ok mælti: ,,Án-
gantýr heiti ek, son Hermundar iarls af
Gautlandi'; ,,þú ert efniligr maðr segir
Þórsteinn, eðr hversu gamall maðr ertu?"
Hann svarar ,ek er nú 19 vetra'; ,,hvert
viltu heldr, segir Beli, gefa upp skip þín
ok fé, eðr halda barðaga móti oss?" ,því
skiotara skal kiosa, segir Ángantýr, sem
kostir eru úiafnari, vil ek heldr verja fé
mitt ok falla með drengskap, ef þess verðr
auðit'; ,,þá búz við, segir Beli, en ver
munum at sœkja." Biugguz þá hvárir tveg-
gin, ok briota upp vöpn sín. Þórsteinn
mælti við Bela: þat er lítil drengmenska, at
œkja at þeim með fimtán skipum ,en þeir

hafa eigi meir enn tólf; ,,því skulu ver eigi
láta liggja hiá þriú skip, segir Beli", gerðu
þeir svá. Var þar harðr barðagi. Svá var
lið Ángantýrs harðfengt, at þeir Beli ok
Þórsteinn þóttuz eigi í meirri mannraun ko-
mit hafa. Börðuz þeir þann dag til kvelds,
svá ekki mátti milli siá, hvárir sigraz mundu.
Annan dag biugguz þeir til orrustu, þá
mælti Ángantýr: ,þat þikki mer ráð, Beli
konungr, at við spillum eigi mönnum ok-
krum lengr, ok berjumz tveir á hólmi, ok
hafi sá sigr, er annan vinnr'. Beli iátar
þessu; gengu siðan á land ok köstuðu feldi
undir fœtr ser, ok börðuz drengiliga, allt
þartil at Beli mœddiz, þá báruz sár á hann.
Þóttiz Þórsteinn siá, at Beli mundu ekki
sigraz á Ángantýr, ok svá kom, at Beli var
bæði móðr ok miök at þrotum kominn; þá
mælti Þórsteinn ,,þat þikki mer ráð, Ángan-
týr, at þið létið ykkrum barðaga, þvíat ek
sé, at Beli er yfirkominn af mœði, en ek
vil eigi hafa óðrengskap til at niðaz á þer
en veita honum, en svá mun þat fara ef
þú verðr banamaðr hans, at þá mun ek

bioða þer å hôlm, ok ætla ek at okkar sê
eigi minni mannamunr, enn ykkar Bela, mun
ek fella þik å holmi, ok er þat mikill skaði,
ef þið låtiz båðir; nû vil ek bioða þer þann
kost, ef þû gefr Bela lif, at við sverjumz 5
î fóstbrœðralag.

Ångantŷr segir: þat þikki mer iafnaðar-
boð, at við Beli gerumz fôstbrœðr, en î
þvî þikki mer mikit veitt, ef ck skal vera
þinn fôstbrôðir. Var þetta sîðan bundit 10
fastmælum; þeir vöktu ser blóð î lôfum, ok

gengu undir iardarmen, ok sôru þar eiða,
at hverr skyldi annars hefna, ef nokkur
þeirra yrði með vôpnum veginn.

Sîðan könnuðu þeir lið sitt, ok vôru
hroðin tvö skip af hvârum; þeir grœddu
menn sîna, þå er sårir vôru, eptir þat héldu
þeir î burt þaðan 3 skipum ok 20, ok héldu
heim um haustit, ok sâtu um kyrt um vetrinn
með mikilli virðingu; þôttu nû öngvir menn
frægri î sînum hernaði enn þeir fôstbrœðr.

Aus der Herrauds ok Bososaga.

Siggeirs Hochzeitmahl in Glæsivöll.

c. 12. Fornald. 3, 222 fg.

Þessunæst var höfðîngjum î sæti skipat ok 15
brûðrin innleidd, ok å bekk sett, ok með
henni margar meyjar hæverskar. Goð-
mundr konungr sat î håsæti, ok Siggeir
brûðgumi î hiâ honum, Hrærekr þiônaði
brûðgumanum, eigi er her greint, hversu 20
höfðîngjum var skipat, en þess getr, at
Sigurðr slô hörpu fyrir brûðunum, ok þå
at full vôru innborin, töluðu menn at hans
lîki mundi engi vera, en hann kvað þar lî-
tit mark at fyrst; en konungr bað hann 25
eigi afspara. En þå inn kom þat minni, at
signat var Þôr, þå skipti Sigurðr um sla-
ginn, tôk þå at ôkyrraz allt, þat sem laust
var, bæði knifar ok borðdiskar, ok þat sem
laust var ok engi hélt å, ok fiöldi manna 30
stukku upp ur sætum sînum, ok léku å
golfinu, ok gêkk þetta lânga stund; þvînæst
kom inn þat minni, sem hélgat var öllum

Åsom; skipti Sigurðr þå enn um slagina
ok stillti þå svå hått, at dvergmâli kvað å
öllu; stóðu þå upp allir þeir sem î höllinni
vôru, nema brûðrin ok brûðguminn ok ko-
nûngrinn, ok var nû allt å ferð, ok flaug î
höllinni, ok gêkk þvî langa stund. Konûngr
spurði, hvört hann kynni eigi fleiri slagi,
en hann segir, at eptir væri enn nokkrir
slagir, ok bað fôlkit hvîlaz fyrst; settuz
menn þå niðr fyrst ok tôku til drykkju; slô
hann þå Gŷgjarslag ok Draumbût ok Hiar-
randahlioð, en þvînæst kom inn minni, þat
var signat Ôðni, ok lauk Sigurðr þå upp
hörpunni, hûn var svå mikil, at maðr mâtti
standa réttr î henni, hun var öll sem å
rauða gull sæi; þar tôk hann upp hvîta
glôfa gullsaumaða, ok slô þå þann slag, at
Faldafeykir heitir, stukku þå faldarnir af
konunum, ok léku þeir fyrir ofan þvertrêu,

stukku konurnar ok allir menninir, ok engi
hlutr var sâ, at kyrr þyldi; en þâ þetta
minni var afgengit, þâ kom inn þat minni,
er hêlgat var Freyju, ok âtti þat sîðast at
drekka, tôk Sigurðr þann streng, er lâ um 5
alla þvera strengina, hann hafði hann ekki
fyrr slegit, ok bað konunginn bûaz við

ramma slag, en konungi brâ svâ við, at
hann stökk upp, ok svâ brûðrin ok brûð-
guminn, ok lêku nû öngvir vakrari, ok gêkk
þessu um lânga stund; tôk Sigurðr nû sialfr
hörpuna, en Smiðr tôk î hönd brûðinni, ok
lêk nû allra vakrast.

Margareta von den Norwegischen Ständen als Königin anerkannt.

Norwegisch a. d. J. 1388.

Veer Vinalder med Gudz naað Erki-
biscopr î Þrondhæim, Oystein î oslo, ola-
fuer î stafwanger, Sighurder î Hamre
ok Halgeir biskopa, Henrik profaster î
oslo, Hakon Jonsson, gaute eiriksson, 15
Henrik mikialsþorp, Jon marteins-
son, Alfuer Haraldsson, benedict
niklosson, ögmund Boll, Joon darre,
Hakon stumpe, peter niklosson,
symon Þorgeirsson, Niklos galle ok 20
finner gyurdzsón Rikissens in Noreghe
Raadgefuaro kungerom ollum monnum, þæim
sæm þetta bref sea æder höyra, oc vithnum
openbarligha î þænnæ skrift, at efter þet
ver hafðum hæiðerlighe frwæ frw marga- 25
reta met gudz naað Noregs ok Swyja
drothneng oc Ret ærfuinga oc fyrstinna ri-
kissens î Danmark till alla varra ok ganska
rikissens î noreghe kæra oc Retta frw ok
mæktugha fyrstinna wtwalt samdrektugligha 30
oc met goðom vilia hafðum ânamat at raada
oc stýra oc firestanda Rikit î Noreghe î
alla hænne liifdagha, þæn fornæmfda waar

kæra frw Drothneng margareta spurði oss
alla oc Rikissens men î noreghe, hwar nester
ærfuingæ vare, til þæt fyrnæmfda noregs
Riki at kunung, neer hon af þettæ liif af-
gænge, ok ærfuingæ þer efter, ok hafd hæltz
seet, at henne systorson hertogh albrikt
af méghelborg hafde maat verða kunung î
þet fyrnæmfnda noregs Riki, þa beuiste ver
skællighe oc Rethlighe met vaar logh, at
fyrnæmfde hertogh albrikt oc hans fæ-
dherne forældre hafðæ veret moot þæt fyr-
næmfda Riki ok moot þæs rikis kunga, at
han oc hans fæderne forældre met ængan
rêt mattæ verða erfuingiar ok komunger î
þet fyrnæmfda noriges Riki: Vtan kung
olafs moðor, Drothneng margarete sys-
tordotterson þæn ælzste, sæm er hertogs
Wareslenes af pomeren son, han er ret-
taste ærfuingæ þæs fyrnæmfda Rikes oc
skal vera kunger þæs fyrnæmfda noregs
Rikis; ek neer þæn fyrnæmfder frw Droth-
neng margaretæ systordotterson af
þættæ liif afgàr, þa hans rette ærfuinge, swa

som hans sön ef han er till, oc hans broðer, vm hans son er æi till. oc þeirre fyrnæmfde drothning margrete systurdotterssons fæðernæ frænder, ef hwarke þæssæ sæm hans son æder hans broðer er till, þæssæ fyrsagdir, swa sæm ein efter ein annan, skula vera Rettir ærfuingiar ok kunger i þet fyrnæmfda Noreghes Riki æfter þet kungatal nû byriatz met þænne kúng olafs moders drothneng margaretę systurdotterson swa sæm fyr er sakt, framleides, ef þæn fyrnæmfde konung olafs modor Drothneng margrete systordotterson ok hans vini kunno þæt forskylda oc forþæna met vare frw Drothneng margretæ fyrnæmfde, at hon væl þæn fyrnæmfda henne systordotterson hafua till kung i fornæmfdo noregs riki i hænne lifue, þa er þat alla vara oc hwars þæs fyrnæmfda noregs rikis manna goder

vili oc fulborð, vm þet verder giort met þæirri vare frw Drothneng margarete Raað vilia oc fulborð, þo met swâdân vilkore, at þæn sama vaar frw Drothneng margareta skal vera fulmæktugh i alla mata swa sæm fyr sakt er, alla henne liifdaghna ifuir fornæmfd noreghs Riki at raða firestanda oc styra, ey amoot standande nokor vndantakelse oc hiælpræde, Till hwilka alla þæssa stykkia fyrnæmfda, sæm ver alle nærwerandes varo vppa vara vægna, oc vppa alla noreghes Riki manna væghna, þær giorð ero met alla varra fulborð, som her fire wtþrykkes, till fast beuisinge hafuum ver met goðom vilia withleghen firehængt þetta bref, huilkin stykke gefuen oc giord ero a Akreshuse æfter burð vaars herra Jesu Christi M⁰cccºLxxxviii a fyrsto sunnodagh J langræ fastu.

Aus der umständlichen Beschreibung, wie die Schweden 1389 von Deutschen in Stockholm verrathen und verbrannt wurden.

Gleichzeitige schwedische Erzählung einer Ups. Hdschr. Fant. I, 212.

Allom them som thessa scrift höra ælla se skal þet witherlikt wara, som thet wilia wita, huru [1] the Svensco i Stocholme wordho forradhne oc brende, ey medh lagh æller ræt, vm helgha licama nat [2].

Huru thæ forrædhilsin tilkomo, ther aff ær lankt at sæghia, thogh nakot for æpterkommanda sculd, som ther aff wilia nokot wita. Thet skedhe swa, at the Thydzsco vmgingo med the förrædhilsin wel i tolff aar tilförene, oc hafdho hæmelica sammanscrifvat af them bedzsto i stadhenom waro LXX godha men som brænnas sculdo, oc thæ bado konung Albricht, at

---

[1] Entst. aus hverju. — [2] Für hêlga likhama nàtt.

han sculde sin wilia ther til lata, oc ko-
nungen wilde thet ey stædhia, at ther
af hafdhe wordhit ossæmia ibland ridder-
scapit.

Oc tha konungen wardh fangen, oc en 5
för, tha böriado thæ i Stokholme et selscap,
oc thet kalladhis Hettobrödher, oc the waro
i förstonne CLXX, oc æhwar the gingo
vm nata tima, tha hafdho thæ thærra plator
wppa, oc æhwarr the mötto Swenskom, tha 10
taladho thæ them smelika til, oc spordo at
hwar the forrædharene sato, oc thet giordho
the opta. Tha wmsidhe tako the Swensko
vndra, hwat ther med mentes, oc gingo
saman til radz, hwat ther ware görande 15
wm. Tha funno the that wndir sik, at thet
sculde sta til thes, at radhit oo almoghin
saman kome, swa bleff thet standande til
thes at alder almoghin saman kom i sancta
Gerthruds gildistufuu. Oc ibland margh 20
ordh, wardh ther lyst ouer alt, at engin
sculde illa tala wppa herra oc första, frur
oc jomfrur, riddara ælla swena, oc godha
städher, wtan swa mykit han wilde beken-
der warä, ther medh sculde alt twædrakt 25
dödh wara, oc hwar swor andhrom winscap
oc brodherscap, at Thyske oc Swenske
skuldo sáman bliva i hödh oc lost, æ hwat
them helzt ouer ginge. Ther eptir gik

hwar heem til siin, oc leto siik wel her at
nöghja.

Nw ther æpter hende thet swa, at rike-
sins radh sculdo halda en dagh med thöm
af Stokholme, oc the sculdo saman koma i
Telghiom, oc rikesins radh sende thöm
leydho breff, oc Sigga Brun oc Symon
diækn a Trögdh til förara. Oc at the aff
Stokholm skuldho thes felugharen fram oc
ater fara, tha gingo radhit oc almoghin
saman oc nempdo them wt sam fara sculdo.
Först Lambricht Westwal, Peter Alenninge,
Alff Grenerot, oc hanns Grönolve, oc
giordho them gandzt mæktugha, at dag-
thinga aldra thera bedzsta oc foro genast
aff stadh til Telghio.

Oc tha the komo thijt, ther wende Alff
Grenerot, Lambrict Westwal oc Hans Grö-
nolve ater, oc wilde ey til orda koma med
them Swensko herremen. Oc Pæter Alen-
ninge hördhe at the waro heem röchte, tha
lagdhe han aff stadh med sinom karfuo, oc
wilde hafua heem farit, ther wardh han
forradhin af sinom æghnom kompanum, at
the hioldho fore honum, oc fangadho han,
oc giordo han saran. En hans swen wardh
slaghin, oc en scutin ginom hofuodhit, oc
i sama nattone wardh Albricht Karlsson
fangin, oc i Stokholms thorn lagdher.

Urkunde der Union zu Calmar.

Nach dem dänischen Original von 1397 bei Paludin Müller de foedere inter Daniam etc.
Havn. 1840, S. 54 ff. [1]

Alle the thette breff höre eller see eller
höre, suo wel thöm ther nu ære, som her
effter komme scule, scal thet witerlicht 35
ware, at effter thet at alle thisse thry righe

Danmark Swerighe oc norghe, meth en
ræt endrecht oc swemyæ oc kerlich oc
gothuilghe huars Rikesens vm sich, oc
meth radh oc fulbordh oc samthycke högh-

---

[1] Hinzugefügt sind hier Interpunktionszeicheu und Zahlen für die einzelnen Artikel.

borne förstynne war nadighe fru Drotning
Margretæ, oc meth alle thryggiæ Rikesesn
gothwilghe oc fulkomlighe samthykt Biscope
oc clærkæ, Riddere öc suene, oc gantze
oc mene Rikesens almughe, j huort righet 5
om sich, war höchboren oc werdich förste,
wor nadighe Herre koning Eric, til en
ræt Herre oc koning taken walder oc wn-
fongen ouer alle thisse thry righe Sidhen
vppa sancte trinitatis söndach nv uar, j 10
naffn fadhers oc söns oc then helghe andz,
hær j kalmarne effter alle rikesens gothe
mænne samthykt oc radh, bothe klerkæ oc
leeghmen, krunedher oc j koningxlich stool
setter ouer thisse thry koningxrike meth 15
then werdichet, som bothe j andelich oc j
uærillzlich stycke en ræt kruneth koning
til bör at besidiæ, oc uære ouer thisse thry
koningxrike Danmarc Swerighe oc Norghe;
tha war her j for^de tymmæ stadhelich oc 20
ubrydelich sæmyæ fridh oc forbindning
halneth deythinget oc ænd meth radh oc
samthycke then for^de uor Herre koning
Eriks oc then for^de wor fru Drotning mar-
gretes oc meth en ræt endrecht oc samthycke 25
alle rikesens radhgeuere oc mæn aff alle
thry koningx riken fulbordhet j thenne made
som her effter fölgher, först, at nu scule
thisse thry righe haue thenne koning, som
ær koning Erik j hans liffdaghe oc sidhen 30
ewynnelicæ scule thisse thry righe en koning
haue oc ey flere ouer alle thry righen, suo
at riken aldry atscilias meer, um guth wil.
2) Sidhan effter thenne koningxens lifdaghe
scal ên koning ouer all thry riken wæliæs 35
oc takes oc ey flêre, oc scal engte eet Ri-
ket ên koning taghe eller uelghe her effter,
uten meth fulborlich samthycke oc endrecht
aile thrygge rikene, giffuer oc gudh thenne
koning sön, eller thom effter hanom komme 40
en sön eller flere, tha scal en til koning
uæliæs oc takes ouer all thry riken oc ey

flere, the andre bröthre worthe meth annet
herscap belente oc bethenkte i riken, oc
dotter, um han thom faar, tha göre ther um
effter thy som laghen utwisær, oc jo en aff
koningx söner, um gudh wil at tha noken
till ær, at thesse thry Riken hanom uælie
oc han bliue koning ok ey flere, som fore
er sagdt; kan oc koningen barnlöss frafalle
(thet gudh forbiudhe), at tha rikesens rad-
gheuere oc mæn ên annen ueliæ ok takæ,
then thöm gudh gyuer til nadhe, ther the
effter theres beste samuit, oc the uitæ for
gudh rætist oc schiellixt oc riken nyttest
uære, meth en ræt samdrecht alle thrygge
rikene, oc at engin sik her amot setter,
eller annet j dragher utan som forscreuit
staar; 3) oc scule alle thry koningxriken j
en samdrett oc kerlich bliue oc uære suo
at engte eet skal sik fran thet annet draghe
meth noken tuedret eller syndran, ûtan
huat thet ene vppa går, entich medh or-
logh eller meth andre utlensche manne
afæktan, thet skal thöm uppa gaa alle thry
oc huort there annet behielplicht uære meth
all troscap oc all macht, thok suo at huart
riket bliuer uith sin lagh oc ræt oc koningen
effter thy hanom bör at; 4) framdeles skal
koningen styre oc radhe meth sit righe j
Danmerk um hus oc feste lagh oc dom,
effter thy som ther ær lagh oc ræt oc ko-
ning ægher oc bör at göra, svo oc j suerike
oc j noreghe effter theres lagh oc Ræt oc
koning ther ægher oc bör at göra, oc
draghes engen lagh eller ræt utaff eet riket
oc uti annet, the ther æy för haue uærit
lagh eller ræt, utan koningen oc huort rike
bliue uith sin lagh oc ræt som fore ær
sagdt oc huort bör at bliue; 5) kan thet
oc suo worthe, at a noket et aff thisse
righe orlogh eller hærscyold uppa styrter,
huilket eet thorre thet helzst kan worthe,
tha scule the andre tu riken, nar koningen

eller hans æmbitzmen vppa hans ueyne thöm tilsigher, meth macht oc al troscap thet riket til hielp oc werghe komme, huart thöm worther til sagdt entich til land eller uatn, oc skal huort et riket thet annet til 5 hielpe komme, oc uare som ther til bör uten alt argt, thoc suo at huor et Riket eller bathe tu thet ene tilhielp komme, tha skal man j thet righet thom meth spisen oc kost oc fother aff righesens ambitzmen 10 therre nöthorft foresee oc bæring, oc scipe at landit oc almughen ey forderuet worther, en om thorre. thienistæ lön, scadhe oc feuxel eller annet thet suo tilrörir, ther stande koningen thöm fore, oc ey rikesens 15 æmbitzmen eller almughe ther um queliæ eller åtalæ; then tiidh oc, ther Riken al eller noket therre orlogh åstyrter aff ut- lensc hær, tha skal sich ther engin meth hielperæthe take eller werghe, at han engin 20 thiænist plictich ær, uten til sit eghit lande- mære. Thet hauom ui alle ouergyuet oc sam- thykt, at en wore skal then annen hielpe oc fölghe j huilkit rike thet nöth görs, for then skyld at all thry riken ære nu oc worthe 25 senle vnder en koning oc herre, oc bliue ens som et rike. 6) Her. met scule alle feydhe oc tuedrecht, som mellom Riken her til aff longe forlidhne tymæ uarit haue, nether legis, oc aldre meer vppas eller up- 30 draghes, oc aldre meer et rike orloghe vpa thet annet, oc engte thet. vpdraghe, thet orlogh eller vsæmyæ ma aff kommæ, uten bliue alle som eet rike vnder en koning som fore ær sagdt, oc scal huor man, hogher 35 oc lagher, with ræt oc lagh bliue, oc sik nöye lade j lagh oc ræt, oc met engin döthfeydhe eller annen vræt eller höghmod noken then annen forthrykke eller vforrætte, then ther myndræ formaa, uten alle scule 40 rethes gudh oc wor herre koningen, oc alle stande hans budh, effter thy som tilbör,

oc hans æmbitzmen, the han tilsetter, vppa sinæ uegne oc ræte ouer thom som her amot bryde. 7) Worther oc noghen j noket rike fridhlöss, eller biltogher, eller forlie- togher j annet rike for sin rættebrut, tha skal han suo wel j thet ene rike uare fridh- lös som j thet andre, oc skal hanom engin heyne eller forsware, utan huor han worther ătaladher oc åkerther, ther scal man ouer hanom rætte, effter thy som han brut hauer oc rætten tilsigher. 8) Item vm nokre deythingen eller ærende worthe vppæthe, eller vm talt medh fræmethe eller stædher eller therre budh til wor herre koningen, j huilkit rike han tha ær sted- der, tha haue han oc hans radh the tha nær ære stedde, jo nokre aff huort riket, thes macht, huat han oc the ther vm göre oc ende vppa thisse thry rikes weyne, huat gudhelixt oc skiellixt oc nyttelixt ær til wor herre koningens oc thisse dry righes gagn. 9) Item scal man alle thisse for- screune stycke oc article suo göre oc holde, som forscreuit staær, oc thom suo wt thyde oc menæ, at thet worther gudh til hedher oc wor herre koningen oc Riken til gagn oc gothe fridh, oc at hvor lade sik nöye j lagh oc ræt; oc uare thet suo, at noken ware som her amot uilde göre, at alle the aff thisse rike hielpe wor herre koningen oc hans æmbitzmen, som han ther til sætter, meth goth tro oc all macht thet at styre, oc ther ouer at rætte, effter thy som ræt ær oc ther uither bör. 10) Framdeles scal wor fru drotning Margretæ styre oc besidiæ radhe oc beholde j henne lifdaghe vhindret met all koningxlich ræte, engte vndantaket, effter henne uilghe, alt thet som henne fadher oc henne sön henne vntæ oc gaffue j thorre lifuende lif oc j thorre testamente, Oc suo j Swerighe henne morghengaue oc annet thet Rikesens mæn j Swerighe haue

meth henne ouer ene draghet oc samthykt,
at hun beholde scal Swo oc henne mor-
genghaue j Norghe, oc thet henne herre
koning Hakon oc henne sön, koning
olaff, henne ther vnt oc gyvet haue, 5
bothe j thorre liffuende liff oc j thorre testa-
mente, oc et mugelicht testamente at göre
effter sich oc thet at holde, thok suo at
landen ok slottin kome jgen fry oc
vheworen til koningen, nar hun dör, utan 10
suo mange peninge oc gotz, som hun mu-
gelica bort gyuer j sit testamente, som fore
ær sagdt, aff thette forscreune, som henne
er bothe gyuet oc vnt: at thet stadicht oc
fast bliffuer oc holdes, oc huat hun hauer 15
alle redhe tilforen fran sik antworthet, eller
gyuet eller burt guldet, eller lent j thisse
thry koningxrike j gudhs heder oc henne
uene oc thienere, at thet oc bliuer stadicht
oc fast, effter thy som thet ær giort, oc at 20
koningen oc rikesens mæn j thisse thry ko-
ningxrike hielpe henne thette forscreune at
besidiæ, oc beholde oc beskirmæ oc uerghe
oc at heynæ, j goth tro j henne liffdaghe
uten argt, vm thet nödh görs. 11) Wele oc 25
nogre henne j thisse forscreune stycke vfor-
rætte, eller henne her j amot atgöre arghe
eller hindræ j nokre made, tha wele wi j
goth tro meth all macht wære henne ther
j behielplighe, at scipe henne ræt ouer thom 30
som thet göre, Ok vnne ui henne at hun ma

taghe gudh til hielp, oc thom henne hielpe
uillghe, at staa ther amot oc uerghe sik wforu
orit. 12) Til mere beuaringe alle thisse for-
screune stycke, at the scule stadighe faste
oc vbrydelighe blifue ewynnelighe meth
guds hielp oc j alle made oc meth alle ar-
ticle, som forscreuit staar, oc at breff scule
gyues vppa perkman screffne, tu aff huert
righe Swosom ær Danmerk Swerighe oc
Norghe, ludende j alle made oc meth alle
article som her forscreuit staar, Ok scule
Incigles meth wor Herre koningens oc wor
fru drotningens oc rikesens radhs oc mæns
ok köpstæthes Incigle, aff hwort afl
thisse thry righe danmarc Swerighe oc
norghe, Ok alle thisse stucke ære suo ta-
lethe oc ende, oc at the j alle made suo
fulldraghes oc fulkommes oc bliue scule, som
forscreuit staar, tha hauom ui Jæcob oc
Hinric aff guds nathe. Erchebiscope j lund oc
j vpsale, Pæther oc knut meth samme nadh
j Roschilde oc j lincöping Biscope, karll
aff tofftæ, Jönes anderssön, Sten beyntssön,
jönes rut, Thure beyntssön, folmar Jacobs-
sön, Erengisl, pæther nielssön aff agardh, oc
Algut magnussön Riddere, Arent prouest j
oslo, Amund bolt, Alfi Harilssön oc goute
erecssön Riddere, ladit wore jncigle meth
gothwilghe hengis fore thette breff. Scriptum
Calmarn Anno domini m⁰ ccc⁰ xc septimo
die beate margarete virginis.

Tristrams kvæde.

Tristram par Michel T. II, 321.

Tristram häde bardaga vid heiden hund, ·
þä feck margur blöduga und ä þeirre 35
          stund.
þeim var ecke skapad nema at skilja.
Heim var hann ä skylde bonenn [1] sä ünge
          mann

Marger budust meistanar ad lækna hann.
þ. v. e. sk. n. a. sk.
‚Aungva [2] vil eg grædslu þiggia‘ og sör
          vid teü [3].
‚Utan hün Jsot græde mig sü bianta [4] feü.
          þ. y. e. sk.

---

[1] borinn. — [2] öngva, keine. — [3] st. trû, eben so nachher feü st. frû. — [4] biarta.

13 *

Tristram sende sina menn og skeidur
    þeiär [1],
‚Seiged henne biontu Isot, at eg sie sär.‘
þ. v. e. sk.
So komu þeir sendimenn til Isota,
‚Herra Tristram vilde ydar fundenn fä.‘
þ. v. e. sk.
In gieck hun Isot bianta fyrir kongen sinn:
„Viltu läta græda Tristram frænda þinn?“
þ. v. e. sk.
En þvi svarade köngurenn og brast vid
    reidur:
‚Hvœnenn [2] mä han Tristram græda, þvi
    hann er feigur?
þ. v. e. sk.
‚Giœnan [3] vilda eg läta græda Tristrams
    sära und,
Ef eg visse, þu kiæmer afftur heil af yckar
    fund.‘
þ. v. e. sk.
„Bud mä räda afftun koma, sagde frü,
þö vil eg ei vid göfugann herra gleima
    teü.“
þ. v. e. sk.
„Vended ydar seglunum ä hüna mar,
Ecke skylde Tristram daudur, þä eg kiem
    þar.“
þ. v. e. sk.
Ut kom hün svœta [4] Isot og sagde þa:
‚Svœt enn segl a skipunum eg koma sä.‘
þ. v. e. sk.
Herra Tristram svœtu Isotu ad þvi spyr:
„koma ei afftur skeider, þær eg sende
    fyr?“
þ. v. e. sk.

Ut kom hün Isot svœte i annad sinn:
‚Svœt een segl ä skipunum hier sigla inn.‘
þ. v. e. sk.
Tristram snerest, sængene so hart han stack,
5 Heyra mätte [5] milur, þeiär hans hiarta
    sprack.
þ. v. e. sk.
„Vended ydar atkierum [6] i blautan [7] sand“
Isot gieck þar allra manna fyrst ä land.
10 þ. v. e. sk.
Isot heim frä siönum geingur, gatan er greid,
Ein alt heyrde hün klucknahliöd ä þeirre leid.
þ. v. e. sk.
Isot heim frä siönum geingur, gatan var
15   laung,
Ein alt heyrde hün klocknahliöd og fägran
    saung:
þ. v. e. sk.
Isot heim til kyrkiu geingur med müga mans,
20 Prestar süngu process yfir like hans.
þ. v. e. sk.
Margur hlytur i þessum heime ad þola þä
    naud,
Isot nidur ad like laut, hün lä þar daud.
25 þ. v. e. sk.
Prestar vildu grafa herran früne hiä,
En hün svœta Isot tôk ad reidast þä:
þ. v. e. sk.
þvi kom hün svœta Isot til leidar þar,
30 Ad sitt [8] hvôrium meigenn kyrkinnar gra-
    fed var:
þ. v. e. sk.
Runnu upp af leidum þeirra lundar tveir,
Rielt yfir midre kyrkinne mæltust [9] þeir:
35   þeim var ecki skapad nema at skilia.

---

[1] þegar. — [2] hvorninn od. hverninn (wie). — [3] giarnan. — [4] svorta, svarta. — [5] mätti,
Text mälte. — [6] akkerum. — [7] blauðan. — [8] Text silt. — [9] rêtt .. mœttuz.

Glossar.

A.

-a, *wie* -at, *am Verb. fin.* nicht.
á *præp. m. D. u. A.*: an, *und zwar entspricht im nhd.* 1) an: â hendi, an der Hand; à brautu búa, an der Strasse wohnen; lâ à iörðu, â land ganga; trúa à, glauben an; â ser, an sich. — 2) zu, nach *(örtlich)* hér â landi, â Framnesi, fôrn ût â Hlaðir; ganga â vit *m. G.,* zur Besehung Hâv. 50. — 3) in: â lopti, in der Luft; â lopt, in die Luft; beðjom â, im Bett Hâv. 97; lesa â bôk; â hans dögum; â fimm dögum, Hâv. 74; â Islandi, â Goðþioðo; â vetr, â sumar; bera â vald, in die Gewalt. — 4) auf: steig â þann hêst, stieg auf das Pferd 177, 20.; komnz â fœtr, auf die Füsse; â skipi, â landi; â kveld, auf den Abend; â þýrsku, auf deutsch; â sinnm kostnaði, auf eigene Kosten. — 5) auf, gegen: skiota â hann, hlioða â þik 318, 18; herja â 137, 37 vgl. 258, 2; 130, 39. — 6) *zur Bildung von Adv.*: â bak, zurück; â braut, fort; â hendr, gegen; â morgin, morgen; â ô-vart, unversehens. — *Adv.*: an, daran, vorhanden s. vera.
à *f.* Fluss; Gen. âr *m. Art.* ârinnar *A.* âna 308, 6; *D.* ânni 285, 31; *poet.* Wasser *pl.* âr.
â ich habe s. eiga.
âbrot, âburt, wie âbraut, fort.
âbyrgd *f.* Bürgschaft 225, 16; eigne Verantwortung 134, 7.
âbyrgja (1) verantwortlich machen.
âðal *n.* Natur, Art Hâv. 103; 79, 5.
âðalhending *f.* die vollere Assonanz 192, 13.
âðan *adv.* vorher, kürzlich.
aðili *n.* der natürliche, rechtmässige Kläger oder Rechtsschutz 128, 4; 132, 29.
aðili *f.* das Recht einer Sachführung.
âðr *conj.* ehe 1) *m. Conj.* âðr Glumr riði heiman, dreymdi hann, ehe Glumr von

Hause ritt; 2) als *m. Ind.* âðr Adils fèll, als Adils fiel; fôroð lengi, âðr ligja nam hafr Hlörriða, sie fuhren nicht lange, als der Bock Hlorriðis niederfiel þrym. 37. 3) damit 189, 15; 246, 4. — *Adv.* vorher.
âdrepa berühren; *Praet.*: drap â.
rœðle *schwed. st.* eðli Abkunft 297, 26.
âeggja (2) anreizen.
æ immer (st. æv).
æð *f.* Ader 355, 26; þerrir æða, das Trocknen, Stillen der Adern, d. Heilen 49, 3.
æðra *f.* Furcht, Kleinmuth 242, 24; 244, 37.
æðri höher; æðstr, der höchste (v. âðr).
æðruorð *n.* Zagwort 353, 9.
æfar *steigernder Gen.*: sehr; eigi æfar langt 308, 16; skraut æfar líút, überaus geringer Schmuck 214, 11; dafür auch ævar: eigi ævar títt, nicht sehr gewöhnlich SQ. 14.
æfi *f., G.* æfar *u.* æfi, Leben; týndi æfi, verlor das Leben 73, 32; at æfi, ans Leben 80, 5, Lebenszeit, Zeitalter 83, 30.
æfilegr Zeitlebensdauernd, immerwährend.
æfinlega *Adv.* immerdar 267, 33.
æligr dürftig, gering 159, 12.
æn, ænn *schwed.* noch (st. enn) 300, 3.
ærfuinge *m.* Erbe *norw.* 380, 15 *st.* erfingi.
ærinn, ærin, ærit, reichlich, genug; af fè ærno, von reichlichem Gut Hâv. 69; ærit blôð, genug Blut 78, 8; *f. pl.* ærnar ero soltnar, genug sind gestorben SQ. 48; *m. pl. A.* ærna staðlauso stafi, genug unstatthafte Reden Hâv. 29; *n. pl.* ærin nauðsyn, genug Nothwendigkeit; *wofür* yfrin nauðsyn 202, 10. *Neben* ærit fè 360, 34 ærit vel, gut genug; *auch*: æfar fé. *Neben* ær, reichlich, *auch*: æfr, vgl. æfar.
æti *n. pl.* Esswaaren.
ætinn essgierig.
ætla 1) denken 241, 19; gedenken, vorhaben; 2) erwarten; 3) zudenken 284, 20; *ahd.* ahtôn; *nhd.* erachten.

ætlan, ætlun *f.* Meinung, Absicht.

ætr, æt, ætt essbar 134, 14.

ætt *f.* 1) Geschlecht, Abstammung; 2) Himmelsgegend, Richtung = ätt. 229, 9.

ættartala *f.* Geschlechtsregister 83, 30.

ætterni *n.* Geschlecht 373, 21.

ættgóðr guten Geschlechts.

ættleifð *f.* Stammerbe 120, 33.

ættmenn *m. pl.* die Verwandten 194, 12.

ættrýrir iöfra, der der Könige Geschlecht vermindert, Vertilger der Könige 68, 20.

æztr *st.* æðstr, höchster 47, 18; 70, 2.

æva *adv.* nimmer Hâv. 29; nirgend Vol. 3.

ævintrygðir *f. pl.* ewige Verträge 100, 11.

af *praep. nur m. D.* ab 1) von (a, de) beiddiz Hermodr af Helju, es erbat sich H. von Hel; ganga af grasi, von dem Grase gehen; hér segir af Ragnars sonum, hier wird gesagt von; af þvì, daher. 2) aus, *adv.* fertig; drecka af dýrs horni; at hann vissi varla, hvat af honum var, dass er schwerlich wusste, was aus ihm geworden war; ok var fyllt annat, er af var þá öðru, ein andres wurde gefüllt, wenn er mit einem fertig war; af miklum môði, sehr zornig 307, 16; af magni (*D. v.* megin) mit Macht 119, 37. — *Adv.* davon, dahér 227, 27 *und oft.*

afa *f.* Heftigkeit, Maasslosigkeit; *A.* öfu SQ. 33; vgl. afl, *u. goth.* abrs, heftig.

âfall *n.* Anfall bes. Wellenschlag 241, 11.

afarkostr *m.* üble Wahl, hartes Loos 235, 3; afar *G. von einem* öf *s.* afa.

afbindi *n.* Verstopfung 48, 5.

afbragd *n.* der Vorzug, das Beste 92, 4; 232, 15.

afburðr *m.* Zuflucht.

âfenginn stark, berauschend (er fær â) 182, 16. vgl. fâ.

afgerð *f.* Vergehen.

afglapi *m.* der Blödsinnige; Thor 31, 7.

afhallr, afhöll, afhalt abhängig (von Bergen) 138, 40. vgl. Berghalde.

afhugi uneingedenk, *m. D.* 97, 25.

afhvarf *n.* Umweg.

afl *m.* Schmiedeesse 310, 21.

afl *n.* Kraft *G.* afls 351, 4; *pl.* öfl; *G. pl.* afla munr, Unterschied der Kräfte 345, 5; Mehrzahl: skal afl râða 121, 24.

afla (2) vermögen, erwerben *m. G:* öfluðu ser fiâr, sie erwarben sich Geld 251, 19; aflaði óvinsaelda, erwarb Feindschaften 361, 35; vinsaelda 292, 11.

afli *m.* Kraft, Vermögen.

afmyndaz (2) toll, rasend werden 355, 7; *von* afmyndr, der von Sinnen (munr) gebracht ist.

afrâð *n.* Vergehen Vol. 21; gew. Wegräumung aus dem Leben.

afrâðinn hinweggeräumt (a.d.Leben) 293, 22.

âfram gerad fort.

afrek *n.* Heldenthat 316, 33; afreksmadr, kühner Mann.

afrendi *f.* Hym. 28 Vorzug.

afsegja (1) abschlagen.

afskafa abschaben.

afspara (2) sparen womit 377, 26.

afspringr *m.* Nachkomme; Spross; afspring fês at foera, einen Spross des Viehes dahin zu bringen dem Freigebigen 197, 40.

afstigr *m.* Fusssteig 153, 18.

aftak Zurückweisung; aftaks skiöldr *wohl* Abwehrschild 349, 5; *A.* ein kostbarer.

aftaka abschaffen 95, 22; abschlagen. aftekinn abgeschafft 168, 8.

aftaka *f.* Abnahme, Verlust 177, 10.

aftekt *f. schwed.* Wegnahme, Pfand 277, 22.

aftr = aptr, wieder, zurück.

âgæti *n.* Ruhm, Trefflichkeit.

âgætismaðr, Mann von Ruf.

âgætr, âgæt, âgætt berühmt 246, 13; ruhmvoll, kostbar; âgæt veizla, köstliches Mahl. *Von* geta.

âgângr *m.* Anfall, Angriff.

âgânga anfallen; âgèkk â skipit, es kam ein Anfall aufs Schiff; bes. übertreten (Gesetze) Grâg. 2, 168; â genguz eiðar, gebrochen wurden Eide Vol. 26.

Agða *s.* Egðir.

âgher, âghu *schwed.* hat, haben; soll, sollen; âgiarn begierig, heftig 246, 18; gierig.

âgirnaz (1) trachten; gieren.

agn *n.* Lockspeise, *pl.* ögn, Hým. 18.

agngalgi *poet.* das Seil der Lockspeise, d. Angelseil 342, 23.

âhætta (1) versuchen, wagen *m. A.*

âheit *n.* Gelübde.

âheyriligr anzuhören.

âhyggja *f.* Sorge.

aka, ôk fahren, ek ek, ich reise þrym. 13; ôk, fuhr 51, 8; *Part.* ekinn; henni var ekit, sie wurde gefahren 317, 30; 318, 7.

aka (2) regen, fortbewegen; ek aka.

âkafi *m.* Heftigkeit 354, 22; eifriges Verlangen 199, 38.

âkafligr u. âkafr 339, 31; heftig; *adv.* âkafliga, gewaltig 355, 30.

âkall *n.* Anrede, Spruch 268, 10.

âkalla (2) anrufen, aufrufen.

âkefð *f.* Uebermuth, Heftigkeit 218, 2.

âkera *dän.* anklagen, u. kaera.

aki *m.* der Fahrer, Fortbeweger *A.* 57, 15: skers aka, den Erschütterer der Klippe, die Brandung.

akr (eig. akar) *m*. Acker. *D*. akri 40, 7.
akraspillir Ackerverderber, *Beiname* 374, 1.
akkeri *n*. Anker.
âkveðinn angesagt, verabredet 350, 39.
ala, ôl, hun elr 163, 18: gebären; z. B. ôl
hun sveinbarn, nähren, aufziehen; ulf ala
SQ. 12; sût ala, Kummer nähren Hâv. 48.
Part. alit 238, 21; ôlom teitan mâ sveita,
nähren wir die frohe Möve des Bluts,
den Raben 331, 25; er undir ero alnir allir,
von welcher alle geboren waren 314, 25.
âlabust *n*. der Aale Behausung, *poet*. Meer.
Álafr, *ältere Form des Namens* Ólafr 145,
15 *(hier wegen des Reims)*.
albûinn ganz bereit 94, 8.
alda *G. pl.* von ôld 240, 12.
alda (*od*. allda, *was auch von allen folgg.*
ld *gilt*) *f*. Welle *G*. ôldu.
aldafar *n*. Zeitlauf; aldafarsbôk, Ge-
schichtsbuch 225, 23.
aldarskiöldr *m*. Schild des Geschlechts,
poet. Sohn 59, 23.
aldartrygðir *f. pl.* stetiger Bund.
aldinn alt; enn aldna, den alten.
aldr *m*., aldrs *G*. 1) Lebensalter 364, 31;
barn at aldri 334, 22; î unga aldri 281,
25; hafði marga manns aldra, manche
Menschenalter 339, 6; 2) Leben Helr. 13,
SQ. 60; lange Dauer Hâv. 32; of aldr,
immerdar 78, 23. 3) Alter (*senectus*) 284,
12; 293, 8; 363, 26; nockut við aldr, et-
was bei Jahren 252, 22.
aldir die Lebenden, die Menschen 48, 15:
eigi sêr til alda, nichts sieht man von
der Welt 240, 12; 241, 4; *Pl. von* ôld.
aldrâðr der Menschenbeherrscher 93, 23.
aldrœnn von (hohem) Geschlecht 215, 28;
aus ôld *u.* rœnn.
aldrdagar *m. pl.* die Vorzeiten Vol. 62.
aldregi, *zusgz.* aldrei, aldrî, nie 233, 41.
aldrlag *n.* Lebensziel, -ende SQ. 5.
aldrnari *m.* Lebenserhalter Vol. 55; *viell.*
der Weltbaum, nach der SN. E. das Feuer.
aldrtregi *m.* Lebenslast, Edd. für Krankheit.
âleikinn, âleikit hefir, sich bewegt hat 350,17.
âleitat angegriffen 336, 4; *s.* leita.
alfaðir *m*. Allvater.
âlfangr *m*. Aaalfangsort *poet*. Meer; at âl-
fangs mari, von dem Meerespferd, dem
Schiff 214, 15.
alfari *m. f.* ganz fertig 159, 35.
âlfr *m*. Elf (*in Zstzgen poet*. Mann).
âlfröðull *m*. Elfensonne; elfar alfr öðull,
des Flusses Feuer, ist d. Gold 186, 15.
âlft *f*. Schwan.
algifris *s.* allgífrir; algiörr ganz bereit.
algullinn ganz mit Gold bedeckt Hŷm. 8.

alhœgr gar angenehm 232, 34.
Ali *m*. ein schlachtenberühmter Seekönig;
sein Sturm (el) d. Kampf.
âlîða, âleið, herbeikommen 162, 7; vor-
übergehen, zum Ende neigen.
alin *f*. Elle. *G*. alnar.
âliott *n*. Entstellendes; körperliche Ver-
letzung; Injurie 126, 39.
âlit *n.* Ansehen, Antlitz; Betrachtung.
âlita, leit â ansehen; urtheilen; âlitaz,
anscheinen, ok leiz svâ â, at liðsemd mi-
kil mundi verða, es sah sich so an, dass
die Hülfe gross werden würde.
âll *m.* Aal, *oft poet. als* Seebewohner; of
âla rîki, auf dem Reich der Aale, d. Meer
64, 29; âll Forgynjar stedja, der Aal des
Erdengrundes, die Weltschlange, ihr La-
ger das Gold 190, 19 ff.
alldâðgöfugr sehr thatenberühmt 220, 15.
alldrengiligt ganz tapfer.
allfâr ganz wenig; allfrægr g. berühmt.
allfiölment mit starker Mannschaft.
allgífrir *m. od.* allgífr allgierig, verderb-
lich; með ulfs algfris lifru, zur Schwes-
ter des allverderblichen Wolfs (des Fenrir)
d. h. zu Hel, zu welcher die an Krankheit
gestorbenen, aber nicht die kämpfend Ge-
fallenen kamen 49, 11.
allglöggsær ganz anzusehen, deutlich 290,7.
allgunnr ganz kampflich 83, 13.
allhœgr sehr behaglich.
allhratt sehr schnell 76, 17.
allhrumliga höchst kümmerlich 253, 4.
alllillr ganz übel.
allît sehr wenig 347, 1; *v.* lîtill, *n.* lítt.
allkâtr ganz fröhlich.
allmâttugr *gew.* almâttugr allmächtig.
allmikill gar gross, *n*. allmikit, gar viel.
allœfr ganz heftig 95, 13.
allr, öll, allt all, ganz; með öllu, durch-
aus; *ebenso die Adv.* alls *u.* allra, Hym. 31.
allskonar 175, 19; *od.* alls-kyns aller
Art, allerlei.
allsviðr = allsvinnr ganz verständig.
allstôr *od.* alstôr sehr gross, zahlreich.
allstôrorðr sehr grosssprecherisch 148, 30.
allsturkr sehr stark 327, 19.
allsvaldandi = allvaldr Allherrscher,
letzteres gew. vom Könige.
allt *adv.* immer, in einem fort 138, 16.
allúlíkligt sehr unwahrscheinlich 162, 35.
allûkâtr sehr missvergnügt.
allungir menn *pl.* ganz junge Leute.
allvangr *m.* das Allthingsfeld 94, 19.
allvel ganz wohl.
allvæpni *n.* die völlige Rüstung.
allvitrliga *adv.* gar weise.

allz *Conj.* wie, da doch; *G. v.* allr 88, 10.
allþyckr sehr dick 319, 6.
almáttugr allmächtig; hinn almáttki áss, ist Odhin 230, 27.
almennr gewöhnlich; *adv.* almennt gemeiniglich.
almögi *st.* almúgi *m.* Volksmenge 383, 17.
álmr *m.* der Bogen (eig. Ulme) 75, 28.
alptarhamr *m.* Schwanenkleid 101, 13.
alreiðr höchst zornig.
alskiotr allzuschnell.
alsnotr, allsnotr ganz klug.
alteri *m. n.* Altar.
altið immer.
altið *f.* Seelenmesse 267, 23.
alvæpni *n.* völlige Rüstung 291, 15.
álykta (2) beschliessen.
alþing *n.* das allgemeine Gericht, Allthing 123, 17; *G.* til alþingis 110, 16; 111, 26; 122, 15.
alþioð *f.* 60, 5 *und* alþýða *f.* alles Volk 129, 40.
ama (2) ängstigen, beschweren.
ámæli *u.* Tadel 283, 7.
ámáttligr übermächtig 341, 20.
ámáttugr *dass. pl. f.* ámáttkar, Vol. 8.
ambátt 150, 11; ambótt *f.* Magd þrym. 25; *pl.* ambáttir 242, 33.
ámeðal zwischen, *m. G.*
ámeðan während dessen; *conj.* so lange als; ámeðan hann má, so lange er kann 244, 39.
ámillu u. ámillum zwischen *m. G.* 130, 29; dazwischen.
áminning *f.* Andenken 331, 7.
amma *f.* Grossmutter; *A.* ömmu; Hym. 7.
ámóta *indecl.* ähnlich.
ámóti gegen, dagegen.
án ohne; *m. G.* 370, 34; *m. D. und A.* 57, 29.
anda (2) athmen; *gew. aber ist* andaz (ausathmen sich) sterben *part.* andaðr gestorben.
andboð *n. pl.* Entsagung.
andi *m.* (eig. Athem) Geist 202, 42.
andlángr 189, 4 weit, *poet. für* Himmel.
andlát *n.* Tod. (eig. Lassen, Verlust der Seele, önd.)
anðlátsdagr *m.* Todestag.
andlit *n.* Antlitz 181, 25.
andligr geistlich.
andnes *n. d.* gegenüberstehende Landzunge.
andr *m.* Eisschuh *D. pl.* öndrum.
andskoti *m.* Gegner.
andspilli *n.* Gegenrede, Gespräch.
andsvar *n.* Antwort; Bürgschaft.
andvani entblösst, *m. n. ohne* lífs *gew.* todt 356, 13.

andverðr gewr. öndurðr, öndverðr, entgegenstehend, bevorstehend. á andverðum vetri, bei beginnendem Winter.
andviðri *n.* Gegenwind 156, 23.
andvígr *m.* Gegenkämpfer, Feind; 2) gleich im Kampf, varð andv., leistete Widerstand 67, 19.
andþeys widerstehbar 57, 25; *wo man verm.* anðþeyst, leicht hervorzustossen (þeysa).
ánga (2) süss duften.
ángan *n.* Vergnügen, Liebling Vol. 22.
ángantýr *m.* Vol. 52 Lieblingsgott.
ángr *n.* Noth, Kummer 107, 13; *D.* í ángri 253, 20; auch Ortsname.
ann liebt 92, 4; *s.* unna.
anna (2) besorgen, bearbeiten; annat vandat, sorgfältig gearbeitet 217, 13; annaz (2) *m. A.* verpflegen 372, 40; *s.* önn.
annarr, önnur, annat der andere; í annat sinn, ein andermal; öðru sinni, zum andernmal; engi annarr (*sc.* kostr) 312, 39; annarr öðrum verri, einer schlimmer, als der andere 160, 8; annarra broeðra (*sc.* menn) Andergeschwisterkinder 132, 3; *wird zum Compositum* 132, 5.
annarhvárr einer von beiden, *n.* annathvárt *od.* annathvert 207, 15.
annarrtveggi (*st.* -tveggja, *Gen. v.* treir) einer von beiden 130, 31; *n.* annattveggia, eins von beiden; entweder 210, 1.
annars sonst.
annarstaðar anderwärts 149, 33; sonst.
annes *n.* Vorgebirge 375, 16; *st.* and-nes.
aunfriðr *m.* (Feld-)arbeitsfriede 277, 41.
annlit *st.* andlit, Antlitz 337, 6.
annmarki *m.* übles Anzeichen 210, 30.
annsvör *n. pl.* (*st.* andsvör) Antwort.
annt, annast er mer; ich kann nicht warten, verlange, eile 297, 5.
annvirki *n. pl.* Hausarbeiten.
apa (2) äffen, bethören.
apaldr *m.* Apfelbaum.
api *m.* Affe Háv. 75.
aptan *m.* Abend; nær apni, gegen Abend.
aptan nach.
aptari der hintere, spätere.
aptr 1) zurück 2) wiederum.
aptrborinn wiedergeboren.
aptrmiðr hinten dünn 181, 12.
ar *m.* Arbeit, Feldbestellung.
ár *n.* Frühzeit, Anfang; *adv.* früh im Anfang, anfänglich Hým. 25.
ár *m.* Bote, Diener; *A. pl.* áro 65, 33; *goth.* airus, ags. ár, *dass.*
ár *f.* Ruder, *pl.* árar; 2) ein Bezirk für ein Ruder 273, 4.

ár n. Jahr, gött î âri, ein gutes Jahr; blôta til års, opfern um die Fruchtbarkeit des Jahres.

áræði n. Angriff; Muth.

áræðíligr zu errathen, wahrscheinlich 110, 2.

áræðisfullr kühn 117, 15.

árángr m. Fruchtnoth, Theuerung s. ángr.

árbacki m. Flussufer.

árborinn 1) majorenn; 2) einst davongetragen 57, 27.

árbôt f. bessere Zeit, Fruchtbarkeit.

árdagi m. Anfang, Jugend.

árdegis Adv. früh am Tage.

arfaskipti n. Erbtheilung.

arfaþáttr m. Abschnitt vom Erbe 124, 12.

arfborinn erbfähig.

árferð f. Stand und Ablauf der Fruchtbarkeit und Lebensmittel 195, 5. 28; 287, 14.

arfí m. der Erbe, poet. Sohn.

arfgengr erbfähig 124, 15.

arfr m. das Erbe 124, 23.

arftœkr erbfähig.

árgefna G. pl. wahrsch. von árgefinn, Fruchtbarkeit gebend, Epitheton der Götter 52, 26; das Part. wie in áfenginn.

árgiörn speisebegierig, im f. sg. 195, 20.

argr, örg, argt feig, arg.

arhialmr m. Adlerhelm, ein H., geschmückt mit einem Adlerbilde 61, 24.

ari m. Adler.

árla früh.

árligr 1) frühzeitig 2) jährlich.

armr m. der Arm.

armr, örm, armt 1) elend 2) grässlich, þrym. 29 erbärmlich; Sup. armastr örmust.

árna (2) fürsprechen, vorbitten.

arnarhamr m. Adlergestalt, eig. -kleid.

arngrœddir m. der Adlernährer 67, 19.

arnsûgr m. Adlerstoss, lagði arnsûg at, fuhr mit einem A. auf (den Loki) 54, 20; ähnlich 183, 42.

ársáinn zeitig besäet.

ársìmi m. Flussfeuer (Gold); ársìma grund, des Goldes Boden, Hand oder Stirn, letztres 147, 17; wo von der Aufziehung (Erheiterung) der Augenbrauen die Rede ist vgl. gerðihamar.

ártal n. Jahrberechnung.

ártali m. 1) (jahrberechnend) Mond 198, 8.

arvuði schwed. st. erfiði, n. Arbeit 223, 21.

ás (àss) m. ein Ase, insbes. Odhin als ihr Führer; D. sg. segi sk þat Aesi (dem Odinn) 112, 35; pl. æsir die Götter. In Zstzgen poet. für Mann.

ásamt zusammen, überein.

ásáttr einig in etwas 129, 26; 130, 11.

Ásgarðr m. die Asenburg Hým. 6; 184, 3.

Ásgrindr f. pl. Thor der Asenburg 184, 11.

asin m. Esel D. asni; Oegir's des Meergotts Lastthier ist das Schiff 77, 34.

ásiôn f. Angesicht.

aska f. Asche, A. ösku 370, 2.

askr m. Esche, dah. 1) Stamm 60, 31. 2) ein Gefäss, Bütte 197, 38: Niemand habe eine Bütte oder einen Korb. 3) ein Schiff 352, 14; 353, 2.

ásmegin n. Götterkraft.

ásmegir Hlackar, die Schwertsöhne 65, 31; s. Hlökk n. Hlakkar.

áss (às) m. Balken, Giebelbalken.

as'seta(r) m. pl. schwed. Ruderer (hàsetar).

ást f. Liebe pl. ástir Gunsterweisungen, Liebesverhältniss.

ástalauss ohne Liebe.

ástaraugu n. pl. Liebesaugen 361, 14.

ástigr lieblich; pl. ástgir Vol. 17.

ástráð n. pl. Freundesrath.

ástsæll beliebt.

ástûð f. völlige Ergebenheit.

ástvinr m. Herzensfreund.

ástyrta dän. anfallen.

ásynior f. pl. die Asinnen 182, 11.

ásyn f. wie ásion, Angesicht, Anschein.

at praep. zu, nur selten m. G. bei jemand: drekka at Oegis, bei Oegir trinken; at eins allein; ecki at eins, nicht nur; steht gew. m. D. 1) zu, an: heimti at ser, berief zu sich; brauto at, an der Strasse Háv. 10; vel at ser (wol an und für sich) von tüchtigen Eigenschaften; væn at aliti, schön von Ansehen; auðigr at lausafé, reich an fahrender Habe; 2) von, at mer þiggja, von mir empfangen SQ. 47; illan mann láttu aldregi ôhöpp at þer vita, üblen Mann lass nie Unglücksfälle von dir wissen; so auch 94, 7; 284, 8; 3) nach: at skapi, nach dem Sinne; at tilvísun, nach Anweisung 176, 28; oft auch zur Umschr. der Adv. at nýu, at öllu, at rêttu; at skamlausu, schmachlos; at ôðru, übrigens. 4) m. A. nur poet. nach: at Hrungni dauðan, Harb. 13 nach Hrungnir's Tode; at þat, darauf 53, 13; 54, 6; at sik, nach sich, nach ihrem Tode 84, 17. Sehr gew. vor Inff. at vita, zu wissen; adv. nachgesetzt: upp at, aufwärts; of at abwärts, fehlend; þar at, dabei.

at conj. 1) dass; 2) st. des allg. Relat. er, welcher, welche, welches 332, 2.

-at an Verbis nicht, nur poet. u. archaist.

at n. das Beissen, Zusammenhetzen z. B. hêsta 108, 34; odda at, Schwerterhetze 56, 19.

át n. das Essen, at âti 99, 22.

âta f. Speise 134, 13.
âtaka anrühren, ergreifen.
âtale *dän.* beanspruchen, *isl.* âtala.
atall, ötul, atalt grausam, schrecklich 82,5.
atbeini *m.* Beistand 289, 9.
atberaz sich zutragen; þat barz at, es trug sich zu.
atbûnaðr *m.* Pflege; Unterhalt.
atburðr *m.* Begebenheit. *A. sg.*, 108, 10; *pl.* atbyrðir 266, 20; vgl. bera at.
âter *schwed.* wiederum zurück.
âtertân *schwed.* achtzehn 277, 20.
atfângadagr Tag vor dem Feste 293, 31.
atferð *f. u.* atferði *n.* Verfahren.
atferli *n.* Umstand 289, 9.
atflutningr *m.* Zufuhr.
atför *f.* Anfall (anfs Leben).
atgânga *f. u.* atgângr *m.* Angriff, kampfliches Angehen, veita atgöngu, losgehen auf *m. D.*
atgera zufügen.
atgerfi, atgiörfi *f.* Vollkommenheit: bes. leibliche Vorzüge u. Fertigkeiten.
athafaz vornehmen, ausrichten, 335, 15. *Praet.* höfðuz at.
athafna (2) besorgen.
athöfn *f.* Unternehmung, Werk; Gewohnheit.
athugat *s.* athyggja.
athugaleysi *n.* Achtlosigkeit 156, 17.
athugi *m.* Achtsamkeit, Vorsicht.
athyggia nachdenken 109, 38; betrachten; *Perf.* hugði at, *Part.* athugat.
âtiân *n.* achtzehn.
atir *schwed.* zurück; *st.* aftr, aptr.
atkall *n.* Forderung, Anspruch.
atkominn angekommen, getroffen.
atkvæði *n.* Spruch, Ausspruch.
atkveða zugestehen 113, 13; atkveðinn, verabredet.
atrenna *f.* Anstrengung, Anlauf.
atrennir *m.* der Atzunggeber 342, 22: agn galga atrennir, der Angler.
âtrûnaðr *m.* Glaube; Religion.
atseta *f.* atsetr *n.* Wohnort, Sitz.
atsökn *f.* 1) Besuchung; 2) *gew.* Angriff, Einfall.
âtt *f.* Geschlecht, Art SQ. 18 (*ahd.* ahta); Himmelsgegend, *pl.* âttir, 180, 13.
âtta acht; âtti der achte; âttiân achtzehn.
âttniðr *n.* Verwandter Hým. 8; *s.* aett, âtt, *u.* niðr.
âttrœðr ein Achziger 86, 20.
âttrunnr *m.* Abkömmling; à Hýmnis, der Nachkomme des H., Thiassi 54, 2; âttr. apa, des Affen Spross, der Riese Hým. 20.

attû *st.* at þu, dass du.
âttû *st.* âtt þû, du hast.
âttundi der achte.
atvik *n.* 1) Zusprache, 2) Ereigniss 355, 12.
auð *n. pl.* Reichthümer, Kleinodien.
auða *nur in part.* auðinn, zu Theil geworden; *m. G.:* ef þess verðr auðit, wenn das zu Theil wird 375, 30; 371, 41; auðins fiâr, des erlangten Guts SQ. 37.
auða 64, 16 *s.* auðr *Adj.*
auðeggiaðr leicht anzutreiben 334, 8.
auðfenginn leicht zu erhalten.
auðfengr leicht zu vollbringen Hým. 8.
auðfundinn leicht zu finden.
auðga (2) bereichern.
auðgaetiligr leicht zu haben 327, 17.
auðigr reich; *Comp.* auðgari 371, 14.
auðkylfor *pl.* wahrsch. die Reichthum tragenden (Streiter) eig. Reichthumstämme, Kolben 50, 24.
auðkendr leicht zu kennen.
auðkonr *m.* der Reiche, Fürst 150, 36.
auðn *f.* Leerheit; Einöde, Steppe.
auðna *f.* Glück 329, 1.
auðnaz glücken.
auðnumaðr *m.* Glücksmann 320, 16.
auðr *m.* Reichthum Hâv. 59; 89, 27.
auðr, auð, auðt 1) weit; auða tröð, die weite Erde 64, 16. 2) leer 293, 32.
auðrýrir der Reichthumverschwender 65, 35.
auðsær *n.* aeðsaett, ganz klar; leicht zu sehen 111, 3; 114, 27.
auðsôktr, auðsôttr leicht zu gewinnen, anzugreifen 150, 35; 351, 17.
auðsýnn 289, 28; auðsýniligr, leicht zu sehen, einleuchtend.
auðveldr leicht.
auðveldliga, auðvelliga leicht, freiwillig, ohne Gewalt.
auga *n.* Auge, *pl.* augu.
augablik *n.* Augenblick.
augabragð *n.* 1) Augenblinken, Bespöttelung, 2) Augenblick Hâv. 78.
augndapr trübäugig 255, 4.
augsýn *f.* Anblick.
auk 1) noch dazu, ausserdem = at anki, 2) vielmehr Hâv. 98.
auka (ek eyk, iok) vermehren; *pl.* iuku 54, 23; *poet. m. D.* zubringen 65, 6; *Part.* aukinn, begabt.
aukasmiði *n.* ein Geschmeide, welches sich vermehrt, Glück bringt (vgl. d. Heckthaler) 371, 16.
auki *m.* Häufung, Vermehrung 81, 12.
auknefni *n.* Zuname 127, 4.
auksla *f.* Vermehrung.
aumligr elend, ärmlich SQ. 66.

aumka (2) bemitleiden, erbarmen.
aumr elend.
aur *m.* 1) Feuchtigkeit; hvíta auri, mit glänzendem Nass Vol. 19; 2) Leimen, Koth; *poet.* Erde Alvism. 10.
aurar *m. pl.* (v. eyrir) 1) Vermögen z. B. lausa aura taka, fahrende Habe nehmen. 2) Unzen, sp. ör genannt (¹/₈ Mark).
aurborð *n.* Erdrand == See 66, 33.
aurngr trüb, leimig, schmutzig 242, 7.
aurvangr *m.* das Erdenfeld Vol. 14.
ausa (ek eys, ios, iusum) schöpfen 245, 5; besprengen Vol. 19; *m. D.* vatni ansinn 360, 25; 2) schütten, aufwerfen (Erde): iusn at moldu 144, 41; grioti 357, 2.
ausa *f.* Schöpfeimer.
ausskota *f.* Schöpfeimer 100, 23; *s.* austsk.
austan von Osten; fyrir austan *m. A.* östlich von.
austanverðr östlich 227, 18.
austlægr östlich.
austmenn *pl.* Ostmänner, für Island die Norweger.

austr *m.,* D. austri, das aus dem Schiff zu schöpfende Wasser, Bodenwasser 240, 17; auch Schöpfraum.
austr nach Osten; östlich.
austrœna *f.* Ostwind vgl. norrœna.
Austri *m.* Zwergname Vol. 11; erfiði A. 184, 21. 35 der Himmel.
Austrlönd *n. pl.* Norwegen 64, 29.
Austrvegr *m.* Ostgegend, Schweden 375, 11; u. a. östl. Länder.
austskota *f.* Schöpfeimer 131, 7; Hým. 27.
avalt stets, beständig.
âvanr, âvön, âvant mangelnd, er mer âvant *m. G.,* fehlt mir.
âvaxtalaust ohne Zinsen.
âverki *m.* Verletzung, Wunde.
âvíta (2) schelten, tadeln *m. A.* 369, 7.
âvöxtr *m.* Frucht; Zins.
ax *n.* Aehre Hâv. 140.
axla (2) auf die Achseln nehmen.
âþiaðr geknechtet.
âþekkr wohl bekannt; *schwach. A.* âþeckjan Loka, Loki, den W. Vol. 35; Vgl. âmâttugr.

B.

bað *n.* Bad.
bâðir, bâðar, bæði beide, beides; *m. pl.* 107, 9; *A.* bâða 100, 10; *f. pl.* 102, 11; 210, 19. — *n. pl.* 247, 4. — *Gen.* beggia, *D.* bâðum.
baðmr *m.* Baum.
bæði *n. pl.* beides 217, 14; 354, 23.
bægja (1) drängen; *m. D.* 111, 12; Abbruch thun; bægiaz við valdi 198, 2; der Gewalt widerstehen.
bægi *m.* Dränger.
baga (1) widerstehen 52, 4; verwirren, hindern; *praet.* bagði.
bagall *m.* Bischofstab; *pl.* baglar.
bagi *m.* 1) Feind; ulfs, b. des Wolfes (Fenrirs) Gegner, ist (nach Vol. 52) Odhin 61, 1; 2) Abbruch, Verlust.
bâgi *m.* Schwierigkeit.
bagr unerfahren:
bâgr heschwerlich.
bak *n.* Rücken; â bak, zurück; â bak ser, hinter sich; *oft wird dabei* hèsts, hèsta *gedacht:* stiga af baki, absteigen.
baka (2) 1) backen 154, 28; 155, 33; 2) wärmen, bähen 249, 20; bes. baka ser, bakaz 214, 29; Fornald. 1, 85; 2, 473.
bakborð *n.* die linke Schiffsseite, Backbord.
backi *m.* Rand, Ufer (*st.* banki).
bakstr *m.* das Backen, Gebäck.

bal *n.* Scheide.
bâl *n.* Scheiterhaufen 178, 2; 354, 25; *poet.* Feuer 251, 10.
bâlaz (2) in die Luft aufgehen.
Baldr *n. pr.* eines Gottes, Sohn Odhins u. Friggs mit dem Zunamen, der Gute 175, 15 ff. *G.* Baldrs; *D.* Baldri und Baldr.
Bâleygr (feueraugig) Odhin, seine Braut ist die Erde u. daher 186, 24 das Land.
bâlför *f.* Bestattung 177, 27; *pl.* bâlfarar dass. 179, 34.
bâlkr *m.* 1) Gehege, Schiedbalke 345, 7. 2) Abschnitt in den Rechtsbüchern, Titel.
ballr, böll SQ. 38, ballt kühn, tapfer; *sup.* ballastan dolg vallar, den kühnsten Feind der Erde 53, 17; *mhd.* balt dass.
bana (2) tödten.
banahögg *n.* Todeshieb, Todwunde 104, 23; 372, 24.
banamaðr *m.* Todtschläger 322, 28.
banaorð *n.* (Ruhm der Tödtung) Todschlag.
banarâð *n.* Mordanschlag.
band *n.* Band — *pl.* bönd, die Götter.
bandavereldi *n.* Wergeld bei Todtschlag an Friedstätten 165, 16, 17.
bani *m.* 1) Tödter Vol. 44; 52; 82, 23; 187, 41. 2) Tod Hâv. 15; 120, 13; 315, 16; 345, 21 u. o. Ist d. griech. φóνος.

bann _n._ Weg, Bahn; â banni auf dem Wege 14, 7.

bann _n._ Verbot 151, 3; Bann.

banna (2) 1) verbieten; 2) verhindern, verwehren 243, 39; bannen; lætr baunat fyrðum friðrofs ofsa, er bannt an den Männern den Uebermuth des Friedenbruchs 191, 24 _f._

bar _adj. schwed._ bloss, offenbar cf. ber.

bâra _f._ Welle, Woge.

barð _n._ 1) Rand, Kante, Grenze; breið iörð með börðum, das breite Land mit seinen Grenzen (od. Feldern) 116, 3. 2) _bes._ Schiffsrand 244, 30.

barðagi _m._ Schlacht, angesagter Kampf.

barði _m._ 1) Schild; 2) ein Fisch, die Barte; lyngs b., der Fisch der Heide, ist der Drache 68, 11.

barðr _m._ Bart, _G._ barz 167, 15 _gothl._

barit geschlagen _s._ berja, barðr dass.

barki _m._ Kehle, Luftröhre 117, 29.

barkr _m._ die Barke.

barmi _m._ Bruder; Baldrs b., Thor, 51, 17.

barmr _m._ 1) Schooss; 2) Rand.

barn _n._ Kind; _pl._ börn.

barnœska _f._ Kindheit.

barnteitr kindvergnügt Hým. 2.

barr _n._ Spross; Laub, Hâv. 58; vgl. glôbarr; _ags._ bearn Baum, Hain.

bârustôrt wellengross.

barz 1) _Gen. s._ barðr. 2) _Praet. s._ beraz.

bassi _m._ Eber, Bär.

bast _n._ Bast; Zügel.

bastr bester. _n._ bazt 56, 2.

bati _m._ Verbesserung.

batna (2) besser werden 195, 3.

bâtr _m._ Boot.

baugabriotr _m._ Ringzertheiler, -spender.

baugatal _n._ Geldbussen-Aufzählung.

baugeiðr _m._ Ringeid Hâv. 111.

baugi _m._ Riese.

baugr _m._ 1) Ring, _poet._ hyrjar baugr Feuerring 51, 6; _auch_ 2) der Umkreis, Rand des runden Schildes 52, 13. 3) Ring _für_ Gold, vgl. 164, 15 _mit eb._ 8. _und_ bauga týr Goldgeber 61, 29. 4) Geld- (urspr. Ring-)busse 131, 17. 26; 132, 25.

baugatal _n._ Verzeichniss der Ringbussen 131, 16.

baugbôt _f._ Geldbusse 132, 28 f.

baugboeta (1) Geld büssen, zahlen 131, 27.

baugset _n._ des Ringes Sitz (Hand) 57, 6.

baugvara _f._ Ringbewahrerin 240, 28.

baugþak _n._ Ringdecke, Zubusse 131, 23 f.

baugþiggiendr Ringe empfangende.

hauka (2) dröhnend aufschlagen 250, 7.

bauta _nur Part._ bautinn, schlagen.

bautasteinn _m._ Denkstein der Erschlagenen; Bautastein 194, 6; 195, 32. _Dafür_ bautarsteinn Hâv. 72.

baztr _s._ bastr.

bêða _schwed._ fordern _s._ beiða.

beðinn, beðit _Part._ v. biða 216, 37.

beðja _f._ Bettgenossin.

beðmál _n._ Bettgespräch; _pl._ Hâv. 86.

beðr _m._ Bett _G._ beðjar _u._ beðs 190, 21; _D. pl._ beðjom Hâv. 97.

beggja (_G. pl._ zu bâ-ðir) beider; beggianegin, auf beiden Seiten.

beiða (1) (eig. erwarten) fordern, angehen, jemanden um etwas; _m. G._ engra bôta beiða þik 96, 32; at beiða oss þess 199, 14. — _part._ beiddr gefordert, angegangen.

beiðni _f._, beiðsla _f._ Forderung, Bitte.

beimar _m. pl._ Krieger; _poet._ við kyn beima 190, 11; mit dem Geschlecht der Streiter.

bein _n._ Knochen, der Erde Kn. sind die Steine 55, 4.

beina 1) gerad richten; 2) strecken, verstärken (_intendere_) _m. A._ 340, 20; 3) helfen, beitragen, _m. D. und_ til 318, 13.

beinamikill knochig.

beinfluga _f._ Wurfspiess, _s._ beinn _n._ fluga, flaug _f._ — beinflugu fang, Wurfspiesskampf 93, 6.

beini _m._ Kost und Pflege 360, 13; die Speisebereitnng 52, 30.

beinleiðis geradenwegs.

beinn gestreckt, gerad 100, 10; tüchtig: sem beinast 244, 7.

beinrângr schiefbeinig 215, 33.

beit _n. wahrsch._ Boot Hâv. 90; _ags._ bât.

beita _f._ Lockspeise; _pl._ Hým. 17.

beita (1) in Thätigkeit setzen, (eig. beitzen, beissen machen) anstrengen, anspannen (Pferde) 360, 11; loshetzen (Hunde, Falken), schwingen (Schwert, Messer), austreiben (Heerdenvieh) _m. D._

beizl, beitsl _n._ Zaum 365, 11.

bekkr _m._ Bank, _G._ bekkjar; _A._ bekk 87, 15; _A. pl._ bekki 79, 21.

belgr _m._ Balg, Beutel; _G._ belgjar _D._ belg. Hâv. 136, wo es als Haut für Leib steht.

Beli _m._ ein Riese, bani Belja ist Freyr Vol. 52.

bella (1) anstossen, _wohl auch_ heransstossen, herauspoltern (Lügen) þrym. 9.

belti _n._ Gürtel 255, 1.

ben _n._ Wunde _g. pl._ benja 72, 23.

benda (1) 1) schwingen 75, 26; heß bendiz mer or hendi, habe mir aus d. Hand geschlagen 116, 3; 2) winken; 3) _gew._ spannen, den Bogen 250, 29.

beneidr _m._ Wundenfener _poet._ Schwert 62, 9

bengrefill *m.* Wundengräber 56, 16; 76, 1.
benja (2) verwunden.
benmâr *m.* die Wundenmöve, der Rabe.
bensigðr *m.* die Wundensichel 94, 31.
bensild *f.* Wundenhäring; *pl.* b. sildr, *poet.*
die elastischen Klingen 74, 15.
benskeið *f.* Wundenschiff, Schwert; *Gen.*
benskeiðr; benskeiðr iarðar, des Schw.
Boden, die Hände 344, 5.
benþvarri Wundenhauer, od. Wundenspaten 75, 26.
ber *n.* Beere *D. pl.* berjum.
berr, ber, bert nackt 157, 35; offenb. 196, 33.
bera 1) erheben 65, ¦1; tragen; berrat,
trägt nicht Hâv. 10; davontragen 210, 3,
s. ârborinn; *imp.* ber þû ût 217, 7; bar
fyrir mik 205, 32; mir zeigte es dasselbe,
st. zeigte sich; slîkan atburð bar fyrir
Brand 108, 10. 2) sich erheben, davongehen 108, 3; bera af öðrum, sich vor
andern auszeichnen. 3) sich zutragen, svâ
bar til; bar til tiðenda. 4) bringen 58, 15;
erbringen 124, 27; 125, 3. 5) gebühren,
geziemen 263, 29. 6) gebären, *Part.* borinn. 7) ofrliði borinn, von d. Uebermacht
überwältigt: *poet.* übertreffen; berr ýta
magni, dieser übertrifft die Menschen an
Kraft· 164, 14. 8) beraz sich zutragen,
sich zeigen 355, 22; beraz fyrir, sich vornehmen 282, 13; bera saman, zus. bringen, vergleichen 183, 22.
berbeinn barfuss = berfœttr.
berg *n.* 1) Fels 2) = biörg Hilfe.
(berga) barg, s. biarga, helfen. ·
bergbúi *m.* Felsenbewohner bes. Riese.
bergja (1) kosten, *m.* à 157, 16. 18.
bergdanir *pl.* Bergvolk, Riesen; b. dana
briotr, der Zerbrecher des Bergvolkes ist
Thor 52, 4.
bergrisi *m.* Bergriese 178, 14.
beri *m.* Träger.
berja (1) schlagen, *m.* â, auf jemand los
schlagen, 365, 5; berjaz sich schlagen,
kämpfen 311, 25; *praet.* barðiz, *pl.* börðuz
95, 28; 188, 5. 15; *Part.* barðr 205, 17, barit; bariz 354, 36.
bernska *f.* Kindischheit.
bernskr kindisch, unerfahren.
berr *s.* ber. 2) 3 *sg. s.* bera.
berserkr *m.* (panzerlos) Berserker, *A. pl.*
berserki 357, 6.
berserksgàngr *m.* Wuthkampf 359, 9; 40.
bersögli *n.* offene Rede; skuluð râðgiafar
yðrir reiðaz við b. 71, 26-29, nicht sollen
eure Rathgeber sich erzürnen über o. R.
bersi, bessi *m.* Bär.
bestr, beztr der beste, bezt Hâv. 80.

betr besser, betri der bessere.
betra (2) verbessern.
beygja (1) beugen, krümmen 154, 8.
beygja *f.* das Schlanke, Zarte.
bî (*auch* bý) *n.* Biene.
bialfi *m.* Pelz; hauks bialfa ankinn, angethan mit dem Habichtskleide flog 54, 18.
bialki *m.* Balke.
bialla *f.* (kleine) Glocke; *pl.* biöllur.
biarg *n.* Fels, *pl.* biörg 51, 19.
biarga, ek berg, barg; helfen, versorgen;
m. D. barg fiörvi varga, sorgte für das
Leben der Wölfe 64, 26; biarga ser, s. retten 208, 23; biargaz, sich zu helfen wissen, sich benehmen 213, 15.
biarga (2) Hilfe bringen, retten.
biargagætir *m.* Felsenhüter, Riese 51, 25.
biargvel hinlänglich gut 155, 8.
biarnarfeldr *m.* Bärenfell.
biartr, biört, biart leuchtend 157, 25,
hell, klar; *pl.* birtir, biartir seggir 189, 22.
bið *f.* Verzug.
bîða, beið, biðu bleiben, ansdauern; 2)
erwarten; *m. G.* 96, 30; 188, 17. *Part.*
beðinn 216, 37; 370, 17.
biðja, bað, bâðum 1) wünschen, *m. G.*
· 311, 31; allir bâðu honum góðs. 2) bitten
ebenfalls m. G.; bes. anhalten (um eines
Tochter) hann bað Ingibiargar. 3) heissen, gebieten, bað hann vera hvörs manns
nîðing, hiess ihn durchaus ehrlos, wenn
er 350, 35; bað þá vel fara, hiess sie
glücklich reisen 120, 29.
biðill *m.* Werber, Freier; son h-s Greipar
sviðnar, der Sohn des Manns der Riesin
verbrennt sich 54, 24.
bif *n.* 1) Bewegung; 2) das Wasser, *poet.*
das Meer; 3) Färbwasser, Farbe; þá ek
bifum fâðu bifkleif baugs, ich empfing
einen mit Farben gemahlten Schild 52, 13;
54, 27.
bifa (2) bewegen, erzeben machen; bifaz,
erbeben.
bifanligr beweglich.
bifkleif *f.* vielbewegter Boden, eig. Hügel
(kleif); baugs b., der vielgeschwungene
Boden der Rundung, ist 52, 13; 54, 27 der
Schild.
bil *f.* eine den Mond begleitende Göttin, in
bordabil, Bortengöttin *poet.* f. Weib, Frau
92, 25.
bil *n.* (eig. Abbruch) Zwischenzeit u. Ort;
Zwischenraum im Schachspiel, eine ungedeckte Stelle 234, 39; Zeitraum, î þessu
bili 307, 35; î því bili, ih diesem Augenblick 308, 6. 2) Verzug 63, 28; 235, 14.
3) das Ablassen, die Ermüdung 241, 29.

bila (2) 1) gebrechen, nema hugr bili, wenn der Sinn (Muth) nicht fehlt; verfehlen, sverðit bilar aldreî î höggi 348, 16; 187, 42.
Hâv. 127; sem heill bilar, sobald das Glück ausgeht 345, 22. 2) ermüden (nach Rafn) 241, 29. 3) *nur in dem nach* (1) *geb*. *Part*. bilt, muthlos werden, *so* 97, 17: þeim varð bilt við, sie wurden muthlos; laetr hann ser ecki bilt verða Fornald. 1, 88 zeigt, dass er nicht muthlos sei.
bildr *m*. Wurfspiess.
bilr = hylr starker Wind.
biltogher *schwed. dän.* geāchtct 387, 40.
binda, batt, bundum binden; *Imp*. bittu.
biô, bioggum *s*. bûa.
biðð *f*. Erde, Land 55, 15.
bioð *n*. 1) Kreis, des Himmels Scheibe Vol. 4. 2) Tisch oder Schüssel 53, 15; *goth.*: binds.
bioðr *m*. der Darbieter, Geber 57, 16.
bioða bauð, bieten; entbieten Männer 103, 9; Kampf 350, 33; sich erbieten, zu 103, 7; *m. D.* einladen; bauð henni heim, ladete sie ein; b. til sîn 259, 11.
bior *m*. Bier.
biörg *f*. Hilfe; Unterhalt.
biörg 51, 19; *s*. biarg.
Biörgyn *f*. Bergen in Norwegen, *G*. Biörgynjar 216, 24; *D*. î Biorgvin 173, 15.
biörk *f*. Birke.
biörn *m*. Bär; *G*. biarnar, 2) *viell.* der Edle, Kämpe (wie *ags*. beorn) 59, 34.
biorveig *f*. Bierbecher Hŷm. 8, *ags.* væg.
bir *m*. Fahrwind *st*. byr.
birði 130, 1; *A. sg*. Bürde *s*. byrðr.
birla (2) einschenken.
birlari *m*. Mundschenk.
birta *f*. Glanz.
birta (1) *praet*. birti, hell machen; *imp*. 245, 8. 2) kundmachen; birtaz (byrtaz) kundwerden 324, 2.
birvindr *m*. Fahrwind 59, 37.
biskup *m*. Bischof.
bit *n*. 1) Biss 2) Schärfe, Schneide.
bîta, beit beissen; bituz, bissen sich 109, 3; *oft vom Schwert eig.* durchschneiden (*findere*) sverð bîtr hellu 119, 33, verwunden 104, 10.
biti *m*. Bissen 201, 21.
bitr beissend, scharf, spitz.
bittu *st*. bind þu, þrym. 12.
biugr gekrümmt 253, 36. *A. pl*. ôsla biuga, die gekrümmten Füsse 249, 39; gebogen (v. Horn) 207, 11.
biugviðr gebogener Baum; die ausgebognen Sprosse der Hirnschädel heissen 79, 23 die Hörner, Trinkhörner.
blað *n*. Blatt, Klinge, *poet*. Decke.

blæa *s*. blœa.
blakkr dunkelbraun, schwarz.
blakkr *m*. der Rappe, *poet*. Geitis bl., des Riesen Pferd, der Wolf 346, 18.
blâna (2) blau werden.
bland *u*. Mischung; î bland, unter.
blanda, blênd, blêndu *u*. (2) blandaða, mischen; *m. D. Part*. blandat Hâv. 106; *abs*. blandaz, sich mengen, *im Kampf*, sich angreifen; blêndoz und himni roðnar randar, sie geriethen zusammen unter dem blutigen Schilde 62, 13.
blankr blank.
blâr, blâ, blâtt blau; dunkel.
blâsa, ek blæs; *Praet*. blês; 1) blasen (vom Winde u. vom Horne) v. Drachen, blês eitri 190, 16; 2) schmelzen; auch wol anblasen zum Kochen.
blâsi *m*. der Bläser, Anblaser.
blâstr *m*. das Blasen.
blauðr, blauð, blaut 1) weich 2) furchtsam.
bleiði *st*. bleyði, bleiðiorð *n*. Vorwurf der Feigheit 297, 2.
bleikja (1) bleichen, reinigen 237, 31.
bleikna (2) bleich werden.
bleikr, bleik, bleikt, bleich 76, 16; vgl. nâr.
blêndoz *s*. blanda.
blessa (2) segnen, *ags*. blessian.
bleyða verzagt werden.
bleyði *f*. Feigheit; til bleyði, aus Feigheit 49, 8; vara bleyðivandr, war nicht an Blödigkeit gewöhnt 52, 26; bleyðitŷrr der Furchtmann, Zage *v*. blauðr.
bleyðivandr Blödheit gewohnt 52, 28.
blezan *f*. Segen 261, 20.
blezaðr *st*. blessaðr, gesegnet 326, 11.
bliða *f*. Mildheit, Schmeichelhaftigkeit.
bliðka (2) besänftigen.
bliðliga sanftmüthig.
bliðr 1) mild, freundlich 158, 13; 2) anmuthig; þoat bliðara væri î Baldrshaga, obwol es sanfter that in B. 240, 32.
blîfa bleif bleiben, *ein späteres Wort*.
blik *n*. 1) Glanz *und daher poet*. Gold, bliki þyngðar miklo, mit Golde gross an Last, mit schwerem G. 98, 20; 2) die Bleiche 287, 26; 241, 16.
blika (2) glänzen, blinken 100, 7.
blîkja bleik glänzen; *Inf*. 50, 26; *praet. pl*. bliku 77, 28.
blikruðr œgis, der Stamm (runur) des Glanzes des Wassers, der Goldträger 215, 33.
blinda (1) blenden.
blindr blind; *n*. blindt 208, 27.
blôð *n*. Blut.

blôði *m.* Bruder, *poet.* 185, 4.
blôðga (2) verwunden.
blôðgagl *n.* Blutgans, Blutvogel *pl.* 96, 20.
blôðkerti *n.* Blutkerze, Schwert 215, 17.
blôðrefill *m.* Schwertspitze 56, 16; *eig.*
  Blutmahler, *auch in Prosa* 95, 5; 295, 19.
blôðskati *m.* der Blutverschwender 57, 7.
blôðugr blutig, *n.* blôðukt SQ. 32, blôðigr
  95, 39.
blôðvalr *m.* Blutfalke, Rabe.
blœa, blœja *f.* Linnen SQ. 47, *m. Art.*
  blœan 241, 17; *pl.* blœjur 237, 16.
blôm *n.* blômi *m.* Blume.
blômgaz blühen 256, 10; sich beblumen.
blôt *n.* Opfer, *pl.* 200, 8.
blôta, blêt, blôtinn 160, 37 *und* blôtaði,
  blôtaðr, verehren 160, 37; hof 100, 6; blô-
  taði hrafna 228, 31. 2) opfern, *abs.* 200, 19;
  das Geopferte steht im D. 195, 3; at þeir
  skyldo hönum blôta til•ârs ser, dass sie
  ihn opfern sollten für die Jahresfruchtbar-
  keit 195, 11. *Später m. D. d.* P. 340, 36.
blôthaugr *m.* Opferhügel 340, 32. 36.
blôthûs *n.* Opferhaus 206, 16.
blôtmaðr (eifriger) Opferer 160, 33; 232, 7.
blôtmatr *m.* Opferspeise.
blôtneyti Opferstiere 355, 14.
blôtskapr *m.* Opfer *n.*, Heidenthum.
blôtveizla *f.* Opfermahl 197, 12; 200, 5.
blunda (2) schlafen.
blundr *m.* Schlummer.
bôandi *m.* Bauer, Bonde 122, 32; *gew.*
  contr. bôndi.
boð *n.* Botschaft, Nachricht, Gebot, Aufge-
  bot, Einladung, Gastgebot, Mahl.
böð *f.* Kampf; *G.* böðvar iöklar, des
  Kampfes Gletscher, die Schwerter, ihr
  Forderer, der Kampflustige 215, 32; *ags.*
  beadu.
boða (2) Bote sein; verkünden 325, 33;
  auswandern 237, 42.
boði *m.* 1) Bote; fleinþings boði, des Kampfs
  Entbieter 80, 18; Anzeige 2) bes. Wellen-
  schlag, der Klippen anzeigt 213, 9; daher
  þat boða veðr 49, 4: jener bedenkliche
  Wellensturm *vom Kampfe.*
böðmâni *m.* Kampfesmond (d. i. Schild)
  76, 33.
boðorð *n.* Kunde 205, 35; Gebot 307, 6.
böðvarhvatr kampflüchtig, scharf *s.* böð.
bœli *n.* Lager, Wohnung 308, 24; 309, 8.
bœn *f.* Bitte.
bœr *m.* 1) Gut, Hof; 2) Stadt, *G.* bœjar
  D. A. bœ; *A. pl.* bœi 213, 33.
bœta (1) Geldbusse bezahlen; büssen, bes-
  sern, ausbessern 251, 29; verbessern 262, 11.

part. bœttr erstattet, gebüsst 130, 25; aus-
  gebessert, geflickt.
bœtr *pl.* Geldbussen *s.* bôt.
bœtavarðr *schwed.* Vorgebirgswacht.
bœtiþrûðr die Heiljungfrau; dreiruga benja
  b., die blutige Wunden bessernde, heilende
  Jungfrau 49, 8.
bogastrengr *m.* Bogenstrang.
bogi *m.* Bogen; *G. pl.* bogna und boga:
  boga hagl, des B. Hagel, die Pfeile 64, 26.
böggla (2) unordentlich zusammenpacken.
böggr *m.* Bündel, Bürde, Beschwerde 116,19.
bôglimr *m.* Bugglied; Bein.
bogna, bogra (2) sich bücken.
bôgr *m.* der Bug der Thiere; *poet.* Arm
  überhaupt g. pl. bôga 63, 32; *A. pl.* bôgu
  339, 40; *zuw.* bôga 183, 2.
bôgviti *m.* das Feuer des Arms, goldne
  Armringe; brýtr, es vertheilt sie 57, 16.
bôk *f.* 1) Buch; 2) Stickerei, gewirktes
  Kleid SQ. 47; *pl.* bœkr 86, 11.
bôkamâl *n.* Bibelsprache, Latein 70, 24.
bokki *m.* 1) Bock, 2) Feind.
bôklærðr schriftkundig.
bôl *n.* 1) Grundstück, Hof, Landgut; 2)
  Lager.
bôlfastr ansässig.
bolginn aufgeschwollen.
bôl *n.* das Böse, Uebel, Unglück, Fluch *D.*
  bölvi; *g. pl.* bölva 60, 39.
bölmr *st.* blômr 51, 32 der Bär, vgl. fialbr.
bolr *m.* Rumpf, *D.* bol 94, 24; *A. m. Art.*
  bolinn 105, 38.
bolstr *m. n.* Polster 242, 17.
bôlstaðr Landgut *G. b.* staðar 276, 38.
bolti *m.* Bolzen.
bölverðung *f.* böse Gesellschaft 51, 32.
bôn *f.* 1) Bitte; 2) Betteln.
bônorð *n.* Bitte 233, 34.
bönd *n. pl.* die Götter 62, 24, v. band.
bôndi *m.* 1) der freie Landbesitzer, Bonde;
  2) Familienvater, Ehemann, *pl. N. A.*
  bœndr, bœndor, bœndur; *G. pl.* bônda-
  zuw. bœnda 207, 29.
bor *m.* Bohrer; bör *s.* börr.
bör *m.* Sohn *pl.* börvar, auch *poet.* für Krie-
  ger.
bora (2) bohren 207, 29.
borð *n.* Bret insbes. 1) Borte, Kante. 2)
  Tisch. 3) Schiffsbord, -rand; und für
  Schiff selbst. 4) Erhöhung, Höhe 54, 6.
borða (2) speisen.
borðdiskr *m.* Tischteller 377, 29.
borði *m.* 1) Borte, Stickerei 27, 4; 2) Ta-
  pete; 3) Schiffsbord.
borðker *n.* Tischbecher.

borðvegr *m.* Getäfel, borðvegs sæng, das bretterne Bett 70, 7; Bretwand Vol. 24 Cod., wo b. veggr zu lesen.

borg *f.* Burg, Stadt *pl.* borgir.

borgveggr *m.* Burgwall (Pfahlwand) 184, 6.

Borgundarholmr *m.* die Insel Bornholm bei Schweden 75, 26.

börkr *m.* Borke, Rinde, *D.* berki.

börr Baum, vgl. ags. bearu (Baum, Hain) *daher poet.* leiðar bör, dem Mann, eig. Stamm, der Seefahrt 189, 22.

bortu fort.

bôt *f. pl.* bœtr, Busse; 1) Besserung, Ausbesserung; 2) Geldbusse; 3) Linderungsmittel 60, 39.

botn *m.* Boden, Grund.

brâ *f.* Braue, Augenbraue.

brâ *praet. v.* bregða.

brâð *f.* 1) Stück Fleisch 134, 15; 2) Beute (der Raubvögel) 75, 16; *pl.* brâðir 356, 37, *poet.* brâð hals trönu, die B. des Kranichhalses, d. i. die Schlange 164, 19; 3) Fett, Oel 267, 28.

brâða (2) 1) eilen, 2) pichen.

brâðfeigr dem Tode nah.

brâðgerr, -görr, übereilt, frühreif 164, 15.

brâðla, brâðlega eilig, plötzlich.

brâðlyndr hitzig.

brâðna (2) schmelzen 204, 3.

brâðr, brâð, (brâðt), brâtt, hastig, schnell; *Sup.* brâðaztr.

bræða (1) *praet.* bræddi; 1) Beute bereiten (die Raubvögel) weiden 79, 14; 2) pichen, *part.* bræddr, gepicht, pechüberzogen 239, 7.

bræðir der Weider, Beutegeber.

bragarlaun Sanglohn 148, 19.

bragð *n.* 1) Veränderung, Wechsel; 2) Schimmer, Duft; 3) Miene, Geberde; Augenblick; 4) List.

bragðvis kunst-, listerfahren.

Bragi *m.* Ase 182, 10, Gott der Dichtkunst, *daher auch für* Oðhin 58, 16.

bragnar *m. pl.* Kriegsmänner, Mannen 107, 1.

bragnîngi *m.* der Herrscher 331, 17.

bragr *m.* 1) Gesang; die Dichtung; er ek fann brag, da ich den Gesang erfand 220, 6 *f.* 2) Preis, Vorzug, bragr kvenna, der Preis der Frauen SQ. 15. 3) Sitte, Art *A. pl.* bragi 57, 29.

brak *n.* Getös, Krachen, Kampf.

braka (2) rauschen, *m. A.* durchrauschen 57, 15; sausen 61, 27; *Praet.* brökuðu 242, 15.

brâka (2) brechen, schwächen.

brakrögnir Kampfgetös-Gott, Kämpfer 64, 25.

brâlla *adv.* == brâðla.

brandar *m. pl.* die Thürpfosten Hâv. 2, wo die Ausgg.: brautom haben.

branda-ullr sâ, dieser Schwertgott (Schwertwalter) stôð af þvi, bestand dadurch 66, 9.

brandr *m.* 1) Brand, Glühkohle; 2) Klinge, Schwert *pl.* brandir 75, 9.

brâtt *adv.* schnell, bald 205, 5; *s.* brâðr.

brattleitr hochstirnig 286, 22.

brattr steil; brattra horða byggvendr, die Bewohner der steilen Höhen (die Riesen) 54, 6; *ags.* bront, *schwed.* brant, steil.

brattsteinn *m:* der steile Stein, Hým. 29, *viell.* von dem steinernen Sockel der Holzsäule.

brauð *n.* Brod.

brauðgiörð *f.* Brodbereitung.

braukan *f.* Brummen, Grunzen 341, 4.

braut *f.* Weg, Strasse; Abreise. *Poet.* Gegend, Land; î braut (î brot) fort 187, 19; â braut, dass. 180, 11.

braut *adv.* fort.

brautfûss fortbegehrend.

bref *n.* Brief.

bregða, bragð (brâ), brugðum, brugðinn, schwingen, wenden, verändern; *m. D.* a) *unpersönl.* 1) es entsetzt, ärgert mich bei etwas; (eig. die Farbe wechselt) þeim brâ miök við þessa sŷn 343, 32; sie entsetzten sich sehr bei diesem Anblick; bregðr nû mörgum miök við þessi læti 340, 22. 2) es schlägt um, brâ þer nû î þrælla ættina, du schlugst in die Art der Knechte; brâz flötti, es wendete sich zur Flucht. 3) brâ lifi, es ging ans Leben 76, 38; b) *pers.* 1) schwingen, ziehen z. B. sverði 118, 36; brugðu sverðum 352, 18; bregðr hann þvi or aflinum, schwingt er es (das Eisen) aus der Esse 310, 23; brâ lindûk um höddina. 2) wechseln, heûr þu lit brugðit, die Farbe gewechselt 355, 37; von etwas weggehen; bûi, vom Bau, Hause; hvi brâ ek svefni, wodurch kam ich vom Schlafe. 3) ausgehen, verschwinden; bregz, schwindet 345, 39; auch bloss aufbrechen, bes. mit við: bregða þeir þâ við, ok; ausweichen einem Hiebe 183, 5. 4) vorwerfen, schmähen Helr. 3. 12. 5) ablassen, verändern; at ek mâ þvi með engi môti bregða, dass ich dies auf keine Weise ändern kann; bregðum eigi af þessu, lassen wir nicht davon. 6) zu etwas übergehen, verwandeln; brâ ser î laxliki, î konalîki, verwandelte sich in; bregða â leik, zum Spiel übergehen, lustig werden, î gaman. Fornald. 2, 341. 7) sich kümmern um, mantu eigi bregða þvi 234, 40. 8) brâ sundr, ging auseinander 202, 36.

breiða (1) ausbreiten; *Part.* breiddr 294, 18.

breiðr breit. Comp. *Adv.* en breiðara 17, 1 (amplius).

breiðleitr breitgesichtig 186, 24, v. lîta.

breitt *st.* breytt, verändert 121, 36.

brek *n. pl.* ungestümes Fordern SQ. 19 (eig. Schreien um etwas).

breki *m.* Brandung *poet.*

brekka *f.* Hügel.

brenna, brann, brunnu 62, 9; brennen, lodern 180, 19; *Conj. Perf.* brynni 102, 2.

brenna *f.* Brand, das Verbrennen 95, 29. 2) Begängniss, Leichenbrand 187, 7; 318, 3.

brenna (1) *trans.* verbrennen *p.* brendr, bestattet Hâv. 81.

brennumenn *pl.* Brandleute, so hiessen die, welche an der berüchtigten Verbrennung Niâls in s. Hause Theil genommen hatten (95, 29) 105, 38.

bresta, brast 1) bersten Hâv. 85; 184, 35; krachen, sausen 57, 3; 2) mangeln *m. A.*; brestr mik, es fehlt mir.

brestr *m.* 1) Bruch; 2) Mangel, Gebrechen.

Bretland, Britannien; Bretar, Britten.

breyta (1) verändern *m. D.* 157, 13.

breyttr 1) verändert 2) ungewöhnlich abgewechselt.

Briân Kg. von Irland, bekriegt von Sigtryggr, weil er dessen Mutter Kormlöð verstossen, 103, 28 ff.

brigð *f.* 1) Veränderlichkeit 2) Zurücknahme.

brigða (2) zurücknehmen, wieder einlösen 134, 10.

brigðr unbeständig Hâv. 126.

brigslat (brigðslat) vorgeworfen 151, 32.

brigzl *n.* Vorwurf, Injurie 126, 38.

brîk *f.* eine mit Gemälden oder Schnitzwerk verzierte Tafel, Seite an Geräthen.

brîktöpuðr *m.* der Schildbrecher.

brim *n.* Brandung 152, 27; *poet.* Meer.

brimdŷr *n.* das Thier der Brandung, das Schiff.

brimgöltr *m.* des Meeres Eber, das Schiff; b. galtar sæskiðum, mit den Seescheiten des Schiffs 68, 30.

brimi *m. poet.* Feuer; sôttar br. das F. der Krankheit 60, 24. • •

brimill *m.* Robbe, î brimils môði, im Meer 55, 19.

Brîmir *m.* 1) Wogenerreger, Meergott, Riese Vol. 9; 2) Schwert nach Sn. E. p. 214.

brimsvîn Schwein der Brandung, des Meeres, vom Wallfisch Hŷm. 27.

bringa *f.* Brust 206, 25.

bringr *m.* Hügel.

bringspalir *f. pl.* die Gegend der Brust, wo die Rippen anfangen 370, 19.

brinna *zuweilen st.* brenna, brann.

briost *n.* die Brust *pl.* Hâv. 8. 84. 185.

briota (ek brŷt, braut) 1) brechen; braut î spôn, brach in Trümmer 218, 19; zerbrechen 248, 25 ; 2) hervorbrechen auf; hervorstürzen; brutuz þeir þa við skôginn, stürzten sich nach dem Wald 352, 9. 3) quälen, vexiren 309, 35; *part.* brotinn D. brotnum.

briotr *m.* Zerbrecher *s.* baugabriotr.

brisingr *in* brisinga men Frigga's Halsband, etwa das glührothe, od. das von dem Zwergengeschlecht der Brisinger gemachte.

brisingsþiofr des Halsbands Räuber, Loki.

brô *schwed. st.* brû, Brücke.

broddr *m.* 1) Spitze, Stachel 139, 25; 2) Pfeil, Wurfspiess 61, 27; 57, 3.

broddflet *n.* des Stachels Wohnung oder Sitz (der Spiess) 57, 5.

brôðir Bruder; *G.* brôður; *D.* brœðr SQ. 32. 184, 41; *gew. aber* brôðr, brôður; *N. pl.* brœðr, *G.* brœðra 244, 19; *D.* brœðrum 351, 36. *Auch N. pr.* 103, 17 fg. um þâ Brôður, um die welche mit Br. waren 105, 56.

brôðrgiöld *n. pl.* Ersatz des Bruders.

brôðrungr Neffe, eig. Vaterbrudersohn 149, 42.

brôk *f.* Hose *pl.* brœkr, Beinkleider.

bros *n.* das Lächeln.

brosa (1) lächeln 254, 24.

brot *n.* 1) Bruch, 2) Furt, 3) gew. Verbrechen *pl.* 238, 28 u. Geldbusse.

brot, brott fort *s.* braut.

brotna (2) bersten, þrym. 21, zerbrochen werden 40, 11; 61, 27.

brött fort; = íbrott, ábrott.

brottbûning *f.* Abzugsrüstung.

brottferð *f.* Abreise.

brottsigla (2) fort segeln 282, 10.

brottu fort 323, 28.

brû *f.* Brücke *G.* brûar, *eig.* Erhöhung, Tritt, erhöhter Boden, worauf man steht (*in poet. Umschreibungen des Schildes*).

brûðfê *n.* Brantgeld.

brûðarbeckr *m.* Brautbank.

brûðframma *f.* Brautjungfer *schwed.* 275, 29.

brûðgumi *m.* Bräutigam 378, 18.

brûðmessa *f.* Brautmesse 168, 12.

brûðtogi *m.* Brautführer 168, 11; gothl.

brûðkaup *n.* Hochzeit 318, 1; 349, 15.

brûðhlaup *n.* Hochzeit.

brûðr *f.* Braut; *D. A.* brûði.

brullaup *n.* Hochzeit 351, 18.

14 *

brûn *f.* Augenbraue 146, 4; *pl.* brŷnn 146, 21; *g. pl.* brûna, br. grund s. silki.

bruna-öld *f.* das Brennalter 394, 14: 199 2.

brûnhvìtr mit weissen Brauen.

bruni *m.* Brand.

brûnn dunkelbraun, schwarz.

Brunnakr *nur* 54, 3; *wahrsch.* Thiassis Heimathsland, B-s î garða, in den Hof von Br. brachte Loki die Jungfrau der Götterbank (Iðunn).

brunnr *m.* Brunnen.

brunpalmr*m.*Brünnienpalme,*poet.*Schwert 347, 4.

brunsteinn *m.* Braudstein, Gold.

brûnsteinn *m.* der Brauenstein (Auge).

brutpenningar *m. pl.* Geldbussen 299, 20.

brydja (bruddi) kauen.

brydda (bryddi) spitzen, verbrämen.

brygð *f.* (schnelle Bewegung) in fangsbrygð Kampf 93, 7; *st.* brigð.

bryllaup *n. gothl. s.* brûðhlaup.

bryndum 75, 9; *in der dunkeln Verbindg.* gengu br., nach Egils Verm. st. bröndum: die Hände gingen mit Schwertern.

brŷna (1) brŷndi *part.* brŷndr; 1) wetzen 347, 4; 2) feuern, reizen.

brŷni *n.* Wetzstein, Schleifstein.

brynja *f.* Ringpanzer, Harnisch.

brynja (2) *part.* brynjaðr, waffnen, panzern.

brŷnn 146, 21; *pl.* v. brûn.

brŷnn, brŷn, brŷnt 1) schnell; 2) st. brûnn, dunkel; brŷn dögg, schwarzer Thau (Blut) 76, 16.

brynþing *n.* das Panzergericht, Kampf.

brynþvari *m.* Harnischbohrer, ein Wurfspiess 139, 30.

brytja (2) zerhauen, Stücke abschlagen 312, 7.

bryttugi *s.* brûðtogi.

bû *n.* Bauland, Hof; *insbes.* 1) Anbau ausser dem eignen Hofe Hâv. 83. 2) Wohnung 183, 25; Hâv. 36. 3) das Land gegenüber der Stadt.

bûa ek bŷ; biô *pl.* bioggum (biuggum, bióggum) *part.* bûinn bauen 1) rüsten *eig. zum Kampfe* biugguz, 235, 22; *zur Reise* 91, 29; *u. trop.* vel bûinu wohl ausgerüstet, in Künsten; sich anstrengen; bûumz vaskliga, auch bloss sich kleiden 92, 5; 159, 23. 2) wohnen, hann biô î Reykjarvîk, *auch trop.* þat bŷr mer î skapi Orkn. p. 184. 3) umgehen, leben, sich verhalten; vel bûa, sich wohl verhalten 114, 37; eigi bûa við oss vingiaruliga, sie verhalten sich nicht freundschaftlich gegen uns; hvat væutir þik, hversu ek mun við hann hafa bûit? wie glaubst du, dass ich mit ihm verfah-

ren bin? við svâ bûit, nach so gethauer Sache 206, 6. 4) besorgen; bioggu um, besorgten (die Leiche) 105, 37. 5) bereiten, bûa ·til, zubereiten 113, 40; bûaz til, sich bereiten zu 286, 17; bûaz af, sich aufmachen, von einem Ort 103, 6; 228, 29. 6) bûaz, sich aufhalten 285, 29. — *P.* bûinn bereitet, fertig; künstlich bereitet, verziert 212, 26; 216, 29. 31; 356, 7.

bûandi *m.* bôndi: Bonde, Landbesitzer, *pl.* bûendr.

bûð *f.* Hütte, Zelt; Bude; *pl.* bûðir 116, 13.

bûðkefli *n. schwed.* Botschaftsstab, buðkafla ihn umherschicken.

Buðli Vater Atlis und Brynhilds, Buðla niðr 164, 14.

buðlûngr *m.* König *poet.*

buðumz 55, 12; st. bauð mer v. bioða.

buga (2) beugen; schwächen.

bugustafnar *pl.* Bogenschnäbel an den Schiffen, gebogene Steven 232, 10.

bûi *m.* Nachbar *pl.* die Bauern 204, 28; bûa, Nachbarin.

bûkarl *m.* Bauer.

bûkr *m.* Rumpf 141, 5; Stümmel, Leib.

buna *f.* ein Beiname 229, 29.

bûnaðr *m.* 1) Haushalt, Landwirthschaft 2) Ausrüstung; hafði þann bûnat 207, 23, Zubehör, Geräth.

bur *od.* burr *m.* Sohn 346, 8; *G.* burar SQ. 39, 52, 7; *N. pl.* burir Vol. 61; *G.* burja.

bûr *n.* Wohnung.

burðr *m.* 1) das Tragen, 2) Geburt *pl.* Geschlecht.

burt (= braut) fort 366, 12 *u. oft.*

burtferð *f.* Fortfahrt, Abreise.

bust *f.* Borste 341, 10; *poet.* Rücken, Giebel; âla bust, der Aale Dachgiebel (Meeresfläche) 93, 25.

bûstaðr *m.* Wohnstätte 280, 9.

bŷar *schwed. s.* bŷr.

bŷ, bî *n.* Biene; Wundenbiene, Pfeil 57, 10.

bygð *f.* 1)· Bebauung ·85, 3; 2) Bauland 280, 8; ¡3) Wohnung *pl.* bygðir 213, 34; 358, 30.

byggja (1) bygði 1) bauen, ein Haus; anbauen, Land 223, 5; 2) wohnen; 3) verlehnen; byggjaz, bebaut, bewohnt werden 85, 14.

byggjandi zu bebauen 280, 6.

byggvandi Bewohner *pl.* 54, 6.

bylja (1) buldi, hohl wiederschallen 355, 14.

bylgja *f.* Welle.

bŷli *n.* Wohnung.

bylr *m.* Sturm; Wirbelwind; Regen oder Schneesturm. *G.* byljar.

b ý n g *f.* Bett 76, 29.

byr *m.* Fahrwind *G.* byrjar, *A. pl.* byri 288, 2; varat byrjar örva at frýja, es war ein Sturm von Pfeilen nicht abzusprechen 64, 27.

bý r *m.* Stadt, Ort; *G. schwed.* býavard, Stadtwacht 274, 8.

byrðingr *m.* Fracht-, Lastkahn 110, 29.

byrðr *f.* Bürde, Last; *G.* byrðar; *D.* byrði 47, 28; *A.* byrði 130, 1; *pl.* byrðar 184, 4.

byrgi *n.* Hürde, Pferch.

byrgja (1) 1) verbergen, zugraben 357, 6; 2) unterhalten, versorgen.

byrgitýr biarga, der Gott der Felsenpferche, der Riese 52, 28.

byrgr = byrginn, geborgen, sicher.

byrja (2) 1) anheben, beginnen *m. A.* 339, 24; 351, 22 *imp.* byrjar sögu, es hebt die Sage an, sie beginnt 231, 5. 2) *intr.* byrjar, es gebührt; *f. P.* byrjuð, schwanger.

byrjardrösull *m.* des Seewinds Ross, d. Schiff 49, 6.

byrla = birla einschenken 161, 18.

byrr 60, 17 st. bur d. Sohn.

byrramr windstark, *n. pl.* b. röm. 69, 4.

hyrtaz sich zeigen.

byrvænt mit gutem Fahrwind.

býskip *n.* Bienenschiff, Luft, Himmel; byskips î boe, in des Himmels Wohnung (Walhalla) 60, 17.

býsn *n. pl.* Wunderzeichen, Seltsamkeit 373, 33; Unglücksfall 374, 24.

D.

dáð *f.* That.

dáðrakkr thatmächtig, Hým. 23 *s.* rakkr.

daga (2) dagar, es tagt 188, 14.

dagferð *f.* Tagereise.

dagmál *n. pl.* Tageszeit, um halb acht Uhr des Vormittags; dagmálustaðr der Punkt des Tagesanbruchs, Frühstückszeit.

dagr *m.* Tag; *D.* degi *A. pl.* daga; î dag, heute.

Dagr *n. pr.* eine Gottheit; ein alter König.

dagráð *n.* der gerathene Tag, die richtige Zeit, dolga Sagu, der Siegesgöttinn 68, 4 zum siegreichen Kampf.

Dagshrið *f.* Kampfsturm des Dagr, Heerführer im Treffen bei Stiklestad 335, 11.

dagverðr *m.* Frühstück, *G.* d.-verðar.

dáinn gestorben, v. deyja; 2) *n. pr.* eines Zwergs 187, 40.

dalhrið *f.* Bogensturm, für Schlacht; at (mer) dalhriðar ok danskra vâpna spor svîða, dass mir des Pfeilsturms u. der dän. Waffen Spuren brennen 336, 41.

dalnauð *f.* Bergkluft 48, 16.

dalr *m.* 1) Thal; 2) Bogen, Biegung *G.* dalar.

dalverpi *n.* ein kleines Thal, Schlucht.

Danr *pl.* Danir, die Dänen 135, 27. 32; 194, 8.

dánararfr *schwed.* ein Regale 272, 30; das Erbe des Ausländers, welches an d. Kg fiel, *G. f.* von dáinn.

Danmörk *f.* Dänemark, *G.* Danmerkr 317, 8. Danmarkar 66, 16.

danskr, dönsk, danskt dänisch 135, 21; 193, 7.

dapr, döpr 90, 32; daprt, 1) trübe vgl. 255, 4 *gew.*: 2) traurig, î döprum hug 258, 13; daprlega *adv.*

darr *n.* Lanze, *pl.* dörr dreyrrekin 106, 24.

darraðr *m. wahrsch.* Lanze, Spiess; vefr darraðar L.-gewebe, Kampf 55, 27; 106, 33.

darrlatr lanzenlass, lanzenscheu 187, 7.

dasa (2) abmatten, *P.* dasaðr 295, 11; 2) träg sein: dasi þer, träge liegt ihr da 214, 25.

dasi *m.* der Träge, Matte 187, 7.

dátt *Adv.* heftig, leid SQ. 26.

daufheyraz sich taub hören 339, 20.

daufr blödsinnig, traurig, taub.

dauði *m.* Tod, *zuw. auch* dauðr Háv. 70; 344, 20.

dauðr todt, *zuw. als Part.* gestorben.

deigr weich, feucht.

deila (1) 1) theilen, *m. D.* höfnum SQ. 37; 2) unterscheiden 84, 8; 282, 27; 3) streiten 199, 17; 4) ausgleichen 171, 24.

deila *f.* Uneinigkeit.

deckjaz (2) dunkel werden.

detta, datt, duttu fallen; datt niðr 370, 1.

deyfa (1) stumpf machen, lähmen.

deyfa *f.* Taubheit, Lähmung.

deyja, ek dey, dô, sterben; *Part.* dáinn; á deyjandi degi, am Todestage.

diâkn *m.* Diaconus.

diarfr kühn (*Adv.* diarflega) 235, 26; 236, 15.

digr, digr digurt, digr digurt, 26; hochmüthig; enn digri, der dicke 86, 24.

digurð *f.* die Dicke.

dikta (2) 1) dictiren, 2) aufsetzen 324, 22.

dimmr dimm, dimt, dunkel 344, 25.

Dinamynni *n.* Mündung der Dyna, die bei Riga in die Ostsee fällt 73, 23.

diofl *m.* Teufel, *pl.* 105, 12.

diörfung *f.* Kühnheit.
dirfa (1) ermuthigen; dirfaz, sich erkühnen.
Dis *f. A.* dîsi 54, 2; *gew.* im *pl.* dîsir die Disen, Schicksalsgöttinnen 80, 27 *in poet.* Umschr. *für* Frau.
disablôt *n.* Disenopfer 248, 23. 40.
disarsalr *m.* der Saal der Dis 248, 40.
diskr *m.* Teller (lat. *discus*).
di up *n.* die Tiefe, Abgrund 108, 15.
diupr tief; diuplega, *adv.* tief.
diuphugaðr sinnreich.
dœa *schwed.* sterben (deyja).
dofri ein Riesenname; holmfiöturs dofri ist das Schiff 67, 1.
dœgr *n.* ein Tag und Nacht; þetta dœgr, diesen ganzen Tag 282, 28.
dœll, dœl, dœlt leicht SQ. 21; 164, 21; *Comp. n.* dœlla leichter 242, 5; *Sup.* 133, 25.
dœlskr thöricht.
dœma 1) urtheilen, verurtheilen; 2) sprechen.
dœmi *n.* Beispiel, *pl.* 374, 11; Beweismittel 194, 20.
dœsa (1) ermatten, *P.* dœstr 245, 16.
dögg *f.* Thau, Sprühregen, *pl.* döggvar.
döggva (2) benetzen; döggvar es sprühet.
döglingr *m.* (*von Kg Dagr abstammend*) *poet.* Held, Fürst 258, 12; *G. pl.* 189, 27.
dogskôr *f. m.* Drabthandschuh 262, 33.
döguror *m.* Frühstück st. dagverðr.
dökkr dunkel, schwarz; málmr d. 337, 14; î mar döckvan, in das trübe Meer 184, 34.
döksalr *m.* dunkler Saal, *Gen.* d. salar 69, 10, *s.* svanadalr.
dolg *f.* Kampf 190, 32.
dolgliöss skyndir, der Schwinger der Leuchte des Kampfes; des Schwertes 187,7.
dolgr *m.* Feind, Krieger; dolga Sâga, die Göttin der Krieger 68, 4.
dômandi *m.* Richter, *pl.* dômendr 149, 5.
dômari *m.* Richter.
dômhringr *m.* Gerichtskreis 111, 11.
dômlyrittr *m.* gerichtliche Einrede, Interdikt; *D.* d-lyritti 111, 19.
dômr *m.* Gericht; Handel der vors Gericht kommt; með hêlgum dômum, mit den Heiligthümern.
dörr *f.* Lanze *pl.* darrar 61, 14 *s.* darr.
dôttir *f.* Tochter; *G.* dôttur, *pl.* dœttr.
drœplingi *m.* ein kurzes Loblied 219, 18.
draga, ek dreg, drôg = drô; ziehen; a) *unpers.* dregr at mer, es kommt an mich 233, 18; dregr skŷ upp, es zieht Wolken auf; þat dregr, das hilft (zieht); dregr mik, es verlangt mich; b) *pers.* ist es ziehen 249, 22. 39; schleppen 294, 18; draga

at, anziehen, zusammenziehen (Truppen) 137, 14; entziehen; *Part.* dreginn 345, 36.
dràp *n.* Fall, Todtschlag 120, 17.
dràpa *f.* ein grösseres Lobgedicht.
draugr *m.* 1) Baum (st. Mann); Hèdinsvàða draugr, der Harnischträger 68, 4; Ragn. 1. 2) Schatte, *pl.* die Manen eines 81, 19; *sing.* 82, 10.
draumr *m.* Traum, *A. pl.* drauma.
Draupnir *m.* der Ringe träufelnde Ring 178, 17; 47, 29.
dregg *f.* Hefe 210, 24.
dreifa (1) ausbreiten; dreifðiz, breitete sich aus 141, 23; ausstreuen, *auch von übler Berüchtigung.*
dreifr ausgebreitet, treibend 333, 34.
dreiri *m.* Blut st. dreyri.
dreirugr blutig.
dreki *m.* 1) Drache, 2) Drachenschiff 289, 33.
drekka, drakk, drukkum triuken, *m.* til, oder â, zutrinken 241, 14; 236, 23; af austrinken.
drecka *f.* Getränk.
dreckja (1) drekti, ertränken *m. D.* 339, 2. 2) tränken.
drengiliga männlich.
drengiligarr tapferer 354, 36.
drengmenska *f.* Tapferkeit.
drengr *m.* 1) Held, Ehrenmann; tapfrer Mann *pl.* drengir 381, 21; 2) *sp.* Knabe; *G. pl.* drengja, *A.* drengi.
drengskapr *m.* Männlichkeit; Krafthat; Ehrenhaftigkeit.
drep *n.* Schlag.
drepa, drap, drâ pum, drepinn treffen: 1) anstossen; drepr hestrinn fœti, stösst mit dem Fusse an 284, 18; 2) schlagen, drepit var högg â hallardyr; 3) erschlagen, tödten z. B. im Kampfe, des. auch schlachten z. B. Opferthiere 197, 14.
dreyma (1) träumen, *m. dopp. A.*, mik hefir dreymt hann, mir hat von ihm geträumt 368, 20.
dreyri *m.* Blut.
dreyrrauðr blutroth.
dreyrrokinn blutbenetzt 106, 24.
dreyrugr blutig.
drif *n.* Sturm.
drifa dreif 333, 35, drifu, treiben *bes. intr.* vom Treiben fliessenden Wassers, 69, 1; vom Rinnen des Bluts; *part.* drifinn, benetzt 63, 16; kommen u. gehen grosser Volksschaaren.
drifa *f.* Schneetreiben, *poet.* der Seekönige od. Walkyrien Schneesturm, d. Kampf64,21.
drifsiör Treibsee; das vom Sturme aufgewehte und mit fortgeführte Wasser.

drifuveðr n. Sturm mit dichtem Schnee.
drikkjuskáli m. Trinkgemach, -saal.
drima f. Kampf.
driugr ansdanernd (v. driuga poet. dulden,
   goth. driugan, kämpfen) insbes.: 1) be-
   ständig, tüchtig. 2) trotzig s. driuglâtr.
driuglâtr, beharrlich, trotzig 294, 23.
driugt u. driugum 1) beständig Hým.
   6; Hâv. 79. 2) häufig, oft.
driupa, draup, drupum tropfen, Praes.
   drýpr 181, 23.
drœrug = dreyrugr blutig, schwed.
drôg f. 1) Faser, Troddel; 2) Last, valdr
   Draupnis drôgar, der Herrscher der Last
   der Zwerge (des Himmels) Gott 185, 7.
dropi m. Tropfen.
drôtt f. Schaar, Dienerschaft; pl. drôttir.
drôttinn m. Herr.
drôttin hollr seinem Herren getreu 188, 3.
drôttkvæðr, vor Herren zu sprechen (sc.
   hâttr) 192, 16. 39; die gew. Versart, drôtt-
   kvæði, n. der Herrenvers.
drôttna (2) herrschen.
dróttníng f. Königin.
drôttseti m. Truchsess.
droxieti m. dass. (Gutal.).
drösull m. poet. Pferd.
druckinn trunken; P. von drecka.
druckna (2) ertrinken.
drûpa (1) sinken 147, 12; Praet. drùpdo
   61, 14.
dryck f. = dryckja f. das Trinken, pl.
   dryckjur Trinkgelage.
dryckiustofa f. Trinkstube.
dryckr m. Trunk.
drynja (1) brüllen.
dûfa f. poet. Seewoge.
duga (1) taugen 1) zu statten kommen, þat
   dugði, at 241, 23. 2) nützlich, tüchtig sein,
   Hav. 135. 3) helfen, beistehen 310, 6. 4)
   geziemen, þat dugir rausnar reckum 243,
   25; Part. n. dugat 204, 6.
dûkr m. Tuch, Tischtuch.
dul f. Anmassung Hâv. 79. aber eb. 57
   ist es wohl das sich Verstecken s. dyljaz.

dulgadrâp n. ein Regale 272, 29, welches
   die Gemeinde zu zahlen hatte, wenn der
   Thäter eines Todtschlags nicht ermittelt
   wurde.
dulið s. dylja.
dûn m. Danne; Lager.
duni m. Feuer poet.
dunr m. Dröhnen, Geräusch.
dur f. pl. Thür, alt st. dyr.
duttu fielen s. detta.
Dvalinn ein Zwerg, Dvalinsleika poet.
   Sonne 189, 8.
dvelja (1) 1) verzögern; dvaldi 93, 25. 2)
   sich aufhalten 211, 31; dveljaz dass. 251, 5.
dvergr Zwerg.
dvergmâl n. das Echo 378, 16.
dvöl f. Verzug, Weile.
dýa, dýja (1) pr. dûði bewegen, schwingen.
Dyflin n. pr. Dublin.
dygð f. Tugend, Gesinnung.
dyggr tüchtig, rechtschaffen, pl. dyggvir.
dylja (1) duldi, verbergen, verstellen m. G.
   253, 6; leuguen, schwed. 277, 30; Part. du-
   liðr, verdunkelt, ungewiss 289, 26.
dynr m. Dröhnen 79, 6.
dyngja f. Frauengemach, ahd. tunk.
dynja (1) dundi rauschen, tönen 47, 15.
dýpi n. Tiefe.
dyr f. pl. Thür, G. dura u. dyra.
dýr n. Thier, insb. nur von den wilden
   Thieren.
dýr, dýr, dýrt theuer, kostbar, tüchtig.
dýrð f. Herrlichkeit, Ruhm.
dýrgripr m. Kostbarkeit 266, s. gripr.
dýrhorn n. Thierhorn.
dýrhundr n. Jagdhund.
dýrk Verehrung.
dýrka (2) dienen, verehren.
dýrkalkr m. alter Rennthierhengst 108, 27.
dýrlegr kostbar 160, 22.
dýrri theurer, würdiger 185, 18.
dýrsveiti m. kostbarer Schweisstropfen,
   des Draupnir, das Gold 47, 29.
dyrvörðr m. Thürwart 291, 7.
dys, dis f. Grabhügel 82, 21.

E.

eð st. et, it, das 219, 28.
eða 1) oder; 2) eða hvat, etwas; 3) in ange-
   schlossenen Fragen: aber 241, 34 u. o. etwa
   151, 6.
eðla f. Eidechse 208, 36; schwed. ödla.
eðli n. pl. Geschlecht SQ. 67; Natur.
eðliborinn ächt.

derum. Eðr of sèr, Weiter sieht man
   51, 5.
eðr 1) = eða oder; 2) = ennr noch, wie-
   ef wenn.
efa st. ifa, zweifeln.
efanligr zweifelhaft 225, 2.
Effia f. eine der orkad. Inseln 245, 10. 22.

efla (1) kräftigen, stärken *m. A.*; efla sik, ihm zu helfen 151, 32; 2) ausrichten, e. blôt, seið 195, 1; 238, 36.

efna (1) wahrmachen, halten u. erfüllen; orð sin, ausführen 246, 23; 314, 2.

efni *n.* 1) Stoff 326, 17; Ursache: Kongs, iarls efni, der welcher zum König, Jarl werden soll, der designirte. 2) Vermö--gen 268, 20. 3) Art; Sinnesart 90, 14; Weise.

efniligr geschickt, stattlich.

efri der höhere, obere; it efra, oben hin, höher hinauf; *Sup.* efstr. sa efsta, d. letzte, efstum zuletzt, neulich 356, 37.

eftir *st.* eptir, nach.

eftirkomendr *m. pl.* Nachkommen 262.

ôga *st.* eiga haben 292, 36 *u. o.*

Egðir *m. pl.* die Bewohner der südlichsten norw. Landschaft 67, 32; *G.* til Agða 189, 35.

egg *n.* Ei.

egg *f.* Spitze, Schneide 84, 12; *poet.* Schwert, *pl.* eggjar, *G. pl.* eggja gnat 56, 19.

egghrið *f.* Schwertsturm, Kampf 189, 29.

eggja (2) aureizen, aufmuntern.

eggjan *f.* Reizung.

eggteinar *m. pl. viell.* die doppelte Kante zwischen den Schneiden des Schwertes, *oder* die Querstücke (da doch teinn Stab ist) 348, 28.

eggtog Schwertzug.

eggþing *n.* Schwertgericht, *G.* eggþings 66, 11, in oder zum Kampf.

Egill 1) ein alter Kg, seine Laufschuhe, d. Schiffe 74, 22; 2) ein berühmter Dichter. *Dat.* Agli 134, 20 ff.

egna (1) als Lockspeise befestigen, *m. D.* Hym. 22; 2) durch Lockspeise (agn) fangen 342, 23.

ei 1) nicht; 2) *zuw. st.* ey, immer *geschrieben.*

eiðfall *n.* Eidesverlust 111, 40.

eiðr *m.* Eid.

eiðrofi *m.* eidbrüchig.

eiðstafr *m.* Eidesformel 263, 7.

eiðvandr eidgetreu, eidsorgfältig 63, 29.

eiga, ek â, *pl.* eigum; *prœt.* âtti, haben *urspr.* als Eigenthum haben 266, 8; 236, 25, *aber oft ganz gleich mit* hafa. — eiga við-skipti við, *und bloss* eiga, eigaz við, es zu thun haben mit, kämpfen mit 351, 32; woran leiden; vildu eigi, at þeir ættiz við, wollten nicht, dass sie sich bekämpften 258, 18; ver ôgum heima â, wir sind zu Hause in 252, 34; þeir âttu við mikit ofreili, sie hatten grosse Uebermacht gegen sich.

eiga *f.* Eigenthum 93, 17; *G. pl.* eigna.

eigi nicht.

eiginn, eigin, eigit eigen.

eigin *n.* Eigenthum; *D.* eigini 133, 8.

eiginkona *f.* die rechtmässige Ehefrau.

eiginligr 1) eigentlich, 2) vertraut.

eign *f.* Eigenthum 73, 3; *pl.* eignir 238, 13.

eigna (2) eignen, beilegen; eignaz sich erwerben, *m. A.* 177, 13; 259, 18.

eik *f.* Eiche.

eiki *n.* Eiche, *pl.* eiki Oðins, die Menschen 56, 18.

eikiröt *f.* Eichstamm oder Dach der Eiche *vgl. alts.* hrôst Dach 53, 16.

eikr *m. st.* eykr, Zugthier.

eilifr *st.* eylifr, ewig 323, 17; 326, 12.

eimi *m.* Feuer Vol. 55 wohl *st.* eymi von *goth.* iuman, tosen.

einarðr kühn, tapfer *st.* einharðr.

einart tapfer 345, 27 *st.* einhart.

einbani *m.* der allein tödtet 61, 17.

eindagi *m.* Termin 122, 31.

Eindridi = Endridi Name Thor's; wird Eisschuhläufer erklärt 52, 8.

eingi keiner, *G.* einigs a: einskis.

einharðr gleichmässig tapfer 79, 6.

einheri *m. gew. pl.* einherjar, die auserlesenen Helden bei Odhin.

einhver einer, jemand *n.* eitthvert *D.* einhverjom, jemandem. *A.* einhvern dag, eines Tags.

einkar *Adv.* einzig 212, 34.

einka dôttir *f.* einzige Tochter 81, 4.

einkis *st.* einskis v. eingi; til einkis, zu nichts, unnütz 252, 18.

einkamâl *n. pl.* einzelne Verabredung 206,8.

einkum vorzüglich, = einkar.

einn, ein, eitt einer; ecki at eins, nicht allein, nicht nur; illt eitt, nur übles; *pl.* einir, *soli'*; þeir einir, at, nur solche, welche 135, 35; dieselben: ein lög, einerlei Gesetze 230, 9.

eininn = einnveg, einneg auch.

einmyrja od. -myr *f.* nur in *dem dunkeln* sem â einmyrju sæi 241, 8; Andre l. eimyrju *st.* eynirju (glühende) Asche, viell. ein grosser Sumpf; oder = eimyrja.

einnættr einnächtig, einen Tag alt.

einnsaman, einsaman, eits., einsam 157, 20; allein 97, 10; 309, 17; *A. f.* eina saman 307, 20.

Einriði *m.* Thor 65, 21 wie Eindriði.

eins 1) auf gleiche Weise, 2) im einzelnen, genau, 3) at eins nur.

eintal *n.* Einzelgespräch 328, 33.

einverjaðr? *n.* einverjat einmenschig, für eine Person 267, 12.

einvigi *n.* Zweikampf 328, 33.

eir = eyr *n.* Kupfer 288, 22.

Eir (Eyr) eine der Asinnen, *mit Gin*
für Weib; die Göttin des Goldes (ormdags)
93, 19; *mit Adj.* die junge 92, 19.
Eirikr *m.* Erich, Blutaxt, gefeiert im Höfuð-
lausn 36, 9; 57, 8.
Eistr die Ehsten, Eistra dolgi, dem Fund
Ehsten, Kg. Önund 55, 1.
eitr *n.* Gift, *D.* eitri.
eitrblandinn gift erfüllt.
eitrdal Giftthal, eitrdropi Gifttropfen;
eiturfár gifttriefend.
eitrhvass giftscharf.
eitrormr Giftschlange 175, 23; 181, 23.
eitrsvalr giftkalt 189, 15.
ek ich; ek ek, ich fahre.
ekit 318, 7; s. aka.
ekki *m.* Schmerz 141, 15.
ekki (nichts) nicht.
ekkert nirgends.
ekkja *f.* Witwe; *poet.* Weib.
ol (él?) *n.* Sturm, *poet.* Kampfsturm 64, 29.
eldaskåli *m.* Küche, Vorstube (eig. Feuer-
zimmer) 98, 7.
eldiskið *n.* Feuerholz 364, 15.
eldr *m.* (elldr) Feuer *pl.* eldar.
eldskið *n.* Feuerbrand 250, 2.
eldstô *f.* Feuerstätte, Camin. ⸗
eldstokkr *m.* Feuerstock, Holz.
elfr *f.* Fluss, *pl.* elfar.
elfa (1) *schwed.* viell. begaben, stiften 222, 31.
elgr *m.* Elk, Elendthier; *die dunkle Be-
zeichnung* 60, 5 alþioð elgiar galga, d.
Volk des Galgen der Elke, ist *viell. ein-
fach* d. Volk der nördl. Berge.
elgver Meer der Elke (Erde); bindr við en-
da elgvers far gotna, Er bindet an des
Landes Ende das Schiff der Männer
186, 30.
elja *f.* Nebenbuhlerin, Nebenfrau.
eljan *f.* Stärke (*mhd.* ellen) 84, 16.
eljunfrockn kampfkräftig SQ. 1.
elkersbotn Wetterfassesboden 185, 18.
ella sonst.
Ella *n. pr.* Kg von Northumberland, fällte
den Ragnar 79, 13; 80, 9; *G. D. A.* Ellu;
niðr Ellu, Nachkomme des E., der König
v. England 148, 7.
ellefti *m.* der elfte.
elli *f.* Alter (senectus), *G.* til elli 363, 20.
elligar sonst.
elliglöp *n. pl.* Altersschwäche 352, 27.
elliligr ältlich.
ellilyf *n. pl.* Mittel gegen Altern 54, 2.
elna (2) sich stärken, mehren 360, 19.
elska *f.* Liebe 236, 18.
elska (2) lieben.
elstœrir Kampfmehrer.

elta (1) ellta *praet.* elti, *part.* eltr verfolgen,
treiben; elti dýrit með hunduñum. ·
elþoll *n.* Sturmbaum (Krieger) 356, 17.
em bin.
Embla Name eines Baums, Vol. 17.
emja (2) heulen, jammern 341, 7.
emni s. efni.
en aber, sondern; 2) *schwed.* wenn.
enda und, auch 89, 20; 125, 2; 243, 29.
enda (2) endigen *imp. m. D.* 260, 25; endaz
im Stande sein, vermögen; überleben;
endiz, endigte sich 220, 26.
endi *m.* Ende, Hintertheil.
endiloysa *f.* Endlosigkeit.
Endill *m.* ein berühmter Seekönig, Sn. E.
208, seine Söhne = Schiffsleute.
endlangr nach der ganzen Länge (bis zum
Ende) þrym. 26.
endr wiederum 91, 9; *u. o.* 2) sonst.
endrbœta wieder büssen, bessern.
endrgefa wiedergeben.
endrgiald *n.* Vergeltung.
endrleysa (1) wiederauslösen.
endrnýa (2) erneuern.
endrþaga *f.* Wiederempfang *G.* -þôgo.
engi *n.* Wiese, Anger, eng *f.* dass.
éngi, eingi keiner, *D.* êngom *u.* êngi 164,18.
A. êngan *u.* êngi; *f.* enga lund, auf
keine Weise.
engill *m.* Engel *pl.* englar.
England *n.* England 135, 24; 220, 22; 218,28.
Englar *m. pl.* die Angeln, Engländer 145, 15.
enn, en, et (auch eð) = inn, der, jener.
G. ens, ennar, *D.* enum, enni etc.
enn 1) noch, wieder. 2) als *nach Comp.
zuw. ungenau* st. en, aber. 3) als dass *m.
Conj. u. Ind.* 286, 2; 374, 18.
enni *n.* Stirn.
ennibreiðr breitstirnig 145, 34.
ennispånn *m.* Bret der Stirn (des Schif-
fes) *pl.* e-spænir 216, 30.
ensak Geldbusse, die jemand allein zu gute
kommt, vgl. endrgiald, *schwed.* 274, 11.
Enskr englisch 226, 33.
eptir 1) nach; eptir þeim, nach ihrem Ab-
gange 226, 29; soekja eptir dýrinu 318, 9;
eptir mik, nach meinem Tode; 2) längs,
eptir firðinum, längs des Meerbusens
(darauf hin), ût eptir, daran, darauf hinaus.
3) gemäss, nach (*secundum*) *m. D.* 188, 18;
193, 13; *Adv.* danach.
eptirâ danach.
eptirbâtr *m.* 1) Nachboot, Schaluppe 286,
42. 2) Nachtreter, nachstehend, *m. G.* 88, 9;
vgl. yfirbåtr.
eptirlångan *f.* Verlangen, Eifer.
eptirlåtr nachsichtig.

eptirmål *n.* Halsgericht, actio cædis.

eptri der hintere.

er, ihr SQ. 50, 36.

er, ert, er bin, bist, ist.

er 1) *allg. Relat.* welcher, welches etc. *für*
· *alle cass. mit u. ohne Dem.* — 2) *Conj.* als,
da; *oft auch mit* þå: þå er hann så, als
er sah. 3) wenn 206, 38 *u. o.* 4) dass.

erat es ist nicht, erumk mir ist.

erendi *m.* (= erindi, örindi, eyrindi) Bot-
schaft, Geschäft, Vorhaben 367, 16.

erfa (1) 1) erben, 2) Erbmahl halten.

erfö *f.* Erbschaft.

erfi *n.* Begräbnissmahl, Erbschmauss 291, 37.

erfiði *n.* Arbeit, Mühe.

erfingi *m.* Erbe.

erfinyti *m.* Erbgeniesser, Erbe *A.*-nytja.

erindislauss ohne Ausrichtung.

erindreki *m.* Botschafter.

ermi *f.* Aermel, *pl.* ermar 102, 11.

ernir *pl.* 351, 29, s. örn Adler.

ern 1) frisch, rasch 54, 20. 2) arbeitsam,
strebend, ernst.

err wie errinn tüchtig 242, 3.

èska *schwed.* wünschen, fordern *ahd.* eiscon.

eski *n.* 1) Esche; 2) ein kleines Gefäss
197, 38.

eta, ek åt, åtum; essen, verzehren.

etja (1) *pr.* atti, *conj.* etti 49, 10. 1) an-
reizen, hetzen; *m. Dat.* iöfrum, die Könige
49, 11. 2) kämpfen 161, 7.

etja *f.* Kampf.

etjulund *f.* Kampfsinn, iöfra etjulund at
setja, den feindl. Sinn der Könige nieder-
zusetzen 63, 33.

ey *f.* Insel; *G.* eyjar.

ey = æ, 1) immer. 2) nicht 49, 10.

eyarskeggjar *m. pl.* Inselbewohner.

eybarmr *m.* Inselbusen.

eyða (1) eyðddi, ausleeren, vernichten, *m.*
D. Part. eytt 372, 36.

eyði *n.* Einöde, Heide, Oede.

eyðiligr wüstenähnlich, unansehnlich 69, 2.

eyðimörk *f.* wüste Heide.

eyðögg *f.* Inselthau ist das Blut, sein
Drache das Schwert, eyðöggvar orms
höggvinn, des Blutdrachen d. h. von ihm,
gehauen, vgl. holmgaugr.

eygör beaugt, vcl; *in Zustegen auch* eygr.

eyglôa *f. poet.* Sonne.

eyvita *f.* Thorheit a (st. ôvit? ei-vit).

eykr *m.* Zug-, Lastthier, Pferd; *pl.* eykir
aurborös, die Pferde der See, die Schiffe
66, 33; eyki beita 360, 11.

eykt *f.* 1) Achtel eines bürgerl. Tags, Zeit
von 3 Stunden, 2) die 8 St. nach Sonnen-
anfgang; daher eyktarstaðr, das Ende
der ersten 8 St., durchschnittlich 4½ Uhr
nach Mittag 285, 38.

Eykundasund *n. pr.* eines norw. Sundes
68, 30.

eymr *m.* Feuergluth; Dampf.

eymyrja *f.* Gluthregen vgl. kald-yrja.

Eynefir ein Seekönig, s. Laufschuhe sind
die Schiffe 76, 7.

eyr *n.* Kupfer, Erz.

eyra *n.* Ohr, *pl.* eyru.

eyra (1) 1) schonen *m. D.* 2) sich begnü-
gen, behagen; *Comp.* hanom eyrir illa, es
behagt ihm übel, *st.* eira *von* er *f.* Ruhe.

eyraruna *f.* die Vertraute, Ehefrau.

eyri *f.* Küste, Ufer, *poet.* für Insel 94, 19.

eyrir *m., pl.* aurar, das Vermögen, Geld;
bes. eine Unze, Ör, deren 8 eine Mark
machen.

eyrindi *n.* 1) = örendi, Botschaft 179, 28;
eyrindi hafa, es ausgerichtet haben 345, 1.
2) Strophe eines Gedichts 191, 12; 33.

eyrnastör grossohrig.

eysa *f.* glühende Asche.

eyskra (2) unruhig sein, toben 355, 12.

eytt *n. des Part. v.* eyða.

F.

få *n. pl. v.* fårr. 2) *n. D. sg.* davon, Håv. 33
st. fau.

få, ek fæ, fèkk *pl.* fèngum, *Part.* fen-
ginn 1) fassen, anfassen Hým. 34; *mit*
at, zu etwas greifen 228, 30 (innerlich) er-
fassen, *m.* å, Håv. 93; mer fær mikils,
mich ergreift stark, bewegt schr 292, 35;
293, 10; 357, 10. 2) nehmen, *u. zwar* weg-
nehmen 94, 3; 247, 35; sich verschaffen,
m. G. 120, 32; 229, 20; *m. A.* 140, 22; 288, 35,
få til, herbeischaffen 289, 14; *bes.* (zur Frau)

nehmen, *m. G.* 73, 12; 101, 18; 150, 8. 3)
·empfangen *m. A.* Nachrichten 203, 28; Wun-
den 167, 5; den Tod 120, 24. 30; 158, 9;
260, 12; gewinnen 151, 23; erreichen 136,
32; 234, 28; bekommen, Schaden 210, 6;
339, 9; Tadel 283, 6; in etwas gerathen
309, 3; *poet. m. G.* gewinnen Håv. 107;
Ruhm (tirar) 65, 16. 4) geben (eig. fas-
sen lassen 255, 6; 338, 12) 73, 21. 30; 154,
13; 206, 31; 247, 37; 311, 10; 314, 4; 347,
16; 366, 11; verursachen Hým. 3; 213, 40;

til få, dazu geben 362, 3, einsetzen 137, 20,
5) *m. Part.* vermögen: fèkk uppstaðit, vermochte aufzustehen 104, 14; få ei borit
hann, vermögen ihn nicht zu tragen 315, 38.
So *auch* 91, 24; 177, 15. 33; 203, 2; 313,
30; 316, 22. 6) *pass.* fàz, erreicht werden
199, 26; 357, 33; zu finden sein 162, 27;
175, 4.
få (1) fàði, *part.* fàðr. 1) putzen; gulli fàðar vals grundar gengu at bröndum, die
goldgeschmückten Habichtsboden, d. Hände,
gingen zu den Schwertern 75, 9. 2) mahlen 52, 13, s. bif, zeichnen, Runen 39, 6.
faðir *m.* Vater; *G.* föður, *pl.* feður, feðr.
faderni *n.* Vaterschaft; väterlich Überkommenes, Erbdienerschaft.
faðma (2) umarmen.
faðmr *m.* 1) Busen, 2) Klafter.
faðrarfr *m.* Vatererbe.
fæð *f.* Feindschaft, Hass 233, 13; 269, 26.
fæka (1) vermindern 373, 21.
fæla (1) schrecken; faelaz, sich fürchten
230, 15; 358, 17.
fæla *f.* 1) Schrecken, 2) Schreck.
færri weniger; fæstr wenigster; et fæsta,
zum wenigsten 124, 23, *s.* fårr.
fæz *s.* få (fanga).
fågan *f.* Verehrung, Cultus 389, 24.
fagna (2) sich freuen, *m. D.* 78, 5; bes.
fröhlich, gastlich empfangen, *abs.* 198, 3;
gew. m. D. þeim var vel fagnat, sie wurden gut empfangen.
fagnaðr *m.* Fröhlichkeit, Bewillkommnung.
fagnaðaröl *n.* Willkommenbier 160, 23;
162, 1.
fagr (auch fagur) fögr, fagurt glänzend,
schön; fagrt 153, 17, *pl.* fagrir.
fagrahvel die Sonne, (glänzendes Rad)
189, 3.
fagrbúinn schön gerüstet.
fagrbyrðr *f.* glänzende Bürde (Granis, d.
Gold); *D.* -byrði 47, 28.
fagrliga geziemend 264, 29.
fagrrauðr schön roth, Vol. 41.
fákunnigr wenig kundig.
Fála ein Tröllweib, ihre Pferde, Wölfe 75, 18.
fålátr, fålegr schweigsam.
faldr *m.* 1) Borte, Verbrämung, Aufsatz,
Tuch; 2) ein weibl. pyramidaler Kopfaufsatz, der Kopfbund, *pl.* faldar 378, 32.
falda (1) verbrämen, schmücken; hialmi
faldin, helmgeziert.
fall *n.* Fall, Tod.
falla fèll, fallen; aufhören; falla með, beifallen, fallaz um, entfallen, ausgehen; falinz at, sich einander anfallen, angreifen
104, 7; vel fallit, geziemend 331, 7.

fálma (1) umhertasten wie ein Blinder;
poet. zittern, zagen.
fair das untere Ende des Wurfspiesses, das
in den hölzernen Griff geht 139, 26; *D.
m. Art.* falnum 139, 28.
falr, föl, falt feil, *pl.* falir 266, 1; *unser*
fahl *ist* fölr.
fals *n.* Betrug, Falschheit.
falsguðar Truggötter.
fåmálugr wenig sprechend.
fanda *norw.* gehen 268, 19.
fång *n.* 1) Busen, Schoss 98, 13; des Kleides 119, 21; 2) Kampf 93, 7; 3) Fang, Erwerb *pl.* 261, 14; bes. Unterhalt, Lebensmittel, Zeug.
(fånga) *s.* få, fæz til ist zu erreichen,
ist vorhanden 261, 31; 357, 33. *Part.* fenginn, *sp. zuw.* fangðr, *pl.* fangt 210, 16.
fangafúlar *schwed.* gefangne Verbrecher
302, 6.
far *n.* 1) Fahrt, Weg 52, 21; Stand 281, 27,
u. daher Weise 55, 9; 83, 29. 2) Fahrzeug, Schiff SQ. 51; 140, 22.
fàr *n.* Gefahr.
fàr wenig, s. fårr.
fara ek ferr, för: fahren: reisen, gehen;
hafði farit, war gefahren; ferr sva, es geht
so; þanueg mun farit hafa, es wird so
zugegangen sein 225, 13; verfahren mit;
fara með, an sich haben 123, 32; fara *m.
D. und* offara *m. D.* verlieren 129, 16; 335,
42; fram fara, vor sich gehen 363, 9; ferr
fiarri, at, es ist weit entfernt, dass 328, 4;
fara *m. A.* erlaufen, erreichen 140, 16;
313, 32; faraz ergehen 161, 27; verloren
gehen, umkommen. *P.* farinn gefahren,
dahingefahren, zu Ende 131, 36.
Farbauti *m.* Lokis Vater (Fahrtheld).
fårbioðr *m.* Gefahrbieter; Skota, der
Feind der Schotten 56, 23.
fardagr *m.* der Abzugstag 115, 1.
farðir *f. pl.* Begebenheiten 52, 12; wo þeir
für þær, *A. pl. fem.* zu nehmen.
fårhugi *m. wahrsch.* Gefahr 49, 4.
farmaðr *m.* in Reise-Mann.
farmr *m.* Last 286, 41; die Last der Arme
Sigyns 53, 20 ist Loki ihr Gemahl.
fårr, få, fått wenig; *sg. st. pl.* 78, 5; *G.
m.* fàss; *N. pl.* fåir. *A. pl.* fåa 255, 18,
und få 328, 31; *f.* fàr 90, 9; fått manna,
wenige Männer *fått var með þeim, es
war wenig (Verkehr) unter ihnen; farr *sg.
coll.* 337, 12; *Comp.* færri, *Sup.* fæstr.
farvegr *m.* Reiseweg 292, 14.
fast *adv.* fest; fasta (2) fasten.
fasta *f.* Fasten, die Fastenzeit 324, 13.
fastmæli *n. pl.* Gelöbnisse 237, 7; 377, 11.

fastna (2) Ehe schliessen, verehelichen, verloben.

fastr fest; karg.

fat *n. pl.* fôt, Gefäss; *pl.* Zeug, Kleider 365, 2; vgl. 114, 32.

fatabûr *n.* 1) Vorrathskammer, 2) Schatzkammer 299, 22.

fâtœki *n.* Armuth 162, 37.

fâtœkr arm, dürftig, vgl. arftœkr v. taka.

faxi *m.* gemähnt; Pferd.

fê *n.* 1) Vieh, 2) gew. Geld, 3) Vermögen, *pl.* Einkünfte, Kasse 122, 28. — *G.* fiâr, *D.* fê (*m. Art.* fênu) oder fêi (Isl. 1, 304) *A.* fê, *m. Art.* fêit 241, 31 ; *pl. N. A.* fê, *m. Art.* fêin, *D.* fiâm; *poet. G. sg.* fês 179, 40.

feðgar *m. pl.* Vater und Sohn.

feðr *m. pl.* Väter, Vorfahren; *auch Nebenform des D. sg.* von faðir.

feðrni st. faðerni.

fêfâng *n.* Vortheil, Beute.

fêgiarn geldgierig.

feginn vergnügt, froh, *m. D.* 57, 2.

fegri *Comp. von* fagr.

fêgrið *n. pl.* Vermögensfrieden.

fegurð *f.* Schönheit.

fegurst *Sup.* v. fagr.

fêhirdir *m.* Schatzmeister 158, 35.

feigð *f.* Todesnähe, die letzte Stunde als Person; *f.* kallar nû at mer 345, 15.

feigr dem Tode nahe.

feikn *f.* Ungeheures; feikna fœðir, Ungeheuererzeugerin SQ. 31; feiknfull, verbrechenvoll 83, 27.

feiknstafir *m. pl.* ungeheuere Rede 81, 22.

feila (2) sich schämen, beschämen.

feita (1) mästen; aufziehen, Hâv. 87.

feitr, feit, feitt fett *n.* 338, 21 ; 340, 28.

fela *praet.* fal, verbergen, einstechen; anempfehlen; f. à hendi, überliefern 134, 7; *P.* folginn, verborgen. þrym. 7.

fêlag *n.* Gemeinschaft.

fêlagi *m.* Genoss, Kamerad.

feldarskaut *n.* Rockschooss 297, 16.

feldinn, feldr geschickt; billig.

feldr *m.* Rock (eig. Fell, Pelz), *G.* feldar 298, 2; *D.* feldi 113, 32; 376, 23; *A. pl.* feldi; *anomal* felda 72, 31.

feldr geschickt 258, 1, s. falla.

(felga) s. fela.

fella (1) fallen, tödten; 2) fallen lassen; versäumen 274, 4; fella niþr, unterlassen 208. 15; 271, 9; 3) zurüsten, mit etwas versehen, af gulli 348, 14, *wo a. L.* fetla.

felliniörðr flötta, der Fäller der Fliehenden, Niörðr *periphr.* für Mann 68, 3.

fellir *m.* 1) der fällende, 2) Niederlage.

felmsfullr furchtvoll 208, 14.

felmr 1) Furcht, 2) furchtsam.

felughare *schwed.* zahlreicher 384, 9, s. fiölga.

fêmunir *m. pl.* Geldkräfte 371, 36.

fen *n.* Sumpf; *poet.* Wasser, fen benja minna das W. meiner Wunden, mein Blut 96, 5.

fênaðr *m.* Vieh, *G.* fênaðar 285, 34.

fengeyðandi *s.* eyða; flioþa fengeyþandi, die Verschwenderin des Frauengewinns, d. i. die freigebige 50, 11.

fengi *n.* fengr *m.* Fang, Gewinn 214, 14.

fengsæll beuteglücklich 72, 6.

Fenja *f.* 1) Riesin, 2) eine von Kg Frodis Mägden, die er Gold mahlen liess.

Fenrir *m.* der Riesenwolf, der zuletzt den Mond verschlingt, Vol. 39.

ferð *f.* Fahrt; Reisegenossenschaft.

:erðaz (2) sich auf die Reise machen 255, 34.

ferlegr gräulich, ungeheuer.

ferliki *n.* Scheusal 155, 33.

fernir, fernar, fern, je vier.

ferstrendr viereckig 139, 25.

fertugr ein Vierziger.

fêsœrandi *m.* der Geldverschwender, der Freigebige 197, 40, a. L. fêœranda.

fêspiöll *n. pl.* Sprüche, Zauber zum Gelderwerb Vol. 30.

festa *f.* Vertrag; Pfand; Pacht.

festar *f. pl.* Verlobung 161, 26 s. festr.

festa (1) festmachen 181, 23; bes. mit Handgelöbniss, sich verloben.

festakona *f.* die Verlobte 275, 15, st. festarkona 237, 9.

festr *f.* Band, Kette, Vol. 43. 2) Vertrag *pl.* festar, Verlobung, Caution. *G. sg.* festar; *D. A.* festi.

fet *n.* Fuss (als Maass); Schritt; Spur.

feta, fat, gehen, erreichen, *m. Inf.* 55, 19: ich gänge vorzutragen, möchte reden.

fetill *m.* Schwertgürtel fetils svel, sein Eis, st. das Schwert 56, 17.

fetilsylgja *f.* Spange d. Gehängs 262, 38.

fetla (2) den Schwertgurt machen 348, 14 (*a. L. st.* fella).

feykja (1) fortblasen.

feyknarkuldi *m.* ungeheure Kälte.

fiâ (1) feindselig sein, hassen.

fiaðrablað *poet.* Federblatt, Flügel; fiaðrablaðs leikregin, der Flügelspiel-Gott, der fliegende 54, 19.

fiaðrhamr *m.* Federkleid.

fialbr Berg; fialbr ôlâgra giàlbra, der Berg ungeringer Töne, das lauten Echos ertönende Gebirge; ein Bär (holmr) des wiederhallenden Gebirgs heisst der Riese 51, 31 *f.*

fiall n. (pl. fiöll) Berg; fialla Finnr, Berggeist, Riese 54, 26.
fiallbûi m. Bergbewohner (Riese).
fiallgarðr m. Bergrücken.
fiallgyldir m. Bergwolf, poet. Adler 53, 5.
fiandi m. Feind, insbes. Teufel.
fiandskapr m. Feindschaft.
fiâr m. Art. fiârins, Gen. v. fè.
fiara f. 1) der Strand 86, 7; 228, 27; 2) Ebbe G. D. A. fiöru 285, 18.
fiârafli m. Gelderwerb.
fiârgiöld n. pl. Geldersatz, Busszahlungen.
fiârhald n. Vormundschaft, Verwaltung.
fiârheimta f. Geldforderung (exactio).
fiârhlutr m. Geldtheil, Vermögen.
fiarkominn weit entfernt, m. til, von 96, 29.
fiarlœgð f. Abstand.
fiarri, fiarr Adj. gew. Adv. fern.
fiârtiön n. Güterverlust 373, 28.
fiârvarðveizla f. Vermögensverwaltung.
fiarvist f. Abwesenheit.
fiðr = finnr Hav. 24, v. finna.
fiðri n. Vogelfedern, Gefieder 287, 21.
fiet Spur schwed. 275, 3 st. fet.
fîfa f. Name eines Schiffes 213, 1; nach Sn. E. Sv. p. 115 Pfeil.
fîfl n. 1) Ungeheuer, Dämon (vgl. fimbul) Vol. 45; 2) gew. Thor, Narr.
fimbulfambi ein mächtiger Narr Hâv. 104.
fimbultýr m. der grosse Gott Vol. 58.
fimbulþulr m. mächtiger Redner Hâv. 80.
fimm fünf.
fimtadagr Donnerstag 103, 25.
fimtân funfzehn; Ord. fimtândi.
•fimvikur, at fimmvikum, fünf Wochen vor Wintersanfang 112, 8.
fingr m. Finger; im Gothl. n. 168, 1.
fingurgull n. goldner Fingerring 179, 17.
finna, fann, fundum, finden, empfinden; hann fiðr, er fndet; aufsuchen, heimsuchen Hâv. 44, treffen 337, 12.
Finnr pl. Finnar, der Finne 330, 3; 359, 11. 2) ein Zwerg Vol. 16, ein Geist; fialla Finns ilja brû, die Brücke (Unterlage) der Sohlen des Berggeists ist der Schild 54, 26.
fiöðr f. 1) Feder; 2) Stange (des Spiesses ohne die Spitze). G. fiaðrar, pl. fiaðrar 47, 15; sp. fiaðrír.
fiogra s. fiorir.
fiöl f. Bret.
fiöl n. 58, 1, viel; sonst nur in Compos.
fiölbliðr vielfreundlich.
fiölbygðr vielbebaut, bewohnt 210, 18.
fiölga vermehren m. A. 375, 6.
fiölgegn vielnütze, trefflich.
fiöld adv. viel m. G.

fiöld f. fiöldi m. Menge.
fiölhöfðaðr vielhauptig Hŷm. 36 (wo Cod. Reg. ungenau fiölchöföaðr hat).
fiölkunnugr vielkundig, bes. zauberisch, Zauberei treibend 330, 2.
fiölkyngi n. Zauberei 203, 1; 247, 10.
fiöllami m. (fiörlami) Todesschlag 51, 29.
fiöllôttr bergicht.
· fiölmenna (1) grosse Begleitung suchen 113, 41; 147, 27; fiölmennti, kam mit gr. Begl. 294, 42.
fiölmenni n. grosse Menschenmenge 143, 9.
fiölmennr zahlreich; mit grosser Begleitung versehen, Comp. 201, 28.
Fiölnir m. Beiname Odhin's.
fiölnýtr vielnütze, sehr gut, bieder.
fiör n. Leben, Lebendigkeit, D. fiörvi. ·
fiör m. Baum, Holz G. pl. fiora viell. der Schwerter 115, 16.
fiörbaugr m. Lebensbusse s. baugr.
fiörbaugsgarðr m. 1) das Gehege an Gerichts- u. a. heiligen Plätzen, welches Verbannte nicht überschreiten durften 110, 36; 2) die mildere Verweisung gew. nur auf 3 Jahr u. ohne völliges Vogelfreisein 125, 33.
fiörbaugsmaðr Verbannter.
fiörðr m. (G. fiarðar, D. firði) Meerbusen, pl. Firðir (D. Fiörðom) eine norw. Provinz.
fiorði der vierte.
fiorðûngr m. Viertel, 2) die Zeile in der Strophe 191, 34 ff. gew. die Langzeile 127,30.
fiörgrið n. pl. Lebensfriede.
fiörgyn f. Erdgöttin; poet. Erde.
fiorir, fiorar, fiögur vier, G. pl. fiogra.
fiörlag n. Lebensende.
fiörlausn f. Lebenseinlösung, pl. lausnar 348, 19 dass.
fiörleigi wahrsch. st. fiörlegi (D. v. lögr) 58, 3: das Volk hielt sich nicht stehend, vor dem Lebensfluss, dem fliessenden Blut.
fiörsött f. Krankheit zum Tode 255, 22.
fiörspillir m. Lebenszerstörer; f. bölverðungar Belja, der Umbringer der übeln Gefolgschaft Belis, ist Thor 51, 31.
fiortân vierzehn.
fiöt n. pl. Hinderniss; Schicksal.
fiötr m. Fessel, Blockfessel 119, 5; pl. A. fiötra.
fiötra (2) fesseln Hâv. 13.
fîrar m. pl. G. A. fîra Menschen poet.
firðar m. pl. Wachthalter, Mannen 56, 8; 356, 17.
firðr part. v. firra entfernt, íþrótt vammi firða, eine fehlerlose Kunst 61, 2.
firði s. fiörðr Meerbusen.
firn n. pl. Wunder.

firna (2) wundern, sich verw. über, m. G.
auch imp. mik firnar.
firnari ferner, Comp. zu fiarr.
firr, weit fort Håv. 34 Adv. des Comp.
firri, u. des Pos. fiarr.
firri Comp., firstr Sup. v. fiarr.
firra (1) entfernen, berauben; m. D. vilja
firð, der Lust beraubt SQ. 24; firraz sich
entfernen, fliehen SQ. 26, pr. firði.
fiska (2) fischen.
fiskiveiðr f. Fischfang 341, 41.
fiskr m. Fisch.
fit f. G. fitjar; 1) die Fläche des Fusses
u. der Hand; hnê firða fit, es neigte sich
der Männer Fuss 56, 8; 2) Rand, Leiste
am Tuch, am Gewebe die Querfäden; 3)
die Schwimmhaut der Vögel.
fitiungr etwa Fettling Håv. 78.
fiuk n. Schneefall 240, 7.
fiuka IV. 1) stürmen, fliegen, fauchen (vom
Winde, Schlage), fiuka af, abfliegen 308, 8.
2) zornig stürmen, wüthen.
fiukr m. (fauchender) Sturm, ein Beiname
116, 7.
flå praet. flô, part. fleginn (die Haut) ab-
ziehen 362, 8; ahd. flâwian, ags. fleån.
Flaemingjar m. pl. die Flamländer 75, 36.
flærð f. Schmeichelei pl. -ir 42, 4.
flagð f. Riesin, Ungeheuer; ihr Ross ist
der Wolf 56, 23; hlîfar f. ist die Streitaxt.
flår, flå, flått schmeichlerisch, falsch,
Håv. 45; D. pl. eb. 123, Sup. flåst eb. 91.
flåråðr dass. eig. falschrathend Håv. 120.
flatr, flöt, flatt flach.
flaug f. Flug, fliegendes, z. B. Pfeil.
flaumr m. 1) schneller Lauf, Uebereilung;
2) Zorn 92, 26.
flaumsdômr m. übereiltes Gericht.
flaustr m. 1) Jacht, Schiff, fl. î blôði þrumdi
55, 30; 2) Uebereilung.
fleigja st. fleygja.
fleinn m. Wurfspiess; við fleina hnit, durch
der Spiesse Stoss 56, 8.
fleindrîfa f. Schneien von Wurfspiessen,
Spiesshagel, vom Kampfe, ebenso flein-
þing.
fleipra (2) plappern 364, 5.
fleira adv. mehr.
fleiri, fleiri, fleira mehr.
flêsk n. Speck 119, 26. 28.
flêstr, flêst, flêst, meist = πλεῖστος.
flet n. 1) Haus Håv. 1; D. pl. fletjom 35,
eig. Halle; 2) Schemel, Banksitz; föru
þeir um flet ok um bekki 361, 32.
fletja f. Decke.
flêtta (1) entblössen, ausziehen, berauben
m. D. 266, 15; 345, 4.

fley n. ein (flüchtiges) Schiff.
fleygja schwingen, werfen, m. D. 256, 30.
fleygjandi der Verschwender (des Gol-
des), der freigebige 187, 1; wozu als Comp.
seim gehört.
fleyskip n. Jacht 345, 40.
fliod n. Jungfrau, Weib Håv. 79, 92, 102.
fliot n. Fluss.
fliota flaut flutum, fliessen, schwim-
men SQ. 24. 66, 13.
fiotlega schnell.
fliotr schnell; bereit, til 334, 3; n. fliott
alsbald.
fliuga, flaug (flô), flugum, fliegen; flô
upp 229, 7; flýgr upp, fliegt auf 183, 5;
flô î två hluti, flog entzwei 370, 8.
flôð n. 1) Fluth, 2) Flüssigkeit.
flôðhyr Flutfeuer d. Gold; flôðhyrs fold
ist die Goldträgerin 240, 26.
flœðarmål n. Flutspur, der oberste Was-
serstandstreifen am Strande.
flœðr f. Flut, D. A. flœði G. flœðar.
flockr m. 1) Abtheilung, Haufe; 2) ein kür-
zerer Gesang.
flot n. 1) geschmolzen Fett; Fleischbrühe
200, 29; 2) die Flottmachung des Schiffs,
das Fliessen; 3) das Flüssige, poet. Meer
55, 10.
flotbrûsi m. Bock (brûsi) des Meers poet.
Schiff Hým. 25.
floti m. 1) Floss, Kahn, 2) Flotte 63, 27.
flotnar m. pl. Seelente 58, 1.
flotnavörðr m. der Schiffsleute Wächter.
flôtti m. 1) Flucht 67, 21; kom iöfri flôtta
å bak, brachte den Fürsten zum Zurück-
fliehen (wo auch å bakflôtta mögl. wäre)
137, 26; snêruz å flôtta, wendeten sich zur
Flucht. 2) die Geflohenen: råku flôttann,
verfolgten die Geflohenen (mit Art.) 105, 27
und oft vgl. 68, 2.
flug n. Abgrund 373, 18, eig. Flug.
fluga f., poet. fliegender Wurfspiess; 2)
Fliege.
flugdreki m. fliegender Drache; såra fl.,
der Speer 78, 27.
flugr m. Flug 184, 1.
flutnîng f. Fortschaffung, Rede, Vortrag.
flýa, flýja (1) fliehen; flýðo, sie flohen;
hafði flýit, war geflohen.
flytja (1) flutti, 1) flötzen, wohin bringen,
schaffen 285, 26; 138, 4; 197, 11. 2) vor-
bringen, eine Sache, Rede; vortragen 87,
38; 88, 6; Part. flutt 219, 12: 289, 24.
fnasa (2) schnauben þrym. 12.
fôðr n. Futter 285, 34.
fôðurarfr m. Vatererbe.

fóðurleifð *f.* väterliche Verlassenschaft 73, 6; 317, 9.

fögnuð *f.* Freude, Erfreuung Hâv. 132.

fœða (1) 1) gebâren, 2) ernähren, erziehen; fœðaz, geboren werden 185, 18; 186, 28; *P.* fœddr, geboren 341, 37.

fœða *f.* Speise.

fœðing *f.* Geburt.

fœðir *m.* Ernährer, Nährerin SQ. 31.

fœðsla *f.* 1) Speise, 2) Erziehung.

fœðsluleysi *n.* Nahrungsmangel 373, 28.

fœgja (1) reinigen 336, 26; glätten.

fœgir *m.* der glatt, fröhlich macht; f. sâga folka, Erfreuer der Leute Sagas, der Kriegsmänner 93, 7. Nach der Lesart folska s. erklärt Eg.: Schmücker der' Aschengöttin, der Frau —, fœgi 58, 11. s. iara.

fœrr 1) gangbar, 2) bereit, gerüstet, geschickt; fœrt, zu fahren; ekki ætla ek oss fœrt (sc. vera) ich glaube nicht, dass wir fahren dürfen 140, 16.

fœra (1) führen, bringen; mit Unterhalt versehen; fœraz, sich eilen, bewegen, sich begeben wohin, anthun (Kleider), Macht Hym. 31, f. or stað, aus d. Stelle bringen 239, 25.

Fœreyjar *f. pl.* die Förö-inseln.

Fœreyingar *m. pl.* die Bewohner *ders.*

fœri *n.* Gelegenheit.

föl *s.* falr, feil.

fölr *pl.* fölvir, fahl, bleich 336, 31; dunkel.

fold *f.* Erde, Boden, *m. G. poet.* Trägerin, f. flóðhyrs, die Tr. des Flussfeuers, die Frau 92, 26.

foldardrottinn Herr der Erde, Oðinn.

foldgnárr landüberragend, beherrschend 148, 7: nú hefir f. harra höfuðbaðmr fellda þriá iöfra, nun hat der landregierende Herrenspross drei Könige gefällt.

folk *n.* Volk, Schaar.

folkeflandi der Schaaren kräftigende.

folkiara *f.* Volkkampf 190, 29.

folkvaldr Volksführer; folkvíg *n.* Völkermord; folkdrótt, Völkerschaar. .

fölksvi *m.* die weisse noch unzerfallene Asche eines Dinges 180, 27. 31, v. fölr.

folkþorinn schaarenkühn 344, 9.

för *f.* Reise, *pl.* farar *dass.* 93, 24.

forða (2) schützen, in Sicherheit bringen; *m. D.* 312, 40.

fordæða *f.* Hexe, Zauberin 50, 11; *für* Hildr.

forðom, forðum, ehedem, einst 76, 2. `

förðuz *Praet.* v. ferjaz, fahren, reisen.

foreldrar *m. pl.* Voreltern 373, 23.

foreldri, forellri 373, 25; Vorfahren.

forfaldr *m.* Vordecke, *oder st.* forfall, ein Kissen (vor einem Altar) 267, 29.

forfall *n. pl.* Ehchaften, rechtl. Hindernisse 274, 41.

forfallaz (2) gehindert werden.

forfaraz verloren gehen.

fôrk *st.* för ek, ich fuhr 356, 32.

forkr *m.* Keule 244, 21; *D.* fork 244, 29.

forkunnu *f.* Wunder; forkunnar vel, wundervoll gut.

forlendi *n.* Land vor dem Felsengrunde.

forliotugher *schwed.* verbannt.

forlög *n. pl.* Schicksal 79, 11; 287, 13.

formaðr *m.* 1) Vormann, Oberhaupt 347, 14. 2) Vorgänger. 3) Schiffscapitain.

forma (2) 1) formen, 2) zielen *m. D.* 346, 29.

formælandi Fürsprecher Hâv. 25, 63.

formáli *m.* Vorrede 101, 5.

forn alt, *Comp.* fyrni, at forno ehedem.

fôrn *f.* Opfer 322, 26; 154, 1.

fornafn *n.* Pronomen 192, 10.

förneskja *f.* Zauberei, Wahrsagung 103, 19.

fornkveðinn altgesprochen; *n.* it fornkveðna, das alte Sprichwort 108, 28.

fornspiöll *n. pl.* alte Erzählung Vol. 1.

forráð *n.* Anführung 137, 19; Verwaltung, Besorgung 133, 11. *pl. dass.*; hafði til forráða, hatte zur Verwaltung 231, 40; 347, 25.

forrœði *n.* 1) Anführerschaft 357, 24. 2) Verrath.

fors *m.* Wasserfall 181, 2.

Forseti einer der Asen 182, 11.

forskylda = forskulda verdienen.

forstiori *m.* Regierer 259, 34.

forstofa *f.* Vorstube 118, 12.

förunautr *m.* Fahrtgenoss *D.* -naut 158, 4.

föruneyti *n.* Reisegesellschaft 211, 27; 286, 27.

forverk *n.* Hausarbeit.

forvitna (2) verlangen; forvitnaði miök at siä, war sehr begierig, zu sehn 351, 26.

forvitni *f.* Neugier 285, 20; *n.* 211, 24.

forvíst *adv.* fürwahr.

forvitri klug, vorhersehend.

forþiena, forþæna verdienen *schwed.*

foss *m.* = fors Wasserfall, *D. pl.* fossum wasserfallartig 241, 22.

föstoinngangr Eingang der Fastenzeit; *G. pl.* 122, 16.

fôstr *n.* Erziehung, Pflege.

fôstra (2) aufziehen, in der Pflege haben.

fôstri *m.* 1) Pflegevater 85, 17; fôstri öndurgnós, der Ernährer der Skaði ist Thiassi 53, 20 ff. 2) Pflegling.

fôstbróðir *m.* 1) Pflegebruder, 2) Kamerad.

fôstbrœðralag *n.* Bruderschaft, *bes.* der Wikinger Waffenbruderschaft 361, 23; 377, 6.

fôstrman *n.* Pflegemagd.

fôstrsyzkin Pflegegeschwister.
fôstudagr *m.* Freitag 103, 20; 123, 3; der lange F. ist der Charfreitag 106, 5.
fôtgelr (*D.* fôtgulum) gelbfüssig 73, 21.
fôthöggva Fuss abhauen.
fôtr *m.* Fuss, *D.* fœti 178, 5; *N. A. pl.* fœtr 153, 21; 294, 18 *schwankt ins fem.*
föxôttr gemähnt, haarig 364, 37.
frâ von (Gegensatz v. til, zu), frâ siônum, von der See her, od. weg; tala frâ, sprechen von, über etwas 253, 19; 65, 1.
frâ, *pl.* frâgum, erfuhr s. fregna.
frægð *f.* Ruhm, *G.* frægðar 240, 13, ruhmvoll; frægðarmark Ruhmzeichen; frægðarverk Ruhmwerk 118, 4.
frægja (1) berühmen (eig. erfahren machen v. fregna).
frægr, fræg, frægt bekannt, berühmt (v. fregna frâ, wie *alts.* gifrâgi) *Comp.* frægri; mer frægri, berühmter als ich 80, 22. — *A. m.* frægan u. frægjan 187, 1.
frœndgarðr Vaterland.
frœndi *pl.* frændr (eig. Freund), Verwandter.
frændaafli *m.* Stärke durch Verwandte 110, 19.
frœndrœkinn sich um Verwandte kümmernd 116, 28.
frævaz aufblühen.
frâfall *n.* Wegfall, Hingang 177, 11.
Frakkar die Franken 67, 15; 101, 36.
frâlega schnell, schleunig (v. frâr) 358, 14.
frâliosta, frâlaust abstossen 243, 3.
framan nach vorn; fyri framan, vor.
framarr 1) voran, 2) vorüber; dah. weit mehr und besser *m. D.*
framaverk *n.* Ruhmthat 372, 28.
fram, vorwärts, voran; hinweg.
frambera I. hervorbringen.
framdêles *schwed.* ferner.
framfalla ausfallen (mit etwas) 245, 35.
framfara vor sich gehen.
framgenginn 1) voran gegangen 335, 27. 2) dahingegangen todt, Vol. 35.
frami *m.* Vortheil, Fortkommen, Vorzug.
framit s. fremja.
framkoma hervorkommen; berichtigen(Zahlung) 130, 28; f. komaz, zu Stande kommen 120, 5.
framleiðis hinfort.
framliðinn dahingegangen.
framorðinn vorgerückt 311, 41.
framr, fröm, framt, tüchtig, ausgezeichnet 189, 20; *pl.* framir 189, 30.
framrâði der tapfere andringende 49, 28.
framsetja absetzen, abstossen.
framstafn *m.* Vordersteven des Schiffs.
framsýnn fernsehend, vorsichtig 228, 15.

frânn glänzend, schillernd.
frânleitr mit funkelndem Angesicht 190, 16.
frâskili *m.* getrennt 286, 26.
frâskilja sich trennen, entfernen.
frâsögn *f.* 1) Bescheid, 2) Erzählung, *pl.* frâsagnir 193, 5. 3) Vorhersagung 290, 19.
fregna 94, 36; erfahren (durch Fragen) *m. A.* frâgo þan fiðendi 204, 26. 2) *m. G.* fragen, hvers fregnit mik, Vol. 28. — *Praes.* ek fregn 71, 4; hann fregn Vol. 26; *Perf.* ek frâ 55, 20; 56, 17; frâgum 56, 11; *Part.* freginn; durch sagen gehört, erfahren; gefragt.
freista (2) versuchen, auf die Probe stellen *m. G.*
freisting, freistni Versuchung.
freka *f.* Gewaltthat, Härte 199, 17.
freki *m.* der Gierige 1) Wolf Vol. 40. 2) Feuer.
frekr 1) andringend, begierig, kühn; 2) überflüssig, svâ frekt 253, 29; überlästig, hart 339, 11.
frêlsa (2) befreien; freilassen.
frêlsi *n.* Freiheit; Freilassung.
fremja (1) framdi 1) hervorbringen, vorbringen 2) *gew.* machen, betreiben, halten z. B. Kampf; 3) erheben, loben: fremz slíku, wird durch solches erhoben 65, 32. *Part.* framdr u. framiðr 95, 26.
fremd *f.* Ehre; Kühnheit.
fremri der vordere, tüchtigere, at fremri, um so vorzüglicher 191, 30.
fremstr, fremst, fremst vorzüglichst 231, 9.
frestaz (2) sich verziehen 90, 20.
frestr *m.* Frist; Verzug = frest *f.*
fretr *m.* crepitus ventris, *ein Beiname* 84, 29.
frêtta (1) wie fregna 1) erfragen *m. G.* 290, 17; 319, 39; 2) erfahren 259, 24; *P.* 137, 4.
frêtt *f.* Botschaft, Antwort (des Orakels) 103, 20; *pl.* frêttir dass. 303, 16.
Freya 182, 12; Freyja 13, 30; eine Asin, *G. D. A.* Freyju 210, 23; vorzüglich geehrt 379, 4; Vgl. húsfreyja.
Freyr *m.* ein Gott 182, 9; *bes.* verehrt in Schweden u. in Island 114, 2 ff.
frî-r frei; edel, lieb; kvân fria sina, seine liebe Frau SQ. 8. *Die schwache Form* frî *st.* frîi *wird auch der Geliebte, Freund,* Hým. 9; *so auch* 57, 14.
frîadagr Freitag 196, 12.
frîa (2) freien, werben (*eig.* lieben) Háv. 92. frîals frei; edel, rechtlich erworben; frialsborinn, freigeboren.
friða (2) versöhnen, beruhigen.
friðgäfa *f.* Friedensgabe.
friðgerð, -giörð *f.* Friedensschluss.

friðland *n.* befreundetes, sichres Land.
friðskiöldr *m.* Friedensschild 260, 8.
friðr *m.* 1) Friede, *G.* friðar; 2) Liebe, Eintracht Hâv. 90.
friðr, frið, fritt schön.
friðla gew. frilla *f.* Friedel, Geliebte.
friðrof *n.* Friedensbruch 191, 25.
Frigg *f.* Asin, Odins Gemahlinn.
frillutak *m.* Nebenehe, Buhlschaft 149, 31.
friosa, fraus, frörinn, frieren.
froða *f.* Schaum.
Froði ein berühmter Dänenkönig; sein Sturm ist die Schlacht; Froða hriðar âss, Schlachtgott, Kämpfer 63, 18; Froða miöl 58, 1 ist das Gold vgl. Fenja.
froðr klug, weise, erfahren.
froðleikr Klugheit, Kundigkeit 122, 20; sp. Zauberei.
froeði *n.* 1) Kunde, *pl.* Nachrichten 83, 33; 2) Zauberformel 389, 1.
froekinn lebensfrisch, stark, beherzt; *pl.* froeknir, *sup.'* froeknastr *pl.* 256, 6; við þa froeknustu fullhuga, mit den stärksten Männern des vollsten Muthes 352, 4.
froekleikr *m.* Tapferkeit.
frömuðr *m.* Hervorbringer, fr. Högna hryrs, der Schwertzieher 55, 4; von fremja.
frön *n.* Erde *poet.* 190, 13. 16.
frör ruhig, friedlich.
frörinn, frerinn, gefroren Hŷm. 10; st. frorinn v. *dem seltnen* friosa, fraus.
frost *n.* Frost, Frostnebel.
frû *f.* Frau, *pl.* frûr (*aus dem niederd*) *m.* Art. A. frûna 350, 36.
frum *n.* Erstes, Erstling.
frumlaup *n.* Anfall 125, 31; 126, 32.
frumungr *poet.* jugendlich SQ. 4.
frumvaxti *Adj.* eben erwachsen 118, 6.
frum'ver, erster Ehemann.
frŷja (1) vorwerfen, absprechen, einem, eines Dinges 64, 21. 28; frŷra þer maðr, niemand spricht dir ab (dass) SQ. 33; einen Vorwurf machen 354, 23.
frŷnn munter, aufgeräumt 367, 14; schmeichelnd.
fugl *m.* Vogel, *sg. st. pl.* 154, 19; 227, 27.
full *n.* Becher, bes. Weihbecher.
Fulla *f.* eine der Asinnen 132, 13; *mit Frauensachen verbunden:* Weib, so in ullfulla Wollebearbeiterin 93, 6.
fulla st. fylla, ausfüllen 106, 19.
fullborð *n.* Übereinkunft 382, 1. 3. 13.
fullelda *indecl.* warm genug.
fullgamall alt genug.
fullgoeðdr völlig ausgestattet SQ. 34.
fullhugi *m.* Vollmuthkämpfer 352, 4.
fullkâtr völlig fröhlich.

fullkominn vollkommen.
fullr, full, fullt voll; til fulls, at fullu, völlig, gänzlich, fullr af 202, 35.
fulltrûi *m.* Vertrauensmann SQ. 14.
fullting *n.* Beistand, Hilfe 89, 14; 121, 27; 339, 14; *ags.* fultum.
fullvel völlig gut.
fundr *m.* 1) Fund, *gew.* Zusammenkunft; koma â eins fund, til fundar við, mit jemand zusammenkommen.
funi *m. poet.* Feuer.
funrögni *m.* in: fens funrögni, der Gott (rögni) des Flussfeuers, der freigebige 198,3.
furr, furst st. fyrr, fyrst, eher, zuerst, sem furst, so bald als möglich 328, 25.
fûrr, fûr *m.* Feuer, Odhins F. das Schwert þundar fûrs î skûrum, in O. Feuerschauern (Wettern) 65, 15.
fura *f.* Föhre.
fur *st.* fyrir, vor; furr st. fyrr, früher.
furða *f.* Wunder 150, 4 (Zauber) 203, 42.
furðubleikr schauerlich bleich 337, 7.
furðuillr schauerlich übel 335, 23.
furðuliga wunderbar.
fûss, willig, entschlossen.
fylgi *n.* 1) Begleitung 155, 37; 2) Eifer.
fylgð *f.* 1) Gefolgschaft, Folge; 2) Hilfe.
fylgðarhald *n.* Leistung des Gefolges.
fylgdarmaðr *m.* Gefolgsmann 256, 6.
fylgja (1) *m. D.* 1) folgen; begleiten; er henni fylgt â konungs skip, sie wird geleitet auf; lætr henni fylgja â skip. — 2) helfen 113, 23; 244, 16.
fylki *n.* 1) Landschaft, Provinz, *D. pl.* fylkjum 65, 20; 2) Haufe.
fylkja (1) in Schlachtordnung stellen *m. D.* 103, 30; 110, 42.
fylking *f.* Schlachtordnung; fylkingar armr, Heeresflügel.
fylkir *m.* 1) Heeresführer, 2) König *poet.*
fylla (1) anfüllen *m. G.* 312, 5.
fylli *f.* Fülle, *G.* fyllar Isl. 1, 238; *poet.* Speise, fyllar hlut, einen Theil der Sp. 53, 5; *A.* fylli mîna, sp. zu meiner Genüge 182, 37.
fylsken *f.* Versteck.
fyrar, fyrðar Männer st. fîrar, firðar.
fyri = fyrir = fur, vor; für 1) *m.' D.* fyrir öðrum, vor andern; fyri þvî, deshalb; fur veiðum, vor dem Fischfang (*prae*) 220, 20. 2) *m. A.* gêkk fyri Helja konung, gieng vor Helgi den König; fyri vîst, ganz gewiss; fyrir hann, an seiner Stelle; durch 62, 16; fur þat, deshalb 228, 8. — *Bes. häufig in Ortsbestimmungen:* fyrir oían, fyri neðan; fyrir ûtan, fyrir innan; fyrir sunnan, fyri vestan *m. A.* fyrir fram, ohne

15

132, 32. — *In Prosa tritt zu Adjj. oft ein*
fyri *ser zur Bez. persönl. Vorzüge, vgl. at*
ser; *Adv.* vor 62, 28; weiter voran.
fyrirboðan *f.* Vorzeichen.
fyrirboðning *f.* Verbot 191, 4.
fyrirfara 1) zuvorkommen, vorbeugen; 2)
verderben *m. D.* 310, 40.
fyrigefa vergeben.
fyrigera verwirken.
fyrikoma einem vorkommen, ihn übermäch-
tigen, wegräumen *m. D.* 234, 19; 247, 9.
fyriliggja, ausgeführt, ausführbar sein.
fyrimaðr, fyrir *m.* Anführer 212, 14.
fyrirætlan *f.* Vorhaben 157, 21.
fyrirûm *n.* Vorderraum 158, 5.
fvrisâtr *n.* Wegelauer, Hinterhalt.
fyrisiâ vorsehen, versorgen 90, 6.
fyrisögn *f.* 1) Vorhersagung, 2) Vorrede,
Aufschrift.
fyrmêr *schwed.* früher 270, 12.
fyrn *n. pl.* Wunder 259, 18.

fyrning *f. gothl.* 168, 15; *nach der altd.*
Übers. vürynge, der Kuchen, *wohl eher*
Zauberei.
fyrnaz (1) alt werden 107, 14; v. forn.
fyrr, *Adv.* eher.
fyrraz *st.* firraz, vermeiden 100, 12.
fyrri, der vordere, frühere 244, 39; hinna
fyrri manna, der Vorfahren 321, 31; fyrstr,
der erste; it fyrsta, zuerst 183, 1; î fyr-
stunni, im Anfang.
fyrst, zuerst; ehedem.
fyrtelja erzählen Vol. 1.
fyrûtan ausserhalb SQ. 20.
fyrva, der Männer = fîra 66, 8.
fÿsa (1) 1) blasen, 2) reizen, ermuntern;
m. G. 212, 18; anlocken 280, 16; fÿsir mik,
es gelüstet mich = fÿsiz; fÿstiz ûtan, er
hatte Lust hinaus 280, 25.
fÿsi *f.* Lust Hÿm. 20.
fÿst *st.* fyrst zuerst.   .

G.

gâ *zuw. für* gânga; gâz â 143, 11.
gâ (1) achtgeben; beobachten, wahrnehmen
m. G. 156, 1; gâir annars 354, 23; sor-
gen, *m.* at 229, 19.
gabba (2) täuschen, narren 204, 37.
gæfa *f.* Glück 218, 1; 240, 28; 291, 33.
gæta (1) hüten, *m. G.* 235, 16; *Imp.* gættu
258, 7; 2) gætaz um, Sorge tragen, bera-
then über Vol. 6. 9; 3) *mit Ellipse v.* frið,
den Frieden erhalten 218, 15.
gætinn vorsichtig Hâv. 65.
gætir *m.* Hüter, gumma g., der Leute Be-
schützer.
gâfa *f.* Gabe 258, 21.
gafumk 50, 8; gab mir, gafumz *dass.*
gafl *m.* Gabel am Hause.
gaflok *n.* Spiess, Jagdspiess 254, 4.
gaglfellir Niederstrecker der Vögel, lôns
gaglfellir, Seevögeltödter, der Habicht,
við mînar l. gaglfellis lantir, mit meinen
Händen 213, 25.
gaglviðr *m.* Vögelhain, v. gagl, Gans, klei-
ner Vogel.
gagn *n.* 1) Gewinn; þat hefik gagns um
goldit, das (die beständige Erinnerung)
habe ich für einen Gewinn zu leiden 242,
13; s. gialda, Vortheil 370, 10; *pl.* 152, 18.
2) Sieg 62, 30, 3) *pl.* gögn, Beweismittel
175, 4.
gagna (2) nützen.
gagnhollr, sehr hold Hâv. 32.

gagnvegr, Gewinnweg, Streckweg Hâv. 34.
gagnsæli, Siegesfreude.
gala, gôl 1) singen Hâv. 85. 2) bezau-
bern, besprechen, *Conj. Praet.* gœli 52, 11.
galdr *m.* Gesang, *gew.* Zauberei 238, 37; *pl.*
galdrar, Zauber 239, 24.
galgi *m.* Galgen, *poet.* alles gabelförmig
Auseinandergehende (Arme, Füsse), oder
woran etwas hangt. Der *G.* des Rings,
die Hand 213, 23; *s.* ginnungr.
gâlkn *n.* Ungeheuer, *bes. von Seethieren*
(Finngalkn) *s.* hreingalkn, randgalkn.
galli *m.* Fehl Hâv. 135.
gallr tönend, von der Zunge 52, 17; hvé
skal galla raddsveif giöldum leggja raums
brû, er (ek) þá at þorleifi, wie soll die
t. Zunge vergelten den Schild, den ich von
Th. empfieng.
galti *m.* Eber 351, 13; *gew.* göltr.
gamall, gömul, gamalt, alt, *m. G.*
der Jahre 308, 29.
gamalœra *indecl.* allerthöricht 254, 31.
gaman *n.* 1) Kurzweil, Liebesfreude Hâv. 99.
2) Scherz; *D.* gaman 109, 33, *u.* gamni.
gamanferð *f.* Liebesgang 237, 27.
gamanrûnar *f. pl.* vertrauter Umgang
Hâv. 122. 132.
gammr *m.* Geier.
gan *n.* Zauberei.
gandr *m.* Zauberthier, unheimlicher Geist

(vgl. spågandr) daher für Wolf Vol. 22.
u. Schlange s. Jormungandr.
Gandvik *f.* das Eismeer, *G.* Gandvikr
191, 30.

gånga, gêkk, gêngum; *P.* genginn
gehen. — *Zstzgen:* gångaz â, sich angrei-
fen; gåz â *dass.* 143, 11; gånga å (Gesetz)
übertreten; g. eptir, Erfolg haben 163, 10;
gånga frå, verloren gehen, fortgehen; g.
fyrir, vergehen, anführen; gånga of *m. A.*
entgehen 79, 11; gånga viô, zugestehen
m. D. 293, 16; *Imp.* gakk, gaktu.
gånga *f.* gångr *m.* Gang, Weg; Bewegung.
gångandi *m.* Wanderer Håv. 134.
gap *n.* Spalt, Abgrund.
gapa (2) klaffen, offen stehen 341, 7.
garðr *m.* 1) Gehege, um Hof óder Feld
277, 8; vgl. skiðgarðr; auch der gehegte
Hofraum, *poet. pl.* þrym. 8; Hofwiese eb.
22. 2) Wohnung Håv. 13; *pl. poet.* dass.
eb. 109. 3) Die Hegung des Kampfs ist
poet. der Angriff, Sturm s. garðrögnir.
garðakross *m.* Hofkreuz.
garðrögnir 67, 10: geirråsar garðrögnir,
Speerlaufsturmwalter, Schlachtführer. —
randargarðr, Schildsturm 331, 21.
garn *n.* 1) Faden, im Gewebe der Aufzug
106, 12; 2) Netz.
garpr *m.* der Kämpe; Mann 257, 18.
gås *f.* Gans, *pl.* gæss SQ. 29.
gat *n.* Loch; *niederd.* gat *dass.*
gata *f.* Gasse, Strasse; at götu stracks.
gåta *f.* Räthsel.
gått *f.* Thürritz *und* Thür *selbst pl.* gåttir
Håv. 1.
gaulun *f.* das Brüllen, Röchzen 335, 24.
gaumr *m.* Acht, *gew. m.* gefæ: Acht ge-
ben.
Gautar *m. pl.* die Gothen in Schweden;
Gautaspialli, der Gothenfreund, Odhin
60, 29; Gauta týr derselbe.
Gautr *m.* Beiname Odhins, *in Umschr. für*
Mann: hellis gautar, die Höhlenleute, Rie-
sen 27, 28.
geð *n.* Sinn, Geist, Muth.
geðjaðr gesinnt 288, 12.
geðstôr, muthvoll.
gefa, gaf, gåfum, gefinn geben; *poet.*
gafumk, gab mir 50, 8; auch vom ausgeben
der Töchter SQ. 37, Håv. 81; gefin, ver-
heirathet, gefaz sich zeigen 233, 4; gaf
hann sik eigi við þat, bekümmerte sich
nicht darum, svå er mer gefit, so steht es
mir zu Sinn 360, 30. 2) *imp. m. A.* gefr
mer byr, es giebt mir einen guten Fahr-
wind, *pl.* byri 282, 2; ef henni gæfi gôðra
råð, wenn es ihr gäbe, d. h. wenn ihr zu

Theil würden Rathschläge der Guten; *auch
ellipt.* gaf þeim vel, sie hatten guten Fahr-
wind.
gefnf. (Geberin) Beiname Freyns, *in Umschr.
für* Weib.
gegn, gegen; î gögn entgegen 63, 11; gog-
num, durch.
gegna (1) wohin zielen; bedeuten; hverju
gegnir þat, was bedeutet das 182, 33.
gegnt gegenüber 91, 42; 291, 24.
geiga (2) (vom Schuss) abirren 370, 13;
verfehlen, fehl gehen.
geigr, *m.* Schaden, Fehler, Fehlschuss
216, 8.
geip *n.* Prahlerei, Possen.
geipa (2) plaudern 364, 15.
geir *m.* Geer, Lanze, *pl.* geirar.
Geir *m.* ein Seekönig; G-s skið d. Schiff
57, 15.
geira garðs hlôrriði, des Speersturms Gott,
der Kampfwalter 65, 29.
geirahöd *f.* Geerkampf 190, 27; vgl. *ahd.*
hadu, *ags.* heaðu Kampf.
geirbrû, Geerbrücke-boden, Schild, g. brûar
åro, *Acc. pl.*, die Diener des Schilds 65, 33.
geirhliod *n.* Geerlied.
geir-rås *f.* Geerlauf, Kampf 67, 10.
Geirskögul *f.* Walkyrie, die Skögul der
Geere.
geirvangr *m.* des Geeres Boden, d. Schild
55, 17.
geirveðr *n.* Speersturm, dessen galgi ist
der Arm 146, 31.
geirþing *n.* Lanzengericht, Kampf 331, 37.
geirþriful *f.* Kampfgöttin 190, 28; den
Geer ergreifend.
geisa (2) wüthen = geysa Vol. 55.
geisli *m.* Strahl, *pl.* geislar 290, 14; geisli
gunnar, d. Strahl des Kampfs, das Schwert
344, 3: steudr til grundar munna, steht
in des Rachens Grunde.
geit *f.* Geiss, *pl.* geitr, die Ziegen.
Geitir *m.* 1) Riese *poet.* 2) Name eines
Seekönigs; Geitis garðr, die ihn schützende
Umzäunung ist der Schild 52, 12; an ei-
nem Schilde gemalt, hat der Dichter je-
nen Kampf gesehen.
gelgiuseil Arnband.
gella, gall, gullum erklingen, gellend
schreien SQ. 29.
gelti *D. v.* göltr.
gelt *n.* Gebell Håv. 87: *D.* gelti.
gemlir *m.* Adler, *poet.* 52, 25.
genast *schwed.* sogleich.
gengi *n.* 1) Fortgang, 2) Gunst, 3) Hilfe,
Hilfsmannschaft 61, 19.
(gengja) *praet.* gengdi (zu ganga) fortge-

15 *.

hen, ausfallen 354, 9; hvôrt þat geugdi nokkru, ob daran etwas sei 293, 14.

gengileysi n. Einsamkeit 59, 19.

gengiligr leicht zu gehen; varat gengiligt, es war nicht angenehm 67, 12.

ger s. gerr.

gera (1) st. göra, giöra (ahd. garawan) bereiten, thun, machen 252, 31; 2) ausmachen; mer gerir lîtit, es macht mir wenig aus 327, 5; festsetzen 175, 18; 3) abschicken 136, 29; 159, 24; anstellen zu etwas SQ. 20; 4) periphrast. mit,Inf. 115, 3; 5) geraz werden 140, 39; 144, 18; 231, 19; sich anschicken zu etwas.

gerð f. Handlung; Rüstung.

gerfi (gervi) n. Anzug; Maske; Rüstung.

gerðr f. D. gerði; Jungfrau, Frau.

gerði n. Zaun, Mauer; gerðihamar, ringseinschliessender Fels; G. hamrar ârsîma grundar, die umgebenden Felsen der Stirn, die Augenbrauen 147, 15.

geri m. poet. Wolf.

gerla, görla, völlig, vollkommen 156, 16.

gerning f. Handlung, pl. Zauberei 309, 3.

gerr, görr adj. bereit, fertig; 2) gemacht (= Part. pass.) 99, 31; 205, 20; 279, 17; 288, 19; pl. gervir, gerfir 214, 19; s. v. a. gerðir. — Comp. giörvari, tüchtiger 361, 22; Comp. adv. gerr, besser, Sup. gerst.

gersemi f. Kleinod 216, 32.

gervi s. gerfi.

gestaskáli m. Gaststube.

gestr m. Gast Hým. 9; 254, 28; Gast beim König, Ausländer 266, 19; 334, 9.

Gestr, Norna gestr n. pr. 317, 10 ff.; D. Gesti 322, 8.

geta gat 1) zeugen; gâtu þau mey þessa; empfangen 359, 16, s. getnaðr; 2) erwerben, kriegen, finden 366, 2, ofgeta, auftreiben Hym. 4; 3) gedenken, m. G. 242, 28; geta of, Erwähnung thun von 161, 38; til góðs, in guten Erwähnung thun; 4) können, bes. m. Part. etwas fertig kriegen: þann fisk gâtu þeir eigi veitt, kriegten sie nicht gefangen; getr uppkomit, vermag aufzukommen.

geta f. Fang, Speise, glaðr varð getu 77, 13.

getnaðr m. Empfängniss, A. getnat 330, 4.

getta . Mädchen (ein Liebkosungswort, auch genta) 210, 29.

geyja, gö, bellen; geyr, bellt Vol. 43; aubellen, þú nê geyi-a, fahre nicht an Hâv. 137.

geyma (1) hüten, wahrnehmen, m. G. 326, 11; geyminn, besorgt, aufmerksam Hâv. 65.

giaforð n. 1) Zusage, 2) Verheirathung.

gialbr n. (gialfr) Brausen 51, 31.

gialda, ek geld; galt, guldum, goldinn

geben für etwas; gialt henni son fyrir bróður 372, 5: gieb ihr; dann: entgelten, m. G. büssen, leiden für etwas 369, 5; 242, 31. 1) zahlen; skatt 260, 18; 296, 21; fê 196, 16. 2) lohnen, vergelten 180, 8. 3) aufwenden, bes. varhuga, Vorsicht anwenden; Acht geben; g. samkvæði, s. Zustimmung geben.

gialfr n. 1) Brausen, Brandung; heitu unda gialfri, mit heisser Wundenbrandung, d. Blut 74, 14; 2) Geschwätzeslärm.

gialfrikringðr, mit Brausen umkreist.

gialfrmar, der Brandung Ross, Schiff 84, 4.

gialla wie gella, gall, tönen, gellen.

Giallar 178, 25; G. v. Giöll; Giallar Horn (Schallhorn) viell. N. pr. des Horns Heimdalls Vol. 45.

giallr, erschallend, gellend Vol. 45.

gialp f. Riesin, g-ar skær, ihr Pferd, d. Wolf 56, 29.

gialti anom. D. von göltr Hâv. 131.

giarn, giörn, giarnt, begierig, begehrlich 60, 37.

giarnan Adv. begierig, gern 292, 18.

gield n. schwed. Entgeltung, isl. giöld.

gienum schwed. durch.

gifr f. pl. Bergriesinnen Vol. 47.

gifrliga, heftig, ungeheuer.

gifta s. gipta.

gil n. Bergkluft, g. pl. gilja; grundar g. gramr, der König der Erdklüfte ist der Riese 52, 2.

gilda (1) werth sein, kosten; schätzen.

gildi n. Vergeltung Vol. 21; 2) Gilde, Gildemahl 182, 7.

gildistufa f. Gildestube schwed. 383, 20.

gildr angesehen 372, 24.

gina, gein öffnen (den Mund), gähnen.

gin n. Mundöffnung 341, 7.

ginheilagr, hochheilig.

ginregin, die hohen Berather (Götter).

ginnunga-gap, der klaffende Abgrund od. das Chaos, Lexicon Myth. p. 394.

ginnunga-vê die gähnenden Stätten, die Lüfte 51, 12.

ginnungs brû 213, 23 des Habichts Stand, die Hand; galgi ginnungs brûar linna, der Galgen der Handschlange, des Ringes, d. i. die Hand.

ginstan, schw. sogleich.

ginværðr widerwärtig, î ginverðo, in Widerwärtigkeit, schwed. 299, 37; st. gegn verðr.

giöf f. Gabe, pl. giafar; sp. giafir.

giöfull, mild, gabenmild; hinn giöðli; Sup. giöflastr.

giöld n. pl. Entgelt 238, 27.

Giöll f. d. Hauptfluss der Unterwelt 178, 25. eig. das Gellen, Tönen.

giör *n.* Gier; þat var hrafna g., das war eine Lust für die Raben 56, 21.

giöranda zu thun 236, 5; *v.* giöra *st.* gera.

giörfi, giörð, giörla, giörr, s. gerfi, gerð, gerla, gerr.

giörð *f.* Gürtel.

giörfa, giörla völlig, fertig; 2) aus, zu Ende; giörla mun farit gamanferðum, die Lustfahrten werden zu Ende sein, aus gefahren sein 237, 27.

giörning *f.* Verhandlung, *pl.* magische Künste 238, 37 *s.* gerning.

giörvallr völlig, ganz, all 69, 7.

giosa, gaus aussprühen; *intr.* aufsteigen, aufschiessen; gaus 354, 31; 355, 9.

gipt *f.* 1) Gabe, Ausgebung; 2) Glück 191,30.

gipta *praet.* gipti, ausgeben zur Ehe.

giptarmaðr Ausgeber; giptarmål Verlobung.

girða (1) gürten; girðr, umgürtet.

girðiþiofr Brisings 54, 3; der Dieb des Halsgurtes Brisings, ist Loki.

girnaz (1) begehren; þer girniz, ihr begehrt 253, 29; þu girnz 372, 34.

girnð *f.* Begier.

gisling *f.* i gisling als Geisel 206, 31.

gista (1) besuchen, als Gast, *m. A.* 353, 18. 25, begasten.

gisting *f.* Begastung, Gastmahl 73, 30.

gladil *n.* Dolch, Hirschfänger 316, 26.

glaðr, glöð, glatt, 1) glänzend, 2) fröhlich, munter.

glaðværr der fröhlich bleibende 61, 24.

glælogn *n.* Meeresstille 69, 12.

glær *m.* Meer, *A.* glæ Ol. hölg, s. 38.

glæsa (1) glänzend machen, glätten, reinigen; *davon Part.* glæstr, glänzend; geschmückt 207, 40.

glama (2) aufrauschen, *v.* schwatzen Hâv. 31.

glamm *n.* Rauschen, *g. pl.* glamma gemlishamr, d. rauschende Adlerkleid 52, 25.

glâmr *m.* Mond, *eig.* d. weisse 189, 11.

glapp *n.* Unheil.

glapstigr *m.* Irrweg, *A. pl.* gl. stîgu 137, 29.

Glasir ein Hain vor Walhalla mit goldnen Blättern, *dah.* sein Laub, das Gold 47, 28.

glata (2) vernichten *m. D.* Helr. 4.

glaumr *m.* Geräusch; (laute) Freude 292, 24.

gleði *f.* Heiterkeit, Lust.

gleðimaðr *m.* ein Unterhalter 109, 32.

gleðja (1) erfreuen, *pr.* gladdi *pl.* glöddu.

gleipa (1) schwatzen 115, 15.

glepja (1) verblenden, verführen.

glergluggr *m.* Glasfenster 153, 20.

glerker, glerpottr *m.* Glasgefäss 307, 38.

glertala *f.* Glaskugel, Glasperle.

gleyma (1) vergessen.

gleypa (1) verschlingen Vol. 46. 344, 19.

glikr gleich.

glima = glÿma *f.* Kampf.

glima (2) kämpfen.

glismål *n.* glänzende Rede, des Riesen, Gold 48, 18. *s.* þiassi.

glissa (1) Hâv. 31, kichern.

glóa (2) glühen, funkeln.

glóbar *n.* glänzendes Laub 47, 28.

glóð *f.* glühende Kohlen; Gluth.

glóðarker *n.* Kohlenfass.

glóðnðr *m.* der Erfreuer, s. gleðja; der die Heerführer erfreut (mit Gold) ist der Landesherr 186, 20.

glœpaorð *schwed.* Schandwort 278, 36.

glœpr *m.* Verbrechen 326, 30.

glófi *m.* Handschuh 378, 31.

glöggr, klug; 1) glöggliga *ado.* klüglich, 2) karg Hâv. 48.

glóra *f.* Lichtschimmer, Zuname 280, 31.

glórödd *f.* glänzende Stimme, *poet.* ist des Riesen Rede das Gold; hellis gauta glóraddar þella, der glänzenden Riesenrede Baum, des Goldes Trägerin 213, 25 *f.*

gluggr *m.* Fenster 106, 9.

glumra (2) rasseln 61, 28.

glÿja *bes. im part.* glÿjaðr, *f.* glÿjöð, erfreut Vol. 35.

glymja (1) rauschen; glumdi allr Noregr, es erdröhnte ganz Norwegen 66, 11.

glymringar *m. pl.* die rauschenden Ringpanzer 61, 28, *n.* And. Schwerter.

gnaga (2) nagen 355, 8; *Pr. pl.* gnöguðu.

gnapa (1) happen nach etwas; stieren.

gnat *n.* das Zusammenklirren 56, 19.

gnata (2) zusammenstürzen Vol. 51.

gneisti *m.* Funke 372, 15.

gnesta (1) sausen 106, 30.

gneypr, streng, finsterstehend 145, 33.

gnîpa *f.* Felswand, Absturz *s.* hnupgnîpa; Gnîpahellir, die Felsenhöhle, vor der der Höllenhund liegt Vol. 43.

gnôgr, genug; gnött *f.* Genüge.

gnÿr *m,* Schlachtgetös; *D.* gnÿ 145, 3.

gnÿa, gnûði (1) rauschen Vol. 50; sausen 56, 29.

goð *n.* Götterbild, Götze, *pl.* die Götter, *auch im sg. nur vom heidn. Gott.*

goðahelgi *f.* eine heilige Zeit 294, 32.

gôðfÿsi *f.* Wohlwollen, Eifer.

goði *m.* Bezirksvorsteher 230, 17; 110, 25.

goðmålugr götterkundig.

goðorð *n.* Heradsvorsteherschaft.

gôðr, gôð, gôtt, gut.

gôðvili *m.* Gutgewillheit, Wohlwollen.

gœða (1) gut, reichlich machen; 2) vermehren, verstärken, gœddi þa ferðina, ver-

stärkte den Lauf 341, 13; 2) bereichern,
gœddi, begabte 47, 26; schmücken; 3) pfle-
gen, gut behandeln.
gœði *n. pl.* Güter; Vortheile 293, 20.
gœðingr *m.* Vornehmer, Magnat 216, 7.
gœðir der Ordner, Schmücker.
gœðalaus, unfruchtbar.
gœla (1) erheitern, ergetzen SQ. 9.
gœlir *m.* der Vergnüger.
göfugr (1) geschmückt; menjom Sig. 64.
2) vornehm, angesehen, stattlich; *eig.* frei-
gebig, edel.
göfuligr herrlich 182, 14.
gögn 1) *st.* gegn; 2) *pl. v.* gagn *n.*
Góin eine der Yggdrasillschlangen; *poet.*
Schwert 80, 7.
gôlf *n.* 1) Estrich, Boden der Halle 118, 20;
263, 1; 377, 32. 2) Vorraum 253, 14.
göll *f. poet.* Kampf 190, 27.
göltr *m.* Eber, *D.* gelti 178, 10 u. giatti.
gômr *m.* 1) Gaumen. 2) Fingerspitze 214, 36.
Göndul, eine Valkyrie; ihr Wetter, der
Kampf 63, 30.
göra, görva, görr *s.* gera, gerr.
görla *Adv.* völlig, deutlich 52, 12.
görr *Adv.* besser, völliger 122, 19.
görsum *f.* Zugabe 172, 35.
görva *Adv.* völlig Hâv. 102.
görvallir, gar alle.
goti *m.* Erzeuger, Mann, *(nur poet.) G. pl.*
læspiöll gota 107, 16; *und* gotna *(von dem
N. pl.* gotnar): er bindet ans Ufer far
gotna, d. Schiff der Männer 186, 33.
gôz = gôts *n.* Reichthum 295, 11.
gözka *f.* Zustimmung v. getaz, billigen
173, 30.
grâða *f.* Stufe.
grâðugr, gierig.
græta (1) härmen 254, 3.
grætir *m.* Bekümmerer; gŷgiar gr. ist Thor.
græti *n. pl.* Kummer.
grafa, grôf graben 144, 37.
grafvitnir *m. poet. Ben. der* Schlange, sich
einzugraben kundig vgl. Hâv. 107.
gramr *m.* der Fürst, König; *poet. G.* grams,
D. grami 107, 2 *und* gram, Helr. 6.
gramr, gram; erzürnt.
Gramr *m.* so hiess Sigurðs Schwert 102, 10.
grâna grau werden.
grand *n.* Frevel, SQ. 5. 28: grand ecki
vank, keinen Frevel übte ich; Schade 80, 7.
granda (2) freveln an, schaden 189, 24 (ver-
schwenden) *m. D.*
grandvarr frevellos 65, 22.
Grani *m.* Sigfrieds Ross, seine helle Bürde,
der Schatz 47, 28.
granni *m.* Nachbar.

grannr, grönn, grant 1) schlank 336,
35; 2) deutlich.
granstœði *n.* die Bartstelle 145, 35.
grap *n.* Sturm, grapi hrundin, v. Sturm er-
schüttert 51, 12.
grâr, grau, *Á. m.* grân 77, 27.
gras *n. pl.* grös 285, 36; Gras.
grâta, grêt, weinen; grâta, weine nicht
SQ. 25; beweinen 179, 11.
grâtr *m.* das Weinen, Schluchzen.
grautr *m.* Brei; *G.* grautar 338, 6.
greiða (1) schlichten, erledigen, entrichten
(Geld) 248, 20; zahlen 360, 33; verdeutli-
chen, entwickeln.
greiðr, geschlichtet; eben, leicht, *bes.* vom
Wege; visa â þâ greiðu götu, auf die ebene
Bahn weisen 326, 5.
greifi *m.* Graf 305, 27.
grein *f.* 1) Unterscheidung 191, 8; Hervor-
hebung (von Lauten) 192, 16; 2) *gew.* Ur-
theil, göra grein â, Rechenschaft geben
von, etwas vorgelegtes beurtheilen.
greina (1) 1) unterscheiden; stafasetning
greinir mâl allt, der Stabreim unterschei-
det die gesammte Rede (von der Prosa)
191, 17; auszeichnen 192, 19; 2) auseinan-
dersetzen, erklären 377, 20.
greiniliga, ausführlich, deutlich.
Greip *f.* Riesin 54, 24.
greip *f.* 1) Griff, 2) Raum zwischen den
Fingern, greifende Hand, *pl.* greipr.
greipr angriffig, heftig, schwierig 72, 31.
gremja, gram machen, erzürnen.
gremi, gremja *f.* Zorn.
grenja (2). belfern, wie ein Fuchs; heulen
352, 26; 353, 2; *uneigentl.* 74, 15.
greppr *m.* Held, Kernmann 94, 21. 29.
gretta sik, sich unsinnig gebehrden, mit
offnem Munde 286, 28.
grey *n.* ein kleiner Hund, Greyhund Hâv.
101; *D. pl.* greyjom þrym. 5.
greypr *s.* greipr.
greyri *praet. v.* gróa 105, 24.
grið *n. pl.* Friede, Sicherheit 158, 3. 10.
griðamâl *n. pl.* Sühnspruch 99, 19; 129, 28.
griðr *f.* 1) Riesin 2) Axt, griðar lae, d.
Wasser der Streitaxt, d. Blut 56, 29.
griðastaðr *m.* Friedstätte 177, 4.
griðkona *f.* Magd 214, 20.
griðniðingr *m.* Friedbrecher 129, 28.
grîma *f.* 1) Maske 252, 31; 2) Helm; 3)
poet. Nacht 358, 25.
grimdarfullr, grausam, voll Grimm.
grimlega kummervoll SQ. 25.
grimmr, grimmiligr, grimmig.
grimnir *m.* 1) Eber, 2) Bein. Odhin's.

grind *f. pl.* grindir; 1) Gitter, Thür Hâv. 137; 2) Gemach, Vorrathskammer Hâv. 78.

griot *n.* Steine, *coll.* 144, 40; 175, 27.

griotbiarg *n.* Steinfels.

griotniðoðr, Felsenfürst (d. Riese) 54, 4.

grip *n.* Griff, Fang.

gripr *m.* Kostbarkeit 133, 6; Kleinod, *A. pl.* gripi.

gripa, greip greifen; ergreifen 244, 20; 326, 30; begreifen.

gris *m.* Ferkel.

grîttr == grettr, uneben, rauh; *od.* == grýttr, steinig 324, 2.

gròa, ek grœ, greri (greyri) *P.* gróinn, wachsen Vol. 4; verharrschen 105, 24; grünen 145, 5; 256, 11.

grœða (1) heilen, *part.* grœddr, grœdd, grœtt 147, 19; 369, 15.

grœðsla *f.* Heilung 390, 31.

gröf *f.* Grube, Gruft 144, 37; 365, 13.

grœnleikr *m.* die Grüne 324, 7.

grœnn, grœn, grœnt grün.

gròinn bewachsen, *A. fem. sg.* gròna 186, 22; blühend.

grön *f. pl.* granar, Lippenbart 56, 26.

grunar mik, mich ahnet == ek gruna 225, 12.

grund *f.* Boden, Fläche; *poet.* Erde, Land 71, 19; Grandar sveinn, Sohn d. Erde, Thor 52, 6.

grundarsimi, Erdreif; die Schlange, deren Lager das Gold.

grundarvörðr Landesherrscher 215, 15.

grunnr *m.* Grund, *D.* grunni 58, 11; *A.* gruun 357, 33; *goth.* grunþus. — *sp.* auch grunn *n.*

grunnsœfi *n.* Sandbank 285, 17.

grunsamlegr verdächtig.

grunnyðgi *f.* Arglosigkeit; *G. ebenso* 369, 5.

grunr *m.* Verdacht.

guð *m.* Gott;, *gew. nur vom wahren Gott,* guð *n.* 323, 33; guðdróttinn *dass.* 130, 2.

guði *m.* Priesterrichter 230, 39, *s.* goði.

gûðr (gunnr) *f.* Kampf, *G.* gunnar, *D. A.* gunni; 2) Walkyrie, *poet.* Weib 356, 20.

guðsmaðr *m.* Heiliger.

guðvef *n.* ein Prachtgewebe, Goldwirkerei.

gufa *f.* Dampf, Dunst 120, 7.

gull *n.* Gold; gullbûinn, rekinn, vergoldet; -hroðinn, goldgeziert; -miðlandi, Goldaustheiler; -sylgja Goldspange; -hringr, Goldring, -saumaðr, goldgesäumt.

gullhella *f.* Goldstein 375, 3.

gullhialm *m.* Goldhelm 61, 24.

gullinn, gullin, gullit, golden.

gumi *m.* Mann; *pl.* gumnar Hâv. 32; *G* gumna Hâv. 18; *v.* guma Hâv. 53, *A.* guma. gunnr *s.* gûðr.

gunnarlundr Kampfbaum, Kämpfer 66, 24.

gunnarr *m.* Kämpfer.

gunn-bliðr, bráðr, hvatr, reifr, kampffroh, schnell, scharf, munter.

gunnfani *m.* Schlachtfahne 61, 13.

Gunnhlöð, G-löð, Geliebte Odhins, Bewahrerin des Dichtermeths Hâv. 106 ff.; *Gen.* Gunnhlaðar 186, 9.

gunnvalr, Schlachtenfalke d. i. Rabe.

gunnveggr *m.* Kampfwand, d. i. Vertheidigung, g-veggjar rekka soemir, der Ehrer der Wehrmänner 52, 17.

gunnveiti, Kampfgeber 48, 19.

gunnviðurr *m.* d. Kampfgott, Kämpfer 67, i3.

gustr *m.* ein Frostwind 77, 8.

gŷgjarkyn Riesenbrut Hebr. 13.

gŷgr *f.* Riesin; *G.* gŷgjar; *D. A.* gŷgi.

gylldr *und* gylltr, vergoldet 75, 33.

gymir *G. pl.* gyma, Menschen 100, 13.

gyrða, gyrði 178, 33; gürten, *wofür auch* girða.

H.

hâ *f.* Haut. *Danach erkl.* Egils.: hangir með hâm (*st.* ham) Hâv. 137, *wie* skrâm, *D. pl.* welcher unter Fellen hängt.

haa, hâ *spät. Praes. st.* heyja, hegen 268, 13.

hâð *n.* Spott Hâv. 134; Ironie, 194, 30 *s.* heg-ômi.

hâða, hâði, hâðr *s.* heyja.

hadda *f.* Griff, Henkel am Kessel 200, 35.

haddr *m.* Haar der Frauen, Locken, d. Haar der Erde, *poet.* für d. Gras 48, 28.

hâðr (v. hâ) abgethan, getödtet.

hâðung *f.* Spott; hâðuligr, spöttlich.

hæð *f.* Hügel, *pl.* hæðir 282, 35.

hæðinn spöttelnd, spottsüchtig Hâv. 31.

hæraz (1) grau werden.

hærri, höher; hæstr, hærstr, höchster.

hætta (1) in Gefahr bringen, wagen, at hætta þer einum â hans vald 252, 20; 2) einstellen, ablassen *m. D.* hættir sigliugu; stormi.

hætta *f.* Gefahr 296, 5, *ebenso* hætt *n. von* hættr.

hætti, *D;* hættir, *N. pl. v.* hâttr.

hættligr, gefährlich.

hættr, drohend, gefährlich 82, 23.

hæverskr, höflich, hübsch 377, 17.

haf *n.* Meer.
hafa (1) hafði; haben, *urspr.* 1) halten, z.
　B. þing Gericht; *imp.* fiarri hefir, at: es
　ist weit entfernt, dass 185, 18; 2) nehmen:
　hafit heim, nehmt es heim 209, 13; haft
　til, genommen zu 188, 30; höfðu af, nahmen
　davon 290, 33; naut er til blôta væri haft,
　zu Opfern genommen 112, 30; *Med. m.*
　at: vornehmen, hvat skulu ver nû athafaz;
　3) *gew.* haben: ek hefi, hef ek samunborit
　374, 29; ek hefi âtt, ich habe gehabt, hefi
　haft, *dass.* mikit við hafa, viel auf sich
　haben 157, 22.
hafðr *n.* haft, annehmlich, glaublich 225,29.
　s. hafa 2.
hafdŷr *n.* Seethier für Schiff 68, 28.
haffaxi *n.* Meerross, für Schiff.
hâfi = hâvi 210, 31; der hohe, *s.* hâr.
hâfiall *n.* Hochberg.
hafinn gehoben, *s.* hefja.
hafís *m.* Meereis, Treibeis *pl.* 229, 23.
hafna, ablassen, *m.* D. 198, 17; verlieren
　SQ. 31.
hafr *m.* Bock, *pl.* hafrir 51, 14; hafra drot-
　tinn, ist Thor.
hafsinglingarmenn *m. pl.* Seeleute.
hafsmegn, h-megin, Meeresmacht.
haga (2) 1) ordnen, 2) erwählen.
Hagbarði ein Seekönig, s. Hürde, d. Schild.
hagi *m.* der Hag.
hagl *n.* Hagel.
hagleikr *m.* Geschicklichkeit 286, 25.
hagliga künstlich Hým. 15.
hagligr, behaglich, geschickt.
hagna (2) nützen, mer hagnar 342, 24.
hagr *m.* Nutzen; Zustand, i hag einum,
　zu Gunsten eines 121, 18; 125, 14; Schick-
　sal 364, 9.
hagr, geschickt, *Sup.* hagastr 101, 23.
hagræði *n.* Nutzen.
hagvirki *n.* Kunstgewirke; h. holds dŷra,
　das werthvolle K. des Leibes, den Man-
　tel 92, 30.
hagþyrnir *m.* Hagedorn s. ölstafn.
haka *f.* Kinn 145, 36.
hâlbr, zweitheilig Hâv. 53. = halfr.
hald *n.* Abhalten, Feiern 122, 16.
halda, ek hêld; hêlt; halten *m.* D. hêlt
　skildi, hielt den Schild; þingi, virðîngu;
　2) behalten 162, 19; behaupten; velli, das
　Feld 63, 1; beobachten *m.* A. lög; *auch*
　weiden 357, 37; *ausgelassen wird bes. oft*
　Ruder: hvert skal nû halda? wohin soll
　nun gehalten, gefahren werden; *imp.* heldr
　nû við hôt, es geht nun ans Drohen
　327, 11; hêlt við atgöngo, es war nahe
　am Angriff 200, 30.

haldboði der zu halten gebietet, hildar h.
　der Kampfanbefehler 68, 4.
haldorðr worthaltend.
hâleitliga, majestätisch, herrlich.
hâleitr, hoch, erhaben *v.* lita.
hâlfa *f.* Hälfte, hâlfu, um die Hälfte; halfu
　diarfligarr, noch einmal so kühn 140, 7.
halfberserkr *m.* Halbberserker 292, 40.
halfmörk *f.* eine halbe Mark.
hâlfr, halb; hâlfannat, anderthalb; hâlf-
　femti, fünfthalb; Hâlfr *n. pr.* Hâlfs bani
　der Meergott 198, 38.
hâleggr, hochbeinig.
hâligr, hoch, hehr; von einem hehren
　(heiligen) Verhältniss 74, 3.
hâll, glatt; â isi hâlom.
halla (2) neigen.
hallkvæmd *f.* Bequemlichkeit; Zuneigung
　367, 35.
hallr, höll, halt (aus halðr) geneigt, sich
　absenkend; günstig.
hallæri *n.* Missjahr, Theurung 195, 9; 290,2.
hallr *m.* Stein.
halmr *m.* Halm, *gew. coll.* Stroh.
halr *m.* Mann, Herr Hâv. 37; *D.* hal Hâv.
　120, *pl.* halir Hâv. 131; *A. pl.* hali.
hâls *m.* Hals; am Schiffe: Vordertheil und
　der vorderste Segelfuss.
halsbaugr *m.* Halsband (men) 187, 28; 49, 5.
halsdigr dickhalsig.
halshöggva köpfen.
haltr, lahm Hâv. 90.
hama, hamaz (2) aufschwellen, vor Wuth,
　250, 28. 2) sich verwandeln *s.* hamr.
hamarr *m.* 1) Hammer þrym. 1. 2.; 2)
　Fels, Klippe 373, 16; *pl.* hamrar Felsen
　213, 13; 214, 16.
hâmeiðr *m.* hoher Baum.
hamingja *f.* Glück 244, 6.
hamla (2) 1) fesseln, 2) einhalten.
hamhleypa *f.* Gestaltwechslerin (Wechsel-
　balg) 244, 29.
hamliotr, hässlich von Gestalt 54, 10.
hamr *m.* Leib; Gestalt; *bes.* angenommne
　Gestalt; arnar hamr, Adlerkleid; *eig.*
　Haut, Hülle; *Dat.* hami Vol. 39, ham 52, 25.
　A. pl. hami Helr. 6.
handan *Adv.* jenseits; fyrir ver handan,
　jenseits des Meeres 96, 19.
handarvanr, handberaubt.
handfestr *f.* Handgelöbniss, Vertrag, *D.*
　h.-festi 130, 14; 258, 34.
handlag *n.* Handschlag 268, 14.
handgenginn, beeidet; durch Handschlag
　verpflichteter Hofmann 263, 36.
handlaug *f.* Handwaschen; Waschbecken.

handriotr, hannriotr 148, 13; hyrjar h. des
Handfeuers (Goldes) Aussteuer *s.* hriota.
handrån *f.* Raub aus d. Hand.
handsal *n.* Handgelöbniss 263, 22.
handselja *Part.* handsaloð, zusagen 124, 20.
handstyrkr starkhändig.
handtaka, handtôk, handtekinn, ergrei-
fen mit d. Hand 119, 4; 205, 9; 328, 6.
hânga (hêkk) hangen, *sp. schw.* bângdi.
hangi *m.* anhängend, hangend 213, 21.
hani *m.* Hahn.
hann, hon (hun), er, sie; *D,*: hanom, hô-
num, honum, ihm; henni, ihr. *A.* hann,
f. hana.
happ *n.* Glück.
happfröðr, zu rechter Zeit, zu gutem
Glücke weise 289, 8.
hapt *n.* Fessel, *pl.* höpt, die Götter; hapta
vê, die Wohnungen der G. 65, 34.
haptasnytrir der Schmücker oder Leh-
rer der Götter, Odhin 52, 31.
haptr, gefesselt.
hår, hâ, hâtt, hoch, *D. n.* hâvo grasi
Hâv. 121; *pl.* hâir, *f.* hâr, *n.* hâ. *Die*
schw. Form inn hâi, hâvi, hâû; *Comp.*
hærri, *Sup.* hæstr. — *D. sg. stark* hâfum
210, 31; inn Hâvi ist Odhinn.
hár, grau; *pl.* hårir.
bâr *n.* Haar.
harôfengi *n.* Tapferkeit (h. Anfassen).
harôfengr tapfer 376, 14.
harôfôtr *m.* 61, 30 s. hialt; harôgreipr,
tapfergreifend.
harôhugaôr strenggesinnt, tapfer.
harôindi *n. pl.* 1) Strengheit, 2) böse Zeiten.
harôkliâôr straff ausgespannt 106, 23.
harôla 1) tapfer, 2) sehr 153, 17.
harôleitr scharfsichtig.
harôråôr, streng.
harôræôi *n.* Strenge, Tapferkeit 115, 28.
harôr, hörô, hart, hart; muthig, *Comp.*
harôari 345, 11.
hârfagr schönhaarig.
hark *n.* Lärm 209, 6.
hârklæôi *schwed.* hârenes Kleid.
harma (2) härmen.
harmflaug *f.* ein Harmgeschoss Vol. 33.
harmkvæli *n. pl.* jämmerliche Qualen.
harmr *m.* Harm, Sorge, *pl.* 116, 29; Kum-
mer.
harpa *f.* Harfe, *A.* hörpu 377, 22; 380, 5.
Hârr, *u.* Hâr 175, 11; Odhin (*eig.* der Alte,
graue) *G.* Hârs, Vol. 21: *poet.* ist Odhins
Glanz, Flamme, das Schwert, dah. sia
dýra Hârs-dag-ryfr, der theuere Schwert-
zerbrecher, tapfre Mann, vom Knaben
Sigurôr 164, 21.

harri *m.* Herr 72, 4; *G. pl.* harra 148, 9;
poet. syn. fûr herra.
hârrœtr *f. pl.* Haarwurzeln 146, 5.
hâssæti *n.* Hochsitz.
bâseti *m.* Ruderer; *v.* hår *m. pl.* hâir Ruder.
hâseymôr, hochgesäumt 73, 23.
hâski *m.* Gefahr.
hasl *n.* Hasel, hasla *f.* Haselstange 138, 39.
hasla (2) mit Haselstangen abstecken 137, 35.
hâstöfum *D. pl.* mit lauter Stimme 321, 26.
hâtiô *f.* Fest; *G. pl.* 196, 13; hâtiôi *n. dass.*
hâtimbra (2) hoch aufzimmern.
hata (2) hassen, *m. D.* baugi 164, 8. 15.
hatr *n.* Hass.
hâtt *Adv.* hoch, laut; *n. v.* hâr.
hâttr *m. D.* hætti 192, 16. 39; *Pl.* hættir,
A. pl. hâttu. 1) Gebrauch, Sitte, Verfah-
ren; spurôu um hâttu þeira Friôþiofs. 2)
Regel, hvat eru hættir skaldskapar, wie
vielfach sind die Regeln der Dichtkunst
191, 3; *gew. aber sind* 3) hættir *abs.*
die Versarten 191, 10. 13 ff., 192, 16; 4) Ach-
tung, Ansehen, þa em ek þô eigi minni
hâttar 233, 30; 5) Art 287, 19.
hâtûn *n.* hohe Wohnung.
hauôr *n. poet.* Erde..
haugagiörô *f.* Bestattung 356, 42.
haugaöld *f.* Zeitalter der (Grab-) Hügel
199, 2; haugsöld *dass.* 194, 13.
haugr *m.* Hügel, Grabhügel *pl.* haugar; *D.*
sg. haugi *und* haug 232, 32; 358, 37.
haugsgerô *f.* Begräbniss 292, 4.
haugstaôr *m.* Stelle des Grabhügels 193, 33.
haukaset *n.* Habichtssitz (Hand).
haukdœlskr, aus dem Haukdal (Habichts-
thal) gebürtig.
haukstaldar *m. pl.* Falkener, Gefolgsleute
SQ. 31.
haukströnd, Habichtsstrand (Hand), Kies
der H. *ist poet.* das Gold 58, 2.
haukr *m.* Habicht.
hauss *m.* Schädel, *pl.* hausar 61, 33.
haust *n.* Herbst 215, 3.
haustgríma *f.* Herbstnacht Hâv. 74.
hâvetr *m.* Hochwinter 256, 9.
hâvi 1) (*schw. m. v.* hâr) der hohe, 2) *n. pr.*
Odhin; Hâvamâl *n. pl.* Odins Sprüche, Lied.
hêôan, von hier, von hinnen, fort.
hêôar, heôra, hierher; nahe hier.
Heôinn, ein alter König berühmt als See-
kämpfer 187, 16 ff; dah. *poet.* für Wikinger;
Kämpfer; Heôinskvân, Schlacht; Hs. vâô,
der Harnisch; H. veggr, Schild; Heôins
Armmond, der Schild 63, 32; Hs. byrjar
freyr, der Schlachtsturmgott 66, 9. 10.
heôinn *m.* Kleid, Rock Hâv. 73.
heôra, hier.

hefja, hôf heben, anheben; *auch imp.* hefr kviðu, es hebt den Gesang, die Sage an 101, 26; 2) erheben (z. König) 198, 35; *Part.* hafinn.

Heflir, Hemlir, ein Seekönig Sn. E. 208; seine Pferde, die Schiffe 74, 20.

hefna (1) rächen *m. G. d. S. und D. d. P. auch abs. u. m. D. d. S.* hefni hann vîgi, rächt er es mit Todschlag 128, 15.

hefnd *f.* Rache, *pl.* SQ. 40.

hefndarorð *n. pl.* Strafworte 318, 18.

hegat, hier, hieher.

hegna (1) 1) umhegen, 2) strafen.

hegning *f.* Ahndung, Strafe 156, 6.

hegômi *m.* Scherz, Spott 194, 29.

hegri *m.* der Häher, Hâv. 13.

heið *n.* heiterer Himmel.

heiði *A. v.* heiðr, Heide.

heiðingjar *m. pl.* die Heiden.

heiðinn, *pl.* heiðnir, heidnisch; heiðin guð, 64, 20; *viell.* volksmässige (= heiðr).

heiðir, *m.* Habicht; heiðis stallr 281, 37, des H. Stand (Hand); h. meiðr, des H. Baum (= Achsel) 146, 28.

heiðni *f.* Heidenthum.

heiðr *f.* Haide, Ebene 138, 21; *D. A.* heiði, *pl.* heiðar 110, 27.

Heiðr *f.* eine Wala 362, 27; *D.* Heiði 238, 33.

heiðr, heið, heiðt, hell, heiter; heiðar stiôruur; inn heiði dagr.

heiðr *m.* Ehre, Ansehen, Preis 190, 21.

heiðra (2) ehren.

heidrîkr, heiter, klar.

heiðum-hárr, himmelhoch, vgl. hugumstôr.

heiðvanr', äthergewöhnt Vol. 27.

heiðvirðr hochangesehen.

heiðþornir, *poet.* für Himmel.

heilagr, heilög, heilagt heilig; *D.* hêlgum, *A.* hêlgan, *schwache Form,* inn heilagi, hêlgi.

heili *m.* Hirn; *poet.* Haupt.

heilindi (-yndi) *n. pl.* Gesundheit; *poet. im sg.* Hâv. 68.

heil, heill *f.* Heil, Glück, glückl. Anzeichen, *pl.* syngium heilar 107, 23; leita heilla 158, 12; heillir at taka 154, 6.

heill *n.* Vorzeichen; illu heilli, *malo omine.*

heill, heil, heilt, heil; gesund — wird zum Grusse gebraucht (Hâv. 2. 11); heilan koma biðja, willkommen heissen; *D. n.* at heilu ok höldnu, heil und wohl behalten 218, 7.

heilla (2) bezaubern Hâv. 131.

heilsa *f.* Gesundheit.

heilsa (2) grüssen *m. D.* 318, 36.

heilund *f.* Hirnwunde.

heim, heima *s.* heimr.

heima (2) ins Haus aufnehmen.

heimabrunnr *m.* Brunnen in der Heimath.

heiman, von Hause.

heimboð *n.* Einladung.

Heimdallr ein Ase 182, 10; der himmlische Wächter Vol. 45, *G.* Heimdallar.

heimili *n.* Heimath 121, 11.

heimila (2) zurückfordern, beanspruchen als Eigenthum 133, 10. 12.

heimild *f.* Rechtsanspruch, Forderung 133,9.

heimill, heimil, heimilt, was zu fordern ist, bereit 350, 14; vollkommnes Eigenthum 176, 3.

heimisgarðr *m.* heimathl. Gehege.

heimr *m.* 1) Haus, Heimath; *in Prosa bes. A.* heim, nach Hause; heim; *oft nur* hinein 179, 1; 253, 2; *G. pl.* heima, zu Hause; 2) Welt 179, 10; 212, 4; 323, 17. 19; heims kringla, Weltkreis 193, 1.

heimska *f.* Thorheit 209, 12.

heimskr, unerfahren, thöricht (der immer heim gesessen hat).

heimsœkja besuchen, heimsuchen.

heimstöð *n. pl.* der Welt Wohnungen.

heimta (1) *praet.* heimti, fordern, holen.

heimting *f.* Forderung 132, 37.

heimþinguðr der Heimath ansprechende, h. vingnis, der Besucher des Riesen, Thor, *G.* 52, 5.

hein, *f.* Schleifstein 52, 6.

heinland der Boden des Schleifsteins, das Schwert; h-s Höðr, Schwertgott, ist der Krieger 189, 24.

heipt, *f.* Hass, Grimm 55, 2; heiptar ràn grimmiger Raub 71, 15.

heipta (1) heftig hassen.

heiptar strangr, grimmig streng 72, 4.

heiptarmâl *n. pl.* Streitreden 370, 33.

heiptgiarn hassliebend SQ. 31.

heiptugligr *m.* grimmig.

heit *n.* Verheissung: Gelübde 330, 13.

heita; ek heiti, *Pr.* hêt, ich heisse (*vocor*) heitinn; heita, ek heit, *Pr.* hêt; 1) ich rufe, heitr à menn 118, 40; aufrufen 61, 17; 209, 31; anrufen SQ. 14; 2) verheissen *m.D.* liðveizlu, Hilfe; hafa mer þvì heitit; 3) *m. à u. A.* Gelübde thun, hun skyldi â hann heita til alls 209, 31; 210, 23.

heita (1) heitzen, *und wie es scheint* kochen Hŷm. 3.

heiti *n.* Name; 2) poetisches Synonym.

heitkona *f.* die Verlobte.

heitr, heit; heitari, heisser.

heitstrengja (1) heiss, heilig versichern.

Hel *f.* Hel, Todesgöttin, oft für Tod. — *G.* heljar, *D.* helju 179, 5. 12; 177, 16; î helju, todt 311, 38.

heldr *adr.* 1) lieber; mehr: heldr vilda ek, — enn; lieber wollte ich — als; heldr enn ecki, etwas mehr als nicht = sehr wenig 95, 7; ecki at heldr, um nichts mehr; 2) gar: heldr sterkliga, gar tüchtig; heldr er mer kalt, es ist mir gar kalt.

hêlga (2) heiligen, weihen, *m. D.*

hêlgi *f.* Heiligkeit.

helgrind *f.* 82, 3; *pl.* helgrindr 178, 37; die Thür der Unterwelt.

hella *f.* Felsstück 119, 11; Stein 181, 15; 284, 33.

hellir *m.* Höhle 181, 14; hellis-bör ist der Riese 51, 5.

hellisskùti *m.* Höhlenrand.

helluland *n.* steinig Land 284, 38.

helmîngr *m.* Hälfte; helmingi *dass.*

helnauð *f.* Todesbedrängniss.

helzt = heldst, am meisten.

helvegr *m.* Todesweg.

helvîti *n.* (die Strafe nach dem Tode) Hölle 105, 11.

henda (1) anfassen; hendi at mörgu gaman 109, 33; erfassen, *Perf.* hafði hent 144, 32; fangen, Háv. 90. 2) *m. D.* auffangen (in die Höhe geworfenes) 254, 8; Isl. 1, 239. 3) aufnehmen, *m. D.* 212, 10. 4) *imp.* hendir mer, es kommt mir zu 374,27.

hendîng *f.* 1) das Handgemeinwerden, 2) Zufall, 3) Assonanz 191, 21.

hendr *pl. v.* hönd.

henni, ihr *s.* hann.

hepta (1) heften, harmi heptr, vom Leid ergriffen 54, 35.

hepti *n.* das Heft, Griff; Schaft.

hêr, hier.

herað *n.* Bezirk; ein Herad, *pl.* heruð 138, 8.

heraðsdaufr taub im Bezirk 292, 31.

hêraðssekr bezirkverwiesen 114, 20.

herbaldr kriegskühn SQ. 18.

herbergi *n.* Herberge, Gästekammer 320, 7.

herblàstr *m.* Kampfsignal.

herbùnaðr *m.* Kampfrüstung.

herða (1) hart machen; mit â, in jemand dringen, herðir â Guðriði; *Perf.* herðu at konungi, sie drängten 200, 17; *Part.* herðr, gehärtet 356, 6.

herðar *f. pl.* Schultern 141, 8 (v. *sg.* herðr).

herðilutr, schultergebückt.

herðir *m.* Dräuger, Anreizer 189, 13; Krieger.

herdrött *f.* Heerschaar.

hêreptir, hiernach.

herfäng *n.* Beute; her-ferð, maðr, margr: Heerfahrt, mann, viel.

herflýtir *m.* der Führer des Heeres 69, 6; des Reims wegen *st.* herflytir; *v.* flytja.

Hergautr Odhin 59, 26.

hergiarn kampfeifrig SQ. 22.

herja *f.* Riesin.

herja (2) heeren; *m.* â bekriegen *Conj.* 3 *pl.* heri 137, 37.

herjan *m.* Krieger; *bes.* Odhin 80, 29; *s.* Zunge, d. Schwert 346, 27.

herkir *m.* 1) Feuer, 2) Riese.

herkinn, Strolch 294, 20 (eig. wohl Polterer v. hark).

herklæðaz (1) sich rüsten 204, 30.

herklæði *n.* Rüstung 110, 31.

herlið *n.* Heereshilfe.

hermaðr *m.* Kriegsmann 102, 22; 354, 40.

Hermóðr Diener Odhins.

hêrmeð htermit.

hêrna, hier.

hernaðr *m.* Kriegszug (Kampf) *D.* hernaði 350, 14.

hernuminn kriegsgefangen 149, 31.

herôp *n.* Heergeschrei 204, 28.

herör *f.* Aufgebotspfeil 203, 31.

herr *m.* 50, 12; 62, 21; Heer, *A.* her 62, 25; *G.* hers 160, 39. 2) Feind Helr. 9, *pl.* herjar Háv. 73.

herra *m.* Herr (a. d. Deutschen.)

hersir *m.* Heerführer, Herse (Häuptling).

herskiöldr *m.* Heerschild, fara herskildi verheeren 136, 15.

herstillir *m.* Heerführer 342, 41.

hervâð *f.* Heerkleid, Rüstung.

hervîkîngr *m.* Heerfahrer 272, 10.

herþarfr kampfnützlich, kampfgeübt 65, 31.

heslistöng *f.* Haselstange, *pl.* h-stengr 138, 16; 148, 32.

hêstaat *n.* Pferdehetze, Wettkampf 109, 12.

hêstaþîng *n.* Pferdekampf 107, 26; 109, 24.

hêstklàr *m.* an Arbeitsgaul 107, 32.

hêstr *m.* Pferd, *eig.* Hengst.

hey *n.* Heu; *G. pl. m. Art.* heyjanna 229, 20.

heygja (1) begraben 291, 38; 232, 38.

heyja, hâði hegen, das Gericht 230, 19; hâði iarl þing 68, 7; *poet.* den Kampf, orrostu heyja 163, 28; hâðum leik 78, 1; 145, 15. 2) bereiten, von Fellen: gerben hâðum rendr (die Schilde) 75, 24.

heylisâr *st.* heilisâr, Hirnwunde.

heyna *schwed.* hegen 388, 2; 389, 17.

heyra (1) hören.

hiâ, (2) müssig sein, feiern.

hiâ, bei.

Hiaðningar, ein Kämpfergeschlecht 187,11.

hial *n.* Unterhaltung *viell.* hiâl.

hiala (2) kosen 162, 11.

hialdr *n.* Sturm; *poet.* Kampf, h. suerrandi d. Kampf beschleunigend, antreibend 148,9; at hialdri, im Kampf.

hialdrgegnir, 72, 12; der mit Sturm

entgegentritt; hialdrmagni *m.* Kampf-stärker.

hialdrtranar *m. pl.* Kampfkraniche, die Pfeile oder die Raben 56, 25.

hialdviður *m.* Kampfgott; h. haffaxa, der K. der Seepferde, der Schiffbeherrscher 65, 8.

hialli *m.* Felsenvorsprung.

hiallr *m.* ein Auftritt, Bankgestell 206, 37, bes. die Bühne der Zauberinnen 289, 17.

hialmaðr, helmbedeckt.

Hialmars bani, das Schwert Tyrfing 82,23.

hialmfaldinn helmbedeckt, harðr h. hilmir vann barða fiandr sína, der tapfere h. Fürst bekam geschlagen, schlug 65, 12.

hialmgagarr Helmfeind (Schwert) 106, 31; *eig.* Helmhund.

hialmröðull *m.* Helmsonne, Schwert 56,15.

hialmstofn, Helmstütze (Haupt).

hialmr *m.* Helm, *pl.* hialmar.

hialp *f.* Hilfe; hialpræði Hilfsmittel.

hialpa helfen, *Imp.* hiulp 185, 27. 30; hialpaz, sich helfen, sorgen 232, 25.

hialt *n.* Schwertgriff, *n. pl.* hiölt, *dass.*, fyrir hialta harðfötnm baugatýs, durch die harten Füsse der Holzgriffe (durch die Schwerter) des Goldgebers 61, 29.

hialtuggiðr vom Schwertgriff geflossfedert, uggi ist Flossfeder 96, 3.

hiarðarsveinn *m.* Hirtenknabe.

hiarni *m.* Gehirn.

Hiarrandi 187, 16. Vater des Hedin 50, 12.

hiarta *n.* Herz; hiartaroetr, Herzwurzeln.

hildarstormr Schlachtensturm.

hildingr *m.* Kämpfer *bes.* König *poet.*

Hildr *f.* die Kriegsgöttin; *poet. appell.* Krieg, Kampf; *bes. oft* hildarleikr, das Schlachtspiel, der Kampf; Hildar vê, des Kampfes Gott ist Odhin 52, 12; *D. A.* hildi *daher* hildi vekja, den Kampf erwecken.

hilmir *m. poet.* König.

hilming *f.* Verdeckung.

himinn *m.* Himmel, *poet.* für Dach, Decke 62, 13; himna riki Himmelreich.

Himinfiöll *n. pr.* einer Gegend, wo Kg. Önundr durch einen Bergsturz umkam 54, 35.

himiniödýr *n. pl.* die himmlischen Zugthiere Vol. 5.

himneskr himmlisch.

hind *f.* Hindin.

hindr, hinter; hindri, der hintere.

hindra (2) hindern.

hindrvitni *f.* Aberglaube 208, 15; 290, 23.

hingat, hierher.

hinn, hin, hit, jener; der; *pl.* hinir, die übrigen 320, 27.

hinnig, hinnug, hierher.

hinztr der letzte *s.* hindr.

hinumegin *m. G.* jenseits.

hiögg u. höggva etc. *s.* högg.

hiôl *n.* Rad.

hiôn *n. pl.* 1) Gemahl, 2) Dienerschaft, *u. bloss* Hausgenossen 367, 21.

hiônaval *n.* Dienerwahl, Hausgenossenschaft.

hiör *m.* Schwert; *D.* hiörvi, hiörfi, *g. pl.* hiörva hlöm, der Schw. Klingen 25, 22.

hiörð *f.* Heerde, *pl.* hiarðir Häv. 21.

hiörlautar hyriar þing, Gericht des Schwertbodens Feuers (des Schildes F.), das Schwertgericht.

hiörtr *m.* Hirsch.

hiörund schwertverwundet.

hiörþeyr *m.* Schwertsturm; litt sâ höldr hiörþeys við *m.* tungu, wenig sah d. Mann des Schw. auf meine Zunge, auf mein Wort 92, 17.

hirð *f.* Gefolgschaft, *G.* hirðar.

hirða 1) einheerden, bewachen, 2) sich kümmern um 234, 1.

hirðir *m.* Wächter, Hüter.

hirðitýr herfangs, der den Heerfang besorgende Gott 53, 18, Loki.

hirðmaðr *m.* Gefolgsmann.

hirðarsveinn *m.* Edelknabe.

hiröskrâ *f.* Schrift der Gefolgschaft.

hirðstiori *m.* Herrscher des Gefolges.

hirdvist *f.* Hofhaltung.

hiti *m.* Hitze; Flamme.

hitki dieses nicht.

hitta (2) 1) aufsuchen, 2) treffen.

hiû *n. pl.* wie hiön; Familie 238, 15, die Eheleute.

hizig, hits, *Adv.* dort 49, 18.

hlað *n.* 1) Besetzung mit Goldfransen, Borte; *gew.* 2) ein Kopfschmuck: Stirnband.

hlaðbeðr Stirnbandlager, frâ hlaðbeðs gunni von der Stirnbandtragenden Frau 356, 20.

hlaða *f.* Scheune 335, 20.

hlaða, hlöð 1) aufschichten, Steine u. and. Massen; *m. D.* grioti 144, 40; valköstum 145, 11; 2) errichten *m. A.* 327, 34. 3) beladen, hlaðnir, beladene.

Hlaðir *f. pl.* südnorw. Landschaft, Hlaða iarl 197, 5; at Hlöðum; ût â Hlaðir.

hlæja, hlæa, hlô lachen, hlæra, du lachst nicht SQ. 31. hlæir mik, es lächert mich.

hlakka (2) schreien wie ein Adler.

Hlakkar tiöld, Hlöcks Decke, der Schild 64, 27; Hl. segl 64, 27, *dass.*; Hlakkar âs, ihr Balken, das Schwert 65, 31.

hlâr, schlaff.

hlátr m. Gelächter, D. hlátri Háv. 134, poet. hlátra harar, die Brust 58, 14.

hlaup n. Lauf.

hlaupa hliop, laufen, gew. springen: hleypr upp yfir, er springt über 180, 42; auch für gleiten, stürzen, Praet. pl. hliopu, liopo 204, 39; 208, 1; und hlupo 93, 16; 95, 8; 372, 22; hlaupaz at môt, sich entgegen laufen 226, 9.

hlaut n. Opferblut 197, 16.

hlautbolli m. Schaale od. Krug zum Opferblut 197, 16.

hlautteinn m. Blutsprengel, Stab 197, 17.

hleifr m. Laib Brod, D. hleif Háv. 52.

hlekkr, Kette.

hlemma, hlam ertönen (von Schlägen) 56, 15; ags. hlemman, erdröhnen; hlem der Schlag, pl. hlemmas.

Hlêr m. für Oegir 181, 36; G. Hlês.

Hlêvangr m. ein Zwergsname (so cod. H. st. Hlævangr) vgl. aurvangr.

hleypja (1) 1) in Lauf setzen, 2) gleiten lassen, (die Segel) einstreichen, 3) sprengen, 4) werfen; brúninni, die Brauen schwingen; jedesm. m. D.

hleypiskîð n. Laufschuh, = Schiff poet.

hleypiskúta f. ein schneller Nachen, Schute.

hlið n. 1) Thür, 2) Thüröffnung, poet. offne Stelle, Riss 59, 1.

hlið f. Seite; â hlið aðra, an die eine Seite SQ. 63. 64; standa â hlið, zur Seite stehen 59, 38; pl. hliðar die Seiten, bes. des Schiffs 227, 26: at siðr er î miðjum hliðum, dass (offene) See ist auf der Mitte der Seiten. — Seite des Körpers, Hüfte 255, 2.

hlið f. Bergabhang, ahd. hlîta, mhd. lîte Brattahlíð n. pr. 284, 6.

hliða (2) 318, 23: hliðra (2) weichen, zur Seite gehen.

hlíf f. 1) Schild; hlífar flagð die Schildesriesin, die Streitaxt 66, 20; 2) Schutz.

hlífa (1) 1) schonen, 2) schützen m. D. d. P. 239, 28; ser hlífa m. G. 356, 17.

hlífð f. Schutz 353, 41.

hlim st. lim f. Zweig 58, 24.

hlioð n. 1) Laut, Klang 70, 10; 192, 18; 2) Lied 107, 23; 364, 11, s. lioð; 3) Schweigen zum Anhören der Rede Vol. 1; 55, 17; 161, 33.

hlioða singen 313, 18.

hlioðlæti n. Stillschweigen.

hlioðr kleinlaut.

hlioðsgrein f. Lautunterscheidung, Klangunterschied 191, 17.

hlioðstafr m. Vocal 192, 6. 7.

hliomr m. Ruf, Schall.

hliomslof n. lautes Lob, frâ hefnd, über die Rache 65, 1.

hliota hlaut erloosen, gew. erlangen; hlaut þramma sâra â, bekam zu waten den Wundenstrom 96, 22; hliotum at senda, erlangen wir, sei es erlaubt, zu senden 257, 21.

hlîrbiartr, glänzenden Gallions; hlîr n. das dreieckige Bret an beiden Seiten des Vorderstevens 217, 16 s. hlýr n.

hlîri m. Bruder.

Hlöðver Ludwig, D. með Hlöðvi 319, 33; Hlöðyn f. Erde, u. Erdgöttin, G. hlöðynjar.

hlöðynjarmarkar alfr, des Landes Herrscher, der norwegische Jarl 67, 4.

hlœða, beladen 216, 3.

hlœgi n. Gelächter.

Hlökk f. eine der Valkyrien, G. Hlakkar.

hlömm f. Schall, Dröhnen 55, 22.

hlömmun f. heftiger Anschlag; Dröhnen.

Hlôrriði m. (der Luftdurchblitzer) Thôr.

hlunnr m., gew. pl. hlunnar, die Schiffsrollen 177, 36; poet. für das Schiff.

hlunnarfi m. Erbe der Schiffsunterlage, hlîfar flagðs hlunnarfi, der Besitzer der Streitaxtunterlage, des Schildes 66, 20.

hlunnblik n. pl. der Glanz der Flügelthore, Sig. 66, glänzende Thür.

hlunngoti m. Rolleuhengst (Schiff).

hlunn-nirðir Hagbarða hurðar, die Führer der Rolle des Schildes (der Hürde Hugbarðis) die Schwertführer 67, 7; -niörðum, D. pl. von Niörðr; die Krieger, als Schwertgötter.

hluta (2) loosen.

hlutfall n. Fall des Looses.

hluti m. Theil 136, 35; 144, 19.

hlutr m. 1) Loos, 2) Theil SQ. 23, hlut eiga î 366, 6 betheiligt sein an; er î hlut âttu, welche daran Theil genommen hatten; 2) Ding, Sache, D. hlut 55, 11, mit einem Gegenstande; A. pl. hluti 289, 14: die Dinge herbeizuschaffen.

hlutskipti n. Einrichtung der Antheile.

hlýa, schützen, hegen; hlýrat, es schützt nicht Háv. 50.

hlýða (1) 1) anhören, hlýddu 350, 1; 2) gehorchen; 3) glücken, fortgehen; 4) angehen; mâ ok hlýða, es mag auch hingehen 192, 9.

hlýðni f. Gehorsam.

hlynr m. Ahorn in Umschr. für Mann 220, 4.

hlýr, lau G. pl. blýrra benja minna, meiner warmen Wunden 96, 5.

hlýr *n.* 1) Wange *ags.* hlior, 2) das vorderste Bret am Schiffsschnabel, 3) Bret überhaupt; Odhins Bret ist d. Schild 52, 22.

hlýri *m.* Bruder 249, 36.

hlýrnir *m. poet.* Himmel.

hnakki *m.* Nacken.

hnakkr *m.* Sattel.

hnê = hneig *v.* bnîga, neigen.

hnefatafl *η.* Schachspiel.

hnefi *m.* 1) Faust 154, 8; 2) der König im Schachspiel 235, 7; *eig. n. pr.* eines Seekönigs.

hneiga (1) hneigôi neigen, anlehnen.

hneigihliô *f.* der sich absenkende Hügel, h. hârs, die Halde des Haars, die Stirn. Aôr or h. hârs ôlgefion... gœli: Als die Trunkgeberin von der Stirn Thors den Schleifstein hinwegzauberte 52, 10.

Hneitir der Stosser, Kämpfer, Name des Schwerts Olafs d. heil. 341, 24.

hneypta 72, 30 *st.* hnepta knüpfen, höfôum hnepta, die Köpfe zusammenstecken.

hnîga, hneig *u.* hnê, sich neigen; hnê til hluta tveggia, fiel in zwei Stücke SQ. 23; hnê aptr, neigte sich zurück; hniginn (von der Thür) geöffnet 82, 3; (im Kampfe) gefallen 107, 11; hniginn î aldr, ins Alter geneigt, gekommen.

hnioskulindi *m.* Gürtel von Kork 287, 31.

hnipna (2) den Kopf niedersenken SQ. 13, traurig werden, *ags.* hnipian, *dass.*

hnit *n.* Stoss 56, 8.

hnita, hneit stossen, durchstechen 356, 5.

hnitbrôðir ûlfs, der Bruder des Fenrir, die Weltschlange, *Dat.* Hým. 23; hnit, *wahrsch. st.* hnyt, Sprössling (*ags.* hneotan), der eng verbundene Bruder.

hnoss *f.* Kleinod, *pl.* hnossir 258, 14.

hnot *f.* Nuss 183, 39.

hnûp-gnipa *f.* Bergkuppe; hvarms, des Augenlieds, ist 147, 11 die Augenbraue.

höð *poet.* Kampf 43, 14; *ags.* heaðu.

Höðr ein Ase, der den Baldr unwissend tödtet 176, 19 ff. *m. gen. für* Mann 189, 24.

hoddar *m. pl.* die Schätze, Vermögen; hoddum grandar, er beschädigt die Schätze, ist freigebig 189, 24; *ahd.* hort, Schatz *ags.* hord.

höðglamm *n.* Kampferdröhnen.

hödd-dofi *m.* das Taubliegen des Schatzes 57, 17.

hœfa *f.* Glück.

hœfa (1) treffen 125, 42; erreichen, *m. G.* 240, 28 gewinnen; *imp.* hœfir, es ziemt 72, 9; 254, 34.

hœfiligr angemessen, geziemend; günstig

(*v.* Wind) 239, 33. — *Adv.* hœfiliga; sêr h., sei geziemend 255, 7.

hœgindi *n.* Kissen, Pfühl 267, 9; 287, 21.

hœgr 1) geschickt, *Comp.* hœgri hönd, die rechte Hand; Vol. 5; til hœgra vegs, zur rechten Seite. 2) behaglich!, bequem 114, 31.

hœla (1) loben, *m. D.* 188, 2.

hœll *m.* Ferse; far â hœl, mach dich zurück, fôr â bœli 143, 29.

hœlbein *n.* Fersenknochen.

Hœnir *m.* ein Ase 182, 11; Hœnis vinr, ist Loki 53, 2.

hœns *n. pl.* Hahn *u.* Huhn.

hœnsinn, von Hühnern.

hof *n.* 1) Pallast, 2) *gew.* Tempel.

höf *n.* 1) Gastgebot, Ehrenmahl 351, 19; 2) Billigkeit 199, 13; Maass, Sittigkeit.

höfr *m.* Huf.

höfðingi *m.* Häuptling.

höfgi *m.* 1) Bürde, 2) Müdigkeit 232, 29.

höfgi müde 256, 24, *s.* höfugr.

höfliga geziemend 264, 24.

höfn *f.* 1) Hafen, 2) Leibesfrucht, 3) Besitzthum, Habe *D. pl.* SQ. 37.

hofreginn Tempelgott, þâ er hofreginn högreiðar fram drögu, die den vielverehrten Gott des stattlichen Wagens (den Thor) fortzogen 51, 14.

hofseiôr *m.* Tempeleid 112, 28.

hofshurð *f.* Tempelthür 323, 30.

höfsmaðr, Mann von Massshaltigkeit (od. von Ansehen)? 286, 3.

höfuð *n.* Haupt; Anfang.

höfuðbaðmr *m.* (*so ist st.* höfuðbaðnir *zu lesen*) 148, 9: Hauptspross, h. harra, der Sprössling von Herren.

höfuðhof *n.* Haupttempel 230, 16.

höfuðlausn *f.* Lebensauslösung.

höfuðskip *n.* Schiffe mit Köpfen 230, 11.

höfuðsmátt *f.* die Kopföffnung im Panzerhemd 102, 10.

höfuðstafn *m.* des Hauptes Steven, für Mund od. Schnabel.

höfuðstafr *m.* Hauptstab (der Alliteration).

höfugligr, schwer, matt.

höfugr 1) schwer, *pl.* höfgir 178, 17; 2) müde, *schw.* Form höfgi 256, 24.

högdrœgr, leicht zu ziehen.

högg *n.* Hieb, Stich, Schlag.

höggormr *m.* Schlange (Stechwurm) *pl.* 177, 31.

höggvaviðskipti, Zweikampf.

höggva; hiô, hioggum, hauen, hiuggu ver, wir hieben; stechen, *Conj. Praet. at* hioggim, dass wir niederhieben SQ. 32.

Högni ein berühmter Seekönig 187, 14 ff. 49, 14; Högna kufl, der Harnisch 76, 1; H. hreyr ð. Schwert 55, 4.

hôgreîð f. künstlicher Wagen.

hökunôtt f. die letze Nacht, dass die Sonne im Steinbock ist.

hökuskegg n. Kinnbart 208, 8. s. haka.

holfa (st. hvolfa) umgekehrt sein, horn holfanda 246, 2, vgl. kom holfandi niðr, Kristnisaga.

hold n. Fleisch, holdgan f. Menschwerdung.

holdgr'ôinn, ans Fleisch gewachsen 102,9.

höldr, Mann, pl. höldar, G. hölda 77, 7.

hölkn n. Steinfeld; Lavastrecke.

höll f. Halle; G. hallar, D. höll u. höllu.

hollr, holl, hollt, hold.

holmi m. Insel, wie holmr.

holmfiôtur n. die Fessel der Insel ist das Meer, holmfiôturs dofra drottinn, der Herr der Meerriesen, der Schiffe 67, 1; grund bundin holmfiôturs eitrsvölum naðri: das Land umgeben von des Meeres giftkalter Natter (vgl. Jormungandr) 189, 22.

hôlmr m. der (abgesteckte) Kampfplatz 95,1; 376, 21; eig. Insel 94, 6.

hôlmganga f. Zweikampf, Holmgang (Inselgang).

holmgöngulög n. pl. Gesetze des Zweikampfs 296, 9.

Holmrygir m. pl. die Bewohner der zu Rogaland gehörigen Inseln, die Inselrugier 61, 17.

holmstefna f. Zweikampf 350, 39; 351, 41.

holr, hohl.

holsâr n. Hohlwunde, bis in innere Theile 338, 3.

holt n. felsige Gegend, Schlucht.

holtriði m. Bergfahrer, Riese.

hönd f. Hand; 1) zu bem. â hönd od. pl. â hendr, gegen, m. D.; â hendi standa, entgegenstehen 60, 20; 2) af hendi m. G. im Namen eines sprechen, thun; 3) î hönd, zuhand, sogleich 283, 18; 4) til handa, zu Handen, herzu 373, 30.

höndla (2) fangen, greifen.

hopa (2) zurückweichen.

hopaz (sp.) schwed. hoffen.

hör m. Lein; pl. hörvar, die flächsenen Bogensehnen 57, 4.

hôrdômr m. Hurerei, Liederlichkeit.

hörð f. u. n. pl. v. harðr.

horfa (1) schauen 245, 26; intr. wohin gerichtet sein 114, 26. 27; horfa. við, gegenüber sein 246, 21; frâ horfa, verlassen.

horfinn (v. hverfa) verschwunden 240, 15.

hörg n. pl. u. hörgr m. Heiligthum, Hain.

hörmeitið n. part. der Ertrag einer Ernte Hym. 39; eig. Sichelgeschnittenes.

horn n. Horn; horngöfugr, horngeziert.

hornklofi, Hörnerspalter; das ist als Beiwort: furchtbar hauend 58, 6.

hörpustokkr m. Harfenfuss.

horskr verständig, Hâv. 6. 20. 62.

hörskrýddr, leinengeschmückt.

hörund n. Haut.

hôt n. Drohung, 2) etwas 72, 28.

höttr m. Hut, G. hattar 282, 37; der Hut der Erdhalle ist der Himmel.

hothvetna st. hvat vetna, was irgend.

hraða (2) eilen.

hraðmæltr redeschnell Hâv. 29 (v. mâl).

hraðr, hröð, hratt, beweglich, eilig.

hræ n. Leichnam, G. pl. hræva, hræfa 54, 12; ags. hræv; goth. hraiv dass.

hræbarinn st. barðr, tödtlich geschlagen, die zu Leichen geschlagenen Zweige 55, 33 sind verdorrte.

hræða (1) schrecken, Perf. hræddi; hræðaz, sich fürchten.

hræða f. Schrecken, als Zuname 103, 36; 105, 29.

hræddr erschrocken (P. v. hræða) 316, 16; 315, 27; Comp. hræddari.

hræðala f. Furcht.

hræfa s. hreifa.

hrægammr Leichengeier 68, 5.

hrækja (1) vertreiben Hâv. 137 v. hreka st. reka (vrekan).

hrœll m. Weberkamm 106, 13; pl. hrœlar eb. 25.

hrœr n. Leichnam 60, 7.

hræsîld f. Leichenhäring, poet. für Speer, at hræsîlna hialdri, in dem Speersturm 76, 28.

hræskærr, leichenzerreissend 96, 5.

hrafn m. Rabe; hrannahrafn, der Flutenrabe (Schiff) 65, 1.

hrafnâsar vinr, des Rabengottes (Odhin's) Freund, ist Thor 53, 6.

hrakligr, verwerflich, 2) übereilt 111, 23.

hrâki m. Auswurf des Mundes, Speichel.

hrammr m. die Hand mit ausgestreckten Fingern.

hrammþviti m. der Stein der Finger, poet. Gold, bioðr h-a, der Golddarbieter 57, 16.

hranna, hrannir s. hrönn.

hrapa (2) stürzen, bes. eilen 325, 33.

hrâr, hrâ, hrâtt roh.

hrata (2) anstossen, straucheln.

h|ratt 178, 5, s. hrinda.

hratt adv. schnell.

hratta (2) betreiben, antreiben.

hraufa (2) zerreissen, durchbohren.

hraun *n.* Felsland, *bes.* Lava; hraun-búi, drengr, hvalr, der Felsenbewohner, -held, -wallfisch; sämmtlich für Riese, Hým.38.36.

hraustr, tapfer, *v.* hriota; *Sup.* hraustastr; *schw. pl.* hinir hraustustu 352, 29.

hraustliga, männlich.

hregg *n.* Platzregen; hreggsmôðr, regenermüdet; hr. ský, Regenwolke.

hreggmîmir, Regenquell *poet.* Himmel.

hreifr, munter.

hreinbraut *f.* Weg der Rennthiere, *poet.* Erde 148, 17.

hreingalkn *n.* Hým. 24, *st.* hreyn-, hraungalken, Felsungeheuer, d. Riesen.

hreingörr, rein, glänzend gemacht 52, 22.

hreinn, rein.

hreinn *m.* Rennthier.

hreinsa (2) reinigen 114, 32.

hreisikettir, Buschkatzen, *sg.* -köttr 117, 34. 37.

hrekkja *s.* rekja.

hreyr *m.* Rohr, Högna hr., Schwert 58, 5.

hreysi *n. pl.* Felsengeröll, Hým. 35.

hreysti *f.* Tapferkeit 355, 27.

hrið *f.* 1) Augenblick, Wurf; um hrið, einige Zeit; 2) Sturm *u. poet.* Kampf, Angriff.

hriðar-áss des Sturmes Ase *s.* Frôði.

hriðremmir, Kampfstärker 65, 5; Krieger.

hrifa, hreif, reiben; ver hrifum, wir rieben 241, 34; ergreifen, zureichen.

hriggi = hryggi.

hrimfaxaðr, reifhaarig 240, 23.

hrimþursar, Reiffriesen 178, 13.

hrinda, hratt, hrundu, *part.* hrundinn, stossen; *m. D.* hratt honum, stiess ihn 178, 5; hefr upp um hrundit, hat aufgezogen 147, 15; erschüttern; herabtreiben, rollen Hým. 32.

hringjaz, ertönen v. Glockengeläute.

hrînglœginn, der sich in einen Ring zu legen pflegt Hâv. 86.

hrîngr *m.* 1) Kreis, 2) gew. Ring, 3) *poet.* Schwert 71, 10; 189, 15; *D.* hring 154, 14, *gew.* hringi.

hrîngvarpaðr Ringverschwender (Fürst) 185, 19; *G.* hrîngvarpaðar.

hrîngvariðr, ringgeschmückt *s.* verja.

hrinr *m.* Wiederhall.

hrioða hrauð, reuten, entblössen, ausleeren (*bes.* das Schiff im Kampfe); hrauðz, er zog sich aus Hâk. 4, *part.* hroðinn, 1) ausgeleert, 2) überzogen, Sig. 46.

hriota ek brýt, hraut, hrutu 1) hervorstürzen, springen 118, 22; fallen; 2) schnarchen 256, 28; 3) sausend fliegen 249, 34.

hrîs *n.* 1) Gebüsch, buschicht Kraut, 2) Reis.

hrista (1) schütteln; darrar hristiz 61, 14 *st.* hristuz; hristiz hiörr, geschwenkt ward d. Schwert 344, 7.

hristi-sif hringa 49, 5; die göttliche Verschwenderin der Ringe, d. i. die reiche Jungfrau.

hristir, der Schwinger, Schüttler, des Helms 77, 9.

hrîsungr *poet.* der Waldberg 55, 2.

hriufr, rauh; traurig.

hroðinn *s.* hrioða.

hrôðr *m.* 1) Ruhm, 2) Lobgedicht, *G.* hrôðrar.

Hrôðrs andskoti, *für* Thôrr Hým. 11.

hrœfaz (1) sich bewegen 363, 40.

hrœra (1) rühren, bewegen 326, 26.

hrœrir *m.* Führer.

hrœsinn, prahlend Hâv. 6.

hrofna, in Stücke gehen, sich vermindern.

hrokkinn, runzlich, kraus.

hrökkva, ek hrökk *praet.* hröck (*st.* hrack) *pl.* hruckum, aufspringen (vor Schreck) 54, 21; urðu frâ at hr., mussten eilig fliehen 338, 30; hrukku ísundr, sprangen auseinander 250, 31.

hrönn *f.* Woge, Fluth; hranna hrafn, Wogenrabe, Schiff, *pl.* hrannir 240, 23.

hrôp *n.* Ruf; üble Berufung.

hrôpa (2) berufen, beschimpfen 88, 36.

Hroptr, Beiname Odhins.

hroptatýr ist Odhin.

hrôrna (2) hinschwinden, *eig.* gebrechlich (hrer), hinfällig werden Hâv. 50.

hrôsa (2) rühmen *m. D.* varð at hrôsa gagni, hatte sich des Siegs zu r. 68, 18.

hross *n.* Pferd *bes.* Stute; hrosslifr, Rossleber; hrossaslâtr, Pferdefleisch.

hrosti *m.* Malz, *st.* Bier 60, 20: Finns hrosta hilmir, der König des Biers des Riesen, d. i. des Dichtermeths, Odhin.

hrôtti *n.* Schwert 75, 6.

hrumi *m.* Siechheit, Schwäche.

hrun *n.* Einsturz.

hrundi *s.* hrynja.

Hrungnir, ein Riese, Hým. 16; Ilspialli, der Riese Hymir.

hrútr *m.* Widder.

hrygð *f.* Trauer 259, 1.

hryggi, hryggr *m.* Rücken.

hryggiligr kümmerlich, bekümmert 324,33.

hryggr traurig, *pl.* hryggvir 54, 6.

hryggva (1) betrüben, bekümmern 89, 1; trauern.

hrynbeðr *n.* (des Drachen) klingend Bett, ist das Gold 190, 21.

hrynfiskr *m.* Klirrfisch, das elastische Schwert *poet.* 96, 3.

hryni *m.* Stürzer, Klinger.

hrynivírgill *m.* klingender Ring; hâðr bryniu h-s, der Pfleger der Brünnie von klingenden Ringen 146, 26.

hrynja (1) stürzen; erklingen; *Pr.* hrundi, fiel nieder 76, 14 rauschend stürzte 242, 1.

hrynsöðul *f.* der klingende Ringpanzer 56, 15; *viell.* öðul *f.* zu aðal.

hrynsiâr *m.* rauschender See, *G.* hrynsiâfar, h. hræfa, des Sees der Leichname ist: des Blutes; der Hund, wie jedes Thier, des Blutes, ist der Raubvogel; der Jungfrau (ölgefnar) Räuber war Loki 54, 12.

húð *f.* Haut.

húðföt *n. pl.* Schläuche.

húfr *m.* Breterabtheilung im Schiffe; das Schiff selbst; við hafs hreins botni, hûfi rönum, an der Bucht des reinen Meers, der vom Schiff durchruderten 186, 32.

hugat 292, 33; *Part.* v. hyggja.

hugaðr beherzt.

hugall denkend Hâv. 15, muthig.

hugaleysi 156, 17; l. athugaleysi.

hugblauðr weichmüthig; hugbrigðr veränderlich.

hugfullr beherzt.

hughœgr, herzbehaglich.

hugi *m.* = hugr 345, 20.

hugkvæmr, gefällig 114, 35.

hugleida (1) betrachten.

hugna (2) gefallen, *imp.* zu Muthe sein *m. D.* 109, 6.

hugr *m.* Sinn, Geist, Muth, *G.* hugar, *D.* hug, *A. pl.* hugi; î hugum vera, gutes Muthes, fröhlich sein 62, 20.

hugraun *f.* Erprobung des Muthes.

hugrecki *f.* Tapferkeit 94, 36.

hugreynandi (Sinnkenner) Freund 54, 18.

hugsa (2) denken, überlegen 180, 15; sich bekümmern um 253, 1.

hugumstörr 350, 8. gross an Geist.

hugþekkr angenehm.

hukk *st.* hugg-ek, ich denke 187, 1.

huldr verhüllt, â huldu verborgen.

hulsâr *n.* ins Hohle gehende Wunde.

humall *m.* Hopfen, *pl.* humlar, *schwed.* humbla.

hûn *m.* 1) das Bärenjunge, 2) der Knopf auf der Spitze des Mastbaums, der Wimpel, hûns hêstr, des Wimpels Pferd, d. Schiff 214, 16; *poet.* Schiff selbst, hilmir hûns 220, 17.

hundasköll *n. pl.* Hundegekleff.

hundmargir *m.pl.* sehr viele, vgl. hundvîs.

hundr *m.* Hund.

hundrað *n.* hundert.

hundvîs *m.* sehr weise (erklärt Grimm III, 959).

hurð *f.* Thür, *D.* hurðu, *pl.* hurðir Hiarranda, des Seckönigs, die Schilde 50, 12.

hûs *n.* 1) Haus; *insbes.* 2) die Vorstube 118, 22; vgl. 12. 31; húsgerð, Hausbau.

hûsbondi *m. schwed.* Hausherr 275, 37.

hûsfreyja *f.* Hausfrau *isl.* 155, 1.

hûsfrû *f. dass. spät. aus d. niederd.* 214, 6.

húsfrudœmi` *n. schwed.* Hausfrauwürde.

kûskarl *m.* 1) Diener d. Hauses, *gew.* Knecht, 2) in Schweden, Gefolgsleute 128, 16.

hûsprey *f.* Hausfrau, *norw.* 267, 10.

hûsþing *n.* Hausgericht.

hvaðan woher.

hvalr *m.* Wallfisch, *A. pl.* hvali, Hým. 36.

hvar wo.

hvarf *n.* 1) Umherschweifen, â hvörfum in Zweifel, SQ. 38; Verschwinden; 2) Fortführung; 3) Versteck; Wiederholung, hvarfi *schwed.* wieder.

hvarfa (2) sich umherbewegen 333, 24.

hvarfla (2) umherschweifen.

hvarfûs allgierig.

hvârgi keiner von beiden, *n.* hvârtki, hvârki — hvârki nê, weder noch 151, 2; 233, 11; *Cass. obll. v.* hvârigr.

hvârigr, hvôrigr 354, 26 keiner von bei den (*st.* hvârgi) *D.* hvârigom 200, 37; hvörigum 354, 22; *A.* hvörigan 240, 8.

hvarmr *m.* Augenlid; hvarmatûn für Auge 164, 22; hvarmtöng, Augenlidhalter, Braue 146, 27.

hvârr 1) wer von zweien, 2) jeder, at hvâro beidemal, von jeder Seite, durchaus.

hvârrtveggi (*st.* tveggia vgl. annarrtveggi) 314, 27; jeder von beiden; *n.* hvârt-, hvârttveggia, jedes von beiden, beides 369, 18; *D. m.* hvârumtveggja 127, 33; *f.* hvârritveggjo 133, 7; *n.* hvârutveggja 103, 30. hvörutveggia 246, 35; *Pl. m.* hvârirtveggiu 113, 41; 140, 4; 148, 28; 187, 35.

hvars wo nur immer.

hvârt (welches von beiden) ob; *auch in directer Frage (lat.* num) 178, 33; 180, 6; mit eðr-oder; hvart sem-eðr, sei es-oder (dafür auch hvôrt).

hvârtki keins von beiden (*m.* nê) weder.

hvasliga *Adv.* scharf 347, 4.

hvass, hvöss 96, 1; hvast 228, 41; scharf, ungestüm.

hvat 1) was, 2) jedes Hâv. 5. — hvat-sem, was auch; hvat gestum, was für ein Gast.

hvata (2) eilen, *m. D.* beeilen 57, 13.

hvati Schärfer.

hvatki was etwa, was immer *s.* hverrgi.

hvatr, hvöt, hvatt 1) lebhaft, schnell;
2) muthig, tüchtig, tapfer.
hvatråðr rathschnell 190, 2.
hvê wie.
hveðra f. Riesin; die R. oder Verderberin
der Brünnie 50, 10; ist die Axt, der Axt-
gott heisst der Kämpfer, eb.
hveðrûngr m. Riese, hveðrûngs mögr,
Vol. 53, der Wolf Fenrir.
hvêgi wie auch, 185, 7: hvêgi er dis vagn-
brautar mer fagnar, wie auch die Jung-
frau des Himmels (die himmlische) mich
empfängt.
hveifa tönen Gotal, 19.
hvein 52, 6 sauste s. hvîna.
hvel n. Kreis, Scheibe Hâv. 84; Rad.
hvelfa (1) wölben; umdrehen 340, 4; m. D.
hvella klingen, knallen.
hver wer, D. hveim, wem.
hver (hverr) m. 1) Kessel, Hŷm. 27; A. pl.
hvera Hŷm. 8; 2) heisse Quelle Vol. 52.
hverbr = hverfr, verwendlich, ungerade.
hverfa, hvarf, hurfum, sich wenden
1) umdrehen; 2) wohin (zu gehen) sich
wenden, m. aptr, umkehren, Hâv. 99; 3)
verschwinden; hurfu allir 106, 8; eru horf-
nar (f.) sind verschwunden 240, 15.
hvergi nirgend 326, 24, u. o.; auf keine
Weise 338, 9.
hverju D. n. von hverr.
hverki nê; weder, noch 231, 18; 234, 17.
hvernig, hvernog, hverneg 142, 4:
wie? st. hvern veg.
hverninn wie? hv. sem, wie auch 259, 25.
hverr, hver, hvert 1) wer, welcher,
hverjo geði, mit welchem Gemüth; 2)
jeder, hâðûngar hverrar, jeder Schmach;
hverja nôtt, jede Nacht 178, 16; î sókn
hverri, in jedem Bezirk 230, 36, 3) m.
sinn, sîn, sitt: je einer, sînu megin hverr,
je einer auf einer Seite, jeder auf seiner
Seite.
hverrgi, hvergi, hvatki, 1) wer im-
mer, 2) keiner.
hversa st. hvessa (1) scharf machen 217, 8.
hversu wie.
hvert wohin 282, 25; 337, 24.

hverrtveggja s. hvârtveggja.
hverugr, hvörugr, keiner von beiden.
hvervetna überall 149, 34.
hvessa (1) schärfen, scharf erheben (v.
Winde).
hvetja (1) hvatti, schärfen; ermuntern.
hvî worauf, warum; Instr. v. hver; hvî sætir,
worauf deutet es.
hvîla (1) ruhen, schlafen.
hvîla f. Bett SQ. 30.
hvîld f. Ruhe.
hvîna sausen, rauschen, Pr. hvein 52, 6.
hvîtarmr weissarmig.
hvîti m. u. hvîta, f. die Weisse, der Glanz.
hvîtr 1) glänzend, rein Vol. 19; 356, 20;
2) weiss.
hvîvetna in allem; alles.
hvörigr = hvârigr; hvôrki = hvârtki;
hvörr st. hverr.
hvôrrtveggi s. hvârrtveggi.
hvôrt, ob 288, 22; entweder 231, 27 s. hvârt.
hŷbŷli n. Heimathsgebäude 248, 8; v. hŷ
= hiu.
hyggja (1) hugði, denken 241, 2; zudeu-
ken, Part. n. hugat Hâv. 40; hyggr, meint
eb. 24; (2) mit at u. D. etwas betrachten
155, 25; 156, 34; 215, 20; abs. 109, 38; Acht
geben 292, 33.
hyggja f. 1) Gedanke, 2) Geist, Verstand.
hyggjandi f. Verstand; af h. verständig.
hyggiliga nachdenklich 62, 27.
hygginn klug; Comp. hyggnari 124, 29.
hyggiustaðr m. die Stätte der Gedanken
57, 25.
hykk st. hygg ek, ich denke 74, 7,
hylja (1) huldi, verbergen, unterdrücken.
hylli f. Huld.
hyr m. Feuer, G. hyrjar, die Flamme des
Schildes (hiörlautar) ist das Schwert, oder
der Kampf; hâði hiörl. hyrjarþing, er
hegte das Schwertgericht 68, 10.
hŷr 1) fröhlich, 2) warm.
hŷra (1) hegen, wärmen.
hyrnîngr m. 1) Hornträger 207, 9; 208, 9.
2) Widder.
hŷrôg n. Hauszwist Hâv. 140.
hŷski n. Familie, Haushalt 374, 28.

I.

î, in m. D. u. A. var î landinu, kom î haf;
han setti þat î lögom, sanctionirte das;
î þann tíma, in der Zeit. Es entspricht
aber auch 2) bei: î inngöngu hans, bei
seinem Hineingehen 249, 30. 3) zu: î hefnd
þess, dess zur Rache; î sætt, zur Busse

238, 4; î vetti, zum Zeugniss; mælta ek î
minn fruma, zu meinem Vortheil. 4)
zur Bild. von Adv. î dag, heute; î mor-
gin, morgen; î nâtt, vorige Nacht; î môt,
entgegen; î sundr, entzwei; î senn, zu-
gleich.

iâ wol, ja.
iâ (1) bejahen m. D. wie iâta.
iaðarr m. Rand, Saum, Küste; Aeusserstes, Spitze, Fürst; goðs iaðar, der Götter erster 60, 37.
Iaðarr m. südlichste Landschaft Norwegens 235, 28; D. Iaðri 230, 18.
iafn, iöfn, iafnt, eben; gleich 132, 37; billig 350, 28; iafn Adv. iafn ok aðr, ebenso' als früher; iafnt Adv. gerade; beständig.
iafna f. Ebene.
iafna (2) 'l) ebenen, schlichten þrým. 5; 2) vergleichen m. D. 203, 14; 217, 22.
iafnaðr m. Gleichheit, Billigkeit; iafnaðarboð, billiges Anerbieten.
iafnan Adv. immer 79, 20; 216, 32.
iafningi m. 1) ein Gleicher 162, 7; 2) Zeitgenosse.
iafndœgri n. Tag- u. Nachtgleiche 285, 36.
iafn-framr, sœtr, skiott, sniallr, gleich weit, süss, schnell, tapfer.
iafnilla so schlecht 156, 5.
iafnlangr gleichlang, gar lang SQ. 14.
iafnoki m. 1) der Gleichkommende, 2) Ehegemahl, Nebenbuhler.
iafnrûmt gleich geräumig, weit.
ialkr m. Beiname Odhíns; ialks brík, Od. Bret, ·d. Schild; aber öndrialkr, der Lanfschuh Gott ist Ullr, seine vörp (Decken, Gewebe) die Schilde oder die Segel 66, 21.
ialksbríktöpuðr Schildverderber, Krieger 203, 18.
ialmr m. das Knarren, Stöhnen, Schuttern.
ialmveðr Toswetter (v. Kampf) 356, 17.
iam bes. in Zustzgen = iafn.
iamfram gleich voran, iamgôðr eben so gut.
iamlengi 1) gleichlang, 2) um die Zeit übers Jahr.
iamnan = iafnan.
iamvel eben so gut.
iara f. Kampf 190, 29; î iöru fœgi, auf den Feger des Kampfs, der ihn frisch macht 58, 11.
iarða (2) beerdigen 290, 31.
iarðarmegin Erdfläche (eig. Raum, Seite) Háv. 140.
iarðarmen n. Rasenstreif.
iarðaskipti n. Grundstücktausch 173, 16.
iarki m. der äussere Fussrand; Ferse 297, 15.
iarl m. der Jarl (Gaugraf); iarlsdôm, -ríki, -nafn: Grafenthum, -Reich, -Namen.
iarl'maðr m. ein Mann, der Jarl ist.
iarlsnautr m. früherer Besitz des Jarl 297, 7.
iarn n. Eisen, pl. iarn 292, 42, Schwerter.

iarnhauss m. Eisenschädel, Beiname 154, 20.
iarn hosur, -slâ, -sûla, -teinn: Eisen-Hosen, -Beschlag, -Säule, -Stock.
iarnleikr m. Schwertspiel, poet. Kampf.
iarnvafinn mit Eisen (-drath) umwickelt 139, 29.
iarnvarðr eisenbeschlagen.
iârteign f. (iertngni schw.) Wahrzeichen, Wunder, pl. iârteignir.
iâta bejahen; geloben m. D. d. S. 236, 29; bekennen 322, 30.
îbland unter s. bland.
îburt, îburtu fort = îbrot etc.
ið 1) ihr beide, wie þið, 2) st. it: es, das.
ið f. Arbeit, Kampf 190, 31; G. iðjar.
îdag heute.
Iðavöllr m. das Idafeld, Götterparadies.
iðgiöld n. pl. Entgeltung 60, 11; Ersatz.
Iði G. idja Riese, nach d. Sn. E., seine Rede ist das Gold 48, 18; vgl. þiassi, dessen Bruder er war.
iðja f. Arbeit 155, 28; 357, 4.
iðja-grœnn Wiesengrün.
iðjar m. pl. Wiesenwuchs.
iðn f. Handwerk, at þeirri iðn 308, 35; G. iðnar.
iðna arbeiten 152, 9.
iðra, iðri s. innar.
iðraz bereuen m. G. iðrumk, ich bereue SQ. 7.
iðulligr beharrlich.
Iðunn 182, 12; Iðuðr f. die Göttin, welche die Aepfel der Unsterblichkeit besitzt, D. Iðunni 183, 13; A. ebenso, eb. 25.
iemlange s. iamlengi.
Ifa f. ein Fluss in Schoonen 74, 13.
ifi, if n. Zweifel Háv. 109, pl. SQ. 60.
ifolginn eingelegt 342, 14.
ifrâ hinfort von m. D.
ifrröðull Sonne 189, 9.
igða f. Schwalbe.
îgegn entgegen, gegen 126, 33.
îgegnum wie î gegn, entgegen Hým. 29. 2) gew. durch, îgögnum dass. 102, 10. 11; hindurch 101, 28.
igh schwed. nicht.
îgen schwed. dagegen; durch.
îhael, îhäl schwed. zu Tode, nieder st. î Hel, mit drepa.
îhúa setzen.
il f. Fusssohle; pl. iljar, q. pl. ilja s. Fiunr.
îlendr zurückberufen, inländisch.
illa übel, wenig.
illgerðamaðr m. Uebelthäter, Bösewicht.
illiligr hässlich.
illgiarn übelwollend 160, 31.

16*

llmað r Uebelthäter, Unhold.
llmae li n. Uebelrede, Injurie.
llr, ill, illt, bös, übel.
llûðig r übelgesinnt.
llvirki n. Uebelthat.
lska Wildheit 116, 26.
ma f. 1) Zwist, 2) Kampf 347, 6; 3) Ge-
sinn ung, 4) poet. Riesin.
îmill i, îmillum zwischen m. G.
imô t, imôti, gegen, entgegen m. D.
imu n f. Kampf; îmunborðKampfbret(Schild).
îmu nborðs-veðr-gœðis, des Schildwetter-
mehrers (Hakons) 66, 1. 2.
îmundîsir f. pl. die Kampfgöttinnen, Wal-
kyrien 51, 26.
inâtt, înôtt, vorige Nacht, nächten.
Ingifreys âttir, d. Verwandten d. alt-
schwed. Königs Freyr = die Asen 54, 9.
inn, in, it (auch ið) jener, pl. inir.
inn hinein.
inna (1) innti, 1) erzählen, vortragen 149, 15.
2) leisten, auszahlen, af höndum inna
226, 7.   \
innan von innen her; innerhalb m. G. in-
nan lítils tîma.
innar 1) drin, hinein; 2) Adj. hinn innri,
iðri, der innere D. f. iðri 201, 7.
inngangr m. Eingang 101, 35; pl. A. 122,16;
— inganga f. dass. 249, 31.
inni n. 1) Haus, Wohnung, 2) drin.
ioð n. Spross, Kind.
ioðûngr kindjung SQ. 37.
iôðŷr Zugthier; iôdyr wäre Rossthor.
iôfr, iôfur m. poet. König, Fürst; G. iôfrs,
D. iôfri 137, 26; pl. iôfrar (eig. Eber).
iökull m. Eisberg; pl. iöklar 282, 41.
iôl n. pl. mit Art. iôlin, Jolfest in der sp.
Weihnachts-Zeit; meðan iôlin ynniz, wäh-
rend J. gehalten würde 196, 17; Jolaveizla
200, 38, vgl. Julabod.
Jolahald n. Feier des Jolfestes 196, 14.

iôr m. Pferd; D. iô, ags. eoh, alts. ehu.
iörð f. Erde, Landgut, poet. Land, Reich,
Engla iörð, England 137,30; 185, 33; Jarðar
bur, der Erde Sohn ist Thor.
iôreykr m. Staubwolke der Pferde 305, 29.
iormungandr m. Weltschlange.
iormunþriotr m. der Uebermächtige 52, 4
(alles ermattend).
Jorsalaheimr Jerusalem 212, 8.
ioru s. iaru.
Jorvîk f. York 135, 28.
Jotar die Jüten, Jotavegsniotr Jütlands Ge-
niesser, poet. Herr J. 69, 8.
iotnadolgr d. Riesenfeind, Thôr, seine
Mutter die Erde 186, 15. 17.
iötun, iotun m. Riese, G. A. pl. iotna; io-
tuns hals undir, poet. die Wunden des
Halses des Riesen (Ymir), das Meer 58, 20.
iotna-ôtti der Riesenschrecken ist Thôr.
ir st. er-(ist) 100, 19.
îs m. Eis (auch îss); îsinn, das Eis 255, 36;
við îsa brot, bei dem Aufbrechen der
Eise 55, 10; das Kampfeis poet. Steinschild.
îsarn n. Eisen, pl. îsarn die Schwerter.
îsarnleikr Eisenspiel, Kampf 51, 8.
îsundr entzwei.
îtar pl. Männer, G. pl. îta 358, 1.
îtr (ítur) ausgesucht, herrlich; îtran sal fialla
den herrlichen Saal der Berge, den h.
Himmel 185, 33.
Julabod n. Jolgastmahl 215, 7; sonst io-
laveizla.
Julafriðr m. schwed. der Julzeitfriede.
iungfrû f. (sp. W.) Jungfrau.
iusu s. ausa.
îviðr m. Regen(Thau-)baum, meint die
Weltesche.
îþrottamaðr ein kunstgeübter Mann 286,24.
îþrôtt f. Kunst 345, 18; pl. îþrôttir 361,20;
D. 231, 27; von þrôttr Kraft, mit stei-
gerndem î.

.K.

kœrr, kœr, kœrt lieb, theuer, Sup. kœ-
rastr 211, 16.
kœrleiki m. Liebe.
kaf n. Tiefe; Senkung.
kafli m. Stück, Raum; Zeitraum.
kala, köl, kalinn kalt sein, starren; ka-
linn, starrend, kalt Hâv. 3. 374, 10.
kaldi m. Kälte.
kaldr, köld, kalt kalt, trop. verderblich.
kalfi m. Wade 297, 15.
kalfr m. Kalb.

kalkr m. Becher, pl. kalkar SQ. 23.
kall n. Ruf; kall m. st. karl.
kalla (2) rufen, anrufen, reden; kallar à
Högna, ruft H. zu 187,36; kallar â hana,
redet sie an 157, 27; kalla til, etwas in
Anspruch nehmen.
kâmleitr schmutzig, dunkel von Angesicht
48, 24.
kampr m. Lippenbart pl. 325, 15.
kanna (2) durchsuchen; mustern.
kantari m. (sp. W.) Sänger.

kâpa f- Kappe, Rock; Ueberzug.
kapp n. Kampf 63, 33; Kampfmuth 116, 27; 120, 21; Eifer 344, 32; Wetteifer.
kappi m. Kämpfer, Kämpe 352, 30.
kappmæli n. pl. Streit, Zank.
kar s. ker.
karfi m. ein Fahrzeug, schwed.
karl m. 1) Mann im geschlechtl. Gegensatz 231, 19; 2) geriuger Mann, Kerl 253, 30; 3) alter Mann, Greis 104, 32.
karlgildr, echt; karlmaðr = karl 1.
karlmannlegr männlich.
kaskr munter, fröhlich 58, 24.
kasta (2) werfen m. D. 245, 38.
kastali m. Kastell, Schloss.
katli s. ketill.
kâtr, kât, kâtt fröhlich.
kattskinn n. Katzenfell.
kauði m. feiger Wicht 249, 35.
kaup n. Kauf; Vertrag.
kaupa (1) das Praet. keypti (vom verlornen Inf. keypa), 1) kaufen 113, 29. 30; 114, 21; 2) verabreden m. D. 209, 30; sich ausbedingen 284, 8; 3) tauschen; 4) gewinnen.
kelda f. 1) Quelle, 2) Sumpf.
kelling wie kerling; altes Weib.
kemba (1) kämmen.
kendr bekannt.
kenna (1) empfinden, abs. 119, 7; etwas m. G.: sie fühlte sich krank (an sich Krankheit); hun kennir ser sòttar 163, 17; kendi ser sòttar 360, 3; schmecken 285, 13. 2) erkennen 256, 36; 157, 18; wissen. 3) lehren 127, 40. 4) keunzeichnen, durch Umschreibung bezeichnen 184, 17; 186, 6.
kennimenn m. pl. Lehrer (christl.).
kenninafn n. Beiname 56, 3.
kenning f. Umschreibung 188, 32; 184, 15.
kennir elds poet. Schwertkundiger.
keppa (1) 1) kämpfen (von zweien) 2) wettkämpfen, pr. kepti.
ker n. Gefäss Hâv. 19. 52; 308, 15. 17. 2) Fass 210, 26; vgl. ölker, goth. kas; schwed. kar 300, 7; 304, 11.
kera, kæra klagen, à kerðr angeklagt.
kerling f. alt Weib.
kerra f. Wagen 178, 10.
kerti n. Kerze; kertilios Kerzenlicht.
kesja f. Wurfspiess 139, 23; 143, 22.
keski-orð n. Scherzwort; Spott; auch kerski f. Scherz, Munterkeit, Frische.
ketilhadda f. Kesselgriff, K.-ring 200, 32.
Ketill n. pr. m. D. Katli 83, 26.
ketill m. Kessel, D. katli; pl. katlar 197, 23.
ketta f. Katze 343, 28.

(keypa) nur im Praet. keypti, Part. keyptr, tauschen, Hâv. 108, kaufen s. kaupa.
keyra (1) stossen, m. A. 79, 15; magni keyrðr, mit Macht géworfen 337, 14.
kialki m. Kinnlade, A. pl. 244, 26.
kiaptr m. Rüssel, Rachen, Kinnbacke.
kiarkr m. Stärke, Muth, Mark 205, 17.
kið n. Bock, Ziegenvieh.
kiðjamiölk Ziegenmilch 288, 18.
kielda s. kelda.
kieresunnudagr d. Sonntag Judica 278, 5.
kilta f. Schooss schwed.
kind f. Spross, Geschlecht, coll. Svîa kind 195, 21.
kinn f. Backe, pl. kinnr 244, 26.
kinnrifa f. Backenriss, ein Beiname 201, 24.
kinnskògr Backenwald, -bart.
kiöll, kiölr m. Kiel, poet. Schiff, A. sg. kiölinn 340, 6, D. kiöl u. kili; pl. kilir, kiölir, kiolar.
kiosa, kaus, kurum, wählen, P. kosinn.
kiöt n. Fleisch.
kippa 1) kipti; ziehen, fort, herauf m. D. 255, 40; 338, 17. 2) kippaz við zusammenfahren 182, 29.
kirkja f. Kirche 100, 5; G. pl. kirkna.
kirkiugarðr m. Kirchhof.
kirknasökn f. Kirchenzusammenkunft 99, 23.
kista f. Kiste, 146, 35; Sarg 290, 30.
kit st. kiöt, Fleisch, kitstykki f. Fleischstück 99, 27.
klæði n. Kleid, Tuch.
klaka (2) zwitschern.
klambrarveggr m. Klammerwall, am Gehege des Gerichts 111, 9.
klârr m. Arbeitsgaul 108, 29.
klauf f. Klaue 362, 9.
kleif f. Hügel, Abhang, pl. hiarna kleifar des Gehirnes Hügel, der Kopf 75, 13; s. auch bifkleif.
kliar m. pl. Steinlast zur gehörigen Streckungd. Fadenaufzuges, Webersteine 106, 11.
kliufa, klauf, spalten 94, 26; 96, 7; 349, 11; Part. pl. klofnar; Vol. 44.
klô f. Klau, pl. klœr, D. klôm.
klôða (2) sich klauen.
klofna (2) sich spalten; zerspringen.
klökkva jammern 241, 15.
klubba f. eine Art grosser Keulen.
klukka f. Glocke 70, 10; G. pl. klukna.
klûtr m. Kopftuch, Hülltuch, D. pl. 98, 21; sûtar ek vefz î klûtum, ich werde in schmerzliche Verhüllung gebracht 98, 21 (ins Kummertuch verwickelt).
knâ (1) sp. Form für knega.
knâliga unverdrossen, rasch 325, 13.
knappr m. Knopf, Kugel.

knâr rasch, tapfer.
knarrarbrînga *f.* Schiffsbrust.
knê *n.* Knie, *D. pl.* kniâm.
knega, ek knâ; knâtti können; kräftig
thun; knâkat, ich kann nicht 13, 1; *oft
nur periphrast.* knâttu brinna, es brannten
51, 11; knegu 70, 8.
knésbôt *f.* Kniekehle, *pl.* 181, 22.
knia (= knŷa) stossen, drängen Hŷm. 23.
knîfr *m.* Messer.
knîfsskepti *n.* Messerschaft 370, 7.
knörr *m.* Schiff; *bes.* Kaufschiff, *G.* knar-
rar, *pl.* knerrir, *A. pl.* knørri 152, 29.
knŷa (1) knûði, drängen, zwängen.
knŷta (1) 1) knüpfen 345, 25; *m. D.* 362, 17.
2) auspeitschen.
koela (1) kühlen 312, 13.
koepgildr *schwed.* kaufgiltig.
kofri *m.* Mütze.
kögull *m.* Gelenk, Glied, *A. pl.* kögla
frænda hrærs, die Glieder der Leiche der
Blutsverwandten 58, 24.
kol *n.* Kohle.
kolfr *m.* 1) Klöppel der Glocken, 2) Wurf-
spiess *od.* Pfeil 346, 29.
kôlna (2) kalt werden.
koma, ek kem hann kemr *od.* kömr; *Conj.*
komi, *Praet.* kom (*und* kvam) 92, 3; *pl.*
kvâmum, kômum, *Conj.* kvæmi, kœmi,
kæmi: kommen, *m. D.*: bringen; at
koma Iðunni, Idunn zu bringen; siö fylk-
jum kom und sik, sieben Provinzen brachte
er unter sich 65, 20; kom Söxnm â flótta,
brachte die Sachsen zur Flucht 67, 21;
137, 26; kemr til hans, es kömmt ihm zu
287, 15; koma til, betreffen 235, 16; ek
kem til arfs, das Erbe kommt mir zu;
kom þat âsamt með þeim, das kam über-
ein unter ihnen; var komit eptir henni,
sie wurde geholt; koma fram, zu Stande
kommen; komaz brott, entkommen; ko-
maz fyrir, zuvorkommen; koma fyrir,
überwinden; fyrir sik koma *m. D.* vor sich
bringen 345, 14.
komumaðr *m.* Ankömmling.
kona *f.* Frau, *G. pl.* kvenna SQ. 15, denn
kona steht für kvena, *goth.* kvino.
kôngr *zusgz. st.* konûngr 106, 34 *u. o.* kong-
maðr, *dass.* 148, 13.
konr *m.* 1) Abkömmling, 2) Edler, 3) Ge-
schlecht, Art, *in:* margs konar, alls ko-
nar, mancherlei, allerlei; þess konar, sol-
cherlei.
konungdiarfr vor Königen kühn.
konungmaðr *m.* der königliche Mann.
konûngr *m.* König.

konungs-barn, -nafn, -tign: Königs
Sohn, -Name, -Würde.
kopa (1) dumpf hin starren Hâv. 17; vgl.
koppisch.
Kormlöð *f. D.* Kormlöðu, die verstossene
Gemahlin Briâns, Kgs v. Irland, Mutter
des Sigtryggr, der sich mit Jarl Sigurð
verband, sie zu rächen 103, 23: at þeim
K., zu den Genossen der K.
korn *n.* die Körner, Getreide 375, 4.
korona *f.* Krone.
kors und kross *m.* Kreuz.
korsbœðr *m. pl.* Chorbrüder.
korteisi *f.* Höflichkeit, *frz.* courtoisie.
koss *n.* Kuss.
kosta (2) 1) verletzen, 2) kosten u. auf-
wenden.
kostgæfð *f.* Fleiss.
kostgæfa sich befleissigen, sorgfältig sein
325, 41.
kostnaðr *m.* Aufwand, Kosten.
kostmôðr speisemüde Hŷm. 30.
kostr *m. G.* kostar, *A. pl.* kosti 107, 6;
199, 12; 293, 2; 1) Wahl, þat er til kostar
das soll entscheiden; 2) das zu wählende;
Loos, Vorschlag; tveir eru þer stórir kostir
fyrir hendi, du hast dies grosse Entweder
oder; 3) Zustand, Fall, wo sich etwas
entscheiden muss, eine Krise; at kostr
mundi, at reyna góða liðsmenn, dass das
ein Fall sein werde, gute Genossen zu
erkennen; 4) köstliche Beschaffenheit,
Vorzug, Tugend Hâv. 135 (Gegens.: les-
tir) af kostnm skal þessu landi nafn gefa
285, 4; 5) Kosten *schwed.* 275, 21.
kot *n.* ein geringes Bauernhaus, Kote.
köt *n.* Fleisch, *st.* kiöt, kit.
köttr *m.* Katze, *pl.* kettir 208, 36.
kotkarl *m.* Kotsasse, Häusler.
krâka *f.* Krähe.
kramaz (2) *s.* kremja.
krângr, kröng, dürftigen Leibes, unausge-
bildet, nur SQ. 44.
krappr 1) knapp, 2) gebogen = kreptr.
kraptr *m.* Kraft; List 161, 2.
krâs *f.* Gericht, gute Speise þrym. 24.
krefja (1) krafði, fordern, *m. G. d. S.*; auf-
fordern *m. A.* 149, 20.
kremja (1) *pr. pl.* krömdu, auch (2) krö-
muðu, drücken, schwächen; kremjaz sie-
chen 98, 5.
kringr gerindet.
kristinn christlich, kristnir, die Chris-
ten.
kristindômr Christenthum.
kristna (2) christlich machen.

kriupa kraup, auf die Knie fallen, *Praes.*
hveim er þar krýpr, kemr at gagni, Je-
der der da anbetet, kommt zu Gewinn
70, 15.
krôkauga ein Beiname 210, 18; von:
krôkr *m.* Haken, Wiederhaken, *pl.* krôkar
338, 18; Bug, Griff, Winkel.
kroppr *m.* Körper, Rumpf.
kröptorligr kräftig, gedrungen.
kross *m.* Kreuz 261, 21.
krossalaust *Adv.* ohne Kreuz.
krossmark Kreuzeszeichen.
kû *f.* Kuh; *pl.* kŷr.
kûðr n. kunnr, *f.* kunn 25, 3; *n.* kunt;
kund, kundig, bekannt, erkannt.
kufl *n.* 1) Maske, 2) Überzug, Kapuzenman-
tel, über den Kleidern getragen 252, 29.
kuflmaðr *m.* der Maskenmann 253, 12.
kuflshattr *m.* die am Rock oder Mantel
befestigte Kopfbedeckung.
kûga (2) zwingen.
kuggr *m.* Lastschiff.
kumpani *m.* Kamerad.
kungera kund machen, *s.* gera.
kunna, ek kann, *praet.* kunni *m. D.* 1)
empfinden: kunni því stôrilla, empfand
das sehr übel; 2) etwas kennen lernen
234, 6; kennen, wissen; kvæði 194, 18;
253, 18; 3) können, *Conj. Praet.* kynni at
lita 348, 2; 132, 9; kann vera, es kann
sein; 4) *schwed.* kan: sollte etwa.
kunnigr kundig, bekannt.
kunnusta *f.* Wissenschaft, oft von Zau-
berei.
kurr *m.* Knurrren, Murren 198, 21.
kurra (2) brummen, murren 198, 22; 216, 35.
kurteisi *f.* Höflichkeit (courtoisie) 263, 26.
kvæði *n.* Gedicht, 2) Strophe 148, 4.
kvæmr behaglich, bequem.
kvæn *f.* Frau, Þrym. 8, *st.* kvân.
kvænaz (1) sich verheirathen.
kvâma *f.* Ankunft 90, 21, 325, 7.
kvân *f.* Frau, *D.* kvânu, *pl.* kvânir SQ. 14.
kvângaðr verheirathet.
kveða kvað, kvâðu (kvôðu) kveðinn: *gew.*
sagen, *aber urspr.* 1) schreien, auch vom
Brüllen der Thiere 341, 17; ertönen, kvâðu
við, ertönten davon (die Becher) SQ. 29.
2) singen 106, 15. 3) sprechen, *wofür gew.*
kveðaz, kvaðz, kvaz, *imp.*, er svâ kveðr,
wenn man so sagt 192, 10; kveða *st. Conj.*
kveði 134, 6.
kveðandi *n.* die Poesie, das zu singende
191, 33. 38; 192, 15.
kveðja (1) kvaddi ansprechen, grüssen 233,
34; 2) kvedja frâ, hinwegsprechen von
327, 8; kveðja til, aufrufen 104, 24; 3) kveðja

ser *m. G.* für sich beanspruchen, fordern
161, 32.
kveðja *f.* Gruss.
kveðskapr *m.* Dichtung.
kveikja beleben: 1) anzünden 320, 32;
322, 1; 2) aufmuntern; kveykja *dass.* Hâv.
57, *st.* kvekja.
kveina (3) jammern.
kveld *n.* Abend 182, 3; 213, 5; at kveldi'
zu Abend; î kvöld, auf den Abend; um
kveldit *dass.* 288, 17.
kvelja (1) quälen, anklagen; 2) *schwed.* ge-
richtlich in Anspruch nehmen 277, 34.
kveykja *s.* kveikja.
kvenvâð *f.* Frauenkleid.
kvî *f.* Ringplatz, *pl. m.* Art. kvîarnar 111, 1
kvîða *f.* Gesang.
kvîða *f.* Furcht, = kvîði *m.* 242, 26.
kvîða (1) fürchten.
kvîðinn furchtsam.
kviðr *m.* 1) der gerichtliche Ausspruch
124, 37; 125, 2; 2) Zeugniss, Eid. *A. pl.*
kviðu 230, 29.
kviðr *m.* Bauch, *A.* kviö 105, 32; 345, 24.
kvîðr'*m.* Schrecken 242, 23.
kvika (2) sich bewegen.
kvikasettr *m.* ein Heiliger, eig. ein leben-
dig gesetzter (viell. unter die Lebenden,
in die Kirche, gesetzter) 69, 22.
kvikindi *n.* Thier, 2) lebendes Wesen.
kvikfê *n.* Vieh, Heerdenvieh.
kvikna (2) ins Leben bringen 202, 42.
kvikr *pl.* kvikvir lebendig, beweglich, rasch.
kvistr *m.* Ast; Zweig, *pl.* kvistir 315, 37;
A. kvisti, eb. kvîsl *f.* Zweig (tropisch).
kvittr *m.* Gerücht.
kvöð *f.* Ansprechung, Bitte (Sage).
kvöl *f. pl.* kvalar, Qual.
kvöld *n. st.* kveld, Abend.
kvônbœn *f.* Frauwerbung.
kvônga *st.* kvânga, verheirathen.
kykja (1) verschlingen.
kykr, *st.* kvikr, lebendig, *pl.* kykvir 179, 10.
kykvendi *s.* kvikindi.
kyll = kyllir·*m.* Ledertasche 104, 32.
kyn *n.* 1) Geschlecht Hâv. 134, Brut 28, 27;
Spross; 2) Heimath 99, 27; 253, 13; 3)
Wunder.
kynbritt, berühmt von Art SQ. 22.
kynfrægr von berühmtem Geschlecht 148,12.
kyndaz (1) sich entzünden.
kyndiz 64, 6; *s.* kynna.
kyndugskapr *m.* Zauberei 339, 21.
kynja.(2) 1) verwundern, 2) kynjaz, ge-
bürtig sein, abstammen 207, 22.
kynkvîsl *f.* Familienzweig 193, 9; 290, 13.
kynlegr wunderlich, befremdend 112, 12.

k y n n n a (1) kund machen, kyndiz, es wurde bekannt, offenbar 64, 6.

k y n n i *n.* 1) Kunde, Kundschaft; 2) die Bekannten, die Verwandtschaft: kynnis leita die Verwandten aufzusuchen 60, 18.

k y n s l *n. pl.* Wunder, Unheimliches *bes.* Zauberei 309,3; grosse Beschwerde 373, 22.

k y n v i ð r *m.* Geschlechtsbaum d. i. Stammhalter (Sohn).

k ý r *f.* Kuh (*jüngerer Nom.* zu kù) 161, 1, vgl. 104, not. 1.

k y r k j a (1) würgen.

k y r k j a *f.* Kirche.

k y r r ruhig 379, 2; kyrt 110, 10. 11.

k y r r a (1) beruhigen 244, 33; *wo* tòk *impers. ist.*

k y r t i l l *m.* Rock.

k y s s a (1) küssen.

L.

l å *v.* liggja, = lag.

l å *f. pl.* làr, das Nass; *bes.* 1) Woge, Meer; 2) Blut Vol. 18. — oddlår, die Schwertwasser, das Blut 62, 15.

l å ð *n.* Fruchtland, Erde, Land 190, 1. 3; land ok làð 64, 19.

l a ð a (2) einladen.

l æ *f.* 1) Trug; 2) Gefahr (*ahd.* làga).

l æ *n.* (*D.* lævi) Übel, *G.* læs Hàv. 138, læva-lundr 54,12; der übelgesinnte,trügerische.

l æ 56, 29 *st.* là.

l æ g i *n.* Hafen, Rhede 368, 35.

l æ g i a r n übelwollend.

l æ g j a (1) niederlassen, die Segel 217, 6; 359, 37; sich niederlegen, aufhören 83, 9.

l æ g r i niedriger, *Comp.* v. làgr 148, 11.

l æ j a *st.* hlæja, lachen 80, 32.

l æ k m a ð r Laie.

l æ k n a (2) heilen, læknari, Heiler, Arzt.

l æ k n i n g *f.* Heilung.

l æ k n i r *m. f.* Arzt, Heilfrau.

l æ r *n.* .1) Schenkel 183, 1; Bein Hàv. 58; 2) Schinken Hàv. 67.

l æ r a (1) *gew.* lernen.

l æ r ð r ein gelernter Mann 129, 23.

l æ s p i ö l l *n. pl.* Unglückskunde 107, 16.

l æ t i *n. pl.* Auslassungen: 1) Töne 335, 23, sòknar l. Kampfgetöse 77, 13. 2) *gew.* Gebehrden.

l æ t r a ð 49, 13; *st.* lætrat, lässt nicht.

l æ v a l u n d r übelgesinnt, *Ä.* 54, 13.

l æ v i s zum Bösen weise.

l a g *n.* 1) Lage, bisheriger Stand; þà fòro brŷn hans ì lag, da giengen seine Brauen (wieder) in die (alte) Lage; 2) Masshaltigkeit; 3) Sitte, Gesetz, *bes.* im *pl.* lög; 4) Bund.

l a g a s e t n i n g *f.* Gesetzgebung.

l a g a s p i ö l l *n. pl.* Rechtsverletzung.

l a g a þ r i ð j u n g r *m.* gesetzliches Drittel.

l a g m a ð r Provinzialvorstand (in Schweden) 271, 33 f.

l å g r niedrig, *insbes.* 1) tief 364, 20; 2) klein, gering 208, 7; 148, 11; 3) demüthig v. d. Stimme 253, 37; *Comp.* lægri.

l a g s m a ð r *m.* Kamerad.

l a m b s k i n n *f.* Lammfell.

l a m i *m.* Bruch, Verletzung.

l å n *f.* Gabe, Glück.

l a n a r *s.* lön.

l a n d *n.* Land, land af landi, von L. zu L. 149, 32; *pl.* lönd.

l a n d a l e i t a n *f.* Entdeckungsreise.

l a n d a m œ r i *n. pl.* Landesgrenze.

l a n d a u ð n Ausleerung des Landes 86, 15.

l a n d a u r a r *m. pl.* ein norw. Seezoll 86, 22.

l a n d h e r r *m.* 1) Landesheer; 2) Landheer.

l a n d k o s t r *m.* Landesbeschaffenheit.

l a n d n y r ð i n g s v e ð r Nordostwind 285, 6.

l a n d r e k i *m.* Landverwalter, Fürst.

l a n d s k i a l f i *m.* Erdbeben.

l a n d s l e g *n.* Landschaft 256, 19.

l a n d v æ t t i r *pl.* Landesgeister 230, 15.

l a n d v ö r n *f.* Reichsvertheidigung 350, 12; til landvarnar, Landwehr.

l å n g a (2) verlangen.

l å n g b a r ð r *m.* Streitaxt, Longobarde 62,10; langbarðr Sn. E. 214 Schwert.

l a n g f e ð g a r *pl.* Vorfahren 193, 24.

l a n g g œ ð i *f.* langer Genuss 290, 10.

l a n g l í f r lange lebend 333, 9.

l a n g n i ð j a t a l *n.* Vorfahrenverzeichniss.

l a n g s k i p *n.* Langschiff, Kriegsschiff.

l å n g r, löng, langt lang, gross.

l å n g t weit; làngt frà, weit fort von.

l å n g v i n r Busenfreund; *eig.* Freund von lange her.

l å s *m.* Schloss, Hängeschloss.

l a s t *n.* Lästerung, Vorwurf, *pl.* löst.

l a s t a (2) lästern, tadeln 112, 39.

l a s t a l a u s s frei von Schande, Laster (löstr).

l a s t m æ l i *n.* Schandwort.

l å t *n.* Verlust, Tod 160, 35.

lâta, lêt 1) lassen, *oft periphrast.* lêt ræn-
tan, beraubte. 2) verlieren, *m. D.* SQ.
10. ôl; *m.* fyri, durch 291, 29; lâtaz, um-
kommen; lêtuz nockrir menn, es kamen
einige um; lâtinn, umgekommen, gestor-
ben 144, 35; 338, 23; 3) vernehmen lassen,
med. äussern; lêtu vargsröddu, liessen
sich mit Wolfstimme hören, hann lêtz od.
lêz (lêzt) er äusserte, sagte. 4) sich ge-
behrden, benehmen 91, 35.
lâta â, übereinstimmen mit; l. eptir, nach-
geben; 2) übrig lassen *m. A.* 311, 20; l.
fyrir, verlassen; l. undan, von dannen
lassen, wegschiffen 239, 32.
lâtinn umgekommen, *s.* lâta 2.
latr lass, träg.
lâtr *m.* Seebucht.
lattr *Part. v.* letja.
lauf *n.* Laub.
laufaveðr *n. pl.* die Schwertwetter, lífköld,
die lebenverderblichen 65, 9.
Laufey *f. G.* Laufeyjar, Mutter Lokis
(Schwertjungfrau).
laufi *m.* Klinge (Blatt); Schwert.
laufgaðr belaubt.
laug *f. D.* laugu, Bad, *poet.* vom Meeres-
wasser 241, 19; lauga (2) baden.
laugaraptan, der Sonnabend Abend 98, 6.
laukiafn lauchähnlich, so gerade und so
hervorragend wie der Lauch 71, 24.
laukr *m.* Lauch; alles was, wie dieser un-
ter dem Grase, hervorragt, z. B. der Haupt-
mast; *D.* lauk 157, 17.
laun *n. pl.* Lohn Hâv. 39; 148, 19.
laun *adv.* heimlich, *auch* â laun.
launa (2) lohnen.
laus frei, los; lausa aura *A. pl.* die be-
wegliche Habe.
lausafê *n.* fahrende Habe.
lauseygr mit losen Augen 286, 23.
lausn *f.* Auslösung 266, 1. 2; Sühne
laust *adv.* leicht, gering; 2) *Praet. v.* liosta.
lausung *f.* Leichtfertigkeit.
laut *f.* Vertiefung, Schlucht, *poet.* für Bo-
den, Ort, der Ort des Falken ist die Hand
213, 26.
lax *m.* Lachs.
lêði *pr. v.* liâ.
lêðung, *schwed. s.* leiðangr.
lêðungslami *schwed.* Unterlassung des
Feldzugs.
leggja (1) lagði *part.* lagiðr, *n. pl.* lagin
357, 13; *gew.* lagðr; legen, setzen; lög
lögðo 2, 2; snæ leggr, es legt den Schnee
100, 8; l. skipi *ist* schiffen; l. sverði, ste-
chen; l. erlegen 73, 14. *Dabei die gew.
Ellipse von Schiff u. Waffe:* leggja î sið,

in See stechen; leggja upp, leggja at lan-
di, landen; *stechen:* ef maðr höggr til
mannz .. eðr legrr, eðr skýtr; leggja îgeg-
num einn, einen durchstechen; *allg.* an-
greifen: eldrinn lagði at þeim. — leggja
â, bestimmen über, anlegen, auflegen; l.
fram, vorstrecken; l. við, beilegen; l. upp,
auflegen; l. undan, hinwegtrachten.
leggr *m.* das Dickfleisch, *dah. für* Ober-
arm *u. für* Schenkel, Bein; *G.* leggjar;
A. pl. leggi.
legi *D.* v. lögr, Wasser, See.
legstaðr Begräbnissplatz 193, 25; 267, 13.
leið *f.* 1) Reise, *bes* die Seefahrt, vgl. liða;
auch bloss Weg — koma til leiðar, â leið,
bewirken, zu Wege bringen; *m. D.* 180, 3;
2) die Zusammenkunft zu Mittheilung der
Versammlungsbeschlüsse 112, 5. 6.
leiða (1) 1) führen, leiten; *Conj.* nema lei-
ðar aptr, wenn du nicht zurückbringst 54,13.
2) geleiten, begraben. 3) med. leiðaz, leid
werden 252, 10.
leiðangr *m.* Kriegszug, Seezug.
leiðarsteinn *m.* Magnetnadel 228, 33.
leiðiþirr der Führer (þirr *m.* Knecht) für
Entführer in: l. ölgefnar, der Entführer der
Maid (Loki) 54, 13.
leiðr, leið, leit leid, verhasst; feindlich.
leifa (1) übrig lassen.
leifð *f.* Verlassenschaft, Erbe.
leifi *m.* 1) Riese, *poet.*; 2) ein Seekönig.
leif *f. pl.* leifar, Überbleibsel, Erbstück
187, 40.
leifr *m. st.* hleifr, Laib.
leiguburðr *m.* Pacht, Lehnertrag 173, 24.
leika lêk, spielen; leika ser at gulli, mit
dem Golde 118, 19; 1) an, um etwas lau-
fen: lêk eldr î râfrit, das Feuer lief, schlug
ans Dach auf; mer leikr hugr â, at, der
Sinn dreht sich mir darum, zu; orð lêk
â þvi með, die Rede bewegte sich darum
unter den Männern 188, 24; við steik at
l., sich um den Braten zu bewegen 344, 20.
2) tanzen 377, 31, 380, 3. 6. 3) scherzen,
spotten.
leikinn spielsüchtig, seið hon leikin (var)
zaubersüchtig Vol. 22
leikmiðjungar, *N. pl.* þriðja logs leikm.
die Schwertspielriesen, Kampfhelden 67,17.
leikmôt *n.* Spielbegegnung, Kampfwette
295, 39.
leikr *m.* Spiel, **Scherz**; *D.* leiki, leik, *pl.*
leikar.
leikregin Gaukler.
leingi *st.* lengi, lange.
leiptr *n. für* Himmel 189, 5.
leir *m.* Lehmen, Leimen

leit *pr. v.* lita.

leita (2) 1) suchen, *m. G.*; 1. orða við, zu
sprechen suchen mit 325, 1; leita ráðs,
berathschlagen; 2) trachten nach, leita til
föðurhefnda 118, 8; 3) nachstellen, angrei-
fen , *m.* â 246, 34.

leiti *n.* Warte, Vorsprung 108, 22.

leka tröpfeln, tropfen.

lemja (1) lamdi, schlagen Hým. 31.

lend *f.* Lende 181, 21.

lenda *f.* Landgut.

lenda (1) landen.

lendborinn lehensfähig 149, 19.

lendirmenn Lehensmänner 312, 10; *G.* len-
damanna, *A.* lendamenn 152, 15.

lengð *f.* Länge; til lengðar, auf die Dauer
251, 5.

lengi.(leingi) lengu *adv.* lange; lengr
(leingr 284, 22); länger; lengra weiter
319, 13.

lêr *schwed.* er leiht, *s.* liâ.

lêrept, lereft *n.* Leinwand.

lesa, las, lâsum, lesinn 1) lesen, sam-
meln 286, 39; 2) wünschen, bitten Háv.
137; — les, er liest.

lesta (1) verletzen 284, 19; *imp.* 213, 38.

lesti Háv. 135, *s.* löstr.

letja (1) latti, lattr ermüden 347, 3; 2)
ablassen machen, verhindern 345, 3.

lêtta (1) leichter machen, ablassen, *m.
D.* 287, 16; *abs.* 119, 35; 362, 12.

lêttr, lêtt, lêtt leicht, *Comp.* hun varð
lêttari, kam nieder 307, 36; 360, 20.

lêttiskûta *f.* leichtes Fahrzeug 202, 13.

leyfa (1) loben 342, 39; 2) erlauben 105, 15.

leyfi *n.* 1) Urlaub; 2) Erlaubniss 322, 23;
Freiheit 191, 4; 192, 13; Gesetzesaus-
nahme.

leygr *m.* Flamme, *G.* leygjar.

leyna (1) 1) verbergen, *m. D.*, ek man leyna
þer, 2) verheimlichen vor, *m. A. d. P.*
leyna konunginn (*A.*) þessu, dem Kg dies
zu verheimlichen 119, 22.

leynilega heimlich, verborgen.

leynivôgr *m.* versteckte Bucht.

leysa (1) 1) lösen, 2) entlassen.

leysi *n.* Mangel.

lêz, lêzt *Praet. v.* lâtaz.

liâ, lêði leihen, etwas *m. G.* d. Sache,
þrym. 3; *Praes.* liêr 263, 14; *st.* liâir. lêði
279, 19.

lið *n.* 1) Hilfe 151, 8; 2) Gefolge, Mann-
schaft; 3) Schaar, auch v. Thieren.

liða, loið fahren, *bes.* auf dem Wasser 69,5;
gehen, vorübergehen, nû liða stundir; at
liðandi degi mit sinkendem Tage, at lið-
num d. mit Tagesende, *imp.* liðr at æfi,

es geht ans Leben 80, 5; leið at honum,
es kam an ihn, gieng zum Ende mit ihm
322, 9.

liðr *m.* Glied, *A. pl.* liðu.

liðr *goth.* leiþus *m.* Rauschtrank, Gelag
Háv. 66.

liðsafli *m.* Truppenstärke, Hilfsmannschaft.

liðsafnaðr *m.* Sammlung von Mannschaf-
ten 137, 10.

liðsemd *f.* Hilfe 134, 27.

liðsinni *n.* Hilfsleistung 234, 35; 290, 6.

liðsmunir *m. pl.* Hilfskräfte, *sg.* Unter-
schied.

Liðsstaðir *m. pl.* Ort im südl. Norwegen
205, 41.

liðugr 1) leicht; 2) ledig 273, 6.

liðveita (1) zu Hilfe kommen.

liðveizla *f.* Hilfleistung 111, 28.

lîf *n.* Leben; lîfs vera, am Leben sein.

lîf *f.* Schild, *st.* hlîf 65, 9.

lîf *n. pl.* Heilmittel *s.* ellilîf.

lifa (1) leben, *Praet.* lifða, SQ. III, 54.

lifja (2) heilen.

lîflât *n.* Lebensverlust.

lifna (2) lebendig, belebt werden 57, 29.

lifra *f.* Schwester 49, 11.

lîfsdagir *m. pl.* Lebenstage.

lîfs háski Lebensgefahr.

lîfspund *n.* ein Lispfund.

lift *n.* mer er lift, ich kann leben 120, 26.

liggja ek ligg, lag *gew.* lâ, *pl.* lâgum,
part. leginn, liegen, fyri liggja, vorliegen,
überlegen werden; til liggja, zu thun sein;
þótti þal til liggja, at; bevorstehen 137, 7;
sich gebühren 238, 31; liggja undir, unter-
worfen sein; grund breið liggr und bör
leiðar, das breite Land ist dem Mann der
Seefahrt unterworfen 189, 22.

lîk *n.* 1) Leib, Person Háv. 96; 2) Gestalt,
äusseres Ansehen; 3) Leiche 177; 40.

lîka gleichfalls.

lîka (2) gefallen.

lîkamr (lîk-hamr) Körper, Leib 202, 42.

lîki *n. wie* lîk, 1) Leib, Person, Vol. 35;
2) Gestalt 167, 7; Háv. 92.

lîkja (1) vergleichen; lîkjaz, gleichen.

lîkindi *n. pl.* Wahrscheinlichkeit, Beweise.

lîking *f.* Ähnlichkeit; î lîking, *m. G.* gleich.

lîklegr wahrscheinlich; etwas versprechend.

lîkn *f.* 1) Heilung, Lindrung, Trost, Wohl-
gefallen 91, 11; 2) Milde, Gnade.

lîkna (2) gnädig sein 325, 10.

lîknargaldr Heillied, Segen Háv. 122.

lîknfastr, fest in der Gunst.

lîkneski *n.* Bildniss.

lîkr, lîk, lîkt gleich; lîkast sem, aufs
ähnlichste wie 354, 24; 2) wahrscheinlich;

þat er likast, das ist am wahrscheinlichsten; 3) geschickt, likastr til, at 296, 32.

lim f. Zweig, pl. limar 341, 16; hlimar 58, 24.

limr m. Glied, A. pl. limu, limi.

Limafiörðr Meerbusen im westl. Norwegen; fœrði flota or Limafirði 67, 29.

limalýti n. Gliederverschändung.

lin n. Mildheit, Thauwetter.

lin n. Lein, Linnen; 2) Bettzeug, poet. Lager.

lina f. Schleier, Linnen þrým. 26.

lind f. 1) Linde; 2) Lindenschild; hefiz lind fyri, hält den Schild vor sich, Vol. 48.

lindi m. Gürtel.

linleiki m. linleikr, Lindigkeit 325, 40.

linna (l) aufhören, Pr. linnti 351, 32.

linni m. Schlange.

linnormr m. Lindwurm 311, 29.

linnsetr m. des Drachen Lager, das Gold.

linr weich.

lioð f. Volk, Leute.

lioð st. hlioð n. Laut, Gesang.

lioða (2) singen, besingen 239, 15.

lioðmögr Volkssohn, A. pl. -mögu.

liomi m. Glanz; lioma (2) glänzen.

lioni m. Mann Vol. 14.

liori m. Fenster 245, 25.

lios n. 1) Licht, Helligkeit; 2) Fackel.

lios, liozt leuchtend, hell.

liosfari m. Lichtbringer, Himmel.

liosta ek lýst, laust; stossen, schlagen, Praes. lýstr eldi 249, 26; praet. laust eldi, es schlug Feuer auf 184, 8; Part. lostinn, durchstossen.

liotr, liot, liott hässlich, entstellt.

list f. Kunst.

lit D. v. litr, Farbe SQ. 31.

lita (2) färben (v. litr).

lita, leit, schauen, sehen; med. litaz, scheinen; leiz (leitz, leizt) honum, es schien ihm; leizt svâ â, es hatte den Anschein, mer liz, mir scheint 114, 39; mer liz â hann, er gefällt mir; yðr liz â mik, euch gefalle ich 159, 22; ags. vlitan, sehen.

litaz (2) schauen, l. um, sich um sehen.

litill, litil, litit od. litt wenig, gering; klein; i litlo, im kurzen.

litillæti n. Demuth, Herablassung 263, 27.

litilmenni n. ein unansehnlicher, schwächer Mensch 282, 6.

litkaðr gefärbt, geschmückt SQ. 66.

litr m. 1) Aussehen, Antlitz; G. litar, pl. litir Hâv. 93; Gestalt Hâv. 108; 2) Farbe; brugðu lit (D.) 335, 37; A. pl. litu u. liti.

litvan Gesichtsverletzung 167, 11.

liuð f. schwed. ein Mädchen.

liuflegr lieblich, mild, leicht.

liúfr lieb.

liufsvelgr Liebeschwelger, Räuber; Helgu, der H. 94, 25.

liuga, laug, loginn lügen.

liz u. litz; s. lita.

löð f. Einladung, Begastung 55, 12.

loda (1) loddi hangen 52, 24.

loðbrókr zotthosig 73, 14, Beiname Ragnars, u. anstatt dessen: Loðbrókar synir 319, 16; 318, 29.

loðinn haarig, zottig 340, 8; bärtig 255, 4.

loðinkinni m. backenhaarig (Beiname) 359, 5.

lœgir m. Veräusserer, Geber; linnsetrs, des Goldes 203, 25.

lof n. 1) Lob; 2) Urlaub.

lofa (2) loben, geloben; erlauben.

löfatak n. Handschlag 100, 25.

lofðar m. pl. die Männer, G. lofða 71, 21.

lôfi m. flache Hand 377, 11.

lofðungr m. König, poet.

logi m. Flamme 83, 9.

loga (2) brennen, flammen 120, 8; 354, 25.

lóga (2) veräussern m. D. 113, 32.

lögbaugr der als Busse gesetzl. Ring 131,17.

lögberg n. Gesetzesfels, Gerichtsfels, eine Anhöhe des isl. Allthingsfeldes.

lögðir m. Schwert, poet. 78, 25.

lögðyr n. d. Thier der See, d. Schiff 240, 4.

lögeiðr m. gesetzl. Eid; löggiöf gesetzl. Gabe.

lögfâkr m. Seeross, st. Schiff Hým. 27.

lögfastr gesetzlich fest.

lögmaðr m. Oberrichter, Obervorsteher (in Norw. Prov.) 152, 15.

lögmætr rechtsgültig 124, 38.

lögmâlstaðr m. gesetzl. Stelle, Gerichtsanspruch 268, 10.

lögr m. 1) Flüssigkeit, Wasser SQ. 8; 2) poet. Meer; D. legi 100, 21; A. â lög 79, 15.

lögrâðandi m. gesetzlicher Beistand, Vormund.

lögrétta f. die gesetzgebende Versammlung Islands; 2) der Ort dieses obersten Gerichtshofes (eig. Gesetzberichtigung).

lögréttomaðr Beisitzer im höchsten Gericht; lögrettoseta f. das Recht dazu.

lögréttofé n. Staatskasse.

lögsaga f. Hersagen der Gesetze, als Lagmaðr 93, 36.

lögsögumaðr Gerichtsvorsitzer.

lögskil n. pl. 1) die gesetzl. Entscheidung 93, 39; Freisprechung oder 2) gesetzl. Geldstrafe.

lögtekinn als Gesetz angenommen.

lögunautar *m. pl.* Standesgenossen, Kafheraden 263, 32.

lögvellir Wasserkocher, Kessel.

lögvörn *f.* gesetzl. Einrede; Vertheidigung.

lok *n.* 1) Deckel, 2) Ende, Schluss.

loka (2) verschliessen *m. D.*

lokarspånn *m.* Hobelspan; *A. pl.* l. spånu.

Loki *m.* ein Gott, der listigste der Asen.

lokit geschlossen *s.* lûka.

lokka (2) anlocken.

lokkahnackr Lockensattel (Kopf).

lokkr *m.* Locke.

lômhugaðr truggesinnt 54, 19.

lôn *n.* See (berichtigt *st.* lôms 213, 26) *s.* gaglfellir.

lön *f.* Gemähde; Heubaufen, *pl.* lanar, Haufen 56, 25.

löngum *adv.* lange.

lopt *n.* 1) Luft; 2) das obere Gestock; *poet.* jedes Luftgemach; das luftige Lager des Drachen = Gold.

Loptr *m.* Beiname *gew.* Lokis, *daher* Lopts vinr, Odhin.

loptvægi *n.* Luftgewäge; loptvægi lioðpundara, das luftige Gewicht der Liederwage, der Brust, ist der Geist 57, 21.

losa (2) lösen.

losna (2) los werden, sich auflösen 144, 12.

lostfagr reizend, schön.

losti *m.* Lust, *schwed.* auch lusti 300, 6. 9.

lostigr lustig, willig 20, 27.

löstr *m.* Vorwurf, Fehler, *A.* löst Hâv. 68. 98; 127, 38; *pl.* lestir; *A. pl.* lesti, *st.* löstu, Hâv. 135; *ags.* leahan, vorwerfen, wozu auch d. deutsche Laster gehört.

lotum *st.* lutum 109, 16; *s.* lutr.

luf *schw. s.* lof.

Lûfa haarstruppig, Beiname.

lûinn ermattet (v. lû Mattheit) 117, 23.

lûka, ek lŷk, lauk; schliessen 1) *m. D.* aufschliessen 219, 10; zuschliessen 119, 23; zu Ende bringen 159, 29; 2) bezahlen, *u. bloss* geben, getr lûka likn, kann Trost geben 91, 11; *Part.* lokinn 323, 5; geschlossen, geendigt 88, 35.

lûka *f.* die hohle Hand.

lûkahögg *n.* flache Hiebe 167, 6; *gothl.*

lund *f.* 1) Gemüthsart, Sinn 63, 33; 2) Weise, â þessa, þâ lund, auf diese Art 158, 38.

lundr *m.* 1) Hain, 2) Baum.

lungr *m.* Schlange.

lunnendi *norw.* Zubehör des Hausbedarfs *st.* hlunnendi.

lurkr *m.* Knittel, Keule.

lûta ek lŷt, laut, lutum; 1) sich bücken, neigen, vor jemand, *m. D.* 208, 2; 2) verehren, *m. D. oder til* 282, 1; 3) lauern, nachstellen, *mit* at, â 62, 10; *ags.* lutian, *mhd.* lûzen, lanschen, heimlich lauern.

luta (2) loosen 121, 16; *st.* hluta.

lutit *schwed. st.* hlutit, bekommen 278, 27 *fg.*

lutr *m. st.* hlutr, Theil, Ding, Sache 179, 9.

lŷða gehn, geschehen *st.* hlŷða 199, 35.

lŷðbiskup *m.* Leutebischof.

lŷðr *m.* Volk 82, 17; Mannschaft; *pl.* lŷðir Mannschaften, Leute, *G.* lŷða.

lŷgð, lŷgi *f.* Lüge.

lykia (1) lukti, luktr, schliessen, umschliessen, umfangen, *Conj.* lyki Hâv. 115.

lykill *m.* Schlûssel; *A. pl.* lukla.

lykkja *f.* Spange; (der Erde = Weltschlange) 2) Schlinge, Bug 339, 42.

lŷkna *st.* likna; lŷkr v. luka.

lykt *f.* Schluss; at lyktum, endlich.

lyktaz (2) sich schliessen 351, 39.

lyktr gespangt (v. lykkja) 94, 21.

lyndar völl der Quelle Gefild, d. Meer.

lŷng *n.* Heidekraut; *D.* lŷngi 342, 21; *G. pl. s.* lŷngva.

lŷng-áll der Heidekrautaal (Drache).

lŷngsbarði *m.* Heidekrautfisch, der Drache, sein Lager (lopt) das Gold; l. barða lopt varðaðr, goldbeschlagen 68, 11.

lŷngva *G. pl.* v. lŷng Heidekraut, dessen Ring, der Drache 344, 7.

lypting *f.* Kajüte, Verdeck.

lŷrittr *m.* Untersagung, Verbot der Gerichtsverhandlung.

lyritnæmr Rechtsverbot zulassend 132, 10.

lŷsa (1) lŷsti *i*) hell machen *impers.* 332, 5. 2) bekannt machen, veröffentlichen.

lŷsa *f.* 1) eine Art Dorsch; 2) die Weissigkeit.

lŷsigull *n.* helles Gold 178, 26.

lŷsuvangr des Dorsches Feld, *poet.* See 342, 21.

lysta (1) gelüsten.

lystr begierig; *pl.* vel lystir, wohlgemuth 71, 9; lŷstr, *Praes.* v. liosta.

lŷti Erniedrigung; til lŷta, zur Schmach; lŷti *n. pl.* Fehler, *auch bloss* Entstellung.

M.

mâ ich vermug (mega); mâ, A. v. mâr.

maðr Mann, G. manns, pl. menn; 2) Mensch, Person (auch von Frauen) 102, 6; 163, 6. 3) Jemand 125, 33 fg.; 4) coll. Menschen 237, 35; 138, 38.

mægð f. und pl. mægðir, Verschwägerung SQ. 18.

mækir m. Schwert; mækis â, das Blut 55, 25; m-s straumr 62, 16.

mæla (1) mælti, sprechen; mæla fyrir, bevorworten; sich ausbitten 362, 19.

mæli n. Zeitpunkt; af mæli, zu seiner Zeit, einst SQ. 43.

mælindi n. Beredsamkeit.

mælir m. Maass, bes. für Flüssiges.

mælisöl n. Bierfass einer drittel Tonne.

mær. f. Jungfrau; G. meyjar, meyar; D. meyju; A. mey; N. pl. meyjar, meyar.

mærr, mær, mært, gross, berühmt, pl. mærir.

mærð f. 1) Rühmung, Lob; 2) Dichtnng, mærðar hlut (D.) 55, 11; m. timbr 58, 29.

mæti n. pl. Schätzbares, Kostbarkeiten.

mætr geschätzt, werth.

mætrtrygð f. Machtvertrag 100, 18; worin mætr st. mættr, wahrsch. Gen. des alten f. mâtt, ist gebildet wie nættr v. nâtt, denn mâttr u. megin ist stehende Verbindung.

mætti Conj. Pr. v. mega.

magi m. Magen.

magna, stark werden; stärken.

magni, D. v. megin, mit Kraft.

magni, magnir m. Stärker, Mehrer.

mâgr m. Verwandter, D. mâgi; pl. mâgar.

magr, mögr, magrt, mager.

mâkat ich kann nicht.

maki m. ein gleicher; engi hans maki, keiner seines gleichen.

makligr geziemend; billig 104. 31; 360, 31; Comp. makligra 350, 18.

mâl n. Bestimmtes; 1) Maass, Portion Hâv. 21; 2) Schicksal 232, 31; 3) festgesetzte Zeit, und zwar a) Mahlzeit Hâv. 37; b) Zeitpunkt, mâl er at þylja Zeit ists zu sprechen; c) Termin zum Gericht; dann auch d) Vertrag, mâl öll meginlig, alle starken Verträge; Gerichtshandel u. Rechtssache, daher 4) Unterredung, Rede; 5) Gemählde; Verzierung des Schwertes.

mâlaiarn gemahltes Schwert, oder wie mâlaspiot Glums. c. 8 mit getriebener Arbeit.

mâlalok n. pl. Gerichtsabschied, Schluss.

mâlæfni n. pl. Stand, Aussicht im Handel, in der Streitsache 260, 13.

mâlasökn f. Streithandel pl. 147, 31.

mâldagi m. Contrakt.

mâlfârr mit Bildwerk geziert, SQ. 4.

mâlfylling f. Partikeln die zur Ausfüllung der Rede dienen, wie um, of- 192, 10.

mâli m. 1) Verabredung eines Kaufs, 2) Sold 133, 29; 211, 33; 3) Mitgift.

mâlmdynr m. Stahldonner; mâlmdyns hlynr, des Kampfes Baum, der Krieger 220, 4.

mâlmhrið f. Schwertsturm 55, 26.

mâlmr m. 1) Metall; 2) bes. Schwert 337, 14.

mâlrûm n. Raum zum Sprechen SQ. 68. ;

mâlsendar m. pl. Redeschluss 127, 16.

mâlsgerð f. Verhandlung, Rechtsstand 93,25.

mâlunautr m. Gesprächsgenoss; m. hvats mildings, der Genoss des tapfern Königs (Odins) ist Loki 53, 34.

mâlungr m. eine Mahlzeit Hâv. 67.

mâlvinr m. Redefreund.

man ich gedenke, werde s. muna.

man n. Jungfrau; mangi, sie nicht.

mana f. Mahnung, Andenken, so viell. 59,34; m. biarnar, das Andenken des Edlen.

mânaðr m. Monat; D. sg. A. pl. mânaði.

mangi, manngi Niemand 157, 35 (poet).

mâni Mond; mâna vegr = Himmel 186, 4.

manlikan n. Menschenbild.

mann A. v. maðr.

mannamunr m. Stärke an Mannschaft 377, 2.

mannbaldr m. Herrscher, König.

manndrâpari m. Menschentödter.

mannfagnadr m. prächtiges Gastmahl, Männerergetzung.

mannfundr m. Menschenzusammenkunft.

manngi niemand.

mannhætta Lebensgefahr, m. hâski dass.

manraun f. Mannerpobung; Wagestück, worin sich der Mann zeigt.

mannsbani Tödter eines Menschen.

mannzkis Hâv. 116 des Mannes nicht.

mannvirðing f. Männerehre 281, 26.

mansöngr m. Liebeslied.

mar m. Pferd, st. marh, af mars baki 62, 25.

marr m. Meer 59, 20; D. â mar 246, 3; A. mar 55, 9.

mâr, mârr m. Môve, D. mâvi, mâfi, mâr valkastarbâru, die Môve des Bluts, der Adler 53, 1; G. benmâs 56, 26.

marði s. merja.

mara f. Nachtgeist, Alp 303, 14.

Mardöll f. Freya's Beiname Sn. E. 37.

margr, mörg, margt oder mart: man-
  cher, viel; margt manna, viel Männer.

marg-fróðr, manches verstehend Háv. 103.

margrœdt vielbesprochen 111, 41.

margskonar mancherlei.

margvitr manches wissend 220, 19.

margÿgr f. Meerriesin, D. margÿg 340, 16.

mark n. Zeichen; 2) Kennzeichen, Merk-
  mal; 3) Gränze; 4) schwed. st. mörk, Mark
  pl. markr.

marka (2) bezeichnen, zeichnen 172, 1.

marr s. mar, Meer.

mart s. margr

máskô vielleicht.

mataz (2) speisen 200, 8; 369, 34.

matarillr karg in der Kost (matr).

matbúinn Speise bereitet 156, 7; 288, 18.

máti m. Maasse, Mauss, Weise.

matr m. Speise; G. matar; D. mat.

matreiða f. Speisebereitung.

matsveinn m. Koch, Bäckerknecht.

máttugr mächtig, A. mátkan.

máttr m. Macht; máttminni geringer an
  Macht 352, 41

maur m. Ameise.

með 1)| mit; m. D. u. A. Háv. 52; 62, 8;
  91, 4; 110, 35, u. o. 2) längs 159, 18; 187, 22;
  m. D. nach; 3) vor, wegen; man sah nichts:
  með siôdrifi 243, 33; 4) unter, zwischen
  71, 4; 5) zu, von Personen 49, 11; 6) bei
  89, 11; 326, 13.

meðal n. 1) Mitte; 2) zwischen; mittel-
  mässig, nicht durchaus; meðal túlhrein,
  nicht ganz listrein 52, 30.

meðalberni m. Durchbereitung, Garkochen.

meðalkafli m. das Querstück am Griff
  des Schwertes.

meðalsnotr mittelmässig klug.

meðan während, â meðan inzwischen.

meðferð f. Behandlung.

meðför f. Aussprechung, Vorbringen.

meðr mit, unter s. með.

mega ek má; megum; mátti, Conj. mætti,
  vermögen, mögen, können; megu þan
  ecki barn fâ, sie beide können kein Kind
  bekommen 308, 38; mákat þer synja, ich
  kann (es) dir nicht abschlagen; mátti,
  musste 53, 34.

meginn m. u. n. Kraft. D. magni 337, 14; 2)
  Seite, Gegend; hvat hann megins átti
  was des Ortes, welche Stelle er hatte,
  Vol. 5; unter. þeim megin diesseit, hinu
  megin jenseit; sínu megin, auf seiner Seite;
  sînum megin 327, 20; öðrumegin 370, 14;

tveim megin, auf beiden Seiten 110, 42;
  unorgan. flectirt: öllum megum 140, 33.

megindômr m. Kraftthaten.

meginligr stark.

meginmeingiörn mächtig nach Frevel
  trachtend, pl. 81, 12.

megin-tîr, veðr mächtiger Ruhm, Sturm

megintrygð f. starker Vertrag 100, 18.

megna (2) stark sein, vermögen 353, 12.

meiða (1) verletzen, Part. meiddr 250, 25.

meiðir Wundenschläger 77, 21.

meiôm m. Kleinod SQ. 45.

meiðr m. 1) Baum 114, 40, s. vâðmeiðr;
  2) Reis, Stab; im Kriege ist der Stab poet.
  das Schwert 77, 21; D. meiði.

meiðsl n. Peinigung 329, 11; Mishandlung.

Meili m. sein Bruder ist Thor 185, 4; sein
  Vater Odhin 53, 5.

mein n. Beschädigung, Frevelthat, Verge-
  hen.

meina (2) verleiden, verhindern SQ. 43;
  dân. formene, hindern.

meinalaus falschlos.

meinsvar meineidig.

meinvættir f. pl. unheimliche Geister
  (falsche Wichte) 357, 30.

meir, meira Adv. mehr, at meira, um so
  mehr.

moiri, meirri grösser, an Wuchs 253, 8;
  an Macht 75, 30; 2) mehr.

meistari m. Meister.

Meiti ein berühmter Wikinger; seine Hür-
  den sind die Schiffe 66, 15.

mêl n. Gebiss.

mellin = millum zwischen

meldr m. Mehl; G. meldrar 336, 39.

melr m. Kiesel.

melregn n. Kieselregen, poet. Hagel 56, 6.
  a. L. meilregn, was Metallregen sein soll.

men n. 1) Halsband, poet. für Gold 198, 4.
  2) Streifen, G. pl. menja.

mengi f. Menge, poet. SQ. 54.

Menja wie Fenja, Dienerinnen des Frodi,
  welche Gold mahlen; ihr Gut, d. Gold
  SQ. 59.

menning f. Mannheit.

menskögul f. die Halsschmuck-Walkyrie,
  Jungfrau SQ. 39.

mentÿrir st. -tærir: Halsringverschwender,
  der freigebige 93, 25.

menþverrir Halskettenvermindrer = Gold-
  austheiler 187, 2.

merja (1) marðl, anstossen 244, 31.

meri D. A. von merr f. Stute 107, 30;
  294, 27.

merkcrbôl n. Grundstück von einer Mark
  Pacht.

merki *n.* Zeichen *bes.* Fahne, Feldzeichen.
merkistöng *f.* Fahnenstange.
merkja (1) zeichnen, bezeichnen; 2) sticken 159, 2. 12.
merkiligr bemerkenswerth.
merkr *pl.* v. mörk.
merkr ausgezeichnet 67, 4.
mersìng *f.* Messing, mersìngarspônn *m.* Messinglöffel 288, 21.
messa *f.* die Messe.
messuhökull *m.* Messgewand 108, 12.
mêstr, mêst, mêst der meiste, grösste.
meta, mat, mâtum, metinn *gew.* messen, *insbes.* 1) schätzen (eine Geldbusse) 130, 25; oflitils metinn, zu gering geschätzt 320, 21; er til hâôungar metz,· was für Hohn geschätzt, gerechnet wird 128, 2; 2) zumessen, m. viô Þorkel, dem Thorkel überlassen 289, 14; eigi metr viô aôra seggi, überlässt es nicht andern Leuten 215, 13.
metnaôr *m.* 1) Ansehen; 2) Selbstüberschätzung Hâv. 79; metnaôarmaôr, ein Angesehner.
metnaôarskarô *n.* Ehrverletzung 294, 11.
metorô *n. pl.* Würde 120, 15.
metrtrygôir *st.* mœrtr. mächtige Verträge.
metta (2) sättigen.
mettr der gegessen hat (pransus) 363, 19.
mey, meyjar, *s.* mær, Jungfrau.
middagssôl *f.* Mittagssonne 207, 13.
miôgarôr *m.* Erde (Mittelwohnung).
miôjan, *A. v.* miôr (medius).
miôill *m.* Mittel; 2) Ruderband, -seil, ârar at miôli 100, 22; vgl. *ags.* àrmidln *struppi.*
miôjungr *n. pr.* Riese, *pl.* 67, 17.
miôla (2) 1) mitten durchtheilen, durchschneiden oder durchstechen SQ. 46; 2) vertheilen, zutheilen, vgl. gullmiôlandi 28, 12; 3) handhaben z. B. âr Ruder 131, 7.
miôpallr *m.* Mittelbank, Mittelbühne.
miôr, miô, miôt (mitt) mitten (*medius*), *D. f.* miôri 280, 7; miôjan dag, den Mittag; î miôjom àum 277, 9; î miô vêbônd 265, 6; *N. sg. D.* î miôju, in der Mitte.
miôr *st.* minnr, weniger.
miôvika *f.* Mittewoche.
Mikâll Michael.
mikill, mikil, mikit gross, stark.
mikillâtr sich gross gebehrdend, prachtliebend 194, 8.
mikilleitr grossen Gesichts.
Miklagarôr Constantinopel 227, 10.
miklogi um nicht viel 122, 19.
mîla *f.* Meile.
mildi *f.* Milde.
mildìngr *m.* der Freigebige, *poet.* König 53, 34.

mildr, mild, milt gnädig, mild; *f.* = Weib, Helr. 8.
milli zwischen, millum *dass.*; milli siâ, unterscheiden 376, 17.
mimsvinr, Mîmisvinr, Freund Mimirs = Odhin 60, 38.
minjar *f. pl.* Andenken SQ. 52; 179, 16.
minka (2) vermindern; abnehmen 372, 39.
minn, mîn, mitt mein; — mitt, das Meinige; *D.* mînnm, mînni, mînu; *N. pl.* mînir, mînar, mîn.
minna (1) minti, erinnern *m. A. u.* â; 116, 28; minna mitt er, mein Erinnern ist 116, 18. minnaz sich erinnern; minniz þer? gedenkt ihr, minnaz viô = küssen 263, 4.
minni kleiner, geringer, das *n.* minna *als Adv.* 89, 3; Sup. minstr.
minni *n.* Gedächtniss; *bes.* vom Gedächtnissbecher; Andenken.
minni *st.* mynni *n.* Mündung.
minning *f.* Gedächtniss 194, 6; 2) das heil. Abendmahl 196, 12.
minnisveig *f.* Gedächtnisstrunk 102, 17; *s.* veig.
minnr (miôr) *Adv.* weniger, minder 88, 38.
miöôdrecka *f.* Methtrank 307, 37; m-drykkia, Methgelag 50, 29.
miôôr *m.* Meth, *G.* miaôar.
miök viel; sehr; 2) fast, gar.
miöl *n.* Mehl; Froôi's M., das Gold 58, 1.
Miölnir *m.* Hammer Thors, Hým. 36.
miôr zart, eng, dünn. —
miöt *f.* Messung, kann ek mæla miöt of, ich weiss der Rede Abmessung über 58, 13.
miötuôr *m.* 1) Maass Hâv. 60; 2) Messer, Schöpfer.
miötviôr von der Esche Yggdrasill, wol Schicksalbaum.
misfyrmja verunstalten, verletzen *schwed.*
misiafn uneben, übel 240, 19; verschieden.
miskr *n.* Geflüster, Schnurren.
miskorblindi Hym. 2; die mit Geschnurr blinzelnde, die Katze, ihr Sohn, der Kater, womit der Riese verglichen wird.
miskunn *f.* Gnade.
mislêti *n.* Verunstaltung 165, 24.
misrâôinn übel gerathen 99, 10.
missa *f.* Verlust, Entbehrung.
missa (1) verlieren; hanns missir viô, an ihm fehlt es.
missari, misseri, missiri *n.* Halbjahr; *gew. pl.* für Jahr 210, 34. 39; *dass.* 85, 5.
missâttr veruneinigt 99, 14.
missir *m.* missa *f.* 177, 10; Verlust.
missýnaz begaukelt werden 113, 8.
mistilteinn *m.* Mistelspross 176, 15. 27.
miuklæti *n.* Sanftheit 325, 40.

miukr 1) weich, mild; 2) beweglich, leicht: miukburðr (des Seemanns) bewegliche Hürde (= Schiff) 66, 15.

moð *f.* î brimils m'oði 55, 19; *wahrsch.* Sumpf, Wasser, vgl. moðugr, sehmutzig, moderig.

mòðerni *n.* Muttergeschlecht.

mòðgiarn zornsüchtig Hým. 36 (wo *Cod. Reg.:* morðgiarn hat).

Mòði Sohn Thors, faðir Mòða, Thor, Hým. 34.

mòðir Mutter, *G. D. A.* mòður.

mòðr *m.* Geist, *bes.* Zorn 51, 8.

mòðr müd.

Mòðsognir der erste der Zwerge Vol. 10.

mòðtregi *m.* Kummer SQ. 44.

mœða (1) ermüden, mattmaehen 355, 39; 356, 17; mœðaz ermatten.

mœðiliga zornig 325, 5.

mœnir *m.* Rücken, Gipfel, des Gehirns, die Stirn 52, 6.

mœta (1) begegnen, *m. D.* 143, 41.

mógrennir 116, 16; *schwierig, viell. nach* Egils.: der Nährer der Möve (mâ-r), die Blutmöve ist der Rabe, dessen Nährer der Kämpfer.

mògr *m.* Sohn 100, 6; 164, 13; *D.* megi; *A. pl.* mögo, mögu; *N. pl.* megir.

möl *f.* Kies 58, 2.

mold *f.* Erde; *D.* moldu 144, 41.

moldþinur *m.* die erdumgebende Schlange.

mön *f.* Mähne.

môr *m.* Moorland, â mô 137, 29.

möndlaug = mundlaug, Becken.

morð *n.* 1) Mord, *poet.* des Goldes Mord, die Freigebigkeit; 2) Heimlichkeit.

morðför *f.* Todesweg SQ. 40.

morðfrost *n.* des Mordens Frost, die kalte (verderbliche) Schlacht, við m., in 67, 3.

morðlikinn mordliebend.

morðrunnr *m.* Mordstrauch, Kriegsmann 93, 9.

morðstœrir *m.* Schlachtvermehrer, kriegslustig 220, 8.

morðvargr *m.* Mordwolf; Verbrecher.

morðveniandi Fenju moldrar, der Gold umzubringen Gewöhnte 336, 39 (hier Anrede).

morgin, morgun *m.* Morgen, î m. am M.

morginskæra *f.* Morgenkampf 76, 3.

morgna (2) Morgen werden.

mörk *f.* 1) Wald; *pl.* 117, 9; 2) Baum *poet.* menja mörk Halsbandbaum, die Frau; hlimar marka, Zweige d. Bäume 58,23; 3) Mark von 8 Unzen; m. penninga, Mark Pfennige.

(morn) at morni früh Hâv. 23, *st.* morgni.

Mörn *f.* Riesin; d. Vater d. Riesinnen ist 53, 16 u. 54, 20 d. Riese Thiassi.

morna (1) welken; modern 81, 17.

möskr *m.* Masche; *A. pl.* möskva 180, 18.

mosòttr moosicht.

môt *n.* Begegnung: 1) Zusammenkunft, 2) Gegenstück, â môti gegenüber, gegen; 3) Fuge, Zusammenfügung, 4) Art; með öllu môti in jeder Weise; î môti, âmòta gleicher Weise, eig. dem entsprechend; með þvî môti, nnter der Bedingung 237, 2.

môt (*A. des vorigen*) gegen *m. D.*

môtstaða *f.* Widerstand.

mûgr *m.* Menge 237, 35.

muna, ek man; *Praet.* mundi, hefi munat: gedenken, sich erinnern, es langt mundi fram, der sich weit zurück erinnerte 85, 20; *m. A.* etwas gedenken, ek befi munat Siggeiri (dráp) 120, 16; 'ek man Ingibiörgu æ 257, 20; Vol. 29.

muna (2) verlangen *impers.*

munaðr *m.* munuð *f.* Lust, Liebesfreude Hâv. 79.

mund *f.* 1) Hand; 2) Gotal. 19 hat die altd. Übers. Nagel (tief).

mund *n.* Zeit 225, 7.

mundlaug *f.* Handwaschbecken (Handbad).

mundr *m.* 1) Kaufpreis der Frau 124, 16. 18. 19; 2) Mitgift; at mundum *poet.* zum Gesehenk 215, 16.

mundriði *m.* Handhabe am Schild 297, 8.

mundu *sp. Inf. st.* munu, werden.

munngât *n.* ein süsses Bier 356, 17.

munngâtsgiörð *f.* Süssbierbereitung 209, 26.

mûnkr *m.* Mönch.

munni *m.* Mündung.

munnlaug *f.* Waschbecken.

munnr, muðr *m.* Mund.

munoð *f.* Liebe, Hâv. 79.

munr *m.* das Denken; 1) der Geist, Sinn; at mun banda, nach dem Sinn, Willen der Götter 64, 30; leik mer meir î mun, es war mir mehr zu Sinn SQ. 39. 2) Verlangen, Lust Hâv. 94; inn mâttki munr, SQ. 38: munar strìð, der Widerstreit der Lust, *daher:* mein Verlangen *für m.* Geliebte Hâv. 94, vgl. munvegr; 3) Kraft, *bes. im pl.* munir, *s.* fêmunir, vitsmunir; 4) Grund, Ursache, þeim mun, at: aus dem Grunde, weil 177, 8; Erkennungsgrund 143, 5; 5) Art u. Weise, öngan mun betr, auf keine W. besser; fyrir engan mun, durchaus nicht 200, 7; 6) Unterschied 152, 7; 345, 5.

munströnd *f.* Gedankenstrand (Brust) Viðris m. strandar mar, das in Odins Brust wogende Meer, die Dichtung 55, 9.

munstœrandi *f.* die lustmehrende 54, 15.

munu, ek man (mun); mundi, wollen, werden, sein werden; 1) þá mun ráð, da wirds Rath sein; mun ganga, ich werde gehn; mundi, würde; mynda, ich würde Háv. 99; 2) manu konungar heim komnir, die Könige werden (mögen) heim gekommen sein. — Statt munu auch der *Inf.* mundu 225, 3; 321, 1.

muntu, munto *st.* muntþu, wirst du.

muntún *n.* lieblicher Hof; *m.* hugar, der Lusthof des Geistes, die Brust 82, 9.

munvegr *m.* Lustweg, *pl.* á munvega, nach dem Lustort (Walhalla) hin 59, 22.

mús *f.* Maus, *pl.* mýs.

mútarir Háher *s.* tármútarir.

mý *n.* Mücke.

mylen Name der Sonne 189, 9.

mynd *f.* Bild, Form 155, 32; Ähnlichkeit.

mynni *n.* Mündung 346, 23.

myrðir *m.* Mörder, *poet.* auch nur Vertil-

ger: varð fyrir víga myrði viðfrægt mannfall, es ward durch den Vertilger der Todtschläge (den strengen Fürsten) eine weitberühmte Niederlage 66, 17.

myrginn *st.* morginn 157, 10.

myrkbak dunkler Rücken; vögnar m-baka hreins hreinar, die Unthiere der dunkeln R. des Gebirgs, sind die Riesen 51, 21 ff; ihr Schützer (vattr) der Riese Hrungnir.

myrkr *n.* Finsterniss, *D.* myrkri.

myrkr, myrk, myrkt dunkel; *Acc. f.* myrkva 358, 35.

myrkblár dunkelblau, myrkdanar Riesen der Finsterniss.

myrkva (1) dunkel werden, *m.* af 141, 27.

myrkviðr *m.* der Schwarzwald 101, 28; 164, 23; wo der Ring des dunklen Waldes die Schlange ist.

mýtr (= mitr) Mütze, mitra.

N.

ná (1) ek nái, erreichen, bekommen *m. D.* náði hringnum; náiz iafnaðr, es ergab sich Gleichheit; *m. Inf.* können; náði bíta, bekam zu beissen 74, 13; — til ná, hinreichen.

ná *A.,* náss *G.,* *s.* nár.

náborinn, nahgeboren, verwandt SQ. 11.

nábúi *m.* Nachbar.

náð *f.* 1) Gnade, 2) *im pl.* Ruhe.

naðr *m.* Natter; *poet.* 80, 7 Schwert, *D.* naðri.

naðrristir Natternschwinger 150. 33.

næfa (1) anfragen; við, bis 341, 10.

næfr hervorragend; scharf.

næfr *f.* Birkenrinde Háv. 60, *pl.* næfrar, Dachschindeln 252, 2; vgl. salnæfrar 50, 29. — *neutr.* Hildar næfri, dem Schild 78, 22.

næfst *m.* Züchtigung.

nær 1) wann 111, 36; 237, 15; 2) *Adv.* nahe 203, 35; bei, gegen; 3) beinahe, fast 355, 23; 363, 37.

nærr näher 114, 20.

nærri näher, nærst, næst, zunächst.

nærstum neulich.

nærverandi gegenwärtig, in Gegenwart 268, 27.

næstr der nächste; næsta brœðra *sc.* menn, Andergeschwisterkinder 132, 1.

nafn *n.* Name.

nafnbót *f.* Titelserhöhung, Würde.

nafnfesti *f.* Namengebung 164, 5; 371, 22.

nafni *m.* der Gleichnamige (*ahd.* ginamna,

mhd. genenne) 71, 25; von den 2 Olafen (æquivocns 305, 15).

naga = gnaga nagen.

nagr, der da nagt; sveita nagr, Blutsauger, der Adler 53, 30.

náinn, *Comp.* nánari, S. nánastr, nah; 1) verwandt 58, 21; 2) voll, zahlreich.

Náinn *n. pr.* eines Zwergs.

nakinn, nakdr nackend, *Pl. n.* nökd 342,33.

nackvar, nackvat einiger, einiges, *st. des gew.* nöckur, *aus* nac-hvar Gr. III, 78.

nálega beinah.

nálgaz (2) sich nähern *m. A.*

námæli *n.* zunahetretende Rede.

nánastr 124, 21 *s.* náinn.

nánd *f.* Nähe 248, 26 *u. o.*

nár, nárr 355, 34; *m.* der Todte, *G.* nás *u.* náss Háv. 71; *A. pl.* nái, Vol. 38. 65. *Sg. collect.* gnótt nás, genug der Todten 66, 13; hiuggu ver bleikan ná, wir hieben bleiche Todte (für die Raubvögel) 76, 16.

Nari *m.* seine Schwester ist Hel. 56, 24.

nárr der Todte, *A. pl.* nái, *sg. coll. G.* 66,13.

nasir *s.* nös.

nátt *f.* Nacht; *G.* náttar *u.* nættr 111, 12. *pl.* nættr, náttur.

nátta (2) Nacht werden, nachten.

náttarþel *n.* Frost der Nacht 372, 11.

náttból *n.* Nachtlager 332, 2.

náttfaði *m.* nächtl. Wandrer.

náttfar *n.* Nachtfahrt, *G.* 363, 11 nächtlich.

náttstaðr *m.* Nachtquartier 144, 29.

nåttverðr *m.* Nachtmahl 56, 24; 312, 4.

nåttúra *f.* 1) Kraft 178, 16; 2) Naturgeist, Zaubergeist 289, 22.

nauð *f.* (nauðr *m.*) 1) *pl.* nauðir, Fessel; 2) Zwang, Noth.

nauðga (2) nöthigen *m. D. u. A.* 322, 20.

nauðigr gezwungen.

nauðleytir *f. pl.* Verwandtschaftsbande.

nauðsyn *f.* 1) Nothwendigkeit 328, 27; 2) Ehhafte: at nanðsynjalauso Grâg. 1, 4 ohne rechtsgiltige Abhaltung, *pl.* n. synjar.

naust *n.* Haus für die Schiffe im Winter; *poet.* für Ruheort, Grabhügel 58, 21; naustdyr *f. pl.* Eingang dazu.

naut *n.* Rind; nautsblôð, Rindsblut 230, 20.

nautr *m.* Genoss; *D.* nant 158, 4; *von Sachen: m. G.* des *früheren Besitzers*, einstiger Begleiter, Besitzer.

nautsblôð *n.* Opferthierblut.

nê noch; a. nicht.

neðan unten; *eig.* von unten her.

neðar nieder; neðri d. niedere.

nef *n.* Nase 249, 34.

neffölr schnabelfahl (v. Adler).

nefi *m.* Bruder; Schwestersohn 69, 8.

nefna (1) nennen; 2) aufrufen (Zeugen); 3) verabreden.

nefna *f.* Nennung, Bestimmung.

nefnd *f.* Benennung; Vorwand.

nei nein.

neinn, nein, neit kein (ne-einn).

neiss *adj.* verachtet, dem Hass bloss gestellt Hàv. 49.

neita (1) verneinen, weigern *m. D.*

nema wenn nicht, ausser dass.

nema, nam, nâmum, numinn 1) nehmen *m. A. G. D.*, nam staðar, blieb stehen 105, 4; 161, 32; 181, 10; 253, 5; sverdit nam î iördu staðar, kam in die Erde zu stehen 175, 12; nam lönd öll 221, 31; 2) unternehmen, beginnen; veiðar nâmo Hým. 1. lîta nam, begann zu schauen, eb. 35. þôtti lanðauðn nema, es schien eine Landverödung zu beginnen 86, 16; *oft periphr.*; 3) annehmen *m. D.* nema ràðum; 4) lernen 108, 1; 331, 40; 5) nemaz, sich weigern 199, 34; nema frâ, ausnehmen 86,27.

nemdr *st.* nefndr, *Part.* von nefna 99, 9.

nenna (1) nennti, sich getrauen 109, 13; etwas über sich bringen 257, 33.

neppr Vol. 54, *st.* hneppr krumm, verdreht.

nes *n.* Erdzunge, Vorgebirge, *D. pl.* nesjum 66, 13.

nest *n.* Wegezehrung: *s.* vegnest.

net *n.* Netz.

netþinull *m.* Netzleine 181, 8.

neyða (1) nöthigen, *pr.* neyddi 321, 24.

---

neysa *f.* Schmach 205, 20.

neyta (1) neytti, geniessen 91, 19 : 93, 28; *m. G.* 152, 18; 239, 6; gebrauchen.

neyta (2) == neita, verweigern 321, 23.

neyti *n.* 1) Genossenschaft, 2) = naut.

neytr nützlich.

nið *n.* Neumond, *D. pl.* niðjom Mond Sn. E. 177.

nið *n.* 1) Hass, Befeindung; 2) *n. pl.* ein Fluchbild, aufgesteckt auf einer Stange 127, 11. 14; 3) Schmähwort od. Gedicht 128, 17. 24.

niða (1) ehrlos machen.

Niðarôs *m.* Stadt in Norwegen 281, 8; *D.* Niðarôsi 202, 24.

niðingr *m.* ein Ehrloser.

niðgiöld *n. pl.* Verwandtenbusse.

niðlioð Schmählied.

niðstöng *f.* Schmäh-, Fluchstange 127, 14.

niðr herab.

niðr *m. poet.* Sohn, Nachkomme 148, 7: Verwandter, *pl.* niðjar *u.* nïðjar *u., D.* nidjum SQ. 11, *G. A.* niðja *u.* niði.

niðran *f.* Verminderung, Erniedrigung 339,23.

niflgôðr nebelfroh; n-gôðr niðja steypir, ein im Nebel glücklicher Verächter der Verwandten 60, 6.

Niflungar *m. pl.* die Nibelungen; ihr Streitgegenstand heisst d. Gold 48, 21.

nio = niu, neun.

Niörðr einer der Asen, Nerthus, *G.* Niarðar, *poet. m. G. für* Mann, *A.* 230, 27.

niorun *f.* eine Göttin, *poet.* vinkers u., die göttliche Weinschenkerin 78, 14.

niörvi *m. wahrsch.* Fesselträger 62, 2; *s.* Tveggi.

niosn *f.* Spähung, Erforschung.

niosna (2) ausspähen.

niota (nýt, naut), geniessen einer Sache, besitzen, *m. G.* — *Conj. Praet.* nytak, genossen hätte Hàv. 109; *Part.* notinn, notið *st.* notit eb. 108.

niotr geniessend, theilhabend.

nipt *f.* Verwandte (*mhd.* niftel, Nichte), *poet.* Schwester 56, 24; Weib.

nista *wahrsch. wie* gnista (1) kämpfen 18, 33.

nisti *n.* Brustschild, Blatt an der Halskette getragen: nistis norn == Weib 150, 33.

nistir ara, der Nährer der Adler, Kriegsmann (*s.* nest) 257, 19.

nita (1) weigern.

nitiân neunzehn.

nïu neun 178, 23; nïundi d. neunte.

Nôatûn *n. pl.* Wohnung Niörðs u. d. Freyja.

nögl *f.* Nagel, *pl.* negl.-

nôgr genügend; nög, nôgt genug.

nögu genug; fast 255, 20.

nokkr = nockur, = nŏckur einiger, jemand.
nokkut etwas; etwa 335, 31.
nöckvi *m.* Nachen 177, 35.
nökkvi *m. wahrsch.* Anstoss, Hinderniss *st.*
  hnŏckvi; àn nökkvars nŏckva bragì, ohne
  die Art irgend eines Anstosses 57, 29.
nŏckviŏr nackend Hàv. 49.
Nŏckvír ein Zwerg.
norŏan von Norden, fyri norŏan gegen
  Norden (gelegen).
norŏanverŏr nördlich gelegen.
Norŏimbraland Northumberland 130, 24;
  135, 34.
Norŏmenn *m. pl.* Norweger 194, 15; 226, 24.
norŏr *n.* 1) Norden; 2) *adv.* nŏrdlich, nach
  Norden hin.
norŏrland *n.* Skandinavien *(pl.)* 160, 35.
Noregr *u.* Norvegr 86, 14; *m.* Norwegen,
  D. Noregi *und* Noreg 83, 20.
norn *f.* Norne, Weissagerin.
Norrœn norwegisch 85, 27; 139, 36 f.

norrœna *f.* 1) Nordwind 282, 24; 2) Nord-
  sprache 286, 30.
nös *f.* Nase, *bes. pl.* nasir 365, 1.
nòtt *f.* Nacht, *G.* nœttr, *pl.* nœttr.
nú nun; *sehr oft in Vordersätzen* den Fall
  gesetzt, dass; wenn nun aber.
nӯa (2) erneuen.
nӯfelldr neugefällt Hàv. 87.
nӯgiörving *f.* neue Art, bildliche Rede.
nykill *schwed. st.* lykill, Schlüssel *pl.* 276, 9.
nӯkominn eben gekommen 54, 8.
nӯlegr neulich SQ. 26.
nӯlunda *f.* Neuigkeit 340, 42.
nӯnœmi *n.* Neuigkeit, *pl.* 286, 32.
nӯr, nӯ, nӯtt neu; at nӯju jetzt.
nӯsa (1) nӯsti Hàv. 142, spähen.
nyta (1) gebrauchen *m. A.* 310, 33
nytak, *s.* niota.
nӯtr nützlich, tüchtig, brauchbar.
nӯtsamlegr dienlich, nützlich.
nӯztr bester, *Sup. v.* nӯtr 215, 17.

O.

òœŏri niedriger, *bes.* an Rang.
òàran *n.* (Unjahr) Theurung 287, 16.
òauŏigr unvermögend.
òbeŏinn ungebeten.
òbilgiarnn keinen Vorzug liebend, rasch
  handelnd SQ. 21.
òbirgr unversehen mit 283, 6.
òbrigŏr beständig, wechsellos.
òbryddr unbeschlagen Hàv. 90.
òbundinn entfesselt.
òbygŏ *f.* unbebautes Land.
òbyrian *f. schwed.* Anfang 270, 4.
òdàŏ *f.* Unthat.
òdœli unfreundlich, schwierig.
òŏal *n.* Odel, Erbgut; *D.* ôŏali 251, 9; *pl.*
  ôŏol 198, 36.
òŏalborinn in grader Linie vom ersten
  Besitzer abstammend 149, 10.
òŏaltorfa die heimische Scholle.
oddr *m.* 1) Spitze *bes.* 2) Schwert 57, 3;
  Spiess od. Pfeil, *ags.* ord *Andr.* 1207.
odda-messa, skúr der Spiesse Messe,
  Regensturm.
oddavíf *n.* Schwertweib, (Walkyrie) 64, 24.
oddbreki *m.* Schwertbrandung, Blut 56, 27.
oddᴚà *f.* Schwertbach, Blut *pl.* 62, 15.
oddneytir *m.* Schwertgebraucher 63, 27.
oddviti der Anführer 347, 6.
ôŏfús heftig, verlangend þrym. 25.
òŏiarfr schüchtern, furchtsam 315, 32.
Ôŏinn, Vôdan, der erste der Asen, der

sein Auge einsetzte für das Wissen um
  die Zukunft Vol. 28; Ôŏins bur ist Thor
  52, 7; Ôŏins Trunk od. Wasser ist die
  Dichtkunst 58, 11 nach Hàv. 106. 108.
öŏlaz (2) erwerben 330, 9; þrym. 28; òŏla-
  ŏiz, erlangte 324, 7.
öŏlingr Edeling, König.
öŏr *m.* Geist, *A.* ôŏ Vol. 18; 2) Muth, Zorn.
öŏr, ôŏ, òtt 1) heftig, wüthig Hàv. 90;
  145, 13; 2) mer er ôŏt um, ich habe Eile
  mit 294, 33, Vgl. ôtt.
òŏrœŏi *n.* Feindschaft, Kampf 59, 39.
ôŏrengskapr Untüchtigkeit.
ôŏrœrir Hàv. 108, *eig. viell.* Geisterreger,
  Name des Kessels mit dem Dichtermeth.
òŏriugr nicht ausdauernd, flüchtig 249, 39
œŏa (1) wüthen, fortstürzen.
œŏe *schwed.* Güter, Upsala œ., die schwed
  Krongüter 271, 40; 272, 29; *isl.* auŏr.
œŏi *n.* 1) Geistesregung, Zorn; 2) Lebens-
  regung, Handlung, That (Gegensatz z.
  Wort).
œfa (1) üben; œfaz zürnen, vgl. allœfr
òefni *n.* Unbilligkeit, Bosheit, Noth.
œgi *m.* Meer *st.* œgir 241, 6.
œgja fürchten 53, 22.
œgir 1) der Schrecker 61, 20; 2) gew. Meer
  (Meergott); 3) Riese, Hӯm. 5.
œpa (1) Kriegsgeschrei erheben; 2) aus-
  rufen.
œrr, œr wüthend; *pl.* œrir 161, 3.

17 *

œsa (1) wüthen 50, 28; 56, 12, v. ôðr.

œska f. Jugend 231, 27.

œska (1) wünschen.

œxla (2) aufziehen, v. vaxa, ôx SQ. 18.

of 1) über; of eld bera, übers Feuer tragen; þat er enn ôf þann, das ist (handelt) auch über den; 2) hindurch, of aldr, in Ewigkeit; of land allt, übers ganze Land hin; 3) hinaus über; of skôp gänga, dem Geschick entgehen, dah. adv. übermässig, viel; of fiâr, of sîð, zu spät 187, 38. In Zustzgen poet. sehr häufig nur verstärkend; 4) ob, wegen; kiosa of kosti þessa, wählen in Bezug auf, unter den zwei Fällen 190, 32; gleicht meist der Praep. um, vgl. ût of 183, 13; m. ût um 183, 19.

ofan von oben, gew. herab, nieder 53, 7; 243, 36; sp. auch oben = ofanâ u. ofanfyrir, ofantil.

ofanverðr der obere, dem ob. Theile nach 95, 9.

ofar oben hinauf.

ofarla heftig Hâv. 120.

ofbagi ulfs, der Gegner des (Fenrir) Wolfs Odhin 61, 1.

ofblôtið zu viel geopfert.

ofdryckja f. das Zuviel trinken Hâv. 11.

offaldinn hialmi, helmbedeckt 67, 1.

offar n. Hinfahrt (poet.) = far.

offyldr angefüllt, m. G. bôls offylda übel erfüllte.

öfgaz (2) unwillig werden 73, 3.

ofinn, gewoben 107, 15 v. vefa.

ôfiöllôttr unbergig.

oflengi zu lange 326, 4.

ofliott zu schändlich, zu hässlich.

oflitill zu wenig.

öflugr stark pl. öflgir Vol. 17.

ofn m. Ofen 354, 32.

ofnema, ofnam begann, periphrast.

ofr n. Opfer.

ofr- = of- (über) zu sehr.

ôframr nicht vorwärts gehend: 1) nachlässig, untüchtig; 2) bescheiden.

ofrausn f. zu viel Pracht; Hoffahrt 72, 14; Unbesonnenheit (rausn).

ofrefli n. Übermacht.

ôfriðr m. Unfriede; ôfriðarstormr Unheilssturm 244, 4.

ofrîki n. Übermacht, Gewaltthätigkeit.

ofrkapp n. übermässiger Eifer, Leidenschaftlichkeit 149, 34.

ofrlið n. Übermacht.

ôfrôðr unverständig, jung.

ofrölvi zu trunken Hâv. 14 von ölr.

ôfrynn = ôfrînn übler Laune.

ofseinn zu langsam 120, 18.

ofsi m. Übermuth, Gewaltthat.

ofsiâ übersehen; eðr ofsêr, wiederum sieht man 51, 5.

ofsnauðr zu arm 59, 8.

ofsœkja part. ofsôttr aufsuchen 51, 5.

ofstrîð Obstreit, starker Kampf Helr. 13.

öfugr verkehrt.

öfund f. Misgunst, Eifersucht 233, 25.

öfundâ (2) misgönnen, beneiden m. A. 232, 16.

ofungr zu jung 115, 26.

ôfuss unbereit, ungern m. G.

ofvaraðr abgeschlagen, abgewehrt.

ofvarr zu vorsichtig Hâv. 133.

ofveðr, ofviðri n. Unwetter.

ofvitaðr verhindert Hâv. 100.

ofþringia (þryngia) þröng, drängen, dringen; ofþryngvi 189, 15; das Land unter sich dringen, sich unterwerfen, Conj. Praet.

ôgæfusamlegr unzuträglich.

ôgagnvænligr nicht viel Gewinn versprechend; unvortheilhaft 283, 14.

ôgerandî (part. nicht zu thun) ungeziemend.

ôgleði f. Unfröhlichkeit 292, 29.

öglir m. Habicht 54, 20; öglis landa eik die Trägerin des Habichts 337, 10; Fornm. 5, 92.

ögn s. agn.

ögn f. 1) Schrecken, pl. ôgnir 108, 16; Gefahr; 2) Kampf.

ögnar stafr Kampfstab, Kämpfer 190, 4.

ögna (2) schrecken 208, 26.

ôgörla unvollkommen.

ôgrligr, ôgurlegr fürchterlich.

ôgrunnr grundlos 243, 8.

ôgrynni n. unendliche Menge.

ôhapp n. Unglück 176, 30.

ôheilagr rechtlos, vogelfrei, pl. ôhêlgir.

ôhêlgi n. die Acht, Friedlosigkeit.

ôherskattr ungebrandschatzt.

ôhögligr unsanft, unbequem 110, 15.

ôhrôðligr unrühmlich.

ôhrôðugr nicht rühmend, unwirsch.

ôhryggr unbetrübt, A. pl. 65, 35.

ôiafnaðr m. Unbilligkeit, Frevel.

ok 1) und 2) auch 3) Zeichen des Nachsatzes: da, so 121, 23; 126, 10. 38; 181, 4; 394, 7; 4) in Vergleichungen wie, mit: iafn ok âðr, ebenso wie vorher; stôðz â ok konungs atsetr, stand sich gleich mit eines Königs Sitz; bera saman ok — vergleichen mit.

okbiörn m. Bär des Joches, für den Stier 53, 16.

ôkunnigr unbekannt.

ôkvæði n. Schelte.

ôkviðinn nicht fürchtend Vol. 54.

òkynui *n.* Fehler Hâv. 19.

òkyrraz (2) beunruhigt werden, 240, 6: *Praet.* òkyrðiz wurde erregt.

òl *n.* (*gothl.* ol, 168, 21) Bier *st.* ulu; *ags.* ealu; *engl.* ale.

Öla el, des Oli, eines Seekönigs, Sturm, der Kampf.

Òlafr *u.* Òleifr 331, 37; Åleifr (aus Ånleifr) Name berühmter norw. Könige.

òlagat unansgelegen (vom Bier) Hâv. 66.

òlâgr unniedrig, laut 51, 31, hoch.

òlauss unbewegt, unlose.

òlea die letzte Ölung geben 322, 6.

òleyfi *n.* Unerlaubtheit, at ô- ohne Erlaubniss 236, 16.

öld *f.* Lebensalter; Geschlecht; Alter; *gew.* 1) Leute, er mcð aldir kemr, wenn er unter die Leute kommt; 2) Jahrhundert, Zeitalter, vgl. aldir.

öldr *m.* Getränk, Bier Hâv. 14; Bierrausch Hâv. 140, als *n.* Hým. 39, Bier.

öldramâl *n. pl.* Rauschreden.

ölgefn *f.* Biergeberin *poet. für* Jungfrau 54, 11.

òlîkr ungleich.

òlîtill unklein 68, 39.

òliugfròðr nicht lugverständig.

ölkâtr bier-, trunkfröhlich.

ölker *n.* Bierfass 118, 13.

ölkiöll *m.* Bierschiff, *für* Kessel Hým. 33.

olli *praet. v.* valda.

öllumegin von allen Seiten.

ölmösumenn Almosenempfänger.

òlmr rasend 189, 29.

òlofat ohne Erlaubniss 122, 25.

ölom 331, 25, *s.* ala.

ölr, öl, *schwach* ölvi, trunken Hâv. 14.

ölsmiðr *m.* Bierbereiter, *D.* ölsmið 59, 12; von Oegir, dem Meergott, nach der Hýmiskviða.

ölstafn *m.* Bierschiff, der Becher 91, 9; hagþyrnis ölstafns lind, *nach Egilson:* die Linde (Geberin) des Bechers von Dornholz.

ölýst unangezeigt.

om *so viel als* um 215, 2 u. o.

òmætr werthlos, unbeachtet.

òmagi *m.* Mündel; ômaga eyrir Pupillarvermögen 124, 32.

ombhverfis umber um, *m. A.* 123, 9; *s.* umhverfis.

ömbleg (ferð.) *f. v.* amblegr, arbeitsvoll, mühsam, *schwed.*

ömbun *f.* Lohn 326, 12.

ömegin Ohnmacht.

òminni *n.* Bewusstlosigkeit Hâv. 13.

òmun *f.* Stimme SQ. 68.

Onar Gemahl der Nòtt, Vater der Jörð 186, 8.

önd *f.* Seele, *D.* öndu; 2) Leben, *D.* önd sîðari, überlebend SQ. 33.

öndôttr wild þrym. 26.

öudr *m.* der Laufschuh, Egils öndrum, auf den Schiffen 74, 22; Eynefis 76, 7.

öndurdîs *f.* = öndurguð 53, 23; die Schneeschuhgöttin Skadi, Gemahlin Niörðs, Tochter Thiassis 185, 13.

öndurðr, öndverðr, andverdr entgegenstehend, sich begegnend.

öndvegi, öndugi *n.* der Ehrensitz, Hochsitz.

öndvegissûla *f.* die Hochsitzsäule 229, 34.

öngr eng SQ. 57.

öngr *unorg. st.* engi, keiner; öng sôtt, keine Sucht Hâv. 93; *D.* öngu mit nichts; at öngu, keineswegs 283, 5; *pl.* öngir, öngvir 378, 9; u. oft.

öngul *f.* Angel.

öngulgripinn angelergriffen.

önn *f.* 1) Arbeit 366, 27; 2) Sorge; önn fèkk iötni, Sorge machte dem Riesen Hým. 3.

ônýtr, ônýt, ônýtt unnütz.

ôort unschnell.

ôp *n.* Ruf, Geschrei, *ags.* vôp, *ahd.* wuof. opinn offen, î opna skiöldu, in die offnen Schilde (also) von hinten.

opna (2) öffnen.

opt oft; optarr öfter 192, 5; *schwed.* opta.

or aus *m. D.*, heraus 108, 4; fern von 293, 8; or þvî seitdem; — auch ôr.

örr, ör, ört 1) munter, rasch 78, 34. — *gew.* 2) freigebig 48, 15; *A.* örvan; *Sup.* örvastr.

ör *f.* Pfeil, *G.* örvar, örvarskapt Pfeilschaft; *D.* öru, ör, *N. pl.* örvar, *D.* örum 106, 25.

ör *n.* Wunde.

òr *st.* vôr, vår, unser.

òra (1) *wahrsch.* wirr sein, wüthen Hâv. 32; Egils. ora, *kurzsilb.* feindselig sein.

Oran *f. wohl wie* Orun, Flussname Sn. E. 217; dessen Feuer ist das Gold.

òrar *f. pl.* Wahnwitz 205, 19; Tollheiten.

örbeiðandi der sehr verlangt; örb. böðvar iökla, der Forderer der Kampfeisberge, der Schwertliebende 215, 32.

örbeiðir sigrsvans lana, der Begehrer der Gemähde (Heuhaufen) des Rabens; der Niederlageforderer 67, 31.

orð *n.* 1) Wort; 2) ein Halbvers (eine halbe Langzeile) vgl. vîsuorð 127, 32; 3) Nachricht *pl.* 110, 38; 136, 30; 201, 42; 4) Rede 187, 29.

orðaskak *n.* Wortgepolter, Verunglimpfung 140, 14.

orðbæginn wortlästig, lästiges redend Hým. 3.
orðhof n. Worthaus st. Brust 58, 28.
orði m. Rede 204, 35.
orðskipti n. pl. Gespräch (Redewechsel).
orðrómr m. Gerücht, Ruf.
orðstýr m. Ruhm (Wortzier).
orðtak n. 1) Redeanfang 176, 32; Sprachfähigkeit; 2) Ausspruch.
ördugr, ördigr verderblich 241, 9; 242, 7; schwierig.
örendr aus dem Leben.
örendi s. erendi.
örgildi n. Pfeilzusammenkunft, ihr Feuer ist das Schwert, dyggr var ek o-s eldi, treu war ich dem Kampfesfeuer 190, 19.
örgrynni f. grundlose Menge 203, 34.
örindreki m. Bote (Botschafttreiber) pl. 179, 22.
orka (2) 1) wirken, bewirken, m. D. 327, 16; m. A. Háv. 82; 2) vermögen; 3) fordern (auswirken).
Orkneyjar f. pl. die orkadischen Inseln.
örkostr Auswahl.
orlof n. Urlaub.
orlög n. pl. 1) Schicksal; spâ örlaga 320, 13; 2) Krieg = örlög.
örleikr m. Freigebigkeit.
örlygisdraugr Kriegsstamm, Kämpfer 49, 6.
ormarör m. Schlangenhof.
ormlâð n. Boden des Drachen, Gold; o-s hati, freigebiger 203, 22.
ormr m. Schlange, Drache.
ormsdagr ist das Gold, ormsdags eir, die goldgeschmückte 93, 19.
örmul n. pl. Armkleid, Jacke; fig. das mindeste; m. Neg. 108, 33.
örn m. Adler; pl. ernir 351, 29; u. o. A. pl. örnu 189, 20.
örnefni n. Urname, pl. 280, 19.
ôro = vâro, vôro sie waren.
ôro = vâro, vôro unserem (poet.).
orô f. Unruh, G. ôrôar.
orrâða sich berathen, aus einer schwierigen Lage herauswickeln 256, 33.
örr freigebig 48, 15 s. ör.
örriði m. (aurriði?) Forelle 157, 13; 342, 23.
orrosta f. Kampf, Krieg 187, 11.
örskreiðr leicht segelnd 239, 2.
orskurðr m. Antwort, A. pl. orskurði 151, 8.
örstiklandi Pfeilentsender, s. stikla.
orti praet. v. yrkja.
örtug f. Ortug, Drittel der Unze (eyrir) 273, 1.
öruggr 1) furchtlos; 2) sicher, gefahrlos.
örvænn hoffnungslos.

örva drif n. Pfeilsturm 337, 12.
örvamælir m. Köcher.
örvarskâpt n. Pfeilschaft.
örvastr der freigebigste s. örr.
örvindi erstaunt, erschreckt.
örviti m. f. sinnlos.
ôs, ôss m. Ausfluss u. Mündung.
ôsæbrattr unsteilen Strandes 285, 2.
ôsâinn ungesäet, pl. Vol. 60.
ôsâttr uuversöhnt.
ôsialdan unselten.
ôsigr m. Uusieg; ver höfðum farit ôsigr (a. L. ôsigr för) wir hatten keinen Sieg erlaufen (gewonnen) 140, 16.
ôsk f. Wunsch pl. 342, 19.
ôsköp n. Verzauberung 117, 3 ff; Misgeschick; Unrecht Háv. 98.
ôskra (2) brüllen 355, 14.
ôskrân f. die wünschende, wählende Rân, poet. für Wahlgöttin, periphr. für Weib s. þerrir 49, 3.
ôskrligr brüllend, Adv. -a 340, 17.
ôskyldr unnöthig; 2) ungehörig 189, 1.
ôskytinn ungeschossen 370, 13.
ôslêtta f. Unschlichtheit, Runzel 147, 13.
ôsli m. der Gänger, poet. Fuss, drô ek frâ eldi ôsla biuga, ich zog vom Feuer die gebogenen Füsse, ging weg davon 249, 39.
ôsniallr = ôsnotr = ôsviðr Thor.
oss uns; 2) Poss. unser, ossar 79, 34.
ôsviðr, pl. ôsvinnir, unklug 45, 8.
ôsvîfrandi Feind, v. svifr, mild, ruhig; bragdvíss ôsv.âsa, der listige Feind der Asen (Egils.). Die a. L. ôsviptandi müsste in ofsviptandi, Berauber, umgesetzt werden 53, 14.
ôteitr unfroh.
ôtíginn ranglos D. ôtiguum, pl. ôtignir.
ôtrauðr 1) nicht ungewillt, beflissen 356, 31; 2) nicht schwierig 235, 7.
ôtraustr unzuverlässig.
otrgiöld n. pl. die Otterbezahlung, nach der Heldensage das Gold 48, 17.
otrheimr m. Otterheim (Meer) o-s granır, Seekönig 68, 29.
ôtryggr untreu.
ôtt n. v. ôðr; ôtt var el, hart war der Sturm 145, 13; ôtt vîg, Acc. abs. heftigen Kampfes 137, 26; 2) Adv. heftig, schnell.
ôtta f. Morgendämmrung; sp. der Frühgottesdienst, Mette; ôttusöngr Mettengesang.
ôttaz (2) sich fürchten.
ôtti m. Furcht.
ova s. afa.
ôvætti Unhold, n. pl. 244, 8.

óvart, á óvart unversehens.
óvinsæld *f.* Unbeliebtheit, *G. pl.* 361, 35.
óvígr kampfunfähig 335, 14.
óvili *m.* Unlust, Kummer, *G.* óvilja.
óvilltr unverirrt.
óvís, óvíst ungewiss.
óvit *n.* Ohnmacht.
óx *praet.* v. vaxa.
Öxarárholmr die Insel beim Allthing,
  auf der die Zweikämpfe ausgemacht wurden.
oxi *m.* Ochs, Hým. 18, auch uxi.

öx *f.* Axt, *G.* axar u. öxar, *D.* öx u. öxi,
  A. öxi 311, 39.
öxl *f.* Achsel 115, 16.
öxn *m. pl.* Ochsen.
óþarfr unnütz, ungehörig.
óþioð *f.* Unvolk, *pl.* die fremden Völker
  68, 1.
óþökk *f.* Undank 362, 41.
óþurft *f.* Unnöthigkeit 292, 37.
óþyrmir hiörs, der Nichtschoner des
  Schwerts 64, 26.

P.

padda *f.* Kröte, *engl.* paddock *dass.*
páll *m.* Spate, Hacke.
pallr *m.* 1) Bank, p. hinn úæðri 145, 26;
  2) eine Bühne mit Bänken, zu der Stu-
  fen führen 123, 19; *bes.* der erhöhte Frauen-
  sitz 91, 42.
pálmr *m.* 1) Palme; 2) *poet.* Stab 77, 10.
palmadagr *m.* Palmsonntag 103, 16.
pálstafr *m.* ein mit breitem kurzen Eisen
  bewaffneter Stock.
pant *n. schwed.* Pfand 271, 11.
pápi *m.* Pabst; = pávi.
paradís Paradies.
Parisklerkr der in Paris studirte.
pell *n.* feine Leinwand; (*viell.* = *mhd.* pfellil
  Seide).
peningr, penníngr *m.* 1) Vieh; 2) Geld,
  Pfennig; 3) Geräth, Hausbedarf, *pl.* pe-
  ningar, Gelder 339, 12.

pína *f.* Peinigung, pína peinigen.
písl *f.* (= pínsl) Peinigung.
píslarváttr Märtyr 323, 5.
píslarvætti *n.* Martyrium.
pláta *f.* 1) Metallplatte; 2) Harnisch.
postoli *m.* Apostel 105, 14.
postuligr apostolisch 227, 8.
predika (2) *schwed.* predigen.
préstr *m.* Priester.
prímsigna (2) mit erster Weihung (des
  Kreuzes zum Christenthum) segnen lassen.
prófa (2) versuchen, erfahren 345, 10.
prófr *m.* Probe 327, 30.
prúðr höflich.
prýða (1) schmücken.
prýðilega zierlich.
pundari *m.* Wage, pundara wägen.
purpuri *m.* Purpur.

Q.

Qv *s.* Kv.

R.

rá *f.* 1) Reh; 2) die Stange 53, 24; Segel-
  stange, *pl.* rár; 3) *schw.* Gränze.
ráð *n.* 1) Rath, *pl.* Anstiftung 132, 35; 2)
  Gewalt, Macht; 3) Besitz, Vermögen 356,11;
  4) *pl.* Verwaltung (Berathung) 124, 36; 5)
  Berathung, Heirath 90, 22. 25. 38; 6) Schick-
  sal 364, 5; *pl. pers.* die Berather 64, 9.
raða (2) reihen 357, 1 (A. roða, reuten).
ráða, réð rathen; 1) berathen, herbeischaf-
  fen; silfr, sem höfum ráðit 249, 15; r. til,
  dazu besorgen 284, 8; 2) rathgeben, an-
  rathen; ráðomk ich rathe Háv. 114 ff.,
  auch: errathen *u.* erklären; 3) walten,

bestimmen, *m. D.* Háv. 88, *abs.* 109, 12.
a) herrschen, *m. D.* ráða landi, r. fyrir,
dass. b) verursachen, hvat mun því ráða,
was wird die Ursache davon sein; c) er-
halten, erlangen, *eb. mit D.* 92, 19; 334, 41;
d) verwalten 124, 35; 4) berathen, be-
schliessen, kveð ek ráðinn dauða, ich sage
den Tod beschlossen; réðz til, entschloss
sich zu 153, 1; *daher* 5) *fast wie* wollen,
zu Rath werden Háv. 126; 6) *wie im mdh.*
anfangen, *eig.* in etwas gerathen; réð
þreifaz; *daher periphrast.* 82, 26; Háv. 126;
so ist til ráðaz, zusammengerathen (kampf-

lich); 7) ráðaz *geradezu* sich wohin bege-
ben; rêðz til skips, wofür auch rêz, rêð til
hefnda, SQ. 22, griff zur Rache; rêðz vestr,
begab sich westlich 229, 35; 8) ráða til,
sich hinzumachen 226, 6; 9) à ráða, an-
greifen, rêð hann á 109, 18.

ráðagörð *f.* Berathung 137, 8.

ráðahagr *m.* Stand der Unterhandlung 161,35.

ráðalfr *m.* Rath-, Herrschelfe *poet.* König,
oder raðalfr Schiffmann 50, 14.

ráðamaðr *m.* Rathgeber.

raðar s. röð.

ráðbani *m.* Todbeschliesser Hŷm. 19.

ráðsnotr, -spakr rathklug.

raddsveif *f.* das Steuerruder der Rede
(rödd), die Zunge 52, 17.

ræddr erschrocken, *st.* hræddr 205, 29;
furchtsam 183, 53.

ræfill *m.* 267, 11; Tapete *s.* refill.

ræfr *n.* Dach = ráfr.

rægagarr Bez. des Schwerts *st.* hræ-ga-
garr, Leichenhund 74, 9; vgl. hialmgagarr.

rækak *st.* ræka ek, *Conj. Perf.* v. reka,
rächen.

rækyndill *st.* hræk., die Leichen-Fackel
(Schwert) 75, 11.

rækr landflüchtig 99, 22; 129, 29; 130, 15.

ræna (1) rauben, *m. D.* 238, 32; *pr.* rænti.

ræningi *m.* Räuber.

Rær ein Seekönig, Ræs reiðar mâna, den
Mond d. Fahrzeugs Ræs d. i. d. Schild 50,8.

ræsa (1) etwas in Lauf, Schuss bringen;
werfen, ræstr 74, 29.

ræsir *m.* der Anführer 63, 14 (v. ræsa).

rætt *schwed.* Recht; rættvis, gerecht.

ráfr 249, 28; riáfr, ræfr *n.* Dach.

ragna rökr *n.* Götterdämmrung od. Dun-
kel = Weltende; *G.* ragna rökrs 188, 17,
s. rögn.

ragr ein feiger Schurke.

Ragnarr Loðbrôkr, ein berühmter König,
Gemahl Svanhilds 50, 8; 135, 22; 155, 4.

raka (2) 1) schabeu, scheren; 2) zusammen-
scharren, sammeln.

rakkr 1) steil; 2) tapfer, rasch.

raklega tapfer 64, 27.

rakna (2) sich erholen, *mit* við 250, 15.

ramn *st.* hrafn 73, 25.

ramr, röm, ramt stark, *auch* rammr.

ramlegr starк, fest; ramliga kräftig.

rammhugaðr starkmuthig SQ. 25.

ramm-aukinn überstark (*eig.* Stärke-ge-
mehrt) *n. pl.* r-aukin rögn, Götter 68, 20.

rân *n.* Raub 17, 15.

Rân *f.* Meergöttin, Oegir's Gemahlin.

randarlauks rœkilundr, des Schildlauchs
Pflegestamm, Schwertpfleger 64, 31.

randgálkn *n.* des Schilds Verderber, *pl.*
die Schwerter 96, 18.

randverk *n.* Schildwerk, dessen Freun-
dinnen, die Walkyrien 106, 20.

randviðr Schildbaum (Krieger) 59, 27.

rângindi *n. pl.* Ungerechtigkeit 151, 13.

rângr 1) schief, krumm; 2) verkehrt.

rani *m.* Rüssel 341, 14. 25.

ranngrið Kampf 190, 28.

rann *m.* Haus.

râs *f.* Lauf; *G.* râsar, *D.* râs 326, 7.

raskr, rösk, raskt tapfer 335, 25 *eig.* rasch.

rasta *G. pl.* v. röst.

rata (2) einschlüpfen, gleiten, durchdringen,
reisen Hâv. 5; *goth.* vratôn.

rati *m.* der Schlüpfer, Eindringer Hâv. 107.

rauðarân *f.* rother Raub (Geldraub) 133, 6.

rauðbrîk *f.* rother Schild, r. brikar môts
rœkir fremz sliku, der Schildbegegnung-
pfleger wird geehrt darum 65, 32.

rauðmálmr Rothmetall.

rauðmáni der rothe Mond; Heðins bôga
r. mâna reynir, der Schilderprober, *eig.*
des rothen Armmonds H-s, (der norw.
Schild war roth) 63, 30.

rauðr, rauð, rautt, roth.

rauf *f.* Loch, Kluft, *pl.* raufar 207, 29.

raufa (2) 1) stechen in etwas, 2) durch-
bohren, *m. A.* 182, 29; verwunden.

raumr *m.* 1) hochgewachsen, als Beiname
373, 22; 2) Riese; raums brû, des Riesen
Brücke oder Boden, worauf er tritt (nach
51, 25 f.) ist der Schild 52, 17 ff.

raun *f.* 1) Erfahrung, 2) Probe durch Ge-
fahr; *G.* raunar, in der That, wahrlich.

raunarlaust ohne Probe.

raunmargr gar Mancher 346, 20; *eig.* wahr-
lich Mancher.

raunöruggr retterisch 326, 41.

rausn *f.* Edelsinn, Freigebigkeit; rausuar
rekkjum, Männern von Auszeichnung
243, 25; *st.* hrausn v. hriota, hervorsprin-
gen.

rausnarmaðr angesehner, gabenmilder
Mann.

raust *f.* Stimme 253, 37; 339, 28.

rêðhe *schwed.* bereits, schon 389, 9.

rêðohion *schwed.* reisende Eheleute.

refill *m.* Tapete 267, 11; Teppich.

refsa (2) züchtigen, strafen.

refst *f.* Strafe 221, 10, *schwed.*

regin *n. pl.* Götter, *woneben auch ein sg.*
reginn *m. eig.* Berather, Herrscher *s.* hof-
reginn.

regindômr *m.* Göttergericht, grosses Ge-
richt.

reginnagli *m.* heiliger Nagel (in den heidn. Tempeln) bôkamâls *r. poet.* der h. Festbalter des Lateins, der Priester 70, 23.

reginkunnr vorzüglich od. götternbekannt Hàv. 80.

regn *n.* Regen.

reið *f.* 1) Fahrzeug, Wagen Helr. 5; 317,30; auch Schiff 56, 4; 2) Weg; 3) Ritt, ein reitender Trupp 305, 29; 4) Blitz; 5) Insel: þorna reið, Nadelinsel, N.-trägerin.

reiða Zurichtung, Bereitschaft 292, 16.

reiða (1) a. bewegen, in Bewegung setzen, b. erheben, schwingen, das Schwert, den Beutel 125, 39; 249, 5; 314, 12; reiðaz, sich bewegen, s. entwickeln 225, 1; reiðir af, entwickelt sich, läuft ab 259, 25.

reiðaz (1) *st.* vreiðaz; sich erzürnen, við, darüber 127, 3; reiddiz 150, 14; hafði reiðz 235, 30.

reiði *f.* Zorn 236, 6; 321, 23; af reiði, zornig.

reiði *n.* Sattelzeug 178, 19.

reiði *m.* Takelwerk 283, 20.

reiðing *f.* Vortrag, Ausbreitung 128, 1.

reiðitýr *m.* der Wagengott (Thor) 52, 11.

reiðr, reið, reitt zornig *st.* vreiðr.

reiðustôl ein beweglicher Stuhl 343, 12.

reifa (1) erfreuen 189, 20.

Reifnir ein Seekönig, sein Pferd (mar) das Schiff 50, 14.

reifr fröhlich, munter Hàv. 15. 103.

reimôðr *m.* Zauberer, r. Jotunheima, der Riesenbezauberer 53, 24.

reimr polternd.

rein *f.* Rain, Erderhöhung, *G.* reinar hreins 51, 21; der Rain des Rennthiers ist der Berg.

reira (1) binden.

reisa (1) aufrichten 343, 22.

rek *n.* 1) Trieb, 2) Mastbaum, *poet.* für Schiff.

reka, rak, râkum, rekinn 1) recken, werfen 249, 6; 365, 1; î bönd reknir, in Fesseln geworfen, geschlagen 119, 4; *gew. st.* vrekan; 2) treiben, z. B. die Heerde 159, 18; auch vertreiben 374, 17; aus dem Land; 3) verfolgen 100, 4: râku flôtta, verfolgten die Geflohenen, *daher auch* rächen; 4) betreiben, ausrichten, eyrindi 179, 28; 5) dahintreiben *intrans.* 308, 17; rekaz undan, entkommen 365, 31; *imp.* rekr þá (es verschlug sie) 227, 36 d. h. sie wurden verschlagen; 214, 16.

rekinn *Part. v.* reka, *auch* getrieben, überzogen, *von getriebener Arbeit,* vgl. gullrekinn; *daher* rekit, verziert, mit mehrfacher Bildlichkeit 188, 33.

rekja (1) rakti, *pl.* röktu, aufwickeln 345,27; 105, 33; auflösen; zurückführen, z. B. Geschlechtsregister; rakti niðr, breitete auf den Boden 98, 2; *Part. pl.* raknir, aufgewickelt 105, 35.

rekkja *f.* Bette.

rekkja (1) ermuthigen, rekkir lið 191, 23.

rekkja (2) Bett machen 160, 13.

rekkr *m.* Held; Rekke (*ahd.* vreckeo) *pl.* reckar Hàv. 49; *D.* rekkum.

rêna (2) sich vermindern 285, 36.

renna, rann, runnum rinnen: 1) laufen 105, 13. 15; fliessen; 2) zerrinnen; 3) sich erheben vom Winde 251, 1; von der Sonne 208, 32.

renna (1) rinnen, laufen machen, *m. D.* rendi honum î hendi, liess ihn gleiten 181, 9; silfri var rent, Silber war gezogen 153, 17; anspornen, drehen; rennaz til, sich anrennen, augum, sich aufsuchen mit d. Augen 92, 1, *vgl.* 361, 14; *intrans.* laufen 368, 35.

repta (1) od. refta mit Gebälk versehen.

rêra 240, 2; rêri, rêru *s.* rôa rudern.

rêtta (1) ausstrecken (die Hand) 164, 6; reichen 146, 15; 214, 7; 215, 9; aufrichten, schlicht machen 147, 17; zu rechtem verhelfen.

rêtting *f.* Ausgleichung, Zurechtweisung.

rêttlæti *n.* Gerechtigkeit 324, 6.

rêttr *m.* Recht; *D.* rêtti *u.* rêtt 199, 7.

rêttr recht, gerecht, gerade 60, 22; richtig 149, 27; með rêttu, rechtlich.

rêttvis gerecht, fromm.

reykr *m.* Rauch; *G.* reykjar, *A. pl.* reyki 227, 39.

reyna (1) erfahren, erproben 95, 14; 2) forschen; reyndi til, forschte nach 103, 18.

reyndar in der That.

reynir Erprober, *A.* reyni 190, 16.

reynsla *f.* Erfahrung.

reyr *m.* Rohr; *poet.* Mann.

reyra (1) rühren, við 308, 20.

reyrsproti *m.* Rohrstab, Stock.

rî *gothl.* Pfahl 167, 15.

riåfr = råfr.

rið *n.* Rost, *st.* ryð 295, 29.

rîða, reið, riðum reiten u. fahren, *m. D.* 107, 27; 103, 26; 178, 11. 12; sich fortbewegen Hàv. 138, hangen auf.

rîða (*st.* vrîða) reið drehen, stricken 180, 18; schwingen.

riddari *m.* Ritter.

riðfrakki *m. st.* ryðfr. etwa rostverkommen; frakki, vermodert Heu, Abwurf 295, 26.

riðlaz (2) zersprengt, in Unordnung gesetzt werden 144, 11.

riettr *norw. st.* rêttr, Recht.

rif *n.* Rippe; Landzunge, *G. pl.* rifja.

rîfa, reif, rifum reissen, zerreissen 344,19, aufschlitzen, rîfa ofan, herunterreissen 108, 6; einen Vertrag brechen 100, 30.

rifa *f.* Schlitz, Spalte.

rifbaldr loser Bursche, Raufbold.

rifna (2) rissig werden, zerbrechen Hým. 31.

rifr *m.* Weberbaum 106, 17.

rifr freigebig, schnell bereit 221, 10.

rifs-reiði-ský des Weberbaums hangende Wolke (die Werfte) 106, 17.

rift (= ript) *f.* Hülle, Tuch Hâv. 49.

rifta (1) aufheben, umstürzen (Vertrag).

rigna (1) regnen, *m. D.* blôði 106, 17; rigndi viða melregni hiörs hriðremmis, es regnete weit hin mit des Kampfmehrers Schwerthagel 65, 5.

rîki *n.* 1) Reich, 2) Macht.

rikja (2) herrschen 323, 19.

rîkismenn *pl.* die Angesehenen.

rikr 1) mächtig; 2) herrschsüchtig; 3) gewaltsam streng, *sp.* reich.

rikuliga stattlich. rimna Kampf.

rimninn geborsten Gutal. 19 *s.* rifna.

Rîn *f.* der Rhein, sein Metall ist der einst in dens. geworfene Hort, das Gold 48, 21.

rindibeiðir der Stossbegierige (Kämpfer) 215, 39.

rindill *m.* Bohrer.

Rindr, Rind *f.* Gemahlin Odhins, Mutter des Vali 186, 9; Rindar elja, die Erde 187, 8.

rioða, rauð, ruðu 195, 15; röthen, blutig färben 112, 36: *Conj. Praet.* ryði 113, 15; *Part.* roðinn 91, 13; 96, 6.

rioða, rauð *st.* hrioða, ausreuten, verwüsten, für kämpfen; týr ruðum, Ruhm erkämpfen wir 73, 28.

rioðr rothwangig 336, 35.

rioðr *n.* ein Gereute im Walde 153, 15.

ript *f.* u. ripti *n.* (SQ. 8) Linnentuch, Kleid.

rîra verdünnen, verschwenden.

risa, reis, risum aufstehen; rîsa, steh nicht auf Hâv. 114.

rîsta, reist *sp.* risti, ritzen, aufritzen; reist brynjona niðr igögnum, ritzte die Brünne bis unten durch 102, 9; reist kviðinn, schlitzte den Bauch auf 105, 32; *Part.* ristinn 225, 9; 2) einschneiden (Runen).

risting *f.* das Einritzen (v. Runen) Hâv. 113.

rît *f.* ein kleineres Schild; auch Bogen, *pl.* rîtr, ritur.

rita, reit *Part.* ritinn (*st.* vrîta) schreiben, *P. f.* 193, 34. *Häufiger ist die schw. Form* rîta *oder* rita, ritaði.

rita (2) schreiben 146, 3; 193, 13.

rita (= rýta) (1) grunzen.

ritmeiðir Schildverderber, *poet.* 146, 29.

riufa ek rýf, rauf, rufum reissen, auflösen, brechen; ef þetta rýfz, wenn nichts daraus wird 163, 12; riufa heit 72, 9; rauf, durchbrach 105, 20.

riupa *f.* Rebhuhn; riupu tangar *für* Hände, Finger 213, 21.

ro *st.* ero, sind.

rô *f.* Ruhe.

rôa, ek rœ, *praet.* rêri rudern.

rôð *f.* 1) Reihe; 2) Rand; 3) Schiff, *pl.* raðar. geirvangs glaðar, die des Schildes frohen, die mit Schildern geschmückten Schiffe 55, 28.

roða (2) ausrotten, aushauen 357, 1 (a. L.).

rödd *f.* Stimme, *D.* rödd, röddn 318, 23.

roði *m. wahrsch.* der Aufschüttler, Aufreisser; *st.* hroði *nach Egils.*; vâgs r. der Wogenerreger ist der Wind, sein Bruder Oegir 59, 13.

rodinn geröthet 62, 13; 91, 13 *s.* rioða.

röðull *m. poet.* Sonne 189, 7.

röðulstiald *n. poet.* der Sonne Zelt.

rôðr *m.* das Rudern; *G.* rôðrar 212, 35; rôðrarskúta *f.* Ruderboot.

roðra *f.* Blut 230, 20.

rœða *f.* Rede.

rœða (1) sprechen, *Perf.* rœddi 282, 28.

rœði *n.* Gespräch Hým. 25 (A. Ruder).

rœgja (1) übel berüchtigen 342, 30 vgl. *alts.* wrôgian, anklagen, rügen.

rœkja (1) pflegen, *eig.* sich kümmern um (*alth.* hruochan).

rœkilundr *m. s.* randarlaukr.

rœkir *m.* der Pfleger.

rœma (1) loben.

rœr *schwed.* Gränzstein 276, 39. 41.

rœra (1) rühren, *st.* hrœra 308, 20.

rœtr *pl. v.* rôt.

rof *n.* Bruch; griða 109, 11; þaguar 58, 13.

rofna brechen SQ. 17; sich auflösen 144, 14.

rögn *n. pl.* (= regin) Götter.

rögnakonr *m.* der Göttersproß 68, 16.

rögnir *m. poet.* Fürst.

rôg *n.* Anschuldigung; 2) Streit, Kampf, Anlass zum Streit Hâv. 32.

rôgsegl *n. pl.* 63, 30; upphôf: hisste die Schlachtsegel.

rôk *n.* Dunkel; ragna rök, Götterdunkel.

rökstôl *n.* Gerichtsstuhl oder Nebelstuhl.

rökkr *n.* Dämmerung, Dunkel.

rökkva dunkeln; rôkkr, es dunkelt 331, 21.

röm Vol. 43, stark, schwer; *n. pl.* v. ramr.
róma *f.* Kampfgetös; Schlacht 190, 23.
Rómavegr *m.* Wallfahrt nach Rom.
rómr *m.* Stimme, Gerücht, Geräusch 199, 24.
rönd *f.* Rand; Schild, *pl.* rendr 75, 24; 352, 19, *u.* randir 28, 6; 67, 20.
rôs *f.* 1) Rose; 2) silberner Rosenbecher 267, 14.
röskr *pl.* röskvir, röskvar, rasch, tapfer 335, 25.
roskinn erwachsen, reif 320, 36; tüchtig.
röskvaz (2) stark, erwachsen werden 59, 23.
röst *f.* Meile, *pl.* rastir, *D.* röstom, Þrym. 8.
rôt *f.* Wurzel, *pl.* rœtr 338, 22.
rudda *f.* Keule 207, 24.
ruddr v. ryðja, ausgeleert.
rûm *n.* Raum 110, 40; Platz 122, 6; 330, 26. *bes.* 1) Lager-, 2) Schiffraum zwischen den Ruderbänken 352, 23.
rûmatal *n.* Zahl der Ruderer.
rûmbrygðr (raumwendig) geräumig Hým. 5, a. L. rûmbrugðinn *dass.*
rumr *m.* Geräusch.
rûmr, rûm, rûmt geräumig.
rûn *f.* 1) Rune, *pl.* rûnir u. rûnar; 2) vertrauliches Gespräch, Vertrautheit 47, 22.
rûna *f.* die Vertraute Vol. 35.
rûni *m.* der Vertraute 51, 29; 53, 32.

runni *m.* der laufen macht.
runnr *m.* Busch; Spross (*poet.* Mann).
rupla (2) berauben.
rusk *n.* Lärm.
ryð *n.* Rost; ryðs böl, des R. Übel, Be schädiger ist der Schleifstein 52, 11.
ryði *Conj. Pr. v.* rioða röthen 113, 15.
ryðja (1) 1) ruddi, ausreuten; 2) *trop.* den Weg bahnen: þat orð ryðr til dýrðar dróttins 71, 26; rudda ek forðum mer til landa, einst bahnte ich mir den Weg zu Ländereien 188, 24; ruddi stíginn 141, 1; 3) ausräumen, rein machen von etwas, *m. D.* 289, 33; leer machen, leer lassen.
ryðga (2) rosten; ryfz *s.* riufa.
rýma (1) räumen, Platz machen.
rymja (rumdi) 1) lärmen, brüllen.
rýna (1) durchforschen, rýnaz genau betrachten.
rýnir *m.* rýning *f.* Betrachtung.
rýnisreið *f. poet.* der Gedanken Fahrzeug 60, 22.
ryskja (1) schütteln, sich herumreissen mit; *vom Kampfe* 59, 6; ryskir 126, 29.
rýt *f.* Schild *st.* rît.
rýta (1) grunzen Háv. 85.
rýtr 308, 6, *st.* hrýtr stürzt, v. hriota.

S.

sâ, sû, þat, der die das; sä er od. sâ sem welcher, der welcher; ein solcher 238, 29.
sâ *praet. v.* siâ; sâ *st.* sâu 282, 26, *u. o.*
sâ säen, ek sâi, sâða; *Praes.* 3 *pl.* sâ 100, 11, *Praet. auch* sêri, *Part.* sâinn 40, 5.
saðr *st.* sannr wahr, *mit* at: überführt 132, 34.
sâð *n.* Saat.
saðr *pl.* saðir Hým. 1, satt (*lat.* satur).
saddr gesättigt, satt.
sæði *n.* = sâð.
sæfaz (1) sterben 141, 10.
sægr *m.* ein weites Fass; *poet.* für Guss, Schwall; *D.pl.* sægjum, in Schwallen 364, 21.
sæla *f.* Seligkeit, Glück SQ. 16.
sældarstaðr Seligkeitsort.
sæll glückselig, glücklich Háv. 8. 9; 2) wohlhabend 198, 14.
sæng *f.* (sæing) 124, 24; Bett.
sær *m.* See, *G.* sævar, sæfar, *D. A.* sæ.
særa (1) verwunden.
sæta (1) 1) entgegnen, auf etwas deuten, *m. D.*; zu bedeuten haben 209, 6; 2) entsprechen, gehorchen.

sæta *f.* Frau (*eig.* die zurückgelassene) 98, 22.
sæti *n.* Sitz.
sætr *s.* sœtr süss.
sœttir *pl. v.* sâtt, *auch sp. N.* sætt, Sühne.
sœttir *m.* Versöhner, at sætti varð, wurde zu einem Fürbitter, Heiligen 70, 1.
sætta (1) versöhnen, sühnen.
sœvar *s.* sœr.
sævi *m.* (sæfi) der Sinn Háv. 56 = sevi.
safna (2) sammeln *m. D.*
saga *f.* die Sage, Erzählung 225, 2.
Sâga *f.* eine Göttin 68, 3, *s.* dolgr.
sagnir die Schaaren 52, 24; 54, 1; *pl. v.* sögn.
saka (2) 1) anklagen; 2) schaden *m. A.*, 3) untersuchen od. entscheiden Vol. 58
sâka, ich sah nicht (*poet.*).
sakbôt *f.* Verbrechensbusse *pl.* 132, 14. 21 (Wergeld).
sakferli *n.* Klage, Process.
sakir *pl. v.* sök, *mit u. ohne fyri:* wegen, *m. G.*
sakna (2) vermissen, *m. G.* Þrym. 1.
saklauss schuldlos 307, 26.

sakleysi *f.* eigi fyrir sakl., nicht ohne Grund 325, 6.

saktala *f.* Geldbussaufzählung.

sâl *f.* Seele, *D.* sâlu.

sâld *n.* ein Fassmass; etwa Ohm.

saldrótt *f.* Hausdienerschaft.

salnæfr *f.* Saalschindel, Saalbedeckung *pl.* 50, 26.

sâlomessa *f.* Seelenmesse.

salpenningr *m.* Saalgeräth, Odins, sind die Schilder 50, 7.

salr *m.* Saal; *G.* salar, *A. pl.* sali 82, 29.

salt *n.* Salz; saltbrennur *f. pl.* das Salzbrennen; saltkarl Salzgreis.

sama (1) ziemen 93, 5; 159, 13.

saman zusammen.

samandråttr *m.* das Zusammenziehen, *D.* -drætti 136, 11.

samanfara übereinstimmen 192, 17.

sameign *f.* Gesellschaft.

samfastr zusammenhängend; *n.* samfast nacheinander, ununterbrochen.

samflot *n.* Nebeneinanderschiffen 213, 10.

samflota, *indecl.* zusammenschiffend 154,20.

samför *f.* Zusammengehen; *pl.* Ehe 293, 3.

samhlioðandi 1) übereinstimmend, 2) Consonant 192, 1.

samhringia zusammenläuten.

sami, sama, sama *nach* hinn: derselbe; hina sömu nótt, dieselbe Nacht; *kommt uber auch ohne Art. u. dann stark flectirt vor:* samr, söm, samt z. B. ârferð var söm 195, 5.

samira es geziemt sich nicht *s.* sama.

samkvæði *n.* Übereinstimmung.

samkvâma Zusammenkunft = -kvæmi.

sammâla *indecl.* einträchtig, *eig.* zusammen reðend 100, 20; 131, 5.

samnaðr = safnaðr *m.* Versammlung.

samneyti *n.* Genossenschaft.

samr, söm, samt *s.* sami.

samstafa *f.* Sylbe, *D.* samstöfu 192, 34; samstöfun *f.* Sylbe 191, 40; 192, 5.

samtîða gleichzeitig, *m. D.* 347, 12.

samtog *n.* Zusammenzug; Berührung 347,3.

samvœrr *pl.* samværir, einig, *eig.* die zusammen sein können 99, 21.

samvist *f.* Zusammensein.

samþingisgoðar die Vorsteher desselben Rechtsbezirks 110, 24.

samþycki *n.* Übereinstimmung.

samþykkja übereinstimmen 199, 27.

sandr *m.* Sand, *pl.* sandar 285, 1.

Sangrîðr *f.* Walkyrie 106, 29.

sanka *schwed.* sammeln *m. D.*

sanna (2) versichern, beweisen 353, 29.

sannaz (2) wahr werden.

sannindi *n.* Zeugniss; Streitsache, *pl.* 205, 36; Beweismittel 148, 29; Wahrheit.

sannlega wahrscheinlich; *sp.* = aber.

sannprúðr wahrlich vornehm 93, 11.

sannr (snðr), sönn, satt wahr; sicher: enn svinni lét sönn (vera) öll herjod bofslönd Einriða: der tapfere liess sicher sein (gewährleistete) alle verheerten Tempelländer Thors 65, 24; billig ; überwiesen *m.* at 124, 37; 132, 34.

sannyrða (1) überweisen, überzeugen.

sansŷni *f.* Übereinstimmung 173, 30?

sâr *n.* Wunde; sâra heili, mit dem Heilspruch der Wunden 52, 10; hlaut þramma sâra â, bekam zu waten den Wundenfluss (Blutbäche) 96, 22.

sâr 1) verwundet; sârt höggva 346, 22; todtwund hauen; 2) schmerzlich; 3) sârt, heftig.

sârfíkinn wundengierig 96, 22; vgl. sâr *n.*

sârga (2) verwunden 167, 2.

sârgammr Wundengeier (Rabe) 96, 22.

sârgŷmir *m.* Wundenmeer, Blut.

sârlega schmerzlich, heftig.

sâtt *f.* (Auseinandersetzung) Sühne, *pl.* sættir, Sühnvertrag; til sâtta SQ. 12.

sâttmâl *n. pl.* Sühnverhandlungen SQ. 39.

sattr *schwed. st.* settr, gesetzt 269, 11.

sâttr 1) versöhnt; 2) einig, ef allir verða sâttir â einn mann, wenn alle einig werden über einen Mann.

sauðnir *m.* Habicht *s.* sigfreyr.

saučr *m.* Hammel, *G.* saučar 370, 34; Schaaf allg.

saumr *m.* Saum, Fuge.

saurr *m.* Schmutz; *pl.* Vol. 36, als Zuname 279, 16.

Saxland Sachsen 319, 34; Saxar *m. pl.* 67, 21, die Sachsen.

sê *st.* sêi sie seien Hâv. 39.

seâ *st.* siâ 68, 13; *D. v.* siâr, See.

seðr = seunr, senn zugleich; 2) bald, seðr gèck sundr, bald wäre auseinander gegangen.

sefa (2) mildern, besänftigen.

sefr schläft *v.* sofa.

sefi *m.* (sevi) Sinn, *bes.* Liebe.

seggjandi *poet.* Befehlshaber (der zu sagen hat); seggiondom sagna, den Führern der Schaaren (den Asen) 52, 24.

seggr *m.* Held, Mann, *D.* segg 345, 36; *A. pl.* seggi 215, 14; *D. pl.* seggjum.

segja (1) sagði *pl.* sögðu, sagen, *imp.* segir, es wird gesagt 279, 22.

segl *n.* Segel.

seiðr *m.* Zauber; seiðkona Zauberin.

seilaz (1) ausstrecken, sich winden 158, 16.

seimbriotr Goldvertheiler 70, 1.
seimr *m.* Seim des Honigs, *oft geradezu für* Gold 187, 3.
seinn, sein, seint langsam, ungern, spät; seint, zu spät; seint dags, spät am Tage.
seinna *Comp. d. v.,* später.
sekkjaz, sekjaz strafbar werden.
sekr 1) strafbar, schuldig; 2) mit dem Exil bestraft.
sekt *f.* Strafe, gew. Geldbusse.
selja (1) 1) verkaufen; seldi 114, 18; 2) geben, reichen; 3) hingeben, weihen, *Part. A.* seldau Ôðni 210, 32.
seir *m.* Robbe 340, 7.
sem 1) wie; 2) allg. Relativ, *bes.* fürs *n.* was, welches; 3) *m. Sup.* sem harðast, aufs bärteste, sem fyrst, aufs früheste, so bald als möglich.
semja (1) verabreden 134, 31; übereinkommen, fügen, schlichten *m. A.* 9, 3.
senda (1) senden, *s.* orð. Nachricht geben 110, 38; 201, 42; *Praet.* sendi; *Part.* sendr 247, 12, *n.* sendt 244, 1; sent 290, 22; *pl. m.* sendir, *f.* sendar 80, 30; *n.* send 110, 38.
sendiför *f.* Sendfahrt, Sendung.
sendilegr schicklich, anständig 243, 12.
sendimaðr Gesandter.
senn (*A. v.* seunr) u. î senn zugleich.
senna *f.* Streit.
senna (1) senti Hým. 28; streiten, zanken.
ser sich; at ser; af ser, fyri ser *nach Adjj.* von Person, von Art; vel at ser, góðr af ser, mikill fyrir ser; serhverr ein jeder.
serkr *m. G.* serkjar langes Kleid; *poet. für* Panzer 77, 27.
sért, du seiest, *st.* sèr.
sess *m.* Sessel.
sessþilja *f.* Sitzbret, Ruderbank 50, 23.
set *n.* Sitz, Bank.
seta *f.* Sitz 123, 23; Beisitzerrecht.
setja (1) *praet.* setti, *part.* settr, setzen, legen; die Sonne settiz, gieng unter; setja at, angreifen, festsetzen, (den Stein) setzen gegen 235, 6. 15; setja fram, abstossen (d. Schiff); *m. Adjj.* etwas werden 255, 11.
setning *f.* sethíngr *m.* 1) Setzung 191, 4; stafa *s.* Anordnung der Buchstaben 191, 17; Feststellung, z. B. des Schiffs; — -setzung, z. B. der Gesetze; 2) Setzung, Anordnung.
setr *n.* Sitz, Wohnung, *G.* setrs, *D.* setri.
setstokkr Hochsitzpfeiler (Rafn. zu Eir. c. 1) 279, 19.
setti der sechste.
sevi *m.* 1) = sefi Sinn etc.; 2) Freund.
sex sechs; sextàn 16; sextigir 60.
sextugr *m.* ein Sechziger 230, 4.

seyðir *m.* der Sieder; 1) ein kochendes Stück 182, 29; 2) das Feuer (od. der Kessel) zum Kochen 182, 26. 35. 38; der Kessel 52, 28; Hým; *D.* seyði.
seyra *f.* schlechter Trunk 195, 1.
sia seigen.
siâ, ek sè, *praet.* sâ; *Conj.* sæi; *part. neutr.* sèð, sèt; sehen: sèr, er sieht, man sieht 51, 5; siâ við *m. D.* sich vorsehen vor; fyrir at siâ, zu versorgen. Statt sâu, sâo, *auch bloss* sâ, sie sahen; siâz, sich fürchten vor, *m. A.* lìtt sèz, wenig fürchtet SQ. 33.
siâ 1) *sp. st.* sâ, der; 2) *st.* sù, die; 3) *st.* sè, sei; 4) *kann A. v.* siàr, See, sein.
siâl *st.* sâl Seele.
sialdan selten; sialdnarr, seltner 192, 5.
siâlfr, siâlf, siâlft selbst; var við sialft, at; es war nahe daran, dass.
sialfrâðr sich selbst berathend, freihandelnd Hâv. 87; freilassend 319, 29; von selbst kommend, selbstverständlich 365, 31.
siàr *m.* See, *G.* siâvar, siâfar 100, 11; *D. A.* siâ.
siâvardiup *n.* Seestiefe 108, 16.
siatna (2) nachlassen 372, 19.
Sibilja Name einer göttl. verehrten Kuh in Schweden 160, 37.
sìð *Adv.* spät.
sìða *f.* Seite 337, 23; 335, 17.
sìðan seitdem; darauf.
sìðari, sìðarri, der spätere, letztere, sìðastr, sìðarstr der letzte.
sìðarr *Adv.* später, sìðarst zuletzt 121,11.
sìðbúinn spät fertig.
sìðir, um sìðir, zuletzt, endlich.
sìðnæmr sittenhaltend, religiös.
sìðr *m.* Sitte; *A. pl.* siðu; *G. sg.* siðar.
sìðr lang, weit (largus); breit.
sìðr *adv.* weniger, sìst am wenigsten, eigi sìðr-enn, nicht weniger als; sìðr enn ecki, weniger als gar nicht; þvì sìðr at, um so weniger, als 326, 22; *Als Conjunction* damit nicht.
sìðvenja Gewohnheit 282, 14.
Sif *f.* Asinn; Thor's Gemahlin, ihr schönes, nach der Sn. Edda goldnes Haar (svarðfestr) ist das Gold 48,16; Sifjar ver, Thor, Hým. 3.
sifi *m.* 1) Verwandter, 2) Freund, *pl.* sifiar Freundschaft.
sifjaðr gesippt, verwandt.
sig *poet. für* Kampf 190, 30.
sîga, seig, sigum sinken SQ. 39.
sigðr *m.* Sichel.
sigfaðir *n.* Siegvater, Odhin; wie sigarr Sieger, Beiname Odhins.

sigfreyr 215, 30; sig sauðnis vara, das Seil der Habichtsstelle, der Hand, ist der Ring, dessen Freyr, der Goldgeschmückte.
sigla (1) segeln; sigling f. das Schiffen.
sigla f. Mastbaum 242, 1; 375, 20.
sigli n. ein Halsschmuck, Amulet.
signa (2) segnen, weihen.
sigr m. Sieg; A. sigr 298, 12.
sigra (2) siegen, besiegen, sigraz à 376, 28.
sigrhlioð n. Siegeslied 107, 24.
sigr-höfundr Siegs-Urheber, Odbin; s. runur, S.-Baum (Krieger); sigtýr, S.-Gott; sigtôpt, S.-Halle.
sigrlanar f. pl. 67, 32 s. örbeiðir.
Sigyn G. Sigynjar, Gemahlin Lokis 181, 25; Sigun 182, 13.
siklingr m. poet. König.
sild f. Häring, pl. sîldr.
silfr n. Silber.
silfrdiskr m. silberner Teller 369, 35.
silfrbelti n. Silbergürtel 255, 1.
silfrpenningr, Silberpfennig.
silki n. Seide; silkis simi Seidenband, brúna-grundar-silkissima-geymir, desStirnbands Innehaber, der Fürst 65, 20; silkibrún seidne Einfassung (?) 267, 29.
silla f. Tragbalken.
simi m. pl. simar, Band 65, 20.
sinda (st. synda) schwimmen 239, 5.
sindra (2) Funken geben.
singa, sang gothl. singen (vgl. isl. syngja) singas, gesungen werden 168, 8. 12.
sîngirnd f. Habgier 150, 32.
sinn, sîn, sit sein; sitt das Seinige; sinn hverjum, suus cuique, sinn hlioðstafr fylgi hvarri, ein besondrer Vocal ist an jeder (Sylbe) 192, 23.
sinn n Zeitpunkt, -mal; einn um sinn, einer auf einmal; öðru sinni ein andermal; at sinni zur Zeit, diesmal.
sinna (1) reisen, gehen 49, 11; vgl. sinni m. u. mhd. sind, Weg; sinden, ags. siðian, gehen; 2) sich befleissigen, hingeben z. B. der Arbeit 155, 9, vgl. sinni n.
sinnaðr gesinnt; wohlgesinnt 318, 17.
sinni m. Reisegefährte Vol. 5; Gefährte.
sinni n. 1) Sinn, Gemüth; 2) Gefährtschaft, Gesellschaft SQ. 3; 60, 15; 157, 35; 3) Zeit, it sîðara sinni, das letztere mal 225, 14.
siö sieben; siönndi, siöndi 7te.
siöarfall n. Ebbe u. Fluth.
sioða, sauð, suðum, sieden, kochen 342, 12; Part. 182, 30.
sioðr m. Beutel.
siöðrif n. Seetreiben, das vom Sturm aufgetriebene Seewasser 243, 35.

siöfarskafl m. Seeschwall, -sturz 242, 14.
siôn f. Sehen, Gesicht; pl. poet. die Augen, siönum leiddi, begleitete mit den Augen Hým. 13.
siônhverfingar f.pl. schiefe Blicke 182,2: Zauberei 325, 27.
siôr m. See; G. siôvar, siôfar, siôar, D. siô, m. Art. siônum; A. siô, m. Art. siôinn 232, 33.
siöt n. Sitz, Wohnung.
siöttân siebzehn, siôtigir 70.
siôvarsŷn f. das Aussehen des Meeres.
sira m. Herr (v. Geistlichen) a. d. ags.
sitja, sat sitzen; m. á: belagern, unterdrücken; m. fyri: Abbruch thun, Imp. sittu, sitze.
siuga, saug sangen.
siukr krank.
sîzt st. sîôst, 1) am wenigsten, 2) seit.
skaða (2) schaden, m. D. 327, 39; abs. 291,39.
skaði m. der Schade; skaðamaðr Todtschläger 296, 84.
Skaði f. G. Skaða, Tochter des R. Thiassi 181, 23.
skær hell; schimmernd, klingend 255, 2.
skær m. Pferd, poet. 56, 29; A. skæ.
skæra f. Kampf; um skæru, den Kampf hindurch 78, 8; von skera zertheilen, eig. Streit.
skafa, skôf schaben.
skaka ek skek, skôk schütteln.
skakr m. der Schüttler (Hým. 37 nach Cod. Reg.).
skakkr krumm, verrenkt, hinkend Hým. 37.
skáld n. Dichter, pl. skáld 194, 17.
skáldskapr m. Dichtung.
skúli m. Zimmer, auch bloss Obdach.
skúlahurð f. Zimmerthür.
skálkr m. Helm; Schwert.
skalli m. 1) Kahlheit, Platte; 2) kahl.
skálm f. ein (zweizinkiger) Spiess.
skálmöld f. das Gabelspiessalter.
skamdegi n. Wintersonnenwende, Zeit des kürzesten Tags 285, 38.
skamlaus unschmähbar.
skamma verunehren, beschämen, skammaz sich schämen.
skammr, sköm, skammt kurz; mer er skamt til, ich bin nahe an, schnell dabei; Comp. skemri, sup. skemstr; at skömmu, im kurzen.
skap n. (zuw. skapr m.) Sinn; î skap 158, 13; at skapi 199, 22.
skapa (2) schaffen, bilden; vom Schuh Háv. 128, von der Welt, hefir skapat 326, 15; ek skapa, ich bestimme 320, 28; Inf. 218, 2. Das ältere Syn. ist skepja.

skapîàrr geringer Besinnung; honum er skapfâtt, er ist fast von Sinnen 286, 22.

skapfeldr wohlgefällig, *Sup.* -feldaztr.

skap-leikr, löstr, lyndi: Sinnesart-, fehler-, neigung (Temperament).

skapt *n. pl.* sköpt, Schaft 106, 21; *sg.* 139, 26; Lanze 106, 30; sköpt *poet.* für Späne 54, 22.

skara (2) anscheren, (Feuer) schüren.

skarð *n.* Scharte; Lücke, Verlust 59, 4.

skaròr (*P. v.* skeròa) zerschnitten, durchlöchert 62, 19.

skarlakskyrtill *m.* Scharlachrock 362, 16.

skarn *n.* Schmutz, Auswurf.

skarpr hart, trocken Hâv. 136; scharfsinnig; eng.

skarr *m.* Schwert.

skati *m.* 1) eig. freigebig, so: blóðskati Höf. 13 der Blutverschwender, dah. 2) Fürst: skatalund Fürstenwald; 3) gew. *pl.* (*poet.*) skatnar die Edlen, die Mannen 237, 27.

skattgildr tributpflichtig.

skattkonungr *m.* unterworfner König.

skattr *m.* Tribut, Schatzung (nicht Schatz).

skaut *n.* 1) Schooss, 2) das nach hinten zu gebaltene Ende des Segels 282, 36.

skê (1) skêði geschehen; *Part.* skêðr, mâ ok skê, es mag auch sein 352, 33.

skegg *n.* Bart.

sköggi *m.* bärtig 229, 38; eyjarskeggjar Inselbewohner.

skeggöld *f.* das Beilalter, Zeit der Streitäxte Vol. 41. *v.* skeggja Beil, Barte.

skeggraust *f.* Bartton 325, 16; wie skeggrödd *f.* Bartstimme eb. 12, von Thors gewaltiger Stimme.

skeið *f.* 1) langes schnelles Schiff, *pl.* skeiðr 344, 5; Jacht; 2) Weberlade, Schlagbrett (spatha) 106, 13.

skeið *n.* Bahn, Lauf; i einu skeiði 111, 11; Zeitlauf od. Zeitpunkt; um þat skeið, um die Zeit; annat skeið — annat (od. enn þâ) das eine mal — das andre (od. und dann) = bald, bald 145, 31.

skeina (1) leicht verwunden; skeinduz verwundeten sich 361, 33.

skeinusamr schadenzufügend 142, 25.

skeiti *st.* skeyti *n.* Geschoss, Pfeil.

skel *st.* skil Trennung.

skelfa (1) in Schrecken setzen, beben (skialfa) machen, schwingen, skelfaz erbeben.

skelkr *m.* Schreck, skŷtr mer skelk î bringo, es schiesst mir einen Schreck in die Brust 206, 25.

skella, skall 1) schellen, erschüttert werden; 2) erschallen Hŷm. 34; 3) anschlagen.

skella (1) skelldi; 1) erschellen; 2) hinschnellen lassen, z. B. das Schwert in die Scheide 145, 32.

skelmir = skelfir Schrecker.

skemma *f.* kleines Haus, *bes.* Frauengemach 164, 26; 236, 10.

skemd *f.* Unehre, Beschädigung.

skemra (2) kürzen, abschlagen.

skemstr *s.* skammr, fyri skemstu, vor ganz kurzem.

skemta (1) kurzweilen, unterhalten, *m. D.* gumum 108, 2; sk. ser, sich erfreuen 236, 4.

skemtan *f.* Ergötzung, Kurzweil.

skenkja (1) einschenken.

skenkari Mundschenk.

skepja, sköp, skapinn, schaffen 206, 17; ordnen.

skepna *f.* 1) Geschöpf; 2) Art, Fassung.

sker *n.* Klippe, niedrige Insel, Scheere; skers aki, der Fortbeweger der Klippe, *poet.* Meer 57, 15; *D. pl.* skerjum 346, 28.

skera, skar, skârum, skorinn schneiden 338, 10; 1) einschneiden; 2) schlachten; 3) theilen, entscheiden; 4) gerichtlich anbringen; *eig.* aufschreiben auf einen Stab 274, 15; 273, 41.

skerða (1) skerði, skerðr 124, 1; schneiden (Scharten machen), vermindern, verkürzen, *m. D.* um etwas 124, 1.

skerðir *m.* der Abschneider, *poet.* skerðir Alfgeirs, der Beschädiger Alfgeirs 137, 30.

skeri *m.* Sichel.

skeribîldr *m.* Doppelaxt 74, 31.

skeyna (1) verwunden (leicht) 95, 7; *st.* skeina.

skeyta (1) 1) fügen; 2) schenken, stiften.

skeyti *n.* Geschoss, Pfeil 370, 2.

skialdarrönd *f.* Schildrand 293, 38.

skialdborg *f.* Schildburg 102, 4; 103, 35.

skialfa, ek skelf, skalf beben, zittern 181, 30; 214, 21.

skialfti *m.* das Zittern 214, 21.

skialgr schielend, Name d. Monds.

skiâr *m.* Fenster, *A. m. Art.* skiâinn 245, 38.

skiarr flüchtig, behend.

skið *n.* 1) Scheit zum Brennen; 2) Bret, Tafel Vol. 18; 3) Laufschuh 100, 22; 131, 6, (die der Seekönige) die Schiffe 57, 15.

skiðafang *n.* Holzbündel 337, 3.

skiðgarðr *m.* Gehege 153, 16; 231, 14.

skifa (1) in Scheiben schneiden, undorn, die Mahlzeit 73, 19.

skikkja = skykkja *f.* Mantel 295, 5.

skikkjuskaut *n. pl.* Rockschoss.

skil *n.* 1) Öffnung; 2) *pl.* skiöl Unterschied; Entscheidung 124, 33; Recht.
skila (2) schlichten, entscheiden, *m. D.*150,26.
skildagi *m.* Bedingung 327, 30.
skilgetinn ehelich, rechtmässig 211, 6.
skilja (1) skildi 1) scheiden, trennen; sich trennen 154, 15; 361, 13; *Part.* skiliðr, getrennt 86, 18; skilit, deutlich ausgemacht 150, 20. *Auch* skiljaz við landit, sich trennen vom Lande 115, 5; 2) unterscheiden, merken 226, 30; 293, 8; verstehen 117, 8; 214, 22; þer skilz vel 253, 24; skilja fyrir, deutlich, laut erklären 121, 34; *imp.* skilr þâ à, sie verunreinigen sich 218, 12; 226, 2.
skilinn Hâv. 136, verständig.
skilnaðr *m.* Trennung, *G.* skilnaðar.
skilriki *n.* Bewusstsein 268, 26.
skin *n.* Glanz, Schein.
skina, skein, skinum glänzen, scheinen; skîn, scheint.
skinn *n.* 1) die obere Haut; 2) das Fell.
skinnahûfa *f.* Lederhaube; skinnfeldr Lederrock.
skinnkirtla *m.* Fellrock 373, 4.
skioðapungr *m.* Lederbeutel.
skiöl *n. pl.* Bewährung; Entscheidung.
skiöldungr *poet.* König.
skiöldr *m.* Schild; *D.* skildi; *A. pl.* skiöldu *zuw.* skildi 74, 15: 2) Skiöldr, Name des Schiffes Ullers, *poet.* für Schiff 184, 22: â við Skialdar, auf das Holz des Schiffes.
skiomi *m.* 1) Schwert; toginn skioma mit gezogenem Schw. 65, 2; *Acc. abs.*; 2) Glanz.
skiota ek skŷt, skaut, skutum, skotinn: schiessen *m. D.* von Waffen, *aber auch* in Lauf setzen: skiota skildi, es sinken lassen 145, 29; sk. bâti, ein Bot fortlassen; sk. mâli, den Rechtshandel wohin treiben, vorbringen, bringen vor 263, 8; 2) schieben, werfen 369, 2. 7; aufrichten; skialdborg 103, 34; Schlachtordnung 334, 15.
skiotlega schnell, alsbald.
skiotr schnell; *pl.* skiotir 313, 31.
skiott schnell, sogleich.
skip *n.* Schiff.
skipa (2) 1) anordnen; *bes.* Platz anweisen; *m.. D.* 124, 4; besetzen 372, 9; 2) bestimmen, legiren; skipaz við, sich fügen, s. kûmmern um etwas 329, 5; skipaz, sich verändern 159, 27.
skipan *f.* Anordnung, Reihenfolge.
skipshöfn *f.* Schiffshabe, *pl.* sk. hafnir, die Schiffsleute 338, 34.
skipta (1) *praet.* skipti, 1) vertheilen *m. D.* nû vil ek skipta lâta liði vôru î tvô staði, sk. herfangi, Beute theilen 264, 38; ok

skipti með mönnom sinom u. vertheilte (den Ring) unter seine Mannen; 2) tauschen, wechseln, skipta giöfom Hâv. 44: hrînguum 236, 30; ändern z. B. die Farbe, *unpers.* skiptir, es kommt etwas darauf an: nû skiptir miklu, at, nun kommt viel darauf an, dass 114, 29; skiptir engo, es k. nichts darauf an 128, 8.
skipti *n.* Theilung, Veränderung.
skipun *f.* dass.
skipverjar *m. pl.* Schiffsleute 281, 14.
skirr, skir, skirt *pl.* skírir, rein, klar; 2) bewährt 225, 19; 368, 25.
skîra 1) reinigen, *bes.* scheuern; 2) taufen 326, 9; 328, 5. 9. 15.
skirmaðr *m.* ein klarer Kopf 342, 25.
skîrn *f.* Taufe (christliche).
skirr = skiarr Hŷm. 37, der Läufer.
skirskota (2) zu Zeugen rufen 152, 13.
skîrsla *f.* Reinigung, *bes.* vom Ordale 225, 6. 18.
skoða spähen, genau zusehen 271, 4.
skœðr, verderblich SQ. 54.
skœkja Buhldirne Hâv. 87.
skôgarvöndr *m.* Baumast 318, 11.
skôggangr *m.* Ächtung mit Verbannung auf 20 Jahre (*eig.* Waldgang).
skôgr *m.* Wald, *G.* skôgar, *sp. auch* skôgs; *D.* skôgi, *A. pl.* skôga.
Skögul eine der Valkyrien; ihr Wolkensturm, Sköglar skŷs veðr = Kampf: Sköglar kâpa, Kampfharnisch 77, 36; 2) *mit Adj. od. Gen.* für Weib 336, 35.
skökull *m.* Stange; *bes.* Deichsel Hŷm. 37.
skolbrúnn dunkelbrauig 146, 6.
sköll *n. pl.* Gebell (Schall).
skola (1) schlaff herabhangen Hâv. 136.
sköllôttr kahl, glatzig 146, 2.
skömm *f.* Schmach 237, 39.
skôr *m.* Schuh; *pl.* skœr, *vgl.* skûar.
skör *f.* (*eig.* Schnitt); 1) Bart; 2) Hinterkopf u. *poet.* Haupt, Hŷm. 23, 6; þrym. 1, 7; 96, 20; 3) Bank, Schemel 263, 1; 4) Randschirm (des Helms) 75, 23.
skora (1) bestimmen, fordern *bes.* zum Zweikampf *mit* â einn, jemanden.
skorinn *s.* skera.
skorta (1) fehlen, *impers.* mik skortir *m. A.* 91, 30; 232, 23.
sköruligr ansehnlich, männlich, *Superlat.* 286, 7.
skôsmiðr Schuhmacher Hâv. 128.
skot *n.* Schuss 176, 28.
skota (2) *schwed.* stiften.
Skotar *m. pl.* Schotten, *Adj.* Skotskr.
skotakollr ein Beiname.
skotbakki *m.* Schiessbahn 361, 24.

skoyting *f. norw.* Stiftung 174, 18.

skothending *f.* unvollständige Assonanz, v. skot Schuss, Wurf.

skotmark Schusszeichen.

skozkr *st.* skotskr, Schottisch 135, 21.

sköþvengr *m.* Schuhriemen.

skrá *f.* Fell, *D. pl.* skråm Håv. 136.

skråmr *m. poet.* der Mond 189, 16.

skraut *n.* Kostbarkeit, Schmuck 323, 29.

skrautlega stattlich 214, 16; 220, 17.

skreiðaz kriechen.

skriða *f.* Bergsturz 116, 9, oder Schneesturz.

skriða, skreið, skriðum (auf Flächen) hinstreichen, schreiten Håv. 83; kriechen, sich winden.

skriðr *m.* 243, 30; *wahrsch.* Wasserdruck; Wellenanstreichen; *pl. f.* skriðar Håv. 82, Wasserfurchen.

skrifa (2) schreiben; 2) bildlich darstellen, einweben 343, 14.

skrimsl *n.* Ungeheuer, Unhold 208, 2.

skrök *n.* Erdichtung 194, 29.

skrúð *n.* Schmuck, Prachtkleid 194, 10.

skrýða (1) schmücken.

skúar *m. pl.* Schuhe 287, 35.

skuða *s.* skoda.

skuggamikill grossschattig, dunkel.

skuggi *m.* Schatten 153, 21.

skuld *f.* 1) Schuld, Ursache; 2) *pl.* skuldir Einkünfte, — for skuld, wegen.

skuldu sollen, *sp. Inf. st.* skulu.

skulu sollen, ek skal, skuldi; *Inf. auch* skuldu, skyldu 95, 15; 320, 19; skyldo 102, 29; *Conj. Praes.* skyli, skuli. *Häufig unterbleibt dabei* vera, sein.

skurðr *m.* (Einschnitt) 1) Wunde; 2) Schnitzwerk; *A. pl.* skurði 153, 18.

skurgoð, skurðgoð *n.* Götzenbild 326, 29.

skúta *f.* Schute, schnelles Schiff.

skúti *m.* Rand, Vorsprung.

skutill *m.* Jagdgeschoss; Schüssel, Teller.

skutr *m.* Hinterraum d. Schiffes 55, 11; Hým. 21.

ský *n.* Wolke; *A. pl.* 107, 19.

skýa (2) sich bewölken, skýaðr wolkicht.

skygnaz schauen; umsk. sich umschauen.

skykkja *st.* skikkja Mantel.

skyld *f.* Pflicht.

skyldr 1) verpflichtet 122, 9; 2) nöthig, angemessen, *Comp.* skyldari 369, 5; 3) verwandt 276, 6. 7.

skyldugr verpflichtet; schuldig.

skyldu sollen, *sp. Inf. st.* skula, *mit Ellipse von* vera 371, 23.

skyn *n.* Grund, Verstand; at kunna od. vita skyn, den rechten Grund wissen, ermessen können 129, 35.

skynda (1) eilen; *Imp.* skyndtu, eile 82, 6; 2) in Bewegung setzen, *part.* skyndr, þrym. 21 angespannt.

skyndiliga eilig.

skyndir *m.* 1) der in Bewegung setzt, Schwinger 187, 9; 2) *poet. für* Mond 189, 11 (der Eilende).

skynsamr vernünftig 326, 14.

skynsemi *f.* Vernunft; vernünftige Gründe 329, 4.

skýrann *n.* Wolkendach, und Sörva skýránni, unter des Seekönigs Himmel, d. i. unter dem Schilde 68, 8.

skýrt *st.* skirt hell, kund.

skyrta *f.* Hemd 266, 16; übergeworfner Rock 353, 40; 369, 34.

skyti *m. sp.* skyttæri Schütze.

slá, ek slæ, *praet.* slô; *pl.* slôu 81, 6 und slôgu; *part.* sleginn, schlagen, werfen, *m. D.* 365, 11; slô þeim, es schlug sie, sie wurden verschlagen; hann slær hundum (lausum) loslassen; slå ût, herauswerfen 181, 28; slå î, hineinwerfen, z. B. eldi, Feuer 178, 2; slå ekki slîku à þik, lass dir solches nicht beikommen 91, 28.

slœkinn schlendernd, faul, feig.

slœkniorð feige Reden 331, 35.

slœmr schlaff, gering (slœmr?).

slagasauðr Schlachthammel zur Heuernte.

slagr *m.* Schlag, *A. pl.* slagi 378, 15; 2) Spiel, Saitenspiel eb. 378, 15. 23 ff.

slamra (2) schlagen, hauen 298, 1.

slåtr *n.* das Schlachten 334, 7; das Geschlachtete 197, 21.

sleði *m.* Schlitten.

sleika (1) lecken 309, 25.

Sleipnir *m.* Odhins Ross.

sleggja *f.* Hammer 310, 22.

slêttr eben, schlicht, *f.* slêtt 138, 21.

sliðrir *f. pl.* Scheide 145, 32; 146, 12.

sliðra þorn, der Dorn der Scheide, das Schwert 77, 23.

sliðrliga grässlich, vgl. Slîðr Vol. 36.

sliðrlogi *m.* Scheidenflamme, Schwert.

sliðrvöndr *m.* der Stab der Scheide, das Schwert 215, 30.

slikr solcher, slikt solches.

slippr waffenlos 95, 11.

slis *n.* Unglück.

sliskr *schwed.* geizig. (?)

slit *n. pl.* Bruch, Auflösung Håv. 123.

slíta, sleit, slitum zerreissen 205, 29; schlitzen, schleissen, aufreissen, reissen (aus den Händen) 126, 6; 2) abbrechen, beendigen, dies *m. D.* 199, 32; 3) trennen *m. A.* 228, 21.

18

slitna A. f. des Part. slitinn 356, 2.
slitna intr. zerreissen 53, 30. Vol. 43.
slôð f. Zug: 1) Fusssteig; 2) Schaluppe; 3) Schleppe; 4) Spur, pl. slôðir 213, 9.
slœkinn s. slækinn.
slokna (2) erlöschen.
slökva (1) ek slök, slökti, auslöschen, Part. slöktr 251, 31.
slöngva (1) praes. (1) schlingen, m. D. hun slöngvir ser 340, 18, schlingt sich.
slöngvir m. 1) Schlange; 2) Schleuderer.
smâbarn n. kleines Kind.
smâkirkja f. kleine Kirche.
smœrri kleiner.
smali m. Heerdenvieh (Schaafe).
smâr, smâ, smâtt, klein.
smâskitligr mit wenig eingeprägten Mienen, glatten Gesichts 286, 23.
smâskûta f. kleine Schute, Nachen.
smeltr, mit Schmelz verziert, bengrefill blôði sm., das mit Blut geschmelzte Schwert 75, 38.
smíð f. das Schmieden; Geschmeide.
smiða (2) schmieden 310, 1.
smiði n. das Geschmiedete; d. Werk.
smiðja f. Schmiede.
smiðjusveinn m. Schmiedegeselle.
smiðr m. Schmiedt, N. pl. smiðir.
smiðr n. Butter, Fett.
smiörugr fettig.
smiuga, smaug, smô pl. smugum; sich wohin schmiegen, einschlüpfen, eindringen z. B. ins Kleid, smô Sig. 46.
smyrja (1) smurði salben, bestreichen.
snâð n. Speise.
snæða (1) essen 257, 30. 33.
snæfr, snæfrt kalt 242, 1.
snær m. Schnee, G. snævar, snæfar.
snapa (1) schnappen; langsam essen.
snar, snör, snart 1) geschwind; 2) tapfer.
snara f. Schnur.
snara (2) drehen, sich wenden 315, 2.
snarla scharf, tapfer.
snarlyndr raschen Geists.
snarpr munter, tüchtig, tapfer, Sup. 142,15.
snart adv. schnell, alsbald 256, 40.
snauðr arm, entblösst.
sneiða (1) schneiden, durchschneiden 349,7. 2) höhnen 330, 30.
snemma früh (am Morgen).
snerpa rauher, strenger werden 239, 34.
snerra f. Kampf.
snerrandi beschleunigend, betreibend148,9.
snerta berühren; randir snurto, Helr. 8.
sneypa (1) beschämen, schimpfen.
sneypa f. Schande 113, 18.
sniallr gewandt, tapfer, klug.

sniâr = sniôr Schnee.
snîða, sneið, sniðum, schneiden.
snimma = snemma.
snior m. Schnee.
snœri n. Schnur, Seil 148, 33, pl.
snôpa (2) schnaufen, schnappen Hâv. 33.
snôt f. Jungfrau (klug) pl. snôtir 239, 5; snôt saka, die J. der Streite, die Kriegsjungfran 57, 14; D. snôtu 158, 18.
snôtarulfr der Wolf, Räuber der Jungfrau, Loki 52, 24.
snotr verständig, gewitzigt, weise.
snöttung f. Umherschweifen, bes. Nachstellung, Streiferei nach Beute 369, 29.
snûa, ek snŷ; praet. snèri (snœri 94, 34) part. snûinn; drehen, winden; snŷz, windet sich heran Vol. 48; 1) drehen z. B. Bänder; flechten, stricken; 2) wenden, snêriz er legte, wendete sich um (auf dem Lager); 3) gew. sich schnell entgegen, hindurch, hintennach wenden od. werfen.
snûðr m. rasche Wendung; snûðar mâla bið ek, um Veränderung der Zustände bitte ich 71, 1. 4; 2) Gewandtheit, sn. konur gewandte Frauen 93, 12.
snûnaðr m. Wendung, Glück: sn. var þat landi 65, 20.
snytrir m. Ausbilder; 2) Schmücker, D. snytri; þat fær þrottar sn. tirar, das bringt dem Verehrer Odhins Ruhm 65, 16.
so sp. = svâ.
sôa bes. of sôa, = sœkja, nachtrachten, wegräumen Hâv. 110.
soð n. Brühe, worin was gesotten wird.
soðna sieden, gar werden 182, 35.
soðreykr Brührauch 200, 83.
soðulreiði n. Sattelzeug 194, 11.
soðultreyja f. Sattelwams.
sœkja (1) praet. sókti u. sôtti, part. sôktr u. sôttr (a. sôinn) suchen, besuchen z. B ein Gastmahl 233, 18: 178, 7; 2) verfolgen (einen Rechtshandel), vor Gericht bringen 126,14; 128, 9. 16. 28 ff.; 133, 14; (jemanden) 125,17; Part. sôttr, angeklagt 133,15; vorgefordert 124, 39; 3) vorwärts gehen (einen Weg verfolgen) 142, 3; 332, 1; sich wohin begeben 70, 17; mit til, nach 325, 36; þar til, dahin 357, 21; 4) nachtrachten mit â: ef nockr sœkir â þetta rîki með hernaði, wenn jemand anfällt; sœkja at, angreifen 141, 13; 355, 10; 375, 34; s. fram dass. 143, 12; s. eptir 315, 29 nachsetzen.
sœkiþróttr angreifender Gott st. Kämpfer.
sœma (1) ehren; sœmir, es geziemt.
sœmd f. Ehre, til sœmda 140, 19; auch sœmð.
sœmdarför f. Ehrenfahrt.

sœmir *m.* der Ehrer, Schmücker.
sœmr ziemend *Sup.* SQ. 13.
sœmiliga nach, mit Ehren.
sœri *n.* Eid.
sœri *Conj. Praet.* v. sverja, sôr.
sœtr süss 339, 30; *ags.* svèt (svœt).
sœtti *Conj. pr.* v. sœkja.
sofa, ek sef, svaf, sváfu svôfu 286, 36; sofinn schlafen Hâv. 58. 101.
sofna (2) einschlafen SQ. 24, 256, 28.
Sogn *m.* mittelnorwegischer Meerbusen, *D.* Sogni 251, 7.
sögn *f.* 1) Erzählung, 2) Schaar 52, 24; sagna hroeri, den Führer der Schaaren 54, 1.
sök *f. pl.* sakar *u. sp.* sakir 1) Streit, Kampf SQ. 34; 57, 14. 2) Rechtsstreit, Process 127, 41; 128, 3; Recht u. Besitz desselben 128, 27. 28. 3) Ursache; fyrir þâ sök deshalb, *bes. gew.* fyrir eins sakir, wegen; gefa sakir â þvì, Ursache dazu geben 362,1.
sökkva, ek sökk. *Praet.* sökk, *pl.* sukku sinken 243, 8.
sökkva (1) einsenken, *Pr.* sökti 250, 33.
sökn *f.* 1) Angriff, Kampf 190, 31; 331, 35; 2) gerichtl. Anbringung, Recht der Verfolgung 128, 3; 3) Rechtsgebiet u. kirchl. Parochie 271, 1.
sóknamenn die Kirchspielsleute.
söknuðr *m.* Verlust SQ. 13.
sökrammr kampfstark 67, 32; *s.* sök.
sól *f.* Sonne; sólar-fall, setr, S.-Untergang 347, 30. 33; -geisli S.-Strahl; sólo fegri, schöner als die Sonne.
sólarhialmr *m.* Helm der Sonne, Himmel 186, 4.
solginn gierig, *D.* 51, 17.
sólskin *n. pl.* die Sonnenstrahleu Vol. 40.
soltinn v. svelta, gestorben.
sôma (1) ziemen; ziemlich gebahren.
sômi *m.* Ehre; sômamaðr Ehrenmann.
sôn *m.* Klang 339, 30.
söng *pr.* v. syngja.
sönghlioð Sanges-Ton, -Weise.
söngr *m.* Gesang.
sonr *m.* Sohn, *Nom. sp.* son 187, 16; *pl.* synir; *A. pl.* sonu, sono, *sp.* syni 347, 14.
sopi *m.* Trunk, Schluck.
sorðinn befleckt, geschändet 127, 18.
sorg *f.* Schmerz, Kummer (nicht Sorge).
sorgalaus ohne Kummer SQ. 24.
sorgeyramey *A.* die schmerzheilende Jungfrau, Idunn, 54, 1; *s.* eyra, heilen.
Sörli ein alter Seekönig, Sörla fôt, Waffenrüstung.
sorti *m.* Schwärze.
sortna (2) schwarz werden.
sôta *f. poet.* Kampf 190, 31.

sôti *m.* Rappe; des Meeres, ist d. Schiff.
sôtrauðr schwarzroth.
sótt *f.* Krankheit.
sóttarfar *n.* (Fahren der Krankheit) Seuche 290, 4.
sôttdauðr an Krankheit gestorben.
sôttr gesucht angegriffen *s.* sœkja.
spâ (1) wahrsagen.
spâ *f.* Wahrsagung, *pl.* spàr.
spâgandir *pl.* Wahrsaggeister.
spakligr weise.
spâkona *f.* Weissagerin.
spakr, spök, spakt weise.
spânn *m.* Spahn, *A. pl.* spànu; 2) Löffel 288, 21.
spara (1, 2) schonen, sparen; spörðumz 347,1.
spâsaga *f.* Weissagung 363, 34.
spekimaðr *m.* ein Weiser, Gelehrter.
spekingr Weiser, Philosoph.
spellvirki *n.* Verwüstung.
spengja (1) bespangen, beschlagen 232, 11.
spenja (1) locken, ziehen 137, 30; führen.
spenna (1) umspannen, mit d. Händen 315, 42; binden, anstecken (e. Ring), *Pr.* spenti 144, 39.
spennitöng *f.* Greifzange.
spiall *n.* 1) Unterhaltung; 2) Verderben.
spialla (2) sich unterreden.
spialli *m.* Sprecher, Gesprächsgenoss, Freund; Gautaspialli ist Odhin.
spilla (1) verderben, *m. D.* 370, 11.
spinna, spann, spunnum, spinnen.
spiör *n. pl.* Speere.
spiot *n.* Spiess 139, 29.
spiotzhali *m.* Spiessschwanz.
spira *f.* 1) Latte; 2) ein gewundener Kopfschmuck, *m. lat.* spira 268, 6.
spönn *st.* spânn, Spahn, *coll.* 110, 33.
spönn *f.* Spanne.
spor *n.* Spur, eggja spor, Wunden.
sporðr *m.* 1) Schwanz, von Fischen; 2) Ende.
spori *m.* der Spohr, sporum, mit den Sporen 178, 39.
sporna (2) treten Vol. 24.
sprakaleggr schenkelwund, Beiname 337, 34.
spretta, spratt, spruttum springen.
sprînga, sprack, sprungum; springen, aufspriessen, dah. sich erfüllen.
sprotti *m.* Spross, Stock.
spun *st.* spön, halbe Tonne 267, 16.
spyrða (1) *praet.* spyrti, hinten zusammengeknüpft aufhängen (besond. von Fischen) *überh.* hängen 367, 25, v. sporðr.
spyrja (1) spurði fragen, spüren, hann spyrr, er fragt.
spyrna (1) anstossen, hann spyrndi fœti 178, 5: stiess mit dem Fusse.

18*

staðfesta f. Bestätigung 268, 14.
staðfestaz bestätigt, festgemacht werden 137, 8.
staðiastr standhaft.
staðna (2) aufhören.
Staðr Ort in Norwegen, D. Staði 227, 17.
staðr m. Stelle, Stand; G. staðar s. nema, ursprüngliche Lage, vom Schwerte die Spannkraft 295, 21; D. stuð A. pl. staði.
stafasetning f. Alliteration 191, 32 und Assonanz 192, 14; Stabreim.
stafkarl m. Stockgreis; Bettler.
stafn m. der Steven, Schiffsschnabel oder Ende.
stafnklif n. pl. des Stevens Klippen (Wellen) 69, 1.
stafnvöllr m. des Stevens Feld, d. Wasser 214, 12.
stafr m. Stab; Buchstab; pl. poet. Worte, Reden, so A. pl. stafi Háv. 29.
staka (2) straucheln, mit við.
staki m. schœed. Pfahl.
stakk Praet. v. stinga.
stål n. Stahl, pl. Schwert 72, 6; 354, 25.
stålavikr m. des Stahles Bimsstein (der Schleifstein) 52, 8.
stålhúfa f. Stahlhaube.
stalli m. Göttergestell, Bank der Götterbilder 197, 19.
stalliri = stallari Marschall.
stallr m. Stall 364, 37; Gestell; Standort 281, 38.
stamni D. von stafn.
standa; ek stend, stóð: stehen; 1) entstanden sein, herrühren; af, von 195, 10; 2) stehen, kosten, werth sein 112, 3 — standaz aushalten 160, 38; standa við, widerstehen 121, 15; standa fyrir, rechtlich zustehen; st. yfir, gegenwärtig sein 287, 17. standaz å, ok, sich gleichstehen mit. Imp. stattu aus stand þu) 323, 6.
stapi m. Absturz, Klippe 373, 17.
stappa (2) gehen 351, 36.
stappalaukr m. eine stark riechende Pflanze, vieli. Knoblauch 337, 35.
stara (1) starren, mit å 190, 14.
starf n. Arbeit.
starfa (2) arbeiten, Mühe haben.
steði m. Amboss, A. steðja 310, 24; steðjasteinn der Ambossstein eb. 26.
steðja (1) staddi, stellen, stehen, hafdi staðit 150, 26; hefir staðit fiarri, hat fern gestanden 187, 7; 370, 21; við staddir, dabei gestellt, stehend 95, 24.
stef n. Vers, Strophe 148, 15.
stefna f. 1) Fordrung vor Gericht, 2) Zusammenkunft, 3) Übereinkunft.

stefna (1) fordern (vor Gericht) m. D. 110,18. 2) grad aus fahren 285, 16 (v. stafn) seine Richtung nehmen (zu Pferde) 101, 27.
stefnir der Anberaumer; st. stöðvar hrafna der die Raben zur Versammlung ruft, der Heerführer 186, 26.
steik f. Braten; das Gekochte 144, 9.
steikari m. Koch 321, 24.
steinn m. Stein; Fels.
steina (1) malen, Part. n. steint 217, 16.
stela, stal, stålum, stehlen, m. D. ef maðr stelr því er ætt er, etwas das essbar ist 134, 14. stolin hamri, des Hammers bestohlen þrym. 2.
sterkr stark; adv. sterkliga; Comp. adv. sterkligarr 256, 3; Sup. sterkastr.
steypa (1) stürzen 340, 6; hann steyptiz áfram, stürzte nieder; 2) überstürzen, überwerfen (ein Kleid) m. D. 253, 5; 314, 5 m. å sik; 3) steypti af ser 254, 37; abstürzen, vom ausziehn d. Kleider oder Waffen m. D. Auch: umstürzen, Vol. 44.
steypir der Stürzer 60, 6 s. niflgóðr.
stiarna f. Stern.
stíga, steig, stě pl. stigum steigen; m. å, yfir einen überfallen, unterdrücken.
stígr m. Steg, Weg, A. pl. stigu.
Stiklarstaðir m. pl. Ort in Norwegen 333, 39 v. stikill, Spitze.
stilla (1) stillti 1) beherrschen, ordnen; 2) lenken, richten 378, 16; mässigel.
stillir m. Herrscher, König, poet.
stîm n. Kampf.
stinga stack stungum, stechen 102, 26; stossen, stungit î, hineingesteckt 119, 29.
stinnleggiaðr starkbeinig.
stinnr steif, stark.
stiölr m. Vogelschwanz; auch Hinterer, A. pl. stiölu 50, 24.
stiori m. der Steuerer 55, 4.
stiorn f. 1) das Steuerruder 244, 20; 2) Regierung 262, 33.
stiorna (2) steuern, herrschen.
stiröfœtr steiffüssig 369, 14.
stirðr steif 155, 7; störrig, hart 91, 17; rauh, muthig.
stirðþinull fróns 190, 13; das steife, ungeheuere Band der Erde, d. i. die Weltschlange.
stö f. Stätte; bes. Feuerstätte, Camin.
stóð n. Pferdeheerde, Gestüte 313, 14.
stöð f. G. stöðvar, Aufenthaltsort.
stöðva einhalten, m. A. 334, 11; verhindern 125, 42; stöðvaz aufhören.
stœrandi vermehrend.
stœrri, stœrstr grösser, grösster.
stofa f. Stube, bes. Esssaal.

stofna (2) Austalt treffen 298, 17; zurichten 362, 40, vorbereiten 161, 35.

stokkinn besprengt 52, 8.

stöklar *pl.* v. stökkull *m.* Sprengel, Stäbe mit Quasten zum Blutansprengen.

stokkr *m.* Stock, Wandsäule 372, 21; am Hochsitz 294, 18.

stökkva, ek stökk, *praet.* stökk *pl.* stukkum, springen, stökk upp 380, 2 stukku upp 377, 31; sich fortmachen; stukku undan 375, 13.

stökkva (1) 1) besprengen, *m. D.* 197, 20; 2) vertreiben, *part.* stokkinn 52, 8.

stóll *m.* Stuhl, Thron.

stolpi *m.* Stütze, Säule.

stöng *f.* Stange, *D.* stöngu 53, 18; *pl.* stengr 151, 16 *u.* stangir 145, 12.

storð *f.* 1) *N. pr.* einer Insel, wo Hakon fiel 62, 11; 2) Erde, ihr Gebein sind die Felsen, daher storðar legs folka reynir, der Erprober der Felsenvölker (der Riesen), Thôr 190, 14 *f.*

störföt *n. pl.* grosse Wäsche 114, 32.

störgnýpa ein grosser Felsabhang.

storhveli *n.* grosser Wallfisch 243, 37.

störilla sehr übel 286, 14.

störlâtr freigebig, prachtliebend.

störlyndr 1) grossmüthig; 2) umsichtig.

störráðr herrschsüchtig.

stormr *m.* Sturm.

störr, stör, stört gross.

störvel sehr wohl.

strâ *n.* Stroh.

strâðô *praet.* v. strâdeyja starb auf d. Stroh.

strangr streng, gewaltig 72, 4.

straumr *m.* Strom.

strengja (1) mit heit: heilig geloben 102, 29.

strenglög *f.* (Sehnenlage) die Pfeilkerbe, str.-lögar palmr, der gekerbte Stab, der Pfeil 77, 10.

strengr *m.* 1) Strang, Sehne 250, 30; 2). Saite 379, 5; *A. pl.* strengi.

strengvala der Sehne Weissagerin; *die Schicksalsbestimmerinnen der Bogensehne sind* 75, 22 *natürlich* die Pfeile, *die von ihr entsendet werden.*

strîð *n.* Krieg, Streit.

strîða (1) kämpfen, belästigen *m.* â 352, 27.

stroðinn genothzüchtigt 127, 17.

strönd *f.* 1) Strand; 2) Streif, *pl.* strendr u. strandir.

stuðningr *m.* Stütze 235, 32.

stuðull *m.* Nebenstütze, Nebenstab ·192, 1.

stûfr *m.* Stumpf, Stümmel.

stund *f.* 1) Zeit; um stund, eine Zeit lang; stundum zuweilen; stundu sîðarr ein we-

nig später; lengra stundu, um etwas länger 189, 34; 2) Eifer.

stunda (2) beobachten, streben 250, 5; eifern 326, 12.

stûpa stürzen (verw. m. steypa) lêto upp stûpa, sich aufrecken 50, 24.

stuttr kurz (gestutzt) 114, 8.

styðja (1) studdi stossen 1) durchstossen Vol.; 2) stützen (unterstossen) Helr. 1; 3) sich stützen mit der Hand, aufstemmen 126, 23.

styggr rauh; wild 320, 26.

stykki *n.* Stück.

stynja (1) stöhnen.

styr (styrr) *m.* Getöss, Kampf, *G.* styrjar 50, 19; *A.* 66, 19.

styrðr = stirðr.

stýra (1) steuern, regieren, *m. D.* SQ. 16.

stýrimaðr Steuermann.

styrkr *m.* 1) Stärke, 2) Hilfe 232, 3.

styrkr stark.

stytta (2) stutzen, abbauen.

sûð *f.* Tafelwerk; *poet.* Schiff 57, 14.

suðan von Süden, *st.* sunnan 54, 8.

Sûðr in: Sûðsbani Umschr. für Oegir 59,17.

suðr *n.* 1) der Süden, 2) *adv.* nach Süden.

suðreyjar die Hebriden.

suðrganga *f.* die Romfahrt.

suðrmenn die Deutschen, suðrmaðr 284,26.

suðrœnn südlich.

sukka (2) eintauchen, begiessen 241, 27.

sukku *s.* sökkva, sinken.

sûl *f. u.* sûla *f.* Säule.

sultr *m.* Hunger 195, 1.

sultu hungerten, *s.* svelta.

sumar *n.* Sommer; *pl.* sumor Vol. 40.

sumbl *n.* Mahl, Trinkgelag Hým. 2.

sumblsamr gelageliebend Hým. 1.

sumr, sum, sumt; einiger, jemand.

sund *n.* 1) Meerenge, Sund, *poet.* Wasser: sârs sunda ârar, die Ruder des Wundensundes, des Blutes (die Schwerter) 352, 39. 2) das Schwimmen.

sundfaxa sœkiþrôttr, der Heimsucher der Seerosse 67, 21.

sundr besonders, auseinander 51, 15: î sundr entzwei.

sundra sondern, zerhauen.

sunnan von Süden; sunnr = suðr.

sunnanverðr südlich gelegen.

sunr *m.* Sohn 100, 24; *archaist.* für sonr.

Surtr *m.* der Gott der Feuerwelt.

sût *f.* Schmerz, Kummer; '*G.* sûtar 98, 21.

svâ, so; 2) sodass 355, 14 u. o.

svæfa (1) einschläfern 338, 35.

svœra = svara Schwiegermutter.

Svafnir Beiname Odhins, s. Saalschindeln sind die Schilde 50, 26.

svågi nicht so.

sval n. 1) kübler Wind, 2) Wellenschlag.

svalheims valar, der kalten Wohnung (des Meeres) Habichte, d. Schiffe 69, 5.

svalr, svöl, svalt kalt, eisig.

svanabrekka f. Schwanenhügel, See 242,16.

svanadalr m. Schw.-thal; svanadals döksalar, des Meeres dunklen Sales, des waldigen Meereslandes 69, 10.

svanflaug f. schwangefiedert (Woge) 241,8.

svanglyaðr m. Schwanerfreuer 64, 25.

svangr m. 1) Leerheit; 2) Hunger trop. vom hohlen Bauch der Schiffe, svangs súðir, die Schiffsbauch-Breter.

svångr hungrig.

svanr Schwan A. pl. svani.

svanni m. ein schönes Weib 337, 13.

svûrr, svår, svårt schwer, heftig SQ. 25.

svara (2) antworten; þeir svöroðo 204, 36; sich verantwortlich machen 274, 28.

svarðagi m. Eid 330, 7.

svarðarláð n. des Hauptes Rasenfülle poet. für Haar 345, 33.

svarðfestr f. der Kopfhaut Seil, d. Haar 48, 16, vgl. sif.

svarðsprungr n. Riss in die Kopfhaut 167, 18.

svarf n. 1) Feile; 2) Geräusch 66, 16; s. svörr.

svarra (2) wüthen.

svarri m. eine herrschsüchtige Frau 282,6.

svarteygr schwarzäugig.

svartr, svört, svartt schwarz.

svåt st. svå at poet.

svefja (1) dämpfen, svaðti bil unterdrückte den Verzug (eilte) 63, 30. 28.

svefn m. Schlaf; svefnþorn Schlafdorn.

svefnhöfugr voll Schlafs 368, 41.

svefnugr schläfrig, eingeschlafen.

sveif f. der Griff des Steuerruders, s. raddsveif.

sveifla (2) umschwingen 349, 8; m. D.

sveigja beugen; til sveigja við nachgiebig sein gegen 232, 28.

svêgja dass.

sveim n. Bewegung; Unruhe 218, 11.

sveima (2) umherschweifen 254, 10.

sveinn m. Knabe, Diener, pl. sveinar.

sveinbarn n. männliches Kind 307, 36.

sveipa schwingen, umwickeln flectirt schw. (nach 1 u. 2), sowie stark: sveipr î ripti Sig. 8 hüllt in das Linnen; sveip sinom hug, verhüllte s. Sinn, SQ. 13; 2) schwippen, schwingen 336, 1.

sveipr m. plötzliche Hemmung.

sveit f. 1) Schaar, pl. sveitir, sveiter 142, 15. Abtheilung, 2) Landstrich, Gau.

sveita (1) schwitzen; 2) blutig machen.

sveitanagr Blutsauger, poet. Adler 53, 30.

sveitarhöfðingi m. Schaarhauptmann.

sveiti m. Schweiss, gew. Blut.

sveittr blutig 346, 26; Part. Perf. v. sveita.

sveitung f. Gefolge.

sveitungr m. Schaargenoss.

svelgja, svalg, part. solginn, verschlingen.

svell n. Eis.

svella, svall sullunn, sollinn 73,32; schwellen.

svellvîfaðr umfangen von Eisschollen, eig. eisbeweibt 239, 27.

Svelnir, Odhin; Sv-s skyrta, der Harnisch 76, 19.

svelta, svalt, sultu 145, 16: 1) hungern, hrafn nê svalt-a, der Rabe hungerte nicht 190, 2; 2) sterben SQ. 6, 60.

sverð n. Schwert.

sverða-sverri-fiörðr der Schwerter rauschender Meerbusen ist das Blut, svfiarðar svanglyaði dem Blutschwan- (Raben) erfreuer 64, 28.

sverja praet. svôr, sôr: schwören, Part. svarit 113, 11; sôru eiða 378, 1.

Sviar m. pl. die Schweden.

Sviariki, Sviaveldi n. Schwedenreich.

sviða brennen (v. Wunden z. B.).

sviðna (2) verbrennen, 54, 24.

sviðr = svinnr Hav. 103.

svifa, sveif, schweifen, strömen, streichen 75, 13, imp. m. D. 320, 40.

svig n. Krümmung.

svigalæfi geschwungene Flamme (kreuzender Blitz) Vol. 52.

svigna krumm werden, ausbengen.

svik n. pl. Trug. svika hringar, die Ringe des Betrugs, die trügerischen 50, 5. Falschheit 367, 19.

svîkja sveik, svikum, svikinn, betrügen 326, 28.

svima, svam schwimmen.

svimra = svima (2) schwindeln 109, 17.

svinnr gescheit, gewandt.

svipa (2) schwingen, beeilen.

svipta (1) schwingen, m. Ellipse von seglum, die Segel einzichen 217, 9. 283, 19.

sviptaz, sich herumziehen 327, 36.

svipul f. Kampf.

sviri m. Nacken.

svivirðing f. Verunehrung, Schmach.

svo st. sva.

svoddan sp. st. svá-dân sogethan 351, 34.

Svoenski, Soenski der Schwedische.

svöfnir = svafnir.

svölheimr Wohnung der Brandung.

Svölnir, Svelnir Bein. Odhins 50, 7.

Svölnis eckja *f.* Sv. Gemahlin, die Erde 51, 15.

svör *n. pl.* (v. svar *n.*) Antwort 247, 13.

svörðr *m.* Kopfhaut *G.* svarðar.

svörr *m.* ein Vogel *s.* d. folg.

svör-gœlir *m.* randa-svarfa svörgœlir, der Schildgetössvogel- (Raben) Erheiterer 66,16. d. i. der Kämpfer, der sie nährt.

syfjaðr schläfrig 162, 12.

Sygnir *pl. m.* die Bewohner des Meerbusen Sogn, með Sygnum unter denselben 71, 4; Sygna-fylki, die Soguprovinz; Sygnsk, sognisch.

sykna *f.* Straflosigkeit 132, 27.

syknoleyfi *n.* Schulderlassung 122, 12.

sylgja *f.* Spange, Agraffe.

sylgr *m.* Schluck Hâv. 17.

sýn = siôn *f.* auch im *pl.* Gesicht 160, 30. Mienen; Anblick, Vorgang 243, 36.

sýna (1) zeigen, vorbedeuten', *Part.* sýnt 351, 35; sýnaz scheinen.

sýnarvâttr *m.* Augenzeuge.

synd *f.* Sünde, *pl.* syndir.

sýnd *f.* Aussehen 157, 25.

synda (1) schwimmen v. sund.

sýnðr = sýnn offenbar.

syndalausn *f.* Sündenvergebung.

sýngja, ek sýng *praet.* sông *pl.* sungu 73,21: singen 107, 24.

synja (2) abschlagen, *m. G. d. S.* synja hvôrigum mægða, die Verschwägerung verweigern 350, 26; synz, wird verweigert, 275,15; *Praet.* synjaðr *u. schwed.* syndr, verweigert 275, 23.

sýnn, sýn, sýnt offenbar.

syskin *n. pl.* Geschwister.

sýsla *f.* 1) Geschäft, Arbeit 155, 5; 156, 9; 2) Landestheil, Syssel.

sýsla (2) besorgen, *m. A.* 121, 12; herbeischaffen, besorgt sein.

sýsliga schnell, eifrig.

systir Schwester, *G. D. A.* systur, *pl.* systr 373, 12.

systkina synir Geschwisterkinder 131,35.

systrungr *m.* Mutterschwestersohn.

sýta (1) ängstlich sorgen, við 79, 25; 80,24.

T.

tâ, ek tæ, entwickeln, kund thun *Pass.* 185, 24.

tabl *st.* tafl.

tæki *u. pl.* Veranlassung, Werkzeuge.

tæla (1) betrügen, *part.* tældr 346, 12.

tafl *n.* 1) Bret, Spielbret; 2) Bretspiel viell. auch das Schach.

tafn *n.* 1) Schlachtopfer; 2) Beute (der wilden Thiere). Krâk. 9.

tâg *f.* Ruthe, Faser, *pl.* tâgar 338, 19.

taka, ek tek, tôk, *Part.* tekinn *gew.* nehmen, *engl.* to take. Im Einzelnen: 1) greifen a) mit der Hand, î hâr 310, 3; î döggina, in den Thau 285, 11; til hans, nach ihm 177, 1; tekr î hönd hanum, nimmt ihn bei der Hand 310, 19; 317, 2; 327, 35; *mit* â angreifen, berühren 84, 11; 158, 18; b) reichen bis an, *m. G.* 119, 13, *u. A.* 188, 8; erreichen, die Heimath 105,8. den Hafen 246, 4; 357, 27; 316, 22.   2) ergreifen, fassen *m. A.* Person 183, 30; 202,20, oder Sachen 246, 19; 343, 24; 380, 4; t. land, landen 245, 10; 283, 26; t. kaf, untertauchen, t. flôtta, die Flucht ergreifen Hâv. 31, t. râð, den Rath fassen 196, 10; 285, 29; t. fiska, fangen 180, 29; bekommen, sôtt, þýngð, eine Krankheit 98, 5; 232, 18; herfang 349, 12; ôgleði 233, 26; wiederbekommen 234, 2.   3) nehmen a) um etwas damit zu thun 118, 2; 119, 34;

176, 27; 183, 24 *u. oft;* b) wegnehmen 133,3; 334, 2; taktu af golfi, nimm vom Boden auf 246, 1; c) holen, bringen 337, 3.   4) annehmen *m. A.* eiða 150, 42; trû 328, 9; *m. D.* 246, 35; fyrir satt 194, 23; *bes. mit* við 147, 7; 247, 18; 348, 16.   5) aufnehmen, *mit* við a) von Gästen 246, 11; 251,21 u. oft; b) = wegnehmen Hâv. 140; c) *m. A.* empfangen (Gegens.: geben) 131, 34; 296, 20; vornehmen 232, 14.   6) anfangen, *m. at u. Inf.* 251, 10; 354, 29; u. oft; *m. til at u. Inf.* 252, 10; *ohne* at 119, 24; *mit til u. Subst.* 162, 7; 350, 25; 378, 25; *m.* â 144, 7.   7) *impers.* tôk hana, sie wurde weggenommen 185, 22; ähnl. 283, 2; mer tekr, at, mir liegt daran, zu; mer tekz, mir geht es so oder so von statten 219, 28; 345, 13.   8) *pass.* takaz, vorgenommen werden 90, 38; sich begeben 295, 38; tôkz af, hörte auf 292, 25; *med.* takz â hendr, nahm auf sich 294, 40.   9) *Compp.:* af taka, wegnehmen 349, 9; abschaffen 95, 22; tôku mikit af of hennar fegurð, machten viel Wesen um ihre Schönheit 156, 11; tôk undir, nahm (die Rede) auf 258, 20; taka upp, aufnehmen: aufsetzen *und.;* wegnehmen; of taka, hinwegnehmen 59, 28.

tâkn *n.* Zeichen, Wunder 324, 5; *ags. st.* teikn.

tal *n.* 1) Gespräch 202, 16; 2) Aufzählung, Zahl; 3) Berechnung 85, 5.

tala *f.* Zählung 191, 8; Erzählung 85, 15.

tala (2) reden, sprechen 336, 6; sich unterhalten 233, 21; *bes.* talaz við.

tålhreinn trugrein 52, 30.

tamr, töm, tamt zahm.

tangi *m.* Landzunge.

tannskeptr mit beinernem Schafte.

tapa (2) verlieren, verderben 243, 21; tapaz untergehn.

tår *n.* Zähre.

tara *f.* Kampf, *G. pl.* tara *st.* tarna 58, 17.

tåraz (2) weinen 154, 11.

tårfella Thränen vergiessen.

targa = tiarga *f.* Tartsche.

tårmûtari 72, 25; varmra benja tår heisst das Blut, der Bluthäher ist der Rabe, sein Erfreuer (teitir) der Schlachtengeber.

taumr *m.* Zaum; die Koppel, *bildl.* gêkk þat litt i tauma, es gieng das wenig in Zäume, liess sich nicht bändigen und ablenken 290, 19.

tefja (1) hindern, verzögern, *ags.* tváfan.

tefla (1) bretspielen.

têgr *schwed.* Ackerrücken od. Wiese, *g. pl.* 277, 3; *isl.* teigr, *A. pl.* teigu, *davon* Hrîsateigr, Buschwiese 113, 16.

teikn *n.* Zeichen.

teinn *m.* Stab.

teinlautar týr 68, 6; Schildgott, Krieger; *für* Schild *steht des* Schwertes Boden (*eig.* Thal), teinn *mag wie* oddr *und* eggteinar *für d.* Schwert selbst stehn.

teitir *m.* Erfreuer 72, 25.

teitr fröhlich 247, 4; übermüthig Håv. 90.

telja (1) taldi 1) aufzählen, *part.* talið; 2) aussagen; telja af absprechen; telja ser zusprechen, sich zuzählen; teljaz undan sich entschuldigen, er telsk betri, der sich besser nennt 203, 24; telja at, widersprechen, sich beschweren über; telja til, Anspruch erheben auf 132, 19.

tendra (2) anzünden 320, 30; 322, 2.

terningr *m.* Würfel.

teygja (1) ziehen, locken, *Imp.* teygðo locke du Håv. 117, *m. A.* anlocken, *eb.* 102. 122; teygir ût, lockt heraus 183, 18; 368, 30; *mit* or, ur 342, 21; aber teygja brauð 155, 38 ist ziehen als auswirken, kneten.

teyging *f.* Verführung.

ti, verkürzt *st.* til Håv. 66.

tiå (1) tiåði beweisen: 1) sich gut, übel zeigen; sich so erweisen: tiåir, es glückt, erweist sich; 2) aufweisen, anzeigen, melden 161, 23; überzeugen.

tiald *n.* 1) Teppich, SQ. 63. 343, 14; 2) Zelt.

tialda (2) 1) mit Vorhängen od. Teppichen belegen, 2) zelten.

tiallstaðir *m. pl.* Platz zum Zelten 138, 13.

tiarga *f.* Tartsche.

tið *f.* Zeit, Gelegenheit; tiðir Feste, die Tagesgezeiten, Horen; 2) das Ergehen, Geschick 59, 12; 3) Absicht 163, 11.

tiða (1) *imp.* vergnügen, belieben Håv. 118.

tiðendi *n. pl.* Begebenheiten: merkwürdige Thaten; solche Erzählungen: var allt tiðendalaust. — þa varð til tiðenda, da begabs sich.

tiðr *m.* Zeit 85, 16; 86, 6; *st.* tið *f.*

tiðr, tið, tiðt (titt) 1) häufig, gewöhnlich SQ. 14. 113, 17; 197, 13; 2) gewohnt, lieb, angenehm; 3) *m. G.* gierig, fiöllama, des Todtschlags 51, 29; *m.* til 312, 8.

tiðum oft, hastig 253, 17.

tifar (*dei*) tifi (*deo*) *s.* tîr.

tiggi *m. poet.* König (geehrt) 186, 4.

tiginn vornehm; *pl.* tignir 292, 31; tiginborinn 149, 20.

tign *f.* Würde, Rang.

tignarklæði Staatskleider.

tigr *n.* Zich, *A. pl.* tigu 220, 5.

tigurligr vornehm, hohen Rangs 261, 31.

tîk *f.* Hündin *pl.* tikr 314, 25.

til *nur m. G.* 1) zu: gekk til konungs, gieng zum König; 2) auf, nach: skiota til eins, drepa til flårs, um Geld zu erwerben 145, 30; vêla til flårs SQ. 16, *so auch* gefin til aura (zu, für Geld). 3) von: segja til sin, sagen von sich 371, 11; heyra til annars, hören vom andern 119, 19; vita til eins, wissen von jemand, von etwas Håv 12; 208, 20; 328, s: siå til 240, 12; 241, 4. 4) bei, nach; *nach* sœkja *und* leita *steht doppeltes* til 233, 18.   5) in Bezug auf 252, 39.   6) *adv.* zu sehr, til snemma zu früh.

tilætla (2) zudenken, sorgen 109, 25.

tilbúnaðr *m.* Zurüstung, *A.* 216, 20.

tilfundinn ausgewählt.

tilgera zubereiten.

tilgreina (1) ausdrücklich bestimmen.

tilhætta sich daran wagen 117, 11.

tilhent angefasst, zusammengenommen 114, 30.

tilkall *n.* Rechtsanspruch (auf Zurückstellung.)

tilkvåma *f.* Dazukunft, Hilfe.

tilreyna versuchen, prüfen 125, 23.

tilskilja (1) zur Bedingung machen.

tilstunda nachstreben, beeifern 326, 12.

tiltaka angreifen, hinreichen.

tiltœkiligr unternehmbar, *Sup.* 137, 2.
tilvinna dafür thun 113, 29; 120, 23.
tilvîsan *f.* Anweisung 228, 14.
timbr *n.* Bauholz, Gezimmer 58, 29.
timbra (2) zimmern.
tîmi *m.* Zeit: î þann tîma zu der Zeit.
tîna (1) aufzählen, berichten 124, 4.
tîngl *n.* das Schiffsabzeichen, die Verzierung durch Schnitzwerk 49, 22.
tinknappr *m.* Zinnknopf.
tiôa (2) gelingen, fortgehn, tiôar *m. D.* 49, 35; 114, 8.
tîr *m.* Gott, *st.* týr, *D.* tîfi 53, 28; *gew. pl.* tîvar die Götter.
tîu zehen; tiundi 10te.
tîund *f.* der Zehnte.
tiugari der Schlinger Vol. 39, v. dem nur noch im *Part.* toginn vorhandnen tiugan (*st.* tiuhan) ziehen.
tîvor *m.* Gott.
tœpiligr spärlich, knapp 374, 16.
töfl *f.* ein Stein im Schachspiel.
töfr *n. pl.* Zauberkugeln 287, 30.
töft *f.* Grundstück, Hausplatz od. Flur.
tog *n.* Zug.
toga (2) ziehen; togiô af, lasst ab 371, 17; führen 358, 14; togaz sich herumziehen, mit 363, 26.
toginn gezogen; *A.* toginn skioma, mit gezognem Schwert 65, 1; sverðum tognum 106, 29; með sverð um togin 62, 18.
tögr Zieh; halfr fiorði tögr = 35; *st.* tigr.
tögreptr Hâv. 36, vom Haus: mit Zweigen gedeckt, tögr zähe Ruthe, Zacke.
tôl *n.* (Zimmer-)Geräth, Werkzeuge.
tôlf zwölf, tolfeyringr 12 Unzen (eyri) enthaltend.
tolftarkviðr Spruch von Zwölfen 126, 12.
tollr *m.* Zoll 210, 40.
tôm *n.* Musse.
tômt *schwed.*, töft *isl.* Höfflur; Feldflur; Hausflur.
tômta râ Gehöftgränze 277, 1.
töng *f.* Zange.
tönn *f.* Zahn, *pl.* tennr.
torbœn schwer erbittlich SQ. 49.
torfa *f.* Rasen 225, 8. 9.
torfubugr *m.* die Biegung des Rasenstreifen 226, 10.
tor-fyndr, sôttr schwer zu finden, zu suchen.
tormiðlaðr schwer zu behandeln 52, 30.
torrek *n.* Verlust.
torsôttligr schwer zu befahren 152, 27.
tortîma (2) umbringen *m. D.* 309, 28.
torveldr schwer zu bewältigen, schwierig: *neutr.* 62, 1.

trana *f.* Schnabel, 2) Kranich 164, 13.
trani *m.* Kranich 56, 25.
trauðr *adj.* ungewillt 187, 4; *m.* at *u. Inf.* schwierig, *Adv.* 110, 27.
traust *n.* Trost, Zuflucht.
traustr treu.
trautt schwer, kaum 314, 9; *n. v.* trauðr.
trê *n.* Baum, *G. pl.* triâ.
treðia (Thema zu traddi) *s.* troða, treten.
trefill *m.* Halstuch; Lappen.
trega (2) sehnen, schmachten, bekümmern.
tregi *m.* Kummer, Sehnsucht.
tregliga *Adv.* mit Mühe, kaum 365, 14.
tregr verdrossen, betrübt.
trênîð *n.* Schmachbaum 127, 13.
treysta (1) vertrauen.
trigglaus *st.* tryggl. unzuverlässig.
triona *f.* Schnabel, 2) Schiffsschnabel 230, 14.
trionutröll der Rüsselunhold (Thor's Hammer), sein Vertrauter (rûni) ist Thor 51, 29.
tröð *f.* Trift; Erde 64, 17.
trôða *f.* Stange, *poet.* für Trägerin; orms lins tr., die Trägerin des Drachenlagers, des Goldes 98, 16 ff.
troða treten, *Praet. gew.* trað 56, 24; trâðum, troðinn; *doch auch schw.* traddi, *pl.* tröddu 61, 29; *Part. A. pl.* troðna 137, 29;' wobei lêt troðna = trað.
tröll *n.* Riese, Unhold 366, 6.
tröllkona *f.* Hexe 244, 11.
tröllskapr *m.* Hexerei.
trôsvikr *st.* trûsv. Treubecher.
trû *f.* Treue; Glanbe 281, 10.
trûa (1) trauen, glauben; ek trûi 353, 40.
trûfastr treufest, zuverlässig.
trûleiki *m.* Treue 374, 33.
trûleikr *m.* Treue, Freundschaft 238, 10.
trûlofan *f.* Treugelöbniss 236, 30.
trûlyndi *m.* Treuherzigkeit, Treue.
trûmaðr 1) ein Mann von Treue 321, 8; 2) der Vertrauen geniesst.
trûnaðr *m.* Treue; Vertrauen; Glaube.
trûr treu.
tryðskas *schwed. s.* þryðskaz.
trýja *f. st.* treyja Wams.
trygð *f.* Treue, Vertrauen, Friede; 2) *pl.* Vertrag, Verheissung Hâv. 111.
trygglauss unsicher, tr. laust far, die unsichere Fahrt 52, 21.
tryggr treu, sicher; ins tryggva, des treuen, *pl.* tryggvir.
tuglamöttull *m.* nach Rafn: pallium lemniscatum 287, 24.
tûlkr *m.* Dollmetscher.
tûn *n.* Hof SQ. 29, Hofwiese, Hofraum 92, 40; 2) Gehöfte, Landgut 356, 10.

tùnga f. Zunge.

tûngl n. Mond 189, 10; Vol. 39, eig. das Gestirn, wie ags. tungel.

Tveggi m. ein Name Odhins; das schwierige niörva baga Tveggja nipt 62, 1 u. f. erklärt am besten Eggilsson: des gefesselten Gegners Odhins, des Fenrir, Schwester, d. i. Hel.

tveggja, G. zweier.

tveir, tvær, tvau (tvö) zwei, D. tveim u. tveimr 238, 33.

tvennr doppelt 191, 5.

tvîeyringr zwei Unzen wiegend 230, 15.

tviholkaðr zweireifig 288, 22.

tvíkostr m. ein Entwederoder; Wahl zwischen zweien.

tvîmerkingr zwei Mark enthaltend.

tvístr trüb, traurig, hvê langi skal hans grund tvist (vera) 71, 8.

tvisvar zweimal.

tvîtögr Zwanziger 128, 52; tvîtogauri ein Ring von 20 Unzen.

tvîtugr ein Zwanziger 73, 28.

tvö st. tvä, A. m. v. tveir.

týframr hilfreich s. framr 52, 21.

týja wie tiâ helfen.

tylpt, tylft f. Zwölfzahl 123, 21; 149, 4.

typpa bespitzen, aufsetzen.

týna (1) verlieren, m. D. SQ. 15, týndu 213, 14; týnaz, umkommen.

týr Schwert 73, 20, eig. Fichte.

týr m. Kriegsgott; pl. tývar von Göttern überhaupt.

týr m. Zier; pl. týrar = tîrar Helden.

týrarlauss ruhmlos 353, 4.

tyrfa (1) mit Rasen (torf, torfa) belegen.

týsvar st. tvisvar.

U.

ûæðr geringer, hinn ûæðri beckr, die Bank niederen Ranges 87, 18: 145, 26.

ûblauðr unfeig.

ûbliða f. Unhuld, Ungunst.

ûbœttr unersetzlich 339, 23.

ûbygð f. unangebautes Land.

ûfâr unwenig.

ûför Unglück, Misfahrt.

ûfriðr m. Unfriede.

ûfrýnligr unfroh, übel gelaunt 325, 25.

ûforvitinn unwissbegierig.

uforrætte dän. übervortheilen.

ugðo sie fürchteten s. yggja.

ûgisled geisellos 222, 21.

ûgæfusamliga unglücklich 345, 13.

ûgrynni grundlose Menge.

ugga (2) befürchten.

uggi m. Flossfeder.

uggr m. Furcht 371, 7.

ûgildr entgeltlos.

ugla f. Eule.

ûiamligt, ûiafnligt, nicht vergleichbar.

ûleyfi, ûleyû at, ohne Erlaubniss.

ulfhamr m. Wolfskleid, W.gestalt 117, 33.

ulfgrâr wolfgrau.

ulfheðnar pl. die Wolfspelzträger 49, 26.

ulfr m. Wolf.

ulfsfaðir des Wolfs (Fenrirs) Vater, Loki.

ull f. Wolle, ullfulla 93, 6; s. Fulla.

Ullr ein Ase 182, 11; m. G. einer Waffe: Mann, pl. ullar Hêðins veggjar die Männer des Schildes 66, 11: branda ullr, Schwertmann; Ullr lief gut auf Laufschuhen, da-

her heisst er öndrialkr, s. ialkr. Er heisst der Gott der Jagd u. des Zweikampfs. Ullar mâgr ist Thor 51, 11.

um m. D. aber zumeist A. um: 1) (umhin) hindurch; um skiâinn, durch das Fenster; um vetrinn, den Winter hindurch; um nætr Nächte hindurch; 2) über etwas hin: ferr nû um vôllo, fährt über die Felder hin 209, 13; heyra um ullan herinn, hören über d. ganze Heer hin 332, 27; 3) über (de) z. B. yrkja um, dichten über, auf etwas; 4) um, wegen: hirða um þat, sich kümmern um das; mer er mikit, litit um þat, mir liegt viel, wenig daran 255, 7; 326, 37; 5) um etwas herum, dabei vorüber, gegen; 6) in Bezug auf 110, 5; 7) zur Adverbialbildung: um siðir, endlich, zuletzt 111, 14; 116, 2; 119, 2; hvat um er, was vor ist 340, 22.

umbod n. Vollmacht 268, 9.

umbœti m. Verbesserung.

umbönd n. pl. Verband 337, 19.

umbûnîngr m. Zurüstung.

umdi s. ynja.

ûmettr ungegessen.

umfialla (2) handieren, hausen.

umforðaz (2) sich hüten vor.

umfram m. A. 1) vor (andern) voraus; 2) ausgenommen.

umgiörð f. Gurt, Schwertgehäng; umg. allra landa ist die Weltschlange.

umhugsan f. Sorge.

umhverfis im Umkreis, rings um, m. A. 228, 17.

ummæla (1) besprechen, versichern 366, 6; anwünschen 160, 8.

ummæli- n. pl. Anwünschung 320, 27; Zauber.

ummerki n. pl. Gränzen, G. ummerkja 138, 16.

umráð n. pl. Berathung 124, 5.

nmrœða f. Gerücht, Rede um etwas 284, 5.

umtelja ansprechen, umtelr-at 132, 20, ist nicht anzusprechen.

ûmyndr nicht mit Lust (muur) begabt 187,8; tôk ûmynda, er nahm sie wider Willen (die Landschaft, als Person gedacht).

una (1) undi 1) seine Genüge haben, ek nni mer því, ich befriedige mich an Hâv. 95, geniessen m. D. 116, 6; unandi, geniessend SQ. 16; 2) zufrieden sein 243, 1; 363, 31, illa 111, 21; undu við 237, 10; 3) lieben Hâv. 35.

und f. Wunde, pl. undir SQ. 32.

und = undir, unter Hâv. 59.

undan 1) von unten her, 2) hinweg von m. D. 353, 15; heraus, adv. von dannen.

undan farinn vorübergegangen.

undantaka ausnehmen; undantakelse sp. für Ausnahme.

undarligr wunderbar.

undir m. D. u. A. unter; räumlich SQ. 62, geistig: 234, 11; er undir (und) mer, es ist in meinem Besitz Hâv. 59; 137, 30; geboren sein, undir von 314, 25; mer er mikit, fått undir, at: mir liegt viel, wenig daran, dass.

undirtiald n. Unterdecke, Vorhang 267,11.

undr n. Wunder.

undra (2) verwundern; undraz 337, 10: es verwundert sich.

undrsamligr wundervoll.

andurn n. Frühzeit, Frühstück; 73, 19; ags. undern, Neunuhr Vormittags, goth. undaurni-mats, prandium.

ûngi m. das Junge.

ungmenni n. junger Mensch 361, 27.

ûngr jung, Comp. yngri, Sup. yngstr.

unn f. Welle, pl. unnir, mhd. unde.

unna, Praes. ek ann, unnum, Praet. unni 1) gönnen m. G. u. S. happs unni guð greppi, Glück gönne Gott dem Helden, 2) lieben, m. D. 92, 3; mer unni, liebte mich SQ. 28.

unnar SQ. 17, st. unninar s. vinna.

unnz, unz bis; 2) da.

upp auf, hinauf; gew. m. Zusstzg.: uppâ m. A., upp til m. G.

uppbrenna ausbrennen.

uppfœða (1) aufziehen.

uppfœði f. Auferziehung 371, 25.

uppganga hinaufgehen.

uppgefa vergeben.

upphaf n. Anfang.

upphafsstafr der Anlaut 192, 22.

upphalda aufhalten, m. fyrir, verweigern.

upphefja aufheben, anheben.

upphiminn m. Aufhimmel; der hohe.

uppi, auf; u. vera, bekannt sein 110, 5.

upplok n. Aufschliessung Hâv. 138.

uppnaemr aufzunehmen, wegzunehmen 202, 12.

upprâs f. 1) Anfang; 2) Aufgang, bes: Sonnenaufgang; 3) Anfall 337, 31.

uppreisa (1) aufrichten 342, 37.

uppruni m. Aufgang, Ursprung.

upptak n. Beginn.

upptaka, tôk, aufnehmen, hinwegnehmen, herausholen, retten.

upptekt f. 1) Aufnahme 339, 12; Wegnahme; 2) Vornehmen, Vorsatz.

upptœkr wegzunehmen 328, 29.

uppvaxa aufwachsen 162, 37.

ur = or aus 355, 26; heraus 365, 14.

ûreenter = ûræntir unberaubt.

urð f. pl. urðir Klippen 183, 9; 213, 12.

Urðr f. eine der Nornen, appell. 2) Schicksal pl. urðir SQ. 5, alts. wurd dass.

urfieldr m. schwed. ein ausserhalb des Dorfes gelegnes Grundstück 277, 2.

urga f. Riemen.

urga (2) reiben; knirschen 355, 13.

urskurðr m. Bescheid, Antwort s. orsk.

uruggr norw. sicher st. oruggr 264, 21.

ûsîni, schwed. st. ûsýnni, unversehens, plötzlich 233, 4.

ûsköp n. pl. Verzauberung 118, 4.

uslaz (2) schwed. verkommen 222, 7.

usli m. der Verwüster, poet. Feuer.

ûspekt f. Unruhe, Unvorsichtigkeit 335, 38.

ût 1) aus, heraus, zurück; gew. zusg. ûtí in 105, 10; ûtâ (hinaus) in 240, 12 (hinein) in 249, 24. 26; 352, 20; uteptir entlang. 2) adv. ausserhalb, Comp. ûtar, Sup. ytzt.

ûtan 1) draussen (hinaus); ûtan at, fern an, ûtan til, nach aussen. 2) ausser; fyrir ûtan m. A. dass. ohne, ûtan enda 130, 18. 3) sondern.

ûtanlykja ausschliessen.

ûtanverðr auswendig, auswärts.

ûtarla, ûtarlega ausserhalb, weitdraussen.

ûtarr, ûtar hinaus; ûtar â golfit, ûtar eptir golfinu.

ûtbyrðis über Bord.

ûteptir m. D. längs — hinaus.

ûtey *f.* eine äussere Insel 366, 28.
ûtfall *n.* 1) Ausfall; *gew.* 2) Ebbe 308, 17.
ûtferð *f.* 1) Reise 212, 31; *bes.* Heimkehr;
    2) Begräbniss 267, 19.
ûtganga *f.* Ausgang; Abtretung 125, 11.
ûtgerð *f.* Reisebedarf, Kriegskosten.
ûthella (1) ausgiessen.
ûthelling *f.* Vergiessung.
ûti draussen; unter freiem Himmel; 2)
    heraus, fertig 88, 17.
ûtî hinaus in 229, 5; *s.* ût.
ûtkvâma *f.* Zurückkunft 91, 22; v. ûtkoma.
ûtlagi *m. u. f.* verwiesen 150, 2; ûtlægr
    dass. 150, 7.
ûtlagr, ûtlægr 1) (rechtlos) landesverwie-
    sen; 2) (zu einer Geldbusse) verurtheilt;
    ûtlagr III. mörkom um 3 Mark gestraft.
ûtlausn *f.* Auslösung.
ûtlegð *f.* Geldstrafe; *pl.* ûtlegðir 122, 29;
    2) Verbannung 150, 3. 13.
ûtlendr fremd, ûtlendskr ausländisch.

ûtleiða (1) hinaus geleiten.
ûtleysa (1) auslösen.
ûtskagr *m.* äusserste Landzunge, Vorge-
    birge, *pl.* -ar, *A.* -a 107, 9.
ûtsker *n.* abgelegne Insel, Scheere.
ûtskyld *f.* Abgabe *schwed.*
ûtstaðr *m.* ein Plätzchen draussen.
ûtsynningr *m.* Südwestwind.
ûvænni weniger schön.
ûvættr *f.* Unbold 340, 27.
ûvandr ungewöhnlich, auffallend 155, 2;
    unsorgfältig, unschwer.
ûvigr kampfunfähig 296, 16.
ûvinr Feind, v. Teufel 340, 10.
ûvîss unweise. 2) unfähig 264, 8.
ûvorðinn, ûorðinn ungeschehen, zukünf-
    tig 326, 41.
uxagiöf *f.* Ochsenopfer 114, 9.
ûþarfr, ûþörf, ûþarft, unnütz.
ûþokka (2) verdächtigen; ûþokkaðr ver-
    hasst, unangenehm 325, 8.

V.

vâ (1) vorwerfen, tadeln, *m. G. d. S.* vâr
    st. vâir Hâv. 19.
vâ *praet. v.* vega.
vâ Wand SQ. 29, *ays.* vah.
vâ *f.* Weh, grosse Gefahr Hâv. 26, Unfall,
    G. vâr des Missgeschicks Hâv. 75.
vâð *f.* Kleid *pl.* vâðir.
vaða, ek veð, *praet.* ôð, *pl.* ôðu, vôðu
    293, 37; gehen insbes. 1) waten 181, 3; 2)
    angreifen.
vâði *m.* 1) unglückl. Zufall 273, 39, *schwed.*
    vâd, unabsichtlich. 2) Gefahr *s.* vôði.
vaðinn Sig. 55, beraubt (angegangen).
vâðmeiðr Tuchbaum; zum Aufhängen der
    Wäsche 114, 31; auch Weberbaum.
vâðmal (vôðm.) *n.* ein Maass gewöhnlichen
    Tuchs, womit bezahlt wurde, wovon gew.
    24 Ellen gleich einem eyrir galten.
vaðr *m.* Leine, Angelschnur Hŷm. 21.
væ = vê Heiligthum.
væða (1) ankleiden.
væðr 1) angekleidet, 2) gangbar, seicht.
vægð *f.* Milde, Erbarmen 187, 31.
vægja (1) schonen.
vægir *m.* Schwert (v. vega) hver mani
    bægjaz við valdi vægja vèss, wer möchte
    widerstehen der Gewalt des Schwertergotts,
    des kriegerischen Jarls 198, 1.
vægr sanft, schonend = væginn.
vêla (1) = vèla trügen.
væna (1) hoffen, harren *m. G.*

vængr *m.* Flügel, *A. pl.* vængi 100, 10.
væni Erwartung, wie vænd *f.* Hâv. 73. 50, 19.
vænleikr *m.* Schönheit.
vænligr Gutes versprechend, gut bestellt
    239, 32; lieblich.
vænn, væn, vænt schön; lieblich, *Comp.*
    vænni, schöner 156, 10; 361, 22; *Sup.* vænstr.
vænta (1) erwarten *m. D.* 206, 24; 204, 3.
vær *neutr.* vært, zu sein, auszuhalten (bei)
    309, 36, vgl. glaðvær.
væta (1) benetzen, befeuchten.
væta *f.* Nässe, Regenwetter 206, 12.
vætr irgend etwas, vætr engi, kein Wesen
    102, 24; vætki gar nichts = ekki vætta,
    von vættr *f.* Wesen.
vættr *f.* Geist, Wicht, Genius, Wesen, *pl.*
    vættir 230, 15; meinvættir Unholde 357, 39.
    Dasselbe ist vèttr *f. st.* vehtr, *ays.* viht.
vætta (1) erwarten Hŷm. 11, Hâv. 96, *Perf.*
    vætti 337, 17.
vætti *n.* Zeugniss 230, 24.
vaf *n.* Hülle; Einschlag.
vafa (1) umherirren, schweben Hâv. 136.
Vafeðr, Vafaðir Bein. Odhin's.
vafit *Part. v.* vefja umhüllen.
vagga *f.* Wiege, *D. A.* vöggu 320, 14.
vagn *m.* Wagen, vagna runni, der Wagen-
    führer, Odhin 60, 34; vagna vara 58, 17,
    ist mehrdeutig, viell. wie der Wagen der
    Waare (geniesst), oder: wie der Delphine
    das Meer vögn *f.*

vagnbraut *f.* Wagenstrasse 185, 9.
vagnsleði Wagenschlitten 360, 11.
vâgr *m.* See, â vâg zu See, *A. pl.* vâga.
vâgsblakkriði des Seerappen Reiter 67, 15.
vaka (1) wachen, *Conj. Praet.* vekti 332, 33.
vaka *f.* das Wachen, die Wacht.
vâkat 112, 35 = vâ (v. vega) ek-at.
vakka (2) wanken, dahinschweifen 250, 24.
vakna (2) erwachen 91, 8.
vakr, vökr, vakrt munter, *Comp.* vakrari 380, 3; *Sup.* vakrast 380, 6.
val *n.* Wahl, Auswahl.
vala *f.* Wahrsagerin.
vâlaðr dürftig Hâv. 10. 137.
valamengi eine Menge von Wälschen SQ. 61.
valaript *f.* wälsches Tuch, Teppiche SQ. 61.
valblóð *n.* Blut der Erschlagenen.
vald *n.* Gewalt.
valda, ek vèld *praet.* olli, walten, herrschen; 2) verursachen *m. D.* veldr öllu bölvi, verursacht alles Übel SQ. 27.
valdi *m.* Herrscher.
valdr *pl.* valdir, gewählt 230, 37; *s.* velja.
valdýr das Thier des Wahlplatzes.
vâleið *f.* gefahrvolle Fahrt, *s.* vâ.
valfall *n.* Niederlage.
valfeðr *m.* Vater der Erwählten (Odhin).
Valhöll *f.* Walhalla, Odhins Saal 61, 9; 353, 3; vîsa til Valhallar 354, 13 zum Tode weisen, wünschen.
Vali *m.* einer der Asen.
valköst *f.* die Schlachtgefallenen, valkastar bâra, die Woge der Schl. ist das Blut 53, 1.
Valkyria *f.* 102, 19 *pl.* Valkyriur, die Dienerinnen Walhallas 178, 8; 2) kriegerische Jungfrauen 101, 13 u. o.
vall *n.* das Kochen, Wallen.
vallar *G. v.* völlr.
vair 1) rund, 2) *m.* Wölbung.
valr *m.* 1) die Gebliebenen (die von Odhin erwählte Niederlage); 2) der Falke, *A. pl.* vali 79, 14; gulli fâðar vals grundar, die goldgeschmückten Bodendes Falken, Hände 75, 9.
valserkr Kampfkleid; valserkjar veðrhirðir der Pfleger des Kampfkleidsturmes 67, 6.
valtîfar, -tîvar, die (wählenden) Götter.
valtafn *n.* Wahlplatzspeise 333, 25.
valtr sich drehend, veränderlich, *Sup.* valtastr Hâv. 78.
vâlyndr übelgeartet Vol. 40.
Valþögnir Bein. Odhin's, d. Aufnehmer der Gefallnen, V-s vörr, Odhins Maid, die Walkyrie, ihres Scheites Schwinger (skiðs

bendir) ist der Kriegsmann 116, 1. 3, wo der Gen. *fürs Pron.* mein steht.
vammalaus fleckenlos v. vömm.
van *n.* Mangel; Fehler.
vàn *f.* Hoffnung, Erwartung, slíks var vân, solches war zu erwarten; gesta vân eiga, Gäste zu erwarten haben, *D.* vânu brâðara, über Erwartung schnell 290, 5; *pl.* vânir, ek veit þess vânir, ich weiss einen zu erwarten 311, 24.
vans (2) vermindern.
vanari gewohnter *m. D.*
vanarvölr *n.* Bettelstab Hâv. 77.
vanda (2) mit Fleiss ausarbeiten, sorgfältig wählen 138, 18; eifrig handeln, eifern, *Part.* vandat sorgfältig (gemacht) 192, 40; 217, 13.
vandamâl *n.* ein übler Handel 350, 22.
vandi *m.* 1) Sitte, Gewohnheit 233, 19 (von venja) 2) Sorgfalt 218, 15; 3) Verwandtschaft; 4) Gefahr.
vandlæti *n.* Eifer, Verehrung 231, 16.
vandliga sorgfältig 156, 34; 231, 33; genau, recht 79, 34; 290, 15.
vandmæli *n.* schwieriges Wort, Sache.
vandr, vönd, vandt (vant) 1) schwer 217, 23; schwierig; 2) sorgfältig; - haltend (*eig.* gewöhnt) an etwas, *Sup.* vandastr, *mit* at 319, 32.
vàndr, vànd, vànt mangelhaft, übel; brunnar vândir, schlechte Brunnen 114, 33.
vandræði *n.* Gefahr; Misshelligkeit 129, 34.
vanfarinn (vegr) irrführend.
vanfœr ärmlich ausgerüstet 217, 23.
vanfœrinn in übler Lage 358, 13.
vangr *m.* Feld.
vanheilsa *f.* Siechthum.
vani *m.* Sitte.
vanir *m. pl.* die Wanen, das zweite Göttergeschlecht.
vank *st.* vann ek *s.* vinna, vollbringen.
vanluta im Nachtheil stehend 327, 33.
vanmâttagr kraftlos.
vanmeginn (wie vanmâttugr) gering an Kraft 327, 17.
vânn hoffend; lífs vânan, den Leben hoffenden 195, 18.
vannkvæði *n.* Uebelrede 294, 5.
vanr, vön, vant 1) entbehrend; SQ. 9, armselig; handarvanr, handberaubt, *m. G.* fehlend, mans var vant (ein Mann fehlte) 286, 12; fals var vant, wenig fehlt Hâv. 108. 2) gewöhnt; *m. D.* því vanr 160, 36; vîgi vanr kampfgewöhnt 61, 2.
vanta mangeln, vantar mik.
vantalit zu wenig gezählt 109, 39.

vantrû *f.* Irrglaube.
vanvyrða (2) verunehren 88, 38.
vâpn *n.* Waffe, *öfter* vôpn.
vâpna sik, *s.* waffnen 314, 4.
vâpnfœrr waffenfähig 335, 12.
vâr *n.* Frühjahr.
vâr unser, *pl.* vârir, vârar, vâr *oft* vôr.
vâr *f.* wie vôr *f.* Treue; Gelöbniss, *G.* varar hönd, Handgelöbniss, *pl.* varar Sn. E.
p. 80.
var, varr vorsichtig Hâv. 7; gewahr.
vara (1) währen, dauern; 2) sich versehen,
vermuthen: betr enn þik varir sialfan
258, 15; þessa varði mik eigi 295, 15;
hana varði 143, 19.
vara (2) 1) bewahren, 2) warnen, *m. sik*,
3) varaz: sich wahren, hüten, z. B. við
vig vor Kampf; varaztu nû æðruna, hüte
du dich nun vor Furcht 249, 36.
vara *f.* Waare.
vara *f.* die Schiffsfurche, *poet.* Meer, *viell.*
58, 17.
vâra (2) Frühjahr werden 110, 21.
vârâð *n.* Weherath, Unheilsrath.
varða (2) 1) warten, bewahren *m. D.* hiörvi
das Schwert; 2) versehen mit; 3) nach
sich ziehen, zur Strafe haben 125, 36; 126,
22; 4) schaden, hindern: þat varðar eigi,
das thut nichts; 5) varðar mik, es geht
mich etwas an 271, 18.
varða *schwed.* werden.
varðhald *n.* Gewahrsam 328, 7.
varði *m.* Steinhaufen 228, 34.
varðlokkr Wächterlockung, Geisterbann.
varðr überzogen, *Part. v.* verja.
varðr *m. A. pl.* vörðu; *schwed.* 1) Wächter, 2) Wacht.
varðveita (1) [achtgeben] 1) aufbewahren,
m. A. 361, 31; 2) abwarten, pflegen 309,29.
varðveizla *f.* Obhut; Bevogtung, Verwaltung 125, 19.
varfleygr übel beflügelt, matten Flugs 60,2.
vargöld *f.* Wolfsalter Vol. 44.
vargr *m.* 1) Wolf; 2) ein Vertriebener 99,13.
vargsrödd *f.* Wolfsstimme.
varhluta beleidigt, übervortheilt 94, 11.
varhugi *m.* Vorsicht, *mit* gialda.
vark *st.* var ek; vark at *doppelsinnig:* war
nicht, oder: war dabei 112, 35.
varla kaum, schwerlich.
varlângr das Frühjahr lang.
varliga vorsichtig.
varmr, vörm, vormt warm.
varna (2) sich hüten vor, *mit* við 60, 26.
varnaðr Warnung, Lebensmittel.
varnandi Schützer, *pl.* varnendr.

varnir *s.* vörn.
varp *n.* Wurf, Einwurf (Gewebe) *pl.* vörp
s. ialkr.
varpa (2) werfen *m. D.* varpið eldi 248, 35.
varrar *s.* vörr.
varr, vör, vart vorsichtig; verða var við:
gewahr werden.
vâs *n.* Nässe; *gew.* vôs.
vâskapaðr wankelmüthig, übelgesinnt.
vaskr kräftig, tüchtig 97, 27; *Sup.* 352, 15.
vasklega stark, muthig, stattlich.
vatn *n.* 1) Wasser, 2) ein Landsee.
vatna (unter Wasser kommen) den Augen
verschwinden 282, 23.
vatnfall *n.* Wasserfall *pl.* 229, 15.
vatnsiss *m.* eine gefrorner See.
vâtr, vât, vâtt feucht (*sp.* vôtr) 206, 23.
vâttr *m.* 1) Wächter; Beobachter, Schützer
51, 23; 2) *gew.* Zeuge, *pl.* vâttar 122, 35;
A. pl. vâtta 230, 23; 111, 17.
vâttorð *n.* Zeugniss 126, 41.
vax *n.* Wachs.
vaxa, ôx wachsen.
vaxtar *s.* vöxtr, Wuchs.
vazströnd *st.* vatnsströnd, Seestrand.
vê *n.* die h. Wohnung 51, 12; 65, 24; *pl.*
107, 4; Heiligthum Vafþr. 51; 2) der Heilige, Gott, *G.* vêss, hildar vês, des Kampfgottes, Kriegers 52, 22; *m. pl.* vêar, die
h. Götter Hŷm. 39, *ags.* veoh.
vêbönd *n. pl.* die heiligen Bande 265, 5;
bes. das Gerichtsplatzgehege 149, 1; 151,15.
veð *n.* 1) Pfand; 2) Bürgschaft, Verpflichtung.
veðr *n.* 1) Luft; 2) Wetter; 3) Wind; horfa
î veðr in die Luft sehen.
veðrstafir Viðris vandar, des Schwertes
(Odhins Ruthe) Wetterstäbe, die Kriegsmänner 188, 26; 115, 21.
veðrarhorn *n.* Witterhorn 207, 10.
veðrlitit schwach am Winde.
veðrâtta *f.* die Witterung 290, 24.
veðrvitar *pl.* Windfahne 116, 30.
vefa, vaf, *part.* ofinn; 1) weben 107, 17; 2)
umwickeln, vefaz sich einhüllen.
vefja (1) 1) um sich wickeln 157, 14; vafit um, umgewickelt 119, 27; vom Eisendraht 139, 29; 2) Ausflüchte suchen; verwickeln 151, 5.
vefnaðr *m.* Gewebe, Teppich 236, 13.
vefr *m.* Gewebe 106, 12. 19. 26.
veftr *m.* Einschlag (subtegmen) 106, 20.
vega vâ, vô; vâgum, vôgum, *Part.* veginn
180,5 1)wiegen, schwingen; vô upp,schwang
auf 370, 1; *gew.* 2) schlagen 317, 20 (im
Kampf erschlagen 113, 12; 378, 3; 3) käm-

pfen Hàv. 71, SQ. 1, *m. A.* erkämpfen
102, 28; vega til fiàr, sich Geld erkämpfen;
và til menja, erkämpfte sich Gold 198, 3,
vega SQ. ¡38, *wahrsch. st.* vægja, nachgeben.
vegakunnr wegkundig.
veggberg Wandbefestigung, Fels, Vol. 50.
veggr *m.* Wand, *G.* veggjar 52, 27; *A. pl.*
veggi 197, 19.
veggþili *n.* die Wandbreter 182, 14.
veginn *st.* væginn gewogen.
vegliga schön 153, 23.
vegna wegen; *G. pl. von* vegr; 2) *Dat. des.*
schw. Part. vegni, der erschlagene 131, 37.
vegnest *f.* Reisekost.
vegr *m.* Weg, *pl.* vegar 290, 11; *insb.* 1)
Weise 208, 28; 325, 2; *A. pl.* tvô vega,
G. pl. vega, vegna; 2) Gegend, in: Jota
vegr, Norvegr; annan veg 202, 17; alla
vega fra ser, rings um 341, 4; vgl. mun-
vegar, 3) Seite; tveggja vegna, von beiden
Seiten 119, 14; 141, 1.
veiða (1) jagen, auch v. Fischen, Vol. 59,
342, 4.
veiðarfœri *n.* Fischpartie 342, 9; veiðar-
skôgr Jagdwald.
veiði-hundr, maðr Jagd-Hund, -Mann.
veiðiskapr *m.* Fischfang 229, 29.
Vêiðr *m.* Thor, (*wie* Vêoðr, Vêorr) 54, 13.
veiðr *f. D. A.* veiði: Jagd, Fischfang,
pl. veiðar, fur veiðnm 229, 30.
veifa (1) schwingen, wenden; *praet.* veifði
Hŷm. 25.
Veig *f.* Ort im nördl. Norwegen, fram Veign
til Agða, eða lengra 189, 32.
veig *f.* Trunk; Becher, *ays.* vàg, væg, Be-
cher; in biorveig, minnisveig.
veikja schwächen; -az erkranken.
veikr schwach, siech, kraftlos 326, 33.
veinun = veinan *f.* Jammern.
veit weiss, *s.* vita.
veita (1) 1) geben, annsvôr, Antwort ge-
ben SQ. 47; lið v., Hilfe leisten; atgöngu,
angreifen 140, 27; *bes.* 2) das gastliche auf-
nehmen u. pflegen *m. D.* 233, 20; 237, 12.
3) beistehen, helfen, so: veita einhverjom
at mâlum, vor Gericht beistehen 111, 29;
279, 23. 25; 4) sich wenden, neigen, veitir
vatni til siofar 100, 11.
veitzla, veizla *f.* Gastmahl.
vel wohl, gut.
vêl *f.* Kunst Vol. 1, *gew.* List, *A.* hverja
vêl 180, 16; *pl.* vêlar, List Hŷm. 6. 21, *D.*
pl. vêlum mit List 54, 13.
vêla (1) betrügen, List üben SQ. 16, *Praet.*
vêlto goð þiaza, die Götter überlisteten
den Th. 197, 40.
veldi *n.* Gewalt, Regierung 136, 3; 185, 9.

veleygr schönäugig.
velgerningr *m.* Wohlwollen 258, 31.
vêlir *m.* der Betrüger, *A.* vêli 48, 26, vgl.
viðbiörn.
velja (1) valdi, 1) wählen, 2) für jemand
auswählen, geben Vol. 27, 288, 10; völ-
duz, gaben sich, schlossen sich an 212,20.
velkominn willkommen.
vella, vall, aufwallen, er vall, da es
kochte 312, 10.
vella (1) kochen, zubereiten *Part.* vellt 338,1.
velli *D. von* völlr, Feld.
vêlöndom *D.* vêlandi, Hinterlistige 61, 4.
velspâr wol spähend Vol. 21.
vêlspar *pl.* -sparir arglos.
velta, valt daherwälzen (volvi).
velta (1) umwälzen (volvere).
veltir *m.* Umstürzer 72, 19.
vêltr betrogen v. vêla 54, 13.
venda wenden *m. D.*
vendi *D. v.* vöndr.
venja, vandi gewöhnen 118, 28; 336, 39.
vêorr *m.* (*st.* vêoðr, Vertheidiger) Name
Thors, Hŷm. 11. 17. 21.
ver *n.* 1) Aufenthalt; 2) *poet.* Meer 55, 7;
96, 19.
ver *m.* Mann, *pl.* verjar *u. gew.* verar.
ver Lippe *gothl.* 167, 10.
vera *f.* 1) Aufenthaltsort; 2) Unterhalt od.
Rettung (Wehr) Hâv. 10. 26; 3) Wesen,
Sein; 4) Gabenmildheit.
vera, var, vârum (vôrum), verinn: sein; ek
hefi verit, bin gewesen; vera â, vorhan-
den sein 206, 12; ero â, sind vorhanden
209, 15; 266, 14; enn þorf·sê â, als nö-
thig ist 242, 29; vera at, zugegen sein
112, 35; 113, 14; *m. Inf.* in Begriff sein
336, 24 *f.* er at gera, es ist zu thun; vera
fyrir, vorgesetzt sein, anführen; var við
sialft, es war nahe daran; *Imp.* ver, sei.
Häufig ist die Ellipse des Inf. vera *nach*
den Hilfsverbis: mâ 88, 3; mun 91, 20; skal
236, 19; vil 343, 1, *n. nach* lâta, kveða,
segjaz.
verbergi *m.* Männerobdach, Huus 59, 32.
verð *n.* Werth.
verða, varð werden; orðit hafa, *selten* vor-
ðit hafa 94, 12 geworden sein; er þu or-
ðit 310, 14; var orðinn 232, 5; vôro orðin
143, 33; ek verð at sofa, ich muss schla-
fen; varð þeim fyrir, es trug sich zu, kam
ihnen vor; verða til, bereit sein, sich fin-
den 111, 14; 293, 25; varð fyrir höggi, be-
kam einen Hieb 249, 34; ek verð â, ich
gerathe auf, in 335, 39.
vereldi Lebensbusse, -werth.
verðir *m. pl. s.* vörðr.

verðleikr *m.* Verdienst.

verðr, verð, vert werth, wichtig; þikki mer mikils (litils) vert um hann: es dünkt mir viel (wenig) an ihm zu sein; Gizor er góðz verðr frå mer.

verðr *m.* Mahl, *G.* verðar Hâv. 33, *D.* verði, virði Hâv. 32.

verðung *f.* Gefolge, des Königs.

vergiarn manngierig þrym. 13.

verja (1) wehren, varði verwehrte 111, 18; verr, er vertheidigt 185, 33; verjum, vertheidigen wir 71, 8; garð óþioðum varði, vertheidigte den Wall vor den Unvölkern.

verk *n.* Werk; Arbeit Hŷm. 26.

verka (2) arbeiten.

verkalýðr *m.* das arbeitende Volk 198, 25.

verkbitinn schmerzverwundet 145, 39.

verki *m.* ein Werk, Dichtung 128, 8, 189, 2.

verkr *m.* Schmerz.

verkstiori *m.* Schaffner, Verwalter.

veröld *f.* Welt.

verpa, varp, urpu, orpinn werfen, *m. D.* aufwerfen *m. A.* 232, 25; kona varp öndu, en kgr fiörvi, die Frau warf den Oden (seufzte tief), u. der König verlor das Leben SQ. 29.

verra, *Adv.* schlimmer; hit versta, aufs übelste.

verri, verstr der Schlimmste.

versæll mannesfroh.

versna (2) schlimmer werden.

verþioð *f.* Männervolk.

vesa, vas *archaist. st.* vera.

vêsaell unglücklich, arm 198, 14.

vêsald *f.* Mühsal *pl.* 323, 16.

vesaligr gering, unansehnlich 286, 24.

vesall, vesöl, vesal armselig Hâv. 69, geistig armselig Hâv. 22.

vêskap *n. pl.* vêsköp, die heiligen Gesetze, Vol. 63.

vesla *f.* Elend.

vestr 1) *n.* Westen; 2) *Adv.* westlich; 3) *zuw. st.* verstr.

vestrœnn abendländisch 49, 24.

vestrætt *f.* Westgegend.

vot *s.* veð *n.*

vêt *schwed.* weiss, *st.* veit.

vetki nichts = vætki.

vetr *m.* Winter, Jahr, *N. A. pl.* vetr.

vetrarfar *n.* Winters Ablauf 363, 32.

vetrgestir *m. pl.* Wintergäste.

vettrnœttir *f. pl.* 90, 19 des Winters Anfang.

vetrim *f.* der erhöhte Rand mitten auf der zweischneidigen Schwertklinge.

vetrvist *f.* Winteraufenthalt 282, 15.

vettergis keines Dinges, *st.* vættar-gis Vol. 8.

vôtti (*auch* vætti) *n.* Zeugniss 112, 33; v. vâttr.

vettir *f. pl.* Wichte, Unholde 209, 9; *s.* vætt.

vêttvangr die Stelle einer That.

vêttvangsbûar *m. pl.* die Nachbarn des Orts eines Verbrechens.

vettugr (vættugr) nichtig, *G.* vettugis, keines Dings.

vexti *D. v.* vöxtr.

við *Du.* wir beide, við Sinfiötli, ich und S.

við *m. D. u. A.* 1) mit, bei a) in Gesellschaft mit, *m. A.* Hâv. 97, versehen mit; b) in Vergleich mit: alt skortir yckr við þa fœðga, alles fehlt auch im Vergleich mit 232, 23; 234, 17; c) für, *beim* Preise 60, 7. 2) wieder, a) gegen, neben etwas hin, bei: niðr við siöinn, unten an die See; b) von, von einem hinweg: skiljaz við landit 115, 6; vor: vakna við gûfuna, erwachen vom Ranch 120, 7; 372, 12; c) längs: við âna, längs des Flusses.

viða weit.

viðaröx *f.* Holzaxt.

viðarteinungr junger Baumstamm.

viðâtta *f.* Anzüglichkeit vgl. eigaz við, daher

viðâttoskaldskapr, Spottlied ohne Nennung einer Person 128, 39; 129, 3.

viðauka vermehren 193, 34; *m.* viðr 83, 28.

viðbiörn *m.* Waldbär, der Bär (d. h. der gefrässige Bewohner) alter Wände 48, 26, heisst die Maus, ihr Betrüger (vêlir) die Katze.

viðbragð *n.* 1) Berühren, 2) Ahnung, 3) Augenblick.

viðbregða verändern, abbrechen, auflösen 163, 4; von einem Orte aufbrechen.

viðbûaz sich rüsten.

viðfeðmir (weitbusig) d. Himmel.

viðför *f.* Fahrt; Ergehen *pl.* viðfarar 79, 31; Behandlung.

viðfrægr weit berühmt, *s.* frægr; viðfrægt, l. viðfrægt mannfal 66, 17.

viðganga eingestehen.

viðhlæandi, anlachend, Spötter Hâv. 24.

viðkunnaz zur Besinnung kommen, sich erholen, *Praet.* viðkûðuz 177, 11.

viðkvöð *f. oder n. pl.* Gebrüll 341, 20.

viðlendi *n.* Länderweite 203, 15.

viðr, við, vitt (vitt) weit; breit.

viðr = við, viðr tocka ek, annähme ichs 343, 1.

viðr *m.* Holz, Wald *poet.* a) Baum Hâv. 82, (*in Umschr.* Mann), b) Getäfel 184, 27; *A. pl.* viðn 183, 9.

viðra (1 u. 2) Wetter machen, sein.
viðrgefandi dagegen gebend, *pl.* Hâv. 41.
Viðrir Bein. Odhins 50, 11; sein Raub (þýß) ist der Dichtermeth, die Dichtung 57, 22.
viðrmæli Unterredung.
viðskipti *n.* Gemeinschaft, Umgang 231, 19; 2) Kampf, Zusammentreffen *pl.* 351, 30.
viðstaða *f.* Standhalten 136, 23.
viðstaðr *m.* Standplatz, Standhaltung, Widerstand.
viðtaka annehmen, aufnehmen.
viðtaka *f. gew. pl.* -tökur, Aufnahme, Begastung 372, 31.
viðureign *f.* Verhalten gegen andre.
viðþurfa bedürfen, viðþarf 327, 32.
vif *f.* Weib Hâv. 102. 64, 24; *selt. poet.*
vig *n.* 1) Schlag; 2) *gew.* Kampf; 3) Todtschlag.
vigdiarfr kampfkühn.
vigdrott *f.* Besatzung; Wachtschaar.
viggrunnr vuga, Wogenkampfbaum, Seekämpfer 333, 27.
vighagr kampflustig = vigfrekr.
vigi *n.* Schutzwehr, am Schiffe 243, 3.
vigja (1) weihen 178, 3.
vigligr kampflich 51, 23.
vigr kampffähig, *vgl.* ûvigr, mer er vigt, ich kann, darf kämpfen 126, 35; 127, 20; 128, 15.
vigsbôt *f.* Todtschlagbusse, *pl.* 132, 36.
vigskörð *n. pl.* Stand u. Wehr der Belagerten auf der Mauer, Bastion 305, 28.
vigsla *f.* Weihung.
vigslóði *m.* Hergang des Todtschlaghandels 125, 29.
viglusverð *n.* das Weiheschwert 262, 34.
vigsök *f.* Todtschlagprocess 132, 22. 30. 38.
vigspå *f.* Todesweissagung, *D.* Vol. 24.
vigvölr *m.* Mordwerkzeug 125, 39.
vik *f.* Bucht; *poet.* für Fluss: vika elds kennir, Kenner des Flussfeuers, des Goldes 343, 1; *m. Art.* Vikin, der Meerbusen zwischen Norwegen u. Schweden 252, 7; jetzt Vigen.
vika *f.* Woche.
vikja, veik, viku: weichen, wenden, angehn; hann veikz við, wendete sich; machte sich auf 211, 20.
viking *f.* Seeraub.
vikingr *m.* der Wikinger.
vikr *m.* Bimstein, ståla v., der Schleifstein.
vikustefna *f.* Frist einer Woche 137, 39.
vil *n.* Gefallen.
vîl *n.* der Jammer Hâv. 23.
vild *f.* Wohlgefallen 326, 19.
vildr, vild, vilt angenehm Hâv. 126, gut.
vilgi nicht sehr (*st.* vel-gi) SQ. 13, var-at

ALTNORDISCHES LESEBUCH.

vilgi fiarri vörör H. iarðar, obwohl Baldr nicht fern war 242, 36.
Vili *m.* und Vilir, ein Bruder Odhins 60, 26.
vili *m.* 1) Wille; 2) Vergnügen, Lust, *G. D. A.* vilja SQ. 9, Geist, Muth 58, 17.
vilja (1) vildi, wollen, ek vil, þu vil *u.* vilt; villat, du willst nicht Hâv. 116, vilkat ek, ich will nicht, SQ. 49, vildigak, ich wollte nicht, Helr. 12; viljum, wir wollen; vildu Hildi vekja, sie würden Kampf erwecken 79, 29.
viljaðr gewillt 334, 27; 372, 19.
viljaverk *n.* freiwillige That.
vilkör od. kiör *n. pl.* 1) Beschlüsse, 2) Wohlwollen, 3) Glück.
villaz (1) sich verirren.
villhyggiandi wildsinnig, von Sinnen.
villigöltr *m.* wilder Eber.
villistigr *m.* Irrweg, *pl.* 326, 3.
villr 1) wild, 2) verirrt, *m. G.* v. staðar, von der Stelle wankend 55, 27.
vilmæli *n.* Schmeichelrede, *D.* Hâv. 87.
vilmælandi nach dem Munde redend, *pl* vilmælendr Hâv. 25.
vilmögr *m.* Hausknecht, *D. pl.* vilmögnm 47, 16; Hâv. 136.
vilstigr Lustpfad, Hâv. 100.
vîn *n.* Wein, hit bezta 236, 22.
vin *st.* vinr, Freund, *u. D. A.* davon.
vina *f.* Freundin, *pl.* vinur 106, 19.
vinaðr *m.* Freundschaft 60, 34.
vinátta *f.* Freundschaft.
vinahöfuð *n.* theures Haupt *pl.* 47, 17.
vinber *n. pl.* Weintraube, af vinberjum 287, 1.
vinda, vatt, undu: 1) winden, undu upp segl, zogen die Segel auf. 2) schwingen, *m. D.* vatt upp, schwang auf (sich) den Seerappen Hým. 27. 3) herumdrehen, ziehen.
vindheimr *m.* Windeswohnung, Luft, Vol. 61.
vindr *m.* Wind.
vind-öld *f.* Windalter Vol. 44.
vinfengi *n.* Freundschaft 327, 1.
vinferill *m.* des Weines Träger (Becher).
vingan *f.* Freundschaft 129, 31.
vingefn Weingöttin (Weib) 92, 24.
vingiarnligr freundschaftlich.
vingnir Riesenname 52, 5.
vingött *n.* gute Freundschaft.
vingrögnir vagna *dunkle Benennung des* Adlers, *oder* Riesen, *viell.* der Fürst der beschwingten Thiere 53, 7.
vinheimr Lopts vinar, der Freudensaal Odhins, dessen Freunde, die Einherien 65, 14.
vinkers niorun, des Weinbechers Göttin, Frau 78, 14.

19

vinmæli *n.* freundliche Rede 147, 9.
vinna *f.* Arbeit, *pl.* vinnor 198, 23.
vinna, vann, unnu *part.* nnninn: 1) arbeiten, kämpfen, 2) erarbeiten, gewinnen z. B. fê, Geld; 3) überwinden; unnum âtta iarla, wir überwanden acht Jarle 73, 29; 376, 22; 4) zureichen, *bes.* vinnaz 312, 22, Hâv. 60; vinnz hanom til 122, 20; 5) allg. vollbringen, thun, machen; eið, grand, þrekvirki, skarð, varnað, einen Eid, Frevel, Heldenthat, Lücke, Warnung; meðan iölin ynniz, so lange das Jol gehalten würde. *Part. fem. pl.* unnar trygðir, die gegebnen Treugelöbnisse, SQ. 17; *periphr.* vann gengit, unterwarf 68, 12; 6) vinna til, dafür thun, anfbieten 113, 29; 120, 23.
vinr *m.* Freund, *D.* vin Hâv. 42; *pl.* vinir, *A. pl.* vini 211, 23; *zuw.* vinu 65, 14.
vinsæld *f.* Freundschaft, Gunst.
vinsæll beliebt; freundreich.
vinsonding *f.* freundliche Sendung.
vintraust Freundvertrauen.
vinstri, î, a, link 335, 17; *mhd.* winster.
vinviðr *m.* Weinstock 286, 40.
vipt *f.* Einschlag des Gewebes 106, 12.
virða (1) würdigen, achten 236, 7; at virða til, dabei zu ehren 238, 10. 2) beurtheilen, deuten 164, 7; 235, 19.
virðing *f.* Werthhaltung, Ehre 160, 18.
virðir Männer, virðar *dass. A. pl.* virða 82, 19.
virgill *m.* 1) Band, Seil, *bes.* das Halsseil der Pferde, die Sill; 2) Ring am Ringpanzer 146, 26.
virki *n.* Schanze, Wall.
vîs weise.
vîss, vîs, vîst gewiss; *n.* vîst 219, 19 u. *D.*: at visu sicherlich, gewiss.
vîsa *f.* die Weise; 2) Strophe 127, 38; 192, 6. 17; 215, 10.
vîsa (2) weisen, zeigen.
vîsi *m.* Anführer, Fürst, *G.* vîsa 82, 12.
vîsindakona Weisheitsfrau 290, 17.
vîsir *m.* Führer.
vist *f.* 1) Aufenthalt, 2) Speise 219, 7, *pl.* vistir Lebensmittel 110, 31.
vîst gewiss, wahrlich.
vistabyrðing *f.* Proviantkahn.
visundr *m.* Wisend 313, 28.
vîsuorð *n.* Hemistich, Kurzzeile 191, 12. 35.
vit *n.* (Angesicht) Zusammenkunft, koma â vit við; 2) Verstand.
vita wissen. ek veit, *praet.* vissu; *part.* hefi vitat 113, 9; 2) erfahren 113, 9; 3) gerichtet sein wohin, *m.* til 273, 27; veiztu, du weisst, wahrlich 59, 11; *Imp.* vittu, wisse du 219, 19.

vita (2) beobachten; 1) besorgen 175, 21; 2) verwehren Hâv. 100.
vîta (1) verweisen, strafen, *poet.* bändigen Vol. 22, vîtti hun ganda.
vîti *n.* Strafe, Schaden.
vîti *poet.* Feuer, u. dies für Schwert, *eig.* Feuerzeichen.
vitja (2) zusammenkommen mit, *m. G.* 252, 12, besuchen, aufsuchen *m. G.* vîga 100, 20; râðs 90, 22; 162, 24.
vîtka zeihen, tadeln *m. G.* Hâv. 75.
vitni *n.* Zeugniss, *pl.* 149, 39; 150, 33.
vitnir *poet.* der Wolf.
vitr verständig == vitugr; *f.* vitr 231, 10.
vitnisbær zeugnissfähig 278, 23.
vitsmunir *m. pl.* Verstandeskräfte, *A.* -muni 234, 18.
vitsorð *schwed.* Beweis durch Zeugen.
vôð *f.* (*st.* vâð) Tuch, Netz, Segel.
vôði *m.* Gefahr, Unfall; *st.* vaði.
vöggu *s.* vagga.
vögn *f. G. pl.* vagna 53, 7; vögna 51, 23 Wallfisch; die W. der Bergrücken sind die Riesen.
vôgr *m.* See, Meerbusen *s.* vâgr.
vöktu 377, 11 sie erregten; v. vekja.
völdu *s.* velju, wühlen, graben.
völlr *m.* Feld, Boden, *G.* vallar, der Erde 53, 17; *D.* velli, *pl.* vellir, *A. pl.* völlu.
völr *m.* Stab.
Völsungr der Wolsunge (Sigfrid), *D.* Volsung SQ. 13.
völva == vala Wahrsagerin 320, 8; 365, 3.
völvulîki *n.* Gestalt einer Hexe 120, 19.
vôn *f.* Erwartung; þikki mer vôn, at: es dünkt mir zu erwarten (nahe), dass. *s.* vân.
vôndr bös, *D. f.* vöndri 244, 26.
vöndr *m.* Ruthe, Zweig, *G.* vandar 188, 26, Stab *D.* vendi 176, 27, *pl.* vendir 187, 13.
vöpn == vâpn, Waffe.
vôr == vâr Frühjahr.
vôr == vâr unser, *A. m.* vôrn 238, 1.
vör *f.* Gelöbniss, Treue.
vôra (2) Frühjahr werden 256, 9.
vörðr *m.* Wächter, vörðr hranna hrafna, der Wächter der Wellenraben, der Schiffe 65, 3; vörðr föður iarðar, der Wart des Vaterlands, König 158, 16 (*wo* König *für* ich *steht*); 2) Wacht *pl.* verðir.
vorkunn *f.* (Nichterkennen) 1) etwas Unbegreifliches 217, 21; 293, 9; 2) Nachsicht, Verzeihung.
vorkunna (1) Nachsicht haben; bemitleiden 241, 32.
vörn *f.* Schutz, Vertheidigung, *G.* varnar, *D.* vörn 345, 14; *pl.* varnir, Mittel gerichtlicher Hinderung eines Urtheils 132, 39.

vörr *f. G.* varrar *st.* Vör, Asin *poet.* für
Jungfrau 116, 1.
vôs *n.* Nässe 284, 13.
vôtr feucht *st.* vâtr.

vöxtr *m.* Wachsthum; 2) Zuwachs 65, 14:
î vinu, unter die Freunde; 3) Wuchs, Ge-
stalt, *G.* vaxtar 92, 8; *D.* vexti 206. 36.
vrangr *schwed. s.* rangr 269, 16.

Y.

ý *A. v.* ŷr.
ŷbogi *m.* Bogen, [syn. Zstzg.] 58, 4.
yðar (u. yðvar) *G. pl.* euer; *steht oft für
das flectirte Poss.* yðarr, (yðvarr) 350,
17. 20. 42.
ydda (1) spitzen, v. oddr.
yðja *f.* Arbeit, *st.* iðja.
yðni *f.* Fleiss.
yðr euch; yðarr euer.
yðvar *G. pl. u. Poss.* euer; yðvarrar gæfu,
eures Glücks; yðvarn velgerning 258, 31.
ýfa (1) reiben, aufreizen; ŷfaz við, zürnen,
sich ereifern, *Part.* ŷfz 237, 14; vgl. œfaz.
yfir über.
yfirbâtr Vorzug 164, 1; *eig.* oberes Boot,
vgl. eptirbâtr, Schleppboot.
yfirbragð *n.* 1) Gesichtszüge, 2) Aussehen,
3) Vorwand, 4) Vorrang; yfirbragðs litil,
überschwänglich klein 88, 27.
yfirgangr *m.* der Uebergang 319, 20.
yfirhöfn *f.* Ueberwurf, Kleid.
yfirkominn überkommen, überwunden.
yfirlæti *n.* Pflege 292, 20; 341, 34.
yfirlit *n.* Aussehen, Gesichtsfarbe 318, 11,
pl. Züge *u.* Aussehen 155, 33.
yfrinn, yfrin, yfrit, hinlänglich genug,
yfrin nauðsyn 202, 10; yfrit diarfr, keck
genug 372, 9.
yggja (1) ugði, fürchten 67, 31.
yggjongr *m.* der Schreckliche; Odhin
Vol. 26.
yggr *m.* 1) Verdacht, Schreck; 2) Beiname
Odhin's; Yggs eldar 214, 39; d. Sterne; Y.
elstœrir Odbinssturmmehrer, d. Held 215,14.
ygr 199,4 u. yggr schreckenerregend, furcht-
bar *v.* uggr Furcht; til ygr, der (zu) Ehr-
furcht erregende (augustissimus), der Kö-
nig 147, 17.
ŷki *f.* (*n.*?) Uebertreibung 127, 7. 8.
ýkja (1) übertreiben.
ykkr euch beide; ykkar euer.
ýlfa = ylgja *f.* Wölfin.
ŷlgr *m.* 1) Wolf, *A. pl.* ylgi 77, 15; 2)
Räuber.
ylli *m.* Weberbaum 106, 25.

ymbrodaga hald das Halten der vier
Zeiten, der Quatember 122, 16.
ymja (1) umdi, klirren, sausen, rauschen;
umdo oddlâr es rauschten Schwert(blut)-
ströme 62, 15.
ŷmiss, ŷmis, ŷmist verschieden; *pl.* ŷmi-
sir, *D.* ymissum SQ. 39; ymsum 142, 24.
ŷmist *Adv.* abwechselnd 286, 5.
ymr *m.* das Sausen, Klang 339, 30, *D.* ym.
ŷmsum wechselweise.
ymta (1) berüchtigen.
yndi *n.* Wonne.
yndleygr *st.* undleygr, Wundenflamme, *poet.*
für Schwert, yndleygs hoði, der Schwert-
bote, Krieger 164, 14.
ŷngi *n.* Jugend.
ŷngri, jünger; ŷngstr, jüngster.
yppa (1) ypta aufrichten, erheben.
ŷr *m.* Bogen, *G.* ŷs.
yrja (1, 2) regnen.
yrki *n.* Werk.
yrkja (1) *praet.* yrkti *u. gew.* orti, *part.*
yrktr u. ortr, wirken, machen, *bes.* dich-
ten 58, 9; 342, 31; ef nŷgiörvingum er
ort, wenn mit Umschreibungen gedichtet
ist 188, 35; *part.* yrkandi, Arbeiter.
yrþioð *f.* Männervolk *st.* verþioð 66, 9.
yss *m.* Bewegung, Lärm 151, 17.
ŷta (1) ŷtti 1) auswerfen; *m.* bâti, skipi,
in See stossen; ŷti ek sævar sôta, den
Seerappen 93, 11 das Schiff; 2) veräussern,
austheilen, *eb. mit. D.* 48, 15; 3) ausfüh-
ren, *m. D.* ŷtti Heðins byrjar freyr allri
yrþioð, hinausführte der Gott des Hedin-
sturmes (des Kampfes Anführer) alles
Männervolk 66, 9.
ŷtar darüber hinaus, ŷtar mêr, weit mehr.
ŷtar *m. pl.* Menschen, ŷta synir, M.-kinder,
A. pl. ŷta 164, 14.
ŷtra auswärts.
ŷtri d. äussere; ŷtstr, ŷztr, d. äusserste.
yxn *m. pl.* Ochsen, Þrym. 22, *zum Sg.* uxi,
oxi.
ŷzt (zu äusserst) über *m. G.* 252, 29.

19 *

Þ.

þá *praet. v.* þiggja.

þá *f.* der aufgethauete Boden 99, 25.

þä da, *als Zeichen des Nachsatzes:* so.

þaðan von da.

þægð *f.* Gunst.

þægr angenehm; lieb 70, 12.

þáfiall *n.* gethaute Berge Háv. 89.

þagall schweigsam Háv. 15.

þagna (2) verstummen.

þagnafundr þriggja niðja, d. heimliche Fund der 3 Verwandten (Suttungr, Baugi, Gunnlöð), der Dichtermeth 57, 26.

þagnar rof des Schweigens Durchbrechen 58, 12.

þak *n.* Dach.

þakinn bedeckt; *g. pl.* þakiuna (*st.* þakiðra) zum Decken geeignet Háv. 60.

þakka (2) danken, etwas *m. A.*

þangað, þangat dahin; þangatkváma das Dahinkommen.

þanninn so.

þannug, -og, eg, (þann veg) 1) dahin, 2) so 225, 13; *u. oft.*

þar 1) da *(nur vom Ort)*, dort; þars wo; þarä, þari daran, darin; þartil bis dahin; þar sem, wo 370, 20; 2) sintemal, da.

þarfi bedürfend, *von* þurfa.

þarflaus nutzlos.

þarfr, þörf, þarft nützlich, nöthig.

þarkváma *f.* das Dahinkommen 261, 2.

þarmr *m.* Darm, *D. pl.* þörmum 106, 22. 12.

þarna dort 234, 39.

þátti 51, 23 *s.* þekkja.

þáttr *m.* 1) Docht, Faden 59, 9; 2) Stück, Abschnitt, *A. pl.* þáttu 122, 18.

þegar 1) sogleich, 2) sobald als.

þegi *m.* Empfänger.

þeginn angenehm, *v.* þiggia.

þegja (1) þagði schweigen 150, 16; *Imp.* þegi; þagðak, ich schwieg Háv. 112, *pl.* þögðu *eb.* 113.

þegn *m.* 1) [Degen] Held, Helr. 9, Mann 79, 4; *pl.* þegnar 245, 2 *(nur poet.)*; 2) *in Prosa* freier Unterthan, Bauer, **vgl.** búþegn.

þegnskylda *f.* Unterthanenpflicht 262, 24.

þeigi, þeygi doch nicht.

þeima *st.* þeim, dem, denen.

þeim megin diesseits.

þeir, þær, þau die, diese, *st.* þær *auch* þeir *f.* 52, 13; 145, 38. *Das n.* þau *für m. und f.* 159, 39; 236, 30 *u. oft.*

þekja (1) þakti decken, bedecken 341, 6.

þekkja (1) þekti, þekdi kennen, erkennen. þrymskv. 30: þekti; *das Praet.* þátti 51, 23 *ist erklärlicher als die gew. Lesart* þarri. — þaktr, *f.* þökt 178, 26, *s.* þekja.

þekkr = þekkiligr bekannt, *daher* 1) angenehm, lieb 159, 6; 2) freundlich.

þel *n.* Frost, *wie das folg.*

þeli *m.* gefrorne Erde, Frost 99, 25.

þella *f.* Baum, *poet.* Trägerin 213, 26.

þengill *m.* Fürst.

þenkja (1) þenkti, denken.

þer ihr, *gleich* er; *in der Anrede für* du.

þerfill *m.* 1) Knecht, 2) Bettler.

þerra (1) trocknen 249, 2.

þerra *f.* ein Trockentuch, Handtuch.

þerrir *m.* das Trocknen, 49, 3: öskrän æða þerris, die Walkyrie des Adernstillens: das zu verbinden gewöhnte Weib.

þesshättar derartig.

þessi, þessi, þetta dieser, diese, dies, þessumegin, diesseits.

þeygi *st.* þeigi.

þeyta (1) þeytti 1) ertosen lassen 325, 12. 16; 2) werfen.

þiä (1) þiáði, bedrücken, quälen 356, 18.

þiassi þiazi, *m.* ein Riese, *s.* Rede, *od.* Wort, þingskil 48, 20 *ist poet.* das Gold, davon bekam er u. seine Brüder nach Verabredung so viel, als jeder im Munde fassen konnte (Sn. E. Sv. 47). Sein Tod 183, 23 — 184, 10.

þið *Du.* ihr beide.

þiena *sp.* = þiona.

þiggja, ek þigg, *praet.* þá (*sp.* þáði) *part.* þeginn (*sp.* þáðr) empfangen, annehmen, *Conj. Praet.* þægi 48, 22.

þil *n.* = þili *n.* Bretterwerk, Getäfel.

þilja *f.* Bret, Diele.

þikja, þikkja *s.* þykja.

þíng *n.* 1) Thing, Gericht, *poet.* vapna þing, Kampf 145, 17; 2) (aussergerichtliche) Zusammenkunft, Gespräch.

þínga (2) verhandeln 148, 27; unterhandeln, sprechen 242, 33.

þingbrekka *f.* der Gerichtshügel 111, 16.

þingharðr tapfer.

þingi *n.* 1) Besprechung, 2) vertrauter Umgang.

þingfall, Gerichts-Verhindrung.

þinglami *m.* Gerichtsverletzung, Versäumniss 273, 1.

þinglausn *f.* Gerichtsabschied 122, 17.

þingskil *n. pl.* Entscheidung 48, 20; s. þiassi.
þingsköp *n. pl.* Gerichtsbeschlüsse 121,10; 123, 3.
þingsôkn *f.* Gerichtsbezirk.
þinn, þin, þitt dein; þitt, das Deinige 115, 13.
þinull *m.* (Dehnendes), 1) Ruthe, 2) Seil *s.* netþinull.
þioð *f.* Volk, *pl.* þioðir a) Völker, b) Leute 60, 15.
þioðan *m.* der Edle, *G.* þioðans 49, 5.
þioðarmâl *n.* Sprache (*eig.* Volkssprache), þ. mâls beiðendr, (Stumme) die die Spr. wünschen 70, 17.
þioðglaðr heilfroh 245, 2.
þioðkundr volkbekannt SQ. 38.
þioðland *n.* eines Volkes Land, Reich.
þioðlöð *f.* freundliche Einladung.
þioðstefna *f.* Volkszusammenkunft 99, 22.
þiofr *m.* Dieb.
þiona (2) dienen.
þionustumaðr Dienstmann.
þior *m.* Ochse, *pl.* þiorar, Hým. 14; þior-hlutr Stiertheil 53, 14.
þiota, þaut, þutum, tosen, heulen.
þirma (1) schonen, *st.* þyrma.
þit, *schwed.* dahin 275, 29.
þô *praet. v.* þvega 144, 36.
þô 1) doch, dennoch; 2) obwol *st.* þô at; 3) wenn denn *m. Conj.* 151, 6; 294, 31.
þœfa (1) bearbeiten, hamri 76, 19.
þôfta = þôpta *f.* Ruderbank 100, 23.
þögn *f.* Schweigen, *G.* þagnar 58, 12.
þögull schweigsam.
þoise = þvisi diesem.
þoka *f.* Nebel, Dunkel 358, 33.
þoka (2) 1) rücken, etwas; 2) losrücken auf, *m.* at 140, 31.
þökk *f.* Dank, 2) Gefallen 325, 34.
þokkalegr angenehm.
þokka (2) gefallen, þokkaz, sich 206, 4.
þokki *m.* Huld, Wohlwollen.
þokkr, þokk, þokkt angenehm. erumka þokt þioða sinni, mir ist nicht angenehm der Leute Gesellschaft 16, 15.
þokkr *D.* þokk, Sinn 60, 19.
þokna (2) gefallen.
þola (1) leiden, dulden, *praet.* þoldi; 2) bleiben, *Conj. praet.* þyldi 379, 2.
þolinn geduldig, unermüdlich.
þollr *m.* ein Baum, *D.* þolli Vol. 20; 53,3.
þöll *f.* dass. (B. II. Föhre, Fichte.)
þôpta (*f.*) s. þôfta.
þora (1) wagen; frâ þorðo, wagten sich heraus 66, 15; doch vgl. þyria.
þôra *mit dem Beinamen* hiörtr (Hirsch), erste Gemahlin Ragnars 156, 13; 159, 1.

þörf *f.* 1) Bedürfniss, *pl.* þarfir 131, 8; þörf er, noth ist *m. G.* Nothwendigkeit; 2) Mangel.
þörfgi nichts nütz, *f.* von þarfr-gi SQ. 35.
þorfiðr *st.* þorfinnr. *n. pr.* 143, 23.
þôrleifr *n. pr.* Freund des Dichters Thiodolfr 52, 13; 54, 28.
þorn *n.* 1) Dorn, Spitze; 2) Nadel; 3) *poet.* Spiess, þorna þorn, der Spiessträger, Kämpfer 150, 30.
þorna (2) verdorren.
þornaspöng *f.* für Weib 94, 35.
þorp *n.* 1) waldleerer Bergplatz, 2) Dorf.
þôrr, þôrr 182, 9, der Donnergott, Odhins u. der Erde Sohn, Gemahl Sifs *D.* þôr 325, 36; schlägt und weihet mit seinem Hammer Miölnir 178, 3.
þorri *m.* Masse, Hauptmacht 291, 1.
þorrinn *part. v.* þverra.
þôtt (þô at) 1) *gew.* obgleich, 2) *auch nur:* wenn denn, wenn Hâv. 89; 354, 17.
þôtti *v.* þykja, dünken.
þrâ *f.* Verlangen, Sehnen, Kummer,
þrâ *n.* Trotz, Hartnäckigkeit; gera î þrâ zum Tort thun. Hým. 2 vom barschen Anschen.
þrâði *s.* þreyja, þreya.
þrâðr *m.* Faden, Draht, *D.* þræði 354, 27.
þræll *m.* Knecht, *pl.* þrælar 198, 25.
þrælka knechten 198, 39.
þræta (1) hartnäckig streiten.
þrâgirni Eigensinn, Trotz Hým. 28.
þrâhaldr hartnäckig 327, 13.
þrâlega beständig, hartnäckig.
þramma (2) treten, waten 96, 23.
þrândheimr Drontheim, þrændr die Bewohner dieses Bezirks (þrændalög) 331, 27.
þrasa (2) tosen; streiten.
þraut *f.* Ermattung durch Arbeit, oder Kampf; schwierige Lage 326, 42; til þrautar, bis aufs äusserste 109, 11; 327, 25.
þreifa (1) tasten 119, 28; þrym. 1.
þrek *n.* 1) schwere Arbeit, 2) Standhaftigkeit.
þrekaz über Kraft arbeiten.
þreklundaðr unerschrocknen Sinnes.
þrekvirki *n.* Heldenthat.
þremr = þrem *D.* dreien.
þremr *m.* Schwelle, Rand. *D.* þremi 13, 7, *pl.* þremjar, die erhöhten Ränder auf der Mitte der Schwertschneide (vgl. vetrimar).
þrengja (1) drängen.
þrennr dreifach, *pl. für* drei 78, 4; 149, 4.
þrettân dreizehn; þrettânði 13te.
þrettandi dagr, das Epiphanienfest 278, 2.
þrêvetr dreijährig.

þreya (1) schmachten; sehnen, *praet.* þràði.
þriår *f.* v. þrîr, drei; þriåtigir 30.
þriði *G.* þriðja der dritte; ið þriðja, das dritte; 2) Beiname Odhins; þriðja log, Odhins Flamme, d. Schwert 67, 18.
þriðjungr *m.* Drittel.
þrîfa, þreif, þrifum 1) anfassen 315, 11; þrifinn å lopt, in die Höhe geworfen 344, 27; þreif upp, fasste auf 370, 11; 2) besorgen, pflegen; þrîfaz gedeihen, aufkommen 238, 39.
þrifla (2) an sich ziehen, reissen.
þriggja *g. pl.* dreier *s.* þrîr.
þrima *f.* wie þryma, 1) Donner, ståla, der Schwerter, Kampf 145, 15; 2) *poet.* Schlacht 190, 34.
þrioska *f.* Entkräftung, Vermögensverlust 373, 26; *st.* þriotska v. þriota, þraut ermatten, vgl. þraut.
þrîr, þriår þriů drei.
þrisvar dreimal.
þritugr ein Dreissiger, skip þrîtugt at rûmatali, ein Dreissigruderer 212, 25.
þróaz wachsen, zuwachsen.
þrœndr *n. pl.* die Trontheimer 331, 27.
þröm *f.* Rand 55, 23.
þröng *f.* Gedränge, Drangsal.
þröngr eng, gedrängt 330, 25; 325, 7.
þröngva (1) drängen, *Praes.* þröngr.
þröngvi *m.* jede Art von Enge: Schlucht, Drangsal 346, 3; Verfolgung, Schlachtgedränge.
þröngvimeiðr gunnarlunda, der Dränger der Kriegsleute.
þroskaðr erwachsen 258, 37.
þrösun *f.* Streit, Tosen, Toben 358, 17.
þrot *n. pl.* das Aeusserste von Ermattung 376, 28.
þrotna lass werden, ausgehen.
þrótt öflugr kraftreich.
þróttr *f.* Kraft, Tapferkeit.
þróttr *G.* þróttar, Bein. Odhins 65, 16.
þróttugr stark, *u. pl.* þróttig (þrymregin) 50, 3.
þrúðr *f.* Jungfrau.
þrúðugr gestreng, mächtig þrym. 16.
þruma *f.* Donner, *poet.* Schlacht.
þruma (1) 1) dröhnen, donnern, flaustr of þrumdi 35, 20; 2) dumpf dasitzen, stöbnen Håv. 13. 30.
þrumr 1) donnernd, 2) dumpf, schweigend.
þrúnginn 1) aufgeschwollen, erbittert; 2) bekümmert; 3) völlig ausgewachsen SQ. 24.
þrútna (2) schwellen.
þryðska *schwed.* sich zögernd weigern, *neuschw.* tresk widerspenstig.
þryma *f.* Getös, Kampf, wie þrima.

þrymlyndr der Kampfbaum, ok þrymlyndr iôk þundi þegns gnôtt, der Kämpfer brachte dem Odhin genug Mannschaft zu 65, 6.
þrymja (1) dröhnen 67, 17, wie þruma.
þrymr *m.* 1) Getôs, Dröhnen; 2) ein Riese 13, 17 ff; 3) der Bogen (der schwirrende) *poet.* das gebogene Joch.
þrymregin *n. pl.* in: þremja þrymregin, die Schwertgetösgötter, die Streiter 50, 3.
þrymseilar hvalr 53, 12; der Wallfisch des Jochseils, d. i. der Pflugstier, vgl. þrymr. 3.
þryngia, þröng drängen, *part.* þrunginn, *Conj. Praet.* þryngvi und hramma, als er unter die Faust drängte, zwang 66, 26, *m. D.* of þryngvi und sik 189, 15; þrunginn, volljährig SQ. 34.
þrysvar = þrisvar 104, 11.
þûfa *f.* Hügel, Höcker 355, 33.
þula *f.* Rede.
þulr *m.* Sprecher, Spruchsprecher, *G.* þular Håv. 112. *D.* þul. *eb.* 136.
þundr *m.* 1) Bogen, 2) *gew.* Bein. Odhin's *D.* þundi 65, 6; *G.* þundar hregg, Odhin's Sturm, der Kampf.
þûngi *m.* Gewicht.
þûngr schwer 53, 32; 180, 39.
þunngeðr schwachen Geistes SQ. 40.
þunnr dünn, schlank, schwank v. Schwert 72, 6.
þurfa, ek þarf, brauchen, bedürfen *m. G.* 134, 22; *m. A.* 217, 5; 246, 9; 248, 34; 2) müssen þurftu at bîða, mussten warten 216, 36; 217, 9; er hann vita þyrfti, was er wissen müsste, Håv. 21.
þurfi, bedürftig; þurft *f.* Mangel, Noth.
þurr, þurr, þurt trocken, dürr Håv. 60; 308, 18.
þurrfiallr trocknen Fells Håv. 33.
þurs, (þuss 348, 3) *m.* Riese.
þvå (*st.* þvega) Fa. 1, 188, *u.* þvôz 323, 1; waschen; ek þvæ, hun þvær ser 155, 16; *Praet.* þvô; þô (*st.* þvah) Håv. 34; 144, 36; *Part.* þveginn Håv. 61.
þvara *f.* Rührkelle.
þvari *m.* 1) dass. 2) Spaten, *s.* bryuþvari.
þvått *f.* das Waschen, die Wäsche 114, 32.
þveginn gewaschen v. þvå, þvô.
þveiti *n.* ein kleinster Geldwerth, als Zubusse 151, 20. 22. 25, ein Viertel des Örtug.
þvengr *m.* Schuhriemen, *A. pl.* þvengi 287, 35.
þverå *f.* Queerfluss, ein Fl. *u.* Bezirk in Island, þveræingar die Bewohner desselben.
þverr, þver, þvert quer, gegenüber, um

þveran fingr (quer über den F.) einen Finger breit 296, 12; um þv. kiölinn 340, 5.

þverra, þvarr, þurru part. þorinn, mangeln, abnehmen 113, 35.

þverra (2) vermindern, zu Ende bringen, *impers.* veizluna þverrar 351, 22.

þvert qner über.

þvertmót Kreuzweg.

þvertrê n. pl. die Querstöcke oder Balken durch die man das Dach sieht 378, 33.

því D. v. þat 1) dem, 2) Conj. a) demonstr. darum, deshalb 157, 2; b) denn mit u. ohne at: 232, 22; c) rel. weil 237,'5; indem; 3) auch fragend warum? 236, 14; 241, 34; 4) því at eins, nur so, nur unter der Bedingung 126, 12; 5) því betr, um so besser, því seinna, um so später.

þviat 1) weil, 2) weshalb.

þvîgit danach nicht.

þvilîkr ein solcher.

þvinga schwed. zwingen.

þvó waschen s. þvâ.

þý = því.

þý f. Magd, pl. þýjar.

þýborinn magdgeboren 150, 30; wo nach Egils. zu verbinden ist: þýborna kveðr þorna þoru mîna horna reið (sc. meam uxorem); hann Önundr, sýslir âr ûm sîna sîngirnd: er, Önund, sorgt früh (eifrig) für seine Habsucht.

þýðeskr deutsch 317, 16.

þýðing f. Deutung (v. þýða) 235, 12.

þýðverskr, þýðsker dentsch.

þýfi n. Diebstahl.

þykja (1) þótti; part. þóttr od. þóktr dünken, mer þykir od. þikkir; Inf.: þykja, þikja, þikkja — þikkiz er dünkt sich; þóttumz, ich deuchte mir 84, 20.

þykkiaz við, sich ärgern, erzürnen.

þykkja f. 1) Meinung, 2) Hass.

þykkr dick, dicht, A. þykkvan 139, 21; Comp. þykkri. Adv. þykkra 143, 25.

þykt f. Dicke, Breite.

þylja (1) þuldi; reden Hâv. 112, vortragen, hvô ek þylja fat, wie ich zu dichten erfand 55, 19.

þyljaz für sich reden, murmeln Hâv. 17.

þyngð f. 1) Schwere, Last, 2) Krankheit.

þyngsl f. Beschwerde.

þyngstr d. schwerste 310, 32 s. þungr.

þýr m. Sklave.

þyrja, þordi, losstürzen, laufen.

þyrma (1) schonen, m. D. SQ. 28. 51, 17; 129, 15.

þyrnir m. Dorn.

þyrpti st. þyrfti s. þurfa.

þýrskr st. þyðverskr, dentsch 286, 27.

þys m. Lärmen.

þysja (1) þusti hervorstürzen, m. at, auf jemand 200, 24.

Nachträge zum Glossar.

allfiölmcnt Adv.: mit sehr zahlreicher Maanschaft 201, 16.

allmóðr ganz müde 311, 41.

unter barr lies Hâv. 50 st. 58.

unter benda ist hefi bendiz zu streichen, vgl. Valþögnir.

beygja at zubeugen, zusammendrücken 154, 8.

bioðaskalli m. Tellerkahlkopf (der eine tellergrosse Platte hat) ein Zuname 374, 2.

boghals m. Bogenhals, Theil des Bogen 250, 33.

Bragr, G. Bragar, für Bragi 349, 33.

búþegn m. Ackersmann, Pächter 198, 12.

dagverðar dryckja f. Frühstückstrunk 291, 7.

epli n. Apfel 183, 14. 20.

eyland n. Insel 228, 18.

fêsœrandi l. fêsærandi von særa, verwunden.

festa upp aufhäugen 114, 40.

feyknarkulda f. (nicht -kuldi m.) 243, 34.

fimtungr m. Fünftel.

unter fiör m. lies 116, 15. Vgl. fleymarar.

fiörðungsmenn m. pl. Viertelsmänner 121, 18.

flagð n. (nicht fem.) 244, 27.

fleymarar fiora mögrennir 116, 16; wahrsch. ist ein mör f. = morr, mörr f. Land, eig. Moorland (Egilson); Land des Schiffs ist Wasser, das Wasser der Schwerter (fiora), das Blut; der Blutmöwe Füttrer, der Rabennährer, ist ein Kämpfer, der 116, 18 angeredet ist.

flóttamenn m. pl. die Flüchtigen 141, 23.

fôstra f. Erzieherin 289, 6.

framganga *f.* das Vorangehen 142, 7; der Angriff 143, 34; *pl.* 336, 8.
frœðimaðr *m.* kundiger Mann 193, 17.
gangfagr schönen Gang habend 246, 1.
giarna wie giarnan, gern 90, 9.
gîfr *n. (nicht f.)* Riesin.
grundarsimi *zu streichen. Vgl.* silki.
guðvefr *m.* (nicht *n.)* 317, 31.
halfbrunninn halbverbrannt. *D. n.* verkürzt: halfbrunno Hâv. 89.
hallardyr *f. pl.* Hallthüre 257, 9.
unter handriotr *l.* Ausstreuer *st.* Aussteuer; *unter* Hârr *l.* siâ dÿri.
harðsleginn hartgeschlagen Hÿm. 13.
heimtiall *n.* Weltzelt (*st.* tiald), dessen Führer (ræsir) *poet.* für Gott 185, 22.
heimþinguðr herju, der Gast der Riesin, Thor 52, 5, *und gehört* vingnis *zu* hein.
hèstbak *n.* Pferdrücken; at hèstbaki zu Pferde 131, 7.
hialdrmögnuðr *m.* Kampfstärker, Kämpfer 72, 9 *(nicht* hialdrmagni).
hlaðhönd *f.* Spangenhand, *Zuname* 149, 40.
hlioðfall *n.* Lautfall 192, 24.
höðglammi *m.* Kampfwolf, der Krieger; lætrat höðglamma mun stöðva, er lässt nicht das Verlangen der Krieger einhalten 49, 14. *Auf diese geht:* er söttu.
höfðingskapr *m.* Regierung 220, 25.
hollvinir *m. pl.* holde Freunde 356, 34.
holmgöngumaðr *m.* Zweikämpfer 298, 9.
iarnhaus Eisenschädel, *Zuname* 154, 20.
illmenni *n.* Uebelthäter 251, 39.
kaupmaðr *m.* Kaufmann 97, 12; 211, 26.
kolsvartr kohlschwarz 343, 20.
unter kringðr *lies* geründet 213, 21.
kringla *f.* Kreis 193, 1.

kveða besingen 185, 22.
landssÿn *f.* Landes Sicht 230, 13.
leggjaz *poet.* sich unterwerfen 189, 34.
menbriotandi *m.* Ringvertheiler, der Edle 116, 12, *wo es für die eigne Person steht:* munat menbr. enn sælu bliota, mâl er — Nicht wird der Freigebige fürder Heil erlangen, es ist Schicksalsbestimmung (gefolgert aus dem Bergsturz).
merkismaðr *m.* Fahnenträger 104, 20.
mikiligr gross 344, 31.
morginstund *f.* Morgenzeit 77, 21.
munlaug vinda, der Winde Becken, *poet.* für den Himmel 185, 14.
ofsprunginn, zerrissen, überall wund 53, 32. *Vgl.* 183, 8—10.
ofvinna obsiegen *m. D.* 184, 11.
öndurdisar föður augum, die Augen Thiassis, so heissen gewisse Sterne 185, 13.
reiða lof, erheben das Lob eines 146, 29.
sigr-ôp *n.* Siegesgeschrei 144, 13.
sigrsæll siegreich 87, 7.
skinnkyrtill *m.* Lederrock 318, 10.
skipe *dän. st.* skape, schaffen 387, 11.
slög *n. pl.* die Waffen 334, 37.
steindyr *f. pl.* Thür des Felsens Vol. 50.
svanhvîtr schwanenweiss 345, 33.
upplûka aufschiessen *m. D. impers.* 229, 12: als sich der Meerbusen aufthat.
valfalls vitni varði, vertheidigte mit dem Wolf der Niederlage, dem Schwerte 65, 28 fg. *Ebenda ist* of siô iötna allan, über die See der Riesen hin, d. h. über die Berge oder das Land hin.
veiðikonungr *m.* Jagdkönig 84, 30.
virðuligr würdig, werthvoll 329, 7.
þingvöllr *m.* Gerichtsfeld 208, 3.

Analyse der schwierigeren Strophen.

Ragnarsdrápa.

49, 3. Ok ôskrân æða þerris um hugði, at þat boðavecr til fârhuga fœri feðr sínum; þâ er hringa-hristisif, böls offylda, bar hâlsbaug örlygisdraugi til byrjardrösla.

Bauð-a til bleyði sû bœtiþrûðr dreiruga benja men mætum hilmi at malma môti; svâ, þótt etti iöfrum, sem orrosta lêtti, lêt ey at sinna með ulfs algifris lifru.

Lætr-at lýða stillir (Högni), landa vanr, höðglamma mun stöðva â sandi (þâ svall heipt î Högni); er þróttig þremja-þrymregin Heðins sóttu heldr, en þeir Hildar svíka hringa of fingu.

Þâ sókn — ok fiöld sagna — mâ kenna â Svolnis-salpenningi (auf einem Schilde, auf dem sie bildlich dargestellt war), Ragnarr gafumk (Ragnar Loðbrok gab mir, dem Dichter) Rœs-reiðar-mâna (den Schild).

Ok fordæða, flioða-feng-eyðandi, î holmi nam râða fyrir hönd Viðris brynju-hveðro; allr herr raðalfs (so wird statt raðalfr zu lesen sein) gékk reiðr fram at skeiði und Hiarranda hurðir af (so l. st. of) brâðum Reifnis mar.

Haustlöng.

a) Thors Kampf mit Hrungnir 51, 1.

Eðr ofsêr (Wiederum siehst du, näml. an dem gemalten Schilde 52, 12), er iötna ótti hyrjar baugi lêt ofsóttan hellisbör â Griotûna haug; ök Jarðarsunr at îsarnleiki, en dundi mâna vegr und hanum, môðr svall Meila brôður.

Knâttu öll ginnunga vê brinna, en grund endilâg var grapi hrundin, fyrir Ullar mâgi; seðr gékk Svölnis-ekkja sûndr, þâ er hafrir fram drógu hôgreiðar-hofregin at Hrungnis fundi.

Þyrmdi-t þar Baldrs ofbarmi solgnum manna dolgi, hristuz biörg ok brustu, brann upphiminn; miök frâ ek môti hrökkva

---

hreins-myrkbaka-reinar-vögna-vâtt, þâ er sinn vîgligan bana þâtti.

Brâtt flô fölr randa iss — bönd ollu þvì (die Götter walteten dessen) — biargagæti und iljar, vildu svâ îmundísir, hraundrengr, fiöllama tiðr, varð-at þaðan lengi höggs at bíða frâ hörðum trionutröllz ofrûna.

Fiörspillir bölverðungar Belja lêt falla ôlâgra-gialbra-fialbrs-bolin â randar holmi; þar hnê grundar-gilja-gramr fyrir skörpum hamri, en bergdana-briotr bagði við iormunþrioti.

Ok hein viugnis hvein at Grundar sveini, harðbrotin î hiarna mœni herju heimþinguðar; svâ stôð stâla vikr, ofstokkinn Eindriða blôði, þar ôlaus î Ôðins burar hausi.

Âðr ölgefjon of rauða ryðs böl heylisâra gœli or hârs hneigihlíðum reiðitýrs. Görla lit ek þeir (st. þær) of farðir â Geitis garði; þâ ek baugs biťkleif, bifom fâða, at þôrleifi.

b) Idunns Raub 52, 17.

Hvê skal raddsveif giöldum leggja galla raums brû, er þâ at þôrleifi, gunnveggja-rekka-sœmi? Sê ek â hreingiöru hlýri Hildar vês trygglaust offar þriggja tíva týframra ok þiassa.

Sagna seggjöndom at môti flô ei fyrir skömmu snôtarulfr î gömlum glammagemlis-ham; settiz örn â seyði ârgefna, þar er Aesir mat bâru, biargn byrgitýr var-a bleyðivandr.

Tormiðlaðr var tífum beini, meðal tâlhrein, hvat, kvað haptasnýtir hialmfaldinn, mun þvì valda? (53,1.) Margspakr valkastar-bâru-mâr of nam mæla at fornum þolli, var-a Hœnis vinr hanum hollr.

Fiallgyldir bað feðr Meila deila ser fullan hlut af hêlgum skutli, hrafnâsar vin blâsa; vîgfrekr vagna-vingrögnir lêt ofan sigaz, þar er vêlsparir goða varnendr vôru farnir.

Fliott bað foldar drottinn Farbauta mög deila þrymseilar-hval, var-a þekkiligr með

þegnum; en bragðviss ôsvifrandi âsa lagði
upp fiora þiorhluti af breiðu bioði.

Ok sliðrliga siðan (var þat fyrir löngu)
svângr faðir Mörna ât okbiörn af eikirôtu;
âðr diuphugaðr herfangs-hirði-týr dræpi
ballastan vallar dolg stöngu ofan meðal
herða.

þâ varð Sigynjar-arma-farmr, sâ er öll
regin œgja î böndum, fastr við Ondurguðs
fôstra; loddi râ við raman Jotunheima rei-
muð, en Hœnis vinar holls hendr við stan-
gar enda.

Flô fangsæll sveitanagr með frôðgum
tifi of veg langan, svâ at ulfsfaðir mundi
sundr slitna; þâ varð þôrs ofrûni ofsprun-
ginn (Loptr var þungr), hvats mildings
mâlunautr mâtti friðjar biðja.

54, 1. Bað Hýmis âttrunnr sagna hrœri
fœra ser sorg-eyra-mey, þâ er ellilyf âsa
kunni; siðan of kom Brisings-girðiþiofr
goða-bekkjar-dîsi î Brunakrs griotniðaðar
garða.

Urðu-t hryggvir at þat brattra borða
byggvendr, þâ lðuðr nýkomin var suðan
með Jötnum; allar âttir Ingvifreys giörðuz
gamlar ok hârar, vâru regin heldr hamliot
â þiugi.

Unz ölgefnar hræva-hrynsiâfar-hund
fundu, ok ölgefnar leidiþir lævalund bundu;
þu skalt, vêltr Loki! (svâ mælti Vêïðr)
deyja, nema aptr leiðar mæra mey, mun-
stœrandi.

Heyrðak svâ, þat Hœnis hugreynandi
(sveik siðan opt Asa leikum) flaug (so ist
flug zu bessern) hauks bialba aukinn; ok
lômhugaðr faðir Mörna, ern fiaðra-blaðs-
leik-regin, lagði arnsûg at Öglis barni.

Höfu ginnregin (en skôfu sköpt) skiott
brinna, en son biðils Greipar sviðnar, varð
sveipr î för. — þaz [var] of fât â minni
fialla-Finns-ilja-brû, þâ ek bifkleif, bifum
fâða, at þôrleifi.

Vellekla.

a) 63, 27 fg.

Ok eiðvandr oddneytir ûti hafði breiðan
flota, gramr svafði bil, glaðr î Göndlar
veðrum; ok Heðins-bôga-rauðmâna-reynir
upp höf rögsegl, kappi at setja etjulund
iöfra.

Var-at sverða-sverri-fiarðar-svan-glýjaði
at frýja örva byrjar, nê of oddavifs-drifu;
brakrögnir skôk boga hagl or Hlakkar segli,
barg hiörs ôþyrmir rakliga fiörvi varga.

Mart el varð, âðr randarlauks-rœkilundr
Austland of tœki of âla riki. — Ber ek

hliomslof frâ hefnd sins föður, þâ er hranna-
hrafna-vörðr vann, þat nam at vinna, toginn
skioma.

Rigndi viða hiörs-melregni hriðremnis
â hersa fiör, ok þrymlyndr iök þundi gnôtt
þegns; ok haffaxa-hialdviður lét lifköld
laufaveðr vaxa î Hârs drifu.

b) 65, 11 fg.

Hialmfaldinn hilmir harðr vann barða
sina fiandr; því kom vöxtr î vinu vinheims
Lopts vinar, at þrir iarls synir forsniallir
féllu î þundar-fûrs-skúrum, þat fœr tirar
þrôttar snytri.

c) 65, 20 fg.

Siô fylkjum kom und sik grandvair
brûna-grundar-silkis-sima-geymir, (vgl. silki
im Gl.) snûnaðr var þat landi.

Öll ofherjoð hofslönd Eindriða ok vê
banda, hverjum kunn, lét enn svinni sönn
(sc. vera) mönnum; âðr geiragarðs-hlôrriði
of allan siô iötna (über das ganze Land
hin) valfalls vitni varði vê, þeim goð stýra.

Ok herþarfir Hlakkar-âs-megir hverfa
til blôta, slíku fremz rikr rauðbrikar-môts-
rœkir. Nû grœr iörð sem âðan, auðrýrir
(sc. Hâkon) lætr geirbrûar-âro aptr ôhryggja
byggja vê hapta.

Nû liggr alt fyrir norðan Vik und iarli,
viða stendr riki Hâkonar, imunborðs-veðr-
gœðis.

d) 66, 6 fg.

Hitt var meirr, er morðlikinn fyrva-
folkverjandi lét görva mæra för til Sogns;
Heðins-byrjar-freyrr ýtti allri yrþioð af
fiorum folklöndum, sa branda-ullr stôð
af þvi.

Glumdi allr Noregr, þa er ullar Heðins
veggjar saman fôro eggþings, ok til môts
með randa svarfa svörgœli siô landrekar
frâ þordo â Meita miukhurðum.

Varð fyrir viga myrði viðfrægt mannfall,
onn gramr siðan giörðiz mêst at morði við
styr annan; hlifar-flagðs-hlunn-arfi bað
hverfa at landi, ok lagði öndr-ialks-vörp
(s. ialkr im Gl.) við öndvert fylki.

Ströng varð âðr gûðr, âðr gunnar-lunda
þröngvimeiðr þrimr hundruðum þrýngvi
nâss-gammi und hramma; knâtti folkeflandi
fylkir fangsæll þaðan ganga af hafs höfðum,
þat var hagnaðr bragna.

e) 66, 33 fg.

Hitt var ok, er aurborðs-eykir und svin-
num sigrrunni norðan runnu, sunnr â vit

Danmarkar, en holmfjöturs-dofra-dróttinn,
Hörða valdr, hialmi offaldinn, danskra iöfra
fund of sótti.

Konungr fêmildr ok merkr vildi við
mordfrost at freista hlóðynjar-markar-alfs,
þess er kom norðan; þá er gramr stirðan
valserkjar-veðr-hirði bað virki varða fyrir
Hagbarða-hurðar-hlunn-niörðum (s. hlunn-
nirðir im Gl.).

Var-at gengiligt, at ganga ígegn geir-
rásar-her þeirra, þó at garðrögnir giörði
styr harðan; þá er gunnviðurr sunnan fór
með Frísa fylki ok Vinda, (ok) vágsblakkriði
kvaddi Frakka vígs.

Þrymr við (Praes. hist. von þrymja),
er þriðja-logs leikmiðjungar saman lögðu
randir, arngræddir varð oddum andvígr;
sundfaxa-sœkiþróttr kom Söxum á flótta,
þar er svá gramr með gumnum, at garð
öþioðum varði (s. verja).

f) 68, 2 fg.

Flótta-felli-niörðr gêkk til fréttar á velli,
Heðins váða draugr gat dagráð dolga-ságu;
ok hildar-haldboði sá hrægamma ramma,
vildi sá teinlautar-týr týna fiör Gauta.

Háði iarl hiörlautar-hyrjar-þing, at herja,
þars áðan öngr maðr kom und Sörva
skýranni; bar-a maðr en lengra randir
lyngs-barða-lopt-varðaðar frá sœ, alt Gaut-
land vann gramr umgengit.

Valföllom hlóð rögnakonr völlo, Fróða-
hríðar-áss varð at hrósa gagni, hlaut Óðinn
val; hver sé if, nema goð stýra iöfra ættrýri?
rammaukin rögn kveð ek magna Hákonar
ríki.

Gunnlaugs saga.

92, 17. hinn hvíti hiörþeys böldr, faðir
meyar, sá lítt við minni tungu.
Væn vingefn! verst á ek at launa feðr
þínum ok svá móður, er gerðu ser und
klæðum borða-bil svá fagra. Flóðhyrs-fold
nemr flaum af skaldi, hér hafi ofdýra holds-
hagvirki.

93, 6. Samir-a okkr, folka-ságu-fœgir!
at ganga í brygð beinflugu-fangs um eina
ull-fullo (s. Fulla im Gl.); miök margar
slíkar snúðar-konur, morðrunnr sannprúðr!
ero fyrir sunnan haf, ýti ek sævar sóta.

Gefin var hin litfagra ormsdags-Eir til
aura Rafni, — þann kveða menn minn
iafnoka, nê minna — meðan allra ýtstr
aldráðr farar dvaldi austan á bust ála, því
er mentýrir minni málsgerða (deshalb ist
der Freigebige, d. h. bin ich mindrer Lage).

94, 19. Nú mun ek búinn gânga út á
eyri allvangs, gerr með lyktum hiörvi, happs
unni guð greppi (dem Kriegsmann, d. h.
mir); skal ek lokka-hnakk liufsvelgs Helgu
í tenn kliufa, vinn ek loks haus lausan fra
bol, með liosum mæki.

96, 1. Hêr sá ek Hrafn brynju mer
höggva [með] hialtuggiðum hrynfiski, enn
Hrafni kom hvöss egg í leggi; þa er hræs-
kærr ari hlaut fen hlýrra benja minna, klauf
gunnarr (sc. Rafn) Gunnlaugs höfuð gunn-
spioti.

Glúms saga.

115, 18. Rudda ek forðum mer til handa,
sem iarlar, orð lêk á því með Viðris-veðr-
vandar-stöfum; nú hefi ek um siðir vegna
mer or hendi Valþögnis-varrar-skið-bendis
breiða iörð með börðum.

116, 12. Mál er (eine Schicksalbestim-
mung ist es), mun-at menbriotandi (oss kom
breiðr böggr í búðir af einu höggi) enn
sælu niota, þá er ver fulkâtir sâtum, nú
er minna mitt sextigu vetra, fiora-fleymarar
mögrennir!

Egils saga.

145, 1. Snarla gêkk iarlmannz bani, sá
er óttaðiz ekki, þreklundaðr Þórólfr féll í
stórum þundar gný; iorð grœr nær Vínu
(vgl. 137, 35) of mínum ágætum barma, enn
ver verðum (ich muss) bylja harm, þat er
helnauð.

146, 26. Hvarmtangar lætr hrynivirgils-
brynju-hâðr (sc. der König) mer hânga á
heiðis unga meiði, hauki troðnum (s. heiðir
im Gl.); knâ ek, gelginseil á geirveðrs galga,
ritmeiðis lof reiða at meira (ich kann, den
Ring am Arme, das Lob des Schildver-
derbers um so mehr erhöhen), ræðr (því)
gunnvala brædir.

148, 6. Nú befir foldgnârr herra, hialdr-
snerrandi höfuðbaðmr, fellda þriâ iöfra,
fellr iörð und nið Ellu; Aðalsteinn, kyn-
frægri, ofvann kongmanni, allt annat (hêr
sverjum þess) er lægra, hand-hyrjar-riotr!
(Handfeuers-Ausstreuer, d. i. Goldver-
theiler).

150, 30. þýborna . . . s. þýborinn im Gl.

Raguarloðbróks saga.

164, 11. Brynhildar-dóttur-mögr enn
dýri leiz brögnum hafa brûnstein frânan
ok dyggast hiarta; siá yndleygs boði, Buðla

niðr, er baugi hatar, berr alla ŷta magni,
bráðgerr ráðum.
  Siá trönu-hals-bráð er êngi *(d. h.* êngum)
sveini í brûna brûnsteinum lagið, nema Si-
gurði einum; siá dŷri *(so wird statt dŷra
zu lesen sein)* Hârs-dag-ryfr hefir fengit
hrings myrkviðar i hvarmatûni, dœlt er
hann af þvi kenna.

Snorra Edda.

184, 26. Aldri stigr iafnmildr ungr ski-
öldungr â við Skialdar *(s.* skiöldr *im Glos-
sar)*, gnôg var þess grams rausn und göm-
lum Ymis hausi.
  184, 39. Alls êngi böðvarhvatr landreki
undir sôlar grundu verðr œðri, nê betri,
Inga brœðr *(als Ingis Bruder).*
  185, 3. *aus Haustlöng vgl.* 51, 7.
  185, 7. Hvêgi er vagnbrautar-dis mer
fagnar, ramman spyr ek visa, sâ Draup-
nis-drógar-valdr *(s.* dróg *im Gl.)* ræðr
fyrir veldi.
  13. Hinn er varp augum Öndur-disar-
föður â víða vinda munnlaug *(d. h. an den
Himmel)* yfir margra manna siöt.
  17. Fiarri hefir, at dŷrri flotna-vörðr
fœðiz â gialfrikringðum elkers botni, hverr
maðr leyfir æfi hringvarpaðar (ins) hâfa.
  22. Hâs heimtiallz hêlgan ræsi kveð ek
at brag þeima *(des hohen Weltzeltes heiligen
Herrscher besinge ich in diesem Gesang),*
en mærð tæz fram fyrr fyrða, þviat hann
er dŷrri.
  27. Hialp þû, dŷrr konungr dagsgrun-
dar! dŷrum Hermundi.
  186, 15. Nû er elfar-alfröðull of folginn
i iotnadolgs-môður-liki, rik eru rammrar
þioðar râð.
  24. Breiðleita brûði Bâleygs gat at ser
teygja stefnir hrafna-stöðvar stâlarikis
málum.
  31. Útan við hreins hafs botni, hûfi
rônum, bindr hersa-glöðuðr far gotna við
elgvers enda.
  187, 1. Þvi hygg frægjan seim-fleyg-
janda miök trauðan, Auðs systr eina at
lâta, ferr iörð und itran menþverri. *(Nach
systr* 187, 2 *ist* seim *durch Druckversehen
weggeblieben).*
  7. Dasi darrlatr dolglios-skyndir hefir
staðit fiarri, þâ er endr tôk Rindar-elju
ûmynda.

188, 24 *vgl.* 115, 15.
  189, 13. Örr odda skûrar-herðir lætr opt
giör verða hörð hrings-el, æðr hann of-
þryngvi und sik iörðu.
  22. Grund breið, bundin holmfiötrs eitr-
svölum naðri, liggr und leiðar bör, hein-
lands höðr grandar hoddum.
  Framir seggir biartra döglinga verja
hauðr með hiörvi, opt springr hialmr
fyrir olmri egghrið.
  En ept vig lagðiz *(unterwarf sich)* land
norðan frâ Veigu suðr til Agða, eða lengra
stundu, vant er orð *(nûml. der Ruhm)*
at styr.
  190, 3. Hêlztu *(du erhieltest),* ögnarstafr!
lâði fyrir iöfrum tveimr við kyn beima, þar
er hrafn ne svalt-a; hvatráðr ertu.
  Man ek þat orða endr, er-hlôðynjar-
grœnnar-beina-iörð! við *(f.* = viðr *m.)* Da-
nar myrksendu gein gröfnum munni. *(Des
Seekönigs Dunkelsand* = Meer, das Holz
des Meeres = Schiff).
  En frânleitr frôns-stirð-þinull starði fyrir
borði â stôrðarleggs-folkreyni, ok blês eitri.
  190, 19. Örgildis eldi ok mála hreggi
var ek dyggr, heiðr sô hrynbeðs âr *(Dat.),*
steðja Fiörgynjar-âls.
  191, 23. Konungr sâ er Hâkon heitir
(hann rekkir lið) lætr bannat ofsa friðrofs-
fyrðum. Sjalfr ræðr sâ iöfurr, ungr stillir,
landi, allt milli Gandvikr ok Elfar, gramr
â gipt at fremri.

Heimskringla.

197, 39. Hafi-t maðr ask nê eski, þingat
at fœra með ser afspring fês fêsæranda,
vêlto god þiaza; hver mani bægjaz við
valdi vægja-vês, þviat fens-fun-rögni fagnar,
vâ gramr til menja.

Orkneyinga saga.

213, 21. Hengi ek hamri kringt an hanga
(A. v. hangi *m.* der Anhang) riupu-tangar
â galga linna-ginnungs brûar *).* Svá hefir
hellis-gauta glôraddar-þella mik gladdan,
at ek leik við mínar lôns-gaglfellis-lautir.
(s. gaglfellir *und* glôrödd *im Gl.)*
  38. Brast Healp ok Fifu, bauð hrönn
skaða mönnum, þa er bæði lesti, veðrit
vâta fêkk vinum sût; sô ek, at siâ *(st.* sû)

---

*) Des Rebhuhns Greifzange, die Kralle, mag für den menschl. Finger stehen, dessen
Anhang ist der Ring. Die ginnungsbrû ist der Erdboden, der Boden des Drachen heisst
das Gold, die Galgen desselben sind die Finger.

för iarla snarlindra mun höf' *(sc.* vera) at minnum.

214, 34. Engan drengja Rögnvaldz kvaðz Einar ala vilja, nema iarlinn sialfan, gautz gialfr fellr mer î gôma; veit ek, at fîrum hugþekkr bráz ekki î heitum, gêkk inn sîð â kveldi, þá er Yggs eldar brunnu.

Olafs h. saga.

331, 11. Skal-a þegns dôttir æva fregna mïk ôglaðan â borða þingi, þau orð fregni: bûumk við þrông! Þôat u. s. w.

31. Þryngr at miklu Âla eli, örstiklandi! vex nû skalmöld, höldar skyldu eigi skelknir fâlma; bûumk u. s. w.

334, 32. Mun ek þora þann arm verja, er ek hlýt î standa, rioðum ver rönd af reiði, þat er nokkr ekkju munr; greppr inn ungi, gunnbliðr, gengrat at hœl fyrir spiotum, þar er slög riða *(wo Waffen daherfahren)*, herða menn at morði môt.

336, 39. Fenju-meldrar-morð-venjandi! hitt veldr, at mer sviða diup spor dalhriðar ok danskra vôpna.

Bemerkungen zum Hâkonarmâl
61 fg.

Der Text ist nach der Heimskringla gegeben, die drei ersten Strophen finden sich auch in der Fagrskinna (Munch und Unger, Christ. 1847, p. 22, und darin folgende Varianten:

61, 12 î brynju *st.* or brynjo.

61, 13, *wo im Text der Heimskr.* die *Alliteration fehlt, lautet dort:* konung hinn kostsama kominn und gunnfana.

17. 18. Hêt â Hâleygi sem â Holmrygi, iarla einbani fôr til orrosto.

Nach 61, 22 Hrauðz or hervâðom, hratt â völl brynjo *ist die Zeile einzusetzen:* visi verðungar, âðr til vigs tœki; *so die Heimskringla. Ihre Strophen, herrschend die des Líoðaháttr, sind freilich versetzt und erweitert.*

62, 18 fg. *wird eine richtige Strophe, wenn* vara sa herr î hugom *für sich die zweite Zeile bildete.*

62, 22 fg. *ist reiner Líoðaháttr, wenn nur abgesetzt wird:* er Hakoni hafa med her mikinn || heim bönd of boðit.

394

Literarhistorisches Verzeichniss.

Die römischen Ziffern gehen auf die Einleitung, das gesperrt Gedruckte kommt in den Texten des Lesebuchs vor.

Register

über die in den Texten.enthaltenen Alterthümer.

Druckfehler.

Spalte 31, Zeile 15 (Hâv. 19), statt: kêri, lies: keri
» 37, » 15, st.: malûngi, l.: mâlûngi
» 42, » 11, st.: margrfrôðr. l.: margfrôðr.
» 51, » 23, st.: vatt, þatti, l.: vàtt und þâtti
» 51, » 25, st.: öllu, l.: ollu
» 52, » 17, st.: grunnveggjar, l.: gunnveggjar
» 52, » 21, st.: of. far, l.: offar
» 74, » 23, st.: frœgri, l.: frægri
» 78, » 5, st.: fell, l.: fèll
» 78, » 31, st.: èlì, l.: eli
» 80, » 22, st.: frœgri, l.: frægri
» 129, » 27, st.: sattir, l.: sàttir
» 131, » 39, st.: varlangan, l.: vârlangan
» 148, » 9, st.: höfuðbaðnir, l.: höfuðbaðmr
» 156, » 17, st.: at hugaleysi, l.: athugaleysi
» 185, » 22, st.: helgan, l.: hèlgan
» 186, » 25, das Komma nach teygja zu tilgen.
» 187, » 3, l.: systr seim miök
» 187, » 20, st.: tekinn, l.: tekin
» 213, » 21, das Komma zu streichen.
» 215, » 28, st.: aldrinn, l.: aldrœnn
» 281, » 38, st.: stallì, l.: stalli
» 345, » 19, st.: storr, l.: stôrr
» 348, » 12, st.: kunnu, l.: kunni
» 348, » 14, für fella vorzuziehen die and. Lesart: fetla
» 350, » 31, st.: hefir, l.: hefi

Druck von F. A. Brockhaus in Leipzig.